今古台灣・包羅萬象

閱讀台灣──享受懷舊的樂趣

台灣紀

當代台灣女性小說史論

◎樊洛平 著

臺灣商務印書館

目　錄

緒　論

　　進入當代社會以來，隨著婦女解放的社會進步和女性接受教育程度的普遍提高，台灣女作家的人才輩出與創作豐盛，已經成為文壇上一個不爭的事實。

　　1949 年以來，台灣女作家人數之多，如同璀璨的文學星群，不斷照亮台灣文壇的半邊天下。以大陸遷台的新移民女作家的群體崛起為起點，自 1955 年成立台灣省婦女寫作協會以降十年間，僅登記在冊的會員人數即已超過三百人。就當代台灣女性小說家的創作隊伍而言，活躍於二十世紀 5、60 年代文壇的新移民女作家，嶄露頭角於 60 年代現代主義文學思潮的學院派女作家，成長於 70 年代台灣本土的戰後新世代女作家，獨領風騷於 80 年代文壇的「閨秀文學」與「新女性主義文學」女作家，90 年代湧現出來的更年輕的「新世代」女作家，她們在不同歷史階段的文學加盟，共同標誌了台灣女性小說作家陣營的發展和壯大。根據台灣學者、文學評論家李瑞騰就 1984 年和 1995 年出版的《中華民國作家作品目錄新編》所做的統計，在台灣文壇的作家總數中，女作家所占人數的比例，從 1984 年的 29%增至 1995 年的 35%；那些出生於 4、50 年代的女作家，達到同時代出生的台灣作家總數的 36%～37%，而 60 年代出生的女作家，則佔到同時代出生的台灣作家總數的 54%。[①]

　　如此眾多的女作家活躍在台灣文壇上，並帶動台灣的文

學風氣，這不能不說是一個文壇奇觀。台灣女性小說對台灣社會變遷歷史和時代脈動的呈現，她給廣大的社會讀者帶來的人生解讀和真善美憧憬，她從女性視角發掘的女性人生境遇與生命軌跡，都從不同側面表現了小說與時代、社會、人生乃至女性自身的文學對話。女性作家在小說寫作領域，曾經創造過驕人的成績，有許多作品至今台灣讀者仍然耳熟能詳，諸如孟瑤的《心園》（1953 年）、張漱菡的《意難忘》（1953 年）、艾雯的《生死盟》（1953 年）、繁露的《養女湖》（1956 年）、琦君的《百合羹》（1958 年）、童真的《古香爐》（1958 年）、林海音的《城南舊事》（1960 年）、聶華苓的《失去的金鈴子》（1960 年）、徐鍾珮的《餘音》（1961 年）、郭良蕙的《心鎖》（1962 年）、王令嫻的《好一個秋》（1966 年）、吉錚的《海那邊》（1967 年）、歐陽子的《那長頭髮的女孩》（1967 年）、康芸薇的《良夜星光》（1968 年）、劉枋的《小蝴蝶與半袋面》（1969 年）、於梨華的《又見棕櫚，又見棕櫚》（1969 年）、徐薏藍的《河上的月光》（1969 年）、羅蘭的《飄雪的春天》（1970 年）、謝霜天的《梅村心曲》（1975 年）、聶華苓的《桑青與桃紅》（1976 年）、陳若曦的《尹縣長》（1976 年）、季季的《拾玉鐲》（1976 年）、曾心儀的《我愛博士》（1977 年）、蕭麗紅的《桂花巷》（1977 年）、趙淑俠的《我們的歌》（1980 年）、袁瓊瓊的《自己的天空》（1981 年）、蘇偉貞的《紅顏已老》（1981 年）、李昂的《殺夫》（1983 年）、

---

① 參見李瑞騰：《台灣女作家知多少》，台北，《文訊》149 期，1998 年 3 月，第 412 頁。

廖輝英的《油麻菜籽》（1983 年）、《不歸路》（1983
年）、蕭颯的《小鎮醫生的愛情》（1984 年）、朱秀娟的
《女強人》（1984 年）、施叔青的《愫細怨》（1984
年）、袁瓊瓊的《今生緣》（1988 年）、陳燁的《泥河》
（1998 年）、李昂的《迷園》（1991 年）、凌煙的《失聲
畫眉》（1990 年）、朱天心的《想我眷村的兄弟們》
（1992 年）、蘇偉貞的《沈默之島》（1994 年）、朱天文
的《荒人手記》（1994 年）、邱妙津的《鱷魚手記》
（1994 年）、成英姝的《公主徹夜未眠》（1994 年）、朱
國珍的《夜夜要喝長島冰茶的女人》（1997 年）、賴香吟
的《散步到他方》（1997 年）、郝譽翔的《洗》（1998
年）、朱天心的《古都》（1998 年），等等。台灣女性小
說一路走來，身後留下了半個多世紀的創作歷程和文學輝
煌。事實上，自 1949 年以來，台灣女性小說不僅在每一個
歷史階段都程度不同地表現出文學的前衛精神，而且以其豐
富的創作實績彰顯著女作家的文學優勢，並與社會讀者之間
產生更為親和的互動影響。如何鋪陳當代台灣女性小說的書
寫脈絡、文學傳承和風格流變，應該成為文學史構建中不可
或缺的內容。

　　然而，如此豐沛的台灣女性小說創作，在台灣文學史的
構建過程中，並沒有得到足夠的重視，大有逐漸步入被遮
蔽、被遺忘的文學史角落之可能。比如，文學史家在談論二
十世紀 50 年代台灣文學的時候，多以「戰鬥文藝」的一統
天下而一言以蔽之。而這一時期疏離於「戰鬥文藝」主流文
壇的大量的女性寫作，諸如具有相對純正品質的「懷鄉」小
說，有關婦女生存境遇、婚姻愛情議題的發掘，特別是彰顯
了女性主體意識的作品，卻被有意無意地遮蔽了。還有的女

性小說，雖然碰觸了非常尖銳而有價值的女性議題，但因為它的不入潮流，也在邊緣的位置上被人遺忘。當現代主義風潮席捲 60 年代台灣文壇的時候，人們多為學院派前衛的文學試驗而吸引，有誰注意到，新移民女作家卻用傳統的寫實手法，悄悄開打了一場「家庭性別戰鬥」？諸如此類的文學現象，在台灣文學史上並不鮮見。許多對文壇產生過強烈衝擊力的女性小說，曾經當之無愧地參與了台灣文學的積累與建設，但在現今的台灣文學史中，她們卻常常處於一種缺席的存在。

正如台灣女性學者邱貴芬所言：「這個台灣文學史撰述結構的問題並非只是資源分配的問題。」這其中，不僅「作者的性別身份對作品是否成為典律有舉足輕重的影響」[1]，文學史家的文學史觀、意識形態以及女性觀念，對於解讀女性文學創作，更有著直接的決定性作用。

人類幾千年的歷史，是一部失卻了女性話語的男性中心歷史。在封建時代，政權、族權、神權、夫權的重重壓迫，使婦女處於社會的最底層，以無我狀態被放逐到歷史文化的邊緣位置，成為一種缺席和沈默的存在。在歷代文壇上，女性不是處於「書寫」的空白，便是成為被「書寫」的對象，個別奮力衝破封建羅網而寫作的女性，更成了過去世代裡男性天下的「另類」。宋代女詩人朱淑真就曾以《自責》一詩，表達了自己對於封建社會束縛與扼殺女性書寫的憤慨不平：「女子弄文誠可罪，那堪咏月更吟風。磨穿鐵硯非吾事，繡折金針卻有功。」進入現代社會以後，隨著時代變

---

[1] 邱貴芬：《台灣（女性）小說史學方法初探》，台北，《中外文學》第 27 卷第 9 期，1999 年 2 月版，第 7 頁。

遷、社會進步與婦女解放運動的推動，婦女的地位得到了不斷的提高，但封建時代遺留下來的落後的傳統價值觀念，以及男性中心話語的強勢介入，往往讓女性處於弱勢地位，不斷地承受歷史的因襲重負和現實困擾。

　　傳統的價值觀、文學觀同樣會影響到人們對女性作家的創作評估以至於文學史的構建。早在二十世紀 50 年代，台灣女性小說的懷鄉寫作，因為缺乏「戰鬥色彩」而被批評為「文學支流」；因為她們寫到家庭婚姻題材，作品被視為「閨怨文學」。60 年代，又有人以「下女作家」的惡意綽號，來指責台灣女作家描寫身邊瑣事和下女問題。80 年代，李昂的《殺夫》遭到男權觀念的質疑，更是引發文壇與社會的軒然大波。對於上述議題，台灣女界所持的，則是完全不同的見解。

　　台灣學者齊邦媛如是說：

　　　　由大陸來台的女子，在渡海的途中已把閨怨淹沒在海濤中了。生離死別的割捨之痛不是文學字句，而是這一代的親身經驗。由最早出版的女作家作品看來，在台灣創作的中國現代文學是個閨怨以外的文學，自始即有它積極創新的意義①。

　　台灣學者李元貞則反對以題材大小決定文學的優劣：

　　　　就文學題材來說，女作家寫身邊瑣事、家庭婚姻、與兩性的愛情關係，並不必然輕軟或狹窄，端看女作

---

① 齊邦媛：《閨怨之外──以實力論台灣女作家的小說》，《千年之淚》，台北，爾雅出版社，1990 年 7 月版，第 110 頁。

家詮釋角度的深淺與形構經驗的表現力而定①。

女作家廖輝英在《女作家難為》一文中，以假設為大男人說項的口吻，傳達出對女作家文學境遇的清醒認識與憤懣：

> 「文章乃經國之大業」，怎可以讓那些「小女子」狷狂當道，禍國殃民？於是乎，大男人們紛紛振臂疾呼，挺身而出，把罵女作家當做為社會肅清妖孽的偉大事業，一時罵聲不絕，義憤填膺②。

如此看來，不僅僅是台灣女作家面臨著如何重建女性敘述主體、進一步解放被壓抑的女性視野與創作生命力，激發出更具豐厚內涵和藝術品質的女性書寫；台灣文學史的敘述，也應該通過回眸、重讀、發現和再評價的學術評估，對女性書寫的歷史進行真實而深刻的再書寫。

當代台灣女性文學，是指 1949 年以來台灣女作家側重於婦女生活題材表現的文學創作。她或具有某種女性觀照視野，或特別強調女性主義意識，或採用女性話語方式，在台灣特定的文化背景與創作現實中，則更多地表現為一種女性書寫。台灣女性小說，無疑成為台灣女性文學的創作重鎮。

---

① 李元貞：《女性主義批評下的台灣文壇》，《1986 年台灣年度評論》，台北，圓神出版社，1987 年版，第 236-237 頁。
② 廖輝英：《女作家難為》，《擦肩而過》，台北，皇冠出版社，1987年 1 月版，第 180 頁。

作為一種並非孤立存在的文學現象，台灣女性小說在特定的社會背景與文學生態環境中形成了獨特的創作形態和自身發展規律，並對台灣文壇不斷發生重要的影響作用。

《當代台灣女性小說史論》主要針對 1949 年以來的台灣女性小說創作，從女性批評視角和文學史論方面進行系統考察。其研究重點，是當代台灣女性小說的流變歷程，女性書寫的複雜面貌和獨立價值，女性創作地位的變遷以及她們被遮蔽的文學現象的再發掘。本書期望通過對台灣當代女性小說的創作現象及其發展規律的研究，來拓展女性研究的學術空間。

《當代台灣女性小說史論》依據台灣女性小說發生、成長、發展、高潮、分流的創作史實和演變脈絡，將其放在二十世紀後半葉的年代裡，進行疏理和闡釋。

二十世紀 50 年代的台灣女性小說，重在人生流寓過程中的女性書寫，它主要考察台灣女性文學的起步與出發。這一時期，大陸遷台的新移民女作家的人生流寓與台灣文壇的特定環境，為二十世紀 40 年代末台灣女性文學的出發提供了歷史機遇。新移民女作家群的聚合與崛起，承擔了台灣女性文學拓荒者的角色。新移民女作家與「五四」以來的新文學傳統無法割捨的聯繫，女性文本所體現的人本意識、自我意識與反封建精神，使台灣女性文學成為二十世紀以來中國女性文學的組成部分和重要流脈。具體到創作，新移民女作家群體或以身居台島、回眸故鄉的訴說方式，呈現著女性的生命經驗與感情境遇；或以對女性自我身份的反省與認知，彰顯著五四文化精神滋養下的大陸遷台女作家的寫作背景；或以家庭婚姻題材的發掘，揭示出女性在男權中心話語重壓下的生存真相。總之，她們對帶有官方「戰鬥」色彩的「懷

鄉」主題的顛覆，傳達出與當時男作家創作有所不同的身份
敘述，在不同程度上疏離著由「戰鬥文藝」控制的台灣 50
年代的主流文壇。

60 年代的台灣，面臨著西風東漸、現代主義思潮的氾
濫時代。此時的台灣女性小說，主要講述的是東西方文化碰
撞中的女性成長經驗。這一時期的女性創作，遵循三條路線
展開：其一，留學海外的台灣女作家，在跨文化的背景下，
展開了有關海外遊子的生存迫力、身份焦慮、文化衝突以及
家國情懷實現的女性敘述；其二，台灣的學院派女作家們，
在台灣本土的東西方文化碰撞中，更多地接受了西方現代主
義思潮的洗禮，並以人性表現的大膽挑戰和小說世界的荒誕
構建，發展出反男權中心話語的女性書寫策略；其三，新移
民女作家群在隨國民黨當局遷台的政治文化強力與身為女性
的性別劣勢面前產生的矛盾中，遵循二十世紀 50 年代的女
性寫實路線，在家庭內部與男女兩性之間，悄然展開了「性
別戰鬥文藝」。60 年代的台灣女性小說，並非只是學院派
作家的創作，其多層次多側面的文學面貌，不應該在文學史
家的重點選擇之下而有所遺忘。

70 年代的台灣女性小說，創作側重於民族回歸潮流中
的女性觀照，意在把握台灣社會政治思潮急劇變化時代的女
性書寫。過去學界的研究，多停留於男性作家為主的鄉土文
學潮流，女性創作仿佛處於缺席狀態。事實上，通過文本的
發現與作家的發掘可知，這一時期，不僅有曾心儀、季季、
心岱等女作家發表了大量直面現實生活、體現人間關愛、彰
顯女性意識的作品，還有謝霜天這種從未進入文學史論述、
卻又蘊含著純正的鄉土意識的客家女性文學創作；她們所共
同體現的，正是台灣女作家在 70 年代鄉土文學思潮中的成

長。與此同時，在台灣社會轉型過程中悄然滋生的大眾文化現象，又是以女性言情小說的首先呼應作為開端的。

進入 80 年代，隨著台灣社會環境的多元化趨勢，探討多元文化境遇出現給台灣新女性文學的崛起帶來的發展契機，以及女性多元寫作的可能性，就構成這一時期女性文學創作的主要流向。80 年代是女性創作大行其道的年代，它對文壇風尚的引領有著重要意義。作為一種過渡性的文學現象，閨秀文學創作有著重要的影響與作用，在發掘其產生的社會、文化以及文學自身原因的同時，對其創作本身也要進行審視和批評。作為這一時期的創作重鎮，以李昂、廖輝英為代表的新女性主義文學，對於批判男權中心話語、揭示女性境遇、提升婦女解放意識，起到了重要的啓蒙作用。在二十世紀台灣女性文學的創作歷史上，80 年代的新女性主義文學達到了一個制高點。

90 年代的台灣女性小說在世紀之交背景下的寫作走向，主要側重觀照「解嚴」時代與後現代文化語境中的女性創作。女性文學角色的重新構建與女性創作路向的多元分流，帶來了女性創作的新變化：第一，泛政治化背景下的政治言說，一方面使弱勢族群的聲音通過眷村小說得以傳達，女性命運在歷史書寫中得以重新闡釋；另一方面，近年來台灣的政治亂象也讓女性文學創作經歷著「本土化」意識形態話語的纏繞，從而出現了某種誤區。第二，後現代主義文化思潮的涌動，帶來了解放情欲的創作現象，性別議題得到再度開發，酷兒書寫更呈現出激進姿態。第三，其他創作路線，或通過對女性鄉土文本的書寫，來發掘女性鄉土想像的獨特性；或通過都市生存境遇的觀察和人生百態的描摹，傳達出新世代女作家對於人世間的一份解讀。這一時期女性創

作的腳步紛繁而雜沓、錯綜而複雜，觸及諸多敏感話題。在尊重台灣文學發展史實的基礎上，本編力圖融進自己的學術思考。

二

對於當代台灣女性小說，應該透過多種研究角度構建的文學視野，去考察和把握其創作風貌與文學形態。

第一，在二十世紀海峽兩岸的文學視野中來觀照，當代台灣女性文學的出發，緣起於 40 年代末大陸遷台女作家的人生流寓與文學聚合，她有所選擇地傳承了「五四」以來中國新文學特別是現代女性文學的傳統，並從根本上打破了當時男性作家主宰文壇的一統天下。其鮮明的文學繼承性、創作的拓荒意識和作品的反封建精神，使當代台灣女性小說無疑成爲「五四」以來中國現代女性文學發展演變的一個重要流脈。

第二，在台灣的社會歷史與文化背景中來考察，女性小說創作不能脫離台灣的現實環境而獨自發展，它始終與時代的脈動息息相關，直接或間接地見證了台灣社會形態的轉型，表現出台灣民眾特別是女性生活境遇的變遷。以這樣的參照系來觀察文壇創作，台灣女性小說的發展演變就有了更爲深廣的社會生活內涵和時代動因。

第三，在台灣的文學生態環境演化中把握女性文學創作的狀貌，台灣女性小說無疑是台灣文學的有機組成部分。它雖然不可避免地受到文壇背景與創作潮流的影響制約，發出某種年代裏文壇合唱的「同聲」；但更重要的是，其相對自

我的和邊緣寫作的身份，在特定的歷史條件下，又可能疏離主流文壇的走向而獨行其道，發出時代合唱中的「異聲」。台灣女性小說與主流文壇的認同與疏離、統合與分流，都提示了許多有學術意義的話題，凸顯出台灣女性創作的某種獨異性與前衛性。

第四，從男性傳統的價值體系和批評場域，反觀台灣女性小說迷失與覺醒、掙扎與突圍的軌跡，則幫助我們更清晰地認識到女性主義文學話語對於男權中心話語的挑戰意義和顛覆作用。作為一種從邊緣走向醒目位置的文學現象，台灣女性小說經歷了來自社會的、文壇的、男性的，也包括女性自身的多重評價，如二十世紀 60 年代文壇對郭良蕙《心鎖》的封殺，70 年代官方對聶華苓《桑青與桃紅》的查禁，80 年代社會對李昂《殺夫》的「抗議」，等等。但追根究底，纏繞其中的仍是那種傳統的男權中心話語。女性文學與男權中心的價值觀碰撞衝突的背後，女性創作現象被歷史所遮蔽和重新發現的事實背後，實際上也是一部台灣女性小說的文學發展史，一部台灣社會的女性成長奮鬥史。

第五，透過對女性文本世界的解讀，從文學創作的自身形態來介入研究，當代台灣女性小說展示給人們的，是一種複雜多變而又相對獨立的文學形態。女性文本所提供的女性視野與女性生活場景，女性價值觀與社會的歷史傳統和現實規範或融合，或抗衡、或反叛的各種表現形態，女性的情感境遇、生命經驗與人性欲求，以及女作家的情感特質、話語方式、審美風格、語言色彩在文本中的個性化呈現，都有著獨特的女性文學世界的構建意義。在半個多世紀的歷史中，台灣女性小說從當年的邊緣寫作到今日文壇的半邊天下，她在台灣文學格局中所擔當的開拓者角色與令人矚目的創作實

績，不應該被歷史所遮蔽所淡忘；另一方面，近年來台灣社會政治亂象的纏繞，西化之風的影響，以及女性的認識盲點與自身局限，也給她們帶來一定的創作迷失，這種狀況應該引起台灣女性文學創作的自省與反思。

　　當代台灣女性文學，是一個頗具學術生長點的研究領域，她每每引領台灣文壇的藝術風向，對台灣文學產生舉足輕重的影響，並對近年來的大陸文壇產生了文學的衝擊波。《當代台灣女性小說史論》作為一部地區性的、個體的、斷代的、帶有專題研究意義的小說史論，從特定的小說角度深入觀照台灣女性文學，並意欲加強這一領域薄弱地帶的研究，使它與台灣文學發展的歷史互為見證，成為人們全面觀照台灣文壇、多角度認識台灣社會生活的一扇窗口。它期望通過對當代台灣女性小說流變歷程的系統梳理，以及對其女性書寫價值的凸顯，融入一種台灣女性文學研究的構建視角和學術原創性。與此同時，它強調遵循客觀公正的學術原則和翔實的史料基礎，力圖通過對當代台灣女性小說的研究，為海峽兩岸的女性文學創作提供可資借鑒的文學視野和經驗教訓，以進一步溝通兩岸文學的比較研究和文化交流。

第壹編

50 年代——

人生流寓過程中的女性書寫

第一章　台灣女性文學的出發

第一節　時代變遷與新移民女作家群的形成

　　1949 年 12 月 7 日，國民黨當局被迫從大陸遷往台灣，開始了此後半個世紀以來海峽兩岸的嚴重對峙。這種歷史轉折不僅帶來了台灣社會形態、文化體制以及現實生活的複雜面貌，也使 200 多萬大陸遷台軍民的命運充滿滄桑變化。在這種歷史轉折點上出發的台灣女性文學，在這種人生流寓過程中形成與聚集的新移民女作家群，雖然還不能完全擺脫當時國民黨文藝政策的影響，但更多表現出來的是疏離於主流文壇的文學面貌。

　　國民黨當局遷台之際，鑒於自身的失敗教訓，開始推行經濟、社會、文化、政治的四大改造措施，以圖「挽救危局」，把台灣建成「反共復國」的基地。圍繞「反共抗俄」、「光復大陸」的政治路線，國民黨當局頒布了實行長達 38 年之久的「台灣地區戒嚴令」，造成 50 年代「清共運動」的白色恐怖。「那是一種徹底的高壓統治，完完全全用武力鏟除一切可能發生的反對力量，務求在短期間內，建立起絕對的控制權。」①在這種泛政治化的社會氛圍中，50 年代的文學生態環境迅速惡化。文學作品動輒遭到檢查、刪

改、查禁、沒收，作家稍事嚴重者，要以叛亂罪起訴，或判刑，或槍決。50 年代的文化領域裏，國民黨當局急欲建立一種「國家文藝體制」，以實現官方話語霸權與文化壟斷政策。其主要舉措，第一，是通過禁書政策，實行文化隔離主義。國民黨當局檢討「戡亂戰爭」失敗的原因，把它歸咎於大陸 30 年代的革命文藝，以至於 1949 年以前大陸出版的現代文學作品和理論書籍幾乎被一網打盡。當時的情形是：「在撤退到台灣不久，國民黨正式下令，凡附匪以及留在淪陷區的學者、文人的著作一概禁絕。這等於宣告，中國現代史上百分之九十九點九的有價值的文學與藝術作品一概免讀。這種空前絕後的『否決』歷史與文化的舉動，以最實際、最有力的方式宣告了五四文化在台灣的死亡。」②第二，是大力倡導「戰鬥文藝」運動，把文藝創作納入「反共文學」軌道，並使這種反現實主義的創作逆流占據 50 年代文壇的主導地位。這期間，官方或通過「文化清潔運動」，以清除所謂「赤色的毒、黃色的害、黑色的罪」為名，替「戰鬥文藝」運動鳴鑼開道，掃清障礙；或通過文藝獎金的發放，鼓勵「戰鬥文藝」創作；或通過官辦民間文藝團體，建立「戰鬥文藝」運動的組織網絡；或通過創辦代表主流聲音的文藝刊物，以提供「戰鬥文藝」的發表管道。在上述政治背景與文化環境中出發的台灣女性文學，不僅帶著時代變遷的歷史煙塵，更遭逢現實境遇的困擾與制約。

---

① 焦桐：《台灣戰後初期的戲劇》，台北，台原出版社，1990 年 6 月版，第 53 頁。
② 呂正惠：《現代主義在台灣》，《戰後台灣文學經驗》，台北，新地文學出版社，1995 年 7 月版，第 10 頁。

　　台灣女性文學的出發，首先是以 50 年代女作家群體的不斷聚集爲標誌的。自 1955 年成立台灣省婦女寫作協會以降 10 年間，光是登記在冊的會員人數，即已超過 300 人。這個文學團體最初的成立具有政治色彩，但它在客觀上，起到了聚集女作家的作用。活躍於 50 年代文壇的那群女作家，多在這個民間團體之中。諸如林海音、孟瑤、郭良蕙、張秀亞、琦君、蘇雪林、謝冰瑩、沈櫻、潘人木、張漱菡、艾雯、鍾梅音、徐鍾珮、繁露、李曼瑰、邱七七、王琰如、劉枋、童眞、徐薏藍、嚴友梅、蓉子、蕭傳文、畢璞、王文漪、吳崇蘭、叢靜文、聶華苓、郭普秀、張裘麗、李莩、侯榕生、趙文藝、華曼、王怡之、姚葳、彭捷、李芳蘭、左海倫，等等；以及稍後結集出版作品、成名於 60 年代文壇的女作家，諸如丹扉、胡品清、姚宜瑛、羅蘭、康芸薇、王令嫻、陳克環、王黛影、小民、葉曼、葉蟬貞、華巖、褚問鵑、華霞菱、重提、陸白烈、匡若霞、芯心、幼柏、朱慧潔、鮑曉輝，等等。她們幾乎是清一色的大陸人，而且皆在 40 年代末期來到台灣（這其中，身爲台灣苗栗縣人，但在北平長大，擁有台灣、北平雙重故鄉的林海音，是一個特例）。她們當中，有 2、30 年代就已經蜚聲文壇的著名作家，如蘇雪林、謝冰瑩、沈櫻；有早在大陸時期就發表作品、開始嶄露頭角的作家，如張秀亞、李曼瑰、王怡之、朱慧潔、蕭傳文、左海倫、李芳蘭等；有來台之前從事報刊編輯、涉足文壇的知識女性，如林海音、雪茵、劉枋等。但更多的作家，是從 50 年代的台灣文壇開始走向文學創作道路。她們以群體聚集與崛起的姿態登上台灣文壇，從光復前後台灣女性創作幾近空白的文學地帶出發，並以自己豐富而堅實的創作奠定了台灣女性文學的根基。據余光中對入選

《中國現代文學大系》的作家背景的統計來看，「小說入選的一百多位作家之中，女性約占四分之一……散文入選的作者幾乎一半是女性」①。

這不要說是在 50 年代的特殊背景下，就是今天看起來，也不能不說是一種文壇奇觀。

檢視大陸遷台女作家 50 年代發表與出版文學作品的歷史，既可看到女作家們驕人的創作成績，也可從中窺見女作家們與當時文藝生產場域複雜而微妙的互動關係。50 年代的台灣文壇，官方的圖書查禁政策和「戰鬥文藝」運動所籠罩的「權力場域」，作家與藝術本身的自主性所顯示的「文學場域」，以及由文學媒體、出版社、報刊主編、評論家等方面所構成的「生產場域」，共同作用於這一時期台灣文學生態環境。

就出版界的情形而言，由於台灣官方對 30 年代以來大陸左翼文藝作品的查禁，50 年代陸續創辦的公、私營出版社大抵分為三類：一是在台灣重新開張的大陸出版界「老字號」，諸如台灣商務印書館、中華書局等，它們多停滯於古籍的重印。二是活躍於 50 年代文壇的出版業者，它們或為黨政文化機構兼辦的出版社，如正中書局、中央文物供應社等；或為半官方文化團體掛名作為出版人，如台灣婦女寫作協會；或為與政界、軍方關係良好的主流作家獨資創辦的小型出版社，如陳紀瀅的重光文藝出版社、王藍的紅藍出版社等。三是由影響比較大的暢銷刊物附屬的出版社，或在某種政治色彩的呈現中兼顧了民間性和藝術性的出版社，如暢流

---

① 余光中語，轉引自楊匡漢主編：《揚子江與阿里山的對話》，上海，上海文藝出版社，1995 年 12 月版，第 229 頁。

出版社、野風出版社、文壇出版社等。

　　再看文藝作品的發表園地，「『文藝雜誌』與『副刊』這兩個文學媒體便是 50 年代最大的文學生產機構，也是文壇重要組成單位」①。這一時期，台灣文壇上陸續創辦了近 30 種文藝雜誌，按照其性質背景，又可分為三類：第一，官方文藝色彩的雜誌。多由官方或軍方系統創辦，經費無虞，創刊宗旨多半配合官方文藝政策，主辦人或為國民黨的達官要人，或為「戰鬥」傾向鮮明的文藝人士。如《文藝創作》月刊，《軍中文摘》雜誌等。第二，學院派文藝雜誌。多由學院中的教授文人創辦，集合了學術與創作兩界人才，影響深遠。如台大外文系教授夏濟安、吳魯芹、劉守宜創辦的《大學雜誌》。另有雷震主辦的《自由中國》半月刊、何凡主編的《文星》、尉天驄主編的《筆彙》，都有頗具水準的文藝欄目，並在台灣知識界廣為流行。第三，大眾文藝雜誌。它偏重於大眾閱讀層次，訴諸市場消費人群，具有一定的民營特點和邊緣色彩。如台糖公司職員金文、師範、辛魚、黃楊、魯鈍等五人創辦的《野風》半月刊，台北師院附中三民主義教師程大城創辦的《半月文藝》，以及陳柏卿創辦的《文藝列車》，等等②。在上述文藝雜誌與出版社互動聯絡所形成的文化生產場域中，主流話語的傳達管道之外，雖有民營色彩和藝術傾向的發表園地存在，但多居於邊緣地

---

① 應鳳凰：《50 年代文藝雜誌概況》，台北，《文訊》第 213 期，2003 年 7 月版，第 29 頁。

② 有關 50 年代台灣出版社與文藝雜誌概況的梳理，主要參考了台灣文學評論家應鳳凰的研究文章：《50 年代文學圖書的生產與特色》，台北，《文訊》214 期，2003 年 8 月版，第 37～41 頁。《50 年代文藝雜誌概況》，台北，《文訊》213 期，2003 年 7 月版，第 28～34 頁。

位；當時 30 家上下的公、私營出版社中，幾乎清一色是男性文化人；再加上社會的物資匱乏、出版社條件困難，50年代的作品出版，並非易事。

然而，就是在這樣的社會環境中，50 年代已經結集出版小說、散文、詩歌、戲劇、兒童文學作品的大陸遷台女作家，至少有 40 人；她們在這一時期出版的各類作品集，竟然高達 150 部之多①！這些作品的發表與出版，選擇了多種路向。1949 年開版的《中央日報》「婦女與家庭」欄目，文藝性濃於實用性，刊登的多是生活散文小說、婦女問題論著，極少數是有關炒菜、洗窗子、補襪子之類的。此欄目由女作家武月卿主編，是林海音、謝冰瑩、張秀亞、徐鍾珮、琦君、孟瑤、郭良蕙、王琰如、艾雯、張漱菡、劉枋、鍾梅音等重量級女作家最爲青睞的文藝園地之一。由主流文人穆中南創辦的《文壇》，鐵路黨部創辦的《暢流》，在主張「戰鬥文藝」的同時，也能兼顧藝術性、可讀性和大衆性，因而成爲鍾梅音、謝冰瑩、艾雯、張秀亞、林海音、王文漪等女作家經常投稿的刊物。言及出版，她們或通過台灣省婦女寫作協會，出版了二十幾種「婦女文叢」，並編有《婦女創作集》3 輯，孟瑤的《柳暗花明》、郭晉秀的《金磚》、張裘麗的《春風野草》、琦君的《菁姐》，即由此出版；或倚重文藝篇幅甚多、發行量廣大的暢銷刊物《暢流》，由該刊附屬的暢流出版社推出文藝叢書，張漱菡的《意難忘》，孟瑤的《心園》、《窮巷》，謝冰瑩的《愛晚

---

②上述資料統計，根據《光復後台灣地區文壇大事紀要》（增訂本），台北，文訊雜誌社，1995 年 6 月版；《中華民國作品作家目錄新編》（1～4），台灣「行政院文化建設委員會」，1995 年 3 月版。

亭》，蘇雪林的《歸鴻集》皆榜上有名；或經由主流作家獨
資創辦的小型出版社，如徐鍾珮的《我在台北》、鍾梅音的
《冷泉心影》、林海音的《冬青樹》、張秀亞的《三色
菫》、張裘麗的《紫藤花下》等作品，多在重光文藝出版社
出版。當然，也有自印出版的書籍，如王文漪的《愛與
船》、孟瑤的《蔦蘿》、張漱菡的《荷香集》，等等。具
體言之，這一時期裏，謝冰瑩出版有《愛晚亭》、《紅
豆》等散文、小說集 12 部，郭良蕙出版小說《銀夢》、
《往事》等 11 部，孟瑤出版長篇小說《心園》、《亂離
人》等 19 部，艾雯出版《霧之穀》、《漁港書簡》等小
說、散文集 10 部，李曼瑰出版戲劇《女畫家》等 8 種，張
漱菡出版《風城畫》、《意難忘》等小說、散文集 11 部，
王文漪出版散文集《愛與船》等 6 部，蕭傳文出版散文集
《鄉思集》等 6 部。如此旺盛的創作生命力，真可謂高產作
家。從 50 年代女作家的群體形象，到令人驚嘆的創作實
績，它所顯示的，正是台灣女性創作不同尋常的文學出發。

　　大陸遷台女作家在 50 年代文壇的群體崛起，絕非偶然
現象，而是有其深刻的社會、歷史和文學原因。首先，時代
離亂對人生命運的造就和影響，使這一代女作家的文學道路
有著某種同構性；這種同構性又決定了幾乎在同一時刻漂洋
過海、聚集台島的女作家們，面對共同的歷史機遇，只能是
以群體崛起的方式，產生共鳴般的文學呼應，而非寥若晨星
般的個體閃現。

　　從年齡結構來看，這一代女作家絕大多數出生於 1914
年至 1928 年之間，40 年代末由大陸遷往台灣的時候，她們
正值 21 歲至 35 歲的生命年華，創作亦處於旺盛期。就知識
學養而言，這批女作家在大陸時期多受過高等教育，科班出

身的經歷和深厚的文學素養，使她們對文學創作情有獨鍾，
不少人已經先期涉足文壇。且不言蘇雪林、謝冰瑩、沈櫻這
些著名作家，只說其他的作家，比如 1935 年開始寫作、高
中時代便出版了小說散文合集《大龍河畔》、並任重慶《益
世報》副刊主編的張秀亞；比如 1949 年赴台之前已有 6 種
劇本問世、後來在台灣享有「戲劇之母」尊稱的李曼瑰；又
比如 16 歲已寫得一手好詩詞、1934 年曾與謝冰瑩、李芳蘭
合編文藝刊物《瀟湘漣漪》的張雪茵，她們的文學生涯皆讓
人刮目相看。遷台女作家的人生成長與文學起步，往往受到
五四文化運動之後的新式教育啓蒙。她們既不乏知識女性的
人生覺悟與性別意識，又與中國文學傳統特別是「五四」以
來的女性文學創作有著割捨不斷的聯繫。這使她們進入台灣
文壇的時候，不僅帶去了大陸的文學經驗，也促進了台灣文
學與大陸文學的融合。

　　以人生經驗而論，從熟悉的故國家園到陌生的台灣海
島，從離亂的命運滄桑到嚴峻的現實境遇，這一代女作家承
擔了過於沈重的戰爭苦難，經歷了太多的逃難、別離和遷
徙，那種無法忘卻的漂泊、失根、思鄉、憶舊、焦灼、痛苦
……構成了她們曾經有過的共同經驗，而波瀾起伏的個體命
運本身也在見證著歷史。作爲台灣文壇的「外來戶」，遷台
女作家過去的歷史雖然與台灣這塊土地沒有更多瓜葛，但她
們一旦在歷史的轉捩點上走進台灣、面對文壇的時候，時代
離亂與現實境遇所觸動的，就不僅僅是哪一個人的情感悲歡
和人生沈浮，而是整整一代人的命運滄桑和原鄉經驗。所
以，她們生活稍事安定，作品便紛紛問世，這無疑是將大陸
的文藝經驗和外省人的人生經驗帶到了台灣，並且找到了一
種身居台島、回眸原鄉的訴說方式。這一代女作家在人生命

運方面的同構性，決定了她們在情感表達、文學選擇和崛起方式上的共鳴特點。正如台灣學者齊邦媛教授所說的那樣：「由大陸來台的女子，在渡海的途中已把閨怨淹沒在海濤中了。生離死別的割捨之痛不是文學字句，而是這一代的親身經驗。由最早出版的女作家作品看來，在台灣創作的中國現代文學是個閨怨以外的文學，自始即有它積極創新的意義。」①

其次，大陸遷台女作家在語言文字方面的優勢，為她們的群體崛起提供了強有力的文學條件。

戰後初期的台灣文壇上，省籍作家創作所面臨的嚴峻問題，首先是語言文字的轉換。長達半個世紀之久的日據時代裏，日本殖民統治者不僅在台灣建立起一整套政治、經濟、軍事、法律、文化等方面的制度，而且特別通過「皇民化運動」的推廣，強行取締台灣島上的中國文化傳統與民間習俗，明令宣布禁用中文，所有的中文報刊都被停刊或廢刊，日文教育大行其道。由於這種歷史的原因與背景，許多在日據時期使用日文創作的台灣省籍作家，包括早已馳名台灣文壇的楊逵、張文環、吳濁流等人，戰後都面臨著重新學習和掌握國語漢字的問題。光復時已經 40 歲的楊逵，為了投入台灣新文學的再出發，開始向正在小學讀書的小女兒學習祖國的語言文字，艱難地由日文創作轉向中文寫作。然而，語言文字的轉換畢竟不是一朝一夕就能解決的事情，語言斷層的阻撓，加之政治壓力與經濟困境等諸多原因，台灣省籍作家還不能完全適應新的文化生態環境，戰後初期的台灣文壇

---

① 齊邦媛：《閨怨之外──以實力論台灣女作家的小說》，《千年之淚》，台北，爾雅出版社，1990 年 7 月版，第 110 頁。

一度顯得寂寞冷清。

然而，對於 40 年代末期遷台的那批女作家來說，則是另外一番情形。她們在大陸用母語上學讀書，自幼即受到中國古典文學和五四新文學的薰陶，其中許多人具有高等學歷，赴台後又多從事文化、教育和新聞領域的高階工作，加之女作家對語言藝術仿佛與生俱來的敏感，這一切使她們面對戰後初期台灣文壇的語言轉換，立刻顯示出自身在語言藝術、文字修養方面的優勢和特長。因此，在急需中文寫作人力資源，以便推行「國語政策」的 50 年代，外省族群的女性反而具有了新的寫作空間。從活躍於 50 年代文壇的女作家的教育背景和人生經歷的資料，也可以看出戰後初期台灣移民潮中相當數量具有語言文字優勢的大陸女性，在台灣女性書寫空間的拓展中，所扮演的關鍵性角色。正因如此，「民國四十年至五十年之間，台灣文壇上出現了許多女作家的散文和短篇小說。由於登載在報紙副刊和暢銷雜誌上，對當時推行的國語文教育極有幫助」[1]。其中的一些女作家，如華霞菱等人，原本就是爲幫助台灣文化重建、戰後推行國語運動而來到台灣的。

再則，在歷史提供的機遇面前，大陸遷台女作家把握住了台灣文壇青黃不接的契機與脈搏，成爲戰後初期台灣文學創作的生力軍。

國民黨當局遷台之初，政治、經濟、軍事、外交一片敗象，處在嚴重的內外交困之中。光復後國民黨接收台灣以來與當地民眾的矛盾衝突，新的經濟衰退帶來的物資匱乏和通

---

[1] 齊邦媛：《閨怨之外——以實力論台灣女作家的小說》，《千年之淚》，台北，爾雅出版社，1990 年 7 月版，第 110 頁。

貨膨脹，加之 200 多萬隨國民黨遷台人士導致的人口激增，
對於本來就處在各種危機之中的台灣而言，不啻是更多的災
難。這種社會背景下的文化生態環境，直接造成了文壇青黃
不接的局面。從省籍作家來看，語言的轉換、政治的高壓以
及生存的困窘，迫使許多人沈默下來。40 年代曾經活躍的
那批作家，楊逵因一紙《和平宣言》被判刑 12 年，呂赫若
在「清肅」運動中生死不明，楊雲萍、黃得時走進台灣大學
轉向學術研究，張文環、龍瑛宗轉入金融界，遠離文壇。除
了鍾理和、廖清秀、鍾肇政、施翠峰、李榮春、文心等少數
作家還在生存與出版的困境中苦苦堅持寫作外，其他戰後第
一代省籍作家仍處於艱難的文學調適的過渡之中。

　　再看大陸遷台的作家，由於社會政治、經濟環境的惡
化，許多原來具有創作成就，現在漂洋過海的男作家，為了
在台灣島上生存，不得不通過從事政、經、商，或服務於軍
界等途徑，去謀一份養家餬口的差事。終日奔波於社會疆
場，創作數量也就驟減下來。而對於女作家來說，她們或由
於為人妻為人母的角色，生活環境相對安定，能夠行有餘力
地調動自己從前的生活庫存和文學積累，來訴諸創作；或由
於普遍具有的教育背景和文學生涯，她們的求職多集中於教
育和新聞部門，工作環境更突出了文化色彩。始終與語言文
字打交道，原來又不乏文學的功底與素養，一旦點燃創作願
望，她們在台灣文壇上的重新出發也就勢在必然。正是這種
受過教育的強悍和職業女性的特質，使得大陸來台的女作家
在台灣文壇青黃不接的時候，反而以自己仿佛不經意之間形
成的競爭優勢，正好搶攻了台灣文壇的位置，女作家由此異
軍突起，獨領風騷。

　　大陸遷台女作家在歷史轉折點上群體崛起的事實，竟意

外打破了台灣文壇一向為男性所主宰的「瓶頸」。在過去的台灣文學的歷史上，女性文學一直是最薄弱的地帶。日據時代的台灣，重男輕女之風極為盛行，中國傳統社會要求女子「三從四德」、「女子無才便是德」的封建古訓，日本式的「大男人主義」隨著東瀛的堅船利炮橫行台灣，加之當時推行的日式教育體制對台灣人的不公正，台灣女性的生存權利和受教育權利被強行剝奪，她們的聰明智慧和文學創造力也被深深壓抑。這種情形，造成了一代女作家的缺失，本省籍女性的創作屈指可數。整個日據時代，像楊千鶴、葉陶、黃碧華、黃寶桃、賴雪紅、辜顏碧霞這樣的女性書寫，寥若晨星；且作品數量稀少，作家筆下往往只有個別篇什，還難免遭遇被長期湮沒的命運。戰後初期的台灣，被稱為「姑媽詩人」的陳秀喜中年起步，不得不向自己的女兒學習方塊字，由日文寫作轉向中文寫作。台灣省籍作家中唯一活躍於50年代文壇的女性林海音，其創作起步還是從北平開始的。所以，女性文學在台灣，曾經是一片荒蕪。正是在這種意義上，大陸遷台女作家的介入，就具有了一代拓荒者的角色和貢獻。作為來自大陸的文學使者，她們的創作承接了「五四」以來中國新文學特別是女性文學的傳統，促進了台灣文學與大陸文學的相互融合。作為台灣真正意義上的第一代女作家群體，她們不僅開拓了台灣女性文學的處女地，擴展了女性文學的創作空間，更從根本上改變了台灣文壇的組合格局，徹底打破了男性作家的一統天下。上述情形，如同台灣學者範銘如所概括的那樣：

> 活躍於一九五〇年至七〇年台灣文壇的女作家大
> 部分是隨同國民政府遷台的新移民。不但是早期大陸

女性文學過渡成當代本土女性文學的橋樑，擔負承先啟後的關鍵，更是台灣女性用白話中文創作的開始，在台灣女性小說中列為「第一代」①。

第二節 疏離於主流文壇的創作姿態與風格

50 年代的台灣文壇，乃是官方文藝思潮「戰鬥文藝」主控的年代。「戰鬥文藝」運動不僅在客觀上適應了國民黨當局「反攻大陸」的政治路線，而且很快被納入官方的文化體制，並在國民黨當局的大力鼓噪和具體推動下，一步步走向高潮。《中華民國文藝史》曾這樣記載當時的情形：「民國四十五年元月，中國國民黨遵照蔣總裁的指示，正式揭櫫了『戰鬥文藝』運動，並由中常委會通過了《展開反共文藝戰鬥工作實施方案》。而這一方案，亦可說是中國國民黨文藝政策的始基。」②

「戰鬥文藝」運動萌生於 50 年代初期，1956 年形成全面泛濫之勢，50 年代末期走向衰亡。在此過程中，國民黨當局採用的文藝策略，一是實施官方獎勵與培訓，扶植「戰鬥文藝」創作。1950 年 3 月成立的「中國文藝獎金會」，在台灣經濟相當困難的年代裏，每年由官方提供 60 萬新台

---

① 範銘如：《「我」行我素——60 年代台灣女性文學的「小」女聲》，梅家玲編：《性別論述與台灣小說》，台北，麥田出版社，2000 年 10 月版，第 68 頁。

② 尹雪曼：《中華民國文藝史》，台北，中正書局，1975 年 7 月版，第 3 頁。

幣，通過高額獎金和稿酬的利誘，鼓勵作家走上御用寫作的道路。二是通過官辦民間文藝團體，將作家納入「戰鬥文藝」運動的組織網絡中。在「中華文藝獎金委員會」的統率下，「中國文藝協會」、「中國青年寫作協會」、「中國寫作協會」等文藝團體紛紛成立，並且採用宣言的方式，對官方進行效忠、守分的宣示。三是創辦文藝刊物，建立「戰鬥文藝」的發表陣地。由此，從庶民、軍人、婦女到學生，從廣播、雜誌、報紙到各種媒體，從音樂、舞蹈到電影、繪畫，統統被納入「反共文藝」的體制內。上述文藝政策，造成「戰鬥文藝」作家的高密度生長，「戰鬥文藝」作品更是無節制泛濫。僅 1950 年至 1952 年這三年，從事「戰鬥文藝」寫作的作家便多達 1500 人至 2000 人，並出版有長篇小說 10 餘種，中篇小說 20 餘種，短篇小說近 30 種，詩集約 20 種，劇本約 20 種，漫畫與歌曲 10 餘種，合計有一百二三十種之多①。到了 1956 年，「戰鬥文藝」運動已經呈現出「戰鼓與軍號齊鳴，黨旗共標語一色」②的泛濫之勢。這種「戰鬥文藝」創作，往往以反共抗俄的政治傾向，歪曲現實生活和顛倒歷史是非的虛妄性，以及退居台島、歸鄉無望的情緒宣洩，乃至嚴重的模式化和公式化寫作，形成那個年代千篇一律的「反共八股」。

然而，任何年代都不可能只發出一種聲音。如同台灣學者龔鵬程在《台灣文學四十年》一文中所說的，在所謂反共

---

① 張道藩：《論當前自由中國文藝發展的方向》，台北，《文藝創作》，1953 年第 21 期。
② 郭楓：《40 年來台灣文學的環境與生態》，台北，《新地文學》，1990 年第 2 期。

戰鬥的 50 年代，也是女作家大行其道的時代。這個事實，顯示了彼時文學現象的複雜面①。一方面，台灣女性文學在 50 年代的出發，不可能不受到當時文藝政策的制約，也無法避免隨國民黨當局遷台這樣一種政治背景和現實心態的影響。「戰鬥文藝」思潮洶湧而來之際，台灣文壇於高壓政策下成立的帶有政治色彩的第一個女作家組織——台灣省婦女寫作協會，以及稍後組織的「中國婦女寫作協會」的宗旨，都是「結合全國愛好文藝寫作的婦女，從事戰鬥的、健康的文藝作品的創作」②。1955 年台灣省婦女寫作協會成立之際，還宣言過如下目標：「我們願望拿起一支筆寫下自己的心聲、自由中國的復興、大陸鐵幕的黑暗。」台灣省婦女寫作協會 50 年代曾經出版過三輯《婦女創作集》，該會的常務理事許素玉在編輯「序」中明言，協會的宗旨是「鼓勵婦女寫作及研究婦女問題以實踐三民主義，增強反共抗俄力量」。事實上，在當時的歷史背景下，不僅僅是台灣省婦女寫作協會，包括「中國文藝協會」、「中國青年寫作協會」等，作家團體採取向官方主動表態的模式彼此規約，當局把作家納入官辦民間文藝團體，千方百計地擴充反共文藝人口，讓他們服膺「戰鬥文藝」運動。這既構成 50 年代文化體制下的文藝運動的顯著特徵，也讓人們窺見民間社團與統治者當局之間的微妙關係；它所反映的，是主流意識形態對於文壇的強大的裹挾力量，同時也是特定時代背景下一種互為影響，並非孤立存在的文學現象。

---

① 龔鵬程：《台灣文學四十年》，《台灣文學在台灣》，台北，駱駝出版社，1997 年版。
② 錢劍秋：《三十年來的婦女運動》，《台灣光復三十年》，台中，台灣省政府，1975 年版，第 1 頁。

另一方面，在台灣省婦女寫作協會的宣言告白與實際的創作面貌之間，在主流文壇對女作家政治籠絡與文學排斥之間，又充滿著矛盾。這種矛盾導致當時呈現弱勢文壇地位的女作家，多以疏離於主流文壇的創作姿態，不斷開拓女性書寫的空間。在「戰鬥文藝」運動一統天下的 50 年代，主流文學倡導的是「反共抗俄」的「戰鬥」主題，女性書寫側重的多是思鄉憶舊的文學情懷；主流文壇評價作家創作的尺度，首先是作家能否納入「戰鬥文藝」的反共軌道，而非文學藝術的標準。凡符合「戰鬥文藝」創作宗旨的，官方極盡鼓勵重獎之榮譽，如潘人木的《如夢記》、《蓮漪表妹》、《馬蘭自傳》等小說，連年獲得「中華文藝獎」；而有悖於官方要求的女性書寫，卻遭到貶損排斥，甚至被打入另冊。早在 50 年代，針對女作家不重視文學的「戰鬥性」的傾向，具有官方文學色彩的評論家劉心皇就曾這樣批評道：

> 　　她們的優點在於感情豐富、思想細緻，描寫心情和事物，都能入情入理，而且用詞美麗。可惜的是，她們所寫的差不多是身邊瑣事。讀她們的作品，彷彿不知道是在這樣驚心動魄的大時代裏①。

在主流文壇眼裏，女作家普遍的創作，得到的是這樣的評價：

> 　　和「反共文學」相比，以懷鄉為主的題材顯得不夠「積極」，在不重視文學性的「戰鬥」時代只能成

---

① 劉心皇：《50 年代》，收於《當代中國新文學大系‧史料與索引》，台北，天視出版事業公司，1981 年 8 月版，第 70 頁。

為支流；和當時已形成另一風潮的現代派比起來，女性愛情小說顯得太「平凡」了些，在那個創作上的狂飆猛進時期，其在文學史上的地位，就仿佛茶餘飯後的消遣，也是支流①。

處於支流地位的女性書寫，如果創作出了「格」，那就不僅僅是遭致批評了，強有力的政治干預，將給人帶來滅頂之災。這種干預一直延續到6、70年代。60年代初期，女作家郭良蕙的長篇小說《心鎖》因為涉及性描寫，便被指控為「黃色小說」，「內政部」據此查禁了《心鎖》，作者也被台灣省婦女寫作協會和「中國文藝協會」開除會籍。在「戰鬥文藝」團體互為網絡的背景下，任何一個作家，一旦被「中國文藝協會」等團體所摒棄，無異於被放逐在台灣文壇的邊緣地帶，其承受的社會壓力可想而知。

不管官方文壇對於女性書寫採取怎樣的態度，從普遍的意義來說，50 年代女作家疏離於主流文壇的創作姿態已經成為不爭的事實。與那些多在政界和軍中任職、具有官方文化色彩的男性作家不同，這些在教育、文化部門服務的女作家，相對而言，民間的、個體的寫作色彩更濃一些，離政治的漩渦相對遠一些，或許因為她們不屬於反共文學的正規部隊，這反而使她們在無形中擁有了寫作的自由度和新的文學空間。儘管不排斥極少數女作家曾以峻急之情投入「戰鬥文藝」寫作，一些女性作品中也流露過初到台灣的政治心態與「戰鬥」字眼，某些篇什在特定的社會氛圍中也會增添「反

② 胡衍南：《戰後台灣文學史上第一次橫的移植——新的文學史分期法之實驗》，台北，《台灣文學觀察》，1992 年第 6 期。

共的尾巴」，但在她們的全部創作中，這類寫作占據少數；在她們後來的思想感情變化中，最初的「戰鬥」色彩也不斷由濃變淡；在 50 年代女性作家的整體創作格局中，「戰鬥文藝」的傾向並不占據主導位置。

在寫作路向上，與當時主流文壇充滿「戰鬥」色彩的意識形態話語不同，50 年代的女作家更重視創作的文學性。在「戰鬥文藝」蔚爲風潮的年代裏，文藝團體爭先恐後召開座談會，報紙刊物紛紛開闢「戰鬥」專欄，這種現象曾經此起彼伏，但「台灣省婦女寫作協會」舉辦的三次文藝座談會，卻與當時風尚有所偏離。1955 年 6 月，由羅家倫主講《寫作的理論》；1957 年 6 月，香港作家徐訏被特邀參加座談會，研討主題爲「寫作的傳達與表達」；同年 9 月，梁實秋則爲女作家們講授《莎士比亞的戲劇和小說的關係》。女作家們對於社團活動的文學期待，可以從中窺見一斑。女作家們曾經具有的文學素養和創作生涯，她們對於生命、人性、愛情、美與藝術的特別敏感和關注，這使她們從台灣文壇出發的時候，更希望自己的寫作定位首先是文學的角色，而非政治的傳聲筒。

這樣一種文學角色的定位，勢必帶來女性書寫的獨異風貌。具體到創作題材和文學題旨的表現，當時的文壇上出現了三種情形。

第一，懷鄉文學的創作，透過追憶大陸、懷舊思鄉、寄寓離愁的描寫，凸顯出濃重的鄉愁意識。儘管這一主題指向中，某些作品也或多或少地表現出主流意識形態話語，但多數作家巧妙地避開對政治的直接發言，在人性和人情、故園與鄉土的情感層面深入開掘，於「戰鬥文藝」原野的空白地帶左奔右突，蜿蜒曲行。張秀亞、琦君、謝冰瑩、林海音等

人的作品，往往在散文與小說的領域裏見證了懷鄉情感的濃度。

　　第二，對婚姻愛情故事的表現，蘊藏了一種反封建的主題指向。無論是藉故鄉人物的憶念，描摹過去時代悲歡離合的人情世態，如林海音的《婚姻的故事》、聶華苓的《失去的金鈴子》等；還是以現實生活的觀照，表現當下台灣的情感糾葛與倫理衝突，如郭良蕙的《銀夢》、孟瑤的《心園》等，這類創作都對男女不平等的傳統與現實，對女性的歷史命運與生存境遇，給予了特別關注。

　　第三，通過性別角色與性別論述的體認，承接了「五四」以來大陸女性文學所傳達的女性意識。張漱菡、童眞、劉枋、繁露、畢璞等作家在 50 年代創作的部分小說，從一個側面透露出經過五四新文化思想濡染的知識女性的自主意識。這樣一種女性書寫帶來的創作面貌，不僅在主題和題材上完全區別於那種「局限於揭發中共的貧窮、屠殺、無人性，以及心向王師這些敎條」的反共文學作品，而且在風格上也沒有那種號角沖天的吶喊，刀光劍影的對陣。女性書寫更多表現的，是一種或純情柔美或溫婉而又苦澀的「閨秀」風格。也就是說，透過女性情態的「軟性訴求」，傳達一份眞摯的人間關愛；避開「戰鬥文藝」的政策驅動，保持一種相對自由的藝術追求，構成了 50 年代女作家心嚮往之的創作態度與文學境界。

　　從社會的期待視野來看，女性文學疏離於主流文壇的話語呈現，竟然得到了廣大讀者的喜愛和擁戴，這對女作家的創作路向不啻於有力的肯定和鼓勵。1956 年，「中國青年寫作協會」曾經舉辦「四十四年度全國青年最喜閱讀文藝作品測驗」①，選出小說、散文、詩歌、劇本各 10 部。其中

女作家榜上有名的：小說占據 4 種，有張漱菡的《意難忘》，張愛玲的《秧歌》，孟瑤的《心園》，謝冰瑩的《聖潔的靈魂》；戲劇占據 1 種，即李曼瑰的《女畫家》；散文比例最高，竟占據 8 種之多，它們分別為艾雯的《青春篇》，張秀亞的《三色菫》、《牧羊女》、《凡妮的手册》，徐鍾珮的《我在台北》，謝冰瑩的《愛晚亭》，鍾梅音的《冷泉心影》，蘇雪林的《綠天》。女作家的上榜作品，幾乎都在「戰鬥文藝」創作的格局之外。倒是獲得官方「中華文藝獎」的《蓮漪表妹》、《馬蘭自傳》等作品，並未進入讀者的入選視野。上述情形，也從一個側面見證了 50 年代女性書寫非主流形態的存在方式與文學面貌。

---

① 參見《光復後台灣地區文壇大事紀要》（增訂本），台北，文訊雜誌社，1995 年 6 月版，第 79 頁。

第二章　懷鄉──
女性創作的集體記憶

第一節　鄉愁：魂牽夢縈的家園情結

　　鄉愁，作爲一種最令人魂牽夢縈的情感，它不僅連綴著人們有關故鄉、祖根、家族、親人的歷史淵源，也蘊含著諸多童年經驗、生命歲月的成長記憶，特別是對於那些背井離鄉，漂流四方的人們來說，鄉愁更成爲心底柔軟而不敢觸摸的情感所在。作爲一種普遍存在的人文現象的表現，鄉愁又是一個永恒的文學主題，它不分國家、民族，也不受地域、時間限制，它所傳達的是人類某種共通的、永恒的精神感情。中國的鄉愁文學傳統一向源遠流長，無數羈旅人生的歌唱眞摯感人。「舉頭望明月，低頭思故鄉」，「但願人長久，千里共嬋娟」，李白的詩篇不知唱圓了古往今來多少遊子心頭的故鄉明月。當我們綜觀古今中外文壇的時候卻發現，很少有地方像中國的台灣地區那樣，在二十世紀後半葉的文壇創作中，能夠如此高密度地一再復現鄉愁的文學主題，這不能不說是一個獨特的文學現象。

　　台灣鄉愁文學創作在二十世紀 50 年代文壇的凸顯，不乏中國文化傳統的孕育，更有其特定的社會歷史背景原因。作爲一個移民島，2300 萬台灣人幾乎都是大陸移民和他們

的後代。移民島的特色決定了文學的鄉愁特色。台灣的鄉愁文學早在 1949 年以前就已存在，那是台灣人民在日據時代的高壓統治下，對祖國和原鄉的孺慕之情。一如巫永福的詩歌《祖國》，鍾理和的小說《原鄉人》，等等。40 年代末隨失敗的國民黨政權遷台的 200 多萬大陸軍民，構成了近代中國最大規模的「政治流亡」和「移民潮」，並帶來他們漂離故土、流寓他鄉的人生經驗。初到台灣，面對四海茫茫的孤島生存，無論是篤定政治立場主動前來的，還是被無可左右的命運裏挾而來的，或是由於種種複雜的現實原因選擇了台灣的，歷史驟然轉折之際與人生倉皇遷徙之中造成的命運歸宿，也使這些大陸遷台的「異鄉人」，在海峽兩岸長期的政治隔絕中，充滿了歸鄉無望、骨肉分離的痛苦，並患著強烈的思鄉病。當國民黨當局在台灣大力推行「反攻大陸」的所謂「國策」時，他們便利用了大陸遷台軍民的思鄉心理，製造出「反攻大陸回故鄉」的政治神話。這使得 50 年代特殊文藝生態環境中出現的懷鄉文學，創作伊始就具有了一種複雜的背景和斑駁的面貌，其鄉愁的訴求，也有著不同的動機和表現層面，人們對它的評估和研究，自然不能一概而論。

事實上，懷鄉文學在這一時期台灣文壇上所處的位置，非常微妙。一方面，就官方的主導話語而言，他們有意將「反共」與「懷鄉」同時納入 50 年代的意識形態中，企望憑著這種強勢的政治話語與柔性的「懷鄉」情感的特殊結合，來對大陸遷台民眾起到或政治鼓動、或激勵「戰鬥」、或安撫心理的作用。所以，官方文壇竭力賦予懷鄉文學以「戰鬥」色彩和政治性格，期望通過一種「反共的懷鄉文學」，來傳達這樣的意識形態話語：若要返鄉，必須「反共」；只有「反共」，才能返鄉。如此一來，受到官方文

壇主控的懷鄉文學，其鄉愁主題和表現傳統被歷史失敗者的政治情結與復仇情緒所纏繞，原鄉的土地反而成了政治言說的場域，這在部分男性作家的懷鄉訴求中表現得最為突出。正如白先勇所說：「這些作家筆下的人物大多與現實脫節，布局情節老套公式化，故事的主人翁不管如何飽嘗流放的痛苦，總是會重臨故土，與大陸上的家人團圓結局。這些作品滿注思鄉情懷，但這種悲傷的感受老是陳腐俗套，了無新意。」①

　　另一方面，從真實的普遍的文壇情形來看，最能代表懷鄉文學成就的至今仍有生命力的創作，恰恰越出了官方所預設的「中心」軌道，並以一種有意無意中形成的疏離姿態，從大陸遷台軍民的原鄉情感和文化記憶出發，於文壇的邊緣地帶開始了懷鄉情感的言說。這在台灣女作家那裡頗具代表性。

　　50 年代懷鄉文學的創作者，多是軍中作家和女性作家。以前者來論，當初隨國民黨政權來台的一批少年兵，在無根的歲月裏，「他們失去接受正規教育的機會，卻獲得以鄉愁為血液，以流亡為骨架，以憧憬為糧秣的生命」②。在療饑似的文學閱讀和寫作滋養下，這批少年兵日後成長為著名的作家。小說家方面，有朱西寧、司馬中原、段彩華等；詩人則有洛夫、羅門、瘂弦、管管、楊喚、商禽、辛郁、張默等。由於特定時代台灣的政治環境以及軍中作家所受的

① 白先勇：《流浪的中國人——台灣小說的放逐主題》，《白先勇自選集》，廣州，花城出版社，1997 年 7 月版，第 408 頁。
② 葉珊：《寫在「回顧」專號的前面》，台北，《現代文學》季刊第 46 期，1972 年 3 月。

「軍中教育」，他們最初的懷鄉寫作也曾帶有偏執而強烈的政治情緒，一如司馬中原的長篇小說《荒原》和《狼煙》，在懷鄉框架中所融入的那種「戰鬥」主題。

隨著國民黨「反攻大陸」政治神話的幻滅，軍中作家當初狂熱的「戰鬥」情緒逐漸冷卻下來，思鄉憶舊的情思也隨之湧起。出自於一種民間記憶和童年經驗，他們更多地以故鄉傳奇和村野趣聞，再現富有文化意蘊和民俗風情的鄉土生活。朱西寧的《鐵漿》、《狼》所塑造的鄉土中國的「血氣漢子」形象，司馬中原的《狂風沙》、《紅絲鳳》、《鄉野傳聞》所縈繞的濃烈鄉愁，段彩華充滿象徵意象的《花雕宴》等，皆爲風格鮮明的懷鄉佳作。

對於大陸遷台的新移民女作家來說，她們在台灣文壇上的出發，多是從綿綿鄉愁的訴說起步的；她們在懷鄉文學這一波創作潮流中所充當的，是主力軍的角色。也許因爲女作家並非「戰鬥文藝」的正規部隊的緣故，也許因爲女作家對家園、親情、人性以及美好事物格外敏感和珍惜的原因，她們筆下的懷鄉文學，往往避開了「戰鬥」主題的纏繞和政治話語的介入，或以舊情往事的眷戀，抒寫漂泊人生的鄉愁，如張秀亞的《三色菫》、琦君的《煙愁》、謝冰瑩的《故鄉》當爲代表的創作；或以故鄉人物的懷念，描摹悲歡離合的人情世態，回眸女性生命歲月的成長，如林海音的《城南舊事》、於梨華的《夢回青河》、聶華苓的《失去的金鈴子》等。然而，女作家這種普遍的鄉愁訴求，因爲不同程度地疏離於官方倡導的「戰鬥文藝」路線，不僅不能以主流創作面貌得以彰顯，反而被排斥到文壇的邊緣位置。在主流批評家眼中，女作家「所寫的差不多是身邊瑣事。讀她們的作品，仿佛不知道是在這樣驚心動魄的大時代裏」①。「和

『反共文學』相比，以懷鄉爲主的題材顯得不夠『積極』，在不重視文學性的『戰鬥』時代只能成爲支流。」②由此可知，新移民女作家筆下相對純正的懷鄉文學寫作，與官方所倡導的「反共懷鄉文學」路線之間，相距甚遠，所以，按照主流文壇的價值評估標準，很難得到當時的重視和肯定。但是，隨著歲月的流逝和沈澱，今天能夠在文學史上留存的，正是女作家筆下這種具有純正文學素質的懷鄉作品。

　　台灣學者齊邦媛明確指出：「光復後十年間，台灣文壇上質量最豐的是被稱爲『懷鄉文學』的作品。」③懷鄉文學，抑或被稱爲鄉愁文學或回憶文學，它與「戰鬥文藝」幾乎同時產生，盛行於 50 年代末期。懷鄉文學的內核是一種「鄉愁意識」或「懷鄉意識」，它「在 50 年代台灣所創作的小說中，藉由人物的對話、獨白、回憶、想像、比喻、夢想或描述，來表現出思念家國、思念故鄉或思念先前的心理」④，而依此心理所創作出的主題與寫作方式，即謂之懷鄉文學。

　　台灣新移民女作家在 5、60 年代創作的懷鄉文學，作者的身份是「獨在異鄉爲異客」的漂流者，創作的視角是對舊情往事的懷想與回眸，所以生活素材的發掘來自於原鄉的土

---

① 劉心皇：《50 年代》，收於《當代中國新文學大系・史料與索引》，台北，天視出版事業公司，1981 年 8 月版，第 70 頁。

② 胡衍南：《戰後台灣文學史上第一次橫的移植──新的文學史分期法之實驗》，台北，《台灣文學觀察》，1992 年第 6 期。

③ 齊邦媛：《千年之淚》，台北，爾雅出版社，1990 年 7 月版，第 88 頁。

④ 傅怡禎：《50 年代台灣小說中的懷鄉意識》，台北，中國文化大學中學所碩士論文，1993 年 6 月，第 13 頁。

地，貫穿始終的是那種「剪不斷理還亂」的綿綿鄉愁，作者所要傳達的是有關家園、鄉土、親情、友誼、人性和一切美好事物的憶念。在這種鄉愁書寫中，題材的過去時，和情感的現在時形成巨大的反差；時空的轉換，地域的遷徙，讓人生的流浪有著時代的跨度，也見證著鄉愁的濃度與深度。現實生活裏的人物、事件、物品、地理、景色、氣候，常常讓作者觸景生情，睹物思人，引發出懷鄉的創作動機，也帶來溫馨而不無感傷的鄉愁情調。琦君的《未著塵的白雪》，寫大陸舊鄰之女張麗薇的到來，讓主人公世寬在「他鄉遇故知」的相逢中，滋生出懷鄉的情緒；張漱菡《意難忘》中的家書，琦君《百合羹》中的百合羹，聶華苓《失去的金鈴子》中的金鈴子，都讓人緬物懷鄉，心嚮往之；琦君鍾情的江南雨天，林海音難以忘懷的北平城南胡同，皆變成親切的憶念。這其中，長期漂泊在外的遊子對於離散親人和故鄉的渴盼，又成為鄉愁書寫的一條主線。往昔猶如夢，故鄉是支歌，雖然這夢並不圓滿，歌聲裏也含有憂傷，但無論走遍天涯海角，月是故鄉明，情是鄉愁深，懷鄉是台灣女作家縈繞在心、揮之不去的家園情結。因而，新移民女作家的懷鄉是從個人的原鄉經驗和生命情感出發，在群體崛起於 50 年代台灣文壇的時候，又以鄉愁為主題的共同訴求，傳達出這一代漂洋過海、遠離故土女作家的集體記憶。

第二節　憶舊：身居孤島的人生回眸

　　憶舊，作為一種人生情結和寫作視角，它貫穿了台灣新移民女作家 50 年代的懷鄉小說創作。「廣義地說，一切文

學都有回憶的成分在內。文學不只是記錄，而更是對人生的觀照與反省，從觀照與反省中的了悟、悲憫，廣而深的瞭解與同情，才是偉大文學的素質。」①對於新移民女作家而言，倉促遷台的流寓人生，使得思念大陸故鄉的孤島回望定格為一種鄉愁方式，也成為這一代人的集體記憶。而故鄉題材的過去式，與作家懷鄉情感的現在時，又讓她們在人生回眸的歷歷目光中，見證著懷鄉書寫的時空跨度和情感落差。故國、家園、昔日，童年、舊情、往事，乃至文化傳統……這種回眸式的人生書寫，帶來了新移民女作家懷鄉小說的回憶文學特質。琦君、張秀亞、林海音、鍾梅音、艾雯、徐鍾珮、謝冰瑩、劉枋、邱七七、張漱菡、王文漪、繁露等女作家在這一題材領域的寫作，又多以情感化的小說和敘事性的散文為主要表達方式。

　　對故土人物的憶念，首先構成了新移民女作家懷鄉憶舊的著眼點。「懷人」的篇什，是以「愛」的主題的流貫，人性發掘的獨特，溫馨而感傷的情調，以及敘事與抒情相交融的心靈言說方式，呈現出女性的人間悲憫情懷。

　　在這「千里懷人」的故鄉回眸中，上至父母祖輩，下至兄弟姊妹，家人親情的悲歡離合，割捨不斷的血緣關係，成為感人至深的一幕。種種揮之不去的情感記憶，正像女作家琦君所說的那樣：

　　　　每回寫到我的父母家人與師友，我都禁不住熱淚盈眶。我忘不了他們對我的關愛，我也珍惜自己對他們的這一份情。像樹木花草似的，誰能沒有一個根呢？

①彭歌：《回憶的文學》，台北，聯經出版公司，1977 年 9 月版，第 3 頁。

> 我常常想，我若能忘掉親人師友，忘掉童年，忘掉故
> 鄉，我若能不再哭，不再笑，我寧願擱下筆，此生永
> 不再寫，然而，這怎麼可能呢？①

父親的形象，是新移民女作家筆下出現最多的形象，同時也是懷鄉書寫難以處理的題材之一。許多女作家面對父親題材時，都不免有無形的壓力。在過去的時代裏，或因舊式大家庭的制度森嚴，女兒與父親接觸機會甚少；或因父親功名顯赫，讓女兒心存畏懼；或礙於父親的社會形象，做女兒的不便書寫家庭的私生活；或由於父親的人生挫敗，讓做晚輩的難於直抒其言。所以，能否突破心理束縛，在自由、真實的境界中來寫作，這是刻畫父親形象的重要前提。難能可貴的是，我們在新移民女作家那裏，看到了性格各異、真實生動的父親形象。劉枋以「女兒不才」的內疚心理寫《父親，原諒我》，在女兒眼裏，神情瀟灑的紳士父親，「是世界上最完美的男人，由過去到今天，以至永遠」②。在《父親的悲哀》一文中，鍾梅音以沈重的筆觸寫到父母失和的家庭中，節儉克己、沈默寡言的父親，內心卻湧動著對子女的親情厚愛。琦君則透過兒時的童心稚情看《父親》，從昔日威風森嚴的軍官，到退職後平和、慈祥的老人，父親的形象在女兒心中經歷了一番真實的演變。特別是徐鍾珮筆下的《父親》，寫一個被放逐於家庭親情之外的老人寂寞的一生，讀來令人感傷、惆悵。父親因為平生沒有煊赫功名，遭

---

① 琦君：《寫作回顧（代序）》，《琦君自選集》，台北，黎明文化事業股份有限公司，1975 年 12 月版，第 14～15 頁。
② 劉枋：《父親，原諒我》，《劉枋自選集》，台北，黎明文化事業股份有限公司，1975 年 5 月版，第 21 頁。

到生性好強的母親曠日持久的冷遇。「父親把一生的哀怨，化成一臉寬恕姑息的笑」，直到「他咽最後一口氣，床邊家人環泣，他第一次也是最後一次享受了大家的愛和關切」①。此類思父之作，還有張秀亞的《憶父》、《父與女》，林海音的《我們的爸》，邱七七的《遙憶父親》，等等。上述作品，情深意切，貴在眞實。父親的眞實性格與人生，在女兒對父親的憶念和對父親形象的審視中，融入了深刻的人性內容和家族議題。

　　母親形象的塑造，是新移民女作家的最爲親和與普遍觸及的題材，其中又以琦君作品中的描寫格外動人情懷。琦君著作等身，一生出版的小說、散文、兒童文學等作品集多達 39 種，50 年代有小說集《琴心》（1953 年）、《菁姐》（1954 年）、《百合羹》（1958 年）等問世。琦君寫得最出色的是憶舊文章，而母親永遠是她筆下最重要的人物。同樣是寫母親，琦君在不同篇什裏涉筆母親性格的各個側面。《衣不如故》著重寫母親的素衫舊衣，節儉持家；《母親新婚時》表現母親對愛情生活的一往情深；《母親》刻畫了一個農村婦女善良、淳樸、仁義的美德；《一朵小梅花》寫母親對父親的寬容大度；《髻》流露出母親對丈夫納妾的無奈和幽怨；《母親那個時代》呈現了母親勤勞的本性；《母親的偏方》反映了母親頗具民間智慧的生活能力和幹練性格；《毛衣》則寫出母親對女兒無盡的關愛。琦君的母親，勤勞、節儉、容忍、慈祥，她集傳統中國婦女的「三從四德」於一身，爲家庭、爲他人奉獻了一切，自己卻走不出悲

---

① 徐鍾珮：《父親》，《徐鍾珮自選集》，台北，黎明文化事業股份有限公司，1981 年 3 月版，第 4 頁。

劇的命運。在女兒眼中,「母親一生辛勞,從沒享過一天清福,哥哥的突然去世,父親的冷淡與久客不歸,尤給予母親錐心的痛楚」①。但她無怨無艾地容忍著丈夫半生的冷落,全心全意地養育女兒成人成才,最後長眠於一生孤獨守望的寂寞橘園。琦君對舊時代女性命運的透視,溫婉感傷的筆觸背後,又鬱積著無言的悵恨與憤懣。

　　許多熟悉的故鄉人物,也帶著他們自身的生活命運和個性特徵,一一走進了新移民女作家追懷憶舊的書寫中。張秀亞筆下的《老仆孫榮》,琦君作品中的老長工阿榮伯,哺育了「我」的乳娘,胖廚子老劉,還有那位烤山薯的老伯伯,他們以自己的淳樸善良、正直仁義,伴隨作者度過了童年時光,並給予她們最初的民間情懷和人生教育。特別是那些帶有悲劇色彩的故鄉女性,更觸發了新移民女作家對社會不平現象的認知。張秀亞的《娥姐》、琦君的《阿玉》,涉及的都是貧家女與富家子弟的戀愛悲劇。乳娘的女兒娥姐與采哥兒青梅竹馬、一起長大,卻敵不過世俗偏見、流言蜚語,最後在采哥兒的人性變異和移情他戀中,娥姐的痴情懷想終成空幻;做丫環的阿玉與小鶯的三叔彼此傾心,互生愛慕,卻被封建家庭強行拆散,勞燕分飛,留下無數痛苦感傷的回憶。這種跨越貧富門第和階級身份的愛情,最終皆以貧家女子的悲哀無告而終結。舊時代女性的命運悲劇,還透過謝冰瑩的《姊姊》、繁露的《小姨》等作品得以展示。嫁到地主家的姊姊,因爲嫁妝寒酸,因爲不會討好婆家,結婚後命運坎坷,受盡悲苦,最終咯血而亡。那個聰明、美麗的小姨,

---

① 琦君:《母親》,《琦君散文》,杭州,浙江文藝出版社,1994 年 9 月版,第 89 頁。

出嫁不久，因寡婆、丈夫相繼死亡，「一個青春少年的女人，已被迫失去觀賞滿園花開的權利，但卻有遍掃落花的義務」①。帶著一個遺腹子，守著一份家業，小姨所面臨的，是家族內部爭奪財產的明槍暗箭，周圍世界的嘲笑、欺凌，寡婦境遇的寂寞無助，直到走完了 28 歲的短暫生涯。上述作品所呈現的女性婚姻愛情命運與歷史生存真相，它所寄寓的反封建意向和人間悲憫情懷，又使得新移民女作家的回眸視野中，不再只是遙遠故鄉的牧歌吟唱，親情人性的溫馨記憶；它以直擊現實的力量，讓人們看到傳統社會與人生中並不美好的另一面。

對故鄉風貌的捕捉與描摹，是新移民女作家回眸視野中的另一片風景，它在「懷物」的層面上，寄寓著綿綿不絕的鄉愁，尋找出故鄉給予生命的文化滋養。

當大陸故園成為永遠的過去時，現實的返鄉又顯得遙遙無期的時候，打開珍藏的記憶，借書寫返回心中的故鄉，憑記憶復活昔日的歲月，就成為新移民女作家情感表達的主要方式。這期間，故鄉的山川景物、日月星光、花鳥魚蟲、民風舊俗、文化傳統，便以其感性而鮮活的形象，重新喚起新移民女作家的鄉愁記憶。

張秀亞，這位極具人生詩意和文學夢幻的作家，一生出版散文、小說、詩歌等著作 46 種。50 年代的作品主要是「寫那些平凡、潔淨、素樸而詩意化了的『人生』」②。這一時期出版有散文《三色菫》（1952 年）、《牧羊女》

① 繁露：《小姨》，《繁露自選集》，台北，黎明文化事業股份有限公司，1978 年 6 月版，第 84 頁。
② 張秀亞：《尋夢草・自序》，《尋夢草》，台北，台灣商務印書館，1953 年 9 月版。

（1953 年）、《懷念》（1957 年）、《愛琳的日記》
（1958 年），小說《尋夢草》（1953 年）、《七弦琴》
（1954 年）、《感情的花朵》（1956 年）等 7 種。在她筆
下，故鄉邯鄲的田園村落，青年時代就讀的京津古城風貌，
抗戰時期的霧都重慶景象，都留下了生動的影像。家鄉的花
叫「地丁花」（《油燈碗與花》），家鄉的草是「尋夢草」
（《星的故事》），家鄉的月是杏黃月（《杏黃月》），
家鄉的鷹是有著懷鄉病的鷹（《鷹的夢》），可謂一草一
木，一獸一蟲，都變成有靈性情感的生命。而對於琦君來
說，「異鄉客地，愈是沒有年節的氣氛，愈是懷念舊時代的
年節情景」①。從粽子裏的鄉愁，到夢寐中尋求的桂花雨；
從外公點亮的紅紗燈，到小孩子歡喜的下雨天；從故鄉過年
的迎燈廟戲，到家家戶戶的邀飲春酒，故鄉豐富美好的年節
風俗，只能「留予他年說夢痕」。而在鍾梅音，凡帶有家鄉
味的東西，豆腐乾、觀音豆、芥菜心、蘿蔔乾、黃雀包、大
麥糊……「越是不會『一見傾心』而又終於博得你的賞識的
東西，越是頑固地纏住你的鄉愁」②。至於林海音的《苦念
北平》、《城南舊事》、《秋的氣味》等一系列篇什，作
者說：「我漫寫北平，是爲了多麼想念她，寫一寫我對那地
方的情感，情感發泄在格子稿紙上，苦思的心情就會好
些。」③事實上，女作家的這種「思舊賦」，在 50 年代台

① 琦君：《粽子裏的鄉愁》，《琦君散文》，杭州，浙江文藝出版社，
　1994 年 9 月版，第 14 頁。
② 鍾梅音：《家鄉味》，《冷泉心影》，台北，重光文藝出版社，1951
　年 5 月版，第 97 頁。
③ 林海音：《陳穀子、爛芝麻》，《玫瑰──林海音作品選》，福州，
　海峽文藝出版社，1989 年 4 月版，第 250 頁。

灣緊張又紛亂的「戰鬥文藝」氛圍中，在當時困窘又渺茫的社會現實中，是以故園之美、鄉戀之情和童年之思，爲害著思鄉病的大陸去台人員，提供了一張張發黃的「老照片」，把他們「帶到另一個處所，離這紛紛擾擾的世界很遠很遠」①，以便舊夢重溫，望梅止渴。在這種境界裏，新移民女作家們自然也「可以重享歡樂的童年，會到了親人和朋友，遊遍了魂牽夢縈的好地方」②。

　　台灣新移民女作家的思鄉憶舊書寫，離不開童年視角與女性情懷的觀照。就前者而言，童年印象的採擷，不僅復活了故鄉眞實的人、事、景、物，而且發掘了作家的生命血脈和感情底色。琦君堪稱寫童年故事的聖手，無盡的鄉情愁思，透過童年的困惑、稚氣的同情心、單純的快樂，一一呈現出來；故園舊家、親朋好友的各色面貌，對駁雜世事的最初認知，又以孩提的口吻，講出眞實好奇的故事。在她筆下，童年不是一般意義上人類個體生存史上的童蒙期，而是回眸往事，不復存在的心靈伊甸園；每一次童年的回憶，都在進行著一次歲月的撿拾，靈魂的洗禮和人性的審視。「在琦君的心目中，人世間的童年不是別的，童心和童年即是審美的敎堂。她已將童年演化和提升爲一種鑑別眞善美和假醜惡的價值尺度了。」③《我的童話年代》、《金盒子》、《爛腳糖》、《憶兒時》等一系列篇什，都表現出上述寫

①　琦君：《下雨天，眞好》，《琦君自選集》，台北，黎明文化事業股份有限公司，1975 年 12 月版，第 55 頁。
②　琦君：《下雨天，眞好》，《琦君自選集》，台北，黎明文化事業股份有限公司，1975 年 12 月版，第 55 頁。
③　樓肇明：《談琦君的散文》，《琦君散文》，杭州，浙江文藝出版社，1994 年 9 月版，第 3 頁。

作特點。

就後者來看，女性情懷的觀照，使這類回眸式寫作多取材於身邊瑣事，並具有溫馨而感傷的情感基調。鍾梅音的《冷泉心影》，林海音的《冬青樹》，多數作品沒有越出女性視野，不去表現大時代風雲與政治命題，而是在平凡、瑣碎的生活記憶中，還原與復活了故鄉的景象風貌，讓人們在涓涓流水般的情感溪流中，得到心靈的洗禮與撫慰。

總的來看，新移民女作家的這類回眸憶舊作品，以題材的鮮活、情感的真摯和人性的發掘而見長，但在鄉愁文化的多層面發掘和人生境界的深廣拓展上，還有筆力不逮之處。

第三節　故園：女性經驗的鄉土書寫

在 5、60 年代的台灣文壇上，林海音的《城南舊事》（1960 年）、聶華苓的《失去的金鈴子》（1960 年）、於梨華的《夢回青河》（1963 年），曾被稱爲「斷了根的鄉土文學」。這三部長篇小說多在 50 年代末期至 60 年代初期寫作，它與台灣新移民女作家 50 年代筆下的懷鄉文學一脈相承，可謂這種創作的深化、提升或集大成者。作爲一種懷鄉的寫作，上述作品雖然不乏失根／尋找、故土／鄉愁的描寫，但我們更爲關注的是：新移民女作家如何觀察與書寫她心中的故鄉？在「戰鬥文藝」一統天下的時代，女作家的鄉土書寫怎樣傳達了有異於當時台灣家國民族情感的另一種聲音？相對於同時期的台灣男作家，女作家的鄉土書寫表現出怎樣不同的面貌？

綜觀中國現代小說傳統，有關原鄉的記憶與書寫成爲一

個歷久彌新的主題。魯迅、廢名、艾蕪……特別是自沈從文以來的鄉土文學創作，其中不斷被男性知識分子彰顯的議題，就是在鄉土的構架裏融入濟世情懷，寄托中國傳統知識分子的烏托邦理想，藉由書寫或肯定或批判故鄉的原始文化，從而突出改革現世的理想。二十世紀 50 年代的台灣文壇上，從大陸遷台的一批男作家，儘管當時他們的意識形態話語與「五四」以來的中國文學精神並不相同，但在書寫故鄉的方式上，他們同樣融入了自己曾經認定的那種「政治理想」。也就是說，不論故鄉有著怎樣的悲歡美醜，民情風俗有著怎樣的原始面貌，書寫故鄉最終還是企圖言說政治，構建「家國神話」。司馬中原在《荒原》中所製造的「英雄救國」的政治神話，朱西寧透過《旱魃》所流露的宗教救贖理念，都是以鄉土作爲實踐場域的。同樣是鄉土書寫，遠觀蕭紅，近看林海音、於梨華、聶華苓，她們與上述男性作家鄉土書寫路線最大的不同，就是淡化了「家國神話」的構建和時代風雲的宏大敘述，透過女性中心視角的鄉土經驗，觀察傳統女性在鄉土中國底層的生存困境，書寫女性在鄉土世界的生命成長；並以女性人生領域裏大量瑣碎而眞實的日常生活題材，解構了以男性的「家國情懷」爲代表的故鄉敘事傳統。

透過《城南舊事》、《失去的金鈴子》、《夢回青河》創作的動機與背景可知，這三部小說皆緣起於作者強烈的懷鄉情感和童年記憶，並帶有作者創作歷程中特殊的生命印記。

對於林海音來說，北平和台灣是她的雙重故鄉，但童年只有一個。在北平城南胡同度過的難忘童年，使身居孤島的林海音首先把懷鄉的情感投向北平。自 1957 年起，她陸續

在《自由中國》、《聯合報》、《文學雜誌》發表回憶北平童年生活的小說，後來結集爲《城南舊事》，1960 年由台中光啓出版社出版。作者說：「我是多麼想念童年住在北京城南的那些景色和人物啊！我對自己說，把它們寫下來吧，讓實際的童年過去，心靈的童年永存下來。就這樣，我寫了一本《城南舊事》。」①

在聶華苓看來，創作《失去的金鈴子》，「那是我一生中最黯淡的時期：恐懼，寂寞，窮困。我埋頭寫作。《失去的金鈴子》就是在那個時期寫出的」②。1960 年，《自由中國》被查封、雜誌同仁被逮捕的遭遇，使聶華苓處於孤島般生存的境遇。在這種背景下寫成的《失去的金鈴子》，最初在《聯合報》連載，台灣文壇和讀者反響強烈，1960 年由台北學生書局出版後，又多次再版發行。正是憑藉抗戰時期在川西三斗坪逃難生活的童年記憶和緬懷故土的鄉愁抒發，聶華苓最困頓歲月中的生命得到了寫作與鄉情的雙重拯救。

言及《夢回青河》，它給於梨華帶來的也是一種不同尋常的人生支撐。早在 1953 年就到美國留學的於梨華，7 年後面臨的是這樣一種困境：一個帶著打入美國文壇夢想而來的女大學生，留學留到了廚房裏，不得已在奶瓶、尿布中忙生活。她拿了學位而做不了新聞記者，得了首獎而成不了暢銷作家③，幾年來嘔心瀝血地創作了三部長篇和無數個短篇，

---

① 林海音：《〈城南舊事〉出版后記》，《城南舊事》，北京，北京出版社，1984 年 1 月版，第 1 頁。
② 聶華苓：《寫在前面》，《失去的金鈴子》，北京，人民文學出版社，1980 年 10 月版，第 1 頁。
③ 指於梨華 1956 年在美國加州大學新聞系讀書時，曾以英文小說《揚子江頭幾多愁》，獲得米高梅文學創作首獎。

卻屢遭退稿，無人問津。在異國他邦最寂寞無助的日子裡，鄉愁不時湧上心間，故鄉童年的思緒更是揮之不去。於是，她決定暫停英文寫作，改用漢語寫作，遂於 1961 年開始了《夢回青河》的創作。1962 年，仿佛被掏空的於梨華帶著三個幼兒和剛完成的書稿回到台灣休假，沒想到《夢回青河》一炮打響，奠定了她中文寫作的地位。作品不僅在當時最暢銷的《皇冠》雜誌上連載，還被台灣廣播電台《小說選播》節目連播。1963 年，《夢回青河》由皇冠出版社出版，並且連續再版六次，風靡一時。於梨華說：「《夢回青河》是在異國的土地上對浙東鄉村童年的緬懷」，「是《夢回青河》的出版及出版後讀者熱烈的反應令我決定了，不，為我決定了此後的路線、生命的目標」①。

　　故鄉在三位女作家那裏，它所負載的不是大時代的風雲，家國政治的重任，而是作者自我的、女性的生命經驗和情感投擲。故鄉，銘刻著她們一生中惟一的童年歲月，見證著她們初涉世事時的足跡，也記載著她們曾經有過的悲歡離合和愛恨情仇。這種情形決定了她們筆下懷鄉小說的出發點。從作品主人公形象的設置來看，《城南舊事》中的小英子，《夢回青河》中的定玉，《失去的金鈴子》中的苓子，並非那種可以在原鄉土地上叱咤風雲，施展宏願的英雄奇才，她們皆為女性身份，且又處於童年或少年時段，作者不僅讓她們直接介入生活，還讓其充當敘事的眼睛，來看故鄉的人物世事、風光景色。這樣，整部作品的童年視角，成

───────────

① 於梨華：《我的創作》，於梨華著，哈迎飛、呂若涵編：《人在旅途：於梨華自傳》，南京，江蘇文藝出版社，2001 年 1 月版，第 320 頁。

爲觀察成人世界的眞實窗口；一切身歷和心歷的人生，皆帶有女作家強烈的自傳色彩；所有的生活場景和日常細節，都出自於女性的心裁和感悟。具體來看，林海音、聶華苓、於梨華對故鄉的書寫，主要從兩個向度展開：

其一，從女性角度切入，側重於描寫故鄉土地上舊時代女性的生存困境和婚姻悲劇，從而流露出一種女性意識和悲憫情懷。

以女作家對女性人生的感同身受，林海音們在故鄉強烈感受到的是「生爲女人的悲劇」。從 20 年代北平胡同裏的女性遭遇，到抗戰初期川西山鄉的婚姻悲劇，再至日僞時期浙東鄉村大家庭中的女性困境，《城南舊事》、《失去的金鈴子》、《夢回青河》所連綴的，正是一部舊中國女子愛情、婚姻、人生、命運的悲劇歷史。

在《城南舊事》的回望中，老北京的民俗風情固然給小英子留下深刻印象，但更牽動她情懷和記憶的，是城南胡同裏的各色人物，於是，秀貞、妞兒、蘭姨娘、宋媽這一系列女性走進了《城南舊事》。作品寫一個人物，就引出一個悲涼的故事；每一個故事的結局，主人公都離英子而去，留下無限的辛酸和憶念。《惠安館傳奇》講述的，是瘋女人秀貞和妞兒的故事。原本美麗痴情的北平姑娘秀貞，因爲與大學生思康自由戀愛而被封建道德所不容，最後美好的姻緣被拆散，呱呱墜地的女兒小桂子又被丟棄在城牆根下。一連串的打擊把秀貞逼成瘋子，後來她認定一個失掉父母、被迫學戲賣唱的妞兒爲女兒，不顧一切地帶著妞兒去尋找遠方的大學生戀人，結果雙雙慘死在雨夜的火車輪下。《蘭姨娘》中的蘭姨娘，因爲家窮被賣，16 歲落入風塵，20 歲又被迫嫁給一個老煙鬼做妾，受盡了屈辱和壓迫。《驢打滾兒》中的宋

媽，為了謀生，忍痛丟下家鄉的兩個孩子來城裡當女傭，結果兒子放牛時被淹死，女兒又被嗜賭如命的「黃板兒牙」丈夫賣掉。北平城南胡同中上演的一幕幕悲劇，從棄嬰小桂子、孤女妞兒、少女秀貞，到做妾的蘭姨娘、為人妻為人母的宋媽，上述人物所經歷的人生階段，幾乎概括了女性全部的生命歷程，但我們從中看到的是，她們都逃脫不了生為女人的悲劇性命運。

不僅如此，透過聶華苓筆下偏僻的川西山鄉，三星寨形形色色的婚姻現狀和女性問題觸目驚心：玉蘭年輕時許給賴家，還沒過門，賴家兒子已經夭折，而玉蘭卻要守一輩子的望門寡節；丫丫愛著舊軍隊的鄭連長，可家人為了財產，卻逼著她和長年哮喘不已的病人廖春成親；鄉下醫生楊尹之和年輕寡婦巧姨之間互生愛慕之情，竟遭到封建衛道士們的合圍：巧姨被驅逐出村莊，尹之被人栽贓陷害為鴉片販子而入獄。小說中的其他女性，如莊家姨婆婆、黎家姨媽、新姨這類人，都沒有自己的名字，作者只以夫姓來暗示她們在社會秩序中附屬「他者」的位置；她們自己也以認同傳統社會結構，來求得保命生存之道。這類女性既是封建男權制度下的受害者，同時又是傳統社會結構的擁護者，雙重身份的矛盾使她們陷入生命的困境，走不出女性悲劇的命運淵藪。

走近於梨華作品中的浙東小鎮，封建大家庭迫害女性的悲劇不斷上演：男尊女卑的舊時代裡，丈夫可以隨意主宰妻子的命運；阿姆被丈夫無情抽打的一幕，寫盡了一個舊式女人蒼涼的心境和無可左右的人生；因為不是大姨的親生骨肉，因為太美麗出眾，心地善良而柔弱無依的美雲身不由己地捲進一樁姑表兄妹之間的三角戀愛，受盡了家族內部的欺凌和嫉恨，最終死於被強姦後自殺。默默地活著，悲慘地死

去，成為美雲悲劇性一生的寫照。《夢回青河》正是以舊式女性生的艱難和美的毀滅，控訴了男權當道、勾心鬥角、道德淪喪的封建大家庭罪惡。

事實上，無論是在北平城南，還是在川西山村或浙東鄉下，舊時代的女性所面對的，幾乎是同樣的命運：或被拋棄，或被轉賣，或受欺凌，或被逼瘋，或遭毀滅；一句話，她們所處的是一種被弱化或物化的、非人化的境遇。由此可知，林海音、聶華苓、於梨華這些女作家對於故鄉的觀照，首先把目光投向的是女性人生。她們借書中女孩子的童年視角或少年眼光，以好奇而敏感、天真而誠實的心靈初涉世事，在故鄉的土地上，發現了一個多災多難的女性世界，並借由筆端，將這種不平、憂傷、憤懣之情自然委婉地表達出來，由此形成她們故鄉書寫的側重點。

其二，以強烈的自傳色彩，刻畫女性在故鄉歲月中的童年成長或青春覺醒，從而凸顯出一種成長視角和生命意識。

在某種意義上，《城南舊事》、《失去的金鈴子》、《夢回青河》，都可視為一種「成長小說」。成長的時光與故鄉的歲月相交織，故鄉的世事悲歡、各色人物不僅引發了小說主人公的成長，故鄉也成為她們成長的見證。英子、苓子、定玉都是成長中的女孩子，從仿佛無憂無慮的童年一路走來，看似不諳世事、懵懂無知，其實，「孩童探觸人生的能力遠超過成人的預期，他們往往在體驗一件重大的事件後，快速成長，體會到人生的複雜與多變」①。在故鄉的土地上，上述作品的主人公都留下了女性自我辯證與確立主體

---

① 夏祖麗：《從城南走來：林海音傳》，北京，三聯書店，2003年1月版，第217頁。

的生命軌跡。

英子原是一個懵懂好奇、聰明調皮的旁觀者，當她走進北平的城南胡同之後，才逐漸看到她溫暖的小世界後面，還有一個錯綜複雜的大世界。13 歲那年，英子的爸爸不幸病故。這一切對於英子來說，「童年美夢，頓然破碎」，「爸爸的花兒落了，我也不再是小孩子」；「在別人還需要照管的年齡，我已經負起許多父親的責任」①。英子的童年從此失落，她的旁觀者身份也至此結束。家庭的突然變故，將英子的人生段落切割得如此倉促，從失去父親的那天起，她就提前長大了。憂傷的世事催人早熟，英子在北平城南胡同所經歷的，正是一個女孩子的童年成長史。

聶華苓塑造苓子形象的時候，動機十分明確：「我不想單單寫那麼一個愛情故事，我要寫一個女孩子成長的過程。成長是一段莊嚴而痛苦的過程，是一場無可奈何的掙扎。」②苓子的成長，是通過對西南山鄉三星寨的現實世界和自我的情感世界的認知來實現的。在現實世界裏，抗戰時期的三星寨，是一個有著「火藥、霉氣、血腥、太陽、乾草混合的」「古怪氣味」的落後地方。大量的女性日常生活場景和片斷的描述，諸如愚昧的相親、不幸的婚姻、痛苦的生育、寡婦的哀怨、妻妾的爭寵，讓苓子由此認識了女性生存的荒謬情境。諸如，「黎家姨媽剁刀罵新姨，罵自己，卻不罵丈夫。他就是她的天，她的人，永遠沒有罪過的」③。

---

① 林海音：《城南舊事・代序》，《城南舊事》，北京，北京出版社，1984 年 1 月版，第 9 頁。
② 聶華苓：《苓子是我嗎？》，《失去的金鈴子》，北京，人民文學出版社，1980 年 10 月版，第 207 頁。
③ 聶華苓：《失去的金鈴子》，北京，人民文學出版社，1980 年 10 月版，第 159 頁。

　　走進情感的世界，《失去的金鈴子》凸顯的是一個女孩子在自我認知與精神裂變過程中莊嚴痛苦的成長。少女苓子逃難到媽媽所在的三星寨後，一方面，她以狂放不羈、追求理想的性格，像「小太陽」那樣，「代表著一種驚險、神秘、新鮮的世界」，對封建閉鎖的三星寨產生了強烈的衝擊力；另一方面，當她悄悄暗戀上年輕有為的表舅尹之醫生之後，苓子的主體意識與生命意識逐步覺醒，她一次又一次地與自我對話，不斷地發現自我。同時，對於死亡、生命、愛情、慾望的多重人性面貌，苓子也開始有了深刻的體會。且看苓子情竇初開後的痛苦成長：

　　　　自從來到三星寨以後，我好像就由單純中分裂，在個性的裂紋中掙扎——掙扎著成長，那不是我在一群啁啁啾啾的女孩子之中所能感受到的①。

　　看到新姨生產時與死神交會的景象，引發了苓子對於生命降臨的痛切認知：

　　　　我從沒想到年輕的小母親，除了青草、月亮、星子、藍天之外，還會與死亡有過這麼凶險的搏鬥，還會與油布、腳盆、污血、汗水有關係②。

　　得知三星寨的人絕不可能贊同苓子與尹之舅舅的不倫之戀，苓子開始對執拗追求的自我，有了真正面貌的認知：

---

① 聶華苓：《失去的金鈴子》，北京，人民文學出版社，1980 年 10 月版，第 63 頁。
② 聶華苓：《失去的金鈴子》，北京，人民文學出版社，1980 年 10 月版，第 114 頁。

　　我想起《山居》裡「蒼白」、「瘦弱」、「悲哀」那些無病呻吟的字眼，昂頭大笑了一聲。這才是「我」，一點兒也不美，甚至醜陋，但卻是真正的「我」，強烈、貪婪活著的「我」①。

當苓子意識到尹之舅舅眞正的所愛在於年輕寡婦巧姨，自我的情感遭遇幻滅挫折的時候，她進一步體驗了人生：

　　我開始瞭解了一點兒人生──不合理，但很美麗，就像巧姨窗外那株大樹奇形怪狀的枝椏。我在長大，我知道。尹之舅舅是促成我成長的一個人，無論他對我如何，他都會永遠隱藏在我心裡。人生原是如此匆遽多變②！

當苓子因爲嫉妒而破壞了尹之與巧姨的幽會，並釀成嚴重後果的時候，生活本身重重地教訓了苓子，也教她開始認識人生，學習寬容和德性。經過心靈世界的一次次撞擊和裂變，苓子對尹之舅舅的感情，發生了由敬到愛、由愛生妒、由妒生恨，最後由恨轉悔的複雜變化；女孩子自身的性格，也經歷了從幼稚、任性、褊狹走向成熟、豁達的成長；苓子的人生道路，由當初熱切地返鄉，到最後清醒地離鄉，預示了女性尋找生命價值的再度出發。在這種意義上，苓子於戰亂逃難中的返鄉，是對現實人生世界的碰觸，也寄托著在川

①聶華苓：《失去的金鈴子》，北京，人民文學出版社，1980 年 10 月版，第 126 頁。
②聶華苓：《失去的金鈴子》，北京，人民文學出版社，1980 年 10 月版，第 141 頁。

西的鄉土懷抱中，尋找靈魂的故鄉，構建自己的精神家園的希望；而一旦接觸原鄉封建閉鎖的現實，初涉世事的幻象不斷破碎，方覺生命的痛苦、掙扎與成長，遂選擇告別故鄉的重新流浪。聶華苓似乎在暗喻著，惟有認識與拋棄故鄉底下種種不合理的道德教條與現實禁錮，生命才有出路，女性才可能成長。所以，「失去的金鈴子」作爲全書中主人公苓子的精神象徵，它既蘊含著少女對於故土家園的強烈嚮往，也帶有一種失卻與離鄉的「絕望的寂寞」；金鈴子的失而復得，得而復失乃至永恒憶念，它所見證的正是苓子成長過程中的情感投擲與心路歷程。

總之，《城南舊事》、《失去的金鈴子》、《夢回青河》這樣的懷鄉小說，打破了 50 年代台灣文壇此類寫作的政治架構和單向度的主題描寫，具有女性書寫的多重面貌。以女性問題與困境的討論，它表明了女性文學的指向；通過童年經驗與少年情懷的書寫，它顯示著成長小說的生命軌跡；從主人公人生的返鄉／離鄉、尋找／發現、呼喊／出走、自我對話／內心反思的反復呈現，它又帶有某種複調小說的意味；而作品中大量出現的民俗風情、自然景物描寫，特別是濃郁的鄉愁情結抒發，又見證著它作爲懷鄉文學的感情濃度與純正品質。

第三章　拓荒—
在新的文學處女地上

第一節　家／台灣：女性生存空間的體認

　　50 年代台灣文學的生存語境，面臨著兩大現實：一是戰後台灣文壇創作的困境與低谷，二是 1949 年國民黨政權遷台之後實施高度統一集中的文化政策。對於原本處於邊緣文壇位置的新移民女作家而言，上述文學境遇顯得尤其嚴峻。她們不僅遭逢著在一片荒蕪的台灣女性文學領域的再出發問題，而且面臨著如何在「戰鬥文藝」一統天下的官方文化格局中尋找生存地帶和突圍路線、構建女性主體論述的現實壓力。透過家鄉觀念的變遷與敘述，新移民女作家對 50 年代台灣文學格局的獨特構建，對於女性生存空間的體認與拓展，都提供了當時主流文壇覆蓋下頗有意味的潛在話題。

　　有關家鄉的觀念和敘述，是 50 年代台灣文壇普遍觸及的敏感而尖銳的主題，它在特定的政治背景下，又衍生出不同路線的敘述層面。從主流傾向和顯在層面來看，受官方意識形態話語主控的「政治懷鄉」寫作，往往借助於原鄉神話的臆造，在「反攻大陸回故鄉」的政治語境中展開家鄉主題，並由此衍生出失樂園／複樂園的歷史緣由和返鄉慾

望。

　　由於當時社會政治氛圍與個人身世之感的融合，也不排斥有少數女性懷鄉篇什，以「戰鬥」情緒的抒發，加入了主流文壇的合唱。但就大多數新移民女作家而言，她們是以疏離於主流文壇的邊緣存在和潛流話題的寫作，堅持了女性對於家鄉的認知、想像與敘述。這其中，第一，她們是以「情感懷鄉」和「文化懷鄉」的回眸路線，在故鄉／異鄉的人生視野中探尋家鄉的主題，有意無意地迴避了對政治命題的直接言說，從而抒寫了有關親人師友、故土風俗、童年歲月的鄉愁情結。第二，一部分新移民女作家是以立足台灣、重建新家的再出發路線，將家鄉觀念拓展為家園意識，逐漸變落葉歸根為落地生根，表現出迴異於當時主導論述的鮮明特色。上述情形，使得看似風高浪急的主流文壇之下，又有暗潮潛流在悄悄湧動。

　　從一方面看，當故鄉往事、前情舊夢都已成為昨天的時候，面對茫茫大海中的孤島生存現實，新移民女作家的「家鄉」觀念悄悄發生變化，立足台灣、心安即是家的文學敘述，開始在她們筆下出現。劉枋的《陋室》，徐鍾珮的《我的家》、《寫在前面》，鍾梅音的《鄉居閑情》、《閑話台灣》、《人間有愛是清歡》，林海音的《從何說起》等作品，在家／台灣的認知與想像中，都對踏上台灣土地建立起來的新故鄉，投之以深情的矚目與熱愛。

　　劉枋，這位以散文《千佛山之戀》（1955 年）和小說集《逝水》（1955 年）而嶄露頭角的女作家，因為寫作、編輯、演戲、拍電影、從軍的多種履歷，被人稱作文壇的「五項全能」。在「戰鬥」氛圍緊張、「打回故鄉」呼聲高漲的 50 年代，她漫步在川端橋下，即便「有一縷淡淡的懷

鄉的哀愁，也是稍縱即逝，沒有干擾我心底的平靜呢」①。
且看身居陋室、怡然自得的劉枋：

> 走筆至此，室外正是好黃昏，夕陽窺牖，隔簾射
> 進霞光縷縷，我抛管覆紙，擦去臉上汗水，然後放肆
> 的仰臥榻榻米上，輕揮小扇，看著「斯是陋室」，不
> 覺信口漫吟出：「人生若夢誰非寄，到處能安即是家」
> 來②。

初到台灣，身世飄零，舉目無親，又遭逢 50 年代台灣
的經濟困境，新移民女作家初建的家，自然也多是陋室窮
居。但心安即家的人生觀念，使她們沒有一味停留於對昔日
往事的回眸，而是逐步認同腳下的土地，開始尋找女性的生
命空間，重建女性自我的敍述主體。由此，台灣這個島嶼的
意義，對於漂洋過海時正值中青年時代的新移民女作家來
說，不再僅僅成爲她們暫時歇腳的驛站，人生過渡的跳板，
而是象徵著一種未知的希望，意味著女性人生再出發的起
點。就像當年隻身漂流到台灣的羅蘭，她在「感情、學業、
事業、家庭」四大皆空的境遇中，一心要找個遙遠的地方重
新開始起步。所以，那個千辛萬苦建立起來的台灣新家，不
僅是她們遮風避雨的棲息之地，與她們有著患難與共的生命
維繫，更成爲女性自我建造的「一間自己的屋子」。

永遠是一個新聞記者，且創作越出了穩固的女性抒情傳
統，並以《英倫歸來》（1950 年）、《我在台北》（1951

---

① 劉枋：《川端橋下》，《劉枋自選集》，台北，黎明文化事業股份有
　限公司，1975 年 5 月版，第 50 頁。
② 劉枋：《陋室》，《千佛山之戀》，台北，今日婦女社，1955 年 4 月
　版，第 65 頁。

年）兩本書風靡 50 年代台灣文壇的女作家徐鍾珮，她向異國友人這樣介紹的《我的家》：

> 我有一間最方便的臥室，前通客堂，側通餐室，後通走廊，走廊的一頭通廚房，一頭通廁所①。
>
> 我閒常坐的地方，卻是走廊裏書桌旁的那張椅子。書桌斜放著，斜對著洗臉的小房間，那小房間下通廚房。我的書桌正扼守交通要道，讀書寫字時，還可以兼管廚房②。

如此輕鬆風趣的描摹背後，可見作者開朗豁達的心胸，而一旦告別這「四通八達」的陋室，即便日後搬進寬敞明亮的家，徐鍾珮說：「但我總忘不了我的故居，也許因為它是我的患難之交，也許，也因為它是我流離三月後在台灣的第一個家。」③

林海音自 1948 年年底由基隆港上岸起，一安頓好簡單的家和三個幼小的孩子，就去買報閱讀，準備寫作投稿。坐在堂兄阿烈哥送給她的一張小小的舊書桌前，「倒有『一簞食，一瓢飲，在陋巷，人不堪其憂，回也不改其樂』的心情呢」④。林海音與這陋室書桌相伴多年，並使伏案握筆的工

---

① 徐鍾珮：《我的家》，《徐鍾珮自選集》，台北，黎明文化事業股份有限公司，1980 年 3 月版，第 95 頁。

② 徐鍾珮：《我的家》，《徐鍾珮自選集》，台北，黎明文化事業股份有限公司，1980 年 3 月版，第 98 頁。

③ 徐鍾珮：《我的家》，《徐鍾珮自選集》，台北，黎明文化事業股份有限公司，1980 年 3 月版，第 99 頁。

④ 林海音：《從何說起》，《剪影話文壇》，北京，中國友誼出版公司，1987 年 6 月版，第 9 頁。

作，成了終身的愛好與職業。

　　對於鍾梅音來說，初到台灣時居住的鄉下，反倒讓她滋生出一種閑情；門前那片誰也不屑於流連的草坪，「成了眞正是『屬於我』的一塊地方，它在任何時候，靜靜地等候著我的來臨」①。她有感於現實生活中人們的忙碌和趨利，「因此忘了他們的周遭，還有這麼一個可愛的世界，而我，卻從一般人以爲枯燥貧乏的鄉居生活裏，認識了它們」②。鍾梅音在鄉居生活中不僅發現了台灣的美好，體味到創造生活的快樂，還以病弱的身體開始了遠村鄉居的文學生涯，僅50 年代就出版有《冷泉心影》（1951 年）、《十月小陽春》（1953 年）、《母親的憶念》（1954 年）、《遲開的茉莉》（1958 年）、《小樓聽雨集》（1958 年）五本作品集。

　　事實上，女作家仿佛與生俱來的生命意識，使她們對於家園的建設、生活的創造情有獨鍾，因而更能從現實出發，開始人生的再度跋涉；而女作家所渴望的主體重建，也有助於她們打破過去時的家鄉觀念，在新的生存空間，實現新的人生價值。鍾梅音就曾以極具女性主義的口吻，宣稱女性天性愛好建設，男性喜歡破壞。所以一旦男女易位，男人走進廚房，女人掌管權力，非但戰爭成爲歷史名詞，男性也將獲得「寄生草」的稱號③。

---

① 鍾梅音：《鄉居閑情》，《冷泉心影》，台北，重光文藝出版社，1951 年 5 月版，第 31 頁。
② 鍾梅音：《鄉居閑情》，《冷泉心影》，台北，重光文藝出版社，1951 年 5 月版，第 33 頁。
③ 鍾梅音：《瓜棚豆架閑話》，《海濱隨筆》，台北，大華晚報出版社，1954 年版，第 167 頁。

從另一方面看，與那種一味沈浸在故鄉世界裏的回眸憶舊所不同的是，一部分新移民女作家在對新的生存家園的體認中，開始了發現台灣、書寫台灣的創作變化。

　　風光優美、物產豐富的台灣，首先以其美麗島和桃花源的形象，出現在新移民女作家的筆下，女作家對真善美的追求，對新家園的熱愛，也盡顯其中。在鄉居宜蘭的鍾梅音看來，台灣並非人們常說的鳥不語、花不香。事實上，畫眉與杜鵑的宛轉歌唱，百合花的潔白芳香，常常讓她流連忘返；而「一旦置身於碧波萬頃，白鷗點點的海邊，還有那松風、嵐影、蔚藍的天，詭譎的雲，又如何教人不喜愛台灣呢？」①鍾梅音不僅從中發現山川景物之美，鄉居生活之樂，也通過台灣民眾的性格認知，從而得以有「人」的發現：

　　　　……但本省同胞給我的印象大多是忠厚淳樸，不尚虛偽，假使他們肚裏不高興你，決不會在臉上跟你裝出「相見恨晚」的表情，反之他們是誠心誠意地和你交往。

　　　　他們胼手胝足地工作，平日粗衣惡食，刻苦得無以自奉，一遇到「拜拜」，便又割雞宰鴨，煮肉烹酒，呼朋喚友地前來共享，沒有到的還要送些龜糕以示結緣，靡費之巨，了無吝色，我不能贊同他們這種生活的方式，但我卻羨慕他們這種濃厚的人情味。

　　　　對於善惡的分野，他們喜歡走極端，仿佛、似有、尚無、也許、然而、姑且……這些字眼都是他們不願

①鍾梅音：《閑話台灣》，《冷泉心影》，台北，重光文藝出版社，1951年5月版，第100頁。

意接受的，雖然有時不免顯得氣量狹窄，尤其在這是非顛倒黑白混淆的世界上，一般人過去那種模稜兩可兼容並包的處世態度，適足以助長不肖分子的肆虐而已①。

在張漱菡的作品中，桃花源的形象也一再得到彰顯。這位以描寫大陸青年男女感情糾葛的愛情懷鄉小說《意難忘》而崛起於台灣文壇的高產作家，50 年代就有散文《風城畫》（1953 年）、《春晨頌》（1959 年），小說《意難忘》（1953 年）、《橋影簫聲》（1953 年）、《翠鳥熱夢》（1953 年）、《綠堡之秘》（1953 年）、《花開時節》（1955 年）、《七孔笛》（1955 年）、《喘息的小巷》（1959 年）、《江山萬里行》（1959 年）等多部作品集問世。

張漱菡多篇作品表現出來的空間意旨，耐人尋味。《風城畫》展示的台灣形象，是一片世外桃源般的淨土，它優美、寧靜、溫馨，給人們的生息、發展開拓出新的空間。1955 年發表的《白雲深處》，則進一步將桃花源從武陵移植到台灣。在小說的敘述構架中，原典與現實發生了置換，從武陵到台灣，由漁人變爲游客，這就使古典的桃花源故事延伸出現代的台灣版，並具有某種寓言的性質。小說寫到台灣南部某深山裡，自明鄭以來就有大陸移民來台，隱居山中。他們安居樂業，在這片土地上過著自給自足、自得其樂的生活。在桃花源建成之後，移民們更是流連忘返，不思故

① 鍾梅音：《閑話台灣》，《冷泉心影》，台北，重光文藝出版社，1951 年 5 月版，第 101 頁。

土。對外則採用避守而交流的方式，寧願與高山族有易物換物的交流，而不願與同為大陸遷台的新舊移民進行更多的接觸。即便與同類有間接的來往，也不留下任何供對方來訪辨認的痕跡。張漱菡對台灣的桃花源想像與文學敍述，與當時的官方論述之間，顯然存在著裂隙。在一片「反攻大陸回故鄉」的喧囂聲中，女作家筆下竟然出現了一個讓人樂不思蜀的桃花源，這一切正像台灣學者範銘如所說的那樣：「在當局宣揚著『跳板』論述時，《白雲深處》似乎在經典的遮掩下，幽幽吞吐著過河拆橋的耳語。」①

隨著生活的深入和關懷面的日益擴大，新移民女作家對她們安身立命的這片新家園，不再僅僅是一種桃花源般的想像，走進現實後的發現，讓她們看到了諸多社會問題，這使她們對台灣的現實書寫開始有了沈重的一面，有關家／台灣的敍述，也以不同的側面，得以完整意義的形象複現。這其中，有兩類題材的創作格外引人矚目：

其一，台灣社會的不平，底層人民的困境，這是新移民女作家書寫台灣現實時首先觸及的議題。鍾梅音在發現台灣好、家園美的同時，一想起本省同胞，又感到心情異樣沈重。台灣素以盛產水果聞名，但果農種的香蕉鳳梨，從前的日據時代是「吃不著」，統統運到日本和「滿洲國」去；光復以後是「吃不起」，「只因介於生產者與消費者之間，存在著囊括雙方膏血的剝削階級，以致消費者既然『吃不起』，生產者亦復辛苦經年難獲一飽」②。這篇發表於1950

---

① 範銘如：《台灣新故鄉——五〇年代女性小說》，《眾裏尋她——台灣女性小說縱論》，台北，麥田出版社，2002年3月版，第27頁。
② 鍾梅音：《閑話台灣》，《冷泉心影》，台北，重光文藝出版社，1951年5月版，第102頁。

年 10 月 25 日的文章，在紀念台灣光復五周年的歡樂氛圍中，因爲不願只顧湊趣而漠視台灣同胞的疾苦，鍾梅音說出了這些「煞風景的話」。「這段文章在今日看起來也許平常，但在剛剛撤退來台的翌年，即以馬克思色彩強烈的說法批評患有恐共症的國民政府及其資本主義政策，爲本省同胞進言，實不可謂不激進，尤其發表日期選在原應歌功頌德的光復節當天！」①

艾雯，這位擁有廣大讀者群的多產作家，曾以一部體現了青春女郎愛與愁的散文集《青春篇》，而被推舉爲 50 年代「全國青年最喜愛閱讀之作品及作家」。這一時期，艾雯出版了散文《青春篇》（1951 年）、《漁港書簡》（1955 年）、《生活小品》（1955 年）、《艾雯散文選》（1956 年），小說《生死盟》（1953 年）、《小樓春遲》（1954 年）、《魔鬼的契約》（1955 年）、《夫婦們》（1957 年）、《霧之穀》（1958 年）、《一家春》（1959 年）等 10 部作品集，頗具文壇影響力。其散文關懷萬物，追求眞善美的生活；小說則重在闡揚人性，維護人類尊嚴，映現時代風貌。《生死盟》所收入的 14 篇小說，描述的多是一些平凡而眞實的人和事，特別是《銀色的悲哀》，大膽觸及了台灣底層勞動者的悲劇性生存現實。有感於鹽民生活的困苦，艾雯動筆之前大量搜集有關資料，並以「誰知盤中鹽，粒粒皆辛苦」的題記，表現了自己的悲憫情懷。小說中寫到的茂成一家三代七口人，饑餓、勞累、疾病陷他們於水深火熱之中，而被社會漠視和遺忘的邊緣生存境遇，又讓他們生

---

① 範銘如：《台灣新故鄉——五〇年代女性小說》，《衆裏尋她——台灣女性小說縱論》，台北，麥田出版社，2002 年 3 月版，第 37 頁。

無希望，苦不堪言。艾雯藉作品人物之口，表達了底層勞動者的強烈憤懣：「我們一輩子這麼做做！腳浸爛了，眼睛吹瞎了，末了卻連肚子都填不飽，這種不死不活的日子，盡這麼挨下去，誰曉得挨到哪輩子出頭！」[1]這部讀來令人心酸和悲哀的小說，後來曾被改編為廣播劇，也被當局作為改善鹽民生活境遇的參照資料。

　　其二，在由大陸到台灣的文化風俗環境的轉移中，台灣野蠻而落後的養女制度觸發了新移民女作家的不平與呼籲，也使這類題材進入書寫台灣的最初視域。

　　面對 50 年代初期的台灣新故鄉，受過大陸五四新文化運動影響的女作家，對台灣女性的落後地位與現實癥結，有著強烈的感觸。林海音回到台灣後，對養女制度的不合人道非常憤慨。早在 1950 年三八婦女節，她就為《中央日報‧婦女與家庭》版撰寫了《台灣的媳婦仔》一文，對台灣的養女問題表示了自己的批評。台灣的養女，生身父母多貧窮無告，因家窮而賣女；養家多從婚姻經濟學與平日操作家務需要著眼，買來養女預備給自己的兒子做媳婦。而在養家虐待中長大的養女，不僅成長的歲月裏過著非人生活，圓房後也無法保證婚姻幸福，她永遠擺不脫一個奴婢的身份地位。養女制度由來已久，光復以前，台灣的知識分子就發出過「解放養女」的呼籲，但一直積重難返。林海音由此分析道：

　　　　台灣的物質文明雖然相當進步，但是許多風俗習慣仍沒有擺脫封建制度的形式。就拿婚姻來說，台灣的婚姻還沒有脫離買賣式的聘金制度，而「媳婦仔」

---

[1]艾雯：《銀色的悲哀》，《艾雯自選集》，台北，黎明文化事業股份有限公司，1980 年 11 月版，第 212 頁。

的命運也就是在買賣婚姻制度下演變出來的。外省人的眼光裏，總以為台灣婦女很解放，起碼「性」的解放不成問題的，我也常常聽見這樣的話：「台灣女人亂得很！」他們不知道在氣候、生理、習慣、制度、綜雜關係下產生的台灣女人，是在怎樣的嘆惜她們的生命，「台灣查某（女人）真歹命！」她們常常這樣說①。

　　林海音對養女制度的抨擊，對台灣女性悲苦命運的同情，流貫於字裏行間。此文得到了台灣《中央日報》「婦女與家庭」版主編武月卿的熱烈回應，她呼籲作家關注現實，加入關於本省婦女生活的報道。

　　由此，50 年代的台灣文壇上，逐漸出現了一批集中表現養女題材的小說。作品對台灣養女悲慘命運的表現和人生拯救的探尋，一是立足於台灣本土的生活現實，二是融入了外省男子與台灣養女的戀愛情節，這其中寄寓的是有關族群融合、尋求養女出路的想像。謝冰瑩在《聖潔的靈魂》（1954 年）中，寫到養父李阿狗逼迫養女李寶珠涉足風月場所掙錢，又竭力反對寶珠與外省男子相愛，最終導致了一個弱女子的投湖自殺。張漱菡的《阿環》（1955 年），則寫到典型的養女的遭遇：阿環從小過戶給人家當童養媳，飽受欺凌還險遭養父強姦，嫁給養兄後仍舊吃苦受累，無從談起愛情。她後來到台北外省人家裡幫傭，眼界為之一開。她所愛上的外省車夫，又傳達給她愛情自主的觀念。林海音的

①林海音：《台灣的媳婦仔——一個值得注意的問題》，台北，《中央日報》，1950 年 3 月 12 日，第 8 版。

《玫瑰》（1956 年），則以一個教師的口吻，訴說了身爲養女的學生玫瑰，被養家逼迫做了酒家女，無奈之中以死抗爭，保全清白。繁露寫於 1956 年的長篇小說《養女湖》，描述了台灣家庭相當普遍的養女風氣。養女受盡磨折的人生和被迫投湖的結局，以強烈的現實觀照精神和悲劇藝術力量，引發了讀者的普遍關注，使它成爲這類題材中反響最爲強烈的一部。此部小說曾因改編電影《秋蓮》，引發版權糾紛，喧騰一時。

另外，在對養女出路與婚姻困境的擺脫上，謝冰瑩的長篇小說《紅豆》，張漱菡的短篇小說《阿環》，也傳遞出這樣的信息：本省籍的養女與外省籍的男子戀愛婚姻的成功，只有依仗於反攻大陸，到大陸故鄉去建立富有的家庭，才能使養女命運得以徹底改變。這種爲官方意識形態話語所影響的寫作，無異於當時政治神話構建中的一種「光明」綴飾，它與小說主體的游離和刻意人爲的加工因素，也是不言而喻的。

第二節　人／女人：女性主體意識的構建

新移民女作家對 50 年代台灣文壇的最大挑戰，是以不打旗幟的女性主義姿態，尖銳地碰撞著諸多的性別議題。正像台灣學者範銘如筆下的形象描繪：「她們是一群披著陰丹士林旗袍，狀似甜美的辣將。」①這種曾經被「戰鬥文藝」

---

① 範銘如：《台灣新故鄉──五〇年代女性小說》，《眾裏尋她──台灣女性小說縱論》，台北，麥田出版社，2002 年 3 月版，第 21 頁。

思潮遮蔽和湮沒的女性書寫現象，不僅給當時文學帶來「另類」和「異質」的前衛精神，而且提示了我們對 50 年代女性文學的路線確認與價值重估。

新移民女作家於 40 年代末隨國民黨政權遷台的事實，帶來她們政治文化上的強勢和本應服膺官方意識形態話語的背景。但耐人尋味的是，她們的創作沒有一味地遵從和留守於當時大一統的政治文化架構，全心全意地加入 50 年代的「戰鬥」合唱；而是在個性十足的文學言說之中製造著官方敘述的裂縫，尋求著社會政治身份之外的女性自我身份確證，這就引發出諸多越出「中心」、「主流」預設軌道的文學言說。在泛政治化的年代裏，新移民女作家更多關心的是家庭內部的性別之戰，社會疆場上女性的雙重困境，男權中心傳統下女性的邊緣化地位，台灣現實社會中女性的情感悲劇與弱勢境遇，一句話，她們要通過對女性自身的關注與言說，建立女性的敘述主體。究其原因，一些不爭的事實引人深思：新移民女作家遷台後的政治文化強勢，遭遇了面對台灣現實環境中的女性地位弱勢；新移民女作家在大陸接受五四新文化運動影響的精神啓蒙背景，遭遇了長達 50 年之久的日據時代給台灣社會帶來的奴化遺毒；新移民女作家在台灣現實政治中的社會身份確證，遭遇了她們在父權文化系統中的女性身份質疑；她們在 50 年代台灣文壇的作家角色，遭遇了邊緣生存位置的尷尬……如此種種，不可能不觸動新移民女作家的思想與心結。正是在這種意義上，她們接續了五四文化傳統孕育下的女性文學薪火，以強烈而凸顯的女性主義意識，在海峽對岸的台灣島域上，繼續發掘著關於人／女人這個古老而又現實的社會命題；並在 50 年代嚴密的官方政治文化格局之外，開闢出女性文化視野中的新路向。

　　作爲受過五四新文化運動洗禮，有著知識女性背景的一代新移民女作家，她們對女性人格獨立、婚姻戀愛自主、男女平等等現代社會觀念的認同和實踐，使她們在保持中國女性傳統美德的同時，也逐漸形成了一種女性意識的敏感和自覺，並常常以此爲參照，來觀察現實社會中的女性問題。正因如此，新移民女作家能在漂洋過海之際，初到台灣伊始，就立刻發出女性的聲音。

　　50 年代的台灣文壇上，與婦女生活議題和文學發表直接相關的報紙刊物有四家：《中華日報》「婦女版」①，《中央日報》「婦女與家庭」周日版②，《中華婦女》月刊③，以及《婦女》月刊④。其中大力推進台灣性別議題討論並倡導女性啓蒙精神的，首推《中央日報》「婦女與家庭」周日版。主編武月卿，本身就是從大陸遷台的女文人，她對這一專欄風格的形成，功不可沒。據林海音回憶，這個專欄「是文藝性濃於實用性，刊的多是生活散文小說、婦女問題論著，極少數是有關炒菜、洗窗、補襪子之類的。這也就是爲

---

① 《中華日報》，1946 年 2 月 20 日創刊於台南，總編俞棘，為中國國民黨宣傳部直屬刊物。1947 年 8 月 1 日奉令改組，在台北召開股東大會，由梁寒操任董事長，李翼中任常駐監察長，盧冠群為社長。

② 《中央日報》，1949 年 3 月 12 日開始在台北發行南京《中央日報》台灣版，社長馬星野，主編耿修業。該報的「婦女與家庭」版於 1949 年 3 月 13 日創刊，每逢周日出刊，主編武月卿。

③ 《中華婦女》月刊，1950 年 7 月 1 日創刊於台北，主編許志致，由中華婦女反共聯合會出版，內容多為刊載台灣婦女各項活動的報導及文藝作品。

④ 《婦女》月刊，1954 年 10 月 10 日創刊於台北，由國民黨中央婦女工作會主辦，歷任主編有王文漪、鍾梅音、畢璞，該刊主旨以婦女文藝作品及報導婦運工作活動為範疇。

什麼作者多是文藝女作家」①。常在「婦女與家庭」版發表作品的女作家，包括謝冰瑩、孟瑤、鍾梅音、張秀亞、徐鍾珮、王文漪、劉咸思、琦君、郭良蕙、王琰如、張漱菡、劉枋、艾雯等 50 年代的重量級女作家。林海音是該刊的第一位投稿人，她曾爲該刊命運的幾度沈浮，奮力地鼓與呼；謝冰瑩在 50 年代初期的一段時間裏，也曾按周爲該刊撰稿，承擔類似「婦女信箱」的職責。

　　女作家通過這樣一個發表園地，逐漸開闢出女性的論述場域，並以女性的精神共鳴遙相呼應，形成了隱然若現的女性陣線。50 年代女作家的主力軍，在參與台灣省婦女寫作協會這個帶有官方色彩的民間機構及其活動之外，還於1953 年 12 月自發地成立了「女作家慶生會」，以一個「沒有組織的組織」，整整持續了 30 年而不衰，由最初的十幾人增至50 多人，足見其姐妹情誼之深厚，文人傳統之悠長②。

　　早在 1950 年 3 月 20 日，林海音就以《台灣的媳婦仔——一個值得注意的問題》一文，敏銳地觸及了台灣現實社會中的婦女問題：養女現象與買賣婚姻制度。她從媳婦仔的眞實故事寫起，深入分析了媳婦仔的形成原因、表現形式、現實弊端和人生出路，最後落筆在「今天欣逢三八婦女節，如

---

① 林海音：《剪影話文壇》，台北，純文學出版社，1984 年 9 月版，第 17 頁。

② 女作家慶生會，1953 年 12 月自發成立。在林海音為小女兒出生舉辦的滿月酒會上，由王文漪建議成立。最早參加慶生會的女作家有琦君、鍾梅音、林海音、張漱菡、王琰如、張雪茵、黃眞思、劉枋、劉咸思、王文漪、黃媛珊、陳紀瀅夫人。詳見林海音：《沒有組織的組織》，《剪影話文壇》，北京，中國友誼出版公司，1987 年 6 月版，第 60～70 頁。

果有人問我婦女運動對於台灣婦女能有什麼作爲的話，我願意把這篇東西貢獻出來」①。林海音對台灣媳婦仔問題的現實觀察，對於女性解放步伐的期待，通過自身的思考與書寫，首先傳達出最初的女性啓蒙話語。

1950 年 5 月 7 日，時年 31 歲的孟瑤向「婦女與家庭」版投出了她來到台灣後的第一篇文章《弱者，你的名字是女人嗎？》，發表後即在讀者中間引發了性別議題的激烈論戰。身爲大學中文系教授，以寫白了頭的代價一生創作了六十餘部小說，又愛戲唱戲，人生興趣廣泛的孟瑤，她在職業女性、家庭責任與文學創作幾多場域之間的出入奔走，使她對女性的困境感同身受，並言辭激憤地控訴了母職之於女性人生的殺傷力：

> 每當自己不能自拔的時候，我總想起了這句話——弱者，你的名字是女人！
> 這句話像根針，總是把我的心刺得血淋淋地。是的，「母親」使女人屈了膝，「妻子」又使女人低了頭②。

在自我發展與顧全家庭方面，職業女性更是進退維艱，充滿掙扎。這讓孟瑤感觸尖銳，憤然不平：

> 是的，家給了我一切，但，使我不願意的是：她同時也摘走了我的希望和夢。

---

① 林海音：《台灣的媳婦仔——一個值得注意的問題》，台北，《中央日報》，1950 年 3 月 20 日，第 8 版。
② 孟瑤：《弱者，你的名字是女人嗎？》，台北，《中央日報》，1950 年 5 月 7 日，第 8 版。

　　我沒有看見家，我所看見的只是粗壯無比的鎖鏈，無情地束縛了我的四肢和腦；我沒有看見孩子，我所看見的只是可怕的蛇蝎，貪婪地想吞掉我的一切。我想逃出去，我想逃出這個窒息的屋子，伸出頭去，呼吸一些自由新鮮的空氣①。

　　孟瑤以激進的女性主義立場，對女性人生的悖論性境遇發出了不平之聲，並大膽解構了「母性即天性」的女性神話，矛頭直指父權核心的家庭體制。在主編武月卿看來，這種看似「大逆不道」的觀點，不僅「思想明敏，細膩深刻」，而且應該引發讀者討論，因爲它所觸及的正是帶有普遍性意義的女性癥結和社會問題：

　　　　本文所提出的問題，實爲現實社會中，成千上萬的有抱負和理想的，已婚的和未婚的女性苦思焦慮，費盡心機，始終未獲得適當解決的懸案②。

　　之後，因孟瑤文章引發的討論，除了引來了「女人要解放、男人眞命苦」一類的典型男性回應之外，大多數投書討論者竟然都表示了對作者的認同。鍾梅音在聲援孟瑤的同時，還發表《答默冰先生》一文，批判男性文過飾非、將自己的不肖行徑歸咎於女性的做法，並與孟瑤幾度辯論女子教育問題。《中央日報》「婦女與家庭」周日版引發了作家和讀者熱切的關注，在其創刊一周年之際，林海音、鍾梅音、

① 孟瑤：《弱者，你的名字是女人嗎？》，台北，《中央日報》，1950年5月7日，第8版。
② 武月卿：《編輯按》，台北，《中央日報》，1950年5月7日，第8版。

謝冰瑩、艾雯、琦君等作家紛紛來函祝賀，熱心的讀者也提出諸多建議，並希望它由周日刊改爲三日刊。然而，這樣一個深得女性人心的專版，卻命運不濟，數度遭到停刊。50年代初期的台灣，只有《中央日報》與《中華日報》有婦女版，但在當時報紙縮張的情形下，兩報統統先把婦女版停掉。一向喜歡打抱不平的林海音揮筆寫就《一個抗議》，大力陳述不可先拿婦女版開刀的理由。此文在《中央日報》副刊 1952 年 1 月登載後引起反響，「婦女與家庭」版果然三度復刊。主編武月卿特別撰文，說明此版因爲林海音的《一個抗議》而復刊的經過①。

這批受過五四新文化運動洗禮，後來又多在台灣的學術、新聞、教育等行業獨當一面的新移民女作家，更多地是以她們的創作實踐來構建女性的敍述主體，通過文學的言說自然委婉地呈現她們的女性意識，並由此提供了彌足珍貴的50 年代的女性主義小說文本。以家庭場景、婚戀場景、社會場景中的女性形象與人生命運爲觀察點，我們看到了新移民女作家對女性問題的種種思考。

第一，從家庭場景看女性地位和父系文化秩序，新移民女作家的文本提供了諸多值得深思的社會內容。童眞的《穿過荒野的女人》（1960 年出版），在海峽兩岸的時空跨度上，寫出了女主人公在不同的「家」中所經歷的人生轉換，旨在重新思考女人與家的關係。小說開篇，女主人公坐在台灣南部小院美麗的鳳凰木下沈思，回想起她一生所經歷的「家」。她在大陸的兩個家，留下的更多的是不堪回首的記

② 參見林海音：《當年一「抗議」》，《剪影話文壇》，北京，中國友誼出版公司，1987 年 6 月版，第 21 頁。

憶。小時候，她生活在父親的家，父權的威嚴和專制籠罩了
家庭。面對家道中落的經濟危機，爲了圖謀錢財，娘家把她
嫁到了新興的大財主家中。結婚後，生活在丈夫的家，因爲
娘家貧窮，她一再遭受丈夫的冷遇和欺壓。在夫家的一次尋
釁鬧事中，丈夫竟以離婚爲要挾，並要她順便帶走女兒。面
對夫家財大氣粗的鄙視，娘家「傷風敗俗」的譴責，女主角
抱著女兒奮力走出兩種勢力的合圍。這一刻，她清醒地知
道，一個沒有家的女人，既失去了傳統生活秩序中的在家身
份，又被剝奪了經濟來源，等待她的只能是一片荒原般的人
生場景：

> 　　她站著，覺得自己站在一片荒野上，那裏，沒有
> 一座屋，沒有一株樹，沒有一塊光滑的巨石，也沒有
> 一處平坦的土地。滿地都是荊棘夾著亂石。她要歇一
> 下，或者靠一下，都不可能。假如她要離開這片荒野，
> 惟一的辦法就只有她自己挺身前進①。

在經歷了苦學考取師範、謀取教職維持生活、漂洋過海
來到台灣的人生拼搏之後，在美麗的南台灣，她終於建立起
一個自己的家：一間小屋，一個大學畢業的女兒。儘管這間
小屋比不上娘家和夫家的大屋子，無法提供更優裕的生活條
件，但這是女主角通過自我主體構建而創造的生存空間，它
可以任女性的生命和意志自由揮灑，而不再受制於父權制的
家庭威嚴。與其壓縮在父家與夫家兩個大房子的夾縫中掙
扎，不如建造「一間自己的屋子」。這是作品中女主人公的

---

① 童真：《穿過荒野的女人》，《黑煙》，台北，明華書局，1960 年
　　版，第 170～171 頁。

心情，也蘊含著作家對父權制權威遮蔽下的「家」的質疑和抨擊。

及至繁露的《夫婦之間》（1955 年），家庭場景中的夫妻較量與性別之戰，進一步暴露了男性沙文主義的自私虛偽面目，從而解構了「家」的神話。在小說中，屢屢遭遇退稿的文人丈夫向妻子抱怨，認為當下的台灣文壇充斥著性別的歧視，只要是女人寫的小說一律吃香，順利發稿。不同意這種論調的妻子為了證明自己，便在夫妻之間做了一個實驗。兩個人分別創作一篇小說，妻子的稿署了丈夫的名字，男性化風格十足；丈夫的稿署了妻子的名字，女性化特色突出。但結果卻是丈夫敗北，從來未寫作過的妻子的稿件順利刊出。充滿嫉妒心的丈夫先是不服，轉而慫恿妻子掛丈夫的名繼續投稿。遭到妻子的反對後，丈夫立刻板起面孔訓斥妻子：

> 你們女人所以只能回到廚房去，一點不懂得隨時把握環境，利用時機！……
> 難怪人家要叫出「弱者，你的名字是女人！」連投稿換個名字都不敢，這不是弱者是什麼①？

這篇小說裡，女作家通過夫妻身份置換與戲仿文壇，在調侃幽默的行文中不經意地戳穿了丈夫的謊言，讓男性遭遇尷尬。一旦回到家庭場景，自尊受挫又利慾薰心的丈夫馬上恢復了男權的面孔，對妻子嘲諷打擊，要對方俯首聽命。夫妻之間的較量，暴露了男權面目的自私偽善，也見證了男女

---

① 繁露：《夫婦之間》，《愛的諾言》，台北，《今日婦女》半月刊，1955 年版，第 378 頁。

不平等的社會現實；而丈夫對妻子性別教育的失敗，妻子對自我人生定見的堅持，又在兩性之戰的對峙中，表現出女性對自我力量的證明和捍衛女性發言權的執著。作品藉家庭場景解構的，正是靠男權維持的丈夫之「家」的神話。

　　第二，透過婚戀場景看女性人生，新移民女作家在「痴情女子負心漢」的傳統故事構架中，不僅融入了大陸台灣的時空轉換，他鄉遇故知的悲歡離合，而且在男女情感的落差中，見證了男女不平等的事實。

　　畢璞的《心靈深處》，劉枋的《逝水》、《我們的故事》等作品，描寫的都是女性與舊愛重逢台灣後，情人變異，青春夢碎的故事。《心靈深處》的女主角，與丈夫的表弟在大陸曾發展出若有還無的情愫，並以此支撐她不盡如人意的婚姻中的精神想像。但多年後的台北相見，已成為名律師的表弟，卻早已變成了一個倨傲無情的人，不由得女主角發出沈痛的疑問：「十二年的分別，竟把人心的距離拉得這樣遠？」《逝水》中的女主角江芸，原為某達官之妾，後在求職過程中與雜誌社主編彭羽相識相戀，由此慘遭丈夫毒打。江芸欲偕情人私奔，情人卻以老母在堂拖延。江芸在大太太幫助下逃出封建家庭，情人則另娶他人。經歷了諸多人生磨難相逢於台北的時候，江芸「才覺出他是變了，變成一個完全自私的中年男人，已經不是當年的彭羽了。其實，仔細分析，當年我又何曾真正地認識他，瞭解他」。「這一剎那，我心裡下了最後的決定……讓我們的重逢像一場夢一樣地結束了罷。」①

---

① 劉枋：《逝水》，《劉枋自選集》，台北，黎明文化事業股份有限公司，1975 年 5 月版，第 146 頁。

上述婚戀模式中，女性對愛情的傾囊相授，乃至生死相許，就像《我們的故事》中白絮潔在變心丈夫面前的從容自殺；這與男子對愛情的功利性索求和見異思遷，形成了鮮明的對照。男女主人公的性格在大陸／台灣的時空轉換中發生著演變，諸如《心靈深處》中的女主角從原來的夢幻、痴情走向現實、理智，從此鄙視舊愛；《逝水》中的江芸也由大陸時期純真自卑的媵妾，成長為台灣土地上自信獨立的職業女性。而原來征服了她們心靈，占據了她們愛情的那些男子，來到台灣後，卻都顯示出他們自私冷酷、薄情重利、見異思遷的真面目。當前塵往事皆成舊夢，心靈幻象頓覺破碎的時候，我們看到，作品中的女主角清醒地選擇了「拒絕」，她們向曾經讓自己痴情相許的男子大膽說「不」，讓這一段縈繞多年的戀情如同逝水東流。女子從原來婚戀狀態中一味崇拜男性的地位，到台灣相逢後重新審視男性的自主性格，其中也寄寓了新移民女作家對女性人格成長的企盼。

第三，以社會場景的鋪展，來觀察女性生存的歷史真相和現實境遇，並在激烈的性別議題交鋒中，凸顯出女性的多重審視觀點。

這一代新移民女作家的人生閱歷，構成了她們創作中獨特的精神資源。在大陸的成長歲月中，受到五四新文化運動後新式教育的啟蒙，她們對上一代婦女走不出家門，被父權傳統深深壓抑的命運，不乏歷史認知；經歷了抗戰、逃難、漂洋過海的時代磨難，她們對自己這一代女性顛沛流離的命運和從故鄉到異鄉的人生奮鬥感同身受；目睹了戰後台灣的社會形態演變和價值觀念更替，她們對當下台灣的女性人生更有著直接的觀察和真實的體驗。這就使新移民女作家在提筆為文時，作品常常成為女性歷史生存真相的鏡像。林海音

所寫的一系列婚姻故事，記述了曾祖母、祖母和母親這「舊時三女子」的生活圖景；孟瑤對辛亥革命以來的四代女性歷史一直縈繞在心，直到多年以後，還以 65 歲的年齡寫下《女人，女人》（1984 年）；繁露對三個不同時代的女性人生頗有感悟①，她小說中有許多描寫到這一代的少女、中年女子和老年婦女的情形，長篇小說《向日葵》（1963 年）所寫到的那個打破世俗偏見，帶著女兒一塊去念書的舊女性雅芳，就是繁露母親的真實寫照。這種描寫所構成的，往往是一部中國女性命運的歷史。

徐鍾珮接續自己 50 年代對性別議題的一貫思考，於 60 年代初寫出了中篇小說《餘音》（1961 年出版），在女性的歷史書寫方面提供了豐富的社會內容。這部以第一人稱敘述的帶有自傳色彩的作品，以抗戰前十年的中國社會為背景，描寫一個因時代轉變而無法適應的書香門第，並對那段時間中國的婦女問題、教育問題、戀愛問題、婚姻問題進行了多方面思考。其中最獨特的發掘，是對家庭／社會的歷史場景中女性真實地位的思考。

與文本中慣常見到的家庭父權制不同，在這個沒落之家中，父親不是一個至高無上的權威，而是一個處於弱勢地位的「缺席的存在」。讀書人出身的父親年少時節攢足了勁要走科舉之路，誰知時運不濟，前半考場顛躓，後半科舉廢除。除了讀書，一無所長的父親借打牌喝酒澆愁，繼續著古人頹廢的老路。然而，富家女出身、生性好強的母親，不能

---

① 繁露對不同時代女人的看法，可參見夏祖麗：《她們的世界：當代中國女作家及作品》，台北，純文學出版社，1973 年 1 月版，第 296～297 頁。

接受丈夫的現實，她用她那個時代的方式強烈地反彈，一生賤視丈夫，把所有希望寄托在子女教育上，並拒絕丈夫涉足家中的事務。在同樣被視爲「多頭」的女兒眼裏，父親的悲憤來自於一個被閹割的生命，無人理解的刻骨銘心的創痛。父親不僅失去創業的能力和生機，甚至也失去了愛人的能力。事實上，在這個書香門第的家族史上，男性一向孱弱、缺席，而女性多是聰慧堅強、但對現實無能爲力的女人。如今年邁的祖母，年輕時是出名的女狀元。「讀書、寫字、繡花、管家，色色俱來。嫁後萬事不如意……我看見的祖母，點火的手已顫抖，成天坐在太師椅上念念經……」①。到母親這一代，妻子的強悍與丈夫的怯懦又形成了鮮明的對照。祖母曾這樣訓斥父親：

> 「你的爸爸一生渾渾噩噩，」祖母接著說下去，「我眼巴巴的就望你。你媳婦也和我一樣，我們這一輩的女人，三綹梳頭，兩截穿衣，沒有法子出去征東征西，只有望子成龍。洋學堂也罷，土學堂也罷，男孩子也罷，女孩子也罷，能夠有本領吃飯就好。你不能怪媳婦送孫女去讀書，我們都吃過做女人的虧。」②

耐人尋味的是，父親在家庭場景中的缺席與母親的在場，並不能改變女性在社會歷史場景中的缺席，她們的才華與個性，也無法幫助她們走出女性的悲劇命運。對丈夫的失望乃至絕望，使女人把希望轉向兒子，但兒子的不成器，讓她們盼了一代又一代，終覺夢想幻滅。多才多藝的祖母的衰

---

① 徐鍾珮：《餘音》，台北，重光文藝出版社，1961 年版，第 19 頁。
② 徐鍾珮：《餘音》，台北，重光文藝出版社，1961 年版，第 19 頁。

老和無奈，生性要強的母親後來性格棱角的磨失殆盡，都爲女人希望的破滅和生命的掙扎，做了最爲沈痛感傷的歷史注腳。

　　而到了現實的社會場景中，女性所遭遇的普遍問題，即是家庭與事業的矛盾，兩性衝突的糾葛。鍾梅音在 1954 年出版的《海濱隨筆》裡，已有多篇文章涉及此類性別議題，如《女人不是鋼鐵鑄的》、《我對懼內的看法》，等等。張漱菡的小說《仇視異性的人》（1955 年），以社會場景中女性能力的自證，來扭轉男人對女性的社會偏見。在徐鍾佩筆下，則集中探討了女性在事業與家庭中的兩難情境。透過女性在廚房與職業之間奔波的生命苦悶（《魚與熊掌》）；有才華的女子結婚後就變成了丈夫的附屬品、「我」字小寫的母親的悲哀（《爲她們祝福》）；三八節裏的女性感慨與感傷（《一張請柬》），都可以看出作者對於女人的事業與家庭之間，顯然一直找不到可以兼顧的平衡點。「雖然在《餘音》序中，她以『和平共存』來解決記者（事業）與主婦（家庭）之間的衝突，可是，就如同《魚與熊掌》一文，讀者對於它的持久性仍然相當懷疑。在 5、60 年代，仍然是以男性爲主的社會，恐怕不是女性靠觀念就可以左右家庭方向的。」①

　　鍾梅音的小說《路》（1957 年），典型地反映了職業女性的情感困境。夢淇與丈夫紹全，原是一對恩愛夫妻，過著傳統秩序中夫唱婦隨的生活。後來，發現了自己生命潛能的夢淇，因爲聰明能幹和職位升遷，加之業餘鑽研學問，結

---

① 鄭明娳：《一個女作家的中性文體──徐鍾珮作品論》，鄭明娳主編：《當代台灣女性文學論》，台北，時報文化出版企業有限公司，1993 年 5 月版，第 327 頁。

果是「事業從大門口進來，愛情從窗戶裏飛去」。丈夫積怨甚多，竟然有了外遇，還把過失歸咎於妻子；周圍輿論的蜚短流長，也陷夢淇於「不仁不義」的境地。最終夢淇病倒，回家療養，離婚就此擱淺；她的職位不便久懸，終於遞上辭呈。小說結尾，養病中的夢淇經過這次痛苦的經驗，得到了一種人生的成長，她意識到：

> 人必須有出世的精神，才能做入世的事業！
>
> 她還年青，但她已比別人知道得更多，體味得更多。
>
> 現在她要好好地珍重健康，有一天她將更堅強地站了起來，不為自己，卻為給小吳太太那般後來的姊妹開路①。

由此可知，新移民女作家對性別議題的尖銳碰撞和多重思考，已經遠遠走到了 50 年代台灣社會的前列。儘管她們還無法用女性觀念去左右男權中心話語的現實社會，但她們通過自己的文學言說而對這片土地的影響與改變，她們對台灣社會女性解放意識的全面提升，使新移民女作家無疑擔當了女性啓蒙者的歷史使命。

---

① 鍾梅音：《路》，《遲開的茉莉》，台北，三民書局，1957 年 12 月版，第 22 頁。

第四章　婚姻——
女性情感命題與反封建心聲

第一節　林海音：男權話語遮蔽下的婚姻真相

作爲 5、60 年代最具實力的女作家之一，林海音①對於台灣女性文學的奠基與開拓，對於當代台灣文壇的培植與建樹，曾經構成令人懷念的「林海音時代」與「純文學歲

---

① 林海音，女，本名林含英，台灣省苗栗縣人，1918 年生於日本大阪，2001 年 12 月 1 日去世，享年 83 歲。北平世界新聞專科學校畢業，任《世界時報》記者。1948 年年底從北平返回台灣，曾任台灣《國語日報》編輯、《聯合報》副刊主編。1967 年創辦《純文學》月刊，次年創辦純文學出版社。曾受聘於台灣省教育廳，從事兒童讀物的編輯與小學國語教科書之編寫工作。主要有小說集《綠藻與鹹蛋》（1957 年）、《城南舊事》（1960 年）、《婚姻的故事》（1963 年）、《燭芯》（1965 年）、《林海音自選集》（1975 年），長篇小說《曉雲》（1959 年）、《春風麗日》（1967 年）、《孟珠的旅程》（1967 年），散文集《冬青樹》（1955 年）、《作客美國》（1966 年）、《兩地》（1966 年）、《窗》（1972 年）、《芸窗夜讀》（1982 年）、《剪影話文壇》（1984 年）、《家住書坊邊》（1987 年）、《一家之主》（1988 年）、《林海音散文》（1988 年）《隔著竹簾兒看見她》（1992 年）、《寫在風中》（1993 年）、《奶奶的傻瓜相機》（1994 年）、《生活者林海音》（1994 年）、《靜靜的聽》（1996 年）等；另有兒童文學集《金橋》、《林海音童話》等 6 種。

月」。「林海音跨越族群鴻溝,游走於寫、編、出版,她集閩、客及北京經驗的多元身份與歷練向來爲人所樂道。而她又夾雜在傳統與現代,大陸與台灣,父權與女權多種意識形態的集彙,使她一生充滿了迷人的魅力。」①如此多元文化背景上的女性書寫,不僅使林海音以鮮明的文化觀照視角和強烈的歷史穿透力,揭示了不同世代的女性生存眞相;更以五四文學的薪火傳遞,連接了海峽兩岸的女性文學領域。

台灣與北平雙重故鄉的擁有,決定了林海音獨特的文學身世、文壇角色與創作資源。不同於那種一味生活在台灣故鄉的本省籍作家,也有異於那些漂洋過海來到台灣的大陸籍作家,林海音具有北平化的台灣作家,抑或台灣化的北平作家的雙重身份。正如作者所說的那樣:「台灣是我故鄉,北平是我長大的地方,我一輩子沒離開過這兩個地方。」②林海音,小名英子,台灣苗栗縣人,祖上爲廣東蕉嶺遷徙台灣的第一代客家移民。父親林煥文娶福建女子爲妻,東渡日本經商,林海音遂於 1918 年 3 月出生在異國他鄉。3 歲那年返台,後來舉家遷往北平。從 1923 年到 1948 年,林海音在北平成長、求學、結婚,她住過的椿樹胡同、簾子胡同、虎坊橋、梁家園,都在北京城南一帶,她的家庭和人生發生重大變故的時候也在北平,這對於她一生的人生觀、文學志向的形成具有重要意義。林海音作品中首先表現出來的鄉愁,旣不是思念她的出生地日本,也不是故鄉台灣,而是伴隨她成

---

① 夏祖麗:《從城南走來——林海音傳》,北京,三聯書店,2003 年 1月版,第 373 頁。
② 林海音:《兩地·自序》,《兩地》,台北,三民書局,1966 年 12月版,第 1 頁。

長的北平。這種對於整個民族的文化鄉愁，使她具備矚目海峽兩岸的開闊視野，並具備獨特的文化身份。對於林海音而言，她所擁有的仿佛是一種與生俱來的不平凡生涯：

> 她生在日本，長大成人於北平，而把生命光輝投射於故鄉台灣。下一代知識分子流離失所的哀愁，她嘗過了，上一代人，覓求較佳生活的意願，為未完成的理想的奮鬥，皆在她的身上得到美滿的終結和收穫①。

來自家庭與社會的雙重影響，使林海音成長為一個崇尚生命自由、充滿人間大愛的純正作家。出身於書香門第的林海音，一生受父親林煥文的影響最深，她身上流淌著吃苦耐勞的客家人的血液，骨子裏蘊含的是正直、純潔的知識分子情結。她一生無黨無派無宗教信仰，愛祖國、愛民族、愛人類，憑藝術良知而創作。煥文先生作為台灣優秀的愛國知識分子，青年時代曾在故鄉苗栗教書，日據時代的特定背景，使林煥文既不甘心於在異族統治下屈辱生存，也不容於喧囂繁鬧的日本大阪，最後在北平找到了溫馨優雅的人生歸宿。他生性豪爽，慷慨仗義，又情趣廣泛，酷愛生活，在北平擔任郵政局科長時，與那裏的台灣留學生和進步知識分子過往甚密。後來其幼弟因從事地下抗日活動慘死在大連的日本監獄裏，煥文先生為弟收屍歸來便一病不起，逝世時年僅 44 歲，身後留下 7 個孩子，最大的海音才 13 歲。父親的去世，成為林海音人生的重要轉折點，童年美夢，因此頓然破碎；在別人還需要照管的年齡，海音已經負起許多父親的責

---

① 葉石濤：《林海音論》，《台灣鄉土作家論》，台北，遠景出版事業有限公司，1979 年 3 月版，第 266 頁。

任。秉承著父親的倔強性格,她以受人憐憫爲恥,也不喜歡受人恩惠,而是依靠自己的力量,與家人在舉目無親的北平度過艱辛的歲月。

家庭的變故,使林海音格外珍惜讀書的時光。作爲一個和五四新文化運動幾乎同時來到世間的女子,她無法不受到這個風起雲湧時代的激蕩。在北平城南的春明女中讀書時,林海音對新文學發生了濃厚興趣,更多地表現出一個倔強而樂觀、早熟而善感、求實卻不夢幻的文藝少女氣質。她如饑似渴地閱讀中外文學名著,從冰心、凌叔華、蘇雪林、許地山、沈從文,到印度的泰戈爾,俄國的屠格涅夫、陀思妥耶夫斯基,英國的哈代、狄更斯,日本的川端康成、林芙美子,都是她鍾情喜愛的作家;她還熱心參加學生話劇團排練的《茶花女》公演活動,並從中喚起了作爲一個「健全的社會人」的人道主義精神和女性關懷意識。1936 年,19 歲的海音從北平新聞專科學校畢業,成爲當時北平最年輕的女記者,開始了作爲一個女性文化傳播者的人生出發。她雖然沒有讀過大學,卻在社會大學裏實踐了終生的學習,一生所爲都能與社會的脈動緊緊結合。正式進入《世界日報》工作,海音首先負責婦女與文教新聞,開始接觸到多層面的社會生活和時代信息。後來她與頗具新文化風範和文人氣質,又生活在傳統式大家庭的報社同仁夏承楹結爲連理,從此多了一份婚後驟然同一個龐大古老的傳統家庭發生關係的新奇經驗。深受五四新文學精神的滋養,又耳濡目染舊式婦女在新舊轉換時代的遭遇和悲劇,這使林海音對女性命運有了深刻的瞭解和關注,並由此形成了她由一個觀察者走向寫作者的人生歷練,奠定了她日後的女性寫作的文學根基。

歲月將林海音磨鍊成一位多棲文學家,她集作家、編

輯、出版人於一身，以海納百川的胸懷和氣度，為台灣文壇創造下一段黃金般的「純文學歲月」，林海音也由此被譽為文壇的「冬青樹」。在她的一生中，寫作是她的「業餘」愛好，編輯是她終身熱愛的工作，而出版則體現她超拔的理想。林海音的文學創作是從台灣起步的。從 1948 年到 1968 年年底，她一共發表 437 篇作品，包括散文、小說、專欄、遊記、讀書雜記及兒童文學等，其中只有四分之一收錄在書裏，已經結集出版的作品為 24 種，大部分的篇什散見於報章雜誌。林海音不僅開拓了女性書寫的空間，成為台灣女性文學的奠基人，也以她為孩子們充滿愛心的文學貢獻，與林良、潘人木、馬景賢一起，被公認為台灣兒童文學界的四位頂級作家。

不僅如此，林海音還同編輯與出版結下了不解之緣，成為台灣一連串文學生產事業的「掌門人」。她曾出任《聯合報》副刊主編、《文星》雜誌編輯、兒童讀物編輯、《純文學月刊》主編，其中以她在「聯副」十年——1953 年 11 月至 1963 年 4 月間所創造的「林海音時代」最為人稱道。作為當時台灣文壇唯一的台籍總編輯，在那十年間，林海音創下了許多新鮮的記錄，提升了文藝副刊的水準與地位。她一走馬上任，就把《聯合報》副刊從綜藝性刊物轉變為文藝性刊物，增加散文和小說作品，開闢中篇小說連載，介紹外國文學與國際文壇動向，並創辦了許多頗具影響的資深作家專欄，如成舍我的《待廬談報》、蘇雪林的《青島回憶》、張秀亞的《一枝短笛》、於梨華的《留美雜記》等。特別是夏承楹以「何凡」筆名在《聯合報》副刊開闢的《玻璃墊上》專欄，從 50 年代到 80 年代，共撰寫了 5500 多篇文章，為人們瞭解台灣 30 多年來的社會脈動提供了一

扇窗口。林海音以「聯副」爲園地，不僅發掘了黃春明、林懷民、鄭清文、七等生、張系國、隱地這些青年作家，還幫助、支持鍾肇政、施翠峰、廖清秀、文心、鍾理和等一批本土作家嶄露頭角。特別是她在素不相識的情況下，爲貧病交加而死的鍾理和發表作品、出版書籍，爲鍾理和紀念館的籌建出錢、出力、捐書，奔走呼告，完成了父親煥文先生那一代知識分子爲鄉土台灣鞠躬盡瘁的夙願。

1968 年，林海音以文壇大將的氣度創辦了純文學出版社，創造了文學書籍出版的「純文學歲月」。純文學出版社一共出版了 400 多本高品質的書，新人新作、名家名篇、資深作家流失的舊作，包括在艱辛年代開詩壇先河的藍星詩人叢書等，只要是堅持了純文學創作原則與風格的好書，都在出版視野。這是一段令人懷戀的文壇歲月，作家以在「純文學」出書爲榮，書店以沒有「純文學」的書爲憾。1995年，77 歲的林海音結束了她經營 27 年的純文學出版社，使得文學書籍最風光時代的「五小」①成爲歷史名詞，也使一種「純文學歲月」得以終結。然而，林海音本人爲台灣文學歷史所提供的這種文本價值，人們永遠不會忘記。正如台灣文學評論家應鳳凰所談到的那樣：「林海音爲台灣民眾創造了一個具體的，叫『文壇』的形象。她辦的雜誌及出版社都叫『純文學』，讀者群眾在她的帶領下，也越來越清楚『大眾文學』與『純文學』，商業性與文藝性的界線。她一步步把政治性與商業性摒棄於文壇之外的歷程，仿佛看到她那雙編輯與寫作的手，也正是一雙推動『文壇』搖籃的手，使台

①指專門出版文學書籍的「純文學」、「爾雅」、「九歌」、「大地」、「洪範」五家出版社的自稱。

灣文學生產領域從 50 年代到 80 年代，逐漸的成形與成熟。」①

　　作為作家而存在的林海音，歸根結柢，她首先是以創作成績的輝煌，自立於台灣文壇。林海音創作伊始，就沿著女性寫作的路線而行進，早在 1950 年的婦女節，林海音即在《中央日報》「婦女與家庭」版發表《台灣的媳婦仔》一文，呼籲解決台灣婦女問題。那種對於女性命運的關懷和描寫，構成她一生的文學方向。林海音創作的兩個重心，是談女性和寫「兩地」。其小說素材皆取自於台灣和北平的兩地生活，民國初年的婚姻生活，20 年代北平的風土人情，光復後十年間的台灣社會變遷，都是她所觀照的生活內容。林海音固執地把眼光限圍於女人身上，「以女人的心眼和細緻的觀察來塑成一個世界；時代的推移，社會的蛻變，世事的滄桑，皆透過女人的心身來尋覓表現」②。其小說世界的構成，是以女人、婚姻、家庭為中心，針對形形色色的婦女問題，揭示不同時代裏的女性生存真相，傳達生為女人的悲劇性主題。這種寫作是以純女性化的方式進行的，但其中所蘊含的則是對婦女整體命運的思考，深度已達到超越女性的界限。

　　林海音筆下的女性人物，在不同的時代和地域演繹著形形色色的故事，記述著曾祖母、祖母和母親這「舊時三女子」的生活圖景，構成了一部悲劇性的女性生存歷史。對於舊時代的女性而言，林海音主要講述她們在民國初年的婚姻

---

① 應鳳凰：《林海音與台灣文壇》，轉引自夏祖麗：《從城南走來——林海音傳》，北京，三聯出版社，2003 年 1 月版，第 373 頁。
② 葉石濤：《林海音論》，《台灣鄉土作家論集》，台北，遠景出版事業有限公司，1979 年 3 月版，第 266 頁。

故事，意在揭露封建禮教的殘酷性和虛僞性。林海音和五四新文化運動幾乎同時來到世上，她看到女性在那個新舊轉換時代的雙面影像和幕幕悲劇，她無法不把這一切訴諸筆端。

　　納妾制度下的女性雙重悲劇，是林海音所擅長表現的內容。作爲男權中心社會的突出象徵，「納妾制度是把無情的雙刃劍，揮掃過處，血淚紛紛。不僅做妾的女子屈辱終生，宛轉悲泣；奉賢慧婦德之名放棄一生幸福的『正室』實在更悲慘」①。《金鯉魚的百襇裙》由一條象徵身份地位的裙子寫起，追溯了一個名叫金鯉魚的姨太太永遠跳不過龍門的悲哀一生。伶俐俊秀的金鯉魚6歲被賣到許家當丫頭，16歲那年被許老爺「收房」做妾。她雖然如願以償地生了兒子振豐，讓許家有了唯一傳宗接代的煙火，自己卻始終是一個不得翻身的被納妾的婢女。金鯉魚一生最大的理想，就是想在兒子結婚的那天，穿一條象徵著正室身份的繡有喜鵲登梅圖案的紅色百襇裙。當這一天終於到來的時候，大太太卻突然宣佈：少爺受的是新式教育，現在是民國了，家裏的女眷也要「新起來──一律穿旗袍」。許家輕易地粉碎了金鯉魚的夢想，並讓「金鯉魚做了一條百襇裙」的笑話傳遍了許府。鬱悶中的金鯉魚傷心度日，最終死於疾病。因爲是偏房小妾，她的棺材甚至不能從許家正門抬出去。另一篇題材可怕的《燭》，則寫出了一種更深沈的悲哀。年邁的韓太太癱瘓在床，一輩子躺在油垢污穢的帳子裏，借昏暗搖曳的燭光，「沈思她生命中那些年月，那些人物」。當年韓太太生產坐月子的時候，丈夫娶前來幫忙的秋姑娘爲妾，一舉取代了她

---

① 齊邦媛：《閨怨之外──以實力論台灣女作家的小說》，《千年之淚》，台北，爾雅出版社，1990年7月版，第114頁。

的地位。身爲棄婦的她既要裝出正室的寬容大度，以奉婦德之名，又要忍受無法排遣的空虛寂寞和仇恨嫉妒來度過漫漫人生，於是，她從裝病開始，以自憐自虐的消極方式來反抗一夫多妻制，最後眞的癱瘓在床。林海音以雙重的同情來寫妻妾悲劇，她讓人們看到，納妾制度所凸顯的男性特權，不僅造成了小妾的不幸與悲哀，也造成了大婦的屈辱和痛苦，它給婦女帶來的不僅是無法愈合的創傷性經驗，甚至是靈與肉的徹底轟毀。

在描寫舊式婦女婚姻悲劇的時候，林海音還注意透過人生世相的展示來控訴封建婚姻制度對人性的扭曲和扼殺。對舊時代的女子來說，婚姻就是命運。而不能自主選擇的婚姻，注定是依附於男性社會的命運。《殉》這篇小說中，那個沖喜不成以女兒之身終生守寡的方大奶奶，只能暗藏著對小叔子幽微壓抑的情意，充當封建婚姻制度的一個活著的殉葬品。小說特別寫到那不知何年何月才能蓋完的 16 床結婚被子，仿佛讓人們看到了漫漫人生與寂寞空房中女性生命之花的孤獨開放和枯萎飄散。《城南舊事》裏，秀貞與大學生思康自由戀愛，因爲不爲社會環境和世俗道德所容，最終被逼致瘋；蘭姨娘聰穎美麗，卻被迫落入風塵，嫁與老煙鬼忍受屈辱；宋媽勤勞質樸，辛苦養家，卻無法改變不負責任的丈夫給家庭帶來的厄運。她們連基本的人生地位都得不到保障，更不用說作爲人的感情、慾望和人性的一切渴求。在這些無法自主的婚姻命運背後，是那個時代裏古老而殘酷的女性生存眞相：女人惟其不能做「人」，只能落得「生爲女人」的悲劇。

對於林海音同時代的女性而言，她們人生故事的現實背景雖然是 60 年代的台灣，可婚姻的起源都要追溯到 3、40

年代的中國大陸，女性命運的沈浮往往維繫海峽兩岸。林海音對她們的描寫，特別凸顯了女性在大時代格局中的人生動盪和婚姻變故，著重發掘了男權、政治、戰爭給女性帶來的災難性影響，以女性立場直搗家國政治與性別政治的糾葛核心。《燭芯》在「痴情女子負心漢」的古老故事框架中，融進了有關家國政治與性別政治的新內容，寄寓了作者對女性婚姻命運的深層思考。抗日戰爭年代，元芳和志雄這對恩愛的小夫妻被迫分開，志雄爲追求理想奔赴抗戰後方，去做「抗戰青年」；元芳爲掩護丈夫而遭日本人審問踢打，腹中胎兒不幸流產；男人理想的實現首先是以女性身體的掩護爲代價的。元芳在淪陷區苦苦等待了八年，志雄在後方卻耐不住私欲作祟和身心寂寞，娶了「抗戰夫人」，又不敢歸家，只得逃逸似的飛往台灣。元芳千里尋夫，來到台灣，志雄舊情新歡都無法割捨，便說服兩個女人一塊過活。元芳的半生姻緣就像蠟燭一樣，在照亮別人的奉獻中委屈了自己。苦苦掙扎了二十五年後，女性意識開始覺醒的元芳，終於離開志雄，與樸實坦率的有妻子留在大陸的北方漢子俊杰走到了一起。值得注意的是，同樣面對時代變難，男性是以政治身份與個人私欲的雙重收穫爲結果；而女性則是以身體與感情的雙重創傷爲代價。流浪在志雄和俊杰這兩個男人之間，元芳走過的是從痴情妻子──被遺棄女人──特殊意義的「第三者」這樣一條生命曲線。即使再遇誠信男子，仍舊擺脫不了女性在男權社會中獨自背負的道德罪名。社會並沒有因爲女性在時局動盪中的特別負重，而減輕男權話語對她們的沈重壓迫。

對於台灣當代女性而言，林海音的創作主要是在 5、60 年代的台灣社會背景下來寫女性命運的變遷，《曉雲》、

《孟珠的旅程》、《春風》、《玫瑰》、《風雨夜歸人》等一連串的作品，仍然離不開女人和家庭、愛情和婚姻的故事，只是它在台灣面向資本主義工商社會的轉型過渡中，呈現出更為紛繁駁雜的面貌。林海音這類小說的女性主人公，無論是台面上強顏歡笑，內心流著血淚的歌女、酒女或女藝人，還是在失學失業的困境中尋找病態愛情的少女，或是因埋頭事業而耽誤了幸福愛情生活的知識女性，不管她們貧富貴賤，文化高低，美貌與否，都沒有擺脫被侮辱、被損害或被吞噬的命運。林海音在這些形形色色的女性形象及其婚姻命運背後，透視的是各種不同的社會人生問題。

　　長篇小說《曉雲》寫到的女性婚姻命運，無論是母親孫曼雲年輕時的愛情私奔和寡居歲月中的「有情人不能終成眷屬」，還是女兒曉雲為愛不惜飛蛾撲火帶有「病態美」的感情追求，或是富家女何靜娟「一次又一次」吞下丈夫不忠苦果的難言之隱，皆以婚姻與愛情的種種錯位表現，彌漫著悲劇性的情感色彩。妙齡少女夏曉雲是媽媽大學時代與夏教授的私生女，高中畢業後，因家境清貧，做了家庭教師。內心的清高、夢幻和倔強，與現實處境的窘迫、落寞和孤獨，使這個從身體到心靈都帶有一份「病態美」的女孩子，既渴望得到理想男兒的有力保護，又不肯從眾隨俗，人云亦云。她對留美學生俞文淵的熱烈追求激不起感情呼應，只願與他保持兄妹關係；而在曉雲任教的何家，男主人公梁思敬的情感境遇卻深深打動了她，讓她沈陷情網而不可自拔。梁思敬出身孤兒，酷愛美術，曾經夢想當一個藝術家。後因經濟窘迫，來到何家的公司做事。何老闆看中了梁思敬的聰明才幹，用權力和金錢開路，迫使梁思敬與其女兒何靜娟結婚，並逼死了梁思敬原來的日本情人。雖然締結了一門富足的婚

姻，但梁思敬與驕橫而又工於心計的富家女何靜娟之間卻沒有愛情可言，生命處於一種不自由的違心狀態。梁思敬的情感苦衷和內心渴望，讓曉雲產生了身世命運的強烈共鳴：「我們是同命鳥！不是嗎？他是一個孤兒，我的外祖父也是孤兒，我自己也幾乎是，我們同樣流著孤兒的血。」同是天涯淪落人的相知，使他們很快相愛，並計劃著私奔到日本開始共同生活。就在他們東渡前夕，何靜娟突然出現在曉雲面前，以一萬元支票的代價和洞穿隱私的犀利言語，粉碎了曉雲與梁思敬企圖遠走高飛的夢想。品嘗著未婚先孕的苦果，曉雲只得一個人隱居鄉下，等待孩子的出生。在金錢窒息人性、製造罪惡的社會背景中，我們看到：一方面，真實的人性慾求難以抵擋愛情婚姻商品化的現實背景，美好的理想常常被冷酷的現實擊碎；另一方面，那種銘心刻骨的、離經叛道的愛情，畢竟是那樣真實而美好、強烈而短暫地發生過，她以與現實世界的不和諧音調，傳達出對美好感情境遇和真實生命狀態的渴望。作品所展示的，實際上是資本主義金錢權勢對婚姻愛情生活所起到的支配和摧殘作用，以及新的愛情觀帶來的抗衡和衝擊力量。林海音以矛盾的心情寫她對這個世界的譴責和同情，在看似無奈和遺憾的世事變遷中，又表現出一份對合乎人類美好生活境界的生命與愛情的執著堅守。

　　林海音的小說世界，沿著寫實的軌道一路前行，既有意到筆隨、行雲流水般的風格，也不乏樸素蘊藉、情感內涵的特點。「她創作的內容與形式之間，顯出一種勻稱與契合的美」①，台灣文學評論家司徒衛如是說。著名作家高陽也有

---

① 司徒衛：《林海音的〈冬青樹〉》，《50 年代文學論評》，台北，成文出版社有限公司，1979 年 7 月版，第 188 頁。

這樣的概括：「海音的作品的風格，是我們所熟悉的，細緻而不傷於纖巧，幽默而不傷於晦澀，委婉而不傷於庸弱，對於氣氛的渲染，更有特長。」①

在林海音自己看來，藝術的構思和風格的形成，更多地來自於「文章本天成，妙手偶得之」的樸素境界。關於如何藝術地去構思小說，林海音曾有這樣的自白：

> 當我寫她們的時候，是順其自然發展，並未想到什麼結構呀、藝術呀，這些令人頭痛的事情，我不知道她們的結構如何，因那些人物的典型，故事的經過和給我的感觸，是早結結實實地儲存在我腦子裏許多年了。我寫她們的時候，不容我有所改變，我也不要改變。因此，順著早刻在我腦中的秩序，就流水般地奔放於我的筆端②。

作為編故事的能手，林海音對小說的構思，忠實於生活的自然流程，以平實的背景和人物為主題，感情是真實的，但情節有所安排，常常在行雲流水般的故事講述中，給人帶來閱讀的流暢感和快樂經驗。

作為塑造人物的高手，林海音的小說始終以人物為描寫中心。來自生活本身的鮮活人物，與充滿詩意的場景氛圍融會在一起，人物的性格在個性化的語言、行動中得以呈現，作者的人生態度和情感指向在生動的描寫中得以傳達。一個

① 高陽：《雲霞出海曙——讀林海音的〈曉雲〉》，轉引自古繼堂主編：《簡明台灣文學史》，北京，時事出版社，2002 年 6 月版，第 261 頁。
② 林海音：《婚姻的故事・後記》，《婚姻的故事》，台北，文星書店，1963 年 9 月版。

個鮮活欲出的女性形象，帶著特定時代的歷史風塵，向我們款款走來，你無法不正視這形象背後深廣而巨大的社會生活內涵。在《城南舊事・驢打滾兒》中，林海音表現宋媽的失子之痛，沒有呼天搶地失聲痛哭的悲號，只用委婉含蓄的筆致呈現了這樣一個生活場景，就把人物大悲大慟的情感內斂於心：

> 宋媽照樣地替我們四個人打水洗澡，每個人的臉上，脖子上撲上厚厚的痱子粉，照樣把弟弟和燕燕送上了床。只是她今天沒有心思再唱她的打火鏈兒的歌兒了，光用扇子撲呀撲呀扇著他們睡了覺。一切都照常，不過她今天沒有吃晚飯……①

林海音的藝術表現手法，凸顯了女性作家的寫作特質。林海音對筆下人物的心理世界探幽入微，常使人物的心理活動成為性格命運的一面鏡子，如同《殉》中朱淑芸空房獨守的心靈痛楚和情感無依。

對比手法的反復運用，也是林海音見證人物性格命運的一種獨特視角，《金鯉魚的百襇裙》與《燭》，是通過篇與篇的對比，描寫了小妾和大婦的悲哀，讓我們看到封建的納妾制度對女性的巨大殺傷力。《孟珠的旅程》這篇小說，則是在孟珠與雪子之間展開對比的，前者自強自尊、富於犧牲精神的形象，與後者悲觀厭世、自暴自棄的行為，讓人看到了同為歌女的人物的性格落差。

象徵手法的無處不在，對於人物的刻畫，主題的渲染以及小說氛圍的烘托，都起到了重要作用。《殉》這篇小說

---

① 林海音：《城南舊事》，北京，北京出版社，1984年1月版，第128頁。

中，那十六床不知何年何月才能蓋完的被子，是方大奶奶日後寡居生活的象徵；《燭》這篇小說中，那搖曳不定、忽明忽暗的燭光，寓意的是老婦人風燭殘年的晚境和精神恍惚、心靈壓抑的生命狀態。如同金鯉魚永遠跳不過龍門一樣，那條永遠不能穿戴的「百襉裙」，象徵了主人公所企望的正室待遇的破滅（《金鯉魚的百襉裙》）；還有那一點燃就軟垂下來的燭芯，無疑是元芳寸心成灰的生命寫照和為愛所累、直不起身子的性格暗示（《燭芯》）。

總之，深受五四時代女性文學影響的林海音，在博採眾家之精華的同時又不失自我的創作個性。但她自己更為彰顯的，還是在這大千世界中，以獨特的視角，樸素的口吻，對女性人生命運所做的「原汁原味」的詮釋。這種對生活底蘊的發掘和描繪，正是林海音藝術生命的真實所在。

第二節　郭良蕙：女性情感境遇中的世態炎涼

郭良蕙①是台灣文壇上引人矚目的女作家之一，但她的

---

① 郭良蕙，女，山東省巨野縣人，1926 年生於河南省開封市。1948 年畢業於復旦大學外文系，隨後來台定居，曾創辦《世界音響》雜誌。從 1953 年第一部小說集《銀夢》問世，迄今已出版作品 60 餘種。其主要小說有：1953 年：《銀夢》；1954 年：《午夜的話》、《禁果》；1955 年：《情種》；1956 年：《錯誤的選擇》、《生活的秘密》、《聖女》、《繁華夢》；1958 年：《一吻》；1959 年：《默戀》、《感情的債》；1960 年：《往事》；1961 年：《春盡》、《黑色的愛》、《墻裏墻外》；1962 年：《女人的事》、《心鎖》、《琲琲的故事》、《遙遠的路》、《第三者》、《貴婦與少女》；

文學地位卻耐人尋味。一方面，作爲一個立足文壇也面向大衆的高產作家，她始終活躍在社會讀者的期待視野之中。執著於婚姻愛情領域的創作耕耘，郭良蕙以她 60 餘部作品集的文學成就，擁有了廣泛的讀者群。其創作在純文學與通俗文學之間架起的橋梁，也見證了 5、60 年代台灣女性寫作的某種通俗化傾向。另一方面，作爲一個文學生涯頗帶戲劇性、曾被驅逐至「邊緣」的作家，郭良蕙的創作又給文壇不斷地出「難題」。60 年代初，因爲長篇小說《心鎖》引發的禁書風波，她受到來自官方和文壇的雙重擠壓；後來又因《早熟》、《兩種以外的》、《黑色的愛》、《鄰家有女》等作品的出版，或觸及高中少女偷嘗禁果而墮胎的社會問題，或描寫了女同性戀的心情與境遇，或表現了婚外戀、「第三者」的故事，皆因對敏感題材的碰撞和對道德倫理的挑戰，讓她遭致種種非議和冷遇，長期以邊緣存在的姿態寂寞前行。近年來，當台灣學者重新發掘被歷史遺忘的女性創作現象，要將《心鎖》收入《日據以來台灣女作家小說選

1963 年：《他·她·它》、《青草青青》、《四月的旋律》；1964 年：《金色的憂鬱》、《樓上樓下》、《小女人》、《我不再哭泣》；1965 年：《寂寞的假期》、《第四個女人》、《黃昏來臨時》、《失落·失落·失落》；1966 年：《我心·我心》、《藏在幸福裏的》；1967 年：《雨滴和淚滴》、《早熟》、《焦點》、《記憶的深處》；1968 年：《迷境》；1969 年：《女大當嫁》；1970 年：《他們的故事》、《鄰家有女》；1971 年：《這一片空白》、《變奏》；1972 年：《斜煙》、《蝕》；1973 年：《加爾各答的陌生客》、《緣》；1975 年：《團圓》、《花季》；1976 年：《好個秋》；1978 年：《兩種以外的》；1980 年：《台北的女人》；1982 年：《晚宴》；1988 年：《約會與薄醉》等等。80 年代以來，逐漸對陶瓷、銅器、玉器、字畫產生興趣，浸淫於古董研究，出版有《郭良蕙看中國文物》、《青花青》等。

讀》①一書的時候，郭良蕙則以拒絕進入的態度，使得台灣女性文學的敘述出現了意味深長的「空白之頁」。從 1953 年自行刊印第一本短篇小說集《銀夢》至今，在文學道路上跋涉了半個世紀的郭良蕙，無論經歷了怎樣的曲折坎坷，正像作家隱地所說的那樣，這麼多年來，她永遠還在寫作，冷漠和世態炎涼並未使她氣餒，在寫作的道路上，她始終直立不搖②。

從 1953 年出版短篇小說集《銀夢》開始，郭良蕙一發而不可收地創作了六十餘部作品集。5、60 年代是其創作鼎盛期。她以勃發的文學生命力引人注目，在當時文壇有「最美麗的女作家」之稱。郭良蕙一生以小說創作爲主，比較有代表性的作品有：短篇小說集《銀夢》、《聖女》、《貴婦與少女》、《第三者》、《台北的女人》等；中篇小說有《情種》、《錯誤的選擇》、《生活的秘密》、《往事》、《繁華夢》等；長篇小說有《午夜的話》、《黑色的愛》、《女人的事》、《心鎖》、《遙遠的路》、《四月的旋律》、《金色的憂鬱》、《我心・我心》、《焦點》、《鄰家有女》、《變奏》、《斜陽》、《蝕》、《花季》等等。

郭良蕙自幼熱愛文學和藝術，二十世紀 50 年代初走上文學道路的時候，最初只是爲了一種自我價值的證明。如同作者自道：「寫作之初，我並未對這條路懷有什麼美夢幻

---

① 邱貴芬主編：《日據以來台灣女作家小說選讀》，台北，女書文化事業有限公司，2001 年 7 月版。
② 隱地：《一本寂寞的書》，《台北的女人》，台北，爾雅出版社，1980 年 4 月版。

想，只因受困於當年的狹小生活圈子裏，必須找一件事做，用來證實自己真正存在，其價值的存在。」而一旦真正意識到「寫作是藝術表現的方式之一，足以反映人生、刻畫人性」①，郭良蕙就與文學生涯結下了不解之緣，創作不僅成為她的生活習慣之一，也見證著她的生命存在方式。郭良蕙雖然較少公開發表自己對女性問題的見解，但她的創作卻貫穿了某種女性意識的觀照視角和思索力度；她對5、60年代台灣文壇上題材禁區的碰撞，往往以新的文學敍述，挑戰了官方文學話語的權力場域；她雖然游走於嚴肅文學與通俗文學的中間地帶，但並沒有因此媚俗大眾，降低創作品位。

郭良蕙的小說創作，內容從傳統的男性社會橫跨到現代社會，並致力於變遷社會中的愛情婚姻描寫。她筆下的主人公多為都市裏經濟條件較好的中產階級男女，作品帶有一定的貴族氣息。其創作敏銳地捕捉到婚戀男女的矛盾心理，並能透過個人的情感糾葛和婚姻矛盾，折射轉型期台灣社會婚姻觀和倫理觀的變化，表現複雜的人性變異與衝突，道出人生命運的感傷淒楚，世態人情的冷暖炎涼。具體而言，郭良蕙的創作追求可以從兩個向度來體現。

首先，圍繞女性的情感境遇與婚姻命運，郭良蕙通過形形色色的婚戀故事，呈現了各種不同的女性人生狀態，並在其中傳達了她對愛情與婚姻問題的深層思考。

愛情，對於女性而言，往往具有竭盡生命追求的重要意義。郭良蕙以她對美好愛情生活的希冀，對那種為愛情而奉獻而痛苦的女性人生，給予了贊美和同情。在長篇小說《春

---

① 郭良蕙：《自序》，《黑色的愛》，深圳，海天出版社，1988 年 12 月版，第 1 頁。

盡》裏，性格好強而沈鬱的少女沈白芙，不幸身患肺病。當姐姐與情夫私奔後，她卻漸漸地愛上了姐夫萬光宇，並毅然與缺乏愛情基礎的未婚夫陳雲程解除婚約。然而，正當沈白芙不顧一切地奉獻自己感情的時候，萬光宇卻不接受她的愛而另娶。沈白芙在失戀與疾病的雙重打擊下自殺，葬身大自然以求生命的永恒。沈白芙的生命毀滅，也道出了在男權中心話語與世俗偏見的力量作用下，女性為追求愛情所付出的巨大代價。另一部作品《斜煙》，寫的也是痴情奉獻的女性悲劇故事。袁克川和兪玫汾原是婚姻生活美滿和諧的一對夫婦，後來袁克川患病而導致下身癱瘓，在自卑感的作祟下自慚形穢，變得意志消沈，冷漠暴戾，驅使妻子斷情而另找歸宿。兪玫汾被迫離婚，但仍堅貞守節，不願他嫁。作者說，她寫這類小說，並不是故弄玄虛，而是希望世間眞有為愛奉獻和犧牲，並且無怨無悔的純情①。

　　隨著作者生活閱歷的增加，人生觀察的深入，郭良蕙對愛情有了新的理解。她認為愛情雖然存在，但不能迷信；諸多的生活事實告訴她，愛情與婚姻的錯位，造就了矛盾而不幸的女性人生。以現實的態度來面對女性情感境遇的現實，郭良蕙進一步意識到：

　　　　在真實生活裏，我一直認為愛情和婚姻是兩回事。愛情是單純的，婚姻卻是複雜的。戀愛時波濤越多，有時越是甜蜜，婚姻卻要像流水，平靜才好，波濤只是一種理想。在婚姻裏，最大的東西是生活，生活是

───────────

① 郭良蕙：《長亭更短亭（代後記）》，《他們的故事》，台北，時報文化企業有限公司，1991 年 8 月版。

脫離不了現實的，而現實常會把美麗沖為平淡。所以
愛情是積極的，婚姻卻是消極的。如果把愛情和婚姻
混為一談，用積極的思想去要求婚姻，那一定會失望的①。

這種帶有冷峻色彩的理智判斷背後，蘊含的則是女性理
想的無奈和人生的滄桑感。於是，在郭良蕙的筆下，我們開
始看到了諸多家庭圍城裏的女性生存真相。她們真實的情感
境遇，常常被五光十色的生活外表所掩飾。郭良蕙則以冷靜
的敍述，不動聲色地剝落了生活表面的金粉。

《高處不勝寒》中的女主角佳靈，住著陽明山上令人稱
羨的豪宅，擁有暴發戶丈夫德天帶來的富裕生活，但她卻再
也感受不到人生的快樂。婚後的現實生活扼殺了她曾經有過
的青春幻想，使得「人越活下去越變得俗氣」。丈夫天天出
入於紅塵世界，卻置她於豪宅深院而不顧；能夠給出的只有
鈔票，不能共享的是夫妻感情，這種早已變質的婚姻，令佳
靈深感人生的「高處不勝寒」。

《藏在幸福裏的》所寫到的佳立與大岳，多年來一直被
人稱為模範夫妻，其家庭也正是大家津津樂道的幸福家庭，
丈夫能夠仕途亨通，官及司長，佳立有著不可泯滅的輔佐功
勞。但只有佳立知道，公開場合中那個文雅、智慧、機警的
張大岳，私下裏卻是一個懶散、遲鈍、冷漠的男人；年輕時
那個神氣十足的戀人，結婚後早已變成了性格平凡、庸俗、
僵硬的丈夫。這使佳立常常感到一種被冷落的窒悶與哀怨，
事實上，「佳立不但憐憫大岳，並且憐憫自己，她對他不再

---

① 《郭良蕙對婚姻和人生的看法》，轉引自夏祖麗：《她們的世界：當
代中國女作家及作品》，台北，純文學出版社，1973 年 1 月版，第
136～137 頁。

有吸引力，而且不再是興奮劑」①。

　　《四月的旋律》中寫到律師之妻石玢尼，作爲一個受過高等教育的女性，她美貌、坦誠、童心未泯，但在一切以自我爲中心、剛愎自用又公務繁忙的丈夫面前，有時難免使她感到如同寄人籬下的難堪。經過了結婚十年的漫漫長路，玢尼性格的銳角逐漸在削弱，一切美好的理想，還有那逸出家庭的愛情追求，最終都被現實所粉碎，玢尼只有把希望寄托於兒女身上。

　　《他們的故事》這部長篇小說中，那個放棄了新聞記者理想而結婚的蕭曉倩，與她做工程師的丈夫劉西寧之間，時常產生夫妻之間難以溝通的悲哀；而爲了愛情，她不顧一切追求的那份婚外戀，最終卻隨著時光的流逝，日常生活的磨損，在理想與現實的錯位中黯然失色。

　　上述處於中產階層的都市女性，她們都曾經爲愛情而結婚，爲結婚而放棄了自己有過的理想，成爲家中相夫教子的輔佐角色；然而婚後的生活，雖然衣食無憂，家庭小康，卻逐漸失卻了戀愛時的相知與激情，生命的美麗和熱力，讓人生出幾多茫然和遺憾。「也許這就是眞正的人生吧？追逐到的事物便日漸耗損原有的可貴性。」②郭良蕙以她對這類女性眞實情感境遇的審視，觸及了愛情與婚姻相分離的矛盾現象，也觸及家庭環境中男權傳統至上與物質化生存背景所造成的愛情和人性的變異。

　　自 60 年代開始，台灣逐漸進入了工商業化的轉型時

---

① 郭良蕙：《藏在幸福裏的》，北京，中國文聯出版公司，1991 年 3 月版，第 29 頁。

② 郭良蕙：《他們的故事》，北京，中國文聯出版公司，1992 年 3 月版，第 108 頁。

期，社會風氣日趨開放。由於政治因素、文化背景、價值觀念、生存狀態與行為方式的變化，人們的婚姻觀與倫理觀也在發生變化，傳統的情感格局開始呈現出複雜的面貌。處於開放人生的時代，一方面是男女相遇的機會更加增多；轟轟烈烈的戀愛不斷發生，越出常規的感情也時有出現，這一切仿佛應該結出更多愛情碩果，但事實上愛情卻難以進行到底。郭良蕙在《台北的女人》這部短篇小說集裏，描寫的全是當代都市女人失卻愛情後的寂寞，包括未婚、已婚、棄婦、寡婦的寂寞，所以作者說這是一本「幽怨」的書。在《團圓》、《他們的故事》、《藏在幸福裏的》、《四月的旋律》、《心鎖》、《金色的憂鬱》等長篇小說裏，郭良蕙還多次涉及婚外戀的描寫。《四月的旋律》寫一對各有家室的中年男女，在邂逅相遇中，重新燃起美麗的戀情。風流瀟灑、才貌出眾的商界經理羅伯強，與老同學陸子達的妻子石玢尼一見鍾情，沈湎於遲到的愛情漩渦。但最終在家庭、兒女和社會的嚴酷現實面前，他們選擇了分手，痛苦告別。作者既肯定這種感情的真誠，又讓人物在生活的教示下，最終回歸原來的人生軌道，由此表現出作者的道德立場和愛情價值觀：再合理的愛情，如果缺少了合法的基石，也是難以圓滿的。

從另一方面看，千百年來男權傳統所構造的強勢話語，並沒有因為進入當代社會就完全消失，婚姻戀愛過程中出現的男女不平等現象，世俗偏見對於男女兩性的頑固制約作用，加之資本主義工商業社會的權勢、物欲、功利對人類情感的侵蝕，真誠而純潔的愛情追求仍然不易實現。郭良蕙透過現代男女的婚戀故事，看到了太多的女性悲劇，她集中揭示了女人在情感境遇中的現實性苦難。當雪虹與早有妻室兒

女的湯終結了五年來的相處歲月，可以平靜地回眸往事的時候，她才深覺一切都是被動的犧牲（《黑歲月》）。氣質高貴的年輕寡婦杜雪荻，受到玩世不恭的工商界新貴高又煒的誘惑和欺騙，獻出了自己的愛情。但事實終於讓她明白，男人愛女人，可以同時愛幾個，可是女人在同一時間心裡只能容納一個男人。懷著深深的失望，她帶著身孕投潭自殺（《黑色的愛》）。氣質高雅、儀態萬方的香港小姐施慕柔身為服裝設計師，充滿了事業女性的自強自尊。年輕的新加坡經理華來德為她所傾倒，不斷發動愛情攻勢。當她決意接受這份感情的時候，被上流社會的世俗偏見和偽善倫理所左右的華來德卻始亂終棄，離她而去（《我心・我心》）。郭良蕙以她的創作提示人們：父系文化傳統的強大，現代社會裡不斷氾濫的人欲，過去與現在都在製造著女人的痛苦與不幸。

其次，從性文化角度切入，郭良蕙在婚外戀題材的描寫中，大膽觸及女性情慾和畸形戀愛的問題。基於對生活的觀察，郭良蕙發現，「大多人生活在悲苦中，外在和內在，除了與生俱來的問題，還有自己製造的種種矛盾衝突。除去天真無邪的童年以及歸於平淡的老年，性，一直不停在生命中作祟作梗，產生足以破壞和毀滅的力量。但是相反地，也可以稱為生命的原動力，人類之所以不斷創造、興旺、繁衍，也就是來自性的激勵和鼓舞」[1]。透過性愛力量的雙重效應來發掘婚戀故事中的人性變異悲劇，這使郭良蕙在5、60年代的台灣文壇上，具有突破創作禁區的意義。

---

[1] 郭良蕙：《自序》，《黑色的愛》，深圳，海天出版社，1988 年 12月版，第 1 頁。

　　1962 年問世的長篇小說《心鎖》，作為郭良蕙最引人矚目的作品，因為「亂倫」情節和女性情慾的大膽描寫而引發軒然大波，被台灣文壇查禁多年。甚至於 1986 年一度由時報文化公司重新出版時，又二度遭禁，直到 1988 年台灣新聞部門才頒發解禁令。經過漫長的四十年時光，該書在 2002 年由九歌出版社重新出版。《心鎖》最初的發表，是在 1962 年 1 月 4 日至 6 月 19 日的台灣《征信新聞報》（《中國時報》的前身）《人間》副刊上連載。1962 年由高雄大業書店出版，且銷售奇佳，到年底已印至第三版。

　　由於《心鎖》題材的特別和作家創作鋒芒的顯露①，很快引起了 60 年代初「何謂黃色小說」的論戰風波。1963 年 1 月 1 日，台灣省新聞處在《心鎖》的連載和出版廣為流傳之後，依據台灣省婦女寫作協會少數理事的要求，首先查禁了《心鎖》。1963 年 3 月，蘇雪林在《評兩本黃色小說──〈江山美人〉與〈心鎖〉》一文中，抓住了《心鎖》的個別描寫場面大做文章：「多少蕩婦淫娃看了這本《心鎖》女主角的榜樣，更將放膽胡為下去了……當前社會風氣不是已經夠糜爛嗎？像《心鎖》這類小說等於一大桶腐蝕劑，傾瀉下來，人心將更腐蝕殆盡，結果整個社會將為之解體，這影響實在太大，我們對於《心鎖》這本書又怎能不抨擊！」②另

---

① 有關《心鎖》的論戰風波，作家張放和郭良蕙本人都認為，《心鎖》的題材並非這個風波的主要原因，「她太出風頭才是真正造成她打壓的原因」。參見楊明：《郭良蕙的〈心鎖〉：60 年代初的「色情小說」？》，台灣，《文訊別冊》，1997 年 12 月。

② 蘇雪林：《評兩本黃色小說──〈江山美人〉與〈心鎖〉》，原載《文苑》第 2 卷第 4 期，1963 年 3 月。另見餘之良編：《〈心鎖〉之論戰》，台北，五洲出版社，1963 年 12 月版。

一位資深作家謝冰瑩在《給郭良蕙女士的一封公開信》①
中，也對《心鎖》的「黃色描寫」嚴厲指責。接著，台灣省
婦女寫作協會乾脆開除了郭良蕙的會籍，並向「內政部」提
出檢舉書。鑒於這種形勢，在 1963 年的「五四文藝節」前
夕，中國文藝協會的常理監事們運用「一審終結」的手法，
通過了注銷女作家郭良蕙會籍的決定。

　　《心鎖》風波發生後，郭良蕙本人曾委請律師提出行政
訴願，一些文藝界人士和社會讀者，如南登、明秋水、高陽
（化名龍夫）等人紛紛為郭良蕙打抱不平。但具有官方色彩
的文藝人士趙友培、穆中南、劉心皇以及「中國文藝協會」
也發表聲明②，一曰處分郭良蕙，是為了推行蔣介石發起的
「文化清潔運動」，「以消除赤色黑色黃色的毒害」③；二
曰《心鎖》的題材「有傷民心士氣」，「不利反攻復國」④；
三曰《心鎖》確屬「淫書」，不該為它辯護⑤。

　　在這椿文壇公案背後，真正涉及的是女作家的性別身份
述說、文壇主流話語以及官方政治之間的互涉關係。有關
《心鎖》的風波，實際上是面對台灣開始由農業社會向資本
主義工商業社會轉型，西方文化思潮開始涌進，道德倫理價
值和文學風尚有所變化的時代，官方企圖繼續以 50 年代的
「戰鬥文藝」話語霸權與官檢系統的統攝力量來控制文壇創

---

① 謝冰瑩：《給郭良蕙女士的一封公開信》，台灣，《自由青年》，第
　　337 期。
② 參見古遠清：《台灣當代文藝理論批評史》，武漢，武漢出版社，
　　1994 年 8 月版，第 129 頁。
③ 「中國文藝協會的聲明」，台北，《中央日報》，1963 年 11 月 5 日。
④ 穆中南：《一個反常現象──〈心鎖〉事件》，台灣，《文壇》第 40
　　期。
⑤ 劉心皇：《關於〈心鎖〉的六問題》，台灣，《文壇》第 41 期。

作的政治回應，同時也是傳統的文學觀與價值觀對生活之變的一種抗衡。

　　從《心鎖》的情節內容來看，丹琪和范林是一對相貌出眾的戀人，兩人皆為大學生，彼此的家境也在遷台之後走向蕭條。用情不專的范林背著丹琪與富家小姐江夢萍定了婚，首先背叛了愛情。已經被范林誘惑失身的丹琪在憤怒傷痛之中，負氣嫁給了夢萍的大哥江夢輝——一個擁有財富和名望但性情憨直古板的醫生。因為夫妻性格不合，缺乏愛情生活，生命狀態處於壓抑和空虛之中的丹琪，禁不住范林的勾引舊情重燃。隨後逐漸認清范林既功利又輕浮的真面目，但仍然無法在婚姻生活中獲得幸福與滿足。最終在花花公子般的小叔江夢石的一再挑逗下，丹琪終於敗陣在情慾場上，與之發生亂倫關係。某日，丹琪與江夢石在北投飯店幽會出來，恰遇范林，二男爭風吃醋，飛車競馳導致車禍雙亡。丹琪僥幸存活，逃往教堂，祈求心靈的平靜和神的寬容。

　　《心鎖》觸及的三個描寫層面，性愛的敘述、女性情慾的探討、家庭倫理道德的挑戰，都碰撞了當時社會與文壇的敏感區域，它「集合性別、情慾、階級、西方宗教與中國倫理論述間的衝突矛盾於一身，揭露身份地理的分裂狀態」①。在江家富有的階級身份面前，范林與丹琪窘迫的家庭背景很快敗下陣來，他們先後以婚姻與性愛的方式，自覺或不自覺地改換階級身份，投靠新的經濟背景，於是，范林娶了富家女江夢萍，丹琪嫁給江家大哥，兩人普升為同一階層。在這種婚姻格局的變化背後，提示著新的社會背景登場：隨國民

①　範銘如：《眾裏尋她——台灣女性小說縱論》，台北，麥田出版社，
　　2002 年 3 月版，第 59 頁。

黨政府遷往台灣的大陸人或許有過的政治背景，在台灣社會轉型過程中出現的富有階層日益強大的經濟背景面前，開始顯示出它的無奈；在急功近利、泛濫慾望、看重人生消費的資本主義工商社會的價值觀面前，傳統的愛情觀和生活原則面臨著巨大的挑戰和誘惑，並且正在發生裂變。無論是范林背叛愛情的「致富夢」，還是丹琪帶有報復情緒的「高攀夢」，都是以傳統愛情觀的破裂為前提，通過婚姻的媒介和「賭注」，或從主觀上或在客觀上實現了換取人生最大經濟效益的捷徑。但是這種階級身份和婚姻角色的改變，並沒有使他們的性別身份得以滿足，范林故技重演，勾引丹琪，並一再炫耀男性在性文化中的絕對支配權；丹琪的情慾需求和報復心理雖一度實現，但對中國傳統道德倫理的觸犯又讓她困惑自責。在江家的那種已婚/長嫂的雙重身份，不允許丹琪有自我身份的認定，這使得與小叔子發生亂倫關係後的丹琪陷入更大的恐懼與混亂，內心充滿了矛盾和掙扎。在背棄了中國傳統論述下所有「孝女」「賢妻」的道德倫理規範之後，丹琪最終只有狼狽地逃往教堂，尋求西方宗教的庇護。

　　事實上，在「戰鬥文藝」口號餘音未消的 60 年代初，官方權威還在企圖構建「統一」的女性主體性，以便將女性創作納入可由官方滲透與操縱的主流軌道上來。然而，《心鎖》的出版，以其離經叛道的形象，宣告了作家個人與女性意識對官方論述的反動。她預示著，在逐漸走出 50 年代台灣「戰鬥文藝」的一統天下之後，有關男女之「別」的性別意識已經開始碰撞國共之爭的政治意識，並在台灣文壇上形成新的文學裂隙和論述空間。換一種角度看，在中西文化碰撞、傳統價值觀念開始變遷的 60 年代初期的台灣，正是敏銳地感應到這種現實變化，《心鎖》捕捉到部分青年在婚戀

生活中，由於傳統婚戀觀裂變而帶來的迷惘與沈淪，由於工商業社會急速興起而引發的功利原則和慾望消費，由於人性扭曲變異、縱情貪慾而導致的情感悲劇。所以，小說不僅揭開了台灣資產階級家庭溫情脈脈的面紗，筆鋒直指道德、倫理、信仰和人性的深層內容；也讓這個矛盾迷失、倫理混亂的家庭，成為台灣社會轉型初始階段的世態人情與現實癥結的某種縮影。同時，作品還從人性層面切入，揭示了被扭曲、被壓抑的愛情心理的反叛，並特別透視了情慾在變異狀態下，對人格乃至人生所產生的破壞性力量。

在藝術表現方面，作為一個具有嚴肅立意的作家，郭良蕙並不排斥通俗文學常用的藝術手法，而且有意讓自己的作品處於「純」與「俗」之間，以創造一種雅俗共賞的藝術效果。

以波瀾起伏、環環相扣的動態小說結構，引申出人生的荒謬性，這種藝術特點所見證的，是郭良蕙把握生活和駕馭長篇小說的力度。具體來看，郭良蕙小說的敍述模式，往往是從正劇或喜劇開始，借悲劇或鬧劇將其推向高潮，再以喜劇或帶有譏諷、象徵意義的正劇收束。例如《心鎖》的開篇，范林之於丹琪和夢萍這種「一男二女」的愛情角逐，是在一種喜劇般的氛圍中展開的；而把全書推向高潮的情節，諸如范林和江夢石共同面對丹琪的這種「二男一女」的競爭場面，是在「二虎競技」的飛車鬧劇中實現的；小說的結尾則以悲劇告終，面對范林和夢石雙雙死亡的可怕現實，丹琪只好逃到宗教中尋求出路，以安妥自己迷狂、破碎的心靈。整部小說，情節相對單純，卻在動態結構的推進中，連綴起複雜的人物關係，揭示出或悲劇或荒誕的生活真相來。

從長篇小說《焦點》，也可看出郭良蕙在藝術構思和情

節鋪展上的功力。作品以拍攝電影《焦點》爲情節依托，多層次反映出「焦點中的焦點」——關於女演員朱顏的生父問題。作者布設層層疑陣，讓人們的猜測的眼光一步步掠過朱顏的養父朱雨勤，朱顏的「乾爸」顏爾淳，最後才停留在那個「假冒僞善、披著嚴肅的外衣做出可怕的事跡，以院長的地位去欺負小護士」的顏濟慈身上。當年，朱顏的生母周雅珊在舊時的南京濟慈醫院當護士，單純可愛的她同時受到顏家兩代人的糾纏騷擾，後來不得不嫁給自己所不愛的男人，心靈的創傷使她變得自我放任、圓滑世故起來。但在男權傳統的社會裏，「女人的責任比男人大，特別是錯誤的責任，社會總要讓女人負」，作品對這種世道不公給予了深刻揭示。隨著一波三折的情節鋪展，朱顏身世之謎懸念的最終被揭開，也是生活中荒誕一面的亮相之時。

　　郭良蕙小說的突出特點，還表現在她對人物心理活動的準確把握與刻畫上。她筆下的人物，不論各色男女，都能恰如其分地表現出符合他們性格特徵的心理性質。作者自道：「我覺得我自己是比較善於描寫心理狀態，不善於寫景致的，《心鎖》就是描寫人性比較多的一本書。」①《心鎖》對主人公丹琪在種種不同情態下的心理活動刻畫，達到了細緻入微的地步。丹琪最初抗拒范林和夢石勾引時的堅守心理，被情慾誘惑時的迷亂心理，慾望實現時的沈醉心理，以及放任自我後的愧疚心理，都在作者筆下得以真實生動的展現。在另一篇小說《往日往事》中，女主人公與男友「麥」

---

① 《郭良蕙對婚姻和人生的看法》，轉引自夏祖麗：《她們的世界：當代中國女作家及其作品》，台北，純文學出版社，1973 年 1 月版，第137 頁。

的戀愛與分手，她與「留美博士」的訂婚與準備出國，全部
的故事情節都在人物的心理活動與情緒流動中進行，當主人
公深感「麥」對於她具有無可取代的生命位置的時候，所有
的失卻和遺憾都已終成定局。

　　當然，我們也應該看到，郭良蕙的小說在強化人物情感
鏈的時候，對動態社會特徵的透視還不夠充分，這使得人物
與情節的描述帶有過多的偶然性和戲劇性。同時，在作品主
題力度的表現上，郭良蕙的創作還缺少幾分將人生更有價值
的東西，掀開給人們看的勇氣。

第三節　孟瑤：時代變遷背景下的兒女情長

　　在台灣文壇，孟瑤①是一位兼具多重身份的高產作家。
她出入於學術、小說、戲劇之間，以歷史系的訓練投入文學
史的研究，以寫白了頭的代價創作小說，以戲迷、票友和業
餘演員的身份粉墨登場，可謂人生多才多藝，意趣自由自
在。特別是她對女性寫作的執著，不僅在浩繁的作品中留下

---

① 孟瑤，女，本名揚宗珍，湖北省漢口人，1919 年生，2000 年 10 月 4
日辭世，享年 81 歲。重慶國立大學歷史系畢業，1949 年遷台。歷任
台中師範學校、南洋大學中文系教授，中興大學中文系主任。孟瑤一
生出版小說、散文、兒童文學以及學術著作 70 餘種，僅長篇小說就
多達 59 部，從不同角度留下了近代中國與台灣社會的變動投影。在
這些小說中，孟瑤自己認為她最喜愛的作品是《心園》；《黎明
前》、《屋頂下》、《畸零人》、《剪夢記》、《盆栽與瓶插》、
《學生的故事》、《這一代》、《兩個十年》、《磨劍》、《滿城風
絮》，也是她比較滿意的作品。《杜甫傳》、《龍虎傳》、《英杰
傳》，則是費她諸多心血寫成的歷史小說。

了半個世紀以來台灣社會人生的變動踪跡，也見證著作家對
女性世界的一份人文關懷。

　　孟瑤的文學生涯，熔鑄著來自大陸的成長背景和立足於
台灣的人生經驗。對於 1919 年出生於漢口的孟瑤來說，有
關故鄉、童年和求學生涯的體驗，影響了她一生的志趣和人
生選擇。漢口是辛亥革命打響第一槍的地方，這一帶曾有許
多人加入了革命行列，孟瑤從小就聽到那些往事，高中時代
又在這裡度過，對故鄉有著深刻記憶，所以後來小說裡有許
多故事背景都發生在辛亥革命時期的漢口。北伐成功後，孟
瑤隨父母遷往南京，在那裡度過了她的童年。民國初年，中
國女子開始有機會進入學堂念書，孟瑤有幸在南京讀了小學
和初中。另一方面，被江南風光陶醉的孟瑤，又在南京領略
了美妙的民情風俗。南京城裡的碎石路，水車的咿呀聲，機
房的扎扎聲，再加上槳聲燈影中的秦淮河，人聲嘈雜的夫子
廟，還有那騎驢登山、採蓮下水的樂趣，都讓孟瑤心動不
已。孩提時代常隨家人到戲院消磨的時光，不僅使孟瑤成為
傳統戲劇的熱烈愛好者，也讓她得以最初的民族文化傳統的
啟蒙。1937 年，高中畢業的孟瑤在對日抗戰昂揚的士氣中
參加了第一次全國大學會考，並且考入國立中央大學歷史系
就讀。在學校遷往重慶沙坪壩的抗戰歲月裏，大後方學生們
的生活雖然艱苦，但年輕的生命依然充滿激情。自幼喜歡
「舞文弄墨」的孟瑤常常白天到國文系旁聽上課，晚上鑽進
戲院裏痴迷聽戲。「就在敵機轟隆聲中」，打發著「生命黃
金段」①。如此的經歷，為 1949 年赴台之後的孟瑤自由地

① 孟瑤：《自傳》，《孟瑤自選集》，台北，黎明文化事業股份有限公
　　司，1979 年 4 月版，第 3 頁。

出入於學術、小說和戲劇之間，奠定了基礎。戰時大後方度過的求學生涯與青春歲月，也使孟瑤的作品始終潛藏著濃濃的家國觀念和民族意識。事實上，學歷史，教中文，寫小說，唱京戲的孟瑤，正是在中國傳統文化的薰陶中，建造起自己的生活空間，並確立了她一連串的人生理想。1979年，從中興大學中文系主任位置上退休的孟瑤，雖然積勞成疾，仍不肯放棄寫作，80 年代不斷有新作問世。也許因為病後另有一番體悟，1991 年孟瑤一度隱居佛光山時，甚至還在中國佛教學院講授《史記》，不由得讓人對她肅然起敬。

對於孟瑤的人生追求而言，第一，是要得天下英才而教育之，而這一切已經被她多年的大學任教生涯和桃李滿天下的輝煌所證明。第二，是企盼「施朱敷粉，袍笏登場」，從「那些舞台上的英雄美人」中間，「贏得一群知己」[1]。任教於台灣中興大學時期，身為「台中友聯票社」成員的孟瑤，最喜歡唱的戲是《擊鼓罵曹》、《搜孤救孤》、《四郎探母》、《洪羊洞》。她不僅編過劇本《竇娥冤》、《韓夫人》、《文姬歸漢》，也實際參加演出；六十五歲那年還粉墨登場，以「婆婆一嫗」，扮演英俊的楊四郎，唱起了《坐宮》[2]。第三，是要「做學問，從書本裏鑽研出一套道理來」[3]。孟瑤廣泛涉足學術領域，潛心苦志完成了

① 孟瑤：《戲與我》，轉引自鍾麗慧：《愛戲的教授小說家──孟瑤》，見《纖錦的手──女作家素描》，台北，九歌出版社，1987 年1 月版，第 70 頁。

② 林海音：《婆婆一嫗扮四郎》，《剪影話文壇》，北京，中國友誼出版公司，1987 年 6 月版，第 38 頁。

③ 孟瑤：《戲與我》，轉引自鍾麗慧：《愛戲的教授小說家──孟瑤》，見《纖錦的手──女作家素描》，台北，九歌出版社，1987 年1 月版，第 70 頁。

《中國戲曲史》四冊（台北，文星出版社，1965 年）、
《中國小說史》四冊（台北，傳記文學出版社，1969
年）、《中國文學史》（台北，大中國圖書公司，1974
年）等巨著。第四，則是她以自己對文學世界的情有獨鍾和
熱情投入，一生創作了六十餘部小說，成爲台灣文壇上著名
的多產作家。總之，寫作、唱戲和教書成就了孟瑤的人生，
也給她帶來不同的生命樂趣。對她來說：「寫作是苦中作
樂，唱戲是只樂不苦，教書是樂此不疲。」①

　　孟瑤是帶著關注女性命運的創作意識，正式步入台灣文
壇的。50 年代，她在台灣《中央日報・婦女與家庭》版上
發表處女作《弱者，你的名字是女人嗎？》，從此開始用
「孟瑤」的筆名發表作品。陸續刊出的十幾封《給女孩子的
信》結集出版後，在當時廣受歡迎，因此成爲孟瑤眾多著作
中被盜印最多的一本書。之後，孟瑤一發而不可收地進入了
小說創作的旺盛期。她的小說題材廣泛，且以長篇爲主。其
中以「傳」來命名的歷史題材的作品，多數是出色的歷史小
說，也是難得的文學作品。另一方面，對現實題材的倚重，
則貫穿了孟瑤一生的寫作。從下列創作與出版年表，可見孟
瑤長篇小說筆耕之成績：

　　　　1953 年：《心園》、《美虹》；1955 年：《幾番
　　風雨》、《柳暗花明》、《追蹤》、《窮巷》、《夢
　　之戀》；1956 年：《蔦蘿》、《屋頂下》；1957 年：
　　《鳴蟬》、《斜暉》、《鑒湖女俠秋瑾》；1959 年：

①夏祖麗：《孟瑤的三種樂趣》，《她們的世界：當代中國女作家及作
　品》，台北，純文學出版社，1973 年 1 月版，第 80 頁。

《亂離人》、《迷航》、《流浪漢》、《杜鵑聲裏》、《黎明前》、《危巖》；1960 年：《曉霧》、《荊棘場》、《小木屋》；1961 年：《生命的列車》、《含羞草》；1962 年：《浮雲白日》、《危樓》、《劫情記》；1963 年：《遲暮》；1966 年：《太陽下》、《女人街》、《翦夢記》、《畸零人》；1967 年：《退潮的海灘》、《孿生的故事》；1968 年：《踩著碎夢》、《紅燈，停！》、《群痴》；1969 年：《這一代》、《飛燕去來》、《磨劍》；1970 年：《三弦琴》、《杜甫傳》；1971 年：《望斷高樓》；1972 年：《兩個十年》、《長夏》；1973 年：《四重唱》、《弄潮與逆浪的人》、《英杰傳》；1975 年：《長亭更短亭》、《龍虎傳》；1976 年：《驚蟄》、《盆栽與瓶插》；1977 年：《滿城風絮》；1979 年：《浮生一記》；1981 年：《望鄉》、《忠烈傳》；1982 年：《一心大廈》；1984 年：《春雨沐沐》、《女人，女人》；1986 年：《寒雀與孤雁》；1994 年《風雲傳》。

孟瑤自立的寫作標準，是「古典的筆，寫實的眼睛，浪漫的心」。「古典的筆」使她深得民族文化與中國文學精神的滋養；「浪漫的心」讓她以充沛的藝術想像力和女性情懷，為這大千世界奉獻人生的真善美；而「寫實的眼睛」，則使孟瑤採擷生活素材之際，更多地面對現實，真誠筆耕，擁有廣泛的生活關懷面。她的作品，或言抗戰烽火中一代青年的人生流浪，如榮獲台灣「中山文藝獎」的《這一代》；或直敍大陸來台人員、特別是落魄藝人的生活困境和感情遭

遇，如《白日》、《老藝人》、《梨園子弟》、《夜》；
或揭示非常態男女戀情和畸形婚姻帶來的嚴重後果，如《殺
妻》、《打野食》；或表現台灣留學生在美國的無根人生
與懷鄉情感，如《盆栽與瓶插》、《望鄉》；或反映事業
女性在時代變遷中的成長歷史，如《一心大廈》、《女
人，女人》，可謂視野開闊，取材廣泛。而這其中，孟瑤最
為倚重的小說創作，往往是在愛情婚姻的基本架構中，透過
女性人生領域的描寫來觀照社會現實生活層面。由此傳達出
來的人生觀、愛情觀、女性觀和文學意識，不僅勾勒出孟瑤
創作風格的變化軌跡，也見證著台灣社會背景的轉型和時代
風尚的變遷，記錄了她所走過的年代。這種創作大致沿三條
路線展開：

其一，以帶有浪漫色彩的筆觸，謳歌美好的愛情和高尚
的人性，意在為現實宇宙增添一份真善美。孟瑤這類小說對
婚姻愛情問題的關注，承襲了「五四」以來中國現代文學的
反封建主題，它在揭示不合理婚姻制度與男女不平等現實的
時候，既為人物的悲劇性命運掬一捧熱淚，更對人世間純真
愛情的追求唱一曲贊歌。對於當代台灣文學而言，它無疑提
供了一種從描寫婚姻愛情出發來透視女性外在與自身雙重悲
劇的新視角。

《心園》作為孟瑤十分偏愛的長篇小說，它在 1953 年
的出版，不僅集中代表了作者「服膺浪漫主義」的早期創作
風格，更奠定了孟瑤的文壇地位，給了她寫作的無窮信心。
《心園》的故事背景發生在孟瑤青年時代任教的重慶私立廣
益中學，那是她自沙坪壩時代的中央大學歷史系畢業後工作
的第一所學校，位於重慶南岸的山上。小說的主人公就是這
所教會中學裏終身從事教育工作的老校長，以及圍繞在他身

邊的各色人等。孟瑤在廣益中學教書的時候，並不特別喜歡這個地方，等到了上海、台灣以後，人生閱歷的變化使她很懷念重慶山上的風光，不時回憶起中學任教的那段日子，生活中的許多人物開始在心中活了起來，諸如《心園》的女主人公胡曰涓。在《心園・自序》中，作者曾經說道：「在一個環境幽美的中學執教，在那裏，我遇見了這篇小說中的『我』，她醜陋得使我不願意看她；但是，不到一個月，我們成了好朋友，以後，只要一天不看見她，我就覺得渾身有拂拭不去的俗氣。我和她真正在一起的時間只有半年，我不明白她是哪一點魅力，使我至今不能忘懷！在她身上，我瞭解了一件事，靈魂的美才是永久長青，繫人心神的！」正是這樣的人生經歷與生命感悟，成就了孟瑤最初的文學創作。

《心園》以胡曰涓在南山中學校長田耕野家中做特別護士時的經歷與感受爲線索，在富有田園詩意的自然環境中演繹著複雜的男女情感糾葛，通過當時社會上流行的實用主義與完美主義愛情觀的兩相對照，表達了作者對純淨自然狀態下愛的向往和哲思，對人性心園裏美的期待與建構。小說中一男三女的情感模式，也引發了人們對於男女婚戀格局中現實問題的思考。圍繞著校長田耕野展開的故事中，我們看到，《心園》裏那個心靈美好、盡職敬業的家庭護士胡曰涓，在久病臥床的田太太去世以後，雖然對田耕野漸生愛慕之情，但由於童年時代害天花導致的容貌受損和左眼失明的殘疾，使她始終把愛深藏於心，不敢表達一種不折不扣的女人情懷。而對於田家的養女丁亞玫而言，這個在田耕野夫婦的寵愛和大自然風光陶冶下長大的女子，則是一個率性而爲、充溢著生命自然形態的人物形象。她真正愛的是養父田耕野，爲了斬斷情思，她不得已與校長胞弟田耕堯走到了一

起。但她和利欲薰心的丈夫之間，如同「鋼筋水泥的大廈和竹籬茅舍放在一起一樣的不調和」。在無法排遣的痛苦和壓抑中，丁亞玫常常把夢湖和文峰塔當做田耕野的化身，用繪畫尋求情愛的寄託，借縱情山水釋放被壓抑的人性。最後終因家庭矛盾與內在衝突的愈演愈烈，丁亞玫在大自然懷抱中走上了人生的不歸路。另一位工於心計、追求物欲的女性王文秀，她從闖入田耕野的生活到與之離婚，是以諸多無事生非、傷害婚姻的舉動，實踐了功利主義的愛情法則。

透過上述感情格局，我們從中看到，在純真的愛情面前，容貌的醜陋、地位的懸殊、世俗倫理的束縛，都不能阻止她的滋生成長；而充滿物欲、自私冷酷的人性弱點卻會讓婚姻發生變質乃至解體。小說中，胡曰涓、丁亞玫反世俗的愛情追求與王文秀功利型婚姻索取所形成的鮮明對照，反映出了兩種人物的品格高下和愛情觀歧異。在胡曰涓，特別是丁亞玫這種帶有生命自然形態的形象塑造背後，有著西方資本主義文明開始向台灣城鄉滲透，社會原有的寧靜、閑適面臨危機的 50 年代社會背景，於是，渴望保持人與自然的和諧關係，崇尚未被污染的人性、道德與愛情，就成了當時台灣人的一種心態，丁亞玫這類人物便在作者筆下應運而生。另一方面，男主人公田耕野和他所見證的兩性關係，也是一個值得注意的角度。田耕野作為一個充滿人性美、頗具生活詩意的中學校長，他可以通過美化學校環境來陶冶學生心靈，用愛心付出來照顧久病的妻子，關懷周圍的人生，讓他的愛「像春天的陽光，使接觸到的人感到無言的舒適和溫暖」；但在男性社會的婚戀格局中，他卻很難給真誠追求愛情的女性帶來人生的陽光，對於胡曰涓和丁亞玫的愛情，田耕野既不會像《簡・愛》中的羅切斯特愛上家庭女教師那樣

去接受這位面醜心善的家庭護士，也無法跨越世俗與倫常的樊籬來成就一樁叛逆的愛情，所以有情人並非終成眷屬，兩位女性只能在有愛難言的痛楚和壓抑中品嘗愛情苦果。這種愛情悲劇表明，在當時社會的男女婚戀及兩性關係中，愛情的主動權和決定權最終掌握在男性手裏，女人愛的天性和本能更多受到的是社會性的壓抑和束縛，無數感傷、凄美的女性愛情悲劇正是由此而生。

其二，以「寫實的眼睛」來觀察和描寫女性的感情境遇與人生命運在台灣社會轉型中的變化，筆觸涉及形形色色的現實人生問題。60 年代前後，孟瑤慢慢轉移了自《心園》以來的筆觸，開始了面對現實的人生寫真。作者清醒地意識到，「由於今天所面對的世界正起著急速變化，而我們所印映下的凌亂腳跡，實遠比虛抹的彩色爲更動人」①。因此，孟瑤無論是表現社會百態，還是發掘女性人生，都離不開台灣社會轉型、工商時代變遷、人人面臨調適這樣一個巨大的現實背景。在這個背景上演繹的文化傳統、社會風尚、生存方式、愛情法則乃至人生價值觀的全面變動，正構成了孟瑤筆下的一份工商業時代社會生活的全景記錄。孟瑤所喜愛的《磨劍》，深得林語堂先生贊賞的《亂離人》，以及《含羞草》、《危樓》、《劫情記》、《驚蟄》、《滿城風絮》、《浮生一記》等作品，都是這類小說的代表。

《危樓》以朱宅一棟再也經不起風吹雨打的危樓爲背景，描寫朱正心一家，因感情的鬱結、傳統價值觀的失落而漫佈末日情緒，最後導致家庭毀滅。作品既顯示了舊式大家

---

① 孟瑤：《滿城風絮・自序》，《滿城風絮》，台北，純文學出版社，1977 年 5 月版，第 1 頁。

庭在社會變動中的狀貌與走向，又深刻地概括了特定時代的台灣社會心態與現實面貌。「危樓」的意象涵蓋全篇，具有強烈的象徵意義。

在《驚蟄》中，喪父失母的少年阿愚獨闖台北謀生，到一幢大廈應聘服務生。象徵著台北社會縮影的大廈裡，金錢萬能，物慾橫流，正直在這裡受到委屈扭曲，女色成為廉價的商品和慾望的誘惑。經歷了人生迷失、掙扎和覺醒的阿愚最終認識到：「工商社會是培養物質慾望的溫床，而物質慾望又是為社會挖掘陷阱的凶手。每個人不小心都有掉下去的可能。」①

作品長篇小說《滿城風絮》中所飄動的，是孟瑤複雜難言的人生心緒。有感於「由農業社會向工商業社會轉型的脫胎換骨中，……人生變得沒有過程也喪失了目的，以化學為催溶劑而剔除了所應有的發酵階段」②，孟瑤把社會劇變時代裏的蕓蕓眾生收容到自己筆下，透過一個頗具傳統美德的家庭在親情、婚姻、人生、道德價值觀諸方面遭遇的危機與掙扎，寫出了工商時代對台灣社會的風雨侵蝕和世態人心影響。小說中的伯元和媛媛是一對從大陸遷到台灣的中年夫妻，守著恩愛的諾言和儒雅的人生方式，他們原本活得安逸、溫馨而自足。而到了工商業時代，伯元不得不為謀生而疲於奔命，媛媛只能呆在家裏懷念往日的閑情逸致，連享受含飴弄孫的天倫之樂都得不到子輩允可，還被兒媳又清指責為「沒有計劃，沒有效率，沒有才幹」，「根本不夠資格

① 孟瑤：《驚蟄》，長沙，湖南文藝出版社，1988 年 7 月版，第 170 頁。
② 孟瑤：《滿城風絮・自序》，《滿城風絮》，台北，純文學出版社，1977 年 5 月版，第 1～2 頁。

生在今天這個工商社會裡」！內部的親情倫常不斷發生代溝與衝突，外部的風雨和誘惑又不時襲來，而未遭塵染的媛媛一旦接觸社會上的各色人等，便在懵懂之中被不負責任的貪愛男人所俘獲，最後終因內心羞慚而割腕自殺。孟瑤是懷著滿城風絮般的憂思來寫這部小說的，一方面，她慨嘆於工商業社會的複雜驚險，世態炎涼：「三言兩語的婚姻，代替了柔情蜜意的戀愛。多少來自教養良好的家庭子弟，剛一投身到這逆流就慘遭沒頂（像唐棣）；多少的自命爲武藝高強的弄潮兒，最後卻發現自己所抓到的竟是空無所有（像蘇鈺）；多少人因在鴿子籠的公寓裏懷念往日的閑情逸致（像瑗瑗）；多少人在忙碌的生活中因無自由呼吸和感到窒息欲死（像伯元）……芸芸眾生，何其悲苦！」[1]另一方面，孟瑤也不能不承認：「今天這個工商業社會，積極、求進，在生存的行列中，無能的被擠下來，雖然殘忍，卻再公平不過。」[2]面對現實社會無可阻擋的變動步伐，孟瑤在爲那些曾經空茫、迷失、沈陷、掙扎、突圍的各色人物寫眞畫像的同時，也以淡淡的憂傷，含蓄細膩的筆調，記錄了傳統美德、文人風尙在工商時代的失落過程。

　　孟瑤上述類型的作品中，活動著一種處於生命自在形態的女性形象，她們身上的那種率眞自然、重情仁義、崇尙愛情、儒雅閑適的特質，常常遭遇現代工商社會的質疑和詰難，讓人物產生生錯了時代的尷尬，最終難免命運的冷遇。

---

① 孟瑤：《滿城風絮·自序》，《滿城風絮》，台北，純文學出版社，1977 年 5 月版，第 2 頁。
② 孟瑤：《滿城風絮》，台北，純文學出版社，1977 年 5 月版，第 118 頁。

《浮生一記》中的小晴，她不在意鑽石項鏈能值多少錢，她更愛月牙湖的草莓與蘆笛，人世間真誠和睦的心靈相處。作者慨嘆：「這樣純的孩子怎麼放進工商社會的都市生活中！」《屋頂下》那個善良聰明、心地美好的瑩瑩，由於身世飄零，她淪落為妓女，變成商業主錢祖謀的定期情人，但她內心渴望真正的生活和愛情，悄悄地暗戀上新婚教員易之。她以善良、正直的本性，拯救一時迷途的少女小彤，幫助體弱多病的文琛，為了維護易之和文琛的幸福，最終以自殺的方式，完成了一個「生於憂患，死於犧牲」的形象。《滿城風絮》中那個頗具閒情逸致的瑗瑗，總是活在過去的世界裏，沒有人生計劃與防範能力，很快在工商業社會的現實面前敗下陣來。而對於那個追求美、講究情調、喜歡人生有夢的女孩子景柔來說，深受《老殘游記》影響的她，原本對於這一生，只想虛應一下故事。但在伯元家應聘「家務管理員」的日子裏，她看到了這個紅塵世界太多的人事沈浮、情感悲歡和世態炎涼，不由得開始留意自己渴望的人生境界。當瑗瑗自裁的家庭變故發生之後，她雖然在伯元那裏找到了感情歸宿，卻無法走出工商社會帶給她的無奈和感傷。這些追求生命自在形態的女性形象塑造，既反映了孟瑤在價值觀念急劇變化時代裡的精神迷茫與困惑，也標示了她為許多活在過去世界裡的人們尋找掙扎與突圍路向的執著努力。

其三，以女性意識觀照女性人生，在順應時代變化的創作中，塑造出自強自立的事業女性形象。在台灣由農業社會向工商社會轉型的過程中，不少人白手起家，風風雨雨，摸索創業，終於成長為頗具競爭能力的實業家，這其中也不乏與男性一較長短的事業女性。特別是進入 80 年代以來，隨著社會自強精神和女性意識的普遍覺醒，作家筆下女性形象

的內容也開始發生變化，她們在如何做人、做能自爲的強人、做女人的問題上，有了新的時代理解。這時期的孟瑤，雖已步入花甲之年，仍然寶刀不老，追隨時代步伐而前進。感應著台灣現實生活的脈搏，也沈澱著女性生存歷史的思考，孟瑤以她飽經人生滄桑的筆觸，創作了反映現代女性人生成長的《一心大廈》、《春雨沐沐》，《女人，女人》等長篇小說，並將它融入台灣 80 年代女性文學的大合唱。

女性意識的觀照，是孟瑤最可貴的人生視角。作爲深受五四新文學影響、漂洋過海來到台灣的老一代女作家，孟瑤初登文壇就曾引發讀者對性別議題的熱烈討論。1950 年發表在台灣《中央日報‧婦女與家庭》版上的一篇《弱者，你的名字是女人嗎？》，痛陳女人在家庭與事業之間的矛盾和掙扎，甚至以「『母親』使女人屈了膝，『妻子』又使女人低了頭」的激烈言辭，對母職與妻職之於女性自我的殺傷力提出尖銳控訴。三十年後，孟瑤當年關注的女性問題不僅沒有過時，在新的社會環境下，反而有了更爲錯綜複雜、充滿時代衝撞力的內容。

孟瑤 80 年代筆下的女性，多是處在生命的自爲形態的形象。強烈的女性意識，獨立的人格力量和成就事業的能力，構成她們性格的核心。與作者過去那些生活在 50 年代農業社會裏的女性形象不同的是，如今的現代女性多了一份闖蕩工商業社會的歷練，也多了一份全方位搏擊生活的人生甘苦。首先，事業女性在時代變遷中，面臨著人生角色的全面定位。對於她們而言，女人不僅要做人，做女人，還要做女強人，否則就無法在社會疆場打拚天下，這使得女強人成爲工商時代的一道獨特風景。《一心大廈》中的呂眞，從一個普通女性成長爲建設公司的董事長，就是靠了這種女強人

的氣質與才幹，接二連三地擊敗競爭對手，使公司事業蒸蒸日上。《春雨沐沐》中的素心，30 年來在鐵廠辛勤工作，成爲工廠的台柱子，事業的女強人。《女人，女人》中的品紫，作爲企業公司美麗精幹的女經理，她所代表的是現代女性全方位擁有生活的品質追求。

　　事業女性在現代社會，往往陷入人生選擇的兩難境地。多重身份與角色緊張，使她們在家庭與社會、愛情與事業、女性天職與社會責任等方面，承擔著更爲沈重的壓力。過去世代的女性在男權中心的社會束縛下，只能被囚禁在家庭的狹窄空間裏「主內」，成爲男性的附庸；而對於《春雨沐沐》中的素心而言，她不僅要爲家庭謀生，爲工廠打拼，還要爲終日陶醉在文人雅興中的丈夫圓夢。事實上，「家的門戶是她支應著的！戶外的風雨，是由她擋在前的！」①如此主「內」又主「外」的辛苦付出，並不能確證女性情感生活的全部幸福。事實上，出類拔萃的事業成功，與幸福美滿的婚姻愛情之間，往往有著令人遺憾的錯位。《一心大廈》中的呂眞雖然是功成名就的企業家，可她又是在違背志趣所愛，在遷就現實的情況下生活著的。後來，事業的挫折改變了人生，她因禍得福地投奔自己酷愛的美術事業，然而感情的天地仍舊一片蒼白空虛。事業女性爲成就事業所付出的沈重感情代價，釀就了多少苦澀難言的人生滋味！

　　另外，事業女性在現代社會，往往經歷著舊有文化傳統與新的價值觀念的雙重夾擊。一個不容忽略的事實是，男權中心話語、封建道德意識這些落後的傳統價值觀，它不僅會

---

① 孟瑤：《春雨沐沐》，瀋陽，遼寧大學出版社，1988 年 2 月版，第 75 頁。

同新的時代觀念發生矛盾和衝突，也會與工商業社會裏的物
欲消費觀念、實用功利主義形成合謀。它使得現代女性比以
往任何時代的女性都更多地承受著社會風雨的衝擊。《春雨
沐沐》中，素心的辛酸又何嘗不是天下職業婦女遭遇的共同
難題：

> 第一是受歧視，根本反對你和他們搶飯吃；其次
> 是受輕估，根本覺得你是低能兒；第三是受欺凌，根
> 本覺得你是弱者。再加上完全無法拒絕的家務，更無
> 可挽救的是，女人還要生孩子……①

但儘管如此，事業女性必須經歷社會轉型期的衝突與挫
折，隨時代成長並提升女性自身的生存歷史。孟瑤借她醞釀
許久的長篇小說《女人，女人》，清晰地勾勒出一部中國婦
女的命運史詩。作品寫自辛亥革命起的四個時代的女人，第
一個時代是辛亥革命時期，孟瑤的祖母代表了那個時代的女
人，她們講求順德，一味依附於男性社會，完全沒有自我。
第二個時代是五四時代，也就是孟瑤的母親的時代，這時期
的女人開始要求做人的權利，為爭理想、爭婚姻自由而犧牲
幸福。第三個時代是抗戰時期，也就是孟瑤自身經歷的動盪
歲月。戰爭、遷徙、逃難……個人的命運被拋進社會生活的
大漩渦中。這個時代的女人是三頭六臂，獨當一面，否則就
過不了一道道的人生關口。第四個時代就是現代社會，當下
的女人除了擔負家計、盡妻職母職之外，還有社會的多重責
任，個個都是角色緊張，兩肩沈重。當然，作者還是對現代

---

① 孟瑤：《春雨沐沐》，瀋陽，遼寧大學出版社，1998 年 2 月版，第
74 頁。

女性寄予了更多的人生厚望，她在《寫在〈女人，女人〉前》一文中寫道：「無論女人失去男人，或者男人失去女人，都只有生命的一半。要求美麗完整的人生，必須要有兩條健康而鮮活的生命。……有了這真正的生命，她才能在晴天麗日中與她的另一半比翼而飛，這，才是人生最完整美麗的一幅畫！」①所以，她筆下的品紫，不僅以企業界的女強人形象實現了女性自身的價值，也同樣以心心相印的愛情創造，擁有了美麗完整的人生。

　　從總體上看，孟瑤的小說創作，早期服膺浪漫主義，後來轉入現實主義，寫情頗富浪漫氣息，敘事又不乏寫實色彩。側重女性命運觀照，同時擁有廣大的社會關懷面。文字灑脫自如，內容豪放寬廣，讀來仿佛出自於男性手筆。創作介於嚴肅文學與言情小說之間，也失之於題材、技法和立意的某種重復。隨著對台灣女性文學研究的深入，孟瑤的存在與價值將再度被人們所認識。

---

① 轉引自黃重添：《台灣長篇小說論》，福州，海峽文藝出版社，1990
　年 5 月版，第 57 頁。

第貳編

60 年代——

東西方文化碰撞中的女性經驗

第一章　台灣女性文學的發展

第一節　西風東漸：學院派女作家的崛起時代

　　60 年代的台灣，是擺脫落後的以農業為主的內向型經濟，走向以工業為主的外向型經濟的時代，也是西風東漸、現代主義文化思潮大加泛濫的時期。在台灣經濟「全面起飛」的過程中，從初期階段「美援」的大量湧進，到 1965 年以後外資的紛紛輸入，台灣的經濟結構與意識形態發生了急劇變化，開始由封閉的農業社會逐漸轉向開放的資本主義工商業社會。但「台灣實行的資本主義式的對外經濟開放，是無抗體開放式，既開放經濟市場，也開放精神文化市場。隨著經濟開放，西方的精神文化、社會風俗，也一齊進入台灣市場，因而台灣社會文化迅速西化」①。社會經濟全面附庸於西方的時代，不僅造成台灣社會普遍的崇洋心理，也使文化思潮與文學藝術向西方全面傾斜。

　　現代主義作為西方的一種文藝思潮，它能夠如此強有力地影響到台灣文壇的某種時代趨向，絕非偶然。西方現代文

---

① 古繼堂：《台灣小說發展史》，瀋陽，春風文藝出版社，1989 年 11 月版，第 161 頁。

藝思潮二十世紀 60 年代在台灣的流行，是由多方面原因造成的。第一，台灣當局對內實行嚴格的思想控制，對外實行不設防文化開放的政策，助長了全盤西化的社會風尚。台灣當局出於意識形態領域的政治需要，全面禁絕中國大陸「五四」以來的進步作家作品，從而造成了許多台灣作家與祖國母體新文化的脫節。一代青年作家更是紛紛轉向西方，在現代主義文學中尋求出路。一時間，對西方價值觀的一味認同和全面引進，成為 60 年代台灣一種有代表性的文化思潮，在思想、文化、教育等各個領域裏，特別是各大學的青年學生中，大有市場。台灣老一代作家吳濁流當時曾對此現象有過如下描述：

> 現代的青年，茫然不知有祖宗傳下的偉大文化遺產，任外國的學者拿去作為文化榜樣，而我們的青年，相反地視固有文化等如垃圾，不值一文，放棄而不談，其結果產生無根的思想，像浮萍一樣，風一來就搖動，可左可右可前可後，這樣現象從哪一角落來看，都是同樣的。因為他們沒有根，就不能根生大地，也不能根深蒂固發育起來。所以只好巧仿，巧學外國文化，都是像借人家褂子來舞的演員一樣，難合體格，心理上產生種種矛盾。因此不知不覺種下莫名其妙的奴化思想和自卑精神，在這樣精神狀態下，就不能自立自主。心理上不時動搖，看到新的東西，不論好壞就盲目附和服從①。

---

① 吳濁流：《漫談文化沙漠的文化》，《黎明前的台灣》，台北，遠行出版社，1977 年 9 月版。轉引自封祖盛：《台灣主要小說流派初探》，福州，福建人民出版社，1983 年 10 月版，第 187 頁。

　　吳濁流先生的這段話，為 60 年代台灣最西化年代裏一部分知識青年的精神影像，留下了生動的描摹。同時，台灣現代派文學產生和發展的原因，也可以從中窺見一斑。

　　第二，台灣民眾在特定政治、經濟背景下產生的某種心理情緒，為現代主義文藝思潮的興盛提供了社會基礎。隨著官方「反攻大陸」政治神話的破滅，大陸去台人士悲觀絕望的失落情緒不斷滋生，面對台灣經濟發展變動的現實，帶有非政治性的中產階級思想蔓延開來，逃避主義的心理開始流行，人們很容易走向內心，去肯定一個主觀的世界。這一切，正像台灣旅美學者李歐梵分析的那樣：

> 　　自一九六〇年代以降，土地改革計劃的成功，和社會的商業化，已經普遍造成一種基本上乃非政治性的中產階級的心理狀態。台灣的「多數人」都需求逃避現實的活動：他們無意面對前途不明的政治現實。他們與外界隔絕，政治上遭遇種種挫折，又找不到適當的解決之道，於是在台灣的中國作家——大陸人和台省人都一樣——漸漸轉向內在，「生活在感官、潛意識和夢幻經驗的個人世界中」①。

　　第三，從文壇內部的創作潮流變動來看，出於人們對於 50 年代「戰鬥文藝」的公式化寫作和非文學傾向的逆反心理，作家更趨向於一種藝術的追求，而沈浸於西方現代文學那種語言的解碼、前衛的實驗和異端的風格，在某種意義和客觀現實上，也越出了官方文藝政策主控的既定軌道，開始

---

① 李歐梵：《中國文學的現代主義》，台北，《現代文學》雜誌，復刊 14 期。

尋求新的文學空間和策略。由此，以早在 50 年代就出現的現代主義詩歌爲先導，經過現代主義小說的推動和發展，台灣的現代主義文學浪潮在 60 年代達到高峰。

學院派女作家在西風東漸的社會背景下出現，她們的創作集中代表了 60 年代女性文學發展的主流，並成爲這一時代台灣現代派文學主潮中的重要組成部分。從於梨華、聶華苓、歐陽子、陳若曦、叢甦、吉錚、施叔青、孟絲這群頗具影響力的女作家來看（聶華苓有所不同的是，作爲年齡稍長的女作家，她雖然在 50 年代的台灣文壇就已嶄露頭角，但她的赴美留學和最有影響的創作都發生在 60 年代），她們多出生於 30 年代，皆在台灣完成了大學教育，並且都有赴美留學的經歷。不難看出，共同的文化背景，相似的生命成長經歷，爲她們在 60 年代台灣文壇的崛起提供了基礎。

考察這群女作家的創作生涯，60 年代的學院雜誌和文學社團，首先成爲培育她們文學成長的搖籃。在呼應與傳播現代主義文化思潮的過程中，台灣的大學校園一向衝鋒陷陣，文風頗盛的台大外文系更是首當其衝。早在 1956 年「戰鬥文藝」泛濫之際，台大外文系教授夏濟安創辦的學院式刊物《文學雜誌》，就以其倡導的寫實路線和所介紹的西方文學，爲僵化的台灣文壇打開一扇新的天窗，並影響了當時的文學風氣。於梨華說：「我們這些人就是從在《文學雜誌》上投稿，以後慢慢培養起來的。」①截至 1960 年 8 月停刊，聶華苓、於梨華、陳若曦、歐陽子，以及王文興，還有

---

① 於梨華：《談三十年來台灣的文學與作家》，轉引自劉登翰等主編：《台灣文學史》（下），福州，海峽文藝出版社，1993 年 1 月版，第 199 頁。

受此影響棄理工轉文學的白先勇，都在《文學雜誌》上面發表了作品。《文學雜誌》因夏濟安離台赴美和經費不足停刊後，作爲台大外文系「南北社」成員的一群大三學生，白先勇、王文興、陳若曦、歐陽子、李歐梵等人一起，在余光中、何欣、黎烈文等人的支持下，共同策劃和積極參與了《現代文學》雜誌的創辦，決定要推出作風嶄新的小說以「震驚台灣的文壇」。《現代文學》著重介紹了弗朗茲・卡夫卡、詹姆斯・喬伊思、湯瑪斯・曼、戴維・勞倫斯、威廉・福克納、阿貝爾・卡謬、維基尼亞・伍爾芙、安・波特等西方現代派名作家及其小說，歐陽子後來還專門編選了《現代文學小說選》（共二册），這些都爲台灣文壇打開了新的創作視野。與此同時，它大量刊登台灣的現代派小說，並努力構建台灣的現代文藝批評。據統計，《現代文學》停刊前的五十一期雜誌上，共刊出小說二〇六篇，涉及作者七十人。6、70 年代的許多重要作家，都是在《現代文學》這塊園地上成長起來的。《現代文學》對於 60 年代的台灣文壇，無論是對西方前衛文學的翻譯介紹，還是對年輕一代作家的發掘培養，特別是對一個時代的文學潮流的引領，有著不可磨滅的貢獻。而對於陳若曦、歐陽子、施叔青這樣的女作家而言，呼吸著《現代文學》雜誌帶來的西方現代文藝空氣，經歷著學院環境中的成長，「再加上媒體輸入的崇洋風氣，英語使用的逐漸廣泛，外文系學科具體的訓練，足夠教他們在與西方現代主義文學短兵接觸時，以個人經驗去想像、揣摩、發揚個中的奧義與魅力」①。

---

① 江寶釵：《現代主義的興盛、影響與去化》，陳義芝主編：《台灣現代小說史綜論》，台北，聯經出版事業有限公司，1998 年 12 月版，第 123 頁。

　　再則，從學院派女作家的組成背景與心路歷程來看，她們與 50 年代女性書寫中清一色的大陸遷台女作家不同，可謂外省籍與本省籍知識分子精英的結合。她們之中，既有故鄉遠在大陸的於梨華、聶華苓、吉錚、叢蘇、孟絲等女作家，也不乏陳若曦、歐陽子、施叔青、李昂這些在台灣本土生長的女作家，雖然背景各異，卻有一個重要的共同點，她們多是戰後成長的一代作家，面對千年文化傳統空前劇變的時代，都遭遇了「認同危機」。這情形正像白先勇所談到的那樣：

> 　　外省子弟的困境在於：大陸上的歷史功過，我們不負任何責任，因為我們都尚在童年，而大陸失敗的悲劇後果，我們卻必須與我們的父兄輩共同擔當。事實上我們父兄輩在大陸建立的那個舊世界早已瓦解崩潰了，我們跟那個早已消失只存在記憶與傳說中的舊世界已經無法認同，我們一方面在父兄的庇蔭下得以成長，但另一方面我們又必得掙脫父兄加在我們身上的那一套舊世界帶過來的價值觀以求人格與思想的獨立。……而本省同學亦有相同的問題，他們父兄的那個日據時代也早已一去不返，他們所受的中文教育與他們父兄所受的日式教育截然不同，他們也在掙扎著建立一個政治與文化的新認同①。

　　事實上，擔當著父輩的歷史命運的壓力，又經歷著從農業社會轉向工商業社會的現實變動，學院派女作家及其這一

---

① 白先勇：《〈現代文學〉創立的時代背景及其精神風貌》，《白先勇自選集》，廣州，花城出版社，1997 年 7 月版，第 349～350 頁。

代知識分子，正站在台灣歷史發展的轉捩點上，面臨著文化轉型的十字路口。二十世紀中國人所經歷的戰爭、離亂和苦難，傳統社會和傳統價值觀在歷史更替與外來文化衝擊面前所遭遇的大變動，使台灣的文化危機一點也不亞於西方人，中國文化再造的大難題更加凸顯。正是在此意義上，「西方現代主義作品中叛逆的聲音，哀傷的調子，是十分能夠打動我們那一群成長於戰後而正在求新望變彷徨摸索的青年學生的」①。由此來看，學院派女作家文化認同的危機與求索，典型地反映了 60 年代知識分子的心路歷程，也構成她們文學出發所面對的新課題。不僅如此，由認同危機所帶來的「影響的焦慮」，還持續發生在她們日後的留學生涯中，使得漂泊與尋根、「異鄉人」處境、中西文化衝突等一系列問題，再次困擾與纏繞在學院派女作家的精神世界和文學創作之中。

　　學院派女作家的創作實踐，受到西方現代主義文學思潮的直接影響，並在將傳統融於現代，以現代檢視傳統的過程中，經過了一番艱苦的掙扎。60 年代台灣文壇對西方現代主義文學的接受，首先受到存在主義哲學、弗洛伊德的精神分析學和泛性心理學的強烈衝擊。「那時存在主義像一陣狂風般，其力似乎不可抗的。……沒有讀過《嘔吐》、《異鄉人》，甚至卡夫卡的小說的文學愛好者，仿佛就像沒有讀過好書似的。」②西化之風席捲而來之際，學院派女作家也未能幸免。她們這一時期的小說創作，一是趨於內向，偏重

---

① 白先勇：《〈現代文學〉創立的時代背景及其精神風貌》，《白先勇自選集》，廣州，花城出版社，1997 年 7 月版，第 351 頁。
② 何欣：《60 年代的文學理論簡介》，轉引自古繼堂：《台灣小說發展史》，瀋陽，春風文藝出版社，1998 年 11 月版，第 164 頁。

心理表現，執著於探索「現代人」的個人世界與精神靈魂，作品充滿孤獨、迷惘、頹然的色彩，諸如叢蘇的《盲獵》，陳若曦的《巴里的旅程》、《欽之舅舅》等作品。二是致力於人性及性心理意識的發現，解析夢境，挖掘潛意識，表現心理變態，並或深或淺地寫到弗洛伊德的戀母情結，母子、兄妹的亂倫之愛，如聶華苓的《月光・枯井・三腳貓》、歐陽子的《那長頭髮的女孩》、於梨華的《撒了一地的玻璃球》、施叔青的《壁虎》等作品。三是由於出國留學而轉向留學生文學寫作，在自我放逐、漂泊天涯的背景上，展現了海外遊子的生存現實、情感境遇和文化衝突，諸如於梨華的《又見棕櫚，又見棕櫚》、《傅家的兒女們》，聶華苓稍後寫作的《桑青與桃紅》，吉錚的《孤雲》、《海那邊》，叢蘇的《野宴》等等。上述創作，它們凸顯的是西風東漸、中國文化傳統發生激變的背景，其中或隱或現貫穿的，是中西文化碰撞所產生的矛盾與衝突。

　　與 50 年代的女性書寫相比，60 年代學院派女作家的創作發生了很大的變化。如果說，50 年代的女作家是以某種非主流的、民間色彩的寫作姿態，自覺或不自覺地疏離於當時「戰鬥文藝」的主流文壇，那麼，學院派女作家更多面對的，則是以西方現代主義文學的前衛姿態，公開挑戰傳統的文化觀與文學觀，並使自身的創作作為現代派文學的一個組成部分，而上升到 60 年代台灣文學主潮的位置。在 50 年代的女性話語敘述方面，大陸遷台的第一代女作家們以其所曾接受過的或深或淺的五四新文學影響，勇於討論女性問題，她們描述的那些女性的悲哀命運，她們提出的那些性別角色與女性意識的命題，不難在五四女性文學中看到其身影，只是還缺乏前者那種大膽反叛與吶喊的超越力量而已。因而，

以溫婉典雅的語言，討論端莊的女性問題，塑造出「正常」的女性，傳達出比較溫和的女性意識，這使得哀怨的控訴多於積極的抗爭，人道主義的關懷超過女性意識的觀照，50年代的女性書寫更多地帶有傳統女性文學的色彩，並始終走著寫實主義的創作路線。

　　到了 60 年代的學院派女作家那裏，她們接受了西方現代主義思潮的洗禮，卻忽略了對伍爾芙《自己的房間》那樣的西方女性主義意識的移植；她們強調作為人的自身價值，熱衷於「人性是普遍性、永恒性的」發現，不喜歡自己被冠以「女性」的字眼，甚至不承認她們所寫的是女性文學，而認為她們所寫的是「人」。比如李昂高中時代發表的《花季》，涉及典型的女性問題，但當時作者並不認同。學院派女作家挑戰的對象之一，是看起來顯得單薄、孱弱的具有女性特質的 50 年代的文學生態。歐陽子從夏濟安教授那裏得到的最大啓發，就是揚棄了自己早年心儀的冰心體或抒情散文風格，從被人們稱贊的「張秀亞第二」，轉向冷峻的、客觀寫實的小說家；李昂則有意選擇一個頗具陽剛意味的筆名，來顯示立志做一個嚴肅作家的氣概。「這些例子證明受到現代派洗禮的女作家意識層面中很突出的一個動機，是抗拒『女性特質』在應用到文類形象時，意味著的感性、主觀、瑣碎、狹隘等等較『次等』的文學品質。」①由這種文化背景與藝術追求構成的女性寫作，它所觸及的是越出傳統軌道之外的「不正常」的女性問題，它所塑造的多是具有殺傷力的、變態的女性人物，它所營造的是深具奇幻性與怪異

────────────

① 張誦聖：《台灣女作家與當代主導文化》，台北，《中外文學》，第28 卷第 4 期，1999 年 9 月版，第 16 頁。

荒誕色彩的小說世界。這種創作每每「以反復出現的幽禁／逃逸、病弱／健全、破碎／完整，發展出反父權、反男性的女性書寫策略」①。與此相一致的是，學院派女作家的創作方法也從 50 年代傳統的女性寫實路線，一變而為象徵、暗喻、意識流、超現實的現代主義文學技巧；作品也成為充滿叛逆色彩的表現女性特殊困境的一種女性書寫。但說到底，這種女性文學創作的實現，主要訴諸現代主義文學思潮與技巧的吸納，而非出自西方女權主義思想的特別觀照；其女性解放的社會意義的傳達，自然受到一定程度的局限。

第二節　性別覺醒：新移民女作家的成長標誌

考察 60 年代的台灣女性文學，人們往往更多關注學院派女作家的現代主義文學路向，而對這一時期的其他創作現象忽略不計。事實上，40 年代末由大陸遷台的那群新移民女作家，她們仍然以女性寫實的姿態，活躍於 60 年代的台灣創作界。其中的一部分人是從 50 年代的文壇出發，對台灣女性文學有著奠基貢獻的女作家，如林海音、郭良蕙、孟瑤、謝冰瑩、艾雯、劉枋、邱七七等等；另一部分人則是從 60 年代的台灣文壇崛起，為台灣女性文學的發展起到推動作用的女作家，諸如康芸薇、王令嫻、丹扉、陳克環、姚宜瑛、羅蘭、葉蟬貞、葉曼、胡品清、姚葳、褚問鵑、華霞菱、重提、匡若霞、幼柏、朱慧潔等等。皆為大陸遷台女作

---

① 梅家玲：《性別論述與戰後台灣小說發展》，收入《性別論述與台灣小說》，台北，麥田出版社，2000 年 10 月版，第 20 頁。

家的身世背景，使這兩部分女作家在文學命運與創作方向上具有同構性，她們共同堅持了女性寫實的路線。而面對由內向型農業經濟走向外向型工業經濟的台灣社會轉型，面對西風東漸、現代主義文化思潮洶湧泛濫的 60 年代，大陸去台女作家的創作發生了微妙而重要的變化。一方面，她們愈發疏離自 50 年代起官方大力倡導的「戰鬥文藝」思潮；另一方面，她們也並未融入 60 年代的現代主義文學創作主潮。在新的生存環境與文壇背景下，她們所思考的女性現實，已經開始越出國族家園的「大我」範圍，嘗試著尋求女性主體性的定位。這種現象所構成的，是 60 年代女界創作不容忽視的一種文學存在。

　　其實，新移民女作家在 60 年代的台灣文壇，並非無聲無息地存在，她們仍然堅持了自身的創作路向，並形成相當廣泛的社會影響。一些文學史家在選擇和闡釋這一時期台灣的現代主義文學主潮的同時，也就不經意地放棄和遺忘了另外一些有意義的文學潮流、支流或潛流現象。就 60 年代的小說出版來看，且不說匡若霞的《不是終站》，朱慧潔的《提籃話舊》，王黛影的《後塵》以及被電台廣為傳播的長篇小說《不歸鳥》，陳克環的《陳克環小說集》，康芸薇的《這樣好的星期天》、《兩記耳光》，王令嫻的《好一個秋》、《抓不住的雲》、《球》，也不言吳崇蘭這時期推出的《玫瑰夢》、《男人與女人》等 7 部小說，羅蘭創作的《飄雪的春天》等 4 部小說，徐薏藍筆下的《碎情記》等 5 部小說，單就新移民女作家與這個時代互動，並在女性生命經驗中的成長，就提供了相當有意義的探討議題。

　　具體而言，新移民女作家在 60 年代台灣的性別意識的覺醒，主要來自於兩種背景。一方面，處在社會經濟變遷、

價值觀念趨向開放的時代，許多新移民女作家在擔任編輯、記者、出版人、教師等文化教育職業的過程中，能夠擁有一方人生舞台，直接服務於社會。走出「家」以後，生活視界的擴大，女子性格的獨立，使她們的人生觀和女性觀往往與時代脈動發生密切的聯繫，筆下的世界也傾注著一種知識女性的人間關懷。

諸如，從 60 年代到 90 年代，一直在警廣主持《安全島》節目的羅蘭，曾以她智慧而深刻的人生哲理、美妙而動聽的聲音征服了無數年輕人的心靈。每次做節目由羅蘭自寫自編自播的廣播稿，後來輯錄在一起，就是在台灣暢銷也長銷的《羅蘭小語》。這期間，羅蘭不僅出版了十九部散文集，而且僅在 60 年代，就有短篇小說集《花晨集》、《羅蘭小說》，長篇小說《綠色小屋》、《飄雪的春天》問世，由此顯示了羅蘭創作的另一種風貌。

而 1968 年出任《婦女雜誌》總編的葉曼，是以她主持了二十多年的《葉曼信箱》，在台灣產生了廣泛的影響。葉曼具有豐富的學識和深刻的人生閱歷，她扮演著類似的「張老師」的角色，為廣大讀者特別是女性讀者解答感情和生活上的迷津，以盡一份匡正世道人心的「小我」力量。《葉曼隨筆》、《葉曼散文集》、《葉曼答客問》等作品集，透過剴切的言論觀點，穩健剛毅的筆觸，力避風花雪月的無病呻吟，提供給讀者較大的反思空間。

另一位有著五年記者閱歷和三十年小學執教生涯的女作家陸白烈，雖然不屬於任何黨派，但在身兼妻子、母親、教師、記者和作家等多重身份下的艱苦奮鬥中，始終保持了對台灣社會現實的強烈關注。60 年代，她出版有小說散文集《田園盟》、《晨曦》、《綠叢遍地》、《小婦人集》

等。有著報社編輯、記者和中小學教師職業背景的女作家重提，以愛心寫周圍耳聞目睹之事，家事、國事、天下事無所不談，作品充滿對生活的啓示、信心與希望。小說《長夜》、《家有餘歡》，散文《雪泥集》，皆爲她 60 年代出版的作品。這一時期，以小說集《煙》、《明天的陽光》而著稱的女作家姚宜瑛，作爲一位資深編輯，苦心經營大地出版社近三十年，爲提高台灣文藝書籍的品質做出了重要貢獻。

　　還有一位多年從事新聞工作的女作家姚葳，曾歷任台灣新生報採訪主任、副刊主編、副總編輯，出版有《籠中讀秒》、《姚葳自選集》。其作品數量雖然不多，但對女性問題有著廣泛的關懷面，且不乏鮮明的女性自主意識。透過其短小精悍語言犀利的散文小品，婚姻中的金錢與愛情問題，職業女性與家庭主婦的作用、地位，女性的人格自立與人生完善的格局思考，以及兩性之間相處的癥結，都在姚葳的關注視野。也就是說，新移民女作家在 60 年代台灣的成長，性別意識的覺醒首先是以她們人生天地的擴大爲背景的。

　　另一方面，一部分擔任普通職業或留守在家的新移民女作家，她們的女性人格成長與其生命成長過程相聯繫，往往是從女性的日常生活、家庭格局以及生存體驗出發，對女性人生的艱辛滯重、夫妻之戰的困惑與焦灼、男女不平等的傳統與現狀感同身受，並以勇敢的「小女聲」訴諸文壇。來到台灣後曾做全職家庭主婦的芯心，在操忙家務的空閑時間開始創作，1968 年出版的第一本散文集《爐竈邊的自白》，鮮活地表達了她在爐竈邊的書桌「那小小的王國，把絢爛的夢境鋪張」。芯心還在《大華晚報》開闢專欄，將身邊瑣事

信手拈來，寫成小品文，藉以呈現自己對社會人生的觀察體驗。康芸薇對「女人在家」的負累與尷尬，王令嫻對女性身兼妻職與公職的生命磨損，都有著切身的體驗與呈現。

如此看來，60 年代的女性小說主要兵分兩路。一路以於梨華、陳若曦、歐陽子、施叔青、叢蘇等學院派作家為主，重在現代主義文學創作；另外一路，則「以郭良蕙、徐薏藍、王令嫻、康芸薇等人為主，持續 50 年代的女性寫實路線，小說男女情戀，瑣記婚姻家庭，看似婆婆媽媽，但所聚焦的兩性互動情節中，早已有形式各異的性別戰鬥，悄悄開打。她們所關切的，不是家國的重建，而是性別身份的重構；不是匪我正邪善惡忠奸之辨，而是男女夫妻主從高下的再三抗辯」①。

這一撥新移民女作家對性別身份重構的強調，透露出諸多耐人尋味的藝術變動信息。新移民女作家在現實處境中的矛盾位置，使她們的身份定位尤為複雜。雖然經歷了五四新文學運動影響下的成長，接受了大陸的婦女解放觀念，現在卻不得不面對殘存著日據時代嚴重的父權文化的台灣現實環境；隨國民黨政府遷台，帶來了政治文化上的強力，而面對台島的本土生存又遭遇著生活習俗的弱勢；身為知識分子所具有的階級背景與精神優勢，卻在身為女性的性別劣勢面前產生了無力感和無奈感。這許多微妙複雜的矛盾因素，使新移民女作家無論在社會中還是文壇上，都面臨著一種角色身份的質疑：是主流還是邊緣？是我類還是他者？事實上，新移民女作家 60 年代的文學創作，正是從這裏出發，它在不

① 梅家玲：《性別論述與戰後台灣小說發展》，台北，《中外文學》第 29 卷第 3 期，2000 年 8 月，第 133 頁。

同的層面上，盡顯女性對自我身份的質疑、矛盾、掙扎、調適、尋覓、定位的心路歷程。

不同於 50 年代的「戰鬥文藝」，在抗衡「家國」體制對女性的收編的過程中，新移民女作家的創作視野主要在男女、夫妻之間展開，潛伏已久的性別意識在女性困境的審視中得以浮動和蘇醒，這使 60 年代的文壇上，悄然出現了一種「性別戰鬥文藝」。值得注意的是，這種性別文本的小說場景多規定在家庭內部；登場的夫妻角色身後隱現著巨大的父權文化背景，所有的情節故事皆發生於女性的當下境遇，兩性拔河的角力見證著人性的地位，各種類型的小說模式又傳達出不同程度的性別身份重構的意圖。具體來看，有兩種小說模式構成的性別文本最為典型。

一方面，從邱七七的《以牙還牙》、艾雯的《安排》、謝冰瑩的《疑雲》這類作品，我們看到了遭遇情感困境的妻子們，如何通過自我化解或變相反抗的方式擺脫困境的故事。這類女性對妻子角色的定位，經歷了守位—越位—歸位的心靈變化歷程，其中所見證的，不僅是男女不平等的現實和兩性之戰的焦灼，更有性別身份求證過程中的女性企圖與努力。文中雖然不乏女性的渴求與抗爭，但這一切最終並未越出男性所認可的傳統視野，父權文化對女性人生的左右力量不時顯現。

邱七七[①]，自 1952 年出版散文集《火腿繩子》以來，

[①] 邱七七，湖北興山人，1928 年生。南京金陵女子文理學院圖文系肄業，1949 年遷台，在教育界服務，曾任空軍岡山子弟學校校長。主編過《台灣日報・婦女周刊》，曾任「中國婦女寫作協會」理事長。邱七七始終堅持業餘作家身份，筆耕不輟。作品以散文為主，兼寫小說，另有游記、科學小品。結集出版的有：《火腿繩子》（1952

共有十一部作品集問世。邱七七的創作以散文爲主，兼營小說，不論抒情感懷或敍事，溫婉中自有陽剛之氣透出。其小說《以牙還牙》通過生活懸念的設置，演示出一段夫妻情感的波折。作品中的慧敏本是安分守家的賢妻良母，由於丈夫達生忙於應酬，早出晚歸冷落家庭，從而意所難平，遂決意「還我自由，走出家庭」，並以其人之道還治其人之身，採取「報復」舉動。果眞，慧敏每天晚上的連續「外出」，讓達生心生疑竇，痛苦不安，方有所醒悟自己平時對妻子的漠視。於是丈夫主動邀請妻子晚上同行出玩，驚異中的慧敏由此前嫌釋然，自我揭破謎底，原來她每每丈夫夜歸之前從後門化妝出去，然後再大模大樣地由前門進來，造成夜不歸家的假像，以此表示對丈夫的「以牙還牙」。眞相大白之際，夫妻言歸於好。

　　無獨有偶，艾雯的《安排》和謝冰瑩的《疑雲》也講述了類似的故事。《安排》中的秋芸，身患無法醫冶的癌症，丈夫章緯又爲沒完沒了的會議和應酬所累，漠視了親情家事，這使她面臨著生命與情感的雙重困境。爲了不讓丈夫和孩子擔憂，外柔內剛的秋芸隱瞞了病情，獨自承擔著生命苦難。她以脂粉掩飾病容，拖著病體奔波於家事和醫院之間，她還想方設法訓練三個孩子的自立能力，白天爲孩子們拼命織毛衣，半夜又悄悄爬起來給孩子們寫信，想在生命的最後歲月對家事做妥帖的安排。但秋芸這種看似反常的舉動，引

年）、《這一代》（1953 年）、《鹽梅集》（1976 年）、《歐遊記掠》（1979 年）、《魚雁傳心聲》（1980 年）、《婚姻的故事》（1982 年）、《邱七七自選集》（1985 年）、《櫻花之旅》（1985 年）《這一家子》（1985 年）、《感時，花濺淚》（1992 年）、《無限好啊！》（1992 年）、《留住春天》（1993 年）等。

起了丈夫章緯的猜忌，他懷疑妻子白天悄悄外出赴約，夜深
人靜之際又偷偷地寫情書，於是便冷嘲熱諷，惡語傷人。直
到秋芸犯病住院，明白真相的丈夫逐愧悔莫當。

　　言及謝冰瑩的《疑雲》，它從妻子汪英發現丈夫丁三白
口袋裏有一張女人照片開始寫起，描述圍繞「照片事件」引
發的激烈的夫妻之戰。故事發展到最後，原來是同事惡作
劇，把一張做鳳梨廣告的女人照片題了字悄悄塞入丁三白口
袋，以此考驗他們這對從不吵架的夫妻的感情。隨著誤會的
解除，夫妻之間相視一笑，化干戈為玉帛。

　　上述三篇小說，女主角無一例外都是相夫教子、克勤克
儉的賢妻良母，安分守己是她們原本的形象。她們後來的
「越位」與「反常」舉動，緣起於自身面臨的困境，而這困
境的形成，皆與丈夫有著直接或間接的原因。丈夫們忙於應
酬，早出晚歸，冷落了妻子，生疏了孩子，甚至連妻子身患
絕症也無所覺察。在他們看來，「男人們的事，最好太太們
不要過問，一來省麻煩；二來——說實話，有些事，女人根
本就不能過問的」①。日復一日的平淡生活，消融了往日的
理想和溫情，妻子們開始對悄然出現的情感困境有了一種警
覺和驚悚，對自身的性別身份有了一種追問，對男人的世界
有了一種質疑和抗議。且看《以牙還牙》中慧敏等待夜不歸
家的丈夫而產生的心理憤懣：

　　　　你們男人真自由，說不回來吃飯就不回來吃飯，
　　一天到晚應酬，不是上酒家，就是夜總會，就算你是

①　謝冰瑩：《疑雲》，《謝冰瑩自選集》，台北，黎明文化事業股份有
　　限公司，1980 年 5 月版，第 65 頁。

柳下惠坐懷不亂，碰到那些不三不四的女人，勾勾搭搭的，日子久了，也難免不會花心。……我知道男人有男人的世界，男人有女人的禁地，調查得太清楚，不是等於和自己過不去。只是守著寂寞黑夜，眼巴巴地替你等門，候你回來，雖然並不稀罕你的虛情假意，但你卻連一點愧色都沒有，反而倒轉過來怨責我不該等門，……難道我們就連一句好說的話都沒有？難道我就是專門給你生孩子、帶孩子的？家在你是供宿的旅舍，在我就是一把枷鎖，鎖得我緊緊的？鎖得我沒有一點自由①？

作為女性，我是誰？家是什麼？夫妻意味著什麼？——這些具有普遍意義的現實命題再度提到了小說中的女主角們面前。心有不甘、思有所悟的妻子們決意用自己的方式化解矛盾，進行變相的反抗。但耐人尋味的是，這種反抗的方式是仿照男性進行的，而師法男性行為和慾望的女人，最容易被男人所固定和掌握，或成為男性構建主體的鏡像。如果說，在汪英那裏，這還是一種反抗的意念：丈夫不常常在家吃飯，我也常常不在家吃飯；你藏著一張女人的相片，我也可以放著一張男人的相片；「我一切模仿他們，男女既然平等，他敢交女朋友，為什麼我就不能交男朋友呢？」②到了慧敏那裏，它已經變為叛逆的行動：「你晚上回來得晚，我比你還要晚，這就叫做以其人之道還治其人之身，給你來個

---

② 邱七七：《以牙還牙》，《邱七七自選集》，台北，黎明文化事業股份有限公司，1985 年 1 月版，第 207～208 頁。
① 謝冰瑩：《疑雲》，《謝冰瑩自選集》，台北，黎明文化事業股份有限公司，1980 年 5 月版，第 74 頁。

以牙還牙，看到頭來究竟誰輸誰贏。」①畢竟是生活在文化轉型、現代意識不斷生長的 60 年代，汪英、慧敏們不再像舊時代的妻子那樣，一味地恪守婦德，忍辱負重，迷失在丈夫的「家」中。她們畢竟是經歷過自由戀愛的一代女性，對保持夫妻愛情、做好賢妻良母的前提與內涵都有了新的理解，對女性性別身份的求證有著內心的渴望。然而，由於父權文化傳統的巨大影響，即便是在自由戀愛基礎上所建立的家庭，即使夫妻雙方都有接受高等教育的背景，也不能完全避免兩性拔河的角力，性別之戰的焦灼，男性強力與女性弱勢的現實，只是程度和方式不同而已。就像女作家所寫到的那樣，同樣是「早出晚歸」的生活模式，男人可以心安理得、理所當然地實行；而慧敏、汪英、秋芸這些妻子們稍有嘗試，卻馬上被丈夫們所不容，不是被疑爲「紅杏出牆」，就是被認定「離職」、「越位」，猜忌、嘲諷甚至中傷接踵而來，「男主外，女主內」的傳統觀念依然頑固作祟。儘管小說中的夫妻在誤會消除、前嫌冰釋的結局中言歸於好，妻子們也在顯示自我存在的抗爭之後重新歸位，我們仍然能夠感知女性身份在傳統與現實的壓力中所遭逢的尷尬、無奈與困惑。

　　另一方面，通過康芸薇、王令嫻、徐薏藍等人的小說創作，我們看到以女性爲中心敘述的文本，在對男女差異和權力差距所做的深刻批判，以及日見成長和愈發鮮明的女性意識所蘊含的震撼力。性別戰鬥的彰顯，體現著女性小說文本的顛覆性；這使它比前述的女性小說更多地具有反叛的色

---

① 邱七七：《以牙還牙》，《邱七七自選集》，台北，黎明文化事業股份有限公司，1985 年 1 月版，第 208 頁。

彩。

康芸薇① 60 年代初開始嶄露頭角，她給文壇帶來了藝術的新質。康芸薇的人生，帶著中國近代社會特有的歷史風塵，生命的成長季節裏刻滿戰亂、離愁、孤獨的記憶，同時也得到祖母的親情滋養，以及民間文化的薰陶。1936 年出生於南京的康芸薇，在兵荒馬亂中被送回河南老家陪伴祖母，與在重慶的父母分隔兩地。愁黯童年中最美好的記憶，就是到戲園看戲，接受最初的藝術啓蒙，同時也讓忠孝節義、是非曲直造就的英雄崇拜，成爲康芸薇終身堅守的信念：「歌頌美善光明，仍在追求，從不放棄。」1949 年，陪叔叔、祖母飄落到台灣的康芸薇，再度與親人生離。童年往事在心中存藏不住了，有話想說，特別是那種有故事要講給姊姊妹妹所聽的心情，促使康芸薇走上寫作之路。1960 年，進入職業女性生涯的康芸薇開始在《中央日報》副刊發表文章，此時作品皆爲人生光明面的歌頌，且風格趨向當時文壇流行的空靈、唯美、浪漫色彩。1963 年結婚，因爲生活有了改變，特別是對婚姻中的女性人生況味與兩性關係相處的深切體驗，康芸薇筆下的小說世界也另上層樓，女性視角觀照下的生活經驗，開始得以獨特的呈現，平實的敍述中帶有了一種冷色調。

康芸薇並非高產作家，60 年代出版短篇小說集《這樣

---

① 康芸薇，女，河南博愛縣人，1936 年生，1949 年隨祖母、叔叔來台，板橋中學畢業。曾任職於台北市畫市場。1961 年起，在《中興日報》副刊發表作品，曾獲「幼獅文藝」小說獎第二名。主要作品有小說集《這樣好的星期天》（1966 年）、《兩記耳光》（1968 年）、《十八歲的愚昧》（1971 年）、《良夜星光》（1983 年）、《十二金釵》（1987 年）、《粉墨登場》（1990 年）等 6 部。

好的星期天》、《兩記耳光》之後，寫作基本中斷，二十年後才有新的小說集問世。康芸薇的創作緊緊圍繞婦女生活取材，並將其納入女性觀點目測的視野之內，在官方話語的文學還被繼續強調的年代裏，康芸薇這樣的取材範圍或許會被人認為「格局狹小」、「遠離時代」；在當時男性當道的評論市場，她的作品也很難引起廣泛的重視。她既擠不進反共文學的主流位置，也沒有加入懷鄉文學的行列，同時又與市場訴求的女性言情脫鉤，所處的是一種夾縫中的尷尬位置。但文學追求的獨異和特質終究會凸顯於文壇，康芸薇憑藉她獨到的生活體驗與發現，以及行雲流水、純淨自然的文筆，還是得到了作家和讀者的喜愛。1966 年，經作家隱地引薦，康芸薇的《這樣好的星期天》由全盛時期的文星書店出版，宣傳海報稱同一批出書的青年新銳是「一派耀眼的新綠」。資深作家朱西寧曾有這樣的評價：「儘管她的作品取材狹隘，處理細瑣，卻在這狹隘細瑣裏，展現出一派大家風範。那該是她底子裏蘊藏的廣博的愛心，和對人生無比單純的信任所使然。」①

作為頗有特色的女性小說家，康芸薇不以題材的廣闊、作品的豐富而取勝，其創作特質也未得到當時評論界足夠的發掘，但這並不能抹煞其文學價值。事實上，康芸薇對女性題材的關心與專注，使她最擅長處理的「便是現代男女（其中以女性為主）所遭遇的種種糾葛和挫折」②。精確地捕捉

---

① 朱西寧語，轉引自王普民主編：《台灣文學家辭典》，南寧，廣西教育出版社，1991 年 7 月版，第 537 頁。
② 水晶：《這樣好的一本小書》，見康芸薇：《良夜星光》，台北，爾雅出版社，1983 年 9 月版，第 197 頁。

男女之間那種稍縱即逝的感情錯綜糾纏，深刻地傳達大時代音響覆蓋下不被人重視的「小女聲」，這使康芸薇的小說於細微處見出了女性人生的大世界。

康芸薇的女性故事多發生在家庭內部。家對於女性的成長而言，有著太多難以言說的人生況味。從為人女到為人妻為人母，她們不可避免地遭遇了家庭與事業、女性與天職的矛盾，強烈地意識到傳統道德、男權文化對於女性人生的約束力量，也更沈重地承受了兩性之戰的衝突和壓力。結婚的女人就必須習慣於呆在家裡，你不能再像做女孩子那樣自由；當家庭主婦必須相夫教子，你不需要到社會上謀一份事業；居家的角色就是恪守婦德，你沒必要顯示自我的興趣、意向與力量。透過《養鷄記》這樣一種平凡、瑣碎的生活素材，康芸薇道出了「女人在家」的悲哀與不平。及至《凡人》、《這樣好的星期天》等篇什，康芸薇更是把性別戰鬥移入家庭，對兩性關係做了深刻的剖析。《凡人》描寫兩位女性由相識、相知到絕交的過程，呈現出女性人生的苦澀滄桑。小說中的兩名女子，一位保守怯弱，婚姻生活沒有幸福可言，面對不平等的夫妻關係，只能壓抑自我，苟且生存；另一位性格激進叛逆，不想在夫權統治面前放棄自我，她忠實於自己的感受並勇於承受生命中的抉擇，婚姻路上幾番進出，雖然一身疲累，滿心傷痕，卻仍然保持了孤高決絕、憤世嫉俗的倔強姿態。這兩位性格各異的女性，在妻職與母職的身份上都不快樂，她們體驗的不是美好的溫情與愛心，而是被孩子拖累的煩擾，被世俗生活重壓的怨憤。男女不平等背景下的「家」，對於她們的青春理想和人生成長，無異於一個陷阱。所不同的是，前者在委曲求全中任柔軟的家庭鎖鏈把自己囚禁，後者則在性別戰鬥中獨自上陣，爲爭

取女性的權利與人格理想左沖右殺。這叛逆女子「荷戟獨彷徨」的形象，蘊含了幾多女性的隱痛與憤懣，又傳達出作者多少期待與渴望！

結婚對於女性而言，往往是其人生的一道分水嶺。走進家庭圍城，面對平淡瑣碎的日常生活磨礪，經歷著自我身份的改換與人生格局的重新調適，檢視著從前的少女夢想與婚姻現實的落差，特別是必須直面夫妻之間兩性關係的微妙相處，再加上婚姻裏只見人的寂寞，而不見當年海誓山盟的戀人，這一切足以令婚姻中的女人兩肩沈重，複雜難言。康芸薇的小說揭開了婚姻的內幕，觸及男女不諧調的婚姻生活的特質。《不成熟的女人》表現女性在兩性關係相處中的適應困難，女主人公的再三努力，仍然不能達到男子的認同。《凡人》中的第二女主角對婚姻生活的感慨，可見女性理想在現實中的失落：「婚後，我遭到了真正的打擊。我盡了很大的努力，仍然製造不出愛情。」《新婚之夜》借一位少婦陪丈夫參加同事婚禮，看到丈夫在酒席上和別的女人的輕佻舉動，由此引發關於婚姻生活實質的質疑，許多痛苦的女性生命體驗重新浮上心頭。形形色色的婚姻現狀，一是道出了婚姻生活的冷峻真相，二是批判鋒芒直指男權中心話語。

《這樣好的星期天》，對性別政治的批判更加尖銳。故事中的家庭主婦與丈夫一直處於不平等的地位，妻子只能生活在被丈夫統治的「家」中。某個星期日裏，妻子想與丈夫聊聊天，談談心，但她所期望的情感關懷與溝通卻遭到丈夫的斥責，不是嫌她囉嗦，就是視她無理取鬧。傷心的妻子回想起婚姻生活的歷程，破碎的片斷和婚姻的幻滅感一再湧上心頭。記得在醫院痛苦待產的時候，她原本希望丈夫緊緊握住她的手，在愛情體貼中給她鼓勵和力量，但實際的情形

是，丈夫漠然地看著她，想不起自己應盡的責任，過後還不以爲然地嘲諷妻子：「每天有那麼多女人要生孩子，如果像你說的有那麼多危險，大家就用不著再擔心人口膨脹。」①

但最可悲的是，男人用自己的標準規範了女人，女人又用這種標準規範了自己。小說中的妻子儘管有悲傷，有憤怒，但她不敢越出家的牢籠，她已經習慣了亦步亦趨地跟隨丈夫，「我無理性的自我虐待，回到陰冷的房裏，在那個陰冷的男人面前捕捉自己的價值」②。而嫌她礙眼聒噪的丈夫，假借鼓勵她調劑生活爲名，給她二〇〇元，打發她去西門町看電影。依賴成性的妻子希望一同出行，卻被丈夫一語道破她的處境：「你知道林肯解放黑奴以後，那些黑奴怎麼樣了嗎？黑奴不肯離開主人家裏，因爲他們不知道如果離開了主人應該怎麼樣去謀生。」③受到刺激的妻子獨自來到西門町，但她悲哀地發現，自己連獨立逛街的能力都已經喪失。對流行文化的陌生，對車輛行駛方式的無知，對穿越馬路的恐懼，使她混入人流，漫無目的地游走。但即使如此，她也要嘗試著用這種方式反抗一下丈夫和維護可憐的自尊，至少，她不必半路返家接受再一次的羞辱——「我不願意像黑奴，林肯也不會來解放我。」

《這樣好的星期天》把反父權文化傳統中的古老命題再度提到了人們面前。男尊女卑，男主女僕，男外女內，「女

---

① 康芸薇：《這樣好的星期天》，見《這樣好的星期天》，台北，大地出版社，1981 年 4 月版，第 123 頁。
② 康芸薇：《這樣好的星期天》，見《這樣好的星期天》，台北，大地出版社，1981 年 4 月版，第 123 頁。
③ 康芸薇：《這樣好的星期天》，見《這樣好的星期天》，台北，大地出版社，1981 年 4 月版，第 126 頁。

子無才便是德」……這些封建道德的幽靈，依然游蕩在現實生活中的家庭角落，繼續著男權強勢話語對女性生存空間的主宰，和對女性自我身份的剝奪。在家庭內部的性別戰鬥中，丈夫背靠強大的男權傳統有恃無恐，女性卻只能依賴丈夫體現生存的意義。更令人悲哀的是，長期生活在幽閉的場景中，被奴役的女性儘管有了走出的可能，偶然得到了「被解放」的機遇，也因爲被豢養太久而喪失了生存的能力，這種被弱化的生命力量與女性身份，使得出走的「娜拉」仍舊茫然無措，舉步維艱。這篇小說充分暴露了家庭主婦的現實癥結，觸及諸多層面的女性問題，寫盡了喪失性別身份的女性的心酸、憤懣與悲哀。頗具顛覆意義的是，一向怯懦壓抑的家庭主婦居然說出「林肯也不會來解放我」之類的話，這使她在對丈夫深深失望、不相信男權能夠拯救女性的基礎上，再度否定了領袖人物與救世主的謊言。

　　王令嫻①作爲 60 年代另一位女性小說家，她和許多女作家早有預兆式的崛起不一樣，在少女時代和青春季節從未動過創作念頭，也未嶄露過文學天分，但她在成家生子後的女性日常生活境遇中起意提筆，雖然是遲開的桂花，竟也帶來文壇的馨香一片。王令嫻於 40 年代末隨學校渡海來台，

───────

① 王令嫻，1932 年出生於上海，江西省南昌市人。早年畢業於重慶淑德女中，曾任台灣肥料公司南港廠文書管理員、國語日報作文班教師。1963 年在《徵信新聞報》發表處女作《喪》，早期以小說為主，兼營散文，後來轉向兒童文學創作。出版有小說集《好一個秋》（1966 年）、《抓不住的雲》（1966 年）、《球》（1969 年）、《旋渦》（1975 年）、《單車上的時光》（1975 年）、《夾著尾巴做人》（2002 年）等，散文集《九點多鐘的晚上》（1969 年）、《愛的祝福》（1990 年）等，另有兒童文學集《黑仔的一天》、《隱形手》等 4 種。

在南港台肥六廠做文秘。這其間戀愛、結婚、生子，日子過得匆忙而平靜，壓根兒不知道自己還有創作的潛力。不知從什麼時候起，也許是為了排遣獨在異鄉為異客的寂寞，她每天很用心地讀報紙副刊，不由得躍躍欲試，以她身邊女友的遭遇，寫下第一篇小說《喪》，並發表於 1963 年《征信新聞報》副刊。其時，她的愛女正與病魔糾纏，家中經濟十分拮据。王令嫻的好友、作家隱地曾這樣剖析她：「王令嫻當初渴望抓的，就是寫作。只有在寫作時，她可以暫時忘記窮困、賬單、孩子的病以及要買的藥。何況，稿子刊出後，還有一筆稿費可領，而這錢正是她所需要的。……王令嫻最初就是在這些因素的推動下，邁著步子，被動亦復主動地撞開了寫作的門……」①

那段日子，王令嫻每月都投寄兩篇稿子，即使在心情最沈重的時候也未間斷。但她的女兒最後回天乏術，還是夭折了，寫作遂又成為王令嫻療治失女之痛的良方。當然，作為一個身兼主婦責任的職業女性，所有的爬格子只能是在夜深人靜之際。1965 年，王令嫻的短篇小說《好一個秋》入選聯合副刊精選小說，而接著發表的《他不在家，真好》，更引起文壇矚目。她的作品雖然不多，但《單車上的時光》、《脫了殼的蝸牛》、《抓不住的雲》、《哭在冷冷的月色裏》等等，卻篇篇引起好評。到 1969 年，她已出版了四本小說集。王令嫻的小說創作，多從日常生活中擷取素材，以寫實的技巧，呈現出周遭生活的形形色色。其作品，皆出自

① 隱地語，轉引自吳月惠：《心靈最真實的感受──王令嫻為孩子闖進童話世界》，《筆耕心耘見良田》，台北，中國生產力中心出版社，1995 年 6 月版，第 111 頁。

心靈眞實的感受。平日裏喜歡仔仔細細「看人」，並在心中編故事，品出人生一些不平淡的味道，發掘人性的深層底蘊。「所以即使她的生活圈不廣，所寫的人物、場景，都因描繪細緻，刻畫深刻，而能引人入勝。」①作品佈局簡潔，擅長心理刻畫，內容重質而不空談，風格樸素委婉而不華麗。

　　王令嫻的小說文本，大都以女性爲觀照對象，集中探討都市男女的兩性關係。一如前述的女作家作品，王令嫻雖然沒有在婦女解放的旗幟下，公開宣揚女性主義的議題，但她從太多沈重的現實出發，對粗暴自私、不負責任、惟我獨尊的「男性特質」給予毫不留情的揭穿，對愛情婚姻帶給女性的「幸福承諾」進行了大膽的質疑。《球》這篇小說極言職業女性的角色緊張和生命磨損，女主人公在工作與家庭中滾球一般地忙碌，原本渴望變成輕飛遠揚的高爾夫球，誰知最終卻只能變成爲柴米油鹽而燃燒的廉價煤球。瑣碎的日常生活消磨了女性人生的詩意和夢想，家並未成爲她一生的幸福堡壘。《好一個秋》則將養女制度和男性強權的雙重壓迫訴諸筆端，道盡養女阿美在家受養母欺凌，出外被男性強暴的可悲事實，對她不幸的沈淪和艱難的救贖給予了深深的同情。

　　創作《他不在家，眞好》，王令嫻的動機是要「以最平淡、簡潔的文字，表達出一個內向型的女人最深刻最痛苦的情感」②。這篇小說的素材來源，是作者從一位內向型的女

②吳月蕙：《心靈最真實的感受——王令嫻為孩子闖進童話世界》，《筆耕心耘見良田》，台北，中國生產力中心出版社，1995 年 6 月版，第 117 頁。

①王令嫻語，轉引自魏子雲：《論〈他不在家，真好〉及其他》，《單車上的時光》，台北，爾雅出版社，1986 年 7 月版，第 206 頁。

友閒談到自己的丈夫時，有所感受得來的。女友的境遇深深
觸動了王令嫻，她說：「等這一席話談完，我滿心負荷著她
的痛苦回家。女人，最能深切地體會到女人的痛苦。好幾
天，我都不快樂，直到有一天，我獨自在家，突然想到寫
吧，提筆寫吧。」①這篇小說寫丈夫外出赴不明「約會」，
妻子獨自在家的心情與活動，但它與劉枋的《以牙還牙》、
艾雯的《安排》有所不同，丈夫雖然不在家，妻子卻不再是
獨守空房的幽怨，被人冷落的寂寞。妻子發自內心地歡呼：
「他不在家，真好！」她可以不必在丈夫的「家」中受制於
人，從而暫時擁有了「自己的房間」，重獲了女性的自由。
「這時，才覺得自己屬於自己，愛怎樣，就怎樣。」②她可
以不必全力伺候丈夫吃飯，終日奔波於擁擠齷齪的市場買菜
──「真遺憾，那屬於女人常去的地方，有點像朵朵鮮花插
在堆堆牛屎上。」她甚至點上了煙，喝了高粱酒，想通過對
丈夫行為的學習和模仿，看看能否學到他的心思，卻不料觸
動了自己平日的辛酸而醉倒。丈夫歸來後看到醉得「不像
話」的妻子，並沒有聯想到自己「衣冠不整，左抱一個，右
摟一個，貪婪地親著野花」的醜態，而昏睡中的妻子，卻在
喃喃自語：「他不在家，真好。」

　　這樣一個文本傳達了女性主義的多重命題，它所提供的
鏡像，不僅映射了男性的面目，也反觀了女性自身的形象。
女主角對自我空間如此強烈的渴望背後，是女性長期喪失生

①王令嫻語，轉引自魏子雲：《論〈他不在家，真好〉及其他》，《單
　車上的時光》，台北，爾雅出版社，1986 年 7 月版，第 207 頁。
②王令嫻：《他不在家，真好》，《單車上的時光》，台北，爾雅出版
　社，1986 年 7 月版，第 55 頁。

命空間的可悲事實，它把擁有一間像伍爾芙所說的婦女「自己的房間」，提到了女性的日常生活中。妻子以對丈夫行為的學習和模仿來報復男性，這是女性最初的反叛形式；而妻子在吸煙喝酒中並未喜歡這些行為，更談不上認同這些行為背後的男性價值標準，這使得女性的反抗越出了男性能夠容忍的範圍，而不至於成為男性構建主體的鏡像。女性既沒有像男性希望的那樣，通過對男性價值標準的認可而駐足於男權統治的世界，也未能通過女性價值標準的確立，來建立女性的生存空間，她們尋找女性身份的努力，不是在偶然遭逢的生活場景中曇花一現，就是在女性的夢境中潛藏隱現。王令嫻對女性生存的困境與尷尬，女性反抗的曲折與艱難，寫下了富有深意的一筆。

總之，從大陸去台女作家 60 年代的小說創作來看，在國族意識「大我」精神的論述之外，性別意識早已悄然開戰，女性性別小說仿佛不經意之間登上文壇，在瑣碎的日常生活場景中，透過人們司空見慣的夫妻相處模式，碰撞著最尖銳的性別議題；並以最女性的敘述方式，傳達出相當前衛的「不打旗幟」的女性主義觀點。當然，我們也應看到，這類創作還不能完全脫離傳統的軌道，但它難能可貴地揭示了女作家對女性身份、「小我」意識的勘探與定位的必要性和可能性。正是在此意義上，它毋庸置疑地構成了女性小說創作歷程中不可或缺的重要環節。

第三節　歲月如歌：新移民女作家的生命足跡

對於這一代新移民女作家而言，她們所經歷的抗戰時期

的逃難，渡海來台的漂泊，異鄉生存的打拼，讓歲月磨礪人生，也讓歲月饋贈人生。當她們步入文壇的時候，以手中的筆，記錄自己所走過的時代，檢視自己所曾擁有的生命歲月，就成為一種創作追求。所以新移民女作家筆下的歲月，不僅記載了近代中國動蕩變遷的歷史，也成為她們人生成長與文學出發的雙重見證。羅蘭①小說世界所迴盪的，正是這樣一曲歲月懷想和生命之歌。

60 年代嶄露頭角的羅蘭，在台灣文壇屬於「秋天的作家」。她 44 歲那年出版了第一部散文集《羅蘭小語》，但這並沒有妨礙她一生有 31 部作品結集問世，包括小語、散文、小說、詩話、歌劇、遊記、信箱等，共 400 多萬字。事實上，作為作家的羅蘭的素質和品位，早在她躋身文壇之

---

① 羅蘭，女，本名靳佩芬，河北省寧河縣人，1919 年出生。河北省立女子師範學院師範部畢業，音樂系肄業，曾任音樂教員，廣播電台音樂、教育節目製作人，並任台灣警察廣播電台節目製作兼主持人。羅蘭的作品主要有散文《羅蘭小語第一輯》（1963 年）、《生活漫談》（1964 年）、《給青年們》（1964 年）、《羅蘭小語第二輯》（1966 年）、《羅蘭散文第一輯》（1966 年）、《羅蘭散文第二輯》（1968 年）、《羅蘭散文第三輯：寄給夢想》（1972 年）、《訪美散記》（1972 年）、《羅蘭散文第四輯：現代天倫》（1973 年）、《羅蘭小語第三輯：成功的兩翼》（1974 年）、《羅蘭散文第五輯：夏天組曲》（1975 年）、《羅蘭散文第六輯：淡煙疏雨》（1978 年）、《羅蘭散文第七輯：人世生涯》（1978 年）、《歌與春及花》（1980 年）、《獨游小記》（1981 年）、《早起看人間》（1981 年）、《羅蘭小語第四輯：為了欣賞為了愛》（1983 年）、《生命之歌》（1985 年）、《羅蘭小語第五輯：從小橋流水到經濟起飛》，小說有《花晨集》（1965 年）、《羅蘭小說》（1967 年），長篇小說《綠色小屋》（1968 年）、《飄雪的春天》（1970 年）、《西風·古道·斜陽》（1973 年）、《歲月沈沙》三部曲（1995 年），另有詩論《詩人之國》（1976 年）、劇本《濟公傳詩歌劇》等。

前，已經在故鄉的土地上得到了孕育和滋養。羅蘭，本名靳佩芬，1919 年出生於河北省寧河縣蘆台鎮北街薊運河畔的一個大戶人家。蘆台爲京東大鎮，這裡商賈雲集，詩書傳家，民眾自稱生活在「天子腳下」。五代同堂的「靳向善堂」，原是蘆台鎮的豪門大戶，羅蘭出生的時候，正是家道衰微與力圖振作的交替時代。羅蘭的父親衝破保守大家庭不肯鼓勵子弟外出創業的阻力，高中畢業後專習化工，奠定了日後進入塘沽久大精鹽工廠、走向工業世界的基礎，也爲羅蘭認識窗外的世界、接觸現代文明提供了條件。在充滿現代教育理念的塘沽久大工廠子弟小學讀書，開啓了羅蘭的自立精神和對作文的興趣。1931 年考入天津的河北省立女子師範學院以後，羅蘭帶著一身來自工業小鎮的勇於表現的精神，常常擔任表演節目、致開幕詞的角色。另一方面，故鄉家中繁茂的藤蘿架，幽靜的綠蔭路和美麗的後花園，是她流連忘返的童年樂趣所在，也是她一生熱愛大自然的生命意向最初的萌發之地。

　　羅蘭說：「在我一生中，音樂、寫作和廣播是我最熱愛的，但比較起來我還是最喜歡音樂，也許是它最早進入我的生活中的。」①小學六年級以前，羅蘭已經讀了家中的許多古典名著、新舊武俠。後來她開始接觸《簡愛》、《茶花女》這類世界文學名著，繼而興趣轉向國內 30 年代的作品。老舍、徐志摩、丁玲都是她喜愛的作家，特別是對巴金作品的閱讀，曾讓她如痴如醉，並深爲巴金那種自由精神和

---

① 羅蘭語，轉引自夏祖麗：《追求理想的羅蘭》，《她們的世界：當代中國女作家及作品》，台北，純文學出版社，1973 年 1 月版，第 325 頁。

簡潔風格所影響。這種對文學的熱愛,成爲她日後寫作生涯的奠基。音樂對於羅蘭,則是她一生的夢想,是她心靈的聖殿所在。羅蘭的父親頗有音樂才能,古箏、琵琶、月琴、三弦、胡琴及笙管笛簫,樣樣精通。受到家庭氛圍和學校音樂教材中的戲曲音樂熏陶,羅蘭小學時代開始接觸鋼琴,在河北女師讀書時常常沈醉於學校的鋼琴前,遂得到畢業於上海音專的丁善德老師的器重和栽培,並準備報考學院部的音樂系。然而,七七事變的炮火,使羅蘭的音樂夢轟然破碎。幾經輾轉,她來到天津女師附小教音樂。到這裏的第一件事,羅蘭即組織了兒童合唱團,把自己未能實現的音樂理想寄托在學生身上。女師附小合唱團兩次在全市和全華北的比賽中的名列前茅,引起了天津廣播電台的重視,他們以「天津廣播兒童合唱團」的名義,將孩子們的歌聲播向全華北。雖然是在抗戰時期、淪陷歲月,但是羅蘭所選的是充滿愛國精神的歌曲,如《旗正飄飄》、《國旗歌》、《我愛中華》、《出發》等等。由於這樣一段經歷,羅蘭後來介入天津廣播電台的工作,並與播音結下了不解之緣。音樂影響了羅蘭的生命志趣和文學創作,她的散文皆以藝術感覺爲基礎,有時還挿入歌詞、音符,字裏行間流淌著一種音樂般的抒情旋律。《羅蘭散文》第二輯中的「青春組曲」,每篇都是用一首歌來代表某些時間的感情,這構成了她一種特殊的風格。1980 年她出版的有聲散文集《歌與春及花》,回憶當年河北女師的生命花季和校園歌曲,以歌爲經,以校園生活爲緯,每篇散文用一首歌作主題,可謂音樂與散文詩的結合。音樂曾是羅蘭鍾情的理想,從事文學寫作則是對這理想的補償。所以從某種意義上說,恰是音樂造就了羅蘭的文學。

在動盪的世事和無可左右的命運面前,羅蘭堅持了八年

的重叩大學之門的夢，還是在現實中破滅。抗戰勝利後，她雖以第一名考入女師學院音樂系，但戰爭的摧殘和時局的混亂使這所學校風光不再，而羅蘭自己已經二十八歲，也不再是追求音樂家的年齡。自十九歲至二十八歲，羅蘭在戰火中陷入感情、學業、事業、家庭四大皆空的境地，她一心想找個遙遠的地方去忘記過去，重新開始人生，遂於 1948 年 4 月隻身來到台灣。憑藉曾在天津廣播電台的工作實踐，羅蘭登上台島就去台灣廣播電台求職，主持每晚一小時的《安全島》節目，從寫稿、編輯、播音，到選音樂，給聽眾寫回信，都由羅蘭獨自承擔。從 1958 年到 1991 年，在這個彌漫著寧靜和綠色氛圍的「安全島」上，羅蘭傾注了她近於愛情的愛心，度過了三十二年的播音生涯。她說：「我可以用我半生的苦樂，去瞭解別人的悲喜；我可以把我翻過洶湧波濤時的驚險，和風浪暫息時的了悟，織成節目的片斷，在輕描淡寫的音樂聲中，與聽眾共同體嘗人間大同小異的苦樂悲歡。」①

　　60 年代以來，以小語或散文的形式，羅蘭一共出版了十九本著作。在這些作品中，羅蘭談人生、評時事、說理想、敘友誼、論愛情，多方面地抒懷，寫了她對於社會、人生的認識和感慨。《羅蘭小語》是羅蘭為廣播電台主持《安全島》節目時，根據選播音樂插播的短句或短文。它以「特殊的形式、自由的結構、寬廣的題材、深入淺出的主題和明白曉暢的語言，形成一種獨特的『羅氏文體』」②。

① 羅蘭：《我和廣播結緣》，《羅蘭散文》，深圳，海天出版社，1990年 12 月版，第 175 頁。
② 姚同發：《羅蘭：「屬於秋天」的作家》，《世界著名華文女作家傳》（二），南昌，百花洲文藝出版社，1999 年 9 月版，第 164 頁。

這種文體融會了多種文學樣式，散文、詩、論說文、語體、人生感言、哲理小品，皆在其中，有人說它是現代《論語》，有人稱它在島內具有《聖經》般的效果，它讓人在紛繁的人際交往和商業大潮的湧動中，體味到一種喧囂和炎熱中的清涼，領悟到一種真善美的精神滋養。

然而，羅蘭並不希望讀者只記得她的《羅蘭小語》，而忽略了她更重要的著作——小說。《花晨集》、《羅蘭小說》，以及長篇小說《綠色小屋》、《飄雪的春天》、《西風‧古道‧斜陽》、《歲月沈沙》等，帶來了羅蘭更為廣闊的人生世界。羅蘭的小說多取材於知識分子的普通生活，而女性又是其中的主角。無論是描摹平凡歲月中的人生畫面，還是探討兩性之間的情感生活命題，或是矚目大時代變遷中的女性生命成長，都彰顯出作者濃厚的人生意識和知識女性的關懷視角。其小說沒有多少驚心動魄的重大題材，也不以情節曲折奇巧取勝；雖然不刻意追求對大時代本身的敘述，卻在大時代的背景下，演繹了普通人的悲歡離合和命運波折，從中發掘了有關愛情、命運、世事、人生的諸多真諦。在一幅幅色彩柔美的生活畫面中，又蘊含著豐富多彩的人生意趣，熱烈濃郁的情感體驗，讓人在那看似水波不驚的地方，卻感知到生命力量的暗潮湧動，歲月人生的跌宕起伏。

羅蘭的小說，主要從兩個向度展開自己的人生探討和社會思考。

其一，有關愛情婚姻題材的描寫，著重發掘兩性相處的情感命題，並從中體現出羅蘭的「愛情哲學」。

《花晨集》作為羅蘭的第一部小說集，呈現的是凡人故事，男女愛情。從《春曉》般初萌的愛意，到《夜間人靜》

獨自品味的錯過的感情；從邂逅相遇一段浪漫夢幻的《陌生的愛情》，到女性在婚姻過程中發生現實性、世俗化人生改變的《戀愛的結果》；從《我和葉沄》所讚美的那種穿越時空、愛到永恒的美麗感情，到在金錢、地位、名利、世俗生活銷蝕中發生的愛情之《變》，羅蘭的筆觸涉及愛情百態，人性多面。特別是在愛情變異的問題上，透過婚姻中的愛情變奏曲，世俗生活中的愛情庸俗化，以及時光流逝面前的愛情遺忘與褪色，可以看出羅蘭對愛情生活質量的深度思考和獨到發現。

　　出版於 1969 年的《綠色小屋》，是羅蘭第一部面世的長篇小說。如同大自然中生生不息、肆意揮灑的綠色，作品充溢著強烈的生命力量和自由不羈的愛情精神。《綠色小屋》描寫的是發生在一個封建官僚家庭中離經叛道的愛情，作品的主人公是一對富有叛逆性格的青年男女──自稱是「壞人」的紀憲綱和被人侮罵為「妖精」的陳綠芬。外交官出身的紀父，一心想讓兒子憲綱通過讀書，子承父業謀取功名，進入外交界，並按照父母旨意安排了兒子的婚事。而在兒子憲綱那裏，他鄙薄世俗功名，討厭人生羈絆，向往自由自在的人生狀態和愛情境界，完全無視封建禮教法規和世人的冷眼笑罵，於是便越出世俗軌道，在偏僻而空曠的營造廠場地上，與活潑開朗、崇尚自然的姑娘陳綠芬共建了一個綠色的小木屋，並為實現自己的「建築夢」──蓋一座風格優雅、充滿綠意的「青舍」，而日復一日地忙碌著。作為大自然之子，紀憲綱和陳綠芬追求的是一種洋溢於綠色小屋的真善美境界，無論是對理想的鍾情，還是對愛情的執著，都以新鮮活潑的生命本真狀態和個性色彩而呈現，主人公所演出的人生，無異於一個綠色的夢。而在現實生活中，紀憲綱和

陳綠芬的愛情追求和人生方式，又是大逆不道的婚外戀，不務正業的「浪子生涯」，所以家人、世人都無法容忍他們，從剛愎專橫的新式官僚父親，到白眼相向的周圍親戚，再至流言蜚語的世俗輿論，封建世俗力量形成的合圍，最終摧毀了紀憲綱和陳綠芬的「綠色之夢」。真摯的愛情不得不屈從於綱常禮教的淫威，他們共同設計建造的取自「客舍青青柳色新」的「青舍」，注定成為一幢揮手道別的房子。對於這幕浪漫而真摯的婚外情，作者沒有讓主人公背上「有罪愛情」的十字架，也沒有讓愛情隨時光流逝而成為過眼煙雲；儘管是在多年以後變遷的人生境遇中，那深蘊在紀憲綱靈魂中的「未滅的愛情，依然在他表面平靜的心海裡強烈地震顫」，而陳綠芬，雖然漂流天涯，也以這刻骨銘心的愛情故事為藍本寫了一本書，作為對「綠色小屋」生涯的永恒憶念。

與《綠色小屋》那種浪漫、清新、充滿現代感的愛情不同，1973 年出版的獲台灣「第四屆中山文藝獎」的《古道・西風・斜陽》，它所抒寫的是古老中國大地上的又一種人生和「另一種愛情」。作品封底印著這樣一首小詩：「你可知那西風古道斜陽／你可知那連天茅草的綠波／蘆葦的白浪／你可知那另一種愛情／伴隨著古老中國的／民間小唱。」全書的字裏行間所迴蕩的，正是這樣一種古樸、純真、婉曼動人的抒情氛圍。羅蘭在這部小說的前言中說道：「人間有些故事，真是天然生成的。」「我」「把自己今生所經所見，忠實地寫過來，作為人生行腳的一份印記」[1]。因此，《古道・

---

[1] 羅蘭：《前言》，《西風・古道・斜陽》，台北，羅蘭書屋，1973 年 3 月版，第 1 頁。

西風・斜陽》是繼《綠色小屋》之後的又一部人生記述。

　　這是一個發生在二十世紀 40 年代北方鄉鎮的故事。圍繞何三爺的「納妾」風波，引發出一種令人感慨的、只有在古老的中國大地上才會生成的「另一種愛情」。小說的主人公小七是一個 17 歲的唱大鼓的風塵女子，已經七十多歲的地方士紳何三爺娶她為妾，讓其陪伴自己大病之後的晚年生涯。這件事在何家引發軒然大波，小七夾在與何家子孫的矛盾衝突中，受盡冷落與白眼。世俗偏見的流言誹謗，遺產歸屬的傾軋紛爭，將小七逼迫出門，重操賣藝舊業，而何三爺已氣得臥病在床。在何三爺彌留之際，小七又回到何三爺身邊，服侍病人直到將其入棺，全然不顧周圍的惡語中傷。她還將何三爺贈她的一枚翡翠扳指套在死者身上，並把自己的一盒首飾放入棺中，令家族上下瞠目結舌。最後，小七獨自遠走他鄉，去奔自己的人生。

　　這部小說以兩條線索展示鄉土中國奇異的愛情故事。一方面，小七與何三爺之間的「忘年情」，看似離譜，卻又合情，它交織在種種複雜的關係網絡中，其內核則是兩顆寂寞靈魂的互相安慰，一老一少孤獨人生的相濡以沫。小七純真善良，卻身世飄零；何三爺家境富有，但老境蒼涼，滿堂兒孫都在窺視他的財產，並沒有人真正照顧他的晚年。小七與何三爺走到一起，名義上是他的「妾」，實際上是他疼愛的小孫女兒，老爺子對她秋毫無犯，他們之間實質上是清白的祖孫關係。但是，通過「納妾」的形式來實現這種忘年之情，相濡以沫的友誼又隱藏在主僕名分的框架之下。這樁以愚昧、落後、離譜的婚姻形式來講述的冰清玉潔、義氣深重的感情故事，就成為鄉土中國和蒼涼世事奇異的感情絕唱和複雜的人性咏嘆。

　　另一方面，小七與何家孫子允明之間的愛情在不爲世俗所容的掙扎中，傳達了一份對美好愛情、純眞人性的向往和追求，也見出了新舊道德倫理觀之間的巨大衝突。允明作爲一個正在讀書的時代青年，他強烈反對爺爺納妾，對小七充滿同情，還悄悄地暗戀她。允明和小七，正值青春年少，年歲相當，情意相投，原本是一種新鮮如初、充滿生命力的感情；可是，階級身份的落差，家族「輩分」的定位，注定了這是一場絕望的、更爲世人指責的「大逆不道」的戀愛。小七與允明不能終成眷屬的感情，如同那西風古道上的斜陽，還未見升起，就已經沈沒在黃昏的暗影之中。

　　其二，帶有自傳色彩的長篇小說，在歷史變遷的大時代背景上，或描摹女性的生命成長，或表現家庭人生的歲月懷想，由此體現羅蘭對人生眞諦的深刻探討，對世間大愛的關懷和擁抱。

　　在羅蘭全部的作品中，《飄雪的春天》是她最偏愛的一部帶有自傳色彩的小說。作品以八年抗戰的天津淪陷區爲背景，以女主人公安咏絮的命運遭際爲線索，講述了大時代背景下的小人物故事，呈現出艱難世事中女性生命成長與青春理想的掙扎、變形和淪陷。在這裏，淪陷歲月成了一個女性生命成長的見證；而一個人的遭遇和拼搏，又折射了中華民族「鳳凰涅槃般」的道路，寫照了在八年抗戰中屢挫屢起、死而復生的中國人形象。

　　《飄雪的春天》有著感人至深的藝術力量。這種力量不是來自作者對於大時代的構建，恰恰是因爲它對於普通人命運、情感、理想、人生所作的平凡本眞的描摹，在於它以小人物的生命經歷爲這大時代所作的注脚。羅蘭在書的《前言》中說：「這不是一個抗戰的故事。這只是一個淪陷的故

事。……這裏面，只是一些被剝奪了幸福的生命，一些被揉碎了的夢，一些在淪陷區的泥淖裏掙扎過的無辜的靈魂。」①然而，正是這樣一些生命故事，帶著它原汁原味的魅力，走進了我們的心靈，並深深觸動著我們的情感。

「平靜的災難震撼永遠」，這是《飄雪的春天》描摹抗戰時代人生命運的獨特視角。與慣常描寫大時代風雲變幻的作品不同，羅蘭認爲「凄厲的災難震撼一時，平靜的災難震撼永遠」，所以，她沒有更多地描寫日軍的殺戮，四起的炮火，滿目瘡痍的悲劇，而是把眼光停留在淪陷區的日常生活環境中，看它對於主人公安咏絮的青春、靈魂的侵擾和剝奪。小說中最令人感慨唏噓的地方，是安咏絮在戰爭勝利後人人渴求生活補償，而她卻面對永遠無法補償的青春、愛情和理想的時候，那種痛徹心肺的哀傷和空茫寂寞的心境。

小說分爲兩部，第一部由 1937 年對日抗戰寫起。抗戰爆發前夕，十八歲的安咏絮懷著少女的青春夢想，從塘沽奔赴天津，準備投考渤海女大的音樂系。然而等待她的，不僅僅是學校被轟炸成一片廢墟，人生路線在戰爭中被強行改變，還有一連串錯綜複雜的變化和冒險，特別是看似「平靜」的漫長的淪陷生活對於生命理想的吞噬。從安咏絮引發出她和父親、繼母以及六兄弟姐妹之間的感情關係，其中著墨最多的是安咏絮與同樣愛好音樂的男主角田宏的戀情。小說從一座工廠的停產（安咏絮之父經營的塘沽華原工廠），一所學校的關閉（安咏絮所向往的渤海女大），一個少女的音樂夢與愛情夢的幻滅，揭示出淪陷歲月的時代憂患和民族

---

① 羅蘭：《前言》，《飄雪的春天》，台北，羅蘭書屋，1970 年 4 月版，第 1 頁。

災難。在天津淪陷的日子裏，無論是飛漲的物價、貧寒的生活，還是曠日持久的水災、苦難中的疾病，或是日本侵略者在淪陷區製造的奴化政策和高壓氛圍，都不能泯滅掙扎於其中的人們深藏心底的希望和信念，只是有許多夢破碎了，生活再也不能按照它原來的軌道行進了。爲了幫助弟弟妹妹上學，幫助父親挑起戰亂時期全家人的生計重擔，安咏絮不得不放棄了學業，在一所小學敎了八年的音樂。當妹妹咏荷身患傷寒處於危險的時候，原來已經與戀人田宏相約一同奔赴大後方的安咏絮，爲了看護妹妹，忍痛割捨了令她刻骨銘心的愛情，在家裏充當起「小母親」的角色，幫助妹妹躲過了生死一劫，自己和田宏的戀情卻在陰錯陽差的際遇中彼此錯失。

第二部寫 1945 年抗戰結束後，安咏絮所面臨的人生失落和再度出發。漫長的戰爭終於結束了，從淪陷歲月走過來的人們，面臨著各種各樣的選擇。有的人因爲戰爭的改變，生命無法回到原點，變得心灰意懶；有的人因爲戰爭造成的匱乏和缺失，拼命地補償人生；更多的人因爲戰爭結束帶來的希望，去爭取新的人生前景。對於安咏絮來說，當全家人隨父親返回塘沽重振工廠的時候，獨自留在天津工作的她才發現，她在戰火中陷入的是感情、學業、事業、家庭四大皆空的境地。「八年淪陷的歲月，沖毀了她們這一代人所預期要走的道路，她們早就在道路被巨浪浸淹的時候，改變了行程。當她們繞了一個大圈，再找回原來的起點時，她們發現，每一處景象都有了改變。」①她們還沒有年輕過，人生

---

① 羅蘭：《飄雪的春天》，台北，羅蘭書屋，1970 年 4 月版，第 480 頁。

就仿佛已經老了。「從十八歲到二十六歲，是一個女孩子的全部青春，是一個女人一生中僅有的一段錦繡年華，而這段錦繡年華，卻無聲無息地流失了。」①帶著無法彌補的青春遺憾和新的渴求，安咏絮辭去了教職來到電台工作。她憑藉巨大的毅力和勇氣，以二十七歲的年齡考上了自己夢寐以求的渤海女大音樂系，但被戰火摧殘的學校已經風光不在，她也錯過了學習音樂的最佳年齡；心靈寂寞的她與同事於夢循發展出一段感情，卻沒想到涉足了有婦之夫的婚姻格局。一切都是錯位，所有的人生與理想在這裏都是變形。「她曾經是一個純潔的、專情的、刻苦的、孝順的、捨己為人的好女孩」，而現在卻面臨著人生的迷失。警醒中的安咏絮選擇了放棄過去，從頭做起，於是她決定到遙遠的台灣開創未來人生。告別了「這屬於他們這一代的動蕩、艱苦、而又多彩的日子；這屬於整個中華民族的悲壯而又蒼涼的歲月」，「人們如果能在苦難中成長，那麼，他會在明悟中壯大」②。

　　「誠懇的心靈的描寫」，這是《飄雪的春天》塑造安咏絮形象的主要途徑。安咏絮的人生道路上，沒有大起大伏的情節波瀾，也沒有驚心動魄的戲劇性衝突，人物命運的鋪展與訴說，用的是柔婉流暢的小夜曲，它直接訴諸人物的心靈世界。作品意在凸顯女性在戰爭歲月中的成長，它把一個外形秀美、柔情似水，但內在充滿倔強靈魂和理想渴求的知識女性形象呈現在我們面前。安咏絮的自強自尊，堅忍耐勞，捨己為人，特別是她為追求理想而孜孜不倦的奮鬥，它對女性自尊與獨立人格的維護，都讓我們通過一個女性的生命成

① 羅蘭：《飄雪的春天》，台北，羅蘭書屋，1970年4月版，第403頁。
② 羅蘭：《飄雪的春天》，台北，羅蘭書屋，1970年4月版，第675頁。

長，看到了中華民族在戰爭中的自我淨化力量。安咏絮的形象，即便放在今天，仍舊有她啓人心靈、激人奮起的現實意義。

90 年代，羅蘭懷著惆悵而又安逸的心情，讓自己「再活了一次」，歷時五年時間寫成了《歲月沈沙》三部曲。作爲一部自傳體小說，第一部《薊運河畔》以 1919 年至 1948 年爲背景，鋪展了靳家族輩由浙江紹興遷居北方開創家業的歷史。羅蘭的父親跟隨實業家范旭東先生開創天津塘沽「久大精鹽」和「永利純鹼」的工業化實績，羅蘭在工廠子弟小學接受現代化教育的往事，貫穿整部書中。第二部《蒼茫雲海》主要描摹 1948 年之後在台灣獨自打拼的羅蘭人生。第三部《風雨歸舟》，則眞實地記錄了羅蘭十次返回大陸的探親和參加文化交流活動的見聞與思考。其中蘊含了作家對於故國家園的依戀，企盼兩岸統一的心願，對於中華民族生存與發展的社會理想，以及對於古老中國的憂患意識與拳拳之心，這些都流淌於字裏行間。羅蘭認爲自己寫書寫自傳，是爲了「讓這個世界瞭解我們這一世代中國人的悲劇」，是要奉獻一個中國人對自己民族發展的一份社會理想。

羅蘭的小說，充滿了女性意識的貫穿，人間愛心的輝映，悲憫情懷的融入，大自然意識的滲透和音樂旋律的流淌；她所奏響的，是憂患的歲月之歌，深沈的人生之歌，滿蘊著綠色情意的生命之歌。羅蘭小說帶給我們的藝術感受，正像作者在《花晨集》中的自述：「在那些晴晴雨雨的清晨，我諦視園中彩色繽紛的帶露的花朵，我寫下這些屬於『花晨』的故事。」①

────────────

① 羅蘭：《花晨集》，台北，羅蘭書屋，1965 年 2 月版，第 1 頁。

第二章 性愛—
閨秀式寫作的顛覆

第一節 情與性

　　如果說 5、60 年代新移民女作家主要遵循女性寫實的路線，呈現出愛與美的憧憬，閨秀式的風格，那麼，60 年代的學院派女作家則選擇現代主義的文學道路，以反傳統的指向，在題材禁區大膽突破，創造了一個個頗具顛覆意義的文本。其中，性愛情慾的問題，是她們表現的重要題材，也是不斷引發社會評價軒然大波的焦點所在。

　　對於中國這樣一個有著漫長封建歷史的古老國度而言，性文化領域可謂秩序森嚴，禁忌繁多，奴役女性的清規戒律尤為苛刻。特別是在性愛與愛情的界定上，封建意識形態的規定根深蒂固，那就是把禮教允許之外的一切兩性關係統稱為「亂」，於是有了「萬惡淫為首」的說法。父權文化背景下形成的封建倫理道德，使得性愛「理所當然」地變成男人的特權，對女性則永遠是一種禁區和枷鎖。對性的罪感意識千百年來一直壓抑著人性和文學，以至成為一種文化禁忌，使人們不敢正視這種人類生存繁衍的基本行為方式和人性需求。在中國，性愛長期以來被認為與崇高純潔的愛情無關，人們往往懷著陰暗心理，將性與色情混為一談。表現在以往

的文學作品裏，不是性愛描寫被扭曲和醜化，便是性與情、靈與肉呈現出分離狀態，構成「無愛的性」或「無性的愛」。即便是那些出現在五四以來現代女性文學作品中的時代女性，也往往一面強調女性解放，一面又緊閉閨門，難以坦然正視靈與肉、愛與慾的自然結合。每每涉及性的問題，新的自由戀愛的價值觀便容易失去自我保護能力，它無法把這種原本靈肉合一的情愛，區別於封建意識形態所劃定的淫亂範疇。

60 年代的西方現代主義文藝思潮，特別是弗洛伊德的精神分析學和泛性心理學，對當時文壇尤其是學院派的女性寫作形成強烈衝擊。弗洛伊德學說對人類潛意識的發現，與台灣現代主義文學回歸內心，進行精神領域探索的需求有了一種吻合；其泛性心理學對於打破中國幾千年構築的封建文化體系，對於人們掙脫傳統觀念的因襲牢籠，無疑帶來了一種新的思考方式。

受此影響，學院派女作家往往關注社會中那些空虛寂寞、失落迷茫、患有「現代症」的病態人群，並將其納入自己文學觀照的對象。在發掘病態的性格成因與複雜的人性層面的時候，她們多從性愛情慾的角度一路突入，直奔人物潛藏的心靈隱秘，讓長期為社會禁忌所壓抑、排斥和忽視的性心理與潛意識浮出文本，並通過西方現代派的敘事觀點和敘事技巧的運用，重新講述被傳統文化視為離經叛道的亂倫行為與性愛故事，以此來解讀有關人生、人物情感和人類悲劇的複雜構成。對於看慣了閨怨文學的男性社會，這種寫作的顛覆意義不言而喻。

從另一方面看，西方現代派文學中存在的某種非道德化傾向、病態的美學觀以及虛無主義情緒，也不同程度地影響

到台灣現代派女作家的創作。由於這種創作主要是將人的潛意識、性心理作爲文學的觀照對象，所以性力被赤裸裸釋放，生命往往被恢復到原始的目標。它將視線從政治的、社會的層面轉移到人的本體意識上來，全力專注地發掘人的主觀世界與原欲力量，這就容易忽略對廣泛社會人生的擁抱，造成主觀世界與現實世界的阻隔、背離乃至分裂，人物也就在相對狹窄的天地裏，一味地空虛、孤獨、失落、悲哀乃至變態，成爲永遠的心靈囚徒。隨著時間的推移，這種缺陷越來越明顯。

　　上述寫作，幾乎覆蓋了整個學院派女作家，每個人的筆下差不多都有這樣的實驗文本。其中用心最多、描寫最專注，也因此自成風格的，當推歐陽子和施叔青。

第二節　歐陽子：人心原始森林的探索

　　歐陽子①在台灣文壇，無異於一個異數。她全力關注婚姻戀愛背後的性心理與潛意識，常以越軌的筆觸寫到弗洛伊德的戀母情結或母子、兄妹的亂倫之愛，這使她的小說題材頗具反傳統的西化面貌，也帶來她獨異、凸顯的創作特點與

————————

① 歐陽子，女，本名洪智惠，台灣省南投縣人，1939 年生於日本廣島。1945 年，隨父母回到台灣，考入台北第一女子中學，13 歲開始在報章雜誌發表散文。台灣大學外文系畢業，1962 年赴美，獲愛荷華大學小說創作班碩士學位，又入伊利諾大學進修文學課程。後定居德克薩斯州，專事寫作。但因多年受眼疾折磨，創作數量銳減。出版有小說集：《那長頭髮的女孩》（1967 年）、《秋葉》（1971 年）；散文集《移植的櫻花》（1978 年）、《生命的軌跡》（1976 年）等。

風格。作爲台灣文壇上毀譽參半的人物，歐陽子的小說始終是評論界解讀台灣現代派文學不可逾越的典型文本。無論是從社會學批評角度出發，更多地訴諸社會倫理道德價值判斷的反對者，還是從文學藝術角度著眼，肯定現代主義力量在開發複雜人性和病態人格方面頗有成效的贊成者，他們看待現代派文學的態度和表情雖然不同，但是對於歐陽子小說那種冷靜、客觀的心理寫實藝術，卻不乏文學的認同。

構成歐陽子創作的精神資源，是一連串的自我生命經驗和鎖定西方現代主義的文學營養。從歐陽子的文學成長來看，遺失在異國他鄉的童年是她創作的先天性損失。因爲父親洪遜欣日據時代留學日本並任職廣島法院的經歷，歐陽子1939 年出生於日本廣島，而未能與作爲故鄉的台灣南投縣草屯鎮結下生命之緣。1945 年日本帝國主義投降後，辭去法院職務的洪遜欣帶著妻女返回台灣。在歐陽子看來，她在日本度過童年的事實，對她的寫作十分不利。因爲自從有了國家民族的觀念，得悉日本侵華的歷史眞相，歐陽子的「生命就仿佛被一層曖昧難解的幽影籠罩住了」。「有很多年，我把自己的童年埋藏心底，不敢向人提起，也不敢去回想。」①古今中外的許多文學作品，都和作者本人的童年經驗有著不可分離的關係。所以，歐陽子不無遺憾地嘆息道：「在寫作生命中，我是一個沒有童年的人。」②一切與自身童年相關的回眸與描寫，在歐陽子是一片空白。

① 歐陽子：《鄉土・血統・根》，《歐陽子自選集》，台北，黎明文化事業股份有限公司，1982 年 7 月版，第 56 頁。
② 歐陽子：《關於我自己——回答夏祖麗女士的訪問》，《台灣作家創作談》，福州，海峽文藝出版社，1985 年 5 月版，第 161 頁。

中學時代的歐陽子，十三歲就開始寫作，到高中畢業時，發表的文章已經剪貼了厚厚的一冊。那時的歐陽子，性格趨於內向、敏感、多思，最喜歡的作家是張秀亞，讀的最多的書是中譯本世界名著。她擅長抒情散文，文字充滿夢幻色彩，風格淒婉哀愁，在同學中有著「張秀亞第二」之稱。

　　1957 年，歐陽子以第一名的成績考入台灣大學外文系，專攻西方文學。結交良師益友，創辦《現代文學》雜誌，浸淫在西方現代派文學氛圍之中，歐陽子的文學路向迅速改變：對「舊我」的否定和從「新我」的出發，開始了她生命中的另一紀元。基於某種自我反叛、自我修正與自我保護的複雜心理，歐陽子的性格變得理智、冷靜起來；同時，她「轉變寫作路線，改用客觀理性的手法創作小說，以反諷的，有時甚至近於冷酷的語調和態度，剖析某一些人的感情心理，並敍述他們由於某種特別心態而引起的行動反應」。「我的客觀和理性，是我對早年的唯情主義與感性文字的一種反動及扯離。」[1] 1962 年，歐陽子赴美留學，進入愛荷華大學小說創作班，專修西方小說，獲碩士學位。

　　嚴格地接受西方現代主義文學寫作及批評的訓練，使歐陽子對小說的藝術形式格外重視；深入地研讀亨利・詹姆斯、福克納、喬伊斯、勞倫斯等人的作品，直接影響和深化了歐陽子的創作風格。最能體現她西化風格的兩部小說集《那長頭髮的女孩》和《秋葉》，以及採用新批評方法的評論集《王謝堂前的燕子——關於〈台北人〉的研析與索引》，還有集《現代文學》雜誌之大成所編選的《現代文學

---

[1] 歐陽子：《關於我自己——回答夏祖麗女士的訪問》，《台灣作家創作談》，福州，海峽文藝出版社，1985 年 5 月版，第 169～170 頁。

小說選集》，都源自對上述文學資源的深深迷戀和自覺刻意
的開發。1965 年，歐陽子隨丈夫定居美國南部的德州。嚴
重的眼疾困擾，使她不得已停筆；再度寫作，沒有了從前寫
小說的痛苦與狂喜，滿懷感恩與感激，心平氣和地體味生命
的饋贈。散文集《移植的櫻花》，狀寫平凡生活，親情家
事，頗得文化與人生的底蘊。真切自然的風格，彰顯著與從
前小說全然不同的面貌，構成歐陽子創作往往被人忽略的另
一側面。

　　把歐陽子的小說放到 60 年代的文學格局中去，它究竟
給文壇提供了哪些新的素質，這是我們頗感興趣的問題。歐
陽子的小說，一般都與婚姻戀愛題材相關，但她的著力點不
在於講述一個婚戀故事，而在於發掘這故事背後的人性慾
望。經常出入於作品中的人物，一類是美麗出眾的台灣大學
文學院的女生或畢業生，另一類是三四十歲的再婚少婦。前
者多有心理障礙和性格缺陷，無法正常地實現人格角色的自
我確證；後者則存在著婚姻缺憾，心理的失落與變態，導致
了她們紅杏出牆，有悖倫理。由這些少女、少婦引發的人生
故事，往往是畸形的婚戀，潛藏著病態及變態的性心理；她
們的人際關係，多半是不正常的，甚至是反倫常的。人物的
命運，或在巨大的心理衝突中難以自持，或在複雜的倫常之
變中緊張、焦灼、尷尬，或表現出飛蛾撲火、鋌而走險般的
決絕。在這個看似灰色迷亂、慾望騷動、有失倫常秩序的世
界裏，文學作品中慣常吟唱的那種女性與愛情的頌歌了無蹤
影。沒有了中國讀者習慣接受的審美傳統，也不見民間百姓
所認同的「善有善報，惡有惡報」的命運結局，所有的呈
現，是歐陽子面對「黑暗的心」所作的抽絲剝繭般的心理剖
析，是在冷靜觀察之後寄希望於人物良心自責的一種隱現的

諒解和同情。這樣的寫作，從題材的選擇到創作題旨的表現，都違反了文化及社會的禁忌，打破了傳統的文學期待，它的叛逆性格與挑戰意味，使作品的問世注定充滿風險，它不可避免的自身局限與創作失誤，也會帶來文壇的爭議與批評。言及歐陽子小說的意義，白先勇的評價不失爲一種參照：

> 歐陽子是個紮實的心理寫實者，它突破了文化及社會的禁忌，把人類潛意識的心理活動，忠實地暴露出來。她的小說中，有母子亂倫之愛，有師生同性之愛，但也有普通男女間愛情心理種種微妙的描述。人心惟危，歐陽子是人心的原始森林中勇敢的探索者，她毫不留情毫不姑息，把人類心理——尤其是感情心理，抽絲剝繭，一一剖析[1]。

當然，我們更想關注的，是歐陽子作品中的女性角色與女性心理。比起林海音婚姻故事中的那些女子，歐陽子的人物離開閨怨的傳統更遠，對傳統女性角色有一種大膽的挑戰。首先，在《半個微笑》、《素珍表姐》、《網》、《花瓶》、《木美人》、《考驗》這類作品中，女性角色往往意味著一種覺醒與突圍。她們原本的形象，或在日常生活中自我禁錮，性格心理存在問題，或在婚姻場景中被人束縛，家庭生活走調變味。作品透過她們所要實現的是關於禁錮/突圍／、他看／自證的女性論述。當然，70 年代才開始

---

[1] 白先勇：《〈秋葉〉序》，轉引自吳軍：《歐陽子：文壇奇葩》，《世界著名華文女作家傳・歐美卷》，南昌，百花洲文藝出版社，1999 年 9 月版，第 175 頁。

接觸和翻譯西蒙・波娃《第二性》的歐陽子，還不可能在作品中正面表現女權主義，塑造婦女解放英雄；她主要是通過女性心理世界的剖析與呈現，來傳達她對文化轉型年代女性現實人生角色的一種理解，對衝破人生束縛、爭取個性自由的精神認同。

《半個微笑》中的女大學生汪琪，在眾人眼裏是一個循規蹈矩的好學生。她拼命壓抑自己的天性與內在慾望，忍受著無形的束縛；明明喜歡班上一個男生王志民，也不敢有所表示。學校組織爬山旅遊，在懸崖邊上遇險的剎那間，汪琪發狂地摟住王志民的脖子，表露了真正的「自我」，卻又為此備受精神重壓。在心靈的衝突中，汪琪終於決定要擺脫歷年來的桎梏，投進她面前的新生活。《素珍表姐》中的理惠，因為一向不如表姐而深感自卑，卻不意想初三時學習飛躍，超越了表姐。為了掙脫表姐的陰影，理惠先是爭奪素珍表姐的女朋友余麗珍，後來插足表姐與呂士平的戀愛，潛意識中要證明自己的存在。上述女孩子意欲突破心理禁錮，實現獨立人格的自我確證，自然有其積極意義；而人物採取的那種報復舉動，卻並非什麼光彩的行為。作為壓抑太久的自我的一種變異性反應，它也讓人看到人性深處的複雜層面。

發表於 1961 年的《花瓶》，是歐陽子最具代表性的作品。它在丈夫/妻子、男權/女性、愛情/婚姻、禁錮/突圍等諸多命題中展開論述，呈現出兩性之戰中心理衝突的尖銳、緊張和焦灼，也見證著女性意欲擺脫男權束縛的精神力量和心理深度。《花瓶》中，石治川和馮琳這對夫妻之間缺乏平等的愛情，年輕貌美的妻子喜歡精神上的獨立，大男人主義的丈夫更想把妻子像花瓶一樣獨占己有。石治川想把妻子裝在口袋裏，可又沒有膽量和能力；感覺到自己不像個男人，更

恨妻子看穿他的面目；挖空心思阻撓馮琳與表哥的往來，最終卻占不了上風。這使石治川嫉妒得發狂，千方百計報復妻子。他偷看妻子的信，偷聽她的電話，暗中跟踪妻子，以至於某個夜晚差點扼死熟睡中的妻子。兩性之間緊張對峙，一觸即發，人性較量的潛在衝突觸目驚心。小說結尾，馮琳的憤然出走，花瓶的摔而不碎，則象徵了走出夫權統治的女性的勝利。所以，禁錮/突圍的命題背後，是男權統治與女性意識的較量，是情感追求與無愛婚姻的對決，是傳統角色與叛逆人格的撞擊，同時也是夫妻之間性別戰鬥的焦點所在。夫妻雙方由此展露的一系列心態情緒，無不帶有思想文化衝突的內涵。

其次，在《牆》、《近黃昏時》、《秋葉》、《魔女》等作品中，女性角色則代表了一種慾望迷亂。對性愛、亂倫題材禁區的觸及，對人物變態心理的發掘，加之作者近乎純客觀的冷靜描述，使這類小說的問世充滿爭議。從歐陽子的觀察角度到表現技巧，都可以看出古希臘悲劇和弗洛伊德性心理學說的明顯影響。「很客觀地說，歐陽子的小說可以說是用中國文學、西方理論混合而成的作品。」①

上述作品中的女性，不是置身於畸形的感情狀態，便是充當著性愛的奴隸；她們追求的所謂愛情，又以滿足心理與生理的慾望爲目標，性愛，像一張巨大的網，籠罩了她們的整個人生。這是歐陽子解讀女性人生的一把鑰匙，她的獨特角度與偏頗之處都來自於此。《魔女》這篇小說，通過女大學生倩如對母親由尊敬熱愛急驟變化到厭惡憎恨的心路歷

———————

① 齊邦媛：《閨怨之外——以實力論台灣女作家的小說》，齊邦媛：《千年之淚》，台北，爾雅出版社，1990 年 2 月版，第 117 頁。

程，寫出了一個為情慾所累而執迷不悟的母親形象。在女兒
眼中，母親曾經是美德的化身，愛情的象徵。父母結婚 20
年相敬如賓，父親去世時母親曾痛哭七天七夜。但沒過多
久，母親竟和一位毫無責任感的花花公子趙剛結了婚，而趙
剛又很快移情別戀於倩如的同學美玲。母親在跪地哀求女兒
阻止美玲和趙剛往來之際，才不得已道出實情。原來，母親
大學時代就死心塌地迷上了趙剛，每月到台中與他幽會，欺
騙家人長達二十年之久！她從沒有愛過丈夫，丈夫去世時她
哭泣，是哭「為他枉費的二十年青春」。更可怕的是，那個
到處拈花惹草的男人趙剛，甚至有可能是倩如的生身父親。
面對這樣一個中了邪魔的不可救藥的女怪物，遭遇精神轟毀
的倩如只有離家出逃。我們從中看到的是，那個被病態心理
和情慾所驅動的母親，不僅淪喪了道德，也失卻了自尊、自
愛、自立的做人原則，從原本獨立的女人變成了男性和情慾
的雙重奴隸。

　　這樣一份病態的感情發展下去，既有的倫理的制度便自
然成了亂倫者的枷鎖；而所有越軌的嘗試，只能造成矛盾、
苦澀的畸戀之果。《牆》這篇小說中那個十九歲的少女若
蘭，因為不喜歡姐姐所嫁的丈夫，一度與姐姐疏離了親情。
但沒過多久，她竟鬼使神差地「愛」上了四十一歲的姐夫，
在病態的性心理衝突中自我折磨。及至《近黃昏時》，則更
多觸及了有悖於中國傳統倫理觀念的亂倫行為。麗芬在比她
大二十歲的丈夫永福那裏找不到感情寄托，便終日與一幫男
孩子鬼混。那些男孩子來來去去，總是把從她身上學到的東
西，用到年輕的女孩子身上去。麗芬最終變成了一個縱慾
狂，緊緊抓住兒子的朋友余彬不放；而兒子吉威迷戀生母，
竟然慫恿余彬同他母親通姦，為的是讓余彬作為自己的替身

去占有母親。這個典型的「戀母情結」文本，受到了福克納小說《當我垂死時》的直接影響。作者不僅「跟著試驗起多重觀點的運用，不同語調的運用。甚至小說人物，母子之間的曖昧感情等等，也有點是取自《當我垂死時》」①。

　　另一篇爲人詬病的小說《秋葉》，所涉及的也是這種變態的母子戀情和人性與道德的衝突。年輕的寡婦宜芬迫於生活和環境，嫁給了旅居美國的老教授王啓瑞，但兩個人之間缺乏共同語言，年齡、性格、志趣的明顯落差，使宜芬處於性愛的壓抑和苦悶之中。當啓瑞前妻的兒子，比宜芬小九歲的大學生敏生闖進她的生活時，她感到失去的青春重新復活，刻板、黯淡、空虛的生活中出現了新的希望。宜芬和敏生同遊於公園、湖畔，暢談人生經歷，袒露彼此心跡，互相安慰寂寞孤獨的靈魂。但名分上的母子關係最終阻止了宜芬的內心騷動與渴望，她到底恪守了傳統的倫理道德界限，拒絕了敏生對她的肉慾衝動，也壓抑了自己突發的情慾，使一切都復歸死寂。

　　歐陽子這類頗遭爭議的小說，首先涉及女主人公的情感狀態，特別是性愛困境。不論是處於敏感青春期的少女，還是置身在老少配婚姻格局的少婦，她們都有一份壓抑而苦悶的情感，她們又無可救藥地淪陷於不正當的情愛關係之中，變成性愛的奴隸。歐陽子想通過她們來表現「愛情至上」的主題，如同她在《秋葉》集中強調的那樣，「除去愛情，生命是一片空白──一片空白。眞正的愛情是永遠的痛苦」，這反映了她對人生的一種理解。但問題在於，這種「愛情」

① 歐陽子：《關於我自己──回答夏祖麗女士的訪問》，《台灣作家創作談》，福州，海峽文藝出版社，1985年5月版，第180頁。

與人們世代傳頌的美好愛情之間，又有著明顯的錯位，它們呈現的是一種成分複雜的非正常秩序的愛慾狀態。確切地說，「作者幾乎是把性愛等同於愛情，以之爲生命的基本內容，無需乎進行理性的思考」①。所以愛的成功與失敗，對讀者並不能構成強烈的心靈衝擊。加之小說人物多是有著變態性格和人性缺陷的角色，她們的感情突圍往往選擇了亂倫的途徑，那些原來能夠激人悲憫的悲劇意識，都被悲劇角色的反常行爲所驅逐，所沖淡，因而，儘管歐陽子給予這些反常人物以基督教式的懲罰，對筆下人物懷著一顆悲憫之心，但從作品的客觀效果來看，作品中的人物形象並不能引起人們廣泛的同情。

歐陽子小說的藝術成就突出表現在她對人物心靈的解剖上，作者談道，對於人類複雜微妙的心理，她一向最感興趣。她喜歡分析探究人類行爲的動機。通過冷靜、客觀、細膩的心理分析，把人物隱秘的意識乃至潛意識發掘出來，揭示出人性的複雜性和多面性，這使歐陽子的創作被公認爲「心理小說」。具體到藝術方法的操作，第一，歐陽子最擅長寫「單一動作」的小說，凡與小說的「動作」無甚關係的細節描述，儘量免掉，力求簡潔，以追求單一緊湊的戲劇性效果。所以歐陽子無意於做講故事的能手，她總是簡化故事情節和人物數量，以便集中精力發掘人物的內心世界。第二，歐陽子往往在矛盾衝突中設置人物，並著力於動機分析。與一般作家的不同之處在於，歐陽子不是從人物出發來結構故事，而是先選擇構成矛盾衝突的事件來設置人物。她

① 白少帆等主編：《現代台灣文學》，瀋陽，遼寧大學出版社，1987年12月版，第509頁。

「總是首先想到一種處境，或困境，繼而推想，一個具有某種性格的人，在陷入這樣的困境時，會起怎樣的心理反應？」①而這個主角最後採取的某種行動，肯定與他的心理動機直接相關。沿此路線一路推理下來，不僅歐陽子的人物描寫具有了一種心理深度，她的作品也呈出現一種偏重心理層面的推理小說風貌。第三，歐陽子的小說結構，既受到西方古典戲劇的影響，強調在同一時間、同一地點發生故事，展開敍述；又吸收了西方現代派文學的營養，注重敍事觀點的轉換，時而雙線發展，時而在人物回憶中安排倒敍和插敍，並融入內心獨白、時空倒置、意識流動等西方現代派手法，使小說結構的表現完整而豐富。第四，在語言運用上，如同白先勇所說的那樣，「歐陽子的小說語言是嚴肅的、冷峻的、乾爽的。……她這種白描的文字，達到了古典的嚴樸，使她的小說充滿了一種冷靜理智的光輝」②。此種特色的語言表達，與歐陽子冷靜寫實的心理小說風格，達到了一種完美的統一。

第三節　施叔青：灰色夢魘世界的奔突

施叔青③踏上文壇，正值西方現代主義文藝思潮風靡台

---

① 歐陽子：《關於我自己——回答夏祖麗女士的訪問》，《台灣作家創作談》，福州，海峽文藝出版社，1985 年 5 月版，第 173 頁。

② 白先勇：《秋葉・序》，轉引自吳軍：《歐陽子：文壇奇葩》，《世界著名華文女作家傳・歐美卷》，南昌，百花洲文藝出版社，1999 年 6 月版，第 181 頁。

③ 施叔青，女，本名施淑卿，台灣省彰化縣人。1945 年 10 月生，就讀

灣之際。創作伊始就走著反叛傳統路線的施叔青，以細緻的文學技巧和乖張的小說風格表現複雜的人性，作品充滿強烈的顛覆意識。正是這種令看慣了閨怨文學的男性社會瞠目結舌的創作，奠定了施叔青在 60 年代學院派女作家中的最初地位。

1945 年 10 月出生於台灣彰化縣鹿港古鎮的施叔青，經歷了台灣、美國、香港的三度空間，創作也隨之明顯地分爲三個時期。從 1962 年發表處女作《壁虎》，到 1969 年出版第一本小說集《約伯的末裔》，施叔青開始了「鹿港故事」的講述。從一個文學少女交織著愛意愁情的鄉土情懷出發，經由大學時代西方現代主義文學思潮的洗禮，作者最終把目光鎖定在了故鄉鹿港。通過隱秘、幽暗的心靈糾葛發掘，作者把一個少女眼中怪異、鬼魅的鹿港鄉土世界，一一呈現給

於彰化女子中學，受到讀中文系的姐姐施淑的影響，17 歲即在《現代文學》發表處女作《壁虎》。淡江大學法文系畢業，美國紐約市立大學戲劇碩士，曾任教於淡江大學外文系、政治大學西語系及世界新專，教授西洋戲劇及劇本寫作課程。1978 年移居香港，任香港藝術中心亞洲藝術節目主任。曾獲《聯合報》短篇小說推薦獎，並從事歌仔戲、平劇、鹿港民俗研究。出版有小說集：《約伯的末裔》（1967 年）、《拾掇那些日子》（1970 年）、《常滿姨的一日》（1977 年）、《倒放的天梯》（1983 年）、《愫細怨》（1984 年）、《完美的丈夫》（1985 年）、《台上台下》（1986 年）、《顛倒的世界》（1986 年）、《香港的故事》（1986 年）、《韭菜命的人》（1988 年）《指點天涯》（1989 年）、《兩個芙烈達‧卡羅》（2001 年）、《微醺彩妝》（2002 年），長篇小說《牛鈴聲響》（1975 年）、《琉璃瓦》（1976 年），《維多利亞俱樂部》（1993 年），「香港三部曲」《她名叫蝴蝶》（1993 年）、《遍山洋紫荊》（1995 年）、《寂寞雲園》（1997 年），「台灣三部曲」之一《行過洛津》（2003 年），等等。

人們。

　　從 1970 年赴美留學，到 1978 年移居香港之前，施叔青第二階段的創作，主要是講述「婚姻的故事」，也涉足其他題材領域，諸如旅外生活、鄉土題材等等。客居哈佛康橋的施淑青，在鄉愁泛濫的異鄉雨夜，十分懷念自己的童年，於是寫下了自傳體小說《那些不毛的日子》。看到太多的留學生與旅美華人的婚姻悲劇與人性癥結，她創作了《牛鈴聲響》、《常滿姨的一日》等作品，表現出在中西方兩種文化之間擺蕩的邊際人境遇。在異域文化的背景下重新觀照古老的東方文化傳統，施叔青發現了原先被忽視的民族文化價值，遂於 1972 年返回台灣，涉足中西戲劇、台灣歌仔戲以及鹿港民俗的研究，長篇小說《琉璃瓦》就是她下鄉尋找古物時寫下的。書中的女主人公許玉葵爲了保護故鄉古物，毅然失掉了爲洋老闆搜尋古物的工作。這期間，受到西方女權主義思想影響的施叔青，從女性立場出發，開始熱衷於「婚姻故事」的講述，而「兩性關係則是呈現問題的邏輯基礎」①。《困》寫女主角葉洺因爲怕寂寞獨處慌忙成就的一椿失敗婚姻；《回首・驀然》揭示了女留學生范水秀飽受留美博士丈夫欺凌的婚姻內幕；在《後街》中，志在爭取公司高職的蕭，則視妻子李愫爲白天裝潢門面的花瓶，晚上伺候丈夫的工具；而情婦朱勤，卻注定被他永遠關在「後街」，以免影響自己的前程。上述作品中，施叔青透過不平等的兩性關係，展示出一幅幅危機四伏的婚姻生活畫面，也揭示了男權

---

① 施淑語，轉引自施叔青：《被顛倒了的世界再顛倒回來——〈夾縫之間〉自序》，《李昂施叔青散文精粹》，廣州，花城出版社，1997 年 11 月版，第 274 頁。

中心話語的強勢與不公。

1978 年移居香港後，施叔青全力描寫華洋雜處的「香港故事」，女性與社會仍舊是她的關注點。此系列十一篇通過對女性婚姻感情問題的探討，彰顯現代商業文明對女性的壓迫和異化，女性在現代生活觀念與傳統文化之間的兩難處境。作為現代女性，她們擁有成就一份事業的能力，經濟上擺脫了對男性的依附，且不甘做男人的附庸和玩偶；作為生活中的女人，她們又有傳統的性別觀念，在事業壓力面前，有時希望退回家的港灣；渴望愛與安全，而無法僅從商業社會的物質生活消費中獲得滿足。激烈的社會競爭，缺乏歸宿感的疲憊、寂寞與沮喪，使她們身不由己地捲入與男人、與社會的現實糾葛。借《愫細怨》、《窯變》這類小說，作者表現了女性在商品社會裡的情感角逐與人性掙扎，也讓人物在紛亂的人生中，最終得到人的尊嚴和價值的警醒。深受張愛玲作品影響，「施叔青所寫正是張愛玲所寫的同一族類人物、同一類型的故事在三十年後的發展」①。

1986 年，「香港的故事」寫到一個段落後，施叔青自覺擴展視野之必要，開始走訪大陸來港的新移民。這種穿街走巷、回到人群的經歷，使作者得以轉換新的角度觀察香港。同時，對以往創作的檢視和反思，也讓施叔青開始膩煩自己過多沈陷於女性題材而缺乏超越的寫法。她說：「我不甘心被冠以明擺著局限的『女性作家』稱號，只曉得圍繞在男歡女愛、細碎瑣事，永世不得超生。」②以作家的觀點來

① 李子雲：《施叔青與張愛玲》，施叔青：《顛倒的世界》，北京，中國文聯出版公司，1986 年 9 月版，第 2 頁。
② 施叔青：《我寫〈維多利亞俱樂部〉》，《李昂施叔青散文精粹》，廣州，花城出版社，1997 年 11 月版，第 278～279 頁。

探察人生百態，表現寬廣的社會層面，施叔青通過 90 年代的長篇小說創作，開始成爲「小說香港」的代言人。特別是包括《她名叫蝴蝶》、《遍山洋紫荆》、《寂寞雲園》三個長篇的「香港三部曲」，更成爲百年香港的歷史見證。總的來看，施叔青作品對婚姻內外的女性人生與香港社會的歷史變遷的獨特發掘，又流露出作者充滿矛盾的「嘆世界」態度。

　　回溯 60 年代的施叔青，她那時並非處在寫作生命中的成熟階段，創作數量也算不上豐富，但其作品卻帶著一種獨異的新質，對當時文壇產生了強烈的衝撞力，同時也奠定了施叔青一生創作的根基。她的小說，一開始就放棄了寫實的框架，而代之以超現實的神秘主義。她筆下的鄉土和人物經過誇大和變形的處理，彌漫著一種卡夫卡式的夢魘氣氛。死亡與性的主題，現代主義加鄉土色彩的特點，構成其「鹿港故事」的面貌。探討施叔青這一時期的創作，不能忽略來自兩個方面的背景因素：一是與故鄉鹿港相聯繫的童年經驗和鄉土想像，二是西方現代主義文學的直接影響。

　　對於施叔青而言，鹿港不僅意味著她的生活之根，也是孕育她的文學搖籃。作爲台灣古老的港口之一，鹿港自宋元以來就是大陸移民登上台島的第一站。在台灣三百年的歷史中，它曾經千帆爭飛、萬商群聚，而且人文薈萃，冠蓋雲集。而繁華過後的衰頹，又使這座古舊小鎮的面貌神秘而斑駁。古城裏狹長的石板路和雕梁畫棟的幽深宅院，鹿港鎮久遠的名刹古廟和終日繚繞的香火，街面上一溜排開的香燭元寶店、棺材鋪、野藥攤，還有隱秘角落裏的土娼寮，以及信教、招魂、趕鬼、普度、占卜的民間風俗和各種各樣的鬼故事，這充滿歷史滄桑又帶著神秘、鬼魅色彩的鹿港，這人鬼

不分、聖俗雜處、異教相安、虔信與褻瀆並存的小市民世界，就構成了施叔青的童年經驗和激發日後鄉土想像的底蘊。對於故鄉鹿港，施叔青懷有一份愛恨交織的複雜情感。她既為鹿港的神秘、厚重而誘惑，也被故鄉的滯重、沒落所壓抑；她對養育了自己的土地充滿愛與鄉愁，她又無法不在成長的季節裏叛逆與逃離自己的故鄉。作者說：「想當初，我還是個穿制服的高中女生，被故鄉神秘的氛圍所魘住了的女孩子，唯一逃離的方式，就只有借用文字來吐訴我的驚嚇與愁情。」①一旦進入寫作，那些「鬼故事、禁忌和傳統成了認識上和文化歸屬上的基本思想材料，由戰爭並發出來和加速惡化的貧困、殘疾、瘋狂和死亡，成了生活中的主要事件。在這中間，以禁地的意義存在著的土娼寮，深鎖破落戶門牆裏的中國大陸來的煙花女子，連同中元普渡時四鄉湧來的彈三弦的乞丐，就成了攪動那被作者形容為『不毛的』小市民生活及其想像的唯一外來的、因而是浪漫的力量了」②。如果說，鹿港生活提供給施叔青鄉土的世俗的經驗世界，那麼，60 年代西方的存在主義哲學、弗洛伊德學說以及神秘主義，則使她形成觀念世界。

　　正是這種西方現代主義論述與施叔青鹿港生活經驗的碰撞，激活與放大了她夢魘似的童年記憶，每每借用象徵手法，營造出荒謬怪誕縱橫、瘋狂詭異雜陳的鹿港世界。這一切，使人們對施叔青的寫作背景與小說形態，有了更加明確

---

① 施叔青：《那些不毛的日子‧後記》，《李昂施叔青散文精粹》，廣州，花城出版社，1997 年 11 月版，第 271 頁。
② 施淑：《論施叔青早期小說的禁錮與顛倒意識》，鄭明娳主編：《當代台灣文學評論大系‧小說批評卷》，台北，正中書局，1993 年 6 月版，第 400 頁。

的體認：

> 以自己經驗世界中的鄉土世俗生活，作為創作的
> 素材，卻又以後來觀念世界中來自西方的現代眼光，
> 予以審視和表達。這樣，她所給予讀者的，既不是純
> 粹的鄉土作品，也不是典型的現代主義小說，而是一
> 個滲透著現代病態感的傳統鄉俗世界，是代表著兩種
> 文化形態的現實和觀念衝撞與交融的產物①。

　　瞭解了鹿港在施叔青人生中的背景意義，也就找到了解
讀施叔青早期作品的鑰匙。「施叔青的小說世界，是透過她
自己特有的折射鏡所投射出來的一個扭曲、怪異、夢魘似的
世界。」②在施叔青筆下，死亡、性與瘋癲是循環不息的小
說主題，它以一種神秘而不可解的生命現象和超自然的力
量，強烈地衝擊著正常的倫理習俗社會，也震傷人們的心
靈。圍繞這樣的主題指向，作品從環境色彩的渲染，到人物
形象的刻畫，都採用了荒誕變形的手法來表現。各種各樣的
畸零人，掙扎於施叔青筆下的鹿港世界。巫婆、童乩、神龕
雕刻師、土娼妓、吞劍的基督徒、額上有著蜈蚣般紅疤的瘋
女人、死後臉上浮現大蝙蝠的外祖母、身體一如淫猥壁虎的
嫂嫂……他們不僅顯示著兔唇、盲眼、痴肥、多趾、膿瘡、
脫皮症的畸形身體，更充斥著白痴、瘋癲、自殺、性倒錯、
亂倫的畸形精神。與上述畸零人同時出沒於鹿港世界的，竟

---

① 劉登翰：《在兩種文化的衝撞之中》，施叔青：《台灣玉》，福州，
　海峽文藝出版社，1987 年版，第 356 頁。
② 白先勇：《施叔青的〈約伯的末裔〉》，葉維廉主編：《中國現代作
　家論》，台北，聯經出版事業公司，1972 年 10 月版，第 539 頁。

是壁虎、蝙蝠、蜘蛛、蜈蚣、蛇這些五毒橫行的昆蟲。在這裏，美麗的扶桑，開著妖異的深紅色花朵；古老的榕樹，攀結的根藤突然會變成章魚般的食人樹；沒有正常的人物與行為，只有失常失序的神秘世界；原本美好的生命景色，在這裏都扭曲、變形爲可怕的世象。

《壁虎》作爲施叔青的處女作，是借成長中少女的敍述，揭示性與夢魘世界的交纏，寫出生命的花季變成了慘綠少女對人世間的驚詫與夢魘。小說中，身體一如淫猥壁虎的大嫂的出現，不僅破壞了原本安靜、和睦、優雅的名門望族的家庭氛圍，而且驅使家庭成員跌入各種各樣的人生淵藪。二哥離家出走，小妹疾病纏身，大哥迷戀情慾，父親身陷囹圄……被肺癆、嫉妒和戀兄情結折磨得幾近發狂的小妹，終於拿起剪刀抛向那個「壁虎女人」。一場風暴雖然過去，但以「我」自稱的小妹還是天天做著一樣的夢：「我看到一張灰色的大網，網內有二十，三十……無數隻灰褐斑紋壁虎竄跳著。突然，它們一隻只斷了腿、尾巴，前肢紛紛由網底落下，撒滿我整個的臉，身子，我沈沈地陷下去，陷下去，陷於屍身之中。」這裏，壁虎無疑是性的化身，它以一種可怕的毀滅性力量將少女包圍埋沒。這篇小說的驚世駭俗之處，在於它寫出了「性慾不潔」的古老性意識造成的文化禁忌與人性壓抑，它給涉世未深的少女精神上帶來了恐怖與癲狂；而古風小鎮作爲傳統台灣的縮影，也一再提醒人們，放縱情慾是可恥的，迷戀於情慾的大哥大嫂，就像他們家的新式建築在鎮上顯得那麼格格不入。而以「赤裸裸的壁虎」象徵情慾——它既是醜陋和罪惡的，又充滿了生命和動力。少女一方面憎恨它，視大嫂如「壁虎女人」；另一方面又無法逃離「壁虎記憶」的糾纏，即便自己婚後體驗了少婦情慾的快

樂，一看到壁虎，仍感到「可恥的顫慄，最後終是被記憶擊痛」。人們由此看到，傳統道德觀的糾纏不清，故鄉灰色夢魘的如影隨形，對生命成長與人性本身造成了深深的壓抑。

《凌遲的抑束》是一篇以內心獨白形式表現的浪子懺悔錄。從外祖母那裏，浪子經歷了性的衝擊與死亡的記憶。第一次看到正在洗浴中的外祖母的衰肥的肉體，昏熱與乾渴之中，他感覺到的是一頭「壯威得有著慾性很強的男人的雄貓」在虎視眈眈。正是意念中浪子與雄貓的合而爲一，使人發生了非理性非道德的變異。而有關母親的記憶，則充滿了瘋癲的意象。浪子的母親瘋了之後，整天細心地縫做許多空禿著胳膊、卻有著出奇長腿的小白布人，並給那些布人的臉都用墨汁畫上一隻大蝙蝠。經歷了這樣一種可怕的慾望之旅與世事糾纏之後，「於是性——死亡——瘋癲的夢魘籠罩著浪子全部的記憶，矸傷了他的心靈，凌遲了他的肉體，把他變成了雄貓，成了殘缺的蝙蝠人」[1]。

其他的篇什，一如《瓷觀音》所呈現的，是讓李潔曾經「憂鬱地瘋了起來」的人際環境：永遠蜷縮在門後面的白痴弟弟，對女兒「經年詛咒」和絕情毒打的凶狠母親，還有那個被機器軋斷了一隻手的、「多毛如猩猩、肥壯如獸」的可怕未婚夫，甚至瓷器店裏的那些瓷觀音，也在「閃射出陰冰冰的白光」，漠視著人間的苦難。再如《約伯的末裔》所塑造的，也是生活在死亡與瘋癲投影下的畸形人物。木寮房面臨著被蟲子蛀空的災難，身爲木匠的江榮卻沒有勇氣和能力修復自己的房子，這種人生狀態的形成要追溯到江榮的童年

---

[1] 白先勇：《施叔青的〈約伯的末裔〉》，葉維廉主編：《中國現代作家論》，台北，聯經出版事業公司，1976 年 10 月版，第 538 頁。

時代。小時候，他住在一條滿是棺材鋪的大街，搬家後又與掘墳工老吉爲鄰。老吉那個額上印著蜈蚣傷疤的精神病的女人，常常瘋瘋癲癲地燒冥紙，以安慰被丈夫所觸怒的「死鬼」。死亡與瘋癲的故事從小纏繞著江榮，他尙未成長，心靈已滿是驚懼和失望，人生過早麻痺蒼老。及至成年，他看到的世界總是鬼影憧憧，陷阱無數，以至於不敢去愛自己喜歡的姑娘，只是呆在木桶裡幹活，「仿佛它是世界上唯一覺得安全的所在」。這種對異性的逃離，實際上也是主人公對現實世界恐懼心理與逃避思想的變異性反應。

及至《倒放的天梯》，施叔青繼續呈現出小說人物意欲逃離，卻無法逃離的兩難情境，寫出了現實世界的荒誕性。作品主人公潘地霖面對油漆充滿危險的鐵索大橋任務時，內心的恐懼眞實而激烈。他想沿著吊橋一階階上天堂，注定不能成功；想沿著它一步步走下來，重新踏入土地，卻也無法實現，最後只有瘋癲。主人公的精神分裂，一方面代表了現實生活中被扭曲、被倒置、無法把握自己命運也找不到安全感的普通人境遇；另一方面，也象徵了 60 年代的台灣人在兩種文化中左右擺蕩的、沒有落腳之處的精神之痛。在無法選擇現實的不自由面前，潘地霖只有這樣選擇自己的「自由」：

> 終究，我是個被人用線牽的傀儡，擺蕩於深淵之上，一無所依，既然這就是我，那麼讓我把自己扮演成一個更逼真、更稱職的傀儡吧！我放鬆了屈曲的雙腿，四肢僵直地垂下，然後開始打起秋千，前前後後甩蕩起來……

透過這種描寫，也可看出作者對筆下人物命運所作的帶

有存在主義哲學色彩的處理方式。

施叔青的早期文本，每每以殘破、詭異、奇幻、怪誕的意象，帶著鬼魅、夢魘色彩的人物和情境，來表現死亡、性與瘋癲形成的可怕合力對人生的顛覆。一方面，這種寫作傳達出施叔青青年時代的生命態度和帶有病態的激情與想像。在她眼裏，這個世界充滿了死亡、性與瘋癲，人們更多陷入了失常失序的生存狀態；生命的景象是如此的恐懼、孤絕和殘破，人生不過是一連串沒有出路的掙扎，永遠無法逃脫現實力量的制約。很明顯，60 年代台灣中西文化衝突、價值觀念劇變的社會現實，經過施叔青用現代主義眼光加以變形、誇張的觀照之後，就產生了上述帶有偏執與病態色彩的表現和反叛。另一方面，這種寫作又表現了一種女性的寫作策略。施叔青筆下的女性，除了「帶有一般的『正面』意義的少數幾個角色，……其他都是被情慾、瘋狂、白痴、疾病、詭異和不安控制了的女性」①，其中帶有神經質的特別是瘋女人的形象格外醒目。而男性角色，或怯懦早衰，精神萎縮；或性慾十足，不堪入目。家庭關係充滿仇恨，兩性衝突緊張而激烈，往往以人物的瘋狂或自殺作為終結。而瘋女人的形象，作為作者的另一個「自我」的呈現，常常以焦慮的、憤怒的、激情的投射，來對男權中心話語進行衝撞和顛覆。所以，作品中反復出現的禁錮／逃逸、病弱／健全、破碎／完整的意象，不失為一種充滿異端色彩的反男權話語的寫作策略。

---

① 施淑青：《論施叔青早期小說的禁錮與顛覆意識》，鄭明娳主編：《當代台灣文學評論大系・小說批評卷》，台北，正中書局，1993 年 6 月版，第 410 頁。

第三章 留學——
跨文化背景下的人生追尋

第一節 放逐與悲歌

　　60 年代的台灣社會中，隨著一股強有力的留學狂潮的持續，「留學生文學」現象應運而生，並成爲貫穿 6、70 年代文壇的一道重要風景線。「如果說『現代派文學』是 60 年代的主流，『留學生文藝』就要算一股強勁的支流。」①所謂留學生文學，主要指台灣留美學生或旅居海外的作家描寫留學生活的作品，它在不同的時代，創作面貌又發生新的變化和位移。

　　台灣「留學生文學」現象於 60 年代的形成與凸顯，有著深刻的社會、歷史、文化及文學方面的原因。其一，美國對戰後台灣強勢的經濟和軍事援助，促進了留學狂潮的發生。自 1951 年至 1965 年，「美援」總數超過 14 億美元。「美援」的運用十分廣泛，幾乎遍及台灣所有重要工業部門，也包括文教部門。台灣經濟決策人士尹仲容認爲：「『美援』一方面解決部分長期建設資金短缺問題，另一方

---

① 趙淑俠：《從留學生文藝到海外知識分子》，台北，《文訊》月刊第 13 期，1984 年 8 月。

面又彌補國際收支逆差。如無美援支應，則不但若干經濟建設無法進行，即台幣內外值亦無法穩定……『美援』成為經濟發展及經濟穩定之主要支柱。」①但不容忽視的是，在「美援」促進了台灣經濟發展的同時，隨著官方文化開放政策的實施，「美援」不僅造成台灣社會對美國文化和政治的絕對崇拜；更在台灣形成親美技術官僚，來協助與掌控美國對台灣的軍事、外交、文化、新聞、經濟等管道的滲透。1950 年以後的台灣，到美國留學深造成為青年一代最高的理想；特別是隨著 1962 年台灣當局修訂《國外留學規程》，出國留學的門戶大開，留學熱潮達到高峰。一時間，「來來來，來台大；去去去，去美國」，成為那個時期年輕人中間最流行的語言。台灣旅外作家趙淑俠回憶當時的情況說：「50 年代的知識青年，已把出國留學當成人生的最大目標，一年比一年有更多的留學生到海外深造，目的地是美國。」②據黃光國先生的統計，台灣在 60 年代開放留學大門之際，正是美國全力向外吸收人才之時。1968 年，聯合國發表世界性人才外流統計，顯示台灣人才外流人數高居世界各地區之首③。1970 年至 1976 年，可謂台灣人才外流的高峰期。事實上，戰後「美援」推動留學狂潮，留學生涯又造就了留學生文學的盛行。檢視台灣留學生文學的創作主體，幾乎都是在留學熱潮中離開台灣的。

---

① 尹仲容：《台灣經濟十年來的發展之檢討與展望》，台北，「國際經濟合作發展委員會」，1970 年版，第 292 頁。
② 趙淑俠：《從留學生文藝到海外知識分子》，台北，《文訊》月刊第 13 期，1984 年 8 月。
③ 黃光國：《台灣留學生出國留學及返國服務之動機》，台北，《民族學研究所集刊》，第 66 期，1987 年 8 月，第 136 頁。

其二，特殊的生存背景與文化心態，造就了這一代「自我放逐」的「流浪的中國人」。歷史上曾經有過的出國留學者，「無論是抱著『革命救國』、『教育救國』、『科學救國』、『實業救國』，還是僅僅爲了出洋鍍金，他們目標的實現都必須回到國內。留學在他們僅是實現目標的手段或過程」①。而 60 年代的台灣留學生心態不同於以往的留學者，他們往往把美國作爲最終人生落腳點，帶著一種移根想法而非過客心情，「其中很多在走的時候就抱著一去不返的心理」②。造成上述情形，從現實層面上看，是因爲當時台灣的青年學生感到台灣格局太小，政治經濟上的發展前景多受限制，希望能到美國尋求新的發展天地。就文化心態而言，國民黨政府遷台以後，通過禁書政策，強行割斷台灣與大陸五四新文學傳統的聯繫，「這種空前絕後的『否決』歷史與文化的舉動，以最實際、最有力的方式宣告了五四文化在台灣的死亡」③。在民族文化傳統斷裂背景中成長起來的年青一代，適逢西風東漸的文化思潮，很容易在轉向內心，面對自我的過程中，狂熱地崇尚西方文化，而赴美留學正是提供了這一文化崇拜實現的直接途徑。「尤其是隨家由大陸流寓台灣的外省第二代，受到父輩『過客』心態的影響，覺得在台灣無根，大陸又回不去，留學對他們來說，最根本的目的是離開台灣，移居國外，留學便也由手段或過程變爲直

① 劉登翰等主編：《台灣文學史》（下卷），福州，海峽文藝出版社，1993 年 8 月版，第 243 頁。
② 趙淑俠：《從留學生文藝到海外知識分子》，台北，《文訊》月刊第 13 期，1984 年 8 月。
③ 呂正惠：《現代主義在台灣》，《戰後台灣文學經驗》，台北，新地文學出版社，1995 年 7 月版，第 10 頁。

接的目的。他們到了國外，也無不成了『留』下不走的『學生』。」①圍繞「去」與「留」的問題，這一代的台灣留學生文學，始終掙扎在移根—失根—尋根的人生旅途中。

從事留學生文學創作的作家，主要有於梨華、孟絲、吉錚、聶華苓、叢甦、陳若曦、趙淑俠、李渝、李黎、範思綺、曹又方，以及白先勇、張系國、水晶、馬森、劉大任、夏雲、張北海、莊因等人，女作家無疑成為留學生文學的創作主力軍。隨著作家從當年的「留學生」到後來定居異國的「旅外華人」這一身份變化，留學生文學的內涵與外延也得以不斷地拓展。

台灣留學生文學的發展，呈現出鮮明的階段性特徵。早期的留學生文學，以於梨華為代表，主要反映了 50 年代末以來台灣留學生在求學、就業、婚姻、戀愛等切身問題上的人生磨難，筆力多集中於對留學生生存境遇與生存價值的探尋。這一代選擇留學海外、自我放逐的方式來尋求人生前程的留學生，一旦置身於異國他邦，突然發現那裏並非理想中的天堂，生存的困頓與失根的鄉愁，使他們陷入了「異鄉人」的處境。「無根一代」苦悶仿徨的漂泊感，就成為當時留學生最普遍的精神特徵。於梨華的《又見棕櫚，又見棕櫚》、吉錚的《孤雲》、孟絲的《生日宴》，以及白先勇的《芝加哥之死》、《謫仙記》等等，更多地訴諸漂泊無依、感傷落寞的情感基調。

60 年代的留學生，以叢甦為代表，主要表現了留學生與海外華人在資本主義社會中的迷惘和失落的感傷情緒。叢

---

① 朱芳玲：《論六七十年代台灣留學生文學的原型》，嘉義，國立中正大學中文碩士論文，1995 年 12 月，第 2 頁。

蘇對留學生生存境遇的觀照，不僅僅在於那些日常生活問題，更著意於精神生存的文化環境和現實土壤。從中西文化衝突中看台灣留學生的認同危機，從西方世界看「現代人」的精神狀態，叢蘇的《盲獵》，以及馬森稍後問世的長篇小說《生活在瓶中》，就獲得了一種新的創作視角。這類寫作較多地運用了西方現代派的表現手法，作品具有濃郁的哲理性、象徵意蘊與寓言色彩，且不乏撲朔迷離的超現實主義描寫。

70 年代的留學生文學，出現了告別舊的創作、走向新的超越的重要轉變，「這些變化和特點大體表現在三個方面：價值尺度上由個人本位到民族本性的變化。思想內涵上由表層反映到深層觀照的深入。感情流向上由無根失落到認同回歸的發展」①。很多作品，「已不再限於以個人自身在異國的悲歡離合為題材，而將視野推及上一代的歷史、下一代的未來、身處的這個異國社會的現狀與變化，且更關注地推向彼岸——自己來自的地方：台灣、香港，甚至中國大陸。就深度來說，也是由異國飄零的生活感受層面挖掘下去，思考探索了文化差異、認同、民族主義、歷史等等較深刻的問題」②。張系國的《昨日之怒》、李渝的《關河蕭索》等等，重點描寫了留美學生的海外「保釣運動」；叢蘇的《自由人》、《野宴》，趙淑俠的《我們的歌》，塑造的是 70 年代以後在認同回歸的歷史潮流中成長起來的台灣

---

① 盧菁光：《從「告別」談起》，《第三屆香港與海外華文文學論文選》，福州，海峽文藝出版社，1988 年 9 月版，第 322 頁。
② 李黎：《海外華人作家小說選‧前記》，《海外華人作家小說選》，香港，三聯書店香港分店，1983 年 12 月版，第 2 頁。

留學生形象；於梨華的《傅家的兒女們》，則涉及了開始走向覺醒的留學生對於祖國大陸的感情歸宿。貫穿這些作品的精神紅線，便是民族意識的覺醒和回歸祖國的情感流向。70年代急速變化的時局，促使留學生群體的思想發生了轉變，他們重新觀照自身，觀照民族與祖國，藝術上也更強調寫實方向下融進現代主義文學表現手法，故作品多帶有「中西合璧」的色彩。

80 年代以來，台灣旅外作家的創作開始從留學生文學的特定範疇延伸開來，廣泛地描寫了海外華人的生活層面和新的社會矛盾，並趨向於多元化的藝術追求。女作家的創作，依然走在了這種文學變動的前沿地帶。隨著作家從「留學生」到「旅外華人」的創作身份改變，反映移居國外的華人境遇與心態的新移民文學開始出現，並逐步跨越了留學生文學無根漂泊的主題，更深刻地觸及海外華人感時憂國的愛國精神和情系鄉土的民族根性。聶華苓的《千山外，水長流》，陳若曦的《突圍》、《遠見》、《向著太平洋彼岸》，李黎的《近鄉》等作品，或表現了對家國命運的深切關注，或傳達出海外遊子近鄉情怯的縷縷鄉愁。另一方面，對於形形色色旅外華人生活的表現，也頗見成績。於梨華的《變》等作品，特別透視了旅美華人女性的現實境遇，創作重心更集中於女性訴求。曾停筆十多年後再度寫作的孟絲，以《楓林坡的日子》一書，把轉化期的留學生新的婚姻觀和人生觀寫得十分真切，小說主人公已經由「留學生」轉變為旅外華人。黃娟的長篇小說《故鄉來的親人》，則真實地展現了旅美華人社區的景觀與風貌，在不同時空下，用比較的眼光觀察了台灣社會內部的變遷。90 年代以來，隨著美國的華人作家群體的成長壯大，來自兩岸三地的留美華文作家

的新移民文學，出現了匯流的趨勢。特別是在北美華文文壇上，來自台灣的吳玲瑤、喻麗清、簡宛、蓬丹等女作家的創作，令人矚目。在男作家那裏，保眞的《斷篷》，周腓力的《洋飯二吃》、《先婚後友》，顧肇森以「旅美華人譜」爲副題的小說集《貓臉的歲月》等等，也從不同角度提供了華人移民社會的眞實生活圖景。

論及台灣留學生文學以及後來的新移民文學創作，女作家的創作實績與文壇地位令人矚目，同樣是描寫留學生與海外華人漂泊天涯的「異鄉人」處境，女作家筆下的情感色彩更爲濃重，以至於人生的流浪情結濃得化不開。這種描寫來自於留學生涯和漂泊經驗，又沒有僅僅停留於一己悲歡和個人身世，而是不斷地在美國、台灣、大陸的時空背景上展開敍事，藉以尋找流浪的中國人精神上賴以依存的民族之根。在這個意義上：

> 海外華人的文學不該是流放文學，而是拓荒者的文學，是伸向空間的枝葉投給大地的消息，是來自遙遠的域外的書柬，是檢視這一個遷徙動盪時代的見證與史歌①。

---

① 李黎：《海外華人作家小說選‧前記》，《海外華人作家小說選》，香港，三聯書店香港分店，1987 年 2 月版，第 3 頁。

第二節 於梨華：「無根一代」的感傷代言

在當代台灣文壇，於梨華①可謂留學生文學創作的「第一人」。作爲 5、60 年代最早赴美留學的那一代作家，於梨華的小說首開了留學生文學的先河，把「留美文藝」從觀光見聞、遊覽記事的性質，提升到描摹留學生涯、探討人生理想、表現鄉愁與根的層面上去，從而成爲「台灣留學生文學的鼻祖」，「無根的一代的代言人」。

1947 年赴台的於梨華，相對於其他台灣旅美作家，她最早去美國，生活的時間也最長。於梨華 1953 年畢業於台灣大學歷史系，同年 9 月赴美，1956年獲美國加州大學新聞學碩士，並與旅美的物理學家孫至銳結婚，後執教於紐約州立大學。於梨華的小說，除了描寫浙東故鄉生活的長篇《夢

---

① 於梨華，女，浙江省鎮海縣人，1931 年生於上海。台灣大學歷史系畢業，美國加州大學洛杉磯分校新聞學碩士，曾執教美國，後專事寫作。曾以《揚子江頭幾多愁》獲 1956年美國米高梅創作獎首獎，《又見棕櫚，又見棕櫚》獲 1967 年台灣嘉新文藝獎。出版有主要長篇小說：《夢回河》（1963 年）、《變》（1965 年）、《又見棕櫚，又見棕櫚》（1967 年）、《考驗》（1974 年）、《傅家的兒女們》（1978 年）、《三人行》（1980 年）、《一個大使的沈淪》（1996年）、《小三子，回來吧！》（1996 年），中短篇小說集《歸》（1980 年）、《雪地上的星星》（1966 年）、《白駒集》（1969年）、《會場現形記》（1972 年）、《也是秋天》（1974 年）、《尋》（1983 年）、《相見歡》（1988 年）、《情盡》（1989年）、《屏風後的女人》（1998 年）等。另有散文集《新中國的女性》（1977 年）、《誰在西雙版納》（1978 年）、《記得當年來水城》（1978 年）。

回青河》，以及反映台灣現實生活的長篇《焰》等少數作品之外，多數創作集中在留學生文學範疇，「留學生、學留人，自留人」成爲她小說的主要觀照對象。於梨華可以說是最早，也是最多描寫了台灣留學生題材的作家，她的小說當之無愧地成爲留學生文學領域不可或缺的經典性文本。

　　幾十年漂泊海外的旅美生涯，使於梨華經歷了「從一個把夢頂在頭上的大學生，到一個把夢捧在手中的留學生，到一個把夢踩在腳下的女人──家庭主婦」①的人生歷程，也領略了執教講壇的辛苦與快樂，她更傾心於寫作路上的生命投擲。在於梨華看來，如果說，「是《夢回青河》的出版及出版後讀者熱烈的反應令我決定了，不，爲我決定了此後的路線，生命的目標」②；那麼，走上這條無怨無悔的創作道路，「我體驗到的，不僅是寫作時所產生的種種煩惱，但更尖銳體驗到的則是不寫時的痛苦。這可能是一種證明，寫作不光是我生活上的消遣或是調劑，實在是我的生活目的」③。本著將自己最熟悉的、感受最深的事物好好寫出來的心願，於梨華首先把目光投向了「留學生，留學人，自留人」的留美生涯。她在美國多年的旅居生活，最熟悉的就是無根的一代的留學生和旅美華人，體驗最深的就是異域的世態炎涼、文化衝突和流浪的中國人的濃烈鄉愁。對留學生涯與漂泊人生的感同身受，於梨華的作品往往帶有自身的影子；爲這「無根的一代」作見證，於梨華不僅眞實地反映出台灣留美

① 於梨華：《歸‧自序》，《歸》，台北，文星書店，1963 年版，第 1 頁。
② 於梨華：《我的創作》，哈迎飛、呂若涵編：《人在旅途──於梨華自傳》，南京，江蘇文藝出版社，2001 年 1 月版，第 320 頁。
③ 於梨華：《歸‧自序》，《歸》，台北，文星書店，1963 年版，第 1 頁。

學生在學業前程、婚姻戀愛、生存境遇等方面的奮鬥與掙扎，而且深刻地揭示出他們「別人都是有家可歸的，而我永遠是浪跡天涯」的漂泊心態。她的小說貫穿著一條對美國幻滅、對台灣失望，進而對祖國大陸認同的思想線索，由此成爲海外華人精神歷程的複雜記錄與眞實寫照。以 1975 年爲界限，於梨華前期的留學生文學主要表現「無根的一代」的人生遭遇，寂寞孤獨的情感和揮之不去的鄉愁貫穿作品始終。1975 年以來多次訪問大陸的人生經歷，促使於梨華的思想境界得以拓展和提升，後期創作則側重反映「覺醒的一代」的人生奮起，無根的憂傷更多地被尋根的行動和對中華民族文化的認同所替代。

　　具體到文本寫作，透視「無根的一代」辛酸苦澀的生存境遇，是於梨華反復表現的題材。受 60 年代開始興起的出國潮影響，許多台灣青年把赴美留學視爲最佳人生前程，而一旦接觸異國現實，西方世界並非想像中的天堂。爲了求學，留學生往往一邊做工，一邊讀書，以超負荷的人生磨難換取最基本的生存條件，以保證學業的順利完成。對於留學生來說，生存與求學上的競爭、苦鬥，首先成爲人生的第一要義，成爲每天必須面對的最嚴峻的現實。從這個層面切入，於梨華寫出自身的也是那個年代留美學生共同的痛楚經驗。在《移情》中，男青年趙正剛的經歷正是留學生境遇的縮影。趙正剛原是一個前程看好的台灣大學生，有自己喜愛的經濟學專業，頗具文化修養與人生品味，且戀愛美滿幸福。而去國留學，他不僅要忍受先他一步赴美的戀人變心解約的痛苦折磨，還要被迫放棄自己原來計劃的經濟學博士的夢想，不得已從一年級讀起，改學那天書一般的物理。爲了求學，趙正剛住在狹小幽暗的寓所，不停地變換臨時工作：

做園丁，洗碗，搬磚石，修路，排木條，堆煤球，以至於「那雙細白整潔的手變得黝黑粗糙」。原本是要到美國尋夢，卻不料嘗盡失落與破碎的滋味。與這種生存之痛伴隨的，還有種族歧視下的精神痛苦。《小琳達》中的女留學生吳燕心，爲生活所迫給人照看孩子，而這個在不正常家庭氛圍中成長的六歲的小琳達卻刁鑽古怪，喜怒無常。她瞧不起中國人，經常嘲笑捉弄燕心，在母親面前搬弄是非；寄人籬下的燕心卻敢怒不敢言，委曲求全。燕心的忍辱負重，最終未能逃脫丟掉飯碗的命運。小說主人公的遭遇，帶著作者濃重的自我色彩；其中的苦澀難言，凝結著親歷者的辛酸體驗。

描寫「無根的一代」寂寞、幻滅的情感境遇，是於梨華涉及最多的題材。留美學生追求學業的過程，往往伴隨著愛情失落的人生代價。在西方世界有限的華人圈裏，愛情選擇不僅成爲人生難題，也時時面對不同文化背景下的現實壓力。以一個女作家對愛情命題特別的敏感和細緻入微的觀察，於梨華深諳留學生情感世界的聚散離合與人生悲歡，筆下呈現出形形色色的愛情婚姻現狀：或因對方移情婚變，另覓高枝，主人公獨飲被遺棄的苦酒（《移情》）；或相愛而不能結合，有情人難成眷屬（《帶淚的百合》）；或迫於生存，用無愛的婚姻換取長期的飯票（《等》、《交換》）；或在缺少愛的家庭格局中寂寞無助，最終陷入婚外戀（《有一個春天》）。特別是《雪地上的星星》，以苦澀難言的筆觸，道盡了女留學生愛夢難尋，人生幻滅的悲哀。小說中的羅梅葡，是一個對祖國有著深厚感情的女留學生，當初赴美留學，也曾立志學英國文學，寫世界名著，嫁戴博士帽的中國人。然而經歷了轉系、失戀等一連串的人生變故

之後，理想與夢幻在嚴酷的現實面前，很快褪色。羅梅蔔雖
然拿到了圖書館專業的碩士學位，轉眼已是寂寞孤獨的 25
歲的大姑娘。經人介紹，她開始與未曾謀面的留美學生李定
國通信戀愛，以彼此往來的幾百封信件填充著三年來長長的
時光。而一旦聖誕節千里迢迢奔李定國而去，情書編織的憧
憬與美夢頓然破滅，實則淺薄的李定國居然喜歡上了與梅蔔
同路而去的年輕漂亮的朱麗麗。從夢幻中醒來的羅梅蔔，只
能是繼續獨自面對寂寞的人生長旅。情感世界的缺失和變
異，使得留學生的「異鄉人」處境，顯得格外孤獨與無助。

　　在於梨華的所有創作中，《又見棕櫚，又見棕櫚》可謂
留學生文學的扛鼎之作。小說出版後，深受台灣及海外留學
生的歡迎，於梨華亦因此榮獲台灣「嘉新文學獎」。這部小
說影響了由台去美的幾代青年，它曾作爲赴美留學的導讀手
册，撫慰身處異鄉的漂泊心靈，它給台灣留學生提供了一面
命運之鏡。如同白先勇所說的那樣：「直到《又見棕櫚，又
見棕櫚》出版，於氏才眞正成了『沒有根的一代』的代言
人，這說法正是在該小說中新創的，一語道破了年青一代的
處境。在全面描繪中國知識分子旅美生涯方面，沒有台灣作
家比得上於梨華，她的作品，從此被稱爲『放逐者之
歌』。」①

　　《又見棕櫚，又見棕櫚》所力圖概括的，是一個時代，
一代留學生的苦悶，但這種概括，又是以自身經驗和感受爲
基礎的。於梨華曾說，「書中牟天磊的經驗，也是我的」。
這部小說以牟天磊形象的成功塑造，透過主人公回台灣省親

①白先勇：《流浪的中國人——台灣小說的放逐主題》，《第六隻手
　指》，香港，華漢文化事業公司，1988 年 12 月版，第 61 頁。

的人生路線和心理流程，眞實感人地表現了台灣留美學生無根的寂寞與尋根的迷惘。與牟天磊漂泊天涯的人生線索相交織的，是令主人公百感交集的愛情線索。眉立、佳利、意冊這三個女性的出現，連綴了牟天磊不同的人生時空，觸及著主人公精神世界的深度，更見證了赴美前後判若兩人的牟天磊形象。離開台灣前夕的牟天磊，熱情勇敢，充滿理想，他對著校園門前的棕櫚樹暗暗發誓，要像它的「主幹一樣，挺直無畏，出人頭地」。而赴美十年後回台省親的牟天磊，卻顯得意志消沈，彷徨無依，衣錦還鄉的感覺早已被漂泊海外的痛苦記憶所驅散。在衆人眼裏，他是一個功成名就的成功者；而戴博士帽時，「手裏的一卷紙裏有多少淚，多少醒悟」，在美國獨自闖蕩打天下付出了怎樣的代價，只有他自己知道。爲了求學與生存，天磊曾到烈日下的蘋果園揀蘋果，在餐館清洗堆積如山的碗盤，去女生宿舍打掃廁所；夏日裏還要每天開運冰的大卡車往返於三藩市和卡美爾之間的崎嶇山路，從夜裏十二點到凌晨五點，「行著人間最寂寞的掙扎的路」。在賤賣自己勞動力的同時，他還要忍受老闆的訓斥和種族歧視帶來的恥辱，始終無法驅趕那種敢怒不敢言的憤懑與悲哀。伴隨艱難的求學路而來的，是苦澀難言的情感歷程。爲了這頂博士帽，天磊失掉了靑梅竹馬的台灣戀人眉立，也無法不顧一切地與在美國的已爲他人婦的情人佳利走到一起，情感的世界充滿失落與痛楚。人生與愛情的雙重失落，眞可謂「去國十年，老盡少年心」。

對於牟天磊而言，比起生存境遇的艱難和情感世界的荒漠，更令人難以排遣的，是中西文化衝突背景下無處不在的鄉愁與寂寞，是沒有根的人揮之不去的流浪情結。作爲一個渴望成功文科的留學生，天磊不可避免地遭遇到美國重理輕

文的現實，來自人文學科的成功感已經先驗地被否決了。新
聞博士並非學以致用，求職只是在謀飯碗。雖然有了學位和
工作，事業的前程卻是迷茫一片。特別是文化認同的危機，
使他心裏充滿說不出的「無形的苦」。旅居陌生的土地，既
不能融入美國人群體，成為他們當中的一個，又患著魂牽夢
縈的「懷鄉病」，為自己疏離了台灣而內疚。如今重返久別
的台灣家園，天磊期望從文化母體中汲取力量源泉，填補心
理上的「文化饑荒」，安慰寂寞流浪的靈魂，卻不料被台灣
母體文化的變質所震驚。面對台灣的崇洋媚外之風、理想傾
跌現象以及形形色色的人生寂寞，天磊沒有找到「家」的感
覺，自己原來還是一個「客」，依然是「異鄉人」的處境，
天磊不能不痛楚地感受到，「我是一個島，島上都是沙，每
顆沙都是寂寞」。流浪海外的牟天磊是沒有根的，因為他與
傳統的母體文化隔絕，還未結出果實，自己已被連根拔起，
移離了祖國。「流放的中國人在文化上未能承繼過去，成了
精神上的放逐者」①；這使得天磊在美國沒有根，回台灣也
找不到根，而祖國大陸的鄉土之根又被茫茫海峽所阻隔，所
以他只好不斷地遷徙，漂洋過海。「但他們的旅程卻沒有終
點，沒有終向，沒有希望，只有黑漆一片，因此注定永遠要
浪跡天涯。」②這種最深層的精神孤兒般的苦悶寂寞，正是
「無根的一代」在特定環境和文化背景中產生的時代心理。

　　同樣是描寫留學生在愛情、家庭、學業上的漂泊經歷，

---

① 白先勇：《流浪的中國人──台灣小說的放逐主題》，《第六隻手
　　指》，香港，華漢文化事業公司，1988 年 12 月版，第 62 頁。
② 白先勇：《流浪的中國人──台灣小說的放逐主題》，《第六隻手
　　指》，香港，華漢文化事業公司，1988 年 12 月版，第 62 頁。

《傳家的兒女們》則以群體形象的塑造，顯示了從「無根的一代」到「覺醒的一代」的最初變化。在崇洋媚外風氣頗盛的二十世紀 60 年代，傅振宇不管兒女們是否具備深造的天資和條件，有沒有出國求學的願望和要求，一股腦兒地把他們送到美國，一心想讓兒子做博士，女兒嫁博士。然而傅家六兄妹的命運卻越出了父親原來預定的軌道。在美國留學的日子裏，大女兒如曼有了穩定的工作卻失去了生活的真正目標，愛情的不幸使她變成一個鬱鬱寡歡的大齡姑娘；大兒子如杰在學業、工作與婚姻的三重挫折面前，失了業也失了鬥志；二兒子如俊始終無法忘懷台灣往日的戀人，現實的婚姻生活平淡而乏味；三兒子如豪事業失敗，人生頓挫，只得棄學從工，出入於餐館做事。作品描寫傅家兒女們的人生滄桑，仍然帶有「無根的一代」的迷惘。於梨華「寫《傳家的兒女們》的本意，是要寫 60 年代末期留學生中最頹廢也是最現實的一群」①。但難能可貴的是，1975 年訪問大陸的經驗，使於梨華續寫《傳家的兒女們》的後半部時，「除了要寫一個由中國大陸到台灣到美國的留學生的心態之外，要尋找他們以一個中國人立場作出發點的心態」②。於是，覺醒者的形象開始自筆下悄然崛起。如果說，如曼、如杰反映了被現實生活擊敗的頹廢心態，如俊、如豪代表了 60 年代末期留學生中最現實的一群；傅家的小妹如玉、小弟如華則象徵了覺醒的一代。如玉在美國勇敢地愛上了完成學業之後準

① 於梨華：《傳家的兒女們・自序》，《傳家的兒女們》，石家莊，河北教育出版社，1996 年 4 月版，第 3 頁。
② 於梨華：《傳家的兒女們・自序》，《傳家的兒女們》，石家莊，河北教育出版社，1996 年 4 月版，第 3 頁。

備回祖國大陸服務的新加坡華人留學生李泰拓。如華則公然
違背父親意願,決心大學畢業後留在台灣任教。他說:「現
在台灣是中國的。將來台灣回歸祖國還是中國的一部分,我
是中國人,為什麼我不能留在這裏?」與「無根的一代」不
同的是,「覺醒的一代」在「去」與「留」的問題上有了自
己明確的民族立場上的選擇;他們也不再僅僅以故國家園的
懷念作為精神寄托,而是看到中國統一的前景,認同於炎黃
子孫的民族之根,並準備為她做些踏踏實實的貢獻。這種覺
醒無疑代表了一種時代方向。

余光中這樣評價於梨華:「她在下筆之際常帶一股豪
氣,和一種身在海外心存故國的充沛的民族感,在女作家
中,她是少數能免於脂粉氣和閨怨腔中的一位。」①於梨華
的小說,堅持了「中西合璧」的藝術境界追求。其一,將強
化故事情節的傳統技巧,與西方現代小說多層次的結構方式
相結合,拓展了表現生活的空間;其二,將現實主義的描寫
與意識流的手法結合起來,在時空與場景的自由轉換中,反
映豐富多變的動態人生;其三,將人物的外部形象塑造與內
心世界開掘結合起來,入木三分地把握人物的性格特徵;其
四,語言清新細膩,生動可感,加之對比、象徵、比喻等多
種手法的運用,豐富了作品的藝術表現力。

---

① 余光中:《會場現形記・序》,《會場現形記》,台北,皇冠出版
社,1972 年版,第 1 頁。

第三節 吉錚：海那邊漂泊的一朵孤雲

　　吉錚[1]，這位才氣橫溢的女作家，以她 31 年的短暫生命年華，如同晨星閃爍在天邊，彩虹飄逝於長空，曾經如此耀眼地照亮過文壇，至今人們對她的作品仍然懷念不已。台灣著名批評家隱地認為，吉錚「和於梨華、孟絲，可以說是 60 年代崛起的最傑出的三位旅美作家，她們是留學生文學的代言人，是生活在美國的中國人的心聲，留學生以及海外華人的苦悶、彷徨、迷惘和成就，經由她們的筆端，傳達給了我們」[2]。

　　吉錚短暫的一生中，有著從祖國大陸到台灣再至美國的巨大時空轉換，有著從留學生到學留人，從滯留家庭的主婦到復出社會的教師的人生嬗變，更記錄著帶有「文學女人」印記的女作家的心路歷程。1937 年生於河北深澤縣的吉錚，北京貝滿女子中學畢業後即往台灣。1954 年考入台灣大學外文系，翌年乘槎赴美。在台灣作家張秀亞的記憶中，當時宛若初春景色的吉錚，「即是一顆輝亮的晨星，演講、

---

① 吉錚，女，河北省深澤縣人，1937 年生，1968 年 6 月 27 日辭世，享年 31 歲。台灣大學外文系肄業，美國貝勒學院畢業。1959 年結婚後，開始發表作品。1965 年在斯坦福大學教授中文，也擔任台灣《中央時報》駐美特約記者。其作品有短篇小說《孤雲》（1967 年），長篇小說《拾鄉》（1967 年）、《海那邊》（1967 年）。

② 隱地：《吉錚的三本書》，《隱地看小說》，台北，爾雅出版社，1981 年 6 月版，第 313 頁。

演話劇、寫散文、小說樣樣來得，且皆極出色」①。1958年，在美國貝勒學院攻讀英國文學的吉錚大學畢業，本來申請好去密蘇里讀新聞，卻結了婚，很快成爲兩個孩子的母親，做了全職的家庭主婦。不甘於家庭城堡的一味留守，吉錚於 1965 年到芭城斯坦福大學教中文，也擔任台灣《中央日報》駐美特約記者。在現實與理想之間，在女人的天職與女作家的夢幻之間，甚至於愛情和婚姻之中，吉錚始終有一種矛盾和掙扎。「吉錚是這樣一個人：她要她的生活填滿了東西。她是個家庭主婦，是個作家，是個記者，是個編輯；她愛打扮，愛佈置家，愛旅行，愛家人、愛朋友、愛看電影……當然，其中最能給她精神上滿足的，是寫作。」②在吉錚自己看來，「我有兩個，一個是現實的，合乎一切標準和一切要求的；一個是隱藏的、完全任性的、完全感情的」③。這種雙重性格使她對浪跡天涯的迷惘、寂寞與無助，顯得格外敏感多思。作爲稱職的妻子，她卻一心思念著未讀的新聞系；「她愛家、丈夫、孩子，以及四壁之內的安全感」，「久了卻有崩潰的感覺」，產生了連「夢都飛不出去」④的苦惱。內心湧動著女作家渴望放飛心靈的夢幻與激情，卻不

① 張秀亞：《孤雲・序》，《孤雲》，台北，大林出版社，1980 年 1 月版，第 1 頁。
② 林海音：《吉錚：其人其文》，《海那邊》，台北，純文學出版社，1967 年 5 月版，第 256 頁。
③ 吉錚語，見於梨華：《悼吉錚》，轉引自哈迎飛、呂若涵編：《人在旅途——於梨華自傳》，南京，江蘇文藝出版社，2000 年 1 月版，第 72 頁。
④ 吉錚語，見於梨華：《悼吉錚》，轉引自哈迎飛、呂若涵編：《人在旅途——於梨華自傳》，南京，江蘇文藝出版社，2000 年 1 月版，第 72 頁。

得不面對來留學終於留在了廚房裏的女性悲哀；滿懷對生活的憧憬與熱愛，卻不能不承擔愛的重負和生命的種種牽絆。吉錚以她在美國多年的生活經驗，勾勒出蜿蜒起伏的心靈曲線，也化作筆端五光十色的人生。而強烈的精神苦悶與內在衝突鬱積到無法解脫之際，生病中的吉錚終於在 1968 年 6 月 27 日，驟然切斷了生命的牽絆，走上了自我解脫的不歸路。寫文章的人們總有太多幻想，想追上天邊那道誘人的彩虹。吉錚以她令人扼腕的「文學女人」的一生，譜寫了自己短促的生命年華和獨特的創作題旨，也印證了人們對於「文學女人」的生命理解：所謂「文學女人」，「指的是內心細緻敏銳、感情和幻想都特別豐富、格外多愁善感、刻意出塵拔俗，因沈浸於文學創作太深，以致把日常生活與小說情節融爲一片、夢與現實眞假不分的女性作家──多半是才華出衆的才女」①。

寫作，對於吉錚而言，是一種「文字流在血裏，不寫痛苦」②的經驗，是一種「只想不斷的尋覓」③的人生。吉錚正式涉足文壇，是在爲人妻爲人母之後，她一共寫了三本書，且在同一年內出版。從 1962 年 10 月到 1966 年 10 月，四年中吉錚只寫了十三篇小說，結集爲《孤雲》；而 1967 年這一年中，她卻出版了兩部長篇小說。吉錚以《海那邊》、《孤雲》、《拾鄉》爲代表，奠定了她在台灣留學生文學領域的位置，也顯示了她資源豐富的創作潛力。

---

① 趙淑俠：《文學女人的情關》，福州，《台灣文學選刊》1991 年第 7 期。
② 吉錚：《孤雲·後記》，《孤雲》，台北，大林出版社，1980 年 1 月版，第 225 頁。
③ 吉錚：《孤雲·後記》，《孤雲》，台北，大林出版社，1980 年 1 月版，第 225 頁。

　　不同於其他留學生文學作家的是，吉錚的創作更多地貫穿了一種女性的表現視角。這種視角不是因爲女權主義的理性觀照而形成，而是來自於海那邊漂泊的女性的生活經驗。對於頗具「文學女人」氣質又飽經遊子生涯的吉錚來說，那種踏上異國他土就爲留學和生存而打拼的艱辛，以及無根的漂泊與寂寞，那種從留學生到家庭主婦的無奈，以及婚姻生活中夫妻之間的距離和矛盾，那種對理想的追逐，以及目標達成後的空虛與失落，那種夢幻與現實之間的巨大落差，以及自我追尋的心靈堅守，特別是異國他鄉背景下的女性命運軌跡，都是她感同身受、再熟悉不過的人生；而把這一切訴諸筆端，就構成了海外留學生的人生三部曲。

　　吉錚談到，《孤雲》這本集子中的十三篇小說「都是離開可留戀的國，可依賴的家，在美國自己獨當一面開始生活在現實裏以後寫的」①。從留學的熱望到異國的漂泊，從夢幻的美麗到現實的冷峻，從愛情的憧憬到婚姻的失落，吉錚筆下的人物特別是女留學生們走過了幾近相同的道路。《春墜》中的女孩子徐亞莉，「從入大學以後，耳濡目染的儘是『出國』的光彩，好像念書的目的就是出國」②，爲了這個理想的實現，徐亞莉拒絕了孫堅的愛情，自作聰明地攀附老醜庸碌的留美男子趙金木，甚至用自己的終身幸福去冒險，最終被虛榮所誤，不得已自食苦果。

　　而一旦留學美國，且不說生存的艱難，求學的辛苦，單

────────────

① 吉錚：《孤雲・後記》，《孤雲》，台北，大林出版社，1980 年 1 月版，第 225 頁。
② 吉錚：《春墜》，《孤雲》，台北，大林出版社，1980 年 1 月版，第 91 頁。

就愛情與婚姻的境遇問題，已足以造成女留學生心靈的致命傷。《夕霧》中赴美留學的大姐，17 年來仍舊孤身獨處；而《天堂鳥》裏找到歸宿的主人公，發現的卻是婚姻的不可信賴。更有放棄理想初衷，向現實妥協的女留學生，雖然得到了有物質保障的婚姻，卻不料想失卻了自我。吉錚的許多小說，都深刻地道出了閨中少婦的現代幽怨。《負情》中的乃茜，放棄了以愛相許的情人狄克，選擇了地位、財富以及儀表都足以使任何女人動心的喬治。結婚後，「物質上她享有一切富貴，她的房子比鄰居的都大，她的汽車比朋友的都新，許多人都覺得她是值得羨慕的對象，然而她毫不快活」①。因爲丈夫能給乃茜的只是一本銀行取款支票，「而他要求她付出的竟是全部她的信仰、嗜好和性格」②。同樣刻畫女性在理想與現實、事業與婚姻方面的兩難境地，《燭光與金》也涉及丈夫功成名就後妻子的不快活。故事發生在女主人公艾雲的結婚五周年紀念日。忠實於愛情的女留學生艾雲，當年不惜下嫁窮留學生夫婿，一路胼手胝足地工作爲丈夫還清助學貸款，終於等來了丈夫出人頭地成爲醫師的這一天。購得豪宅之後，艾雲便成爲專職主婦。結婚紀念日這天，她謝絕了與丈夫同事的黛娜的社交盛宴，一心期望同終日難見身影的先生重溫家居夢，還把黛娜的勸告，諸如「當愛情在忙碌、緊張中黯然消失的時候，接收鑽石即代表柔情」的說法拋之腦後。然而丈夫回來後的第一句話就是催促

①吉錚：《負情》，《孤雲》，台北，大林出版社，1980 年 1 月版，第 64 頁。
②吉錚：《負情》，《孤雲》，台北，大林出版社，1980 年 1 月版，第 65 頁。

她參加黛娜的宴會，廣結醫界權威和名流。當然，丈夫也沒有忘記拿出「三克拉的鑽石白金戒指」給妻子結婚紀念的驚喜，卻不料燭光映照著艾雲晶瑩如鑽的淚珠。這種夫妻間的精神隔閡，如同隱地指出的那樣，「女人為愛而生活，男人卻為理想、為事業、為『生活』而生活，於是有一天，當女人發覺愛在無限的忙碌、無比的緊張中黯然消失，生活中漸漸失去了愛時，最後女人會悲哀地發現，原來鑽石才是女人最好的朋友」①！

　　整部《孤雲》集子中，最扣人心弦的描寫，是那種始終有夢，為理想而苦苦追尋的女性形象。「《孤雲》是 13 篇中文字最精細、用心最細最刻意、要想表達最多的一篇。」②作者所全力塑造的女留學生蘊如的形象，表現出一個在愛情長旅中遭遇著挫傷、坎坷、滄桑，仍舊無怨無悔的尋夢者的心靈世界。蘊如在錦繡青春的年代，因為飛行員戀人的失事，失去了以心相許刻骨難忘的愛情；身心交瘁之際，年長的滕如海出錢出力幫她出國重新開始，蘊如以自我的奮起拒絕了感恩戴德的婚姻；居美多年，面對博士夫人頭銜的誘惑，上萬銀行存款條件的交換，蘊如沒有動過心，她不忍睜著眼睛走進沒有感情的婚姻。而在幾近不惑的年代，她愛上了一個感情上失去自由的男人斯黎。為了忘卻，蘊如孤雲流浪般來到歐洲度假；而無法忘懷的舊夢，又促使她情感的再發。蘊如的形象讓人們看到，無論人生怎樣漫長和坎坷，對

---

① 隱地：《吉錚的三本書》，《隱地看小說》，台北，爾雅出版社，1981 年 6 月版，第 313 頁。

② 於梨華：《一信代序》，《孤雲》，台北，大林出版社，1980 年 1 月再版，第 5 頁。

精神家園的追求和堅守，永遠是支撐人類走向遠方的動力。

　　另一篇小說《會哭的樹》，寫出美國的中國少婦的生存境遇與心跡，它把「來留學而終於留在廚房裏的女人的無可奈何」表現得入木三分。女留學生一旦結婚變爲家庭主婦，那就意味著「是廚師、洗衣婦、保姆、護士、司機、女秘書、女管賬的總和」①。可以忍耐的是忙碌，不可忍耐的是那一室的寂寞，是像鐘擺一樣規律而機械的生活。小說中那兩個當年的女留學生，一個爲家事所累擱置了畫筆，一個「對寫作猶如一個無能的母親偏愛自己那見不得人的私生子一般，既不敢光明正大地愛他，又狠不下心置之不顧」②。她們感慨「出了洋，留了學，仍然跑不出一個這樣狹窄的生活圈子」。她們不甘心於此，一次次地嘗試著心靈的掙脫與放飛。吉錚在《孤雲》的後記中說：「我把它（《會哭的樹》）放在這本集子中，將它獻給那些過了做夢的年齡，扔不掉夢的影子，不是不快活，只是不是快活的人！」③

　　及至吉錚的長篇小說，繼續深化與豐富了她的創作題旨。《拾鄉》寫女留學生榮之怡回台探親的心境，並追憶她在國外的生活和遭遇；《海那邊》表現初到美國的台灣留學生強烈的人生感受，以及他們爲生存、爲求學、爲愛情的掙扎和奮鬥。女性生命境遇的觀照與留學人生夢想的檢視，依然成爲這兩部小說的切入點。《拾鄉》作爲吉錚寫作生涯中

①吉錚：《會哭的樹》，《孤雲》，台北，大林出版社，1980 年 1 月版，第 8 頁。
②吉錚：《會哭的樹》，《孤雲》，台北，大林出版社，1980 年 1 月版，第 8 頁。
③吉錚：《孤雲・後記》，《孤雲》，台北，大林出版社，1980 年 1 月版，第 226 頁。

首先完成的第一部長篇，雖然在駕馭長篇藝術上還有一些筆
力不及的地方，但它濃厚的自傳色彩，深刻的女性經驗，讀
來依然真切感人。同樣是表現留美學生的人生境遇，於梨華
的《又見棕櫚，又見棕櫚》所講述的，是男人在跨文化背景
上的人生奮鬥故事；而吉錚的《拾鄉》，則是以女人立場為
出發點，寫女人的敏感和女人的苦悶，呈現女留學生在婚姻
場景中的人生命運。榮之怡，這個持著征服的野心、抱著彩
虹般幻想的女孩，十九歲赴美留學後，對理想的堅持曾使她
一次次拒絕金錢締結的婚姻；而二十一歲遇到學理工的方昭
穀，卻沒想到在需要大於愛情的情形下把自己匆匆嫁掉了。
為了成就丈夫的學業，她一度放棄了自己的人生夢想與文學
愛好，相夫教子，苦苦掙扎。但當昭穀真的得到了學位，成
為能掙到高薪的電子微波研究工程師之後，之怡卻失去了往
日的快樂。丈夫的成功帶來繁忙的社交應酬，人生日趨浮華
與庸俗，之怡從婚姻生活體驗到的心理落差和夫妻隔閡，使
她越來越發現，她和昭穀的婚姻是一隻摘取得太早又擱置得
太久的椰子，一旦敲開封牢的硬殼，才發現裡面原來是空空
的，珍藏的乾果竟然毫無內容。於是，之怡毅然返台，嘗試
著衝擊婚姻的繭殼；卻不料，「昭穀撞車，傷重速返」的命
運，又使她無可奈何地再度返美。《拾鄉》對婚姻的實質與
內涵，以及兩性心理的差異、追尋與失落，都給予了有深度
的生動表現。

　　如果說，《拾鄉》重在透過目標的追求和實現後的空
虛，來揭示一出二十世紀 60 年代最時髦的人生悲劇，那
麼，《海那邊》意欲表現的，則是一部「富有生命力的年輕
男女向夢想沖闖」的奮鬥史。這部小說以日趨成熟的、行雲
流水般的敘述風格，展示了更為開闊的人生意境。儘管留學

的人生充滿了奮鬥與掙扎，但依靠自我打拼天下的努力，並非沒有成功的希望。特別是在范希彥和於鳳、趙士元和李一梅這兩對戀人身上，海那邊漂泊的苦，朋友之間相濡以沫的友誼，年輕愛侶的夢想，皆被作者表現得細緻入微，曲折有致。闖蕩天下的生涯，付出艱苦代價的同時也獲得了生命的啟示，他們懂得了「學業與謀生的雙重壓力下，只有流血、流汗而不流淚的才是強者」①；他們比以往任何時候更清楚地意識到，「希望，是世間最可貴的東西」。「海那邊歸不去的鳥，只有向更高處飛。」②

吉錚筆下的女性，常有一種飄逸、脫俗的風骨；夢與理想的某種同構性，往往支撐著她們的生命天空，成為她們獨特的精神氣質和生命飛翔姿態。一個能夠做夢、敢於尋夢、始終有夢的女性，本身就標志了一種精神追求的力量，如同《孤雲》中的蘊如，《海那邊》中的於鳳、李一梅。而一切面向現實的妥協與屈服，每每是從夢想翅膀的折斷開始的，有太多留學留到廚房裏的無奈事實可為明證。由此介入，女性夢想的追求、失落或變異的過程，就連綴了女留學生們形形色色的人生境遇：或在理想追尋中塑造自我，或在目標實現後走向空虛，或在婚姻與愛情的落差裏失望，或在精神與物質的失衡中反省，或在人生的自我觀照中奮起。這其中所要傳達的，更有素樸真切的人生啟示，諸如苦與樂的意義，得與失的哲學，情與愛的真諦等等，它再次引發人們對於精神家園的追求和終極人文關懷的思考。

---

① 吉錚：《海那邊》，台北，純文學出版社，1967 年 5 月版，第 82 頁。
② 吉錚語，轉引自林海音：《海那邊的吉錚》，《海那邊》，台北，純文學出版社，1967 年 5 月版，第 4 頁。

　　作爲一個頗具女性氣質的作家，吉錚的小說溫藹而感性，明淨而優美。一切人物和景象，莫不蘊含眞摯的情感；「白雲的舒卷，花謝花開，在她筆下，都成了充溢宇宙間的那股創作精神的象徵，都是彌漫於六合之內的那股情緒的具體化」①。因爲對創作投入了太多的情感色彩，又因爲作者本身的夢幻氣質和愛美之心，吉錚的「文章是有顏色的，而且都是極強烈的顏色，好像六月的陽光下的世界——艷紅、濃綠、金黃、鮮橙、明藍與深黑」②。在這樣的背景下，作者對人物性格的捕捉鮮活靈動，對生活場景的描繪也頗有情致。加之行雲流水般的敍述風格，吉錚的小說更具有了一種天然自成的魅力。

第四節　叢蘇：心繫故園的中國遊子

　　叢蘇③的留學生文學創作，具有卓然獨立的藝術風格。作爲一個生性豪爽、頗具俠義心腸的女作家，她以陽剛之氣

---

① 張秀亞：《孤雲・序》，《孤雲》，台北，大林出版社，1980 年 1 月版，第 2 頁。

② 羅蘭：《吉錚，逝去的彩虹》，《海那邊》，台北，純文學出版社，1967 年 5 月版，第 25960 頁。

③ 叢蘇，女，本名叢掖滋，山東省文登縣人，1939 年生，1949 年隨家遷台。台灣大學外文系畢業，美國華盛頓大學文學碩士，哥倫比亞圖書館學碩士，任職美國洛克菲勒圖書館。叢蘇在大學讀書期間曾爲《文學雜誌》、《現代文學》等雜誌發表文章，結集出版的小說有《白色的網》（1969 年）、《秋霧》（1972 年）、《想飛》（1977年）、《中國人》（1978 年）、《獸與魔》（1995 年）等等。散文有《君王與跳蚤》（1981 年）、《淨土沙鷗》（1984 年）、《生氣吧，中國人》（1987 年）等。

和錦繡之筆從事寫作；文筆揮灑自如，潑辣犀利，摒棄了脂粉氣與閨閣腔；受到西方現代主義文學的明顯影響，叢蘇的作品往往越過形而下的生存層面的呈現，她不是以「第三隻眼睛」去旁觀世界和再現生活，而是以強烈的主體意識的投入，圍繞人的生命存在，從哲學意義上去探討關於人自身的各種問題。海外華人流浪的心態，尤其是他們從精神的漂泊到人性的漂泊的生命歷程，成爲她表現的重心所在，正如白先勇所指出的那樣：「叢蘇的小說中，成功的幾篇，我們都感到一種動人的力量──那是一股對生命渴求的力量。」①

從叢蘇的人生經歷來看，中國人的民族根性與赴美留學的生命轉折，深刻地影響到她的創作道路。叢蘇，當年是以全省聯考第二名的成績進入台灣大學外文系，逐漸成長爲學院派女作家。讀書期間，偏愛具有形而上意義的作家，對陀斯妥也夫斯基、卡夫卡、加繆和薩特的作品視若珍寶，並開始在《文學雜誌》、《現代文學》以及《自由中國》等雜誌撰寫小說和散文。這時的叢蘇，被譽爲「大學才子派女作家」。她以年輕的眼睛去觀察和描繪台灣社會各色人等的眾生相，充滿了對生命的渴望和愛心，以及對那些成長過程中掙扎的人們的深切同情。《車站》、《白色的網》、《秋霧》等作品代表了這類早期創作的風格。她大學畢業後赴美深造，後定居紐約。這種從留學生到「自留人」的生涯，不僅使她廣泛接觸到西方現代主義文學和哲學，也讓她在東西方文化碰撞的大背景上，更深刻地感悟到人類種種複雜的生命命題。從總體上看，叢蘇的創作主要側重於小說和散文。

---

① 白先勇：《秋霧・序》，轉引自劉登翰等：《台灣文學史》（下卷），福州，海峽文藝出版社，1993 年 1 月版，第 265 頁。

小說擅長表現人性的焦灼和慾望的傾軋，特別關懷留美學生和海外華人的內心世界與生命掙扎。

旅美時期的叢蘇，主要集中於留學生文學的創作，對於「流浪的中國人」的存在價值和生命意義的探尋，是她反復表現的題材和主題。叢蘇一向認為，「內在人」比「外在人」更重要，「人在宇宙中所扮演的角色」比「人在社會中所扮演的角色」更重要，「人心理的描述比人外型和對話的描述更重要」①。所以，叢蘇往往從海外遊子的精神內核切入，去表現他們寂寞、失落、苦悶的心態。在叢蘇看來，這個年代裏流浪的中國人，「不管是自我放逐，或被迫放逐，一個人離開了他的母土，總是一件苦痛的事。……離開了母土的流浪人是脆弱，無根，無著落的」②。《盲獵》作為叢蘇二十世紀 60 年代留學生文學的代表作，曾被白先勇評價為「台灣中國作家受西方存在主義影響，產生的第一篇探討人類基本存在困境的小說」③。《盲獵》一開始就顯示了與白先勇、於梨華不同的寫作路線，筆觸直指「形而上」的生命存在方式。在作品中，沒有清晰的時代背景交代，也看不到傳統的故事情節框架，只有五個狩獵者在一座陰森恐怖的大森林裏分別狩獵。夜色茫茫，看不見路標，也得不到幫助；不知從何而來，也不知到何處去；每個人都陷入孤立無

---

① 轉引自陳公仲：《叢蘇：陽剛之氣錦繡之筆》，《世界著名華文女作家傳・歐美卷》（第 1 卷），南昌，百花洲文藝出版社，1999 年 9 月版，第 38 頁。

② 叢蘇：《獸與魔・自序》，《獸與魔》，石家莊，河北教育出版社，1995 年 12 月版，第 2 頁。

③ 白先勇：《現代文學的回顧與前瞻》，《白先勇自選集》，廣州，花城出版社，1996 年 6 月版，第 344 頁。

援，獨自掙扎的困境。作者在夢魘荒誕的氛圍中寫盡了海外留學生的恐懼、焦灼、迷失、絕望的現實心態，如同那個卡夫卡式的比喻：

> 那夜很冷，很黑，我們看不見自己，也看不見自己的影子，……我們彼此都沒有言語，但是我們都知道彼此在想什麼。是的，我們都知道，即使在漆黑，漆黑的夜裏……可是，我們非去不可，我們非去不可，不知道為什麼……①

不僅如此，這篇小說還以超現實的情節和寓言般的象徵，超越了留學生文學對於現實生存層面的單一表現，折射出現代人如同盲獵般的人生摸索困境，以及無處不在的危機、威脅對生命存在的重壓。白先勇對此曾經有過詳盡的解讀：

> 《盲獵》，是一個生命過程的寓言。作者似乎在說，我們的一生如同一場盲目的狩獵，我們看不到我們狩獵的目標——那個奇怪神秘的黑鳥，我們白頭發的祖父們不能指示我們的迷津，我們的同伴更不能給我們協助，我們得在黑暗裏一個個孤獨地摸索，森林中危機重重，我們心中無時無刻不充滿了畏懼和顫慄，無時無刻不懷著「生」之焦慮②。

---

① 叢甦：《盲獵》，《女作家成名叢書·台灣及海外華人卷》（第 1 卷），北京，大地出版社，1990 年 11 月版，第 267 頁。
② 白先勇：《秋霧中的迷惘——〈秋霧〉序》，《秋霧》，台北，晨鍾出版社，1972 年 11 月版，第 2 頁。

在叢蘇的筆下，留學生的生存不僅僅是一種盲獵般的迷惘，也暗含了對生命的某種絕望姿態。事實上，叢蘇寫於1976 年的小說集《想飛》，簡直可以說是許多生活悲劇的集合體。作者在《想飛》的《後記》中說，創作這些小說，從心路歷程上講，這是一次「黯淡的跋涉」，小說集裏的故事有「好幾個結局並不完美」。這種生活悲劇的最終體現，是「死亡」主題的一再凸顯；它在寄寓作者對生命存在價值的哲學式思考的同時，也反映了一代留學生的幻滅感。

具體到作品，《想飛》寫一個留學生不堪忍受精神重壓而自殺的悲劇。小說主人公沈聰在「日日重復、夜夜重復、永無休止、永無解脫」的生活重壓下，求學受挫，前途無望，滯留餐館打工，終日沈陷於生的掙扎之中。深惡痛絕於這種灰色現實人生的沈聰，他渴望變成一團輕悠飄然的白雲，一隻遠天雲間的鷗鳥，能夠享受自由自在的生命飛翔。終於有一天，沈聰從洛克菲勒中心區六十五層摩天大樓上「飛」下去，以死尋求生命的解脫。《在樂園外》的主人公陳牲，碩士學位的獲得並未改變他失落、空茫的心態，他所期待的人生狀態與精神樂園始終未能出現；那麼，以自我放棄來實現他的生命追求，便成爲叢蘇最後的選擇。《半個微笑》所涉及的，也是留學生自殺的悲劇。及至《癲婦日記》，更是寫出了漂泊者無可解脫的精神悲劇。在家庭生活中深受壓抑的癲婦，爲了逃離出漂泊的寂寞，她屢屢沈湎於性慾的追求，但清醒自控之後得到的是更深的壓抑，性苦悶在這裏顯示的是流浪者精神寂寞的生理化象徵。在無可解脫的精神重壓下，癲婦逐步走向精神分裂，並對死亡有了一種向往。作者通過癲婦閱讀加繆《反叛者》之後所寫的日記，進一步表明了這種死亡觀：「也許自殺的人才是眞正有自由

意志的人。加繆的反叛者最後反抗的行為就是自殺，因為只有在那決定死亡的一刹那他才是自己真正的主人。」叢蘇在上述留學生悲劇中發掘的「死亡」主題，明顯地有別於白先勇等作家的「死亡」敍述。她筆下的留學生，不像《芝加哥之死》中的吳漢魂和《謫仙記》中的李彤那樣，多是因為現實受挫、心灰意冷而走向死亡的解脫，叢蘇作品中的主人公是以一種清醒的自我意識，來懷疑、否認乃至棄絕自己在現實世界的生存價值，主動選擇了死亡。與其在灰色人生和世俗慾望中苦苦掙扎，泯滅自我，不如以拋棄這個世界的最後反抗行為來成就自身，以拒絕生存的姿態來獲得他們心目中幻想的最自由的生命狀態。所以，這種自殺悲劇的原因，更多來自於對生存的絕望。主人公所選擇的哲學式的自殺，清晰地印證了西方存在主義哲學思想對這一代留學生心境的深刻影響。

70 年代中後期，隨著時代背景的風起雲湧，台灣留學生文學發生了整體變化，告別舊日創作成為一種標誌，作家筆下開始出現了明顯有別於「失落的一代」的留學生形象。1978 年，叢蘇小說集《中國人》的問世，標誌了作者留學生文學創作的深化。叢蘇自道：「這是一本完完全全屬於中國人的書──流浪的中國人，他的躑躅和彷徨，期望和等待。當然，在他的渴望裏也燃著我的焦急。」①從中國人的立場出發，認同與回歸自己的民族和土地，表明「中國可以沒有我們而存在，但是我們不能沒有中國而存在」的歸屬感，這使叢蘇的觀照視角開始由個人本位向民族本位轉移，

---

① 叢蘇：《獸與魔·自序》，《獸與魔》，石家莊，河北教育出版社，1995 年 12 月版，第 4 頁。

凸顯出走向覺醒的新一代留學生的使命感。同樣涉及留美學生與海外華人的生活悲劇和精神痛苦，但在揭示悲劇成因和痛苦的內涵上，在作品所表現的精神格調上，較之前述的小說集《想飛》，《中國人》這本作品集已經發生了深刻的變化，它不只是描寫流浪的中國人的躑躅與徬徨，迷惘與痛苦，同時觸及留學生在異國他鄉的「夾縫人」的生存境遇，以及由此形成的強烈的「夾縫感」。「這種『夾縫感』不是指產生於不同的地域、國度、人種而引發的陌生感、疏離感，而是指由於不同的思想文化、民族心理的深刻歧異所引起的矛盾感、焦灼感。」①留學生對自身邊緣生存位置的發現，使他們不再一味地沈溺於個體的失落與孤獨之中，而是開始認同自己的民族與土地，尋求一種新的希望所在。

在《野宴》和《中國人》這組姊妹篇裏，清晰地傳達了叢蘇的創作題旨。《野宴》透過一群留美學生到郊外野宴卻被當地居民誣陷、訛詐的遭遇，不僅見證了由於文化鴻溝和民族意識歧異所形成的社會隔膜與排拒；更重要的，作品一語道破了留學生的邊緣位置與「夾縫」心態：「我們只是夾縫裏存在的人，邊緣人……借別人的屋簷避雨，屋簷雖好，但總不是自己的。」②這種「夾縫感」的產生，雖然有著不同的地域、國度、人種而引發的原因，然而，不同的思想文化、民族心理的深刻歧異，才是其更深刻的產生背景。《中國人》這部小說，則是通過一對留美學生在「夾縫」中釀就的愛情悲劇，透視了這種「夾縫」的複雜內涵：「歷史的夾

---

① 盧菁光：《從「告別」談起》，《台灣香港與海外華文文學論文選》，福州，海峽文藝出版社，1988 年 9 月版，第 334 頁。
② 叢蘇：《野宴》，《獸與魔》，石家莊，河北教育出版社，1995 年 12 月版，第 144 頁。

縫，文化的夾縫，時代的夾縫，政治的夾縫⋯⋯」①對於留學生來說，他們「不過是在夾縫裏求生存的人，夾縫人的生命裏是供不起奢侈品的，只有冰冷鐵打的現實。而傷感憂鬱是情感的奢侈品」②。在高度工業化和分工制的美國社會裏，選擇歷史專業，堅持自己理想的文超峰，他與沈夢雖然多年的相知相愛，卻未能抵擋住數學兼電腦博士林堯成的乘虛而入，橫揷一手，這其中雖然不無偶然因素，但卻有著必然性的社會原因。在「沒有麵包，愛情從窗口飛出去」的司空見慣的愛情故事背後，作品觸及了美國現代化的生活方式戰勝中國人傳統的文化心理的深層原因，觸及對美國高速發展社會的參與性戰勝無法融入異國主流社會的邊緣性的深刻背景，並從文化心理層次揭示了處於夾縫中的留學生的失落感。一旦意識到漂泊海外與民族和土地的疏離，留學生們開始在文化心理上覺悟反省。《中國人》中的主人公比以往任何時候都清楚地意識到，「中國是一種精神，一種默契，中國就在你我的心裏，有中國人的地方就是中國，有說中國話的地方就是中國」③。《野宴》中的留學生們，期望有一天能在「完完全全屬於我們的土地上，生根，工作，相愛⋯⋯在我們自己的土地上書寫我們的向往和夢」④。及至《自由

① 叢蘇：《中國人》，《獸與魔》，石家莊，河北教育出版社，1995 年 12 月版，第 176 頁。

② 叢蘇：《野宴》，《獸與魔》，石家莊，河北教育出版社，1995 年 12 月版，第 187 頁。

③ 叢蘇：《中國人》，《獸與魔》，石家莊，河北教育出版社，1995 年 12 月版，第 189 頁。

④ 叢蘇：《野宴》，《獸與魔》，石家莊，河北教育出版社，1995 年 12 月版，第 145 頁。

人》中的女孩子，則情不自禁地呼喚：「自由人，跟我回去吧，這裏不是我們的土地，不是我們的藍空，不是我們的太陽。……回到我們自己的人群裏去！同樣的膚色，同樣的鼻眼，同樣的語言，在那熟稔的喧囂裏，熟稔的風光，熟稔的藍天、草原，和土地的芬芳！」①至此，叢蘇筆下的留美學生完成了從「失落的一代」到「覺醒的一代」的過渡和轉變。

　　關於叢蘇留學生文學的藝術表現，作者談道：「自從我開始寫作以來，從來未敢脫離過寫實主義和象徵主義的路線。」②寫實手法與象徵手法的交互運用，使她的作品富有生活的質感，更具有哲理的意蘊。新穎貼切的比喻聯想，巧妙生動的細節安排，顯示了她捕捉現實生活的能力，而幻覺、夢境、內心獨白等意識流層面的描寫，又見證著她對超現實藝術境界的營造。

---

① 叢蘇：《自由人》，《獸與魔》，石家莊，河北教育出版社，1995 年 12 月版，第 84 頁。
② 叢蘇：《想飛・寫在後頭》，《想飛》，台北，聯經出版公司，1977 年 7 月版，第 207 頁。

第四章　異鄉─
旅外作家的歷史境遇

第一節　家與國

　　在中國的文化傳統中，「家」不僅組成了中國傳統社會的基本結構，而且也構成中國傳統文化的精神結構與價值指向。事實上，由於中國文化是把整個「天下」當成一個「家」來看待的，「家」對於秩序的象徵功能往往使它成為「天下」的代名詞。所謂「家國同構」、「家天下」，它蘊含著「天下」與「家」的互文互喻關係，集中體現了中國古代宇宙學和政治學的高度統一，也再清楚不過地道出了中國傳統社會的基本結構特徵。正是在上述層面上，以「家」喻「國」，成為文學書寫中具有普遍意義的文化象徵與修辭美學。

　　中國人對於家園與國土，有著中國文化傳統中世代魂牽夢縈的故鄉情感，並由此滋生出感時憂國的憂患精神。從近代中國人自身的精神歷程來看，二十世紀坎坷漫長的歲月裏，由於異族侵略，國內戰爭、時局動蕩乃至自然災害等多種原因，一向「安土重遷」的中國人飽受流浪之苦，逃難、遷徙、離亂，幾乎成為戰爭背景中走出來的那一代人的共同記憶。而對於當代台灣社會中流浪的中國人來說，他們所經

歷的人生放逐又具有雙重的背景。1949 年前後去台的大陸人，是被變動的現實政治所放逐的一群，雖然居住台灣多年，許多人仍然覺得「我不是歸人，是個過客」，對故國家園的鄉愁構成其情感記憶的主要模式。二十世紀 60 年代以來，在出國熱潮中赴美留學的台灣人，他們通過自我放逐的方式漂洋過海，從留學生到「學留人」，以旅外華人的身份做了永久的「異鄉人」。而一旦離開台灣，原來「大陸爲根」的鄉愁，又縈繞著「台灣爲家」的意象，對家園的回望由此構成意識的雙向投射。更何況，二十世紀中期以後的海外華人，是中國有史以來最大規模的知識分子的海外移民。它雖然沒有戰爭離亂的背景，卻也處在國家斷然分裂的時期。「中國人到了海外，勢必深刻感受到作爲分裂國家的國民是怎樣的不便、困擾、與痛苦。『認同』的危機不僅存在於母體文化與客體文化的對峙中，甚至產生在面對自己分裂的祖國的彷徨中！個人的失根、祖國的紛爭，使得海外的中國人背負著比任何一個其他國家作客異邦的『外國人』更沈重的歷史負荷。」①正是由於這樣一種歷史與時代的特殊賦予，背負著如此家國背景、經歷了雙重放逐的台灣旅外作家，當他們提起筆來，「用自己的母語寫給母親土地上的人看，不論爲的是傾訴、思念、批評，還是回應」，都是要通過文字，「呵護著那叢本來即將枯斷了的根」②。因此，在他們彷彿先天般融入歷史感與時代感的創作中，揮之不去的

① 李黎：《海外華人作家小說選・前記》，香港，三聯書店香港分店，1987 年 2 月版，第 2 頁。
② 李黎：《海外華人作家小說選・前記》，香港，三聯書店香港分店，1987 年 2 月版，第 3 頁。

家國記憶構成一種永遠的書寫。

　　與此同時，海外華人在跨文化背景上漂泊與生存的現實境遇，使他們在遭遇到文化身份認同的時候，再次凸顯了家國問題的思考。在這種意義上，作爲一種跨文化語境中的寫作，台灣旅外作家的作品從本質上講也是海外華人心系「雙重家園」的情感結晶。一方面，作爲「龍」的傳人，海外華人身上流淌著中華民族文化的血脈，從思想感情到行爲舉止都受到民族文化模式的影響，對故國家園的精神皈依是他們揮之不去的內在情結；另一方面，他們所賴以生存的國家或地區，又有自身的社會制度、意識形態、風俗人情、文化模式和歷史背景，並時時影響和制約著「在異鄉」的人生，這種雙重文化傳統對台灣旅外作家產生的作用，勢必帶來東西方文化的碰撞，以及中心化與邊緣化問題的困擾。也就是說，在異國他邦的版圖上，母題文化的保持與變奏，文化身份的認同與確證，都無法脫離炎黃子孫的家國背景參照和文化傳統淵源。正是在此意義上，有關家國的書寫也在不斷發生變化。如果說，過去的台灣留學生文學創作中，「懷鄉」是作爲一種文學母題來書寫，重在表現海外游子的個體經驗和家園情結，那麼，如今在複雜的文化背景下，「家鄉」的個人情感記憶也就放大爲「家國」的集體文化記憶。

　　集中書寫家國命運的台灣女作家，她們的身份多由過去的留學生轉向今天的旅外華人，她們的創作也跨越了留學生文學階段，而擴展爲反映移居海外的華人境遇和心態的新移民文學。台灣旅外女作家的人生命運所具有的時空跨度，她們在歷史變遷過程中所不斷深化的民族意識，使她們逐步從一己悲歡、個人身世、歷史積怨中掙脫出來，從而獲得了一種新的創作視野。特別是在兩岸關係發生不斷變化的新的歷

史條件下，在全球化的世界性潮流中，台灣旅外女作家多是
從一個中國人的立場出發，促進中華民族的文化、社會、國
家的整合，作品也更深刻地觸及到海外華人感時憂國的憂患
意識和情系中華的民族屬性。聶華苓從《桑青與桃紅》的浪
子家國悲劇書寫，到《千山外，水長流》的民族未來期待；
陳若曦從《尹縣長》這類「文革」歷史敘事，到《遠見》、
《二胡》、《向著太平洋彼岸》的家國命運關注；還有趙
淑俠的《我們的歌》，李黎的《天涼好個秋》、《西江
月》等作品，都從不同角度凸顯了家國意識在特定時代背景
下的發展變化。因為是站在一種新的歷史高度來觀照自己的
國家和民族，台灣旅外女作家的家國關注多具有大的時空跨
度，或不斷地在美國、台灣、大陸之間展開故事架構，訴諸
「鄉土」與「根」的發現；或著眼於跨文化背景上的人生追
尋，在與異質文化的衝突中確證海外華人的文化身份。這一
切，正如李黎在解釋自己為什麼選用《西江月》作小說集書
名的時候，對自我乃至台灣旅外作家的共同心聲的一種解
讀：

　　　　我選用《西江月》作這本集子的書名，為的是這
　　三個字：「西」是我現在所羈留的異國；「江」是飲
　　水思源，代表故鄉、祖國；而永恒的萬古一月，籠罩
　　著整片大地，正象徵著超越這一切時空和人為的阻隔
　　的信念和力量①。

①李黎：《西江月・後記》，《西江月》，北京，中國青年出版社，
　1980 年 10 月版，第 199 頁。

第二節　聶華苓：走遍天涯的浪子悲歌

　　聶華苓①的文學影響穿越了台灣和大陸，並波及海外文壇。她不僅以她豐富的創作實踐和富有歷史感的小說成就而著稱，而且因爲卓有成效的文學活動蜚聲世界。她與丈夫保羅・安格爾共同創辦並主持了著名的美國愛荷華大學「國際寫作計劃」活動，爲世界文學的交流做出了杰出貢獻。

　　聶華苓在散文集《三十年後──歸人札記》中，做過這樣的自我介紹：「聶華苓──寫小說的。生在中國，長在中國；在台灣寫作、編輯、教書十五年；現在是一個東西南北人，以美國愛荷華爲家。」②她以豐富的創作實踐，走過了曲折而成功的文學之路。聶華苓的創作生涯始於南京，

①聶華苓，女，湖北省應山縣人，1925 年生。南京中央大學政治系畢業，1949 年到台灣，任《自由中國》編輯委員和文藝主編，曾任台灣大學、東海大學副教授。1964 年，被聘爲美國愛荷華大學「國際作家工作坊」顧問，1967 年和美國詩人保羅・安格爾一同創辦愛荷華大學「國際寫作計劃」。1977 年，三百多位各國作家曾聯名推薦聶華苓和安格爾爲諾貝爾和平獎候選人。聶華苓的主要作品，有長篇小說《失去的金鈴子》（1960 年）、《桑青與桃紅》（1976 年）、《千山外，水長流》（1984 年）、《三生三世》（2004 年）；中篇小說《葛藤》（1953 年）；短篇小說集《翡翠貓》（1959 年）、《一朵小白花》（1963 年）、《王大年的幾件喜事》（1980 年）、《台灣軼事》（1980 年）；散文集《夢穀集》（1965 年）、《三十年後──歸人札記》（1980 年）、《黑色，黑色，最美麗的顏色》（1983 年）、《鹿園情事》（1997 年）、《人在二十世紀》（1990 年）等。

②聶華苓：《三十年後──歸人札記》，武漢，湖北人民出版社，1980 年 12 月版，第 162 頁。

1949 年她以「遠思」爲筆名發表了處女作《變形蟲》，到台灣和美國之後，逐步進入創作的旺盛期。從 50 年代至今，聶華苓已出版著作二十餘種，包括小說、散文、翻譯及評論。台灣文學評論家彭歌認爲，聶華苓「不僅表現了不凡的天才，同時也顯露了足以成爲大家的功夫，作品中的廣度，已走出了自我中心的範疇，作品的深度，則超越了眼睛的觀察而至於心靈的感應」①。

聶華苓人生的時空跨度與情感歷程，深深地影響了她的創作基調與文學視野。她曾動情地寫道：「回顧起來，我仿佛活了三輩子；一輩子在大陸（二十四年）；二輩子在台灣（十五年）；三輩子在愛荷華（十九年）。每一輩子，多少人，多少事，多少歡樂，多少苦難，多少收穫，多少喪失……不能一一細說……突然發現三輩子生活在三個截然不同的世界中，但離不了一個『情』字，第一輩子是顛沛流離之『情』，視野是三四十年代戰亂的中國；第二輩子是虛無絕望的小『我』之情，視野是四面環海的孤島——台灣；第三輩子是愛『人』之情，視野是四海。」②

在大陸，聶華苓既經歷了抗戰時期的少年逃難生活，又飽嘗了被政治紛爭和家庭幽怨所壓抑的人生況味。特別是身爲桂系的父親聶洸遭蔣系監視又被紅軍誤殺的遭遇，使聶華苓「從小對政治的恐懼就領受夠了」。1948 年，聶華苓從南京國立中央大學外文系畢業後，翌年便去台灣，進入雷震

---

① 彭歌語，轉引自：《中華民國作家作品目錄新編》（第 4 冊），台北，「行政院文化建設委員會」，1995 年 3 月版，第 432 頁。
② 聶華苓：《剪輯的自傳》，轉引自李獻文：《聶華苓：根深幹直葉茂》，《世界著名華文女作家傳・歐美卷》，南昌，百花洲文藝出版社，1999 年 9 月版，第 250 頁。

主編的《自由中國》雜誌任文藝編輯。《自由中國》是一個綜合性的半月刊，以宣傳民主自由、反對獨裁政治爲宗旨。「那時台灣文壇幾乎是清一色的『反共』八股，很難看到一篇『反共』框框以外的純作品。有些以『反共』作品出名的作家把持台灣文壇，非『反共』作品很難找到發表的地方。《自由中國》就歡迎這樣的作家；『反共』八股決不要！」①她本人也堅持不登那些「反共」八股，不參加黨部組織的作家協會，表現了一個作家剛正不阿的獨立品格。1960 年，《自由中國》被查封，雷震被判刑十年，雜誌同仁遭到逮捕或監禁，聶華苓也被監視、跟蹤，這使她陷入了眞正的恐懼之中。聶華苓對國民黨當局的幻想開始破滅，在惶惑和痛苦中她埋頭寫作。作者說：「那是我一生中最黯淡的時期：恐懼，寂寞，窮困。我埋頭寫作。《失去的金鈴子》就是在那個時期寫出的。」②

　　1962 年，台大中文系主任台靜農冒著風險邀請聶華苓教授小說，之後徐復觀先生也請她去東海大學講授創作，聶華苓說：「終於又見天日了。」然而孤島般的現實境遇，令聶華苓對生活已無太多要求，直到 1963 年美國著名詩人保羅·安格爾訪台。這個如「旋風」一樣的男人，和當時已經心如死灰的聶華苓在這一特殊時刻相遇，某種情愫在兩人心中悄然滋長。1964 年赴美之後，聶華苓與安格爾四處奔波，千辛萬苦地創辦了愛荷華大學「國際寫作計劃」，並開始以一個「中國人」的眼光，重新觀照自己的國家和民族，

---

① 聶華苓：《憶雷震》，《最美麗的顏色——聶華苓自傳》，南京，江蘇文藝出版社 2001 年 1 月版，第 91 頁。
② 聶華苓：《寫在前面》，《失去的金鈴子》，北京，人民文學出版社，1980 年 10 月版，第 1 頁。

對新中國由怨到愛，對共產黨由恨到敬，創作視野與思想境界因此豁然開朗。聶華苓逐漸消除了以往的政治偏見和個人恩怨，並與安格爾合作翻譯出版了《毛澤東詩集》。對於自稱為「東西南北人」的聶華苓來說，生長於中國大陸，寫作於台灣，現以美國愛荷華為家的經歷，使她目睹了近代中國的歷史滄桑與世事變化，對流浪的中國人的境遇感同身受。正因如此，她以深沈的歷史感和憂患意識唱出了赴台「大陸人」的鄉愁之歌和海外浪子的命運悲歌。

聶華苓的小說內容主要側重於三個方面。一是描寫赴台「大陸人」的生存境遇和鄉愁；二是表現故國山河與鄉村人物，寄托思鄉之情；三是反映流浪的中國人的命運悲歌。貫穿其創作始終的，是筆下人物濃得化不開的流浪情結，是個人命運與家國命運在時代變難中的沈浮動蕩，是始終不渝的關於「中國人」的主題書寫。

聶華苓小說的人物和故事離不開漂泊的生涯，作品總帶有濃濃的鄉愁。短篇小說集《台灣軼事》，是聶華苓 1949 年至 1964 年寫於台灣的作品。「小說裏各種各色的人物全是從大陸流落到台灣的小市民。他們全是失掉根的人；他們全患思鄉『病』；他們全渴望有一天回老家。」①同樣是描寫赴台大陸人的流浪生涯與現實境遇，聶華苓與白先勇並不相同。如果說，白先勇是以今昔對比、歷史興衰的角度，透過國民黨上流社會人物的沒落與衰敗，唱出無可奈何花落去的歷史挽歌，那麼，聶華苓則是以諷刺寫實的精神，通過大陸流落到台灣的小市民漂泊無依的生活命運與精神狀態，唱

---

① 聶華苓：《寫在前面》，《台灣軼事》，北京，北京出版社，1980 年 3 月版，第 1 頁。

出了一曲有家難歸的懷鄉戀歌。

從大陸流落到台灣的小市民，在被放逐者的身份和異鄉人的處境面前，不可避免地遭遇了有家難歸又窮困潦倒的失根之痛。面對茫茫海峽，他們歸期無望，而現實處境，又令人空虛苦悶，失落沮喪。在全患著思鄉「病」的赴台大陸人中，烏效鵬、萬守成、顧丹卿這群旣無錢又無權的升斗小民，他們打破灰色人生的唯一希望就是合夥湊錢買愛國獎券，但最終收穫的卻是連續十次中獎落空的幻夢（《愛國獎券》）；還有那位先期到了台灣，與留在大陸的丈夫痴情相愛的李嬋媛，爲了撫養三個孩子，迫於生計，只好強顏歡笑，委身於紡紗廠的老闆賴國熹（《一抹紅》）；而那個曾經淸純可愛的女子珊珊也在人生的動盪流落中，在台灣的頹敗世風中失落了自己，當年的青春理想無處尋覓，昔日的小天使變成了俗不可耐的小市民。在《高老太太的周末》這篇小說中，高老太太與子女有一道不可逾越的鴻溝。周末的晚上，兒女們去盡興跳舞、聽音樂，把母親留在家裏，只有《昭君怨》幽怨蒼涼的曲調，伴隨她度過孤獨之夜。《一朵小白花》描寫兩個老同學在台灣的重逢。現任小學校長的譚心輝一本正經，冷若冰霜，讓前來會友的丁一燕備感失望。台灣社會重壓對人的性格扭曲，現實挫折和失意帶來的人情冷漠，從中可見一斑。但當她們追敍美好的青春時代時，冰牆消弭了，兩個人恍若又回到昔日的大陸生活中。作者筆下所涉及的這些流落台灣的女性，她們在愛情婚姻、生存境遇和精神層面上受到的磨折更爲沈重，世事風雨變遷中所勾勒出的女性生命曲線更加蜿蜒起伏。聶華苓從不同角度描寫了流落在台灣的大陸人命運，特別是對二十世紀 50 年代台灣「社會病」與「異鄉人」心態的把握，充滿切膚之痛。

　　《桑青與桃紅》作為聶華苓偏愛的長篇代表作，是其創作道路上里程碑式的作品，它集中表達了浪子悲歌的主題。作者曾對人說：「《桑青與桃紅》是我的代表作，我最喜歡它，這是最有時代感和歷史感的作品。我是花了不少心血才寫成的。」①這部小說寫於 1970 年，翌年在台灣《聯合報》連載時半途遭禁，但它卻同時在香港的《明報月刊》上得以全本連載。《桑青與桃紅》發表後，有人說它是現實主義，有人說它是印象主義，有人說它是象徵主義，有人說是超現實主義，有人說它是意識流。聶華苓說：「我不懂那些主義。我所奉行的是藝術的要求：藝術要求什麼寫法，我就用什麼寫法。我所追求的目標是寫真實。《桑青與桃紅》中的『真實』是外在世界的『真實』和人物內心世界的『真實』融合在一起的客觀的『真實』。」②

　　這部小說以廣闊的社會生活和現代中國諸多重大歷史事件為背景，在 1945 年至 1970 年的歷史過程中，連綴大陸─台灣─美國不同的社會空間，描寫了女主人公桑青一生漂泊動蕩的放逐生涯乃至最後精神分裂的悲慘經歷，從而深刻地概括了中國歷史的滄桑變遷。作者說：「我不僅是寫一個人的分裂，也是寫一個人在中國變難之中的分裂，和整個人類的處境：各種的恐懼，各種的逃亡。」③對此，白先勇認

① 鄺白曼：《在美國訪問台灣與海外著名作家聶華苓》，轉引自劉登翰等主編：《台灣文學史》（下卷），福州，海峽文藝出版社，1993 年 1 月版，第 260 頁。

② 聶華苓：《浪子的悲歌》，《黑色，黑色，最美麗的顏色》，香港，三聯書店香港分店，1986 年 5 月版，第 97 頁。

③ 彥火：《聶華苓的故事》，《海外華人作家掠影》，轉引自白少帆等主編：《現代台灣文學史》，瀋陽，遼寧大學出版社，1987 年 12 月版，第 364 頁。

為：「這篇小說以個人的解體，比喻政治方面國家的全面瓦解，不但異常有力，而且視域廣闊，應該算是台灣蕓蕓作品中最具雄心的一部。」①

《桑青與桃紅》把女主人公的生命歷程濃縮於四個生活階段，每個階段各自成為一個獨立的故事，但圍繞主題的表現，四個故事又有統一性、連貫性。小說由此分為四個部分，「四個不同的部分卻都有著同樣的主題：逃亡、威脅、困陷、『異鄉人』的處境」②。第一部寫抗戰末期的瞿塘峽，時間為 1945 年 7 月 27 日至 8 月 10 日。天真純潔的女學生桑青乘船沿長江西上逃亡，不料木船擱淺於瞿塘峽。絕望中的船客沈溺於人間鬧劇的演出，群體迷失於生命的困境。桑青稀裏糊塗之中就與一個流亡學生發生了性關係。第二部寫新中國成立前夕的北平，時間為 1948 年 12 月至 1949 年 3 月。解放軍兵臨城下，舊制度崩潰在即。桑青奉母命來到北平，與喜歡拈花惹草的沈家綱結婚，而後逃離古城。第三部寫 50 年代的台北，時間為 1957 年夏至 1959 年夏。沈家綱挪用公款被警方通緝，桑青一家度過了兩年東躲西藏的「閣樓人」生活。第四部寫六七十年代的美國獨樹鎮，時間為 1969 年 7 月至 1970 年元旦。逃亡到美國的桑青屢遭移民局追捕，變成了精神分裂、縱慾沈淪的桃紅。四個生活片斷既獨立又連貫，它們在訴說著各種各樣的逃亡：抗日戰爭中的逃亡，解放戰爭中的逃亡，台北生涯中的逃亡，躲避美國

---

① 白先勇：《流浪的中國人——台灣小說的放逐主題》，《白先勇自選集》，廣州，花城出版社，1996 年 6 月版，第 413 頁。
② 聶華苓：《和非洲作家的對話（二）——談〈桑青與桃紅〉》，《最美麗的顏色——聶華苓自傳》，南京，江蘇文藝出版社，2000 年 1 月版，第 334 頁。

移民局的逃亡。貫穿起來，這人生大逃亡就構成了浪子悲歌的主旋律。

　　以個人、國家、時代三者命運的交織，來透視時代變難中身爲中國人的流浪，乃至觀照整個人類的處境，這是《桑青與桃紅》的創作切入點，也由此構成作品沈重的歷史感。在聶華苓看來，「國家歷史是棵盤根錯節的大樹，個人歷史是樹上的枝幹」①。「社會歷史的演變影響個人歷史的演變——我寫小說總擺脫不了這種歷史感。」②《桑青與桃紅》的中心是描寫女主人公的逃亡經歷與人格分裂悲劇。但作者把桑青的故事納入如此廣闊的近代中國的歷史命運中去表現，困陷瞿塘峽、圍困北平、台北閣樓、美國獨樹鎮這些社會背景與時空變化，就不可避免地影響到個人歷史的演變；而個人精神世界的破碎，所反映的正是近代中國的歷史悲劇。從歷史煙塵中走來的女主人公，由天眞純潔的桑青，一變而爲癲狂縱慾的桃紅，人物的身份和人格發生了截然不同的變化，個人形象與歷史聯繫由此斷裂。在這種道德死亡與精神崩潰的背後，是無根的浪子茫然漂流的生活眞相，是永遠無法逃脫的「異鄉人」處境，是個人力量難以抵擋的社會動蕩與歷史災難。個人命運的沈浮與家國命運的變遷如此密切地交織在一起，「桑青與桃紅」的境遇對於中國人乃至整個人類境遇的影射與參照，就使她自然地形成一種寓言式的寫作。

---

① 聶華苓：《千山外，水長流》，成都，四川人民出版社，1984 年 12
　　月版，第 222 頁。
② 聶華苓：《我的母親》，《最美麗的顏色——聶華苓自傳》，南京，
　　江蘇文藝出版社，2000 年 1 月版，第 7 頁。

聶華苓說：「我在《桑青與桃紅》的創作中所追求的是兩個世界：現實的世界和寓言的世界。」①全書運用外在的眞實來反射人物內心的眞實，通過現實世界的描寫來傳達一種寓言式的效果。諸如第三部分，寫的是台北「閣樓人」的內心世界，但也是一個寓言故事，台灣那座孤島也就是一個閣樓。那搖搖欲墜、塵埃遍佈、老鼠橫行、時鐘停擺的小閣樓，作爲台灣社會的某種縮影，它「很恰當地象徵著台灣島本身恐懼孤獨、暫與外界隔絕的景況」②。作者還利用「閣樓人」沈家綱搜集的「剪報」，呈現出一種紛亂、荒誕、腐敗的現實，諸如荒山黃金夢、三峰眞傳固精術、分屍案、僵屍出土吸吮生人血等新聞和廣告的流傳。剪報的內容反映了台灣社會現實，是眞實的細節；同時也反映了精神死亡的「閣樓人」對於生命的基本慾望。而令主人公百看不厭的有關「故都風物」的「剪報」，則眞實地表現了桑青在極度的苦悶和恐懼中，對於回歸故里的強烈渴望，同時也流露出被命運放逐的「失根」浪子深切的哀怨。

《桑青與桃紅》在主題、人物、結構、表現手法等方面都做了「不安分」的嘗試。其一，採用雙線並行的跳躍式結構，以分裂的小說形式，來寫一個精神分裂的人物。通過桑青的日記和桃紅寫給移民局的信，將人物過去的故事和現在的故事時空交錯，同時進行。其二，反復採用象徵手法，追求寓言式寫作效果，以木船困在瞿塘峽，喻寫戰亂時期的中

---

① 聶華苓：《浪子的悲歌》，《黑色，黑色，最美麗的顏色》，香港，三聯書店香港分店，1986 年 5 月版，第 98 頁。
② 白先勇：《流浪的中國人——台灣小說的放逐主題》，《白先勇自選集》，廣州，花城出版社，1996 年 6 月版，第 414 頁。

國人處境；透過圍困北平中的沈老太太的垂死掙扎，象徵舊制度的瀕臨崩潰；而台北小閣樓的與世隔絕，又寓言了台灣孤島的境遇。總之，困陷與流浪的意象貫穿始終。其三，採用不同風格的語言，描述歷史的演進與人物精神狀態的變化。從天眞、純潔的少女口吻，到簡單、扼要、張力強的閣樓語言，再至紊亂、恍惚、不斷句的意識流語言，小說印證的正是從桑青到桃紅的人生分裂與性格變異過程。

及至《千山外，水長流》，則進一步顯示了聶華苓史詩型小說的新開拓。作品以混血姑娘蓮兒赴美探親尋根爲主線，在時空交錯的結構方式中，將中國與美國、歷史與現實、戰爭與愛情、個人命運與時代變遷連接起來，歌頌了中美人民的友誼和人類世界的愛心尋覓。十九世紀後期，愛爾蘭的布朗先生到美國愛荷華的偏遠小鎮「石頭城」搞開發建設，成爲一方首富。二次世界大戰前後，他的兒子彼爾作爲新聞記者，兩次來到中國探訪。彼爾熱愛中國人民，並與中國女大學生柳鳳蓮眞誠相愛。後來，彼爾在一次採訪中被人誤傷致死，柳鳳蓮生下了遺腹混血兒蓮兒。在中國特殊的政治環境中，蓮兒因爲「美帝爸爸」和「右派媽媽」的背景，人生屢遭坎坷，內心怨多於愛。1982 年，蓮兒終於有了機會，到美國探親。由於兒子早年喪生於中國，奶奶瑪麗對蓮兒情緒抵觸，蓮兒也對美國無法適應。隨著時間推移，奶奶終於被蓮兒的眞誠善良所感動，蓮兒也瞭解了父親家族的創業史，陌生的骨肉溝通了情感，中美人民之間的友誼如千山之外的生命流水一樣綿延不斷。小說集中塑造的，是柳鳳蓮母女的形象。透過母親寫給女兒的一束信札，「一生爲愛而活：愛國，愛人」的柳鳳蓮形象躍然紙上；依靠自身的回憶段落與書信眉批，蓮兒由「怨國怨人」到「愛國愛人」的情

感軌跡清晰可見。作者在這裏吟唱的，不再是昔日漂泊無定的浪子悲歌，而是根之回歸的希望之歌，世界各國人民之間的友誼頌歌。事實上，我們看到，以美國愛荷華爲家的聶華苓，「離開祖國愈久也就愈關心她的處境，可以說到了魂牽夢縈的程度」①。而《千山外，水長流》，正是她站在今天的歷史高度對家國命運做出的新的觀照。

綜觀聶華苓的長篇小說，在表現流浪的中國人主題的時候，它特別貫穿了一種女性視角。不僅小說的主人公無一例外地身爲女性，苓子、桑青、蓮兒、柳鳳蓮以及作品中形形色色的女性形象，都直接承載了時代變難中家國命運的歷史滄桑。女性與家庭、家園乃至家國無法割捨的情感聯繫，女性對愛情、婚姻、命運細膩敏銳的人生體驗，使她們的命運沈浮往往連綴著豐富而複雜的歷史變動信息和人性慾望表達，在此意義上，女性人生不啻於一種社會生活的鏡像。聶華苓的創作雖然是從感同身受的女性經驗出發，但她沒有僅僅停留於單純的女性人生的表述層面，而是自覺地透過歷史意識的深刻觀照，將個體的女性命運概括提升到中國人乃至整個人類的生命寓言，作品也就超越了小我的、一味女性化的局限，更多地具有了一種跨越歷史時空與人生高度的恢宏格局和氣勢。

與此同時，江水意象的貫穿，也不失爲一種饒有意味的視角。聶華苓談到，「我年輕的日子，幾乎全是在江上度過的。武漢、宜昌、萬縣、長壽、重慶、南京。不同的江水，不同的生活，不同的哀樂。一個個地方，逆江而上，一個個

---

① 聶華苓：《和非洲作家的對話》（一），《最美麗的顏色——聶華苓自傳》，南京，江蘇文藝出版社，2000 年 1 月版，第 315 頁。

地方,順江而下──我在江上經歷了四分之一世紀的戰亂」①。在聶華苓看來,「江水有很多的象徵意義,因爲江水象徵流動的歷史──像江水一樣不停地流,不停地變換。人生也是流動的。這對歷史、對人生都有象徵的意義,對我自己來講也有意義,我從長江一直流到愛荷華河,流了這麼遠,也有流浪的意思,浪也與水有關」②。正是基於這樣一種自我經歷與生命體驗,聶華苓對江水有一種特別的敏感和喜愛,她把江水化作一種與人生、與女性、與歷史相融的意象,貫穿到作品之中。我們看到,在《失去的金鈴子》中,苓子發生在三星寨的故事,始於主人公沿長江而來的逃難,終於苓子順長江而去的流浪,流水般的人生,銘刻在心的卻是苓子無法流逝的生命成長印記。而《桑青與桃紅》的故事,也是由長江中的瞿塘峽,首先構成作品主人公的流浪與困陷的人生境遇。及至《千山外,水長流》,不僅美麗的嘉陵江連綴了柳鳳蓮的青春與愛情,多情的愛荷華河維繫著美國青年彼爾遙遠的思念;這長長的流水,同時連接著蓮兒流浪的人生與世間割捨不斷的眞情。千山外,生命之水長流不斷;在所有江水的意象中,也蘊含了聶華苓所嚮往的「受過苦難而仍精神不死的」「那種『中國人』精神」③。

---

① 聶華苓:《大江東流》,《最美麗的顏色──聶華苓自傳》,南京,江蘇文藝出版社,2000 年 1 月版,第 50 頁。
② 聶華苓:《談〈千山外,水長流〉的創作》,《最美麗的顏色──聶華苓自傳》,南京,江蘇文藝出版社,2000 年 1 月版,第 271 頁。
③ 聶華苓:《我的家庭及創作》,《最美麗的顏色──聶華苓自傳》,南京,江蘇文藝出版社,2000 年 1 月版,第 4 頁。

第三節　陳若曦：感時憂國的天下情懷

　　陳若曦①，一個有著傳奇般人生經歷的女作家，以她勇敢直率的個性，愛憎鮮明的情感，在政治風雲不斷變幻的年代，對家國命運投入了一份熱切的關注，也由此帶來她鮮明的創作面貌。

　　陳若曦，生於台灣一個世代木匠的家庭，可以說是眞正的「無產階級」的女兒。1957 年考入台灣大學外文系，熱心參與《現代文學》雜誌的創辦，並開始文學創作。作爲地道的本省籍作家，陳若曦旣不同於白先勇、於梨華這些從大陸遷台的第二代作家，也有異於那些一味西化的現代派作家；與台灣土地的天然聯繫，使她成爲台大學院派中有著

---

① 陳若曦，女，本名陳秀美，台灣省台北縣人，1938 年生。台灣大學外文系畢業，美國馬里蘭州約翰霍普金斯大學碩士。1966 年，隨夫婿段世堯前往中國大陸，任南京華東水利學院英文講師，1973 年離開大陸至香港，1979 年前往美國加州大學柏克萊分校任中文中心主任。早年曾在《現代文學》發表作品，其小說曾獲中山文藝獎、《聯合報》文學特別獎、吳三連文學獎以及吳濁流文學獎。中短篇小說結集出版的有：《尹縣長》（1976 年）、《陳若曦自選集》（1976 年）、《老人》（1978 年）、《城裏城外》（1981 年）、《貴州女人》（1989年）、《女兒的家》（1998 年）等 12 種；長篇小說有《歸》（1978年）、《突圍》（1983 年）、《遠見》（1984 年）、《二胡》（1985 年）、《紙婚》（1986 年）、《慧心蓮》（2001 年）；散文有《文革雜憶》（1978 年）、《無聊才讀書》（1983 年）、《天然生出的花朵》（1987 年）、《草原行》（1988 年）、《西藏行》（1989 年）、《青藏高原的誘惑》（1989 年）、《我們那一代台大人》（1996 年）、《打造桃花源》（1998 年）等 15 種。

「鄉土色彩」的作家。1962 年赴美留學後,陳若曦與具有強烈民族意識的攻讀流體力學的段世堯相遇,參加了激進青年組織的「讀書會」。對共產主義理論的廣泛閱讀,對烏托邦理想的虔誠憧憬,對未曾謀面的祖國大陸的神奇向往,使陳若曦從害怕政治,一變而爲熱衷政治,並將這種理想追求付諸實踐。1966 年秋,她偕丈夫段世堯取道歐洲回到祖國大陸,任教於華東水利學院。滿懷報效祖國熱情的陳若曦時逢「文革」狂潮,在驚愕、痛苦、迷惘和忍耐中度過了六年的時間,一顆赤子之心受到嚴重挫傷,遂於 1973 年舉家赴港,後移居加拿大。陳若曦跌宕起伏的人生道路,使其創作自成風格並始終與家國命運、世事滄桑結合在一起。

以生活和創作的自然流程來看,陳若曦小說分爲三個時期。早期創作始於大學時代,以短篇小說爲主要形式,呈現了比較複雜矛盾的現象。出身於木匠世家的貧窮經驗與貼近普通百姓的情感指向,使她用寫實手法創作的小說,一是側重於表現底層人民的生存境遇,帶有鄉土色彩;二是致力於反映受侮辱受損害的女性命運,揭示出反封建反迷信的文學主題。作者之所以採取這種寫作立場,是和她早年的生活根基分不開的,陳若曦談道:「我小時候生長在鄉下,家裏來往親友不是務工,便是務農的,樸實無華。也許生活方式各有不同,但是他們對生活的追求和生活的奮鬥,照樣的狂熱熾烈,七情六慾的表達更加真實,健康。」等到她辦了雜誌以後,「這時,我下了決心,寫作的目標便是他們的生活」①。《辛莊》、《灰眼黑貓》、《婦女桃花》、《最後

①陳若曦:《陳若曦自選集·後記》,《陳若曦自選集》,台北,聯經出版公司,1976 年 5 月版,第 234 頁。

夜戲》等作品便是這種追求的體現。陳若曦對她曾經生活於
其間的那個貧窮、愚昧、滯後的社會環境深惡痛絕,她以一
個年輕作家的社會意識和正義感,關愛著台灣的普通人,特
別是底層的勞動婦女,企盼她們能夠從封建迷信的枷鎖下解
放出來,從世道不平的現實中掙脫出來,去掌握自身的命運
前程。《最後夜戲》作爲陳若曦早期小說的佼佼者,它將台
灣藝人落魄潦倒的人生與歌仔戲的衰落命運交織起來,對不
平等的社會制度表示抗議和批判,作品還注意用心理的、民
俗的、意識流的觀點處理小說情節。《灰眼黑貓》通過主人
公文姐不幸的婚姻命運,揭示了男權中心話語對於女性的人
生壓迫。另一方面,受西方現代派文學影響,創辦《現代文
學》雜誌的經歷,又使她描寫知識分子題材的時候,多有意
模仿西方文學。在《欽之舅舅》、《巴里的旅程》這類作
品中,人物的怪異行爲背後雖然蘊含著某種社會憂憤,但更
多失之於撲朔迷離、神秘虛無。總之,無論是社會寫實,還
是借鑒西方,陳若曦早期的小說創作,還欠缺社會、時代的
開闊視界和堅固架構,因而對社會陰暗現實的揭示和批判,
還顯得有些弱。

　　以 1974 年發表短篇小說《尹縣長》爲標志,陳若曦一
發而不可收地進入了去國以後「爲政治衝動而寫小說」的中
期創作。她陸續出版了短篇小說集《尹縣長》、《老人》
和自傳色彩濃厚的長篇小說《歸》,以及散文集《文革雜
憶》,這期間的創作皆以陳若曦的大陸生活經驗爲背景,主
要反映「文化大革命」的眞實面貌和社會悲劇。用作者自己
的話說:「目標是把中國人的痛苦和辛酸告訴所有的中國
人。」①由於陳若曦充滿傳奇色彩的人生,她因之成爲台灣
作家中惟一親身經歷了「文革」浩劫的人;又由於她對政治

與文學的敏銳感應，她最早在創作中揭露了「文革」時代的眞相，因之成爲海內外作家中首先觸及中國大陸「傷痕文學」題材的開創者。但也應當看到，由於當時的時代制約和作者「旁觀者」身份的生活局限，長期在海外生活的陳若曦缺乏對歷史的全面瞭解，加之她畢竟不可能眞正置身於「文革」的漩渦，所以她還難以從社會心態和文化背景上對「文革」悲劇進行更深刻、更廣泛的揭示，還會誤把「文革」的變態當做常態，出現一些有失偏頗的描寫。

　　當年，陳若曦滿懷熱情投奔祖國大陸，而「文革」時期的浩劫現實與她的理想發生嚴重錯位，懷著「烏托邦的追尋與幻滅」（白先勇語），以一個回歸的知識分子視角來透視「文革」這段特殊歷史，陳若曦不僅是浩劫年代的見證人，也自覺不自覺地承擔了一個反思者的角色。獨特的身份背景與人生經驗，加之陳若曦自身的政治熱情與熱血氣質，大大強化了她中期創作的社會意識。出於對社會政治和家國命運強烈憂患的峻急之情，陳若曦表現出熱切的現實生活關注指向，同時也蘊含了人道主義的多愁善感。這類創作按內容可分爲三類：或反映「文革」時期對民主與法制的踐踏問題，如《尹縣長》、《任秀蘭》等；或揭示極左思潮、個人崇拜給人民帶來的災難，如《晶晶的生日》、《大青魚》等；或表現受創最深的革命幹部和知識分子在「文革」中的命運悲劇，如《耿爾在北京》、《歸》等。

　　《尹縣長》作爲這一時期的重要代表作，它採用第一人稱寫法，以冷靜客觀、不動聲色的口吻，訴說了熱愛社會主

---

① 陳若曦語，轉引自夢花：《探索、痛苦、希望》，《海外文壇星辰》，南京，南京大學出版社，1993 年 12 月版，第 57 頁。

義的尹飛龍縣長於「文革」初期被槍斃的悲劇。尹飛龍原是胡宗南手下的一名軍官，因率部隊起義有功，新中國成立後擔任了陝西興安縣縣長。他遵紀守法，忘我工作，爲人民做了許多好事，在當地有口皆碑。然而，「文革」狂潮襲來，他卻連連受到迫害，被當做「潛藏特務」、「階級敵人」給槍斃了。尹縣長至死也不明白「究竟爲什麼要搞這『文化大革命』」？他不知道自己犯了什麼罪，臨死時仍然高呼「毛主席萬歲」，而一旁觀看的農民群衆也對這種場景表示不理解。作品對「文革」中破壞民主與法制、草菅人命的可悲事實給予了無情的揭露。在尹縣長被極左思潮迫害致死的令人驚悚的命運悲劇背後，那種被愚弄的年輕一代的精神瘋狂，以及整個社會虔誠的愚昧和盲從，則是一個民族更沈痛的深層悲劇。

從自己最熟悉的生活出發，陳若曦在這時期的小說創作中，多次出現了歸國留學生的形象，無論是耿爾、文老師、柳向東，還是辛梅和陶新生夫婦、方正和柳亞男夫婦，他們都曾放棄了優裕的物質生活和良好的工作環境，費盡周折，冒著風險回來爲祖國服務，卻意想不到地遭遇了「文革」亂世，想有所作爲而不能，想改造國家卻被社會「改造」；政治上遭受歧視，專業學非所用，情感屢遭創傷，理想頓然破碎，有的甚至後悔，想再度出去流浪。「回歸──疏離──幻滅」，構成他們不被認同的精神悲劇。短篇小說《耿爾在北京》，透過留美歸國學者耿爾一連串的愛情悲劇，深刻地揭示了浩劫年代對於普通人生活願望與感情權利的扼殺，回歸的知識分子與大陸社會「疏離」的痛苦彌漫於字裏行間，藝術的表現也相當眞切、感人。

長篇小說《歸》則以濃重的自傳色彩和眞實的生活體

驗，集中反映了歸國留學生在「文革」年代愛國無用、報國無門的不幸遭遇。台灣留美學生辛梅和陶新生爲了避開台灣當局的耳目，如期回到祖國大陸，幾乎繞地球飛了一圈。方正和柳亞男爲了申請回國護照，在海外苦苦等待了五六年之久。有感於她們這一代的人生的殘缺不全，辛梅千方百計地趕回祖國生兒育女，爲的是要孩子睜開眼睛就處在祖國懷抱；柳亞男認定「天地間頭一件大事就是要做一個中國人，最怕孩子將來長大後不中不西」。正是由於他們有過那般美好的憧憬，那樣義無反顧的付出，回歸後的「文革」現實打擊才更讓他們惶惑、痛苦、幻滅。辛梅和陶新生回國六年了，雖然學非所用，空懷一腔報國熱情，還是努力學習在忍耐中適應環境。她們也曾在「靑龍山裡挖過煤，淮河岸邊挑過土，在蘇北胼手胝足地開荒建農場」，期望有一種身份的改造，形象的認同，「被接納爲八億人口中的普通一分子」。然而，暑假長沙探親之行的受阻，一下子粉碎了辛梅的幻夢，她仍舊是那種不被信任的海外歸來的知識分子。爲了認同祖國而不遠萬里歸來的知識分子，卻得不到當時社會的認同，這是那個時代最令人心寒的一幕悲劇。後來，方正、柳亞男夫婦再度申請出國，陶新生卻由於對國內形勢的完全失望和理想的幻滅，通過主人公因公犧牲假像的製造而「巧妙」地自殺，辛梅則陷入了極度的失落與痛苦之中。難能可貴的是，在揭示與反思「文革」悲劇的創作中，陳若曦實際上是最早提出了「救救歸國留學生」的問題。但也毋庸諱言，這部小說在情節線索與人物比重的安排上顯得有些粗疏。生活素材眞實，但缺乏更深入的提煉；原本可以發掘的生活細節，卻被過多的主觀議論所代替，這種情形自然影響了它應該達到的思想藝術高度。

從 1980 年發表短篇小說《路口》開始，旅美的陳若曦進入了新的創作時期，小說題材與寫作路線發生了明顯位移。作者談道：「從 1980 年開始，我就不以『文革』為題材從事創作了，因為對這個問題很多人比我瞭解得多，資格比我老得多，我已集中精力多寫一些有關海外華人的東西。」①「由於移民海外，對海外台灣人的遭遇，他們的徬徨、選擇和成就感受很深，一方面他們的生活也牽連到香港、大陸以及其他地區的華人，於是決意寫海外華人的精神面貌、生活實況。」②「我現在感興趣的正是寫美國的華人社會——目前這個階段的華人社會，寫華人的思想和生活，例如他們對分裂的祖國、對二十世紀 80 年代中國人在國際社會上地位的認識，還有高級知識分子在這樣的社會裏的追求，他們怎樣看自己、別人乃至一般美國人怎樣看他們，還有種種個人的奮鬥、矛盾等。我現在要寫的就是這方面的題材。」③在這個變化過程中，政治局勢的發展、海峽兩岸關係的變化，使得一向關注國家命運的陳若曦不可能不被這種新局面所吸引。而身為旅美華人的角色定位和生活經驗限制，使她在反省兩岸關係的時候，又「不得不透過在美國的台灣人或大陸人來反省兩岸關係。這一來，就使得原本只是兩岸的問題，立刻變成較複雜的三角關係了」。而「台灣、大陸、美國的這種三角關係，可以說是兩岸關係最合理、最

① 《陳若曦談兩岸文學創作》，香港，《文匯報》1984 年 2 月 22 日。
② 陳若曦：《你爭、我爭、大家爭看陳若曦》，《遠見》，台北，遠景出版社，1984 年 5 月版，第 1 頁。
③ 陳若曦語，見彥火：《海外華人作家掠影》，轉引自白少帆等：《現代台灣文學史》，瀋陽，遼寧大學出版社，1987 年 12 月版，第 449 頁。

真實的表現」①。在中短篇小說《路口》、《城裏城外》
《客自故鄉來》、《向著太平洋彼岸》、《綠卡》、《到
雷諾去》，以及長篇小說《突圍》、《遠見》、《二
胡》、《紙婚》中，反映美國華人社會的生活命運特別是
知識分子的精神狀態，思考兩岸關係與中國前途，成爲她創
作的政治架構和關懷焦點；而這一切，又往往透過在美國相
遇的大陸人與台灣人之間的男女情感關係來展開，並無可避
免地浸潤在雙重文化的環境氛圍裏，體現著作家對海外華人
政治的、文化的、人性的多重思考。上述作品中，熱切的民
族情感跳蕩於字裏行間，不時躍然紙上；而對國家命運思考
的急切傳達，也程度不同地失之於某種理念的痕跡。

　　《突圍》以美籍華人教授駱翔之和大陸留學生李欣的婚
外戀爲主線展開故事情節，其中穿插了舊金山華人知識分子
形形色色的人生世相。熱衷於炒股票和經營房地產的教授，
信神拜佛、迷信成風的教授太太，或以金錢維持婚姻或陷入
三角戀愛的夫妻，還有那種爲追求生活美國化而遭遇困境的
大陸留美女學生……他們共同構成了在中西文化衝突中掙
扎、失落、空虛的一群。小說選擇「突圍」這個主題進行藝
術構思，頗具象徵意味。「突圍」作爲對人的某種境遇的警
醒與救贖，它使作品中的每一個人都必須審視自身，選擇路
向。不僅那個身患自閉症的女孩小琴面臨著治愈疾病、返回
人群的生命突圍；陷入婚外戀困境的駱翔之和李欣面臨著一
場情感與道德的突圍；包括那群醉生夢死、自我封閉在社會
一角的華人知識分子，也同樣面臨著如何走出小我天地，追

---

① 呂正惠：《徘徊回歸線──陳若曦小說中的政治三角關係》，《小說
　與社會》，台北，聯經出版事業公司，1992年2月版，第127～128頁。

求高尚人生境界的精神突圍。

　　《遠見》在展示海峽兩岸歷史走向與互動關係方面，有著更爲開闊的視野。受過高等教育的台灣中年女性廖淑貞是一個有著傳統美德的「東方女性」，爲了丈夫吳道遠的「遠見」，也爲了解決女兒的大學深造問題，她帶著女兒遠涉重洋，先期赴美，以做傭工來換取綠卡。其間與大陸訪美學者應見湘相識並結爲知己，從這種友誼中獲得了心靈安慰和人生追求的力量。兩年之後，當她曆盡艱辛拿到綠卡時，方知在台灣的丈夫早已與他人同居生子。悲憤之餘，廖淑貞決定離婚，重返美國闖蕩天下。經歷了這樣一場感情的突變，特別是與應見湘的接觸，促成了廖淑貞內在精神的轉變。作爲作者「理想的中國人的寄托」，應見湘則以他的耿介風骨與坦蕩胸懷，以他對中國前程的熱切關懷與無私奉獻，深深地感動和影響了廖淑貞，本來傳統賢惠、保守依從的她，不斷擴大了人生的關懷面，在追求自立的現代覺醒中看到了未來的希望，開始變得眞正有主見、有遠見了。

　　總的來說，陳若曦始終保持了「絕不無病呻吟」的寫作理念，基本上遵循生活寫實的路線。對家國命運的深刻憂患與熱切關注，使其小說帶有強烈的政治氣息和時代色彩；嚴謹而富於變化的結構，樸實無華、簡潔明快的語言，以及長於諷刺、筆法凝重的風格，構成她小說的主要藝術特徵。

第參編

70 年代——民族回歸潮流中的女性觀照

第一章　女性創作視點的轉移（上）

第一節　回歸鄉土與走近現實

　　進入二十世紀 70 年代，台灣遭逢外交變局引起危機，從社會結構到民眾心理都經歷著前所未有的時代激蕩和內在震撼。由此引發的反省台灣自身境遇、關懷社會命運前途的思想文化潮流，開始向著回歸民族、回歸鄉土的方向轉舵。在這種背景下不斷強化並最終蔚爲主流的鄉土文學思潮，不可避免地影響到 70 年代台灣文壇各個層面的發展，女性寫作也因此發生了走近現實、回歸鄉土的重要變化。

　　70 年代的台灣所面臨的，首先是島內外政治事件和經濟形勢的強烈衝擊。從國際環境來看，台灣「外交戰線」的大潰決，使其陷入風雨飄搖的「國際孤兒」的尷尬境遇。國民黨政權遷台之後，外交上始終堅持兩個工作重點，一是確保所謂「中華民國」在聯合國中的席位，二是維護與依靠同美國的關係。然而，令台灣社會震驚的事實接踵而來：1971 年 10 月 25 日，在台灣的「中華民國」被迫退出聯合國，年內就有二十三個國家與之「斷交」；1972 年 2 月 21 日，尼克森總統訪華，發表舉世聞名的《上海公報》，奠定了中美關係的基礎；1972 年 9 月 25 日，日本與中國建交，

承認中華人民共和國政府爲「唯一合法的中國政府」；1978 年 12 月 26 日，中美兩國發表建立外交關係的聯合公報。國民黨當局的一系列外交挫敗，使台灣民衆的心理也承受了極大的壓力。「許多人無法面對這種國際孤兒的衝擊，紛紛以尋求自保遠走他國，也使得台灣社會整體經濟結構受到衝擊。」①在這種社會背景下，對台灣的國際生存境遇和社會前途的反省，即刻成爲迫在眉睫的問題。

就島內形勢而言，政局動盪所引發的是文化思潮與民心世相的一系列變化。1970 年 11 月，「釣魚島事件」發生。釣魚島作爲台灣東北方無人居住的八個海中小島的統稱，歷來屬於中國領土。而當日本對釣魚島海底資源主權問題提出所謂「異議」時，美國竟宣稱將其作爲「琉球群島的一部分」歸還日本。適逢聯合國「代表權」危機的國民黨當局，並未採取堅決的應對措施。1971 年 1 月 29 日至 30 日，美國各地華人成立的「保釣委員會」組織聲勢浩大的示威遊行。之後，「保釣運動」的主戰場由海外移至島內，青年知識分子「以《大學雜誌》爲發言台，推動著政治改革運動」②。從 1971 年起，《大學雜誌》連續發表關心時政、呼籲革新的言論，以《台灣社會力分析》、《國事諍言》、《國事九論》等文章引起台灣社會的震動。由「保釣運動」所激發出來的民族情感與社會意識，使得「關心國是」、「討論國是」蔚然成風，打破了戒嚴體制下台灣學界與社會民衆多年的沈寂。1972 年 12 月 4 日，台灣大學師生舉行「民族主義座談會」，提出統一中國的主張，在台灣進步知識青年中

---

① 《台灣生存之戰》，風雲書系（43），台北，風雲出版社，第 56 頁。
② 江南：《蔣經國傳》，美國論壇社，1984 年 11 月版，第 439 頁。

形成愛國的民族主義浪潮。台灣當局實行鎮壓政策，拘捕台大教師陳鼓應、王曉波等師生，遂釀成「民族主義事件」。1975 年 4 月 5 日，蔣介石病故，國民黨內部面臨高層權力的世代替換，台灣統治階層的矛盾衝突由此加劇。1977 年 11 月 19 日，台灣舉行「五項地方選舉」時嚴重舞弊，激起桃園縣中壢鎮的萬餘名群眾起義，此爲國民黨當局開放縣、市長選舉以來所發生的第一樁大規模黨外抗議事件。1979 年 12 月 10 日，以台灣《美麗島》雜誌社成員爲主的一批非國民黨人士與台灣當局矛盾激化，爆發「高雄事件」。島內外的時局動蕩，使台灣所經歷的內在震撼，甚至超過了 50 年代初期國民黨遷台的壓力和 60 年代社會轉型的衝擊。

以台灣的經濟形勢而論，60 年代工業經濟起飛的背後，不僅帶來了農業生產受到扼制、農村勞動力大量外流的負面結果，也隱伏著殖民經濟對外高度依賴的弊病。1973 年發生的世界石油危機，使台灣經濟遭受前所未有的重創。僅以 1973 年與 1974 年相比，工業年平均增長率由 32 ％下降到 1.12 ％；而物價上漲的幅度，遠遠超出了 1960～1972 年這十二年的漲幅總和。台灣經濟由此急轉直下，進入停滯性膨脹的狀態。此種情形，也使愛國知識分子開始認清台灣殖民經濟的弊病和帝國主義「經援」的本質，並在反觀台灣西化之風的覺醒中，對崇洋媚外心態進行批判。

上述情形所釀就的社會思潮，爲 70 年代台灣文壇的新變動提供了強有力的思想文化背景，並使文學所走的路線，與這一時期新興的思想文化路線，達到了時代方向的同構性。特別是「1977 年的鄉土文學論戰，以令人無法忽視的最醒目的方式，標識著台灣文學的變遷，並告訴世人：現實主義的文學又重現於台灣文壇，台灣文學已進入了另一個階

段」①。

　70 年代崛起的鄉土文學創作，不是偶然發生的現象，而是現實主義文學長期醞釀的結果；其文學風氣的變革，歸根結底還在於文壇的內部運動，它往往由文學既定規範的枯萎和對變化的渴望所引起。具體而言，60 年代主宰文壇的現代派文學，對於打破 50 年代官方「戰鬥文藝」的一統天下，提升台灣文學的藝術水準等等，有著不可忽視的作用。但是，戰後西方世界的現代主義文藝 50 年代進入台灣詩壇的時候，是在民族優秀文學傳統缺席與斷層的背景下，以一種「輸入」的舶來品被橫向移植過來的，它的「先天不足」與後天泛濫，不可避免地帶來了盲目模仿、一味西化的時弊。部分現代詩脫離生活、逃避意義的空洞虛無和晦澀難懂，使台灣現代主義文學從最初的藝術叛逆，逐漸走向創作的自我局限和既定規範的枯萎。對這樣一種影響創作健康發展的文壇時弊的再反叛，就成為新的歷史條件下文學變革的內在動力。在這種文學背景上，從現代詩論戰到鄉土文學論戰，從現代派文學弊病的批判到現實主義文學的提倡，它所表明的正是 70 年代台灣文壇渴望創新的文學路線。

　70 年代文學路線的確立，也得力於當時一些文學與政論刊物營造的文學環境。從《文學季刊》到《文季》，從《台灣文藝》到《笠》詩刊、《龍族詩刊》，從《大學雜誌》到《夏潮》，它們都在不同層面上發揮了積極的推動作用。尤其是活躍於 1966 年至 1970 年之間的《文學季刊》，以及它在 1973 年改刊的《文季》，更是充當了鄉土文學和

---

① 呂正惠：《7、80 年代台灣現實主義文學的道路》，《戰後台灣文學經驗》，台北，新地文學出版社，1995 年 7 月版，第 50 頁。

現實主義的急先鋒。這些刊物公開打出文學的現實主義旗幟，認爲文學必須反映現實人生，關注民族命運與民衆疾苦，作家和作品應當有新的社會理想。它們對台灣的現代主義作品進行了有計劃的批評，以匡正文壇風氣。同時，它還大量發表鄉土文學作品，爲尉天驄、陳映眞、黃春明、王拓、王禎和、楊靑矗等鄉土文學作家的聚集與成長提供了文學空間。在 1977 年至 1978 年的鄉土文學論戰中，上述主要作家爲堅持民族主義立場和維護現實主義精神所發揮的時代先鋒作用，也將鄉土文學潮流推向高峰。

　　受到上述社會風雲與文學潮流的影響，台灣女作家在 70 年代的覺醒與成長，首先是以文學視界與創作重心的變化爲標誌的。女作家季季那時說的一段話，很能概括女性創作的這種變化。她談道：「我嚮往一個比教科書更寬闊淵博的知識世界；我嚮往那個靜態的世界所呈現的動態世界的相貌，一如我嚮往整個大宇宙存在的一切偉大的事物；我嚮往高山大河、波濤壯闊；嚮往風吹草低見牛羊的大草原上的牧人；嚮往神遊太空，伸手摘星，翻掌覆雨；嚮往大博物館的陰涼、古樸、豐盛；嚮往原始森林的小徑和荊棘。我尤其嚮往的是許許多多在我內心澎湃不已的人間角色：小販、浪人、農民、工人、推銷員、藝人、精神病患者、孤兒……我渴望進入他們的生活，和他們閑話家常，瞭解他們的愛憎悲喜。」①與 5、60 年代的女性書寫相比，70 年代的女作家們或從日常生活事件的敍事空間中走出來，開始關注小我悲歡、私人場域之外的現實人生，對整個人類共同體的社會事

① 季季：《暗影生異彩》，轉引自劉登翰等主編：《台灣文學史》（下冊），福州，海峽文藝出版社，1993 年 1 月版，第 463～464 頁。

件投入一份關懷；或從個人的主觀內在世界中走出來，不再一味沈溺於現代主義的心理探索，而在一日數變的現實面前開始了對客觀外在世界的瞭解。隨著民族、鄉土與現實進入女作家視野的變化，它對於打破女性創作相對狹小的文學空間，在融入時代、走向社會的參與過程中獲得一種新的精神層面，無疑是一個重要的飛躍。如果沒有特定時代背景的激勵，這種變化是難以想像和實現的。

由此變化帶來的直接後果，令人矚目。第一，它有利地激發了 70 年代女性寫作的民族意識和鄉土情懷，認識自己生存的社會，擁抱腳下的土地，成爲那個時代傳達出來的最強音。從曾心儀的《我愛博士》等作品對崇洋媚外心態的批判，到謝霜天的《梅村心曲》、施叔青《琉璃瓦》等作品對鄉土大地的擁抱；從李昂《混聲合唱》、《人世間》對社會問題的揭示和對鹿港鄉土歷史變遷的回溯，到心岱《大地反撲》對台灣環保境遇的拷問；從周梅春《純淨的世界》、《轉燭》在人與自我的探索意圖中隱然若現的祖根意識追尋，到趙淑俠矚望鄉土家園唱出的民族之歌，都可看出文學創作的時代變化。第二，女作家在走近現實的同時，也不可避免地開始了現實主義創作的再出發。不僅僅是寫實的技巧與風格，更重要的是那種現實主義的關懷與情感，使女作家對台灣社會的矛盾癥結與現實弊病，貧弱女性的不幸與悲哀，有了一份眞實深切的體察和表現。荻宜的《米粉嫂》、心岱的《鞋匠的妻子》、《蛇是女人的戀神》等作品，特別是季季與曾心儀的一系列小說，更是見證著那個時代女作家感知女性生存與反映現實的深度。

當然，70 年代的女性書寫在上述主要流向之外，還存在著其他層面的創作，社會生活的多面性和文學功能的多樣

化，使它不可能只以一種文學狀態出現。這一時期女性寫作
隊伍的特點，主要是戰後新世代作家的出現。季季、曾心
儀、謝霜天、施叔青、李昂、心岱、荻宜、周梅春這些多在
1945 年以後出生、大約於 70 年代前後嶄露頭角的年輕作
家，她們在 50 年代遷台的新移民女作家創作生命力開始衰
退，60 年代的學院派女作家留學異邦他國的背景下開始登
壇，雖然作家的群體陣勢有待於繼續形成，其文壇過渡色彩
也不言而喻，創作實踐還不夠豐富，但她們經歷了鄉土文學
潮流洗禮或影響的特點，卻使得這些戰後新世代女作家創作
伊始就擁有了不同於前代作家的文學視野，從而顯示出新的
創作素質與藝術生命力。

第二節　曾心儀：女性書寫的新型路線

　　曾心儀①在二十世紀 70 年代的台灣文壇上，堪稱女性
書寫的一面旗幟，她受到鄉土文學思潮的激盪而開始從文學
出發，其創作背景有著特定的時代意義。她以自己對底層女
性生存境遇的關懷和思考，傳達了台灣貧弱女性的心聲。這
種直面社會現實、深入女性人生的寫作，不僅堅持了鄉土文

---

① 曾心儀，女，本名曾台生，江西省永豐縣人，1946 年生於台灣省台
　南市。台灣私立中國文化大學大眾傳播系夜間部畢業。曾當過店員、
　化妝美容師、廣告公司秘書，《台灣日報》、《民眾日報》記者、編
　輯。1974 年開始發表作品，後從事創作及文化出版。已經結集出版的
　中短篇小說有：《我愛博士》（1977 年）、《彩鳳的心願》（1978
　年）、《那群青春的女孩》（1979 年）、《貓女》（1989 年），以
　及小說、散文合集《等》（1981 年）、《又聞稻香》（1995 年）。

學所倡導的行動路線，也以強有力的文學姿態，標誌著女性
書寫的某種轉折。她所點燃的，正是台灣新女性主義文學的
第一抹曙光。

　　曾心儀對於文學創作的認識與投入，經歷了自己獨特的
心路歷程。一方面，平民家庭帶來的人生歷練，使她對底層
貧弱者的生活有著切身感受，並有助於形成她的文學觀。曾
心儀的父親是大陸來台的國民黨軍人，母親為台南人，家境
相當貧窮。身為長姊的曾心儀因為交不起學費而不能讀高
中，只好輾轉於社會底層求職謀生，以菲薄的收入幫助父母
支撐家庭生活，並照料五個弟妹。曾心儀「從小酷愛文藝。
也曾盼望當畫家、護士，終因生活顛沛，夢幻成空」①。從
中學開始，曾心儀即以苦學方式擔任過百貨公司店員，推銷
婦女化妝品的美容師，廣告公司的小職員等。由此接觸了許
多出身底層的青年女性，特別是對許多被生活所迫淪落風
塵，過著痛苦屈辱生活的女性有著深切的瞭解和同情。在漫
長的人生奮鬥旅程之後，直到 1975 年，她才考入台灣私立
中國文化學院夜間部大眾傳播系。早年的貧窮生活和苦學經
驗，不僅為她提供了豐富的創作素材，更啟發了她對文學的
理念。曾心儀談道：「我對文學的認識：它不再是裝飾生
活，不再是消遣，而是一種使命，為人們說話，說出痛苦，
說出願望，說出方法。它是一把利刃，劃破虛偽的面具，看
出它的病症。它是我們的力量。」②基於這種認識，她的小

①　曾心儀：《我的寫作過程》，《台灣作家創作談》，福州，海峽文藝
　　出版社，1985 年 5 月版，第 118 頁。
②　曾心儀：《我的寫作過程》，《台灣作家創作談》，福州，海峽文藝
　　出版社，1985 年 5 月版，第 120 頁。

說多爲直面社會現實和弱勢人群、積極干預生活的寫實之作。

　　另一方面，鄉土文學思潮中的覺醒與成長，幫助曾心儀確立了自己的文學使命與創作路線。曾心儀走上文壇，正值新詩回歸民族回歸鄉土運動已經興起、鄉土文學論戰發生的前夜。作者談道：「我是約在 1974 年左右，結束了早期文藝青年的縹緲，我在生活中生活，開始新的成長。給我最大的指導是我曾經歷路的生活和書籍雜誌。」①自 1974 年她在《中外文學》上發表《忠實者》起，曾心儀即有志於重視思想性、社會性的創作，其作品多刊登於《中外文學》、《夏潮》、《仙人掌雜誌》以及《聯合報》上。這期間，尉天驄主編的《文季》，以鮮活的歷史與生活內容，極大地觸動了曾心儀。教育她的，不僅是以陳映眞、黃春明、王拓等爲代表的鄉土作家，鄉土文學的反對者也從反面使她清醒。1978 年元旦的晚上，台大教授王文興應耕莘文學院之約講演《鄉土文學的功與過》。「由於王文興講了太多缺乏理論和事實根據的話，言詞間充斥著輕薄勞工大衆，而使會場上產生激烈爭辯的場面。我那天坐在來賓席的最前排，親眼看到王文興拿著厚厚的一參演講稿，從容不迫地看稿子唸。這個演講會給我很深的感觸，我不禁再一次思考：我們爲什麼要追求知識？我們要追求什麼樣的知識？當我們獲得了知識，我們要做什麼？」②如果說，台灣教育的腐敗和殖

---

① 曾心儀：《我的寫作過程》，《台灣作家創作談》，福州，海峽文藝出版社，1985 年 5 月版，第 120 頁。

② 曾心儀：《一年的回顧》，《彩鳳的心願》（自序），台北，遠景出版社，1977 年 9 月版。

民主義的奴化思想，實在讓曾心儀感到失望，那麼，「在王文興演講會上的所見，更使我痛心疾首。演講會後，在三天的春假裏，我想了想，最後決定休學」①。而返回社會的目的，只是爲了去做工，去寫作，去充當台灣貧弱者的代言人。曾心儀的這種人生選擇，所呼應的正是鄉土文學的時代精神。鄉土文學論戰之後，曾心儀一度由社會的文學關懷轉向政治關懷，因助選開始介入在野派的政治活動。1985 年年底因見在野派腐化，遂向文學歸隊。

曾心儀的創作包括小說、散文、報導、訪問等，以小說創作爲主。其代表作《我愛博士》、《彩鳳的心願》，分別獲得《聯合報》與《書評書目》小說獎；後者還被女性主義學者李元貞改編爲話劇劇本，由台灣淡江文理學院排練演出，並參加 1978 年大專院校的世界劇展，用於帶動台灣戲劇轉向「探討當今的社會問題」②的方向上來。

曾心儀的小說，主要是沿著現實主義的寫作路向，在女性文學領域開拓。她的主要著眼點，是對 6、70 年代台灣女性的現實生存境遇進行描寫。這種創作不同於以往台灣文壇對舊時代女性生活的回眸式訴說，也有別於現代主義文風影響下對非常態女性情感境遇的心理探索；它直接切入台灣的現實人生層面，用當代人眼光觀照當下台灣的勞動女性生活，並訴諸鮮明的情感態度和道德批判傾向，因而它是作家面對社會大眾生活的寫實。80 年代以後，曾心儀的文學產量雖然不高，但仍然繼續了她對女性問題的關注，《情

---

① 曾心儀：《一年的回顧》，《彩鳳的心願》（自序），台北，遠景出版社，1978 年 9 月版。
② 曾心儀：《〈彩鳳的心願〉演出前後》，《彩鳳的心願》，台北，遠景出版社，1978 年 9 月版，第 191 頁。

迷》、《貓女》這類小說，更多地探討了現代女性面對職
業化過程和愛情危機的時候，所出現的人性迷失。與此同
時，以《作品之×》爲標題的無名系列小說，則通過寫實與
寓言相結合的手法，揭示台灣社會黑幕與現實弊端，從而進
入女作家一向很少涉足的政治文學領域。

　　按照作品題材的側重，曾心儀的小說可以分爲三種情
形。第一類，是以悲憫情懷描寫台灣底層婦女特別是風塵女
子的痛苦命運，揭示社會陰僻一角的現實狀況，作者筆下由
此出現了眾多被侮辱、被損害的舞女、妓女、酒吧女形象。
這種創作與她對下層社會的深入觀察有關係。曾心儀談道：
「多年來，我看到我周圍太多的少女毅然放棄追求個人的幸
福，爲了解決她們家境的貧困，淪落風塵。基於我對風塵女
郎生涯的瞭解，我堅定地認爲，她們的犧牲是一個殘忍的悲
劇，……她們的犧牲所付出的代價太大了。」①正是基於這
種生活感觸，曾心儀寫出了一系列血淚斑斑的女性故事。

　　在《烏來的公主》中，山胞少女露西被人誘騙到花蓮做
陪客女，幾經掙扎無望，只好帶著滿身病痛忍受屈辱生涯。
《從大溪來的少女》寫礦工的女兒從鄉下到台北謀生，被人
遺棄後淪爲酒吧女郎，幾次墮胎，痼疾纏身，還得忍受侵越
來台美軍的蹂躪。《閣樓的女人》展現的是酒吧女愛娜的悲
慘人生。爲了掙錢養家，愛娜總是設法陪客，卻無法支付多
次墮胎打針治病的醫療費，最終又被來台美軍士兵誘騙，關
押在警察局裏。《一個十九歲少女的故事》則是曾心儀所有
描寫風塵女郎生活作品中的佼佼者，是她構思了十多年之久

────────────

① 曾心儀：《我的寫作過程》，《台灣作家創作談》，福州，海峽文藝
　　出版社，1986 年 5 月版，第 119 頁。

的心血之作。小說中描寫了善良清純的女高中生黎翠華因為家貧輟學、淪落風塵當舞女的故事，觸及台灣貧弱女性生存境遇的普遍問題。作者不僅寫出了翠華的苦難身世，還「相當重視促使她淪落的遠因和近因，以及重視她浪子回頭後所將面臨的問題」①。如果說，翠華淪落風塵的自我犧牲，是貧窮家境驅使的結果，那麼，重返社會後的求學無門、愛情幻滅、有家難歸，則是由冷酷無情、歧視偏見的社會環境所導致。翠華的悲劇也形象地告誡掙扎於下層社會的女子，靠出賣肉體無助於從根本上擺脫困境。曾心儀特別想「讓更多面臨相同問題的少女們看到我這篇小說。也讓社會人士都借小說看到一個可怕的事實，看看那許多善良、可愛的少女在現實中遭受慘烈的鞭撻，她們不斷痛苦地掙扎、奮鬥、浮起、下沈⋯⋯」②

　　曾心儀沒有僅僅停留於女性悲慘人生的訴說，事實呈現的背後有思考，有批判，也不乏強烈的義憤。上述作品中的少女，並非天生墮落，她們都經歷了從清純女子到風塵女郎的人生曲線；而導致她們淪落的原因，則多為造成家境貧窮和生計無著的社會環境所逼迫。當台灣步向資本主義工商社會的時候，隨著農業社會的破產，農村勞動力大量擁向城市，由於他們不具備都市專業環境裏謀生的技能，更加劇了生存的貧困，一些女子便淪落到都市副產品的歡場裏。一旦落入風塵，她們會更痛楚地感受到，這個社會是如此的貧富

---

① 曾心儀：《我的寫作過程》，《台灣作家創作談》，福州，海峽文藝出版社，1986 年 5 月版，第 118 頁。
② 曾心儀：《我的寫作過程》，《台灣作家創作談》，福州，海峽文藝出版社，1986 年 5 月版，第 119 頁。

不均，紳士與舞女完全生活在兩個極其懸殊的世界裏。在這個「沒有愛，沒有尊嚴的地方，多麼的冷、黑、可怕、醜陋」的環境裏，一切歡客的享樂都建立在女子的痛苦和屈辱之上，女子無異於人肉場中的商品；擁有金錢的人可以爲所欲爲，連少女的青春和貞操也可以毫不費力地買來。曾心儀通過對這種社會現實的觀察與思考，揭示了一個令人驚異的問題：在資本主義工商化過程中，一旦社會關係變爲金錢關係，社會不公與貧富不均嚴重存在，貧弱女性在貧窮的壓迫下，就有可能再度淪爲被金錢支配的商品——性商品，從而遭受金錢與男性的雙重奴役。

曾心儀的第二類作品，是以其自身的生活經驗和感受爲基礎，通過描寫台灣工商界最下層的店員、美容師、小職員們的不幸際遇，來揭示資本主義社會現實中的虛僞和欺詐現象。《美麗小姐》、《彩鳳的心願》、《窗櫥裏的少女》等小說，都寫到了店員生活，但表現角度各有側重。《美麗小姐》描寫台灣「現代」百貨公司在生意蕭條的背景下，資本家用盡心機欺騙顧客兜售化妝品的情形，反映了在日美商品和英國舶來品「瑰麗」之間的明爭暗奪下，台灣商業所受到的擠壓以及店員們的悲苦生活。容貌漂亮的店員李蘭被公司選中，化妝成海外歸來的「美麗大使」，充當推銷「瑰麗」的活廣告，這種特殊的經歷不僅讓李蘭進一步認識了資本家惟利是圖的本質，也讓她直接感受到外國資本對台灣經濟的侵滲，「眞確瞭解到商場的畸形現象，不健康的、自私的、虛僞的素質」①。

---

① 曾心儀：《美麗小姐》，《一個十九歲少女的故事》，北京，團結出版社，1989 年 1 月版，第 200 頁。

　　比起《美麗小姐》，《彩鳳的心願》有了更爲廣闊的
生活涵蓋面。這篇小說以百貨公司舉辦選拔「時代歌后」的
活動招徠顧客爲題材，描寫女店員劉彩鳳被誘騙的經過，從
階級矛盾的層面看，女店員們承受高強度勞動卻獲得低工資
的現實境遇，直接反映了台灣社會存在的剝削現象和階級矛
盾，觸及資本主義的勞資關係、貧富不均等一系列社會問
題。正如彩鳳目睹「多麗餐廳」享樂場面時所觸發的內心感
慨：

　　　　怎麼有這樣懸殊的差別呢？有的人拼命勞累，掙
　　得幾個錢，肚子還填不飽。有的人卻大把大把鈔票要
　　塞給他屬意的人，唯恐對方不收下。有些地方賺錢又
　　那麼容易，好像遍地都是鈔票等著你去撿。

　　　　但是那個辛勞的尊嚴在哪裏呢？被誰尊重呢？誰
　　在乎你累，你餓肚子？①

　　在這樣的生存境遇裏，對於一天站十幾個小時櫃檯，還
要忍受公司苛責的業績規定壓力和男性上司性騷擾的女店員
來說，渴望改變惡劣的工作和生活環境，無疑是她們合理的
人生心願。但她們哪裏知道，選拔「歌后」實際上是選拔應
召女郎，資本家引誘或強迫女性出賣色相的目的，不過是爲
了自己撈取利潤。當彩鳳從公司的「時代歌后」變爲餐廳的
主唱歌星時，她並不知道自己正面臨著人生的陷阱。直到彩
鳳被老闆誘騙到旅館，日本嫖客出現在她面前的時候，她才
一下子清醒了，並迅速做出逃走的決定。小說這樣表現彩鳳

---

① 曾心儀：《彩鳳的心願》，《一個十九歲少女的故事》，北京，團結
　出版社，1989 年 1 月版，第 222 頁。

和日本人遙遙對峙的場面：

> 彩鳳冷冷地看著日本人。她眼前晃過一幀舊時的
> 照片，人物明晰——
> 路邊的刑場
> 雙手被反綁，跪在地上的中國人民
> 被砍去頭顱，平平的頸面
> 日本軍閥手持彎彎、亮光光的武士刀……①

這一組令人驚心動魄的照片，不僅提升著彩鳳性格覺醒的程度，而且深化了小說的主題內涵。作品將歷史與現實作一比較，把社會矛盾與民族矛盾交織在一起，反映了外國勢力以經濟的或其他的形式對台灣進行侵滲的實況。當年的日本軍國主義對中國人的迫害是殺戮，而今天，某些日本人對中國人的迫害是侮辱。歷史的驚人相似中，留給人們的是更深一層的無言的痛苦，是如何維護民族尊嚴的再度思考和奮起！

曾心儀的第三類作品，是針對外國勢力在台灣的肆虐，嘲諷和抨擊崇洋媚外的社會風氣，它直接呼應了鄉土文學思潮中對於殖民經濟入侵和西化之風泛濫的現實批判。《酒吧間的許偉》從正面著筆，寫股東之子許偉為了維護吧女的尊嚴和利益，甚至與洋嫖客大打出手；《一個作家的畫像》，則從負面形象入手，用嘲諷手法為崇洋媚外的作家李達畫像。深受西方現代主義文化思潮影響的李達，以「怪異、刺激、挑情、浪漫」的風格創作了荒誕不經的長篇小說

---

① 曾心儀：《彩鳳的心願》，《一個十九歲少女的故事》，北京，團結出版社，1989 年 1 月版，第 228 頁。

《長尾巴的人》；成名之後與女採訪員、女讀者隨意發生肉體關係，身體力行「弗洛伊德的性學說」，足見其品行之低下，社會風氣之惡濁。特別是曾心儀曾獲《聯合報》1976年小說徵文獎的《我愛博士》，堪稱這類題材的代表作。小說對留學哈佛的常博士形象的刻畫，爲人們塑造了一個「歸國學人公害」的典型，曾經一度引發台灣社會對此弊端的討論。常博士以「歸國學人」身份回台灣講學，一頂博士帽成爲他招搖撞騙、勾引女性的炫目外衣。表面上，他以治學嚴謹、知識淵博的學者形象出現，來騙取渴求知識的青年的尊敬；私下的時候，他則以「性解放」理論的身體力行，來同時玩弄幾個女性的感情。小說中的那位有進取心和求知欲的青年女性，曾一度迷戀於「歸國學人」的知識背景，受到常博士的誘騙。痛定思痛之後，她終於認識到：「我必須在感情方面、生活方面都要能獨立，不依賴別人，不把想像、希望建立在他人身上。」[1]在崇洋媚外之風流行的台灣社會背景下，小說中女主人公的認識就不僅僅成爲個人生活道路的反思，而且具有了對整個社會的反思意義。

曾心儀登上文壇的意義，第一，是在於她對台灣鄉土文學精神的回應與闡揚。曾心儀在鄉土文學思潮中所激發的那種文學使命感，使她作品中那種對於貧弱女性悲苦現實的描寫，對於資本主義勞資關係、社會不公現象的觸及，對於台灣社會崇洋媚外風氣的批判，都鮮明地感應了鄉土文學創作的思想內涵，並達到了與那個時代精神主流的共鳴。這使得出道雖晚的曾心儀，卻走在了 70 年代台灣女性寫作的前

---

[1] 曾心儀：《我愛博士》，《一個十九歲少女故事》，北京，團結出版社，1989 年 1 月版，第 151 頁。

列。第二，這種寫作對於以往的台灣女性文學，有著某種超越的意義。曾心儀的小說，透過形形色色的女性形象描寫，觸及女性題材描述背後的一個尖銳而嚴峻的問題，即台灣走向資本主義工商業社會的轉型過程中，女性生存所仍然面臨的被特定文化背景和經濟關係所物化、慾望化和弱化的困境。歷史前進了多少，女性的歷史就有多少相似的無奈！這一不同尋常的發現，直逼新的經濟時代所掩蓋下的底層女性的生存本相，它使曾心儀的創作不僅具有了現實的警世作用，更具有了一種女性觀照的穿透力。當然，儘管曾心儀的某些作品藝術提煉不夠，主題的揭示也有直露之嫌，文學的歷練還有待於加強，但她初登文壇，就能夠「挾帶濃烈感情來刻畫這些人物的生活，抒發他們的心聲，在處理手法上卻一點也不拖泥帶水，表現了刀筆般的明快俐落」①；這樣的寫作，對於以往女性文學中一味婉約的風氣，對於那些籠罩幾多哀怨的女性故事訴說，更多了一種單刀直入的反抗姿態，多了一種充滿力度的風格突破。

第三節　謝霜天：擁抱鄉土的客家情懷

謝霜天②闖進台灣文壇，正值回歸鄉土的社會思想文化

---

① 王津平：《面對嚴肅的現實問題高揚批判的道德勇氣》，《曾心儀集》，台北，前衛出版社，1992 年 4 月版，第 227 頁。
② 謝霜天，女，本名謝文玖，台灣省苗栗縣人，1943 年生。私立淡江大學中文系畢業，台灣師範大學國文研究所暑修班結業。曾任聾啞中學教師 25 年，後任台北市啟聰學校高職部教師，獲「國家文藝獎小說獎」，「中國文藝協會文藝獎章」。其主要作品有：長篇小說《秋

潮流愈發洶湧澎湃的二十世紀 60 年代中期到 70 年代後期。
作爲一個受過正統中文訓練的客籍作家，謝霜天那種表現鄉
土、關懷社會、尊重生命、崇敬自然的寫作主題與風格，以
及獨特而豐富的客家生活經驗訴說，在台灣鄉土文學創作格
局中獨闢蹊徑。1976 年 12 月，其長篇小說《梅村心曲》獲
台灣「國家文藝獎小說獎」；1977 年 3 月，她以文學創作的
特殊成就當選台灣「第七屆十大傑出女青年」之一。1981
年 5 月，獲台灣「中國文藝協會文藝獎章」。但令人遺憾的
是，謝霜天的文學價值，還沒有得到評論界和文學史家的充
分評價。她雖然活躍於鄉土文學創作時期，但並不是以強烈
的意識形態話語爲主導，其鄉土文本寫作的獨異性和豐富性
往往被風起雲湧的時代主流評價所忽略：她顯然是典型的女
性書寫，卻沒有受制於 6、70 年代開始流行的女性主義理
論，且創作遠離學院派、新移民作家群以及戰後新世代作
家，走的是一條從族群生存經驗出發，以自我心靈感知女性
人生歷史的寫作路線，採取的是一種無黨無派、業餘而自由
的寫作方式，故其女性文本寫作也未被醒目地納入女性文學
的格局之中。直到二十世紀 90 年代，台灣文學研究界才開
始在「客家文學」的研究背景上較多地提及謝霜天，而大陸
學界對其也極少關注，只有趙遐秋先生的《十論謝霜天》是

暮》（1975 年）、《冬夜》（1975 年）、《春晨》（1975 年）、
《渡》（1976 年）、《耿耿在此心》（1977 年）、《虎門遺恨》
（1979 年）、《夢迴呼蘭河》（1982 年）等；另有散文集《綠樹》
（1974 年）、《心畫》（1974 年）、《抹不去的蒼翠》（1976
年）、《無聲之聲》（1980 年）、《霜天小品》（1982 年）、《熒
熒燈火中》（1986 年）、《青山的邀約》（1987 年）、《鄉土情懷》
（1987 年）、《泥中有情》（1987 年）等。

一個例外。由此看來，對那些相對邊緣的作家創作的再發掘，對文壇潮流內外的創作現象的再認識，對由於各種原因被遮蔽的文學事實的客觀、公允而全面的評價，就成爲建構台灣文學史不可忽略的一項工作。

從謝霜天的人生與創作道路來看，客家生活的背景與熱愛自然的鄉土根性，構成了她寫作生涯的基礎。本是客家女兒的謝霜天，深得客家族群文化經驗的滋養。雖然以耕種維持生計的家庭並不富有，但是謝霜天在精神上一直過著富裕的生活，因爲陪伴她生命成長的，不僅是父母的慈藹、家人的和睦，還有客家鄉親淳樸、勤勉、堅忍的性格和傳統。特別是自幼在蕉山長大，山間的明月清風，田園的禾浪稻香，大自然以它的優美形象與清新天籟，使得謝霜天「一顆心仍然清明，仍然易受感動，熱烈地愛著一切美好的事物」①。成長的過程中，還需要特別提到謝霜天父親長海先生對女兒的教誨。作爲一位耕讀相隨的儒者農夫，長海先生自署「蕉嶺逸人」，是苗栗鎮上詩社的社長。他一生淡泊名利，不求聞達，對子孫堅守耕讀傳家的原則。父親不僅影響了謝霜天的人格品性，而且啓蒙了她的讀書興趣，並幫助她篤定了文學志向的選擇。

從孩提時代迷戀於《小公主》、《苦兒流浪記》、《湯姆歷險記》……以及《學友》、《東方少年》之類的兒童書刊，到中學階段鍾情於《水滸傳》、《三國演義》、《紅樓夢》等古典小說，愛好文學不僅讓謝霜天顯露寫作才華，也促成她心靈的早熟。1962 年秋天，謝霜天

---

① 謝霜天：《有山如浪》，《謝霜天自選集》，台北，黎明文化事業股份有限公司，1982 年 2 月版，第 8 頁。

考進淡江文理學院中文系，朝著自己喜愛的文學理想不斷起飛。大學畢業不久，因爲她的一位啞姊的緣故，謝霜天決定將愛心終生獻給聾啞教育事業。她先在聾啞中學當教師 25年，後任職於台北市立啓聰學校高職部。教職之餘，涉足文學創作。從 1966 年 10 月開始在《徵信新聞報》、《中國時報》發表作品以來，謝霜天的創作自抒情散文起步，進而到短篇小說，再到長篇小說，很快以她的鄉情、愛心與靈氣征服了讀者，並引起文壇的矚目。

謝霜天對散文創作，一向情有獨鍾。散文筆調的悠閑、溫和而自由，表現情感的淳厚、優美而善良，以及它所帶有的詩的靈性和氣韻，都令她心儀。謝霜天結集出版的散文有九種，僅從一些集子的名字，諸如《綠樹》、《抹不去的蒼翠》、《青山的邀約》、《鄉土情懷》、《泥土有情》等，你就可以感受到作者濃郁的鄉土情結和愛心關注。這些散文，或記述謝霜天在聾啞學校熱忱服務的生活，如《綠葉》、《啞生之歌》；或表現家庭親情與天倫樂趣，如《父親與燈》、《我的啞姊》等；或描寫云云衆生中的普通人，如《市井一君子》、《大鬍子》等；更多的是關於故居家園、鄉土生活和客家風俗的生動表現，這在《鄉土情懷》、《泥中有情》等集子中俯拾皆是。謝霜天的散文是屬於大地的創作，濃郁的鄉土風味，崇高的人性關懷，成就了她作品中的一份淳美。

謝霜天的小說創作，分爲三類，短篇小說重人情世態描摹，以《不滅的光》、《阿公的閑牛》爲代表，可謂作者邁向長篇創作的一種過渡。人物傳記小說眞摯而生動，是以人物爲歷史做見證。諸如以台灣抗日志士翁俊明爲傳主的《耿耿在此心》，以近代民主革命家朱執信爲藍本的《虎門

遺恨》。特別是她爲蕭紅立傳的《夢回呼蘭河》，以富有創造力的想像，生動地復活了有血有肉的蕭紅形象。美國學者、研究蕭紅的漢學家葛浩文曾稱譽此書是描寫蕭紅最好的一部作品，也是當代極爲出色的一部長篇小說。提及謝霜天最重要的長篇小說，則是描寫台灣鄉村生活和客家女性形象的《梅村心曲》，它由《秋暮》、《冬夜》、《春晨》三部曲組成。謝霜天很早就想以台灣農村爲背景從事長篇創作，適逢鄉土文學思潮湧動的 70 年代，承台灣《中央日報》海外版主任趙廷俊（桓來）先生邀約，且希望以台灣農村爲題材寫稿，遂使計劃付諸實現。《梅村心曲》三部曲自 1974 年 11 月 1 日起在《中央日報》海外版連載，是作者當之無愧的代表作。

　　《梅村心曲》的問世，來自於台灣這片土地和人民的孕育，得力於台灣鄉土文學先輩作家的啓迪與引導。「在台灣農村，有優美的田園景色，有淳厚的風土人情，更有著衆多不屈不撓的偉大靈魂。」①正是由於這種環境的孕育，謝霜天成長爲田園的女兒，一生被鄉土情懷所維繫。《梅村心曲》不僅是她獻給鄉村與大地的一首生命之歌，更是一部台灣農村歷經艱辛發展繁榮的史詩。作品借台灣客家女性林素梅的生活道路，在 1931 年到 1975 年的歷史背景上，將台灣的社會脈動、農村的風俗人情和鄉土人物的生活畫面，一幅幅地展現在讀者面前。《秋暮》寫 1931 年至 1938 年間日本殖民統治下台灣農村的暗淡雕零，《冬夜》寫 1939 年至 1948 年間台灣農村經歷的種種苦難，《春晨》寫 1949 年至

---

① 謝霜天：《秋暮・序》，《梅村心曲》，桂林，灕江出版社，1990 年 4 月版，第 4 頁。

60 年代初期台灣農村經濟開始復甦的景象。特別是作品所描述的客家人遷居台灣、開拓台灣的艱辛歷程，不僅讓人們看到一部淳樸而堅忍的客家女性的鄉土生存歷史，也展示出一部形象的現代台灣人的奮鬥歷史。

在這部作品中，謝霜天已用女性生活史的書寫模式，建構起以客家女性爲主體的小說構架。在不斷遷徙的歷史中，客家族群形成了勤勉而節儉、崇尚勞動、吃苦耐勞的性格，也凝聚成獨特的文化內涵。而客家婦女在生活中所承擔的壯碩、堅忍如男性般的角色，她們從事耕種、保護祖傳土地、維持家庭經濟、防衛村莊、忍受貧窮和抗拒壓迫的能力，使其當之無愧地成爲客家族群的典型代表。自幼生活在客家莊的謝霜天，時常被客家族群的人生方式特別是客家女性的身影所感動：

> 在家庭生活中，我對母親和大嫂的吃苦、操勞，特別是她們的犧牲精神，體驗最多，崇敬也最高。她們具有「客家人」的執著，更有著中華兒女傳統的堅忍氣質，她們的形象在我的心裡植下了根。由於這樣一份感情，因此在我的作品中，也就時常有著她們的影子①。

謝霜天正是以自己家族爲藍本，以家中大嫂爲原型，創作了主人公林素梅的形象。林素梅「出身農家嫁到農家，一生血汗都滴落在田地裏。雖然備歷艱苦，卻能屢挫屢起，絕

---

① 謝霜天：《秋暮·序》，《梅村心曲》，桂林，灕江出版社，1990 年 4 月版，第 3 頁。

不向命運低頭，充分表現一個堅強的客家女性典型」①。

　　林素梅的一生，是客家女性鄉土生存歷史的眞實縮影。在漫長歲月中，林素梅經歷了日本殖民統治的黑暗時代，抗日戰爭的苦難時代，以及台灣光復後回歸祖國、進行土地改革重建家園的時代。《秋暮》、《冬夜》、《春晨》分別描寫了林素梅在這三個時代的人生歷程，並從中凸顯了她作爲「女中丈夫」和「大地之母」的形象。吃苦耐勞的品性和守土愛鄉的情操，屢挫屢起的韌性奮鬥精神，這是林素梅突出的性格特徵，也是她漫長生命歲月的力量支撐。1931年，二十二歲的林素梅嫁到梅村吳家。梅村的祖先是從廣東梅縣遷居而來的，在台灣苗栗縣銅鑼鄉的後龍溪畔繁衍成爲客家莊。林素梅的公公吳傳仁是一位耕讀傳家、胸懷淡泊的田園詩人，看重的是民族操守的堅持和文化血脈的傳承。素梅雖然是在吳家最困難的時候嫁過來的，但她慶幸能與勤勞淳樸、心靈聰慧的阿禎結爲連理，渴望用自己的雙手創造美好的農家生活。素梅認定「田園是一個人勤勞與否的試驗所」，「滴多少汗水，土地便回報以多少成果」②。本著客家女性特有的吃苦耐勞精神，她結婚第二天就開始忙廚、餵雞、養豬、下田，伺奉生病的婆婆。在挑起家務與農活重擔的同時，她也愛上了梅村的山山水水，農家的樸素生活。但是，日據時期台灣農村的黑暗和沒落，自然環境的惡劣與肆虐，竟使災難接二連三地降臨。由於日據時期農村嚴重地缺

---

① 謝霜天：《我寫〈梅村心曲〉》，《梅村心曲》，桂林，灕江出版
　　社，1990 年 4 月版，第 2 頁。
② 謝霜天：《秋暮・美麗的遠景》，《梅村心曲》，桂林，灕江出版
　　社，1990 年 4 月版，第 102 頁。

醫少藥，病魔無情地奪去了阿禎年輕的生命，可家人連他生的什麼病也弄不清楚。二十五歲的素梅一夜之間成爲新寡，悲哀地面對年近半百的公公，體弱多病的婆婆，未成年的弟妹，幼小的稚子，還有尚在腹中的胎兒。在素梅悲痛欲絕的時候，是母愛，是對生命的責任感喚醒了她，促使她堅強地活下去，「儘管沈重的擔子將磨得她肩胛出血，她仍然要把脊骨挺得畢直，步履踩得穩實」①。豈知接踵而來的是兒子阿彥患腦炎不幸夭折，婆婆被胃痛折磨而死，短短五年裏，素梅目睹了生老病死的重重悲劇。從此她不再信神信命，而是靠自己的力量支撐起這個破碎的家。面對無情的大地震，素梅咬緊牙關，苦苦操持，「撐起屋脊梁，再造新家園」；當小叔子背叛親情、製造家庭分裂的時候，素梅儘管痛心萬分，還是本著「不念舊惡」、「與人爲善」的寬容，與他們大度相處。無論是貧窮歲月中的人事滄桑，還是地震、颱風、水災、荒年的自然災害，或是異族壓迫、戰爭侵襲的種種痛苦，每當個人和家庭遭逢困境的時候，都是素梅用自己瘦弱的身軀，爲這個家遮風擋雨。即便到了農村發生急劇變化的二十世紀 50 年代，家境有所好轉，素梅已經年過半百，兒子娶親、養女出嫁，但她仍舊以勞動爲本，辛勤耕耘。在這裏，素梅無異於一面眞實的鏡子，她不僅負荷了時代更替的衝突，見證了台灣農村從艱苦落後的歲月到發展、進步的時代變化，還見證了作爲「大地之母」的客家女性勇於奉獻和犧牲的堅忍氣質與博大胸懷。

在作品中我們還看到，家境貧窮的林素梅雖然沒有受過

---

① 謝霜天：《秋暮·惡作劇》，《梅村心曲》，桂林，灕江出版社，1990 年 4 月版，第 152 頁。

良好教育，然而來自客家族群的文化傳承，把中華民族的根深深地扎在了她心裏，使這個原本平凡的鄉村女子，在關鍵時刻閃爍出思想性格的特異光芒。1937 年，日本帝國主義在中國大陸發動了大規模的戰爭，遭受異族統治的台灣農村更陷入了水深火熱之中。日本殖民者爲了從台灣土地上榨取更多的物資給養，要求農民多流汗、多種植，卻又必須節衣縮食。等到太平洋戰爭爆發，「武士道」開始崩潰，日本殖民者更是以臨死前的瘋狂來壓迫台灣人民，在「全島要塞化」的口號下，大力推動「皇民化運動」。統治者強迫台灣人說日語，改日本姓名，穿「國民服」和「戰時裝」，禁止農民過中國年、節，開展「獻金運動」與「金屬上繳」活動，強迫徵收農民糧食，組織所有男子參加「勞動獻身隊」，強行推廣「正條密植」，以致造成稻穀歉收。在動亂的時局中，台灣鄉村經受了重重劫難。面對這一切，素梅的民族意識得以覺醒，她用自己的方式進行著無言的反抗。小說寫到的「獻金運動」，是日本人爲了打中國人而廣泛搜金的舉措，殖民地當局爲此制定了種種嚴厲的懲罰措施。素梅牢記「吳姓祖先來自廣東梅縣」的歷史，頂著來自各方面的壓力，硬是私藏金鐲，認定「不獻金正是一種無言的反抗！」①獻金期限已過，日本人又要人們去媽祖廟宣誓，檢驗是否全部獻出了金器。這時的素梅：

> 　　她把頭一昂，才壓減了心中的無端恐懼——怕什麼？金子是自己的，又不是偷來的，我有權支配；再說，金子是你們日本人要，也不是神要，我爲甚麼不

---

① 謝霜天：《冬夜・反抗》，《梅村心曲》，桂林，灕江出版社，1990年 4 月版，第 271 頁。

能坦對神明？何況……。神在哪裏？真正的神應該是自己的一顆良心啊！我對得起良心，還有什麼值得怕的①？

於是，素梅從容地拈香跪拜，語氣堅定地說出自己的誓詞，心裡卻充滿耍了狗子們一手的勝利感！

抗戰勝利，台灣回歸祖國。日據時期一向親日的小叔子阿柱冒出了一種「台獨」思想，他認為：「我們台灣人受日本統治了這麼久，無論講話、思想、生活、習慣，都跟中國內地的人不一樣，既然日本人走了，我們為什麼不獨立，自己管理自己？」②公公當即生氣地斥責阿柱是「忘本」：「我們客家人是從廣東來的，福佬是從福建來的，跟中國內地人有什麼不一樣？你倒說說看！」③在公公看來，客家人無論到任何地方都不會忘記祖國，全世界有華僑的地方一定有客家人，他們有哪一個會忘本，否認自己是中國人的？在這種場合，素梅完全站在公公一邊，對阿柱的言論極度反感。她心想：「照阿柱說的，認為自己比較接近日本人，因此就不認祖宗八代……。這就好比一個嬰兒，吃了一陣子別人的奶之後，便忘了自己的親娘一樣，難怪要受到公公的訓斥了。」④

---

① 謝霜天：《冬夜·反抗》，《梅村心曲》，桂林，灕江出版社，1990年4月版，第274頁。

② 謝霜天：《冬夜·暢談》，《梅村心曲》，桂林，灕江出版社，1990年4月版，第346頁。

③ 謝霜天：《冬夜·暢談》，《梅村心曲》，桂林，灕江出版社，1990年4月版，第346頁。

④ 謝霜天：《冬夜·暢談》，《梅村心曲》，桂林，灕江出版社，1990年4月版，第349頁。

　　由此可知，愛國情感和民族意識已經構成林素梅性格深層最穩定的內容，它使一個原本平凡、並非英雄的農家婦女，在特定的時代環境裏，表現出紅梅傲霜、鐵骨錚錚的氣節；也使輾轉遷徙的客家人，不論走到哪裏，都有著一種生命之根、文化血脈的維繫和牽掛。

　　《梅村心曲》歸屬地地道道的鄉土文學作品。透過一幅幅素樸而又靈動的鄉村風情畫，它讓讀者體味到客家人守土愛鄉的大地情懷，體味到風景無限而又多災多難的鄉村歲月。寫客家鄉情，無論是修祖譜、祭媽祖，四時八節的禮尚往來，生兒育女的「送羹」賀喜，以及割稻時節的拜伯公，做「喜功」，都表現出客家族群和睦相處、相濡以沫的人情傳統與文化風俗。狀鄉村景色，極盡色彩明麗的詩意描寫。水藍色的天幕，起伏橫翠的山巒，綠羅裙般的梯田，艷紅柔黃的花圃，明鏡一樣的池塘，以及紅瓦白牆綠籬笆的農家院落，都給人帶來田園生活的美感。作品沒有停留於靜態的鄉土景色描摹，而往往是在情景交融、天人合一的意境中，從主人公林素梅的眼眸裏、心靈中去採擷田園美景，體驗與泥土爲伍、以勞動爲生命的快樂。《秋暮・母鷄們》這樣描寫農家日常生活的片斷：

　　　　素梅撿起那枚溫熱的蛋，握在手心，好一陣舒適的感覺。而它的顏色多美呀！那種柔和的微紅，就像夕陽西下時，最後一抹斜暉，染在天空最勻最薄的一片雲彩上，真難怪那只母鷄要像完成一件傑作似的，大聲啼叫起來①。

---

① 謝霜天：《冬夜・暢談》，《梅村心曲》，桂林，灕江出版社，1990年 4 月版，第 30 頁。

《春晨‧嫁女》如此表現素梅在採筍時節的生命感應：

> 拿了一把鐮刀，一口裝麵粉的空布袋，素梅輕鬆
> 的朝屋後竹林走去。田事忙罷，又該是採筍季節。鮮
> 嫩的桂竹筍跟女人的青春一樣，稍一誤時，它便老去
> 不堪折了。
>
> 站在沁涼的竹蔭下，只覺身體內外全給翠綠浸透，
> 分不出竹是我，我是竹。……①

與這片田園的合而爲一，使得素梅能以超出一般農婦的
眼光和心靈去感應故鄉的風光之美，山川之秀，她所摯愛的
田園不僅給她以快樂和滋潤，也成爲支撐她克服一個又一個
人生劫難的生命力量之依托。

與這一幅幅流動的田園風情畫像對應，《梅村心曲》由
77 個相對獨立的生活片斷連綴而成，集合相關的若干片
斷，可以成爲一個單元；而全篇閱讀下去，又是脈絡分明、
首尾連貫的一部長篇。借此獨特的結構，成功地把台灣農村
的景色和人物活動，一幅一幅地展現到讀者的面前；透過藝
術印象的感知和連綴，又融合成客家鄉土生活和女性生命歷
史的長卷。

由此可知，謝霜天在台灣鄉土文學創作格局中，毋庸置
疑地應占據重要的一席之地。

---

① 謝霜天：《春晨‧嫁女》，《梅村心曲》，桂林，灕江出版社，1990
　年 4 月版，第 544 頁。

第二章　女性創作視點的轉移（下）

第一節　季季：婦女生活的「詩與真實」

　　以季季①豐沛的生命力和創造力而言，她曾被認為是台灣新一代女作家中最有希望突破女性寫作困境的佼佼者②。事實上，且不說季季二十世紀 60 年代就已經開始從文學出發，僅就 70 年代出版的《異鄉之死》等 9 部小說集而言，季季的創作成就已經讓人刮目相看；更何況她透視社會現實

---

① 季季，女，本名李瑞月，台灣省雲林縣人，1945 年生。省立虎尾女中高中部畢業。1964 年至 1977 年專事寫作，後任《聯合報》副刊組特約撰述、萬象版編輯，《中國時報》副刊主任兼《人間》副刊主編，《中國時報》周刊副總編輯。季季於高中時代開始創作，16 歲發表處女作《小雙辮》。其主要作品有：短篇小說《屬於十七歲的》（1966 年）、《誰是最後的玫瑰》（1968 年）、《泥人與狗》（1969 年）、《異鄉之死》（1970 年）、《月亮的背面》（1973 年）、《季季自選集》（1976 年）、《蝶舞》（1976 年）、《拾玉鐲》（1976 年）、《誰開生命的玩笑》（1978 年）、《澀果》（1979 年）、《季季集》（1993 年）；長篇小說有《我不要哭》（1970 年）、《我的故事》（1975 年）；散文集《夜歌》（1976 年）、《攝氏 20〜25 度》（1987 年）等。
② 參見葉石濤：《季季論——台灣婦女生活的「詩與真實」》，《台灣鄉土文學論集》，台北，遠景出版公司，1979 年 3 月版，第 293 頁。

的獨特視角，對婦女生活中「詩與眞實」的敏銳發現，以及風格的求新多變，這一切都毋庸置疑地確立了季季在二十世紀 70 年代台灣文壇上的位置。儘管沒有置身於女性寫作的風口浪尖，但是季季小說的獨異性和藝術性，卻使她在更加廣闊的女性寫作空間裏，擁有了一份臻於成熟的魅力。

　　季季出身於農民家庭，家中弟妹眾多。身爲長姊，季季從小就學會照顧別人，對生活充滿信心和愛心；特別是受到開朗、質樸的父親的影響，季季始終保持一份鄉下人的情懷。在《攝氏 20～25 度》一書後記中，季季談到，即便後來在台北住了二十三年，並未使她淪爲虛僞或虛榮的都市功利主義者；仍然保有鄉下人的樸素與務實，不敢荒廢應該耕耘的土地①。季季獨立的人生定見和鄉土情懷，成爲她文學創作的原點，並且明顯地影響到她的人生道路與小說風貌。

　　寫作上的早熟與定見，促使季季比同時代作家更早地開始了文學之路。從小酷愛文學的季季，16 歲即發表處女作《小雙辮》。之後，在《雲林青年》、《野風》、《亞洲文學》等刊物大量發表新詩散文小說習作，18 歲以《明天》獲《亞洲文學》小說徵文首獎。1963 年高中畢業時北上參加文藝營，由於開訓日期與大學聯考相撞，又因爲季季「並不以爲現今的大學敎育能夠給我什麼助益」②，從而成爲 60 年代鮮見的敢於拒絕聯考的女子。19 歲那年，她以《兩朵隔牆花》獲得文藝營小說創作首獎；翌年帶著一篇題

---

① 季季：《攝氏 20～25 度》（後記），台北，爾雅出版社，1987 年 7 月版。

② 季季語，轉引自林瑞明：《尋找一條可以逆流的河——季季集序》，《季季集》，台北，前衛出版社，1993 年 12 月版，第 9 頁。

名《一把青花花的豆子》的短篇小說和隨身衣物北上，家居永和，開始了專業寫作生活，並在台大夜間部補習班聽課。隨著小說的陸續發表，1964 年 6 月，季季以年齡最小的「無名」作家，有幸成爲與高陽、聶華苓、於梨華、朱西寧、司馬中原、瓊瑤、琦君等知名作家同時簽約的第一批「皇冠基本作家」。季季「從不以爲生命裏有東西可以挫敗我」①，她認定「寫作才是我最好的、最合適的事情」②，故多年來一直筆耕不輟。直到 1978 年轉入新聞界，季季先後在《聯合報》副刊、《中國時報》「人間」副刊任職，並任《中國時報》主筆，同時繼續散文、書評的寫作。

　　季季的小說創作主要分爲 60 年代和 70 年代兩個時期。早期作品結集出版的有《屬於十六歲的》、《誰是最後的玫瑰》、《泥人與狗》。作者談道，「民國五十至五十五年之間，我們很流行看存在主義的小說、存在主義的電影，聽『世界末日』的流行歌曲等，都讓人覺得生命是有點浪漫而無可奈何的東西」③。受此影響，季季早期的小說多寫無望的愛情，悲涼的人生，流露出虛無、浪漫、漂泊的色彩。《屬於十六歲的》這篇小說，通過一個浪漫任性、多思敏感的女孩子的眼光，將枯燥刻板的高中生活，小丑父子兩代的屈辱人生、學校老門房的悲劇命運一一擷取，從而呈現出生命中深刻的無奈與感傷，留下早熟少女揮之不去的心理陰

---

① 《季季談創作經驗》，《台灣作家創作談》，福州，海峽文藝出版社，1985 年 6 月版，第 107 頁。
② 季季語，轉引自林瑞明：《季季談創作經驗》，《台灣作家創作談》，福州，海峽文藝出版社：1985 年 6 月版，第 98 頁。
③ 季季語，轉引自林瑞明：《尋找一條可以逆流的河——季季集序》，《季季集》，台北，前衛出版社，1993 年 12 月版，第 10 頁。

影。季季這時候的文學之路還很年輕，難免不被 60 年代的現代主義文學氛圍所感染；季季開始創作的文學特質也很突出，「從她少女時代以來，她的小說一直擺蕩於現實意識和浪漫意識的兩極之中」①。

　　70 年代的季季，進入了小說創作的鼎盛期。在個人的現實生活裏，亦經歷了婚變的挫折，承擔著獨自撫養兩個孩子的艱辛，對人生有了更深刻的理解。置身於政治文化思潮風起雲湧的 70 年代，季季雖然不喜歡參與政治活動，但她很關心政治活動，關心這個經濟形態和價值觀念急劇變化的現實社會。在新的人生視野裏，季季開始以文學中的社會參與，去洞悉周遭世界的艱辛人生。從 1970 年發表反映台灣婦女生活悲劇的《秋霞仔再嫁》爲起點，季季逐步擺脫早期小說的主觀、虛幻色彩，從而進入現實人生世界的描摹。這時期的作品大體標誌出三種格局：第一種是具有自傳色彩的作品，以描寫作者少年時代的印象、追憶流水年華爲主，其中有不少涉及大陸去台的「異鄉人」的鄉愁。《異鄉之死》、《河裏的香蕉樹》等作品堪稱代表。第二種是集中表現女性婚姻愛情和苦難命運的小說，其中融入了作者對女性現實問題的獨特思考，如《秋割》、《塑膠葫蘆》、《菱鏡久懸》、《苦夏》等。特別是小說集《澀果》，集中講述了台灣未婚媽媽的不幸故事，在社會上引起強烈反響。第三種是充滿幽默色彩與嘲諷筆調的寫實主義作品，它重在對台灣社會轉型時期出現的問題進行大膽揭示，對人性中的陰暗面給予無情針砭，以《拾玉鐲》、《鷄》、《喜

---

① 葉石濤：《季季論──台灣婦女生活的詩與真實》，《台灣鄉土作家論集》，台北，遠景出版公司，1979 年 3 月版，第 294 頁。

宴》、《吠》、《跨》、《債》等作品為標志。

　　從季季的寫作立場和文學主題闡釋來看，有兩個方面的問題值得人們討論。一方面，基於社會關懷和人的關懷的立場，季季對轉型時期的台灣社會與人群格外關注，她借小說筆墨演繹鄉土風情和世道人心變化，寫出了許多現實意義深刻並富有鄉土風味的作品。在季季的追求中，「一個作家要寫的是『人』和人所構成的社會」。「我關心的是人的生存，以及因生存而產生的諸多問題，貧窮、痛苦、愛的幻滅，從農村走入都市後的迷失、新文明對舊社會的衝擊⋯⋯更徹底地說，所有這些問題的核心，仍是為了探討人的生存的價值」①。耳聞目睹了形形色色的生存境遇和價值觀念變遷，季季筆下那些守著鄉土的生存，流落異鄉的漂泊，擁向都市的迷失，在台灣由農業社會向工商社會轉型的背景上，更加呈現出它色彩斑斕的人生世相來。

　　台灣的村鎮，原本有著淳樸美好的鄉土風情，相濡以沫的人際關係。自小在南部鄉村長大，季季從沒忘記自己是鄉下人；多年的台北生涯，並未使她淪為虛偽的都市功利主義者。這種樸素的鄉土情懷，往往構成她對生活中的詩意的發掘，即便是寫到困窘落魄的境遇，也可看出這種鄉土人生的力量支撐。《苦夏》反映艱難生存的殘疾兄妹對被遺棄孕婦伸出援手；《河裏的香蕉樹》寫到鄉人對做過妓女的歐巴桑孕育生命的關愛；《月亮的背面》表現喪偶的愛梅感念生活的真誠之心⋯⋯這些都給人以溫馨的感動。但另一方面，季季也不能不痛心地看到，台灣在步向資本主義工商社會的過

①季季：《月亮的背面·自序》，《月亮的背面》，台北，大地出版
　社，1973年6月版，第218頁。

程中，鄉村所付出的巨大代價。不僅僅是土地被徵用，如同
《群鷹兀自飛》中寫到的「野地裏插了幾塊『××新村建
築用地』的木牌」；還有色情茶室進入鄉鎮，給周遭男女、
民間知識分子、妓女、新興政客帶來的誘惑與變化，如同
《寂寞之冬》表現的鄉村面貌和時代焦慮；更有甚者，是資
本主義商業社會中惟利是圖的金錢觀念和世儈習俗的入侵，
對鄉村價值體系中美好一面的破壞。《拾玉鐲》對此作出的
入木三分的描寫，使其當之無愧地成為季季的代表作。小說
以台灣南部農村一個大家族的瓦解為背景，描寫這個家族中
一群離開了鄉村到城市安家立業的子孫，回故鄉參加曾祖母
撿骨重葬祭拜的情景。在城裏當董事長、導播、明星等頭面
人物的眾多子孫們歸來的時候，個個心懷鬼胎，他們名曰祭
拜，實際上是為了去分享陪葬品。當一對名貴的大陸玉鐲出
土的時候，他們饞涎欲滴，急忙瓜分，醜態暴露無遺。拜金
主義風氣流行的商業社會裏，這個大家族的子孫早就失落了
美好、善良的人性道德，拋棄了理想，成為只追求現實瞬間
的生存快樂和金錢的木偶。相對於質樸的鄉下三叔和他的傻
兒子，城鄉兩者之間的人生落差，對比出社會價值觀的巨大
變遷，也見證了人性批判的深度。

　　另一方面，在愛情婚姻和兩性關係的題材觀照上，季季
往往堅持著女性本位的寫作立場。與曾心儀、李昂那種單刀
直入的反叛姿態不同，季季更多採用了溫和、迂迴的抗衡方
式。她「總是強調溫和的改革」，而「不喜歡激烈的東
西」①。有過滄桑的人生和心靈，得到回報的努力與奮鬥，

①《季季談創作經驗》，《台灣作家創作談》，福州，海峽文藝出版
　社，1985 年 5 月版，第 107 頁。

使她能夠坦然而堅忍地應對一切生命際遇，並以寬厚的女性意識和母性情懷構成她作品的情感底色。季季對於形形色色的女性境遇的描摹，對於女性愛情觀、人生觀和生命意識的發掘，都在以自己的方式傳達著女性的悲憫情懷和書寫理念。

懷疑與疏離，是季季處理男女關係時經常採用的一種方式。無論是未婚的戀愛，還是牽手的婚姻，更不必說成為男性慾望獵取的遭逢，女人在兩性相處的格局中，永遠無望抵達幸福的彼岸，於是她們往往從懷疑開始，以疏離甚至逃逸而告終。這種對男性的疏離感背後所隱藏的，是男女相處不平等的事實，是女性為情所累的創傷性經驗，是女性對男性世界的失望和對男權中心話語的不屑與拒絕。未婚女子小蘭臨產前的異地出走，是因為阿德不負責任的始亂終棄（《苦夏》）；愛真攜帶幼兒的艱難逃離，是要擊碎富商「借腹生子」、欺負無辜的陰謀（《群鷹兀自飛》）；江秀桃背井離鄉的流浪，是遭遇敗德男人強暴後導致的歧視境遇所迫使（《菱鏡久懸》）。季季筆下那些未婚的、已婚的、離婚的女人，都在以自己悲苦的人生故事，訴說著對男權世界的不信任感和逃離意識，即便是那些情竇初開的青年男女，也找不到戀愛的熱烈，一如《杯底的臉》、《褐色念珠》、《沒有感覺是什麼感覺》中漠然、無望的女主角。特別是《塑膠葫蘆》這篇小說，阿洋面對先後逼死生母和繼母兩個女人的父親，在繼母自殺之後的那天早晨，穿一襲紅衣去和男朋友約會，這不能不說是她對父親最大的不屑和嘲弄。這種對男人的厭惡和排拒，導致了她在兩性相處中的疏離感。季季屢屢安排懷疑與疏離的變相反抗模式，意在提醒整個社會對男權強勢話語下的男女不平等現象，對女性人生的創傷性經驗，進行深度反思。

生命的感念與女性自身的救贖，寄寓著季季對女性人生的一種獨特信念。在作者看來，「我從不以為生命裏有東西可以挫敗我。固然生命裏有很多不公平的事情，但只要我們努力去做，到最後一定有成果」①。從季季筆下的那些不幸的婚姻格局和不平等的兩性關係來看，其中很少出現充滿陽剛之氣的敢於負責任的男子漢形象，女性困境的解脫往往來自於女性自身的救贖之道。這種救贖，主要依賴於三種途徑。

第一，是得力於女性生命力量的支撐。女性的大地之母情懷，使她和生命的孕育聯結在一起，由生命本身得到的滋養和教育，往往對女性人生有著直接的救助。季季多次寫到女性生命觀的感恩、知足、堅忍和樂觀。在《河裏的香蕉樹》中，扔到河裏的香蕉樹，憑藉河中心一塊突起的泥地，竟然長出綠苗；它與當過妓女的歐巴桑堅持生出了眼睛睜不開的嬰兒一樣，都寓意了在最惡劣環境中頑強活下去的生命力量。透過《月亮的背面》這篇小說，人們看到丈夫的病逝並沒有讓獨自撫育幼兒的愛梅喪失信念和美德，她依舊在艱辛的境遇中保持了「一顆真誠而容易感動的心」。小說這樣寫她對生命的感念：

> 看到天空變化不定的色彩、花的綻容和吐芽、蔬菜油綠硬挺的葉子、雨天叫賣茶葉蛋的梆聲、老人臉上刻畫著歲月的皺紋、孩童純淨的笑容、樹的舞姿、烈日裏哼嚓一聲從信箱塞進信來的郵差……她的心靈總是立刻接納了他們，把他們緊緊地視為知己。這種

① 《季季談創作經驗》，《台灣作家創作談》，福州，海峽文藝出版社，1985 年 5 月版，第 107 頁。

感動是一種生存的喜悅……

　　愛梅從來不因在困境中生活而覺得生存是一種多餘。她甚至覺得只要有蔬菜佐餐、有屋宇避風雨，都是值得感激和喜悅的①。

　　生命力量的堅忍與坦蕩，在女性最屛弱、最困難的時候，往往出其不意地支撐了她；而母性的洗禮，又幫助女人從精神上超越現實的痛苦，義不容辭地擔負起庇護生命的職責。由此看來，季季筆下，「對生命的延續賦予了更大的尊重和歌頌，尤其是她肯定母性所帶給女性救贖的希望的描繪，眞是動人心弦，一個十足堅強的台灣女性塑像，在這個階段，隱隱然地聳立了起來」②。

　　第二，是爭取女性群體的互助。這在婦女問題愈來愈成爲社會問題的今天，不失爲一條有效的途徑。針對台灣嚴重的未婚媽媽問題，季季懷著女性的悲憫關愛之心，訪問了芥菜種會的未婚媽媽之家，並深爲未婚媽媽們的人生悲劇所震驚。季季說：「她們的痴情和夢幻、天眞和愚昧、忍耐和堅強、錯誤和挫擊，確曾一次又一次赤裸而且冷酷地震撼過我，感動過我。我也希望經由我的呈現，和更多的同胞手足共嘗這份美麗的哀愁，並在實際生活中給『她們』更多的關懷和祝福。」③她先是通過撰寫調查報告《未婚媽媽的漫漫

① 季季：《月亮的背面》，《季季集》，台北，前衛出版社，1993 年 12 月版，第 108～109 頁。
② 吳錦發：《論季季小說中的男女關係》，《季季集》，台北，前衛出版社，1993 年 12 月版，第 381～382 頁。
③ 季季：《澀果・序》，《澀果》，台北，爾雅出版社，1979 年 12 月版，第 1 頁。

旅途》，力陳這個問題的嚴重性和實施社會力量救助的迫切
性。後來又以帶有紀實色彩的小說集《澀果》，集中講述了
不同類型的未婚媽媽故事。台灣當局的教育失敗和社會道德
水準下降的現實，造成少女的性無知和貞操觀念淡薄；社會
治安環境的不安全感，又使強姦、輪姦和藥物逼姦、誘姦與
日俱增。在這種背景下頻繁出現的未婚媽媽悲劇，成為台灣
社會問題的尖銳反映。季季沒有過多鋪陳無辜少女失足或受
辱的具體過程，她重在喚起手足同胞對未婚媽媽更多的關懷
與祝福，喚起當下社會對保障婦女利益和人身權利的重視，
幫助「所有跌倒爬起、勇敢前行的同胞姐妹們」①，走向新
的生活。對於那些真誠幫助未婚媽媽的人們，從「未婚媽媽
之家」或育幼院的工作人員，到《苦夏》中的貧女石阿幸、
助產士徐太太，作者都給予了特別的肯定和贊揚。在《菱鏡
久懸》中，我們看到婦女社會工作者的熱心努力，致使新街
鎮婦女委員會成為解決婦女各種問題的「娘家」和靠山。這
種爭取女性群體民間互助的方式，也體現了季季有關女性困
境救贖的一種思考。

　　第三，女性救贖的最終出路在於女性的自救。沒有女性
獨立意識的覺醒，沒有女性生存能力的成長，被救贖的女性
仍然會落入新的困境。說到底，這個世界上，沒有舟子可以
渡人，只有自渡。季季雖然沒有在作品中大聲呼籲婦女解
放，但她卻通過筆下人物的成長，強有力地標示出擺脫困境
的自我救贖路線，一如《菱鏡久懸》中那個當年逃離敗德男
性的江秀桃，如今已經成為獨立生存的美容師；又如《苦

───────

① 季季：《澀果‧卷首題詞》，《澀果》，台北，爾雅出版社，1979 年
　12 月版，第 1 頁。

夏》中被蒙面人持刀強姦的如玉，終於在噩夢醒來之後通過艱苦的奮鬥，跨進了大學校門。正是經由文學的呈現，季季讓人們體味到女性自我救贖實現的艱難性和可能性。

季季的小說創作，一向創新求變，風格多樣，無論是「屬於十六歲的」夢幻漂泊，還是孩提眼中的「異鄉之死」，青春往事的自傳情懷；也無論是用浪漫和寫實旋律交替彈奏的「琴手」，還是對「拾玉鐲」場面的現實嘲諷，這些寫作都帶給人們新鮮多變的藝術印象。如果說，早年的季季因為婚姻挫折和獨理家事，時間不夠開支，某些作品還存在缺乏反復推敲的粗糙，那麼，隨著寫作經驗與藝術能力的進步，季季的小說文字愈加洗練，故事的講述生動真切，風格的呈現沈穩冷凝，藝術技巧的表現亦臻於純熟。正是由於作家如此的品質與成就，季季贏得了台灣著名作家、出版家隱地先生這樣的評價：「季季是海洋中一塊永不屈服的岩石，驚濤拍浪，使得她更加傲岸。」①

第二節　心岱：大千世界的女性觀察

心岱②在二十世紀 70 年代台灣文壇上的創作變化，聯

---

① 隱地：《作家與書的故事》，台北，爾雅出版社，1975 年 11 月版，第 35 頁。

② 心岱，女，本名李碧慧，台灣省彰化縣人，1949 年生於古城鹿港。高職畢業，曾任國報語文中心作文班教師，《自立晚報》副刊策劃，《皇冠》雜誌採訪部策劃，《工商時報》副刊編輯，《中國時報》、《民生報》記者，後為創意工作室主持人、時報出版公司編輯。心岱 17 歲開始創作，主要作品有：中短篇小說集《母親的畫像》（1972

繫著特定時代背景下的社會脈動。從自我的生命經驗出發，
她首先關注到台灣女性的現實生命境遇。但這種觀照沒有更
多地從社會歷史文化的角度切入，而是側重於人性層面的描
摹，這構成了其早期創作的發現與局限；在從事新聞工作，
擴大了社會關懷層面以後，心岱把眼光投向腳下這片正在遭
受著生態災難的台灣土地，從人類的生存格局重新出發，在
台灣環保文學創作中獨樹一幟，由此彰顯了女性的生態意識
與生命關懷。

　　心岱，以她一生追求文學的奮進精神，擁有了坎坷而又
輝煌的生命歷程。初中畢業時，年僅十八歲的心岱獨自從故
鄉鹿港北上，投奔到亦師亦友的台灣作家盧克彰面前來，就
讀高職夜間部，白天從事寫作。心岱在盧克彰的鼓勵和培植
下，走上了文學道路。二十歲那年，心岱與盧先生結婚，二
十六歲時因丈夫患癌症而喪偶，帶著獨子艱難為生。但她更
努力地堅持她所鍾情的文學事業，正式以創作為生，並輾轉
任職於多家報刊，擁有比較廣泛的生活觀察層面。

　　心岱十七歲開始創作，1969 年在《徵信新聞報》「人

───────────

年）、《少女與貓》（1975 年）、《恍如一夢》（1977 年）、《補
鞋的阿枝》（1979 年）、《傷心》（1979 年）等 5 種；長篇小說《木
魚的歌》（1975 年）、《紙鳶──廖添丁的故事》（1976 年）、《揚
帆記》（1977 年）、《四季圖》（1977 年）、《失所琉璃》（1981
年）、《花事》（1983 年）、《化身愛情》（1989 年）、《地底人
傳奇》（1992 年）等 8 種；報導文學《一把風采》（1978 年）、《大
地反撲》（1983 年）、《心岱專訪之一》（1984 年）、《心岱專訪
之二》（1984 年）、《回首大地》（1989 年）、《情趣男女》（1990
年）、《夢土成淨土》（1990 年）、《山裏的女人》（1990 年）、
《人間圖像》（1994 年）、《發現綠光》（1997 年）等 12 種；另有
散文《萱草集》等 25 種。

間」副刊發表作品，專事小說創作，是 70 年代文壇上比較
活躍的女作家之一。僅這一時期就出版小說集九部，散文集
四部，足見其創作數量之豐盛，文學拼搏精神之強勁。

心岱的小說創作，色彩濃烈，情感深厚，「不用空洞的
意象虛飾自己的感受，而以落實的筆觸描繪出自己情感上的
承受」①，她所走的是一條生活寫實的道路。心岱對普通人
生活的觀察，更側重於人性層面的發掘，女性手筆的細緻入
微，使這種創作頗見個性。《少女與貓》、《名種狗》、
《一隻名叫波波的貓》等作品，往往涉及動物題材，通過人
生與動物的糾葛作比照，表現出一種人性的淒楚與悲哀。
《少女與貓》寫愛貓如命的少女與其養過的七隻貓之間的命
運糾葛，在貓或生或病或死或被閹割或被賣掉或被遺棄的各
種結局中，少女借貓的命運看到了周遭環境的貪婪、冷酷和
迷信，她單薄的力量雖然無法抵擋這一切，卻始終堅守了人
與動物之間樸素的情感。以貓的世界透視人的世界，小說表
現的是一種悲憫情懷和人性哀痛。

《鞋匠的妻子》、《小秤錘》、《搬家》、《蛇是女
人的戀神》、《恍如一夢》這類小說，則主要涉及了愛
情、婚姻、家庭等人生問題，其中對女性境遇的關注值得重
視。作品常常揭示了婦女生活的卑賤命運，寫她們蜷縮在人
生的陰暗角落裏，活得可憐而可悲，沒有自己的出頭之日，
生命中從未承受過陽光的沐浴。《鞋匠的妻子》中的春枝，
從前的丈夫是一個貧困的補鞋匠和病癆鬼，「她接觸到的男
子就只有一身的蠟黃、駝背、氣喘、無力，想來她就悲從中

---

① 盧克彰語，見《中華民國作家作品目錄新編》（第 1 冊），台北，
　「行政院文化建設委員會」出版，1995 年 3 月版，第 49 頁。

來」。丈夫死後，她與粗眉大眼、頗具男性魅力的黑道人物大象往來，本想從「鞋匠的妻子」變成「大象的夫人」，卻不料被殺人欲逃的大象搶劫了所有錢財。春枝在婚姻格局中，從來沒有屬於自己的生活，女性的情感和生命力一直被貧困與疾病所壓抑；人身自由之後，卻又遇人不淑，在人性的迷失中誤入歧途，險些毀了身家性命。小說不僅從生存環境，也從女性自身，道出了悲劇的成因。

及至《蛇是女人的戀神》，女性的悲劇生存境遇則更加令人驚悚。在一個農事之家，丈夫只對娶親時花銷的兩千元聘金耿耿於懷，卻從不在意自己的妻子。這個女人長年在暴力之下生活，小時候受養母的虐待，出嫁後挨丈夫的毒打，「他只當她是一隻牲畜，一件家具，根本毫不放在眼內」①。後來丈夫捉到一條蛇，交給妻子飼養，本想找蛇販子賣一個好價錢，出於憐憫之心的妻子，在丈夫對自己的又一次暴打之後，乘夜色放蛇出籠，蛇在逃生前對她緊緊依附，竟然令她心生感動：「她的一生，只有被使喚、被利用、被捉弄外，從不曾擁有過一件屬於自己喜愛的東西，這一刻，她深刻的領略到她已經擁有了它。」②小說的女主人公在人與人之間感受到的是欺騙，在兩性關係中承受的是暴力和壓迫，卻沒想到在動物身上得到了安慰。這看似荒誕的描寫背後，作者企圖表現的是男權強勢壓迫下女性遭受不平等境遇的人生真實。總的來看，心岱小說雖然不乏現實的視角與人性的剖析，但還不能夠把筆下題材放到廣闊的時代背景上，去進

---

① 心岱：《蛇是女人的戀神》，《心岱自選集》，台北，黎明文化事業股份有限公司，1982 年 4 月版，第 116 頁。
② 心岱：《蛇是女人的戀神》，《心岱自選集》，台北，黎明文化事業股份有限公司，1982 年 4 月版，第 123～124 頁。

行深刻犀利的社會人生觀照，這使作品的精神震撼力有所缺失。

　　從 1978 年起，心岱開始投入報導文學的工作行列，致力於本土人文及自然生態兩大系列的報導。崛起於 70 年代中後期的報導文學，得力於鄉土文學思潮的啓發，它與社會生活的脈動息息相關，並迅速引起文學界的關注和讀者的興趣。1975 年，《中國時報》「人間」副刊主編高信彊先生開闢「現實的邊緣」專欄，率先倡導這種「關懷台灣，心系中國」的活的文學。他認爲：「選擇報導文學，正是一個年輕人接觸人生眞實的、具有反哺意義的事業。報導文學是種不斷追尋的良心作業，靠著我們的行動，我們的愛心，我們的知識，才得以實踐並且成長。」①接著，《台灣時報》、《聯合報》以及《皇冠》、《台灣婦女》等多家雜誌刊物紛紛響應，共同推動報導文學的創作。到 1985 年，更有陳映眞創辦的以發表報導文學爲主的《人間》雜誌問世。在這股文學創作潮流中，湧現出一批卓有成績的報導文學作家，他們走入鄉間、城鎮、廠礦、漁村……用手中的筆來寫腳下的土地。這其中，比較突出的女作家則有心岱、韓韓、馬以工。報導文學的主要導向之一，是引發了台灣有關環保問題的思考和批判。環保文學出現，一方面，它有著特定的文學生態原因。1979 年年底發生「高雄事件」的台灣，政治環境還很嚴苛。在當時背景下寫報導文學，與現實政治距離較遠的生態環境問題，顯然是新近出發的報導文學的理想題

---

① 高信彊：《永恒與博大》，轉引自陳銘磻：《博大的田園調查報告》，見《台灣報導文學十家》，台北，業強出版社，2000 年 9 月版，第 4 頁。

材。另一方面，它與台灣環境污染問題的凸顯直接相關。60年代以來，台灣在急躁心態下走向工業化，由進口替代產業向加工出口產業轉軌，台灣與世界市場的結合隨之密切起來，於是島內和國際進口的勞力密集、高耗能、高污染、高公害產業在島內簇生①。到了 70 年代，由於台灣工業畸形發展而帶來的生態環境問題，已經日益彰顯。受到美國 60年代中葉以後發展起來的反公害和生態環境保護運動的影響，曾在美國留學的馬以工和韓韓，於 70 年代末期返回台灣，在 80 年代初發表了一系列關於台灣生態保育、環境保護問題的文章。而集中以台灣自然生態環境問題爲主題的報導文學作家心岱，也在這一時期應運而生。三位女作家借助報刊媒體，密集地發表議題相同的文章，「對於台灣生態與環境保護的知識和意識的宣傳、傳播和教育，甚至引發相關的立法改革（例如水筆仔紅樹林地禁止開發，恒春候鳥保護列入地方行政，八通關古道開發計劃的中止），有深遠的影響，卓有貢獻」②。

心岱作爲台灣爲環境保護鼓與呼的第一代作家，她本著「實證的態度，參與的熱情，承擔的精神」，足跡踏遍了台灣全島，以大量的田野作業和實地採訪，對台灣的環保問題進行深刻反省和集中報道，表現出強烈的環境生態意識。1980 年獲得《中國時報》報導文學獎的《大地反撲》③，標

---

① 《台灣的工業化：國際加工基地之形成》，谷浦孝雄等，雷慧英譯，台北，人間出版社，1992 年版，第 34～36 頁。

② 陳映真：《台灣文學中的環境意識——以馬以工、韓韓、心岱和宋澤萊為中心》，《人與自然——環境文學研討會論文集》，台北，1995 年。

③ 心岱：《大地反撲》，原載《中國時報》「人間」版，台北，1980 年10 月 2 日。後收入同名集子《大地反撲》。

志了心岱文學生涯的新突破。是年 6 月，心岱到桃園湖濱地
區實地調查，被當地嚴重的環境污染所震驚。人類爲了開發
自然，修建林口發電廠，砍伐了沿海地帶的木麻黃防風林，
引起嚴重的風災，樹木和莊稼枯死萎黃，土地的沙漠化日益
擴大，許多移民新村迅速荒廢。目睹這一切，心岱向世人急
切地敲響了「大地反撲」的警鐘。《大地反撲》寫的不僅是
大地之怒，作家誠摯而嚴重地警告人類，一旦我們割斷了對
大地的反哺工作，當有朝一日，大地資源被濫用，環境污染
無可抑制，人類就會反爲大地所懲罰。這篇作品使得「『大
地反撲』這個辭，也成了日後台灣環境生態保護運動的傲語
──當人類不知饜足的貪慾不斷地剝奪自然環境生態，自然
將以廢墟和毀滅進行報復」①。

1981 年獲得《中國時報》報導文學獎的《美麗新世
界》②，寫歷經劫難的恒春半島森林渴望復生的夢想。香蕉
灣的海岸森林美麗而神奇，但在 60 年代，一味追逐財富、
目光短淺的村民因爲栽種瓊麻而大毀山林，如今留下的是傷
痕累累的土地。心岱不僅以沈痛的筆觸揭示了自然環境失衡
造成的「廢墟警諷」，同時也對民間底層出現的環保新氣象
表現出一種樂觀精神。《向天地贖罪》③講述的就是花蓮縣
吳江村的村民自動建立環保組織，想方設法保護滋養了一代

---

① 陳映真：《台灣文學中的環境意識──以馬以工、韓韓、心岱和宋澤
萊爲中心》，《人與自然──環境文學研討會論文集》，台北，1995
年。
② 心岱：《美麗新世界》，原載《中國時報》「人間」版，台北，1982
年 2 月 4 日。後收入《大地反撲》。
③ 心岱：《向天地贖罪》，原載：《人間》雜誌第 7 期，台北，1986 年
5 月。後改以《彼岸之河》的題名，收入《回首大地》一書。

又一代村民生命和精神的「吳阿再溝」溪流的故事。作品對
那種民間自主地介入生活，用草根的力量保護生態環境的公
民行為，給予了熱情的鼓勵和贊頌。心岱通過報導文學的形
式，關懷人類生存的現實和前景；並以她生動真實的敘述方
式，指出了生活中潛伏的生態危機和社會癥結，這使她力圖
從環境保護出發，提升和擴展到更為廣泛的社會問題關懷。

　　難能可貴的是，心岱的環保文學，還透過女性的生命情
懷，感應了近年來興起的女性生態主義意識。1974 年，法
國女性主義學者 Francoise D'Eaubonne 在呼籲女性參與拯救
地球工作時，首度提出「女性生態主義」一詞，她認為女性
有潛力可以解決今日整個地球面臨的生態危機。1976 年，
美國教授娜思特拉·金舉辦了一次名為「女性與生命在地球
上：80 年代的生態女性主義會議」，當時有六○○位婦女
出席。按照台灣女性主義學者顧燕翎的概括，生態女性主義
的主要工作，是「關心公害防治與生態保育，更進而探討女
性與自然雙重被宰制之間的意識形態關聯性，並企圖拆解所
有的宰制關係，追求人與自然的永續共存」①。

　　事實上，台灣女性不僅以直接的參與成為生態環保的重
要力量，如同台灣第一個以女性為主要成員的環保團體「主
婦聯盟環境保護基金會」於 1986 年成立，而且以女作家對
生態寫作的加盟，引起讀者對台灣生態環境的普遍關注。女
性生命意識與環境生態意識的自然吻合，不斷提升了女作家
的關懷層面，逐步喚醒了她們的女性生態主義意識。

　　我們注意到，在心岱筆下，女性與大自然天然的親近

---

① 顧燕翎：《生態女性主義》，《女性主義理論與流派》，台北，女書
　　文化事業有限公司，1996 年 9 月版，第 262 頁。

感，女性與生命孕育的血緣關係，使她的生態寫作融入一種
「地母意識」和女性氣質。視大地爲萬物之母，人類應該保
護孕育我們的「母親」，這成爲心岱一再張揚的環保理念。
在《大地反撲》中，心岱把植物當做孕育了大地萬物的母
親；在《美麗新世界》中，以「揭去面紗的少女」，形容失
去了瓊蕨的恒春。及至長篇小說《地底人傳奇》①，作品描
述的則是一個具有科幻寓言色彩的環保世界的傳奇故事。在
作品中，負有特殊使命的主人公班・維多，是一位跨越多個
國界、具有多種身份的人物，他潛入台灣南部的海底地下與
地底人見面，傳說地底人擁有拯救地球危機的礦物。地底人
無疑代表了大自然的力量，她們對地上人類的幫助，也應喚
起讀者對自然的關愛之心。心岱從女性的生命意識出發，視
地球爲有機的生命體，「……就像是母親孕育胎兒一樣，
大地透過天界得來的靈魂，在胎內孕育礦物」。作者還有意
將地底人的大家長「娣嬤」按照母親形象塑型，寫她是「穴
居人種的母親；地母一樣的寬大、包容與智慧的女性」，她
就像「連系母體的臍帶，經由她，使孩子們能回溯子宮的印
象」。而且，「地母有時候以處女、新嫁娘、中年婦女甚至
垂垂老嫗的姿態出現」，顯示出具有隨時變換形象的能力。
值得注意的是，不僅僅是作品對「娣嬤」的描寫採用了慈母
和生育的意象，還在於地底人的世界裏竟然沒有男人存在！
全書顯在的主角是一位女教師和一群天眞無邪的兒童，地底
人知識的傳承即由這位女教師擔任。在這部小說裏，心岱將
地母概念與遠古時代的女神信仰相聯繫，蘊藏了女性文化歷
史基因的潛在意向；而讓男性角色在小說世界裏缺席，又在

---

① 心岱：《地底人傳奇》，台北，時報文化出版公司，1992 年 10 月。

無形中暗含了對父權文化宰製人類與自然的傳統的顛覆，其中也寄寓了對女性拯救生態環境的企盼。心岱雖然不曾明確地表達自己的女性主義立場，但透過她的字裏行間，已經能夠感受到生態女性主義意識的強烈滋生。也正是在此意義上，心岱的生態寫作意味著對台灣環保文學的一種女性視角的提升。

第三節　荻宜：寂寞深閨的人性發掘

　　荻宜①，曾以短篇小說《米粉嫂》進入二十世紀 70 年代的台灣文壇，是一位創作路子相當寬廣的作家。自幼家境貧寒的荻宜，高中畢業後，曾考取世界新聞專科學校，卻因經濟困難而被迫放棄學業。她當過店員、女工、孤兒院保姆，不乏勞動階層的社會生活體驗，也獲得了廣泛的生活觀察層面。荻宜始終保持了對文藝創作的熱愛與追求，輾轉人生中開始走上文學道路，1967 年在《台灣日報》副刊發表處女作《再生》。曾任雜誌社採訪記者、電影公司特約編劇，後專事寫作。

───────────

① 荻宜，女，本名謝秀蓮，台灣省桃園縣人，1948 年生。1967 年開始在報刊發表作品，創作體裁涉及多種文學樣式。出版有小說集《米粉嫂》（1977 年）、《愛情再見》（1986 年）、《槍屋》（1995 年）、《寂寞深閨》（1996 年）等 4 種；後創作長篇武俠小說《採花記》（1988 年）、《雙珠記》（1993 年）、《明鏡傳奇》（1992 年）、《不空游俠》（1992 年）、《江山夢》（1992 年）、《命帶桃花》（1997 年）等 6 種；散文《生活像一首歌》（1986 年）等 3 種。

　　荻宜的創作體裁與取材範圍比較寬泛，「從早期的小品文、言情小說、劇本、散文直到現在的武俠小說及武術史料的搜集，都在她筆耕的範圍之內」①。荻宜的創作，呈現出鮮明的階段性。她前期創作以嚴肅題材小說和散文為主，觸及社會現實問題和女性情感狀況，出版有小說集《米粉嫂》等四種，並有散文集《生活像一首歌》等問世。1969 年，荻宜二十一歲的時候，開始涉足電視劇創作，劇本《心債》投到台灣電視公司「星期劇院」，很快就被採用，荻宜也被該公司聘為特約編劇。1981 年以來，荻宜開始在武俠小說領域初試鋒芒，從研究中國的傳統文化與民俗學入手，她創作了《採花記》等一系列長篇武俠小說，另闢蹊徑地提供了女性視野觀照下的武俠世界，並由此成為台灣文壇上女性創作武俠小說的第一人。

　　進入 70 年代後，走向資本主義工商時代的台灣社會風尚與價值觀念發生了急劇變化，傳統的生活秩序與道德倫理規範受到了很大的觸動與挑戰，女性的情感境遇和現實人生面臨著多重危機，婚姻變異與人性迷失的現象屢屢發生，兩性之間的關係出現了更為複雜的面貌。目睹這種變化，荻宜在文學與生活的結合之中思考社會，集中描寫了台灣女性在愛情生活裏遭遇的現實命題和人性掙扎，並借人物的鬱悶、焦灼、無奈、可笑、可憐，或是憤怒崛起的種種人生姿態，道出愛情攝人心田的一幕，讓人看到傳統與現代、痴情與薄幸的錯雜，善與惡、美與醜的人性衝撞及對比。

　　荻宜筆下的人物，多是寂寞深閨裏的女性，社會環境的

---

① 《中華民國作家作品目錄新編》（第 3 冊），台北，「行政院文化建設委員會」出版，1995 年 3 月版，第 190 頁。

影響，兩性關係的變異，使她們無法延續以往的生活軌道，
作為妻子的傳統地位和角色發生了極大的動搖。從一種人物
類型來看，她們面臨的愛情生活危機與困境，首先是由丈夫
或男性的感情出軌、不負責任所造成。《米粉嫂》中的丈
夫，背著妻子與兩個孩子在外面另築香巢，既不回家，也不
拿錢養家，走投無路的米粉嫂去找丈夫談判，臉色鐵青的丈
夫卻冷酷絕情，當即以離婚相要挾。《心路》裏的混跡娛樂
圈的丈夫俊逸，置結婚六年的妻子和兩個孩子於不顧，自己
與樂隊裏彈電子琴的女人發生婚外情，回家反倒強詞奪理，
斥責妻子。其他像《地獄之花》中的浪蕩男子小楊，《大
喜》中的再婚男人鮑力，莫不是始亂終棄、玩弄女性感情的
無恥之徒。寂寞深閨裏的故事，不僅僅是男女之間、夫妻之
間的兩性私情，它不可避免地帶有社會生活的投影，並提示
著一個嚴峻的現實，即兩性關係的不平等。在封建男權意識
的傳統力量和工商社會享樂人生觀的雙重作用下，一些男性
理所當然地放任自己的感情，可以全然不顧對妻子的傷害，
一意孤行，乃至作惡，這種大男人主義的架勢，以及自私、
冷酷、卑劣的人性，令人不寒而慄。女子在兩性關係、感情
境遇中的弱勢地位，再度提醒了社會對這個問題的關注。

以另外一種人物類型來看，女性愛情危機的造成，與她
們所受的社會風尚影響，以及婚姻生活的貧乏、人性慾望的
誘惑有直接關聯。這種女性的婚姻格局多有缺憾，理想與現
實的落差令她們心理不平衡，外界的誘惑不斷逼近，內在的
慾望時時衝撞；原想以新的愛情追求改變婚姻，卻不料在社
會的陷阱裏迷失了人性，險些誤入歧途。《地獄之花》、
《大喜》等篇幅反映的即是此種問題。前者寫到的少女月
容，「正是懵懵懂懂，編織夢幻的年齡，不料竟陷入買賣婚

姻中」①，與比她大 20 多歲的亦之結了婚，並養育了三個
孩子。十幾年的家庭歲月，「婚姻像把枷鎖，死鎖住她和亦
之，共同生活便成爲義務和負擔」②。當風流浪蕩又甜言蜜
語的小楊出現在她生活中的時候，月容原本失落怨尤的心很
快被俘獲，不道德的愛像一隻誘人的毒蘋果，明知它有毒，
觸碰不得，她偏不能自持，終日浸淫在快樂和罪惡之中。後
來當她眞的決意離婚，想與小楊走到一起的時候，對方卻早
已另有新歡，原來他和月容的相處不過是尋歡作樂，始亂終
棄。《大喜》中的碧桃，直到出嫁那天，還在不停地想著那
個風流倜儻、花言巧語的鮑力，怨恨未婚夫振雄老實本分，
不解風情，而後來的事實卻令她觸目驚心，原來早有家室的
鮑力竟然是一個拋妻棄子、追逐女色的採花賊！險些上當的
碧桃幡然醒悟，迷途知返。如果說，婚姻的某些不如意或缺
失，已經造成了李月容這類女性的情感悲哀，那麼，心態失
衡、人生不自持狀態下的紅杏出牆，卻往往因爲遇人不淑或
自我迷失，而釀成更嚴重的情感悲劇。

　　荻宜小說裏那些在情感危機時出發的女性們，都面臨著
如何擺脫女性困境的問題。在人生掙扎和自我拯救的過程
中，有的人意亂情迷，放縱自我，最終陷入新的困境，諸如
那個進退兩難的李月容（《地獄之花》）；有的人始於反
抗，卻終於墮落，因爲外界的誘惑和生活的逼迫，也由於內
心的失衡和賭氣，不幸誤入風塵，背離初衷，諸如雷素華不

---

① 荻宜：《地獄之花》，《寂寞深閨》，北京，時事出版社，1996 年 1
　　月版，第 91 頁。
② 荻宜：《地獄之花》，《寂莫深閨》，北京，時事出版社，1996 年 1
　　月版，第 92 頁。

堪回首的崎嶇心路（《心路》）；有的人則是在追求愛情的同時，逐步覺醒了自我，人性掙扎的結果，是美好善良的品性占了上風，諸如那位令人肅然起敬的米粉嫂（《米粉嫂》）。

作為荻宜代表作的《米粉嫂》，成功地塑造了善良質樸、自尊自重的勞動女性形象。面對棄婦的命運，米粉嫂沒有流淚乞求，也沒有自暴自棄，她迅速辦妥了離婚手續，沒有拿丈夫一個錢，以變賣陪嫁首飾盤下了別人的米粉攤子，獨自擔負起撫養兩個孩子的責任。靠著吃苦耐勞和熱情善良，米粉生意紅火起來，米粉嫂在爭取經濟獨立的同時，也贏得了出租司機趙福民的感情。然而一旦得知趙福民另有妻室、意欲離婚的真相，面對哭哭啼啼的趙妻的時候，米粉嫂心裏再也不能平靜了：「自己何嘗不是傷心人，離婚的打擊對一個無助的女人是殘忍的；……同樣的遭遇，同樣的命運，只不過從前自己是受害者，如今居然成了迫害者。」①內心掙扎的結果，米粉嫂決意斬斷這份感情，重新尋找自己的新生活。正是由於這種自我意識的覺醒，米粉嫂由無助的棄婦走向自主的女性，由自私、狹隘而不乏溫馨的男女私情走向清醒、自立而充滿人間關愛的情感天地。米粉嫂作為一個大寫的「人」，一個自尊、自愛、自立的女人，她為爭取突破情感困境與人生劫難的女性標示了一種自我救贖的方向，也見證了台灣勞動婦女面向真善美層面的人性提升。

荻宜的小說，將常見的生活題材，一一捕捉，透過細緻入微的文筆，生動真實的描述，具見人性觀察的深刻。女性

---

① 荻宜：《米粉嫂》，《寂寞深閨》，北京，時事出版社，1996 年 1 月版，第 68 頁。

人生故事的背後，不僅有著社會生活的投影，也寄寓著作者對人生、愛情的哲理發現。諸如這樣的描寫：

> 宇宙間再沒有比愛情更平凡而又璀璨了。說它平凡，因為每個人都可能得到它；說它璀璨，因為它把平淡的人生點綴得美麗多姿。千百年來，一出出的愛情悲喜劇不停地在人生大舞台輪流演出。每一出戲就像海裏一朵小浪花，掀起來，又被另一朵浪花衝擊掉。一出出的戲便反反復復、生生不息循環不已。但見台上演得出色，台下屏息靜氣。……台上的演員痴痴迷迷，眉飛色舞，像個瘋子；台下觀眾目眩神迷，躍躍欲試，像個傻瓜[1]。

總的來看，「荻宜的小說和她的人一樣，深情而自然，散發著濃厚的鄉土芳香，卻又不流於低俗」[2]。

著名作家柏楊對她的評價，所道出的正是荻宜小說的品質。

---

[1] 荻宜：《心路》，《寂寞深閨》，北京，時事出版社，1996 年 1 月版，第 123 頁。
[2] 柏楊：《寂寞深閨‧序》，《寂寞深閨》，北京，時事出版社，1996 年 1 月版，第 11 頁。

第三章　走向大眾文化時代的女性文本

第一節　言情小說：另一種閱讀期待視野

　　言情小說作為通俗文學的重要組成部分，是在台灣的社會環境結構，文學生產渠道、大眾傳媒力量以及讀者期待視野的多重變化中，逐步找到了自己的生存空間，並以日益強大的商業操作方式和市場競爭力量，不斷影響乃至「威脅」到嚴肅文學的生存境遇。無論學界與文學圈如何評價它，言情小說的存在與興旺無疑是當代台灣文壇不容忽視的文學現象。

　　言情小說在台灣的發展，經歷了半個世紀以來的漫長過程。言情小說的通俗文學特質，使它的滋生與成長需要多重空間，也經歷著來自多方面制約的尷尬。從這種創作的特點來看，首先，言情小說的大眾性，要求它必須首先處理好作者—市場—讀者之間的互動關係，才能確立生存與發展的可能性。作者以符合言情小說模式的可複製性帶來創作的高產，市場或通過出版發行的商業行為，或借助音聲、影像媒體的傳播作用，推動言情小說的暢銷；讀者則以自身的文學消費口味與傾向，形成年齡層次相對穩定的閱讀群體。其次，言情小說的娛樂性和消遣性，使它不去承擔「文以載

道」的責任，作品的政治色彩一向淡薄。再者，言情小說的
模式化，使它與強調獨創性、經典性、傳統承接的純文學，
形成鮮明分野。所以，言情小說的位置確立，又離不開市
場、讀者、文壇以及社會的政治背景和經濟發展格局的多重
制約。

　　50 年代的台灣，還未能給言情小說的發展提供必要的
生存條件。「在『反共復國』的意識領導之下，『大眾文
學』發展的空間很有限。當時勉強能夠不受政治宣傳左右的
大眾文化主題，大概都帶有濃厚的舶來品的色彩。尤其重要
的是美國文化的影響。」①在這種背景下，政治文化大行其
道，宣傳文學主控文壇，大眾文學幾乎不容許有自身的生存
空間，言情小說自然也不能例外。加上當時台灣還處於農業
社會，物資缺乏的背景也限制了書籍大量流通的程度。大陸
去台的女作家創作的一些愛情小說，雖有疏離於主流文壇的
某種邊緣性格，作品也強調面向大眾的可讀性和通俗性，但
作品還是負載了較多的社會內容與意義，所以，嚴格意義的
言情小說還未能真正出現。

　　如同台灣學者林芳玫所指出的那樣：「60 年代在台灣
文學史上是個具有關鍵性的年代，許多社會結構上的改變直
接間接影響了嚴肅文學與通俗文學的區隔。」②隨著農業社
會向工業社會的經濟結構變遷，台灣開始趨向大眾消費社
會，商業化的需求不斷影響到人們現實生活中的各個領域。

---

① 楊照：《四十年台灣大眾文學小史》，《文學、社會與歷史想像——
　戰後文學史散論》，台北，聯合文學出版社有限公司，1984 年 10 月
　版，第 46 頁。
② 林芳玫：《解讀瓊瑤愛情王國》，台北，時報文化出版公司，1994 年
　8 月版，第 43 頁。

工業化、都市化的進程，帶來了城市人口的集中和消遣型的閱讀大眾；1962 年台灣成立的第一家電視台，開啓了大眾傳播文化的一個新紀元。當精神文化逐漸成爲一種文化消費的時候，文學創作便開始受制於「市場規律」，其藝術商品化的特徵在 6、70 年代以後的台灣社會日益凸顯出來。在充滿激烈競爭壓力和快速生活節奏的資本主義工商業社會裏，人們需要有一種消遣休閒性質的文學來愉悅身心和鬆弛情緒，或排遣感情寂寞，或尋求精神刺激，或編織浪漫夢想，由此得到暫時性的滿足。由於出版商往往從作者和讀者身上「能預見一大筆財源」，作品的出版又受制於出版商，於是，在市場這只看不見的手的無形作用下，出版商、作家、讀者三者之間就有了一種互動關係，那些按照大眾文化消費心理而創作的、具有大眾文化特色的通俗文學便應運而生，並隨著工商資本主義社會的進程，日益變成一種藝術生產，乃至文化工業中的一種藝術商品。

毫無疑問，通俗文學，是大眾文化的一部分，言情小說又是通俗文學的重要組成內容，它所包含的是女性通俗文化的內核。台灣的言情小說出自於女作家之手，並且貫穿了她們幾十年的乃至一生的寫作歷史。驚人的創作數量，使其作品有著廣泛的大眾影響。以其中幾位爲例：瓊瑤創作的言情小說爲六十四部，徐薏藍爲四十三部，華嚴爲十八部，玄小佛爲四十部，嚴沁爲七十二部，姬小苔爲二十七部。這些言情女作家，每每憑藉女性獨有的文化心理與氣質，選擇愛情、婚姻、家庭爲題材，純粹描寫男女之間的情愛，並逐步形成一整套創作模式。言情小說依靠那種溫馨浪漫意境的築建，富有傳奇色彩人物的塑造，纏綿悱惻而又帶著淡淡憂鬱的情感抒發，來贏得普通公職人員、城鎮小市民、青少年學

生，特別是廣大女性閱讀群的青睞，滿足她們在平淡的人生境遇裏對於愛情的憧憬與幻想，也幫助她們暫時擺脫工作與學習的壓力，忘卻日常生活中的煩憂。一方面，這種由女作家們創作並主要被女性社群所閱讀的女性言情小說，以廣泛的大眾傳播方式流行，發揮著迅速、實用、消遣的「快餐文化」效應；另一方面，女性言情小說作爲不同社會時期裏一個鮮明的文化圖騰，它所代表的不僅僅是少男少女們的浪漫幻想，還在客觀上負載了有關台灣社會發展的文化、政治、經濟各方面的象徵意義。女性言情小說雖然不能與嚴格意義上的女性文學同日而語，卻也從大眾的、流行的文化消費層面，傳遞出女性通俗文化的諸多信息。

從台灣女性言情小說的創作路線來看，它的發展形態和製作規模是逐漸完善的。60 年代的台灣，雖然趨向大眾文化消費的時代，但通俗文學產生的環境和機制發展得還不充分，言情小說主要是適應了當時一部分人的社會文化心理，也借助電視、電影、出版、報刊等大眾傳播手段，在官方文學和嚴肅文學之外爭取到第三度生存空間，並帶來了個別商業作家的出現。60 年代的文學社區是官方機構與私人部門同時並存，官方藉直接控制或經營文化機構來壟斷文化界的情形有所鬆動，兩大民營報紙《聯合報》和《中國時報》的影響，小型出版社與獨立刊物的問世，都顯示了來自民間的文化力量的成長。在這種文化生態環境中，作家與讀者對文學的選擇空間有所擴大。延及普通大眾的閱讀層次，對於官方文藝，他們有著希望遠離政治的逃避；而對於學院派作家的現代主義文學創作，他們又有著審美能力和文化心理方面的距離感，所以他們更願意接近那些便於閱讀和理解的消遣性作品。正如台灣評論界的杭之所指出的，50 年代流行的

感傷、夢幻的濫情文藝，也以一種更精致的格調出現在 60
年代，這供給了一切搭不上現代主義列車的人另一種逃避與
滿足的天堂。①

　　60 年代開始起步的女性言情小說領域裡，最具代表性
的作家是瓊瑤。瓊瑤的成功再鮮明不過地顯示了大眾文學與
音聲、影像媒體的互動聯盟。瓊瑤創作伊始，便受到刊物主
編、著名出版家平鑫濤的重視。由於平鑫濤同時擔任《皇
冠》雜誌及《聯合報》副刊主編，瓊瑤的小說得以通過最強
有力的文學渠道發表，並在大眾讀者中獲得熱烈反響。僅在
60 年代，瓊瑤就出版了《窗外》、《煙雨濛濛》等十六部
小說，同時吸引了廣播電台、電影公司和她簽約。瓊瑤的
《窗外》就曾經在電台用國語、台語分別製播過好幾次。
《皇冠》雜誌還從義大利引進了「紙上電影」的概念，用以
改編瓊瑤的短篇小說。所謂「紙上電影」，就是利用一幅幅
的照片影像及簡短的文學旁白來敍述一個故事，類似今天的
「攝影小說」。瓊瑤以她一生爲少男少女們營造的無數愛情
童話，當之無愧地成爲台灣言情小說的集大成者。

　　這一時期有影響的言情女作家，還有華嚴、徐薏藍等
人。華嚴，原名嚴停雲，1926 年生，福建省閩侯縣人。60
年代出版了《智慧的燈》、《和風》等六部作品。其創作
多爲兩代之間的故事，隱藏著悲歡離合，生老病死，徘徊於
迷離變幻的情感世界。徐薏藍，本名徐恩楣，浙江省杭州市
人，1936 年生。50 年代末曾以長篇小說《綠園夢痕》引人
關注，60 年代又有《碎情記》、《流雲》等五部小說問

---

①杭之：《從大眾文化觀點看三十年來的暢銷書》，見《〈藍與黑〉到
　〈暗夜〉》，台北，久大文化股份有公司，1987 年 5 月版。

世，「她的小說常以腐敗的都市和純樸的鄉下做對比，描寫少女如何面對都市邪惡的誘惑，努力維護身體與心靈的純潔。她的故事充滿了道德訓示的意味」①。但總的來說，從當時的實際情形出發，言情小說本身仍是一個尚未充分商業化的文類，它與一般文藝小說的分類也相當模糊。1963年，瓊瑤發表第一部小說《窗外》的時候，並非所有的書評一開始就把它認定爲「言情小說」；而是隨著後來瓊瑤作品數量的高產和創作格局的變化，她才被視爲商業化的言情小說家。

　　與 60 年代相比，70 年代台灣的文學社區有著較高的獨立自主性，既相對游離於官方控制的軌道，又沒有充分發展的文化工業機制能把它完全容納。由《聯合報》和《中國時報》兩大報系、皇冠和「五小」（爾雅、九歌、洪范、純文學、大地）等數家出版社爲主導的出版界，還在堅持穩健發展的文學出版路線，尚未形成激烈競爭的多元市場。那些分散在民間的提供通俗文學閱讀服務的租書店，雖然在作品數量上標示著言情小說藝術生產的主力所在，且不乏租書系統下成長起來的言情小說家，但因爲它們所從事的租借服務是單純性商業活動，與當時文壇也不搭界，所以並不能以租書業的身份進入言情小說的藝術生產過程。也就是說，文化生產在 70 年代的商業化程度仍然很有限，倒是電視、電影這些大眾傳媒力量的更多介入，對言情小說的創作與傳播發揮了直接的促進作用。

　　活躍於 70 年代文壇的言情小說家，一是作品數量高

---

① 林芳玫：《解讀瓊瑤愛情王國》，台北，時報文化出版公司，1994 年8 月版，第 126 頁。

產,創作進入了人生的鼎盛期;瓊瑤、玄小佛、徐薏藍皆以本時期每人出版十六七部言情小說的數量,形成言情小說的創作陣容;二是她們與大眾文化傳媒有著廣泛的接觸,作品多次被搬上銀幕。70 年代的瓊瑤,與平鑫濤自組巨星影業公司,從寫小說到編劇本,從拍攝影片到譜寫主題歌,開創了藝術生產的流水作業線,它充分顯示了個人化企業經營的作風,同時又有別於 80 年代注重組織企劃的文化工業。在台灣電影界,60 年代由小說改編的文藝電影共二十八部,其中瓊瑤的小說就占了十九部;70 年代改編自小說的文藝電影是五十一部,瓊瑤小說達到二十一部;80 年代改編的文藝電影為五十六部,瓊瑤占據七部①。多年來,瓊瑤曾一直是台灣文藝片的「盟主」,由她的作品改編的電影或電視劇多達五十部,影片中的插曲有二〇〇多首流行於社會,傳唱於人群。一些演員因飾演她的電影而一舉成名,諸如紅極一時的影星「二秦、二林」(秦漢、秦祥林、林青霞、林鳳嬌)。由此可知,瓊瑤的寫作生涯與台灣電影文藝片的黃金歲月是聯繫在一起的。再看其他作家,本名何隆生的玄小佛,江西省南康縣人,1951 年生於台灣基隆市。這位從租書店系統成長起來的作家,十八歲即出版《白屋之戀》,並由中影公司拍成電影,其後陸續有二十餘部小說被搬上銀幕。另一位多產作家徐薏藍,雖然被拍成電影的小說並不多,但作品常常被改編成電視劇,最為膾炙人口的小說是《河上的月光》。

　　進入 80 年代以後,隨著工商社會形態的確立和膨脹,

---

① 此統計數字轉引自林芳玫:《解讀瓊瑤愛情王國》,台北,時報文化出版公司,1994 年 8 月版,第 125 頁。

文化工業迅速崛起，台灣的文化環境被打上了大眾消費文化
的鮮明印記。在台灣的文化工業中，不僅藝術的生產成了商
品的生產，藝術產品也往往變成了商品和日常消費品，具有
直接的生產性和商業性。從 80 年代的文學出版與書市的變
化來看，像金石堂、誠品等大型連鎖書店的成立，在強調了
書籍的宣傳與行銷的同時，也把買書納入了整體日常生活的
消費活動之中。而暢銷書排行榜的出現，標志了一種新的圖
書促銷方式。書店以文化中介者的身份介入，既爲消費者、
讀者主動提供購書參考，也使作者通過市場機制，打出吸引
讀者文化消費的知名度。出版社也在作家包裝、組織策劃、
出版炒作方面，走入了商業運作的軌道。希代出版社有意起
用名不見經傳的年輕女作者，瞄準青少年學生的閱讀市場，
選擇男女綺情艷遇或少女夢幻的題材，注重整體作品現象的
包裝，出版了長長短短的言情小說。這種被稱爲「紅唇族文
學」的流行，也製造了「希代小說族」的崛起。

　　在上述文化消費環境中，通俗文學大行其道，特別是在
80 年代有關暢銷書排行榜的文化論爭之後，通俗文學終於
取得了初步的合法正當性。言情小說在這一時期，作品分類
越來越精細，從家族恩怨，到情色性愛、異國戀情、偵探懸
疑，形成小說商品多元化的現象。80 年代以前，只有瓊瑤
等少數言情小說家的作品通過出版社發行，大部分言情小說
是由租書系統生產流通的。而曾幾何時，這種幾乎由瓊瑤獨
霸言情小說市場的情形，如今完全被打破，言情作家本身的
創作情形，也出現了不同層面的變化。第一類作家，是指那
些5、60年代開始寫作的老作家，80年代以來雖然仍舊筆耕
不輟，但未出現新的突破。徐薏藍這一時期創作有《翡翠
穀》等八部，華嚴有《神仙眷屬》等十五部，瓊瑤則有《夢

的衣裳》等十部小說問世。與此同時，瓊瑤小說的主要傳播
方式，也由 60 年代的報紙刊載，70 年代的電影拍攝，更多
地轉向了 80 年代以來的電視劇改編。第二類作家，多在 7、
80 年代走向言情小說的創作。適應著文化消費時代的環
境，她們游刃有餘，自成格局，且有驚人的小說產量。僅在
80 年代，玄小佛就出版《花神的女兒》等二十一部，姬小
苔出版《愛的輪轉》等二十五部，嚴沁也出版《風也悄悄》
等三十二部，90 年代又有《愛神的影子》等四十一部小說
問世。這類作家的創作，表現出與瓊瑤不同的愛情構建視
角。「瓊瑤在安詳優雅的生活環境中譜寫一曲亦真亦幻的愛
情心歌；而姬小苔、玄小佛則是在充滿自私、陰謀、爭鬥、
報復，甚至凶殺的險惡氣氛下講述一樁帶著血與淚的婚姻故
事。」①第三類作者，是由出版社和書店系統一手包裝製造
出來的。她們平時雖然名不見經傳，但按照出版商策劃而寫
作的高度公式化的言情小說，卻如同商業品牌的生產和推
銷，可以源源不斷地寫作與出版，諸如《廢園故事》（納蘭
真）、《心的徘徊》（陳艾琳）這類歸屬希代出版社「紅
唇族文學」的作品，即是文化工業時代批量生產的狹義的言
情小說。

　　對於言情小說的創作而言，言情是它不變的主題，離奇
的構思，曲折的情節，通俗生動的語言，浪漫夢幻的格調，
是它慣常運用的手法。言情小說的模式化是它生產迅速、流
傳廣泛的原因，也成為它無法突破的創作「瓶頸」。好的言
情小說，可以陶冶人們的美好感情，使讀者獲得精神的享受

① 劉登翰等主編：《台灣文學史》（下卷），福州，海峽文藝出版社，
　1993 年 1 月版，第 759 頁。

和休息；而其中一些低級、庸俗之作，也會給涉世未深的青少年讀者造成負面效應。對於言情小說，讀者應該有所鑒別；評論界則需要正視這種文學現象的存在，並對此進行批評和研究。

第二節　瓊瑤：愛情王國裏的女性夢幻

　　作為台灣當代文壇上言情小說的集大成者，瓊瑤①的創作以廣泛的大眾傳播效應，伴隨著無數少男少女走過了青春的歲月。作為過去年代裡的一種文化圖騰，瓊瑤小說不僅構

---

① 瓊瑤，女，本名陳喆，另有筆名鳳凰，湖南衡陽人，1938 年生。1949年隨全家遷台，畢業於台北二女中。曾任《皇冠》雜誌社東南亞版主編，電影公司負責人、製片，一生專事寫作，出版有言情小說 64 部。瓊瑤作品皆由皇冠出版社出版，其主要小說創作為：1963 年：《窗外》；1964 年：《煙雨濛濛》、《幸運草》、《菟絲花》；1966年：《六個夢》、《紫貝殼》、《潮聲》、《幾度夕陽紅》、《船》、《寒煙翠》；1967 年：《月滿西樓》、《翦翦風》；1969年：《彩雲飛》、《星河》、《庭院深深》、《一簾幽夢》；1971年：《水靈》、《白狐》；1972 年：《海鷗飛處》；1973 年：《心有千千結》；1974 年：《浪花》；1975 年：《女朋友》、《在水一方》、《碧雲天》；1976 年：《秋歌》、《人在天涯》、《我是一片雲》；1977 年：《月朦朧鳥朦朧》、《雁兒在林梢》；1978 年：《一顆紅豆》；1979 年：《彩霞滿天》、《金盞花》；1980 年：《夢的衣裳》、《聚散兩依依》；1981 年：《卻上心頭》、《問斜陽》、《燃燒吧！火鳥》；1982 年：《昨夜之燈》、《匆匆太匆匆》：1984年：《失火的天堂》、《不曾失落的日子》；1985 年：《冰兒》；1990 年：《雪珂》；1991 年：《望夫崖》；1992 年：《青青河邊草》；1993 年：《梅花烙》、《鬼丈夫》、《水雲間》；1997 年：《還珠格格》（1～3 部），等等。

建了台灣言情小說的發展歷史，也見證著文壇有關通俗文學批評觀的幾度沈浮。把瓊瑤放在走向大眾文化時代的台灣背景下來觀察，她的作品又負載了大眾閱讀心理、女性通俗文化乃至某些社會生活變動的象徵意義。由此看來，解讀瓊瑤，並非一種單純的文本意義。

出身於書香門第的瓊瑤，1949 年隨全家遷台，畢業於台北二女中，十六歲時在台灣《晨光》雜誌發表短篇小說《雲影》。高中時代因為與自己的國文老師戀愛，遭到家庭阻撓和外界輿論的打擊。十九歲大專聯考落榜，於是專心致力寫作。之後經歷了一段失敗的婚姻，困境中仍不改文學初衷。1963 年，二十四歲的瓊瑤以長篇處女作《窗外》嶄露頭角，並開始了與皇冠雜誌社社長平鑫濤的長期合作關係。1975 年，相知相愛達十六年之久的瓊瑤和平鑫濤，有情人終成眷屬。瓊瑤說：「我這一生已經把人家幾輩子都過了。我在生活、愛情及婚姻上遭遇那麼多，我才會有這麼多可寫。人有一種潛意識的發洩心理，有人用寫日記來發洩，我卻發洩在寫作上。」①基於此，瓊瑤一共出版了六十四部小說，又據以改編了五十部電影和六○○多小時的電視劇，寫了二○○多首歌曲，成為言情小說的集大成者。其作品具有廣泛的傳播效應，在台灣、大陸、香港及新加坡、馬來西亞等地擁有眾多的讀者群。

解讀瓊瑤，首先應該注意到她的文學觀。以創作動機而論，當初吸引瓊瑤去寫作的是一股無法抗拒的狂熱，而非社會使命。她認為：「一個作家寫作，並不一定負有社會使

---

① 轉引自楊雲等：《瓊瑤的生活瓊瑤的愛》，貴陽，《文娛世界》，第 81 期，1987 年。

命。……我寫小說很少考慮到會有什麼社會影響，我只是以我的手寫我的心、我的感受，只要是人類有的感受：愛情、親情、友情、仇恨……我都寫。」①至於「評論界的褒貶我並不在乎，我只要讀者，越多越好」。「我愛我的讀者，我為他們而寫。」②瓊瑤自知是一個平凡的女人，她並不在意她的作品能不能永恆，至於時間是否把她的作品淘汰，她以坦然態度相對。瓊瑤很欣賞香港科幻小說家倪匡說過的一句話：「人不要追求永恆，因為人太渺小了，永恆的是日、月、星。」這種創作宗旨，使瓊瑤既不願擔負「文以載道」的責任，也不去追求作品永恆的意義，能夠為讀者寫作，並擁有眾多喜愛自己作品的讀者，就成為她最大的成功和幸福。從人生態度和美學追求來看，瓊瑤多情易感、浪漫夢幻的氣質與情感方式中，蘊含了一種對美的與生俱來的敏感，生活把她造就成一個「惟美是求」的作家。瓊瑤說：「我永遠帶著一份浪漫的情懷，去看我周圍的事與物。我美化一切我能美化的東西，更能美化感情。無論親情、友情、愛情……我全部加以美化，而且很迷信我所美化的感情。」③作為一個整天生活在「雲裏霧裏」的標準夢想家，瓊瑤編織小說，編織故事，自己也生活在小說和故事裏。瓊瑤深知揚善懲惡、凸顯美隱藏醜可能給社會帶來的歡樂和希望，她想通過筆下那些被美化的感情故事，來傳達自己對生命的理解和

① 趙世民、高博燕：《北京·瓊瑤答問》，北京，《大眾電視》，1988年第7期。
② 曹曉鳴：《「我愛我的讀者」——台灣著名作家瓊瑤訪問記》，上海，《文學報》，1988年第7期。
③ 瓊瑤：《瓊瑤自傳》，北京，作家出版社，1990年3月版，第215頁。

企盼，對美的偏愛和渴求。對於瓊瑤這樣一種生長在通俗文學領域的作家，我們應該注意從她的創作理念出發，去尋找屬於她的大眾的、言情的、唯美的、夢幻的文學路線。

以 1963 年出版長篇處女作《窗外》爲標志，瓊瑤正式加盟言情小說創作隊伍。從《窗外》到 1971 年出版的《白狐》、《水靈》，構成瓊瑤 60 年代的早期創作。這期間的作品著眼於愛情與外在社會勢力的衝突，而後者常常以家庭和父母親爲代表。女性抵不過命運的壓力，愛情最後以悲劇而告終。作者筆下的小說世界往往是她本人過去大陸經驗的再現，作品中的人物塡詞、做詩、繪畫，頗具中國文人氣質，也掙扎於家庭束縛與愛情追求的兩難人生境地。

70 年代，瓊瑤進入了中期創作階段，從第十八本小說《海鷗飛處》（1972 年），到第三十七本小說《燃燒吧！火鳥》（1981 年），瓊瑤著重處理親情與愛情的對立、衝突與統合。她筆下的小說背景開始呈現出一個雛形的、自給自足的台灣社會，書中的年輕一代都生長於台灣，他們不再身披歷史的煙塵，也不像先前人物那樣背負著回憶與懷鄉的重擔，而是在瓊瑤所提供的 70 年代新興的台北中產階級的夢境中，品嘗著生活富足、精神愉悅、親情與愛情皆頗爲圓滿的人生理想。

從第三十八本小說《昨夜之燈》（1982 年），到第五十三本小說《還珠格格》（1997 年），它構成了瓊瑤的後期創作階段。進入 8、90 年代的創作，在文學多元化的背景下，瓊瑤小說的內容脫離了 70 年代的故事模式，其筆下的愛情、婚姻和親情都出現了危機及問題。如何表現這種變遷中的都市男女愛情觀，就成爲瓊瑤處理當代愛情生活題材的側重點。但這種努力由於筆力不逮，也因爲當年造成瓊瑤筆

下愛情悲劇的社會環境已經發生變化，瓊瑤以不變應萬變的愛情模式便遭遇了某種尷尬，故這時期的現代愛情生活作品，並未引起社會廣泛關注。另一部分演繹清宮生活的小說，如《新月格格》、《還珠格格》等，則借民間傳說虛擬歷史，更著重作品的言情趣味。綜觀瓊瑤的文學歷程，她的創作不僅時間跨度大，作品數量多，其言情小說的形態與模式，其創作與所處時代以及閱讀大眾的互動，本身就構成了一部台灣當代言情小說的歷史。

瓊瑤小說的核心，是以女性的夢幻與理想，編織成人世界裡的愛情童話。圍繞「言情」而生發出來的人物形象、情節模式、世間情態以及審美風格，構築成瓊瑤筆下林林總總的愛情世界。言情的魅力，曾使瓊瑤作品在大眾讀者心中產生共鳴與愉悅，並造就了瓊瑤的成功。瓊瑤也以自己鮮明的創作特徵，提供了大眾文化時代頗具代表性的言情小說類型。瓊瑤對於筆下人物形象的塑造，往往在傳統的痴情中融進現代的思想觀念，並注重突出了反封建禮教的主題意向。其基本價值取向，是追求真情流瀉的愛，忠貞不渝的愛，有文化有教養有道德的愛。她主張戀愛自由、婚姻自主、個性解放以及家庭的民主和諧，這對於掙脫封建道德傳統的束縛具有進步意義。瓊瑤作品中那些理想化了的男女主人公身份，多是作家、畫家、音樂家、醫生、編輯、記者、教師、工程師、經理、中級職員、護士、大中學生，等等。作為社會轉型期日益活躍的中產階層，他們雖然不一定是社會改革的先鋒人物，卻是追求人生前程、多才多藝的青年才俊。他們的價值觀念和人生設計雖然不乏時代的特徵，但瓊瑤沒有讓筆下人物面對廣闊的社會生活而行動，而是讓他們主要生活在愛情的世界裏。由愛而凸顯人物的個性色彩，由愛而引

發人物的命運沈浮，由愛而扭結複雜的人際糾葛，愛情成爲人生至高無上的主宰。所有的男女主人公，無論身份、地位、性格有何差異，他們都走不出愛的王國。透過瓊瑤筆下的三種愛情人物設計，我們可以鮮明地看到作者的愛情觀、女性觀與人生觀。

其一，充滿現代感的苦戀式情人，集中體現了瓊瑤式的愛情理想與浪漫情懷。這類人物在很大程度上，有著作者青年時代的感情投影和人格意向，他們多是痴情而帶有理想色彩的現代都市男女，爲了追求愛情，歷經磨難痴心不改，赴湯蹈火在所不惜。戰爭、烽火、時間、空間割不斷情，地位、金錢、門第阻止不了愛，生命的殘疾、年齡的懸殊、境遇的落魄、長輩的干涉也改變不了愛，愛的王國裡到處有痴情男女的身影。一如那個不顧世俗流言和重重阻力，情願跟著老師康南浪跡天涯的雁容（《窗外》）；爲了丈夫能夠浪子回頭，不惜忍辱負重、痴情等待的杜小雙（《在水一方》）。「愛到深處無怨尤」，「問世間情爲何物，直敎人生死相許」，這反覆出現的旨在點題的詩句，正是苦戀式情人形象的寫照。

其二，介於叛逆與傳統之間的人物，眞實地反映了瓊瑤和同時代人在新舊價值觀念激烈碰撞社會裏的兩難選擇。瓊瑤談道：「在我的身體和思想裏，一直有兩個不同的我。一個我充滿了叛逆性，一個我充滿了傳統性。叛逆的那個我，熱情奔放，浪漫幻想。傳統的那個我保守矜持，尊重禮敎。」①作者這種精神矛盾與雙重性格，不可避免地影響到

---

① 瓊瑤：《瓊瑤自傳》，北京，作家出版社，1990 年 3 月版，第 244 頁。

她對筆下人物的理解和處理。瓊瑤作品中的愛情男女，在與世俗偏見衝突的時候，往往從叛逆的形象開始，以傳統的皈依者而終結。作者鍾愛的許多女性，在追求美好愛情的奮鬥中，都能做到不卑不亢，獨立自強，一旦得到愛的歸宿，就會犧牲自己的獨立人格，把生命的理想終結在婚姻的句號上，《一簾幽夢》中少女紫菱所走的人生路線，即是如此。當年的紫菱，是以叛逆少女的勇氣，頂著世俗偏見和傳統壓力，與離婚男子費雲帆走到了一起；然而進入婚姻的堡壘，紫菱的性格鋒芒便開始消失，她靠一個男人實現了愛情夢，也在一個男人的懷抱裏終結了人生理想。無論最初她如何地奔放、叛逆，最終還是回到閨房，去守著自己苦鬥來的如意郎君，重蹈傳統生活的覆轍。

另一部小說《浪花》，則深刻地表現了社會新舊價值觀念撞擊下的瓊瑤人物的矛盾性格。女畫家秦雨秋太沈迷於夢想、自由和繪畫，太崇尚真實、獨立與叛逆，所以她總不被世俗社會所容忍。在家庭生活中，她被視作不稱職的妻子，並由此導致離婚；在社會天地裏，她又被認為是「出格」的畫家，而不為流行時尚與平庸畫界所接受。雨秋一直以會思想的畫對生命挑戰，以叛徒的形象同社會作戰。與雲濤畫廊經理賀俊之的相遇，使兩顆尋尋覓覓的靈魂發生強烈共鳴。然而，他們苦苦追求的這段感情生活，卻敵不過傳統秩序的樊籬。俊之拋不掉已經屬於他的婚姻、子女和家庭，雨秋也面臨著是與非、道德與傳統、畸戀與反叛的種種社會壓力和心理困擾，最後她以獨自離台、浪跡天涯的選擇宣告了叛逆的終結，從而完成了「又西方，又東方；又現代，又古典；又反叛，又傳統——一個集矛盾於大成的人物」形象。

其三，灰姑娘與白馬王子的形象，提供了瓊瑤小說最常

見的人物模式。作品中的灰姑娘，皆爲輾轉於社會底層的普通人，她們或因生計所迫做了歌女和舞女，或因失去雙親寄人籬下，或因家境窘困艱難謀生，雖然身世境遇有異，人生命運卻頗爲相似。一則她們都有姣好的容貌和清純的氣質，充滿女性魅力；二則她們都不乏獨立奮鬥的精神，有一種令人心儀的人格美；三則她們都以傳奇般的愛情經歷，改變了整個人生。如同《庭院深深》中章含煙的愛情傳奇那樣，從曬茶場上柔弱無依的小女工，到辦公室裏聰慧靈秀的女秘書，再到柏沛文老闆「含煙山莊」的女主人，含煙人生的三級跳，完成的是一個灰姑娘夢幻般的童話故事。

　　灰姑娘與白馬王子的人物模式，講述的是成人世界裏的「現代童話」，其核心是對愛情傳奇的構建。一方面，它反映了人們渴望生命傳奇的浪漫心理，表現了人們對平淡無奇生涯的排拒，也自覺不自覺地流露出女性對於婚姻改變人生的期待。另一方面，作爲現代社會中的愛情傳奇，瓊瑤沒忘記故事發生的年代，她特別突出了灰姑娘與白馬王子生活背景的巨大反差，強調了獨立奮鬥、追求自身價值的人格力量與門第、家世、金錢、世俗偏見的尖銳對立，由此張揚了一種平民意識和人道主義精神。這就在灰姑娘與白馬王子童話的古老框架中，融進了現代社會具有進步意義的精神內容，而不再停留於以往那種貧與富、善與惡對立的單純童話模式上。

　　圍繞筆下性格各異的愛情男女，瓊瑤呈現出情天恨海中聚散兩依依的人間情態，讓愛情的故事在地老天荒中不斷重演。從青年的、中年的到老年的，各種年齡段的愛情生活各具特色；從指腹爲婚到自由戀愛，傳統的、過渡的、現代的愛情形態一應包含；從青春戀、師生戀、黃昏戀，到報復

戀、婚外戀、三角戀乃至多角戀，不同的愛情方式色彩紛呈；從封建社會、半封建半殖民地社會，到受西化之風影響的資本主義社會，不同時代的愛情風貌皆有展示。以瓊瑤筆下出現頻率最高的六種愛情形態來看，在理想夢幻型、一見鍾情型、青梅竹馬型、愛情殘缺型、性格互補型、三角戀愛型等諸種愛情模式中，我們不僅看到了世間情態的典型寫照與藝術描摹，也從中感受到瓊瑤對愛情自身命題的苦苦思索，以及她對愛情心理模式的獨到發現。

瓊瑤對言情小說的藝術經營，首先表現在情節模式的構建上。一元化的人物和多元化的三角關係，是瓊瑤小說的基本模式。瓊瑤作品中的男女主人公，身世、地位、命運可能不同，但其教養、個性、人生追求基本一致，呈現出愛情角色的定型化。讓這些極富文藝色彩和浪漫情懷的人物墜入情網，作者往往選擇多元化的三角關係格局，驅使人物命運在其中經受重重考驗。其表現方式，或為「顯三角」的格局，諸如《煙雨濛濛》中陸依萍姐妹對何書桓的愛情角逐，《在水一方》裡盧友文與朱詩堯面對杜小雙的情感對峙，皆是這種情節模式的衍生和複製；或為「隱三角」的關係，它往往由主人公愛情追求視野內外的兩個人物，構成無形中的愛情對峙與競爭，諸如《心有千千結》、《浪花》、《庭院深深》等作品中的愛情描寫；或為「參三角」的模式，它所纏繞的常常是舊情往事的回憶、代際矛盾與友誼愛情的糾葛，《幾度夕陽紅》、《船》、《卻上心頭》所提供的，即是這種戀愛形態。

把握不平衡的藝術，強化情節結構的戲劇性和曲折性，是瓊瑤小說構建情節模式的操作技巧。一方面，她的作品如同西方的婦女小說一樣，是直線型結構，按時間順序敘述事

件，這使故事保持了大眾閱讀的流暢性與連續性。另一方面，作品又通過跌宕起伏、一波三折的情節安排，使直線型的故事發生了波浪型的變化，以調動讀者閱讀心理的緊張狀態。瓊瑤的故事往往從靜態的平衡——三角鼎立的布局開始，到動態的不平衡——由多角「火並」到合而爲一。這種動靜相生、悲喜交加、起伏更參的手法運用所產生的藝術效果，滿足的正是讀者審美情感波浪式起伏的心理需求。

懸念的設置和神秘氛圍的營造是瓊瑤小說情節引人入勝的魅力所在。作者擅長在作品中設懸念、賣關子、結扣子，使故事情節既環環相扣，曲折回環，又神秘莫測，令人遐想。這種懸念與神秘，或根據愛與恨之情而生，或緊扣人物的身世之謎而來，或圍繞環境氛圍的製造而呈現。如同我們讀《菟絲花》，仿佛進入了曲徑迷宮。作品中羅家的男男女女、老老少少，個個行爲怪戾，人人神秘莫測。孤女憶湄的羅門投宿與身世之謎，都讓讀者心生疑寶，手不釋卷，幾欲探究個中奧秘。作品對羅宅與花草的氛圍渲染，使神秘的幽靈鬼影，恐怖的夜半夢魘籠罩全篇，維持了一種內在的緊張度和神秘感。

故事元的高度密集和反覆使用，表現出瓊瑤小說情節的基本要素和思維定勢。這其中，關於「失憶症」的故事元，往往聯繫著人物命運的陡然轉變，令故事情節懸念叢生。《我是一片雲》中的宛露，《昨夜之燈》裏的雪珂，《星河》裏的心虹，都經歷了一段「失憶」的人生。關於「身世之謎」的故事元，常常發生在感情線與血緣鏈上，它所蘊含的，多是有關兩代人的生命來源和代際關係的問題。例如《菟絲花》、《幾度夕陽紅》的描寫。關於「替身人物」的故事元，它所融合的是有關人生與戲劇扮演、命運的神奇

力量與偶然因素的生命體驗。《彩雲飛》、《夢的衣裳》、《月滿西樓》等作品中所出現的，正是這種「替身」人物。關於人物演出場景的故事元，則多集中於廳堂或莊園，著意突出一份或優雅溫馨，或感傷惆悵的愛情來。《聚散兩依依》、《翦翦風》、《寒煙翠》、《尋夢園》等小說的場景皆發生於此。

　　瓊瑤對言情小說的藝術經營，其次表現在風格意境的創造上。將詩與文、敘事與抒情有機地結合起來，在純情的故事中融入美麗的詩意，這種瓊瑤式的表述方式爲作品帶來濃郁而鮮明的詩化風格。具體來看，爲了營造如歌如夢的意境，瓊瑤尤其注意把傳統詩歌營造意境的手法融入小說，往往在場面與景物的描寫中，融情於景，融理於象，著意烘托作品的情感氛圍，提供抒情達意的最佳方式，諸如《心有千千結》中的風雨園意境。夕陽拂照中的神秘的風雨園，見證著耿家的恩怨情仇、風雨人生，也引發新來乍到的家庭護士雨薇的好奇心理；曲徑通幽、花穗飄香的風雨園，把喜歡夢想的雨薇仿佛帶入幻境；淫雨綿綿、冷風淒淒的風雨園，又觸動了雨薇「心有千千結」的青春惆悵；月光皎皎、愛神佇立的風雨園，則最終照亮了雨薇與若塵永遠相連的同心結。風雨園裏聽風雨，雙絲網中話心結，一切景語皆成情語，人物的情感基調與作品的環境氛圍達到了自然的融合。

　　爲了創造如歌如夢的意境，瓊瑤特別擅長將散文「托物言志」的手法運用於言情小說創作。瓊瑤的許多小說，是以花草植物命名的，如《蘆花》、《金盞花》、《菟絲花》、《幸運草》、《一顆紅豆》、《五朵玫瑰》，等等。作者著意描寫某種花草的形態和習性，並將其與小說要表現的思想情調、人物性格相聯繫，托物言志，從而使自然

風物平添了某種象徵意義，成爲作者人生哲學的傳達媒介。柔弱無依的菟絲花，象徵了雅築一味依附的性格特徵；相思情深的紅豆，則成爲致文與初蕾歷經磨難、矢志不渝的愛情見證。這樣的描寫，在瓊瑤作品中俯拾皆是。

爲了創造如歌如夢的意境，瓊瑤自然嫻熟地將詩詞歌賦化入作品，爲言情小說平添了一種藝術韻味。瓊瑤的每部作品，幾乎都有一首乃至數首古典詩詞或歌曲，它們是統攝全篇的主題歌，又是畫龍點睛的詩眼。作品思想基調的確定，文中抒情氛圍的渲染，都與它們直接相關，《幾度夕陽紅》中，由「青山依舊在，幾度夕陽紅」這首古詩詞所生髮的意境，則蘊含了兩代人的情感命運，它以歷史變遷的滄桑感，道出了命運無常、生命變幻的世態人情。《月朦朧鳥朦朧》的主題歌，既是主人公靈珊最喜愛吟唱的一首歌，也是情侶陶醉的愛之至境。不僅如此，瓊瑤還常常選擇詩詞歌賦爲小說題目，點化作品的意境，使其成爲表達人物內心情感和性格特徵的有機組成部分。《寒煙翠》、《幾度夕陽紅》、《翦翦風》、《在水一方》、《月滿西樓》、《心有千千結》、《一簾幽夢》等題目，即是直接源於古詩詞本身。總之，深厚的中國古典詩詞歌賦的修養，是瓊瑤執著追求的詩意風格，其作品也有別於一般意義上的言情小說，從而具有了幾分文學的、美的、雅致的風情。

瓊瑤小說在思想藝術上的局限與缺失，一是思想內涵比較膚淺，其小說模式與文化形態不時地傾斜於保守的傳統；二是反映生活面過於狹窄，愛情領域之外的生活多被排除；三是藝術構思存在著單一化和模式化的情形，逐漸走向自我創作的重復。也就是說，在瓊瑤的辛勤耕耘與苦心追求中，言情的魅力曾經造就她巨大的成功；而置身於言情小說本身

所特有的類型化格局中，瓊瑤也難以最終突破和超越言情模式對於她的創作制約。

第三節　三毛：浪跡天涯的人生傳奇

「不要問我從哪裡來，我的故鄉在遠方，爲什麼流浪，流浪遠方……」

每當《橄欖樹》的旋律萬千鄉愁地響起來，一個風塵僕僕、獨闖世界的天涯浪女形象就會浮現在我們面前。身著牛仔褲、背著行囊上路的三毛①，從南極到北極，從非洲的撒哈拉大沙漠到歐美的豪華城市，她遊歷過五十九個國家，走遍了萬水千山，並以自己的心血生命孕育出二十三部作品。

①　三毛，本名陳平，浙江省定海縣人，1943 年出生於四川重慶，1991 年 1 月 4 日辭世，享年 48 歲。1964 年進入中國文化大學哲學系當旁聽生，1967 年赴西班牙留學。回台後曾任教於中國文化大學德文系、哲學系、中文系文藝組。1973 年，再度出國流浪的三毛與西班牙潛水師荷西結婚，並定居西屬撒哈拉加納利群島，即以當地生活或四處旅行的觀感為寫作素材，作品風靡 20 世紀 70 年代台灣文壇。1979 年荷西不幸遇難，1981 年三毛結束流浪生活返台，以寫作、演講為生活重心，直到走完生命歷程。三毛一生出版 23 種著作，多由皇冠出版社印行。主要作品有：《撒哈拉的故事》（1976 年）、《雨季不再來》（1976 年）、《稻草人手記》（1977 年）、《哭泣的駱駝》（1977 年）、《溫柔的夜》（1979 年）、《背影》（1981 年）、《夢裏花落知多少》（1981 年）、《送你一匹馬》（1983 年）、《清泉故事》（1984 年）、《傾城》（1985 年）、《談心》（1985 年）、《隨想》（1986 年）、《我的寶貝》（1987 年）、《鬧學記》（1988 年）；劇本《滾滾紅塵》。並有《三毛說書》（1987 年）、《流星雨》（1988 年）、《閱讀大地》（1988 年）等有聲書。

在當代台灣，三毛與荷西的愛情神話和令人扼腕的生命終結，三毛的人生流浪與文壇轟動，都無異於一部女性的人生傳奇。

廣大讀者對三毛的接納，首先是生活的三毛，傳奇的三毛。三毛的作品和她浪跡天涯的故事那般親密無間地融合在一起，以至於人們無法把她的人生從作品中分離出來。

《我是三毛》的簡歷這樣寫道：

> 姓名，陳平，英文名叫 Echo，筆名三毛。籍貫：浙江寧波。學歷，六歲入學，十三歲休學，十六歲從顧福生習國畫，十七歲發表第一篇文章《惑》，刊於《現代文學》，二十歲入台灣「中國文化大學」德文系攻讀，於是赴西班牙留學。愛好：讀書、寫作和大自然相伴。喜歡白色的一切，喜歡吃母親做的零食，更喜歡穿涼鞋，讀《紅樓夢》，玩布娃娃和「拾破爛」。

構成獨立不羈、個性鮮明的三毛形象的，可以有許多內容，但其中最重要的，是從一個文學女人的心性出發，對讀書的痴迷，對浪跡天涯的鍾情，對愛情追求的執著，以及對筆耕生活的無怨無悔。三毛最能吸引讀者的地方，是她的人生創作、個性風採與人格力量的高度融合互爲見證。而這一切，又是通過她的筆耕道路來實現的。

檢視三毛的筆耕理想，她並非出於那種嚴肅的創作使命感，而是源起「遊於藝」。三毛明確宣稱：「寫作只是我的遊戲之一，用最白話的字來說是玩。」①這裏所強調的並非

---

① 三毛：《我的寫作生活》，《夢裏花落知多少》，北京，中國友誼出版公司，1984 年 8 月版，第 107 頁。

狹義的人生玩耍，而是興之所至，即成文章；一切率性而為，並非刻意追求。三毛對自己的創作有著清醒的認識，她說：「我承認我的作品並不是什麼偉大的巨著，可是，我覺得三毛還有她清朗、勇敢、真誠的一面，起碼能給讀者，特別是層次較低的讀者較清新的一面，不能老叫他們在情和愛的小圈子裏糾纏不清。」①

「遊於藝」寫作觀的形成，基於三毛獨特的生命經驗。曾經失落在孤獨、敏感、偏執的自閉年代，年輕時不知道如何遊戲人間，成長自我，動輒痛不欲生，生命對她來說是狹窄的暗角。後來經過千山萬水的流浪，目睹了色彩斑駁的人生世相，又身歷了悲歡離合的情感心路，漸漸徹悟了一己悲歡之外的大千世界，體味到個體生命與時間的有限，開始懂得了珍惜生活和享受生命。從偏執人生到遊戲人生，三毛做了自己過去的叛徒，萬水千山之中走出了一個曠達、灑脫的三毛，她開始有情有致地去愛人，有滋有味地享受生命，有真有實地遊戲人生，於是有了筆下《沙漠中的飯店》、《結婚記》、《懸壺濟世》這一系列趣味盎然的生命故事。

需要指出的是，「遊於藝」作為三毛的一種文學觀，包含了她對文學的功能和價值、寫作的動機與姿態等問題的自我理解，它並非不負責任的創作玩世，也不是隨心所欲的文學塗鴉。事實上，寫作於她不僅僅是遊戲，那是一生的執著。浪跡天涯的同時，伴隨著單調、艱苦的沙漠人生；行雲流水、信手拈來的文章背後，是夜以繼日、嘔心瀝血的慘淡經營；仿佛天然自成的故事，卻用盡了敘事的苦心。敢於宣

---

① 《熱帶的港夜——三毛對話錄》，《三毛昨日、今日、明日》，北京，中國友誼出版公司，1988 年 1 月版，第 73 頁。

稱「遊於藝」，在自由自在的境界中縱情山水，放眼人生，揮灑筆墨，當眞地演出生命中精彩的「自我劇」，這也不失爲一種聰明和達觀。

　　一個主張「遊於藝」的作家，她的作品既然不以描寫大衆人生、揭露社會問題爲己任，那麼，對於自我人生的抒寫，就很容易成爲三毛創作的核心。三毛一再強調：「我的文章就是我的生活，我寫的其實只是一個女人的自傳」，「迄今我的作品都是以事實爲根據的」①；「我的寫作生活，就是我的愛情生活；我的人生觀，就是我的愛情觀」②。

　　事實上，三毛呈現給讀者的，其實是她自己的生命，而不是想像編織的傳奇故事。正像台灣作家、評論家楊照所指出的那樣：「三毛講求寫眞實，寫自己的習慣，使她成爲我們這一代最透明的人。她周遭的一切、她有過的最深刻到最瑣碎的情緒，都一一化爲文字、化爲作品，變成大衆的公共財產。」「三毛這種以生命眞我去創造傳奇，再撰寫傳奇經歷的模式，確實是獨一無二的。」③

　　從三毛作品到三毛自述，可見其創作最重要的個性化特色：一是紀實色彩，二是抒寫自我。就前者而言，三毛沒有走虛構小說的路子，她從生活本身得到啓發，不去編故事，只去寫生活，而她自身奇特、浪漫、鮮活的人生經歷，恰恰

---

① 《熱帶的港夜——三毛對話錄》，《三毛昨日、今日、明日》，北京，中國友誼出版公司，1988 年 1 月版，第 67 頁。
② 三毛：《我的寫作生活》，《夢裏花落知多少》，北京，中國友誼出版公司，1984 年 8 月版，第 111 頁。
③ 楊照：《四十年台灣大眾文學小史》，《文學、社會與歷史想像——戰後文學史散論》，台北，聯合文學出版社有限公司，1984 年 10 月版，第 58 頁。

構成生活中最眞實不過的故事，以至於讀者無法區分它是文學作品，還是生活本身。融紀實性與文學性於一體，借天涯人生抒發個人志趣，三毛成功地運用了寫實手法。就後者而言，三毛只寫自己的故事，篇篇有作者之「我」，作爲作品敍述者的三毛，與作品中的三毛，以及現實生活中的三毛三位一體，使讀者在閱讀過程中對作品人物興趣盎然，並把閱讀評價直接導向作者本人。正是這種寫非虛構的、作者自我的眞實，帶來了三毛對「私小說」文體形式的選擇。它爲三毛傳奇經歷的實錄，自我個性的張揚，女性生命意識的表現，以及自戀情結的釋放，找到了最合適的表達方式。

三毛的私小說創作裏，自我是一個無處不在的靈魂。「我」──三毛──Echo 構成三位一體的形象：她既是作者本人，又是作品的敍述者，同時也是小說表現的主角。三毛說：「我是一個『我執』比較重的寫作者，要我不寫自己而去寫別人的話，沒有辦法，我的 5 本書中，沒有一篇文章是第三人稱的，有一次我試著寫第三人稱的文章，我就想：我不是『他』，怎麼知道『他』在想什麼？所以我又回過頭來，還是寫『我』。」①

正是由於這種「我執」，三毛作品構成了奇特的人生風景。就作品內容而言，「我」所敍述的一切，是三毛複雜的生命旅程和情感心路，是三毛塑造的自我形象。從自閉的少女到「夏日第一朵玫瑰」，三毛呈現的是感傷的雨季人生；從撒哈拉沙漠的定居到萬水千山走遍的流浪，三毛的傳奇人生引人入勝；從處處留情的青春萌動到矢志不移的神仙伴

① 《兩極對話──沈君山與三毛》，《夢裏花落知多少》，北京，中國友誼出版公司，1984 年 8 月版，第 181 頁。

侶，三毛的愛情人生令人感懷；從「懸壺濟世」到「溫柔的夜」，人們讀出了三毛的博愛人生；透過《撒哈拉的故事》、《雨季不再來》、《稻草人手記》、《哭泣的駱駝》、《溫柔的夜》、《夢裏花落知多少》、《背影》、《萬水千山走遍》、《送你一匹馬》等一長串作品集子，三毛的筆耕人生清晰可鑒。三毛的心向讀者洞開，她在作品中眞實地袒露著自己的一切：世系、家庭、性格、嗜好、信仰、思想、心態、修養、成長過程乃至隱秘的感情生活。讀其文，如見其人，如觀其心。

從作品的主題發掘來看，執著於寫「我」，三毛的眼睛掠過了重大社會矛盾的捕捉，她更著意從自我的經驗世界裏感悟人生的底蘊，情感的價值，以及人性的層次；更側重於表現大自然中的「我」，多元文化景觀中的「我」，且具有一種哲理深度和文化品位。透過作品的構成關係可知，人與人的關係，人與物的關係，人與自然的關係，均繫於「我」一身。仿佛所有的人物、事件、物體乃至風景，都是爲了三毛這個東方的奇女子而顯形。由此帶來的作品魅力，當然是自敍傳記的眞實和親切，自我個性的鮮明與生動。

在三位一體的角度下，根據「我」的位置，三毛作品的寫作路線又可分爲兩種主要情形。

一類是以「我」爲主角的作品。《撒哈拉的故事》、《夢裏花落知多少》等集子中的大部分篇什，當屬這種情形。作品寫的是三毛自己的故事，袒露的是私人性的生活體驗。「我」在沙漠中開飯店，「我」爲沙哈拉威人「懸壺濟世」，「我」在荒山之夜遇險，「我」與荷西締結愛情，「我」看沙漠洗浴風俗，「我」與沙漠芳鄰相處……這裏，不僅篇篇有「我」，而且一切的故事皆因「我」而生

髮，圍繞「我」去表現。在「我」的身歷中，活潑的個性飛揚著，悲歡離合的情感沈浮著，作品講述的是各種各樣的人生故事，從中貫穿和最後凸顯的則是作者鮮明可感的自我形象。

　　另一類是以「我」爲次要角色的作品，如《娃娃新娘》、《士爲知己者死》、《巨人》、《賣花女》、《永遠的瑪麗亞》、《啞奴》、《沙巴軍曹》、《哭泣的駱駝》等篇什。在這些故事中，三毛雖然退居到次要位置，但她並非生活中冷漠的看客；作者無法不動聲色地寫這個「自我」，她在作品中留下了濃重的創作主體的投影，正如三毛自己所說的那樣：「就像《哭泣的駱駝》，我的確是和這些人共生死，同患難，雖然我是過了很久才動筆把它寫下來，但我還是不能很冷靜地把他們玩偶般地在我筆下任意擺布，我只能把自己完全投入其中，去把它記錄下來。」①「我」與作品中的主人公，或是命運背景相關，如《哭泣的駱駝》所涉及的西屬撒哈拉面臨瓜分的政治騷動；或是往來密切，情感相通，如與姑卡、達尼埃、米蓋、啞奴、沙伊達、魯阿這些人的交往；或是發生著生活的碰撞與矛盾，如與賣花女、瑪麗亞的相遇。一旦主人公的命運或性格發生演變，「我」不可能無動於衷，漠然處之，「我」勢必對這一切做出情感反應和價值判斷，「我」的性格也會在生活的各種碰撞中迸發出火花。所以，主人公的命運往往成爲觸發三毛思想感情變化的催化劑。《士爲知己者死》寫的是米蓋無奈的世俗婚姻，折射的是三毛追求人格平等的愛情觀；《沙巴軍曹》、《哭泣的駱駝》塑造的是異國特殊政治背

---

① 《熱帶的港夜——三毛對話錄》，《三毛昨日、今日、明日》，北京，中國友誼出版公司，1988 年 8 月版，第 68 頁。

景下的悲劇性的人物，袒露的是三毛悲天憫人的人道主義情懷；《賣花女》、《永遠的瑪麗亞》揭露的是世間自私、欺詐、無恥的行為，反襯的則是三毛夫婦的善良、淳厚。作者著力刻畫的是主人公的一切，但最後的停泊地仍然是三毛的心靈世界。從「我」這個次要角色身上，照樣散發出自我的主體精神與人格光輝，這實際上是從另一角度完成了三毛形象的自我塑造。

在三毛自我經驗的世界裏，最引人矚目的是作家講述的撒哈拉故事。在撒哈拉大沙漠這片空曠、陌生的土地上，三毛經歷了生命之旅的美好極致，她被世人所傳誦的人生流浪、愛情童話以及寫作奇跡，都從這裏走向輝煌。三毛的大漠俠女形象離不開撒哈拉的塑造，撒哈拉也一如三毛用生命擁抱的夢中情人。通過東方民族的文化觀照和現代文化眼光的檢視，來透視撒哈拉的沙漠風情和沙漠人生，並由此表現三毛的異鄉人形象，便成為三毛撒哈拉故事的著眼點。具體而言，三毛主要從四種角度來抒寫她心中的撒哈拉故事。

第一，作品以濃郁的真情，展示了撒哈拉的大自然魅力與沙漠民族的生態環境。

三毛對於單純的景致，一向不感興趣；她所關注的，是與人生融合的大自然，是刻有文化印跡的生命景觀。一個經歷千山萬水奔撒哈拉而來的人，她不可能在大漠風景面前無動於衷，因為這其中蘊含著她極力探尋的沙漠民族的生存背景，也寄寓著她的情感傾向。正如三毛所說的那樣，「世界上再沒有第二個撒哈拉了。也只有對愛它的人，它才向你呈現它的美麗和溫柔，將你的愛情，用它亙古不變的大地和天空，默默地回報著你，靜靜地承諾著對你的保證，但願你的子子孫孫，都誕生在它的懷抱裏」①。

以一懷深情去看沙漠，撒哈拉不再僅僅是荒涼、空寂的不毛之地，它同樣擁有著大自然的生命與美。《收魂記》寫三毛一架照相機在手，四處奔波拍攝沙漠風景的經歷。單調荒涼的大沙漠在三毛筆下變得五彩繽紛，充滿了豐富的意蘊。「沙漠，有黑色的，有白色的，有土黃色的，也有紅色的。我偏愛黑色的沙漠，因為它雄壯，荷西喜歡白色的沙漠，他說那是烈日下細緻的雪景。」更令人驚異的是，竟有上萬隻紅鶴翩翩飛來，落在靠近海洋的純白色沙灘上，鋪展開一幅落日的霞光。如此絢麗神奇的自然景象，以它無法覆現的瞬間達到了美的極致。當然，撒哈拉最酷烈最粗糙的景象，還是那些「迎面如風雨似的狂風沙，焦裂的大地，向天空伸長著手臂呼喚嘶叫的仙人掌，千萬年前枯乾了的河床，黑色的山巒，深藍到凍住了的長空，布滿亂石的荒野……」它常常給人以強烈的心靈震撼。三毛在這裏，與其說是展示撒哈拉的自然風景，倒不如說是在表現大沙漠的獨特風貌與生命魅力。三毛從這無垠的天地中，找到了自我個性與沙漠性格的共鳴之處，也找到人生之情與自然之景的和諧美。

第二，作品既以多元文化的視角，來涉獵沙漠民族的奇風異俗和生存景觀，多方面表現出三毛在陌生的生活秩序面前的「文化驚駭」；也以強烈的生命意識和人間關懷，來表達作者對沙漠民族的理解體認。

在一片陌生的土地上生存，不同民族之間巨大的文化落差，特定生存背景所孕育的人文景觀，強烈地吸引和震撼著三毛，使她由此產生極度的「文化驚駭」。三毛作品多從沙

---

① 三毛：《哭泣的駱駝》，《哭泣的駱駝》，長沙，湖南文藝出版社，1987 年 2 月版，第 76 頁。

漢民族的政治制度、價值觀念、物質生活、風俗習慣等層面
展開描寫，這種「文化驚駭」的內容就具有了撒哈拉文化的
整體景觀。對於異族風俗習慣、生存景觀的涉獵，構成三毛
「文化驚駭」的重要內容。從沙漠民族的飲食起居，到婚喪
嫁娶以及各種禮儀，三毛對於風俗不再是一種好奇的觀察，
而是將文化與人生結合起來的一種品味。《娃娃新娘》在演
示撒哈拉古樸、奇異的婚俗的同時，也寫盡了在傳統迫力下
未成年新娘無助又無奈的命運悲哀；《沙漠觀浴記》中，沙
哈拉威女人奇特的外浴和內浴的風俗背後，是沙漠人幾年才
能洗一回澡的生存境遇；生存在世界盡頭的游牧民族，因爲
太多的「沒有見過」，在照相機和鏡子面前竟然驚恐萬狀，
誤以爲靈魂已被收走（《收魂記》）。其他方面，例如這個
民族愛穿藍色布料，愛用刺鼻的香精塗身的生活習俗，是與
以帳篷爲家，淡水奇缺的游牧生活聯繫在一起的；而沙漠女
人長年戴著面紗、沒有社會地位的情形，又與回教徒傳統的
文化習俗分不開。由此種種，三毛展示出異族文化的一個落
伍角落，並從驚愕交加的文化震撼和油然而生的悲憫情懷中，
呈現出不同背景上的文化內容與物質生存景觀的巨大落差。

　　初到沙漠，三毛震驚於沙哈拉威人近乎原始的生存方
式，嚴峻的現實與她昔日的浪漫情懷相去甚遠。但她很快調
整了自己的生活心態，並在與沙哈拉威人的相處中發現了生
命的眞諦。三毛一向認爲：「撒哈拉沙漠是世界最美麗的土
地之一。那裏除了沙漠之外，還隱藏了很多東西。其實，它
是大自然的神奇造化，對我們人生有很大的啓示。」①在

---

① 三毛語，見應未遲：《遠方的故事》，《三毛的世界》，北京，中國
　友誼出版公司，1989 年 9 月版，第 62 頁。

《收魂記》、《白手成家》等篇什中，三毛驚奇地發現，寸草不生的大沙漠裏，人們同樣有生命的喜悅和情感的愛憎；即使在這世界的盡頭，照樣有愛美的女人和愛吃的孩子；被認為最下賤的奴隸，也依然充滿智慧和愛心；生命，在這荒僻而貧窮的地方，一樣欣欣向榮地滋長著。沙哈拉威人仙人掌一般頑強的生命力，他們像空氣一樣自然的人生意識，他們無所謂名利、甘於淡泊的性情，都使三毛對沙漠民族有了新的理解和體認，自身也從中受到這種精神性格的濡染，正如三毛所說，「我成為他們中的一分子，個性裏也逐漸摻雜他們的個性」①。而且「物質的慾望越來越淡，心境的清明卻似一日亮似一日」②。

　　第三，以強烈的「我執」色彩，寫出三毛的沙漠人生和愛情童話。三毛萬水千山奔撒哈拉沙漠而來，不只是做一個旅遊觀光的看客，她把自己融進了沙漠生活，並在那片土地上創造了生命與愛的傳奇。且不說三毛在撒哈拉的「懸壺濟世」、沙漠觀浴、千里拍攝、廣交朋友、熱心助人……單就她的結婚與成家，就足以構成沙漠人生的神來之筆。三毛的愛情觀、人生境界與生命情趣，盡顯於《結婚記》、《白手成家》的字裏行間。在撒哈拉沙漠結婚，一切世人看來最起碼的物質條件，都成為奢望；可三毛卻在此感到了精神的富有，愛情的甜美。三毛驕傲地說：「我是世界上最快樂的新娘。」收到荷西送的結婚禮物——一副沙漠裏尋來的

①　三毛語，見桂文亞《三毛——異鄉的賭徒》，《雨季不再來》，北京，中國友誼出版公司，1985 年 10 月版，第 156 頁。
②　三毛：《浪跡天涯話買賣》，《背影》，長沙，湖南文藝出版社，1987 年 1 月版，第 114 頁。

完整的駱駝頭骨,三毛興奮異常,嘖嘖稱讚;去小鎮法院公證結婚,三毛身著舊的淡藍細麻布長衣,草編的闊邊帽子上別一把香菜,便與荷西安步當車,在沙漠中穿行 40 分鐘,做了荷西充滿「田園風味」的、走路結婚的新娘(《結婚記》)。以自己的力量白手起家,艱苦的勞作也變得詩意輝煌起來。從材料店討來的裝棺材的木箱,在荷西手下變成了書架、桌子等家具;用兩個厚海綿墊和彩色條紋布,三毛做出了舒適美觀的長沙發;在撿來的綠色水瓶裏插一叢怒放的野地荊棘,強烈而痛苦的詩意油然而生;友人書寫的「雲門舞集」條幅,荷西撿來的駱駝頭骨,都成了別具一格的裝飾。以愛心營造愛巢,三毛與荷西共同建成了沙漠上「美麗的羅馬」。《白手成家》娓娓動人的訴說,不知打動了多少讀者的心靈。

第四,返璞歸真的藝術風格,幽默詼諧的語言特色,使撒哈拉故事的講述充滿個性。

作為一個自然之子,三毛始終鍾情於自然之美,渴望回歸大地,尋找夢中的精神家園;而在撒哈拉,她時時感受到的,正是這樣一種來自大自然深層的強有力的生命召喚。生活在這片土地上,三毛欣賞以一枝筆,只做生活的見證;她崇尚「清水出芙蓉,天然去雕飾」的素樸之美,憧憬「天空沒有翅膀的痕跡,而我已飛過」的文學境界。《收魂記》、《結婚記》、《白手成家》等作品,多以夾敘夾議的口吻,樸素自然的筆觸來描寫,無論是千里拍攝的趣聞,還是沙漠成婚的傳奇,或是白手起家的驕傲,都在行雲流水般的描述中徐徐展開,看似平淡的文字裏卻有一種奇異而深遠的生命意境。

三毛的幽默,或成為一種總體的構思,整篇的貫穿;或

是一種片斷的展現，氛圍的營造。它穿插在三毛的撒哈拉故事中，活躍在人物的對話裏，時有連珠妙語，常出新鮮韻味，讓人讀來不由發出會心的微笑。《結婚記》中，荷西被法院秘書誤會的結婚請求，三毛與荷西搶吃蛋糕的畫面，都以幽默詼諧的趣話，激揚起生活的智慧和快樂，平添了作品的生動與親切。所以，幽默詼諧不僅構成了三毛的個性色彩和語言風格，更顯示了作者的豁達樂觀的人生態度，充滿情趣的文化品位。

當然，那種行雲流水、一路奔瀉的描寫，也帶來了三毛作品中某種文字的膨脹和感情的泛濫，結構的鬆弛與意象的萎縮；從少女時代就已經滋生的「水仙花情結」，也帶來三毛對傳奇人生的自戀情懷和幻化色彩。但儘管如此，三毛還是以她無法抹煞的文學存在告訴了人們一個樸素而深刻的真理：

「在你的生活裏，你就是自己的主宰，你是主角。」

第肆編

80 年代——多元文化社會中的女性崛起

第一章　閨秀文學形成的文壇風景線

第一節　閨秀文學緣起的背景話語

　　當今台灣文壇所慣稱的「閨秀文學」現象，大概發生在二十世紀 70 年代中葉到 80 年代中葉這一時期。閨秀文學多爲 5、60 年代出生的女作家而創作，她以帶有浪漫抒情色彩的愛情書寫爲描寫內容，以女性閱讀人口爲訴求對象，在創作與閱讀之間尋求某種女性認同的一致性。

　　閨秀文學的出現，與《聯合報》和《中國時報》兩大報系的強力推動有關。過去台灣文壇的評獎多由官方設置，如 1950 年 3 月成立的「中華文藝獎金委員會」每年頒布的「五四獎金」。而《聯合報》和《中國時報》分別於 1976 年和 1978 年設立的文學獎，則取代了官方的文學獎勵，逐漸成爲台灣文學風氣的重要導向，兩大報系的文學獎項也屢次落入女作家之手。以《聯合報》爲例，在 1976 年到 1983 年連續八屆的文學評獎中，蔣曉雲的《掉傘天》、《樂山行》、《姻緣路》，朱天文的《喬太守新記》，朱天心的《天涼好個秋》、《未了》，蘇偉貞的《東西南北》、《世間女子》、《紅顏已老》，蕭麗紅的《千江有水千江月》，曾麗娟的《紅顏》，許台英的《歲修》，袁瓊瓊的

《自己的天空》等作品都榜上有名。除了蘇偉貞之外，其他屬於這種閨秀文學創作文風的作家都與朱氏姐妹創辦的「三三集刊」過從甚密。這些從兩大報系的文學比賽中脫穎而出的年輕女作家，既不同於學院派女作家的現代主義專業視野，也有異於鄉土派作家具有政治顛覆性的創作取向，她們更多地受到張愛玲的影響，並形成一種「唯情主義」的風格。

閨秀文學在兩大報系推動下的文學出擊，正值台灣的文學商品化過程逐漸形成之際。特別是進入 80 年代以來，隨著台灣文化工業的商業化拓展，金石堂企業化的書店經營規模逐步完善，暢銷書排行榜得以制度化。《聯合報》副刊隨後也設立「質的排行榜」，請一些專家挑選他們心中的好書，每月總結一次。報刊媒體通過各種評獎活動，推出新人，引領文學風尚。少數被認定具有特別才華與潛質的作家，甚至由文化企業提供年俸薪餉，專門搜集材料並創作新書。書店、報刊、媒體對作家創作過程的變相介入，對讀者期待視野和流行品位的引導，使得藝術生產的模式日趨大眾媒體化和消費市場化，過去那種屬於同仁刊物和標榜作家學養的文學時代已經悄然結束。在這樣的背景下，以惟美浪漫的愛情書寫而登台亮相的閨秀文學，迅速占領了台灣文化生產舞台的中心位置，在文學比賽中屢屢獲獎，並由小說創作而頻頻觸電，爲電視、電影撰寫劇本，通過大眾媒體達到廣泛的作家傳播效應。正是「藉助於台灣的文學商品化體制，台灣的文壇出現了第一個大規模的流行文學，即以年輕女性爲主要讀者群的女作家的作品，也就是一股所謂的閨秀文學」①。

閨秀文學的創作，在很大程度上受到了張愛玲的影響。

從 70 年代中期到 80 年代中後期，台灣文壇對張愛玲的傾心和崇拜，幾已達「傾城之戀」的地步。文化界人士與媒體網絡的共同操作，造就了諸多的「張迷」，讓張愛玲作品成爲當代台灣的一部新傳奇，抑或一種新的文學符號。台灣作家楊照這樣看「張愛玲風」的形成：

> 「張愛玲風」最盛時是在 70 年代末期，台灣文壇上一方面是鄉土文學論戰的意識形態炙熱殺伐，一方面卻浮現許多以張愛玲式筆調的愛情小說。一剛一柔，一個以雄性聲音張揚國族、階級論述；一個以女性書寫挖掘情愛內蘊細節，給那個時代圖染了令人久久難以忘懷的豐富面貌①。

「張愛玲熱」在台灣的升溫，與台灣社會形態的蛻變、都會文化的形成有密切關係。張愛玲以 40 年代上海、香港的洋場生活爲背景，在這個中西文化畸形交流、新舊時代奇異碰撞的環境中，透過貴族家庭的沒落和封建文化的頹敗，都市洋場中殘疾的愛情傳奇和畸變的人性狀態，爲人們提供了一幅幅半封建半殖民地的都市中國的歷史畫面，以一個「美麗蒼涼的手勢」，張愛玲告別了那個走向頹敗的時代，在作品中留下了藝術空白和悠長回味。雖然「30 年前的月亮早已沈了下去，30 年前的人也死了，然而 30 年前的故事

---

① 呂正惠：《台灣文學的浮華世界》，《戰後台灣文學經驗》，台北，新地文學出版社，1995 年 7 月版，第 140 頁。
① 楊照：《四十年台灣大眾文學小史》，《文學、社會與歷史想像——戰後文學史散論》，台北，聯合文學出版社，1984 年 10 月版，第 43 頁。

還沒完——完不了」①。從 60 年代施叔青的「嘆世界」小說、白先勇的「台北人」系列，到 7、80 年代的閨秀文學寫作，他們筆下描摹的正是張愛玲所寫的同一族類的人物，同一類型的故事在 30 年後的發展與變異。

6、70 年代以來，隨著台灣由農業經濟向資本主義工商業經濟的轉型，台灣的都市化程度急劇提高，而農村經濟卻相對萎縮。從 1976 年至 1986 年間，工業年平均增長率為10％，而農業僅為 1％。城市人口在 1985 年將近達到全島人口的 80 ％，台北尤其成為世界上人口最為密集的國際大都市之一。都市化的進程還表現在政治、文化形態上，如教育程度提高、重視資訊和知識、參與政治和社會活動、中產階級的成長壯大，以及都會文化意識活躍等方面。開放後的台灣與當年的上海、香港具有許多相近的地方。無論是社會結構、經濟形態，還是文化意識、倫理道德價值觀，特別是在中西文化衝突、新舊價值觀念的牴觸、物質消費與精神追求的矛盾、都市物化與異化現象嚴重等方面，都可以找到它們之間的類似之處。正是這種都市生存背景的溝通和都會文化氛圍中的共鳴，張愛玲的都市寫作頗能迎合當代台灣受過教育的都會年輕人的品位，其筆下的都市愛情傳奇，又特別贏得了台灣女性讀者群和新生代女作家群的青睞。

閨秀文學的緣起，也與一部分女作家在特定的政治文化背景下對文學品位的選擇直接相關。就當時的政治環境而言，1979 年「高雄事件」之後，台灣社會的政治氛圍愈發緊張，各種社會力量也處在分化組合的變動之中。隨著政治

---

① 張愛玲：《金鎖記》，《張愛玲文集》（二），合肥，安徽文藝出版社，1991 年 3 月版，第 124 頁。

活動空間的擴大，意識形態話語更多地侵入文學界，主導
70 年代文壇的鄉土文學創作也在分化中日趨沈寂，而此
時，閨秀文學的出現，正是以言不及政治的兒女情長的書寫
空間，象徵了台灣中產階級、都會品位的抬頭。這情形，正
如台灣學者呂正惠指出的那樣：

> 　　進入 80 年代以後，已經明顯的看得出來，台灣的
> 政治運動是新興的中產階級對國民黨老舊官僚體系的
> 改革運動。省籍的衝突雖然使這一運動變得更為複雜，
> 但中產階級並不願意看到台灣因省籍因素而兩極化，
> 而使中共坐收漁人之利。在這種情形下，不論是陳映
> 真式的統派論調，還是宋澤萊式的獨派論調，都不會
> 得到大多數中產階級的認同。
>
> 　　國民黨的文宣體系可能意識到了這樣的局面，因
> 此，在鄉土文學論戰以後開始改變策略，透過各種傳
> 播媒體（主要是報紙副刊和出版社），推揚「純正」
> 的文學，以和鄉土派的「政治」文學相對抗。現在看
> 起來，這一策略因投合保守的中產階級的品位，得到
> 了意外的成功。到了 80 年代中期，我們已可看到，鄉
> 土文學退居一隅，再無 70 年代的氣勢了。
>
> 　　也是到了 80 年代中期，在所謂的純正文學中，女
> 作家的作品，尤其是投合青春少女喜好的閨秀文學異
> 軍突起，大有席捲文壇之勢①。

---

① 呂正惠：《分裂的鄉土，浮虛的文化——80 年代的台灣文學》，《戰
　後台灣文學經驗》，台北，新地文學出版社，1995 年 7 月版，第 131
　頁。

　　諸如上述所言，閨秀文學現象的登場與流行，並非單純的文學現象，其背後悄然變動的社會時局，工商業社會裏文化符號的生產製作過程，複雜微妙的台島文化心理，加之女性文學調子的變奏與重彈，都以各種場域的合力作用，讓閨秀文學成爲特定時代的一道文壇風景線。

第二節　情愛紅塵：閨秀文學的書寫場域

　　從閨秀文學的創作來看，對情愛紅塵的書寫，構成了閨秀女作家共同關注的題材領域；而在不同作家筆下，這類寫作又顯示出不同的處理方式和風格情調：或以揶揄的口吻拆穿愛情幻象，或以保守的態度傳達一種「愛情哲學」，或以浪漫的女性懷想，虛構出遠離社會現實、靈肉分離的「潔淨的愛情」，或從商業社會現實出發，表現出一種「速食式愛情」消費。這林林總總的愛情表現，共有的是閨秀作家們書寫的情致，缺失的則是一份現代意識的觀照，批判精神的融入。

　　70 年代末首先以愛情題材刷新台灣文壇，預告了新一波女性寫作潮流的當推蔣曉雲。本名蔣賢倚的蔣曉雲，系湖南岳陽人，1954 年出生。1978 年畢業於台灣師範大學教育系，1980 年赴美留學，相繼獲得加州大學洛杉磯分校教育碩士和博士學位。這位以《掉傘天》、《樂山行》、《姻緣路》三次獲得《聯合報》文學獎的年輕女作家，當時雖然只有《隨緣》、《姻緣路》兩本小說集問世，但她一出道便以女性言情的獨異風格而引人矚目。蔣曉雲觀察世事的智慧，她的圓熟技巧和文字風格，往往被評論家認爲是張愛玲

的傳人。

　　與張愛玲一樣，蔣曉雲是以入世近俗的態度和超然嘲諷的口吻，來處理那種無奈而無望的愛情故事。她的小說裏，找不到什麼「真愛」，也沒有「至死不渝」的海誓山盟，所有的愛情，都映現著日常生活的瑣碎與庸俗，作者透過對若干特定浪漫模式的仿擬，解構了俊男美女的形象與愛情的崇高化。《宜室宜家》中的章中平和金明華原是一對戀人，可當金明華從美國留學回來後，章中平竟然與其胞妹金明英結了婚。章中平家中有妻，卻不耽誤在外邊另築香巢，與別的女人廝混。《姻緣路》裏的林月娟一心一意盼著嫁人，然而婚姻路上的重重難關與艱難跋涉，最終讓她一無所獲。戀愛多年的戀人吳信峰毫無理由地與月娟分手，讓放棄了留日學業不顧一切趕回台灣結婚的她悲痛欲絕。另作他圖的月娟，只好把希望寄托於對她心有好感的留日學生清耀身上，卻不料清耀被日本女子神田搶走。無奈之中，月娟與同是失戀的餐館樂師程濤頻頻交往，明知她的結婚願望與戀愛專家程濤的杯水主義是衝突的，但為了把自己嫁出去，她還是不顧一切地往前走，結果仍然是挫敗、失望和無奈。

　　至於蔣曉雲作品中的人物，台灣留美學者夏志清有這樣的評價：

　　　　蔣曉雲筆下的知識青年，可說是沒有理想的一代。他們是在非常現實的世俗社會裏長大的，只關注自己的事業和幸福，不談國家大事，對社會問題也毫無興趣。女的以婚姻為其追求的目標，有了丈夫有了家，才能篤篤定定做人。男的也有些想結婚的，但大半事業心重，覺得胼手胝足找個伴共同奮鬥太吃力，不如

遲幾年混出名堂後再討個年輕美貌的太太更好①。

蔣曉雲所塑造的人物，情感上幾乎都是冷酷型的，青年
男女的婚姻戀愛，往往以一種看破紅塵的世故，把一切都變
成了手續和程式，人際關係、愛情和婚姻關係，都產生了異
化和變態，種種瑣碎、平庸、自私、冷漠、麻木的愛情世
相，寫盡了台灣的無情世代。小說中的男人，多是同時玩弄
幾個女子的無情角色，他們或拈花惹草，自得其樂；或自私
冷酷，無視女人青春與戀愛的奉獻；或招搖撞騙玩弄女子的
感情於股掌之中。那種深入骨髓的冷酷無情和盛氣凌人，常
常令人不寒而慄。《隨緣》裏的一個配角羅杰，對於女友安
美玲跟別人結婚的事實毫不在乎，他對自己的一個女同事
說：

> 誰不要誰？安美玲不要我？你想想看，我廿四、
> 五歲，娶個老婆也廿四、五歲，我再逍遙個七、八年，
> 娶個老婆還是廿四、五歲。她是不願意等呀？告訴你，
> 她是不敢等，過個三、五年，我不要她，她怎麼辦啦②？

圍繞在男人身邊的女人，則多是逆來順受、信奉命運、
恪守舊傳統的無奈角色。《閑夢》中的範倫婷，明知洪偉頌
早已變心，但還對他抱著幻想。面對這個懷裡擁著一個情
人，來退還從前情書的男子，範倫婷竟也和他擁抱接吻。當
對方故意問她：「你不怕我占你的便宜？」範倫婷竟痴迷

---

① 夏志清：《蔣曉雲小說裏的真情與假緣——〈姻緣路〉》，《夏志清
　文學評論集》，台北，聯合文學出版社，1987 年 6 月版，第 250 頁。
② 蔣曉雲：《隨緣》，《女作家成名叢書・台灣及海外華人卷》
　（三），北京，紅旗出版社，1990 年 11 月版，第 252 頁。

地回答：「我愛你，怎麼叫占便宜？」結果是洪偉頌占了便宜起身就走。在這種令人悲哀的不平等的兩性關係背後，蔣曉雲自己也知道偉頌、倫婷這兩位男女主角一點也不可愛，他們有著工商業社會太多的自私人生，愛情早在他們那裡變成一種功利的算計：

> 他們兩個人這事無論如何不能再往深一層想，因為想穿了，並沒有一個值得同情：兩個自私的現代青年，花了許多青春在口頭上談著精神戀愛，生活上各自為自己的前程奔忙，跌跤的時候，怨人家不扶，卻忘了本來並未攜手的。

事實上，不僅僅是蔣曉雲，從張曼娟、朱天文、朱天心、袁瓊瓊、蕭麗紅等閨秀文學作家出道時的作品來看，都無一例外地通過閨秀式的通俗言情方式，描寫了7、80年代台灣青年的愛情故事，並觸及女性在兩性關係相處中的認同危機，使愛情、婚姻、女性的問題再度浮出水面。這些問題的背後，是傳統農業社會的性道德和兩性行為模式已經解體，但新的社會規範還沒有完全成型。在這個短暫的「脫序」階段中，許多年輕的女性處於茫然無措的狀態。台灣學者呂正惠曾談到這個「脫序」階段的女性情感境遇：

> 青春少女只得到一個空洞的自由戀愛的形式，而沒有享受到實質的自由戀愛的行為自由，因此，在青春的空檔期，她必須忍受長期的等待與煎熬。中年的婦女，則因社會的開放，必須時時提防先生的外遇，而法律卻還來不及提供她任何保障；更糟糕的是，在心態上，她還不是一個「新時代的女性」，足以承受

現代婚姻的一切風險①。

閨秀文學對上述問題的觸及，是以保守的文化態度，表達了一個最傳統的女性對現代形式的愛情的懷想。生活在現代社會中的女性，追求著自由戀愛和結婚的現代感情方式，但其骨子裏所蘊含的是傳統的婚姻觀，是滯後的婦德意識和倫理道德觀念。閨秀文學作品中的女性，大都是傳統而保守型的。她們最大的理想，是求一個好的歸宿，在夫妻名分下過一種夫唱婦隨、安分守己的日子。

蔣曉雲《宜室宜家》中的金明英，為了履行婚後的婦德，考進了「新娘學校」家政科來塑造自己；看到丈夫和一個時髦女郎從旅館房間出來，除了氣憤地掉淚，並無任何指責。隨後又打電話給丈夫表示關切：我不在家，「沒人弄早飯給你吃」。《姻緣路》中的林月娟，一再聲明「我覺得女孩子還是有個歸宿最重要」，「如果我念到博士還嫁不出去有什麼意思？我是一定要結婚的」。在長達 7 年的初戀中，她全部心思維繫於男友吳信峰身上，「長久以來，他的穿戴無一不是經過她的揀選，出自她的心裁。她在日本逛百貨公司，從來只到男裝部和廉價部，她自己買大減價的衣物，卻連真絲領帶也為信峰添購」。如此無怨無悔的奉獻，換來的竟是男友的背信棄義，但痴迷中的月娟並未因此覺悟，仍舊把自身的命運維繫於對男性的一味依附與期待上。蕭麗紅眼中的女性也是以傳統婦女為準則的。在《千江有水千江月》中，一再凸顯的是傳統社會的婦德意識，諸如女子

---

① 呂正惠：《分裂的鄉土，浮虛的文化——80 年代的台灣文學》，《戰後台灣文學經驗》，台北，新地文學出版社，1995 年 7 月版，第 131～132 頁。

對男性的依從，女子按照男性社會的標準來規範自己。小說裏的女主角貞觀從小就明白「女道不同男綱」，即使同受教育，男女也有不同的目標。女子就是要按照姑娘的本分來要求，諸如二姨的守節，大嶺的寬容，玻璃子阿妗的謙卑，就是婦女這種貞定、忍讓、謙卑品行的具體例證。

在種種依附的兩性關係中，女性的愛情投擲往往以失落、殘破、無奈而告終，並以女性利益的犧牲為代價。保守的女主角們奉行的感情公式是戀愛——結婚——性行為，而放任的男主角則主張戀愛與上床同步進行，甚至是性愛——戀愛——分手，沒有任何責任感。蔣曉雲女主角的悲劇式情感境遇，蘇偉貞筆下永無結局、凋萎於虛無的女性愛情追求，袁瓊瓊作品中對女性情愛風塵、人生滄桑的無奈感慨，都讓人們在女性傳統角色與現代社會的錯位中，看到了女作家們在女性價值觀方面存在的保守性與滯後性。

閨秀文學創作的傳統保守性，還體現在女性對緣分、命運的認定上。「隨緣」、「姻緣」是閨秀小說中屢屢出現的詞語乃至題目。迷信的人認為人與人之間有著命中注定的遇合的機會，「隨」字則至少帶有「嫁雞隨雞、嫁狗隨狗」的依從性。把人生的歸宿、愛情的選擇歸於緣分，成為閨秀小說許多女主角的人生觀念，也成為作品向世間女子傳達的一種「愛情哲學」。《隨緣》中的「我」，因為一次看牙齒的所謂「緣分」，竟和那位五短身材、相貌平平、舉止輕佻，而且對自己沒有什麼熱情和愛意的牙醫結為連理。在女主角眼裏，「他是沒什麼好，可是肉邊菜的滋味不見得差過肉呢，這是『隨緣』」。蕭麗紅在其長篇小說《冷金箋》和《桂花巷》中，也一再強調這種「宿世姻緣」，讓女主人公在這種「命中注定」的婚姻中安分知足，自我規範，不再對

生命、愛情、人生有所渴望，女性追求與解放的意義，在這裏得到了消解。

閨秀文學創作觸及的是現實生活中的兩性關係、女性問題、愛情婚姻癥結，但她所提供的文學圖景，有時卻是浪漫夢想的、充溢著潔淨靈性的愛情幻境。閨秀文學寫作一般都不涉及性，她們多在精神層面寫愛情，讓女性以潔淨的青春、虛幻的夢想、無怨無悔的奉獻，並以這種虛構的人生越過了同居、外遇、離婚、雛妓、未婚媽媽這冷酷的真實，從而進入自我追求的理想境遇。蘇偉貞的這類寫作，主要表述了普遍存在於這時代的女子生命中一份清醒而無奈、進退兩難的心情。她筆下那些受過高等教育、充滿理性的女性，獨立強韌而又熱情敏感，生性倔強而又幼稚脆弱，她們雖然全力以赴投入一段愛情，雖然會不時地分析這段關係的本質與發展，但過於精神化的愛情追求和靈魂交流，卻足以使其中人物在感情的拉鋸戰中身心疲憊，並注定收穫的是一種痛苦而沒有結局的感情。《陪他一段》中的費敏，因為不能完整地擁有愛人的感情而自殺；《舊愛》中的典青與已婚的青梅竹馬戀人舊情重燃，最終形銷骨毀香消玉殞；《紅顏已老》中的章惜，在愛上有婦之夫的痛苦中煎熬，雖自動求去卻青春已老。

如果說，當年的瓊瑤是以通俗作家的言情姿態，在虛無縹緲的愛情王國裏構建起自己的女性懷想，為工商業社會裏緊張奔波的人們，為少男少女的青春期，提供一種並不被現實認同的愛情夢幻；那麼，閨秀文學作家則是以純文學與俗文學融合的寫作方式，面對台灣社會知識少女的愛情問題而發言，但具體的書寫又掠過了對女性真實境遇的觀照，消解了新舊文化衝突中兩性關係的癥結，忽略了女性在成長過程

中所遭遇的靈肉之爭等人性問題。這樣一種乾淨的文學過濾，帶來的正是女性人生的虛幻性。所以，閨秀文學對於瓊瑤式的言情文學，並無更多本質上的超越。

到了二十世紀 80 年代中後期，閨秀文學在商業化的運作下，圍繞著《小說族》月刊等通俗文學雜誌以及希代出版社，新興了一個年輕而又暢銷的女性作家群，張曼娟、吳淡如、黃子音、彭樹君、林黛嫚、陳稼莉、詹玫君等人曾在其中。她們的寫作更側重於描寫都市年輕女子的愛情世界和人生夢幻，作品充滿感傷流浪情調，語言表達文採飛揚。

出生於 1961 年的張曼娟，河北省豐潤縣人，私立東吳大學中文系畢業，中文研究所碩士，曾任教於東吳大學、文化大學等。著有小說集《海水正藍》（1985 年）、《笑拈梅花》（1987 年）、《鴛鴦紋身》（1994 年），長篇小說《我的男人是爬蟲類》、《火宅之貓》（1997 年），散文集《緣起不滅》（1988 年）、《百年相思》（1990 年）、《芬芳》（2004 年）等 8 種。張曼娟描寫的愛情生活，注重心靈和精神的追求，其中有一種無怨無悔的古典式浪漫情調。《儼然記》中，女主角樊素不為世俗功利價值觀所動，傾心那種命中注定的心靈感應的真情，當她對邂逅相遇的一位陌生出家人怦然心動之後，面對無法實現的愛情，她決定拒絕周圍男性的追求和誘惑，與祖母相依為命，平靜度日。《海水正藍》寫父母離異給七歲孩子造成的心靈創傷乃至生命轟毀。《永恆的羽翼》從父親的養老問題寫起，涉及夫妻之愛與父女之情的矛盾風波。小說的主題所顯示的是對傳統道德的回歸和對愛心的呼喚，也是對慾望泛濫、人情冷暖社會的背離。

畢業於台灣大學法律系和中文研究所的吳淡如，1964

年出生，台灣省宜蘭縣人，擔任報紙副刊編輯。出版有小說集《淡如輕風》（1987年）、《人淡如菊》（1988年）、《冬日吉普賽》（1989年）、《多情搖滾》（1990年）、《尋找初戀情人》（1991年）、《我們結婚好嗎？》（1991年）、《愛情招呼站》（1991年）等16種，長篇小說《青春飛行》（1990年）、《牯嶺街少年殺人事件》（1991年）、《誰都會說我愛你》（1998年）等19部，以及散文集《昨日精靈》（1989年）、《幸福的人座右銘》（2003年）等8種。其作品文如其名，風格恬淡如菊，溫婉靈動。或表現女性、婚姻生活中的風波漣漪，或抒寫青春少女生命成長的多愁善感，平凡的生活中有誤會有衝突有挫折，但沒有真正的悲劇；對現代人多變、無言的感情結局，有著細緻、幽深的探索。吳淡如的長篇處女作《青春飛行》所展示的就是這樣一部憂鬱而美麗的少女青春歷史。

另一位女作家黃子音，上海市人，1960年出生，台北私立中國文化大學戲劇系、美國聖彼得堡學院教育系畢業，曾任貿易公司經理、報紙副刊編輯，後任戲劇節目企劃及編劇。著有小說集《一個叫林阿昭的女人》（1987年）、《前任男友》（1987年）、《台北一千零一夜》（1988年）、《紅塵有愛》（1988年）、《寂寞星期六》（1988年）、《黑色斯迪麥》（1989年）、《一個男人的特別假日》（1989年）、《愛情罐頭》（1989年）、《痴心漢》（1990年）、《單身女三十心情》（1991年）、《年輕的愛人都是殘酷的》（1996年）等，長篇小說有《星期五俱樂部》（1987年）、《桃花游戲》（1989年）、《台北豪放男》（1991年）、《她的名字叫美麗》（1992年）等等。黃子音的創作不同於張曼娟的古典情懷，也有異於吳淡

如的輕愁淡憂，她一開始就放棄理想主義的世界觀，將 80
年代紛繁、喧囂的台灣社會裡形形色色的悲喜劇全盤托出，
集中刻畫了物質消費時代紅男綠女的慾望真相和兩性相處模
式，「壞」與「邪」在這裏成為一種催情劑，情感世界裏開
放的竟是一朵朵「惡之花」。黃子音的作品面貌，就像她小
說的一些篇名，寫的多是《都會男女》的《午夜奇遇》，
《隨時都在戀愛的女人》，與《無愛的愛人》在進行著《請
給我一夜》的《游戲中的游戲》，所有《年輕的愛人都是殘
酷的》。如同《愛情罐頭》的書名，黃子音筆下凸顯的愛情
皆帶有速食式消費特徵，它抽空了精神感情的內涵，也不要
醞釀的過程，一切都簡化為直奔目標──或為了索取金錢而
相愛，或為了排遣寂寞而濫交，或為了慾望消費而做愛。所
以，那些在娛樂場所偶然相遇的陌生男女，轉眼間就能越界
上床，愛情更多地成為一種狩獵，如同《黑暗中的蝴蝶》寫
到的男女關係；具有財富地位的男人，對女人只有「欲」的
需求，而不願涉及任何情感糾葛，如同《桃花游戲》中思佳
所碰到的朱基達、吳權等人。黃子音的小說著重揭示的是，
「現代都市的兩性關係，在解除了封建禮教的束縛後，如能
再拋棄工商社會所帶來的商業性、速食性和非情性等，方能
達到『靈』、『肉』結合的『人性』的境地，女性也才能
從性愛中尋回自己的真正的感覺、歡樂和自我。這是黃子音
作品中隱含著的女性主義的題旨」①。

　　但總的來看，這群閨秀作家雖然程度不同地觸及了女性
主義題旨，諸如傳統壓力下男女地位的不平等現象，工商消

---

① 朱雙一：《近二十年台灣文學流脈──「戰後新世代」文學論》，廈
　門，廈門大學出版社，1979 年 8 月版，第 309 頁。

費時代女性和「性」的商品化問題，但這種表現更多地失之
於表層和浮面。她們集中寫年輕女孩子充滿夢幻的愛情，使
作品接近於瓊瑤式的通俗言情小說；她們不避工商社會背景
下都市男女畸形感情和灰色人性，其作品又帶有新都市言情
小說的面貌；她們身爲頗有文學修養的高學歷作者，卻又對
時尙的「紅唇族文學」情有獨鍾，這種現象所揭示給人們
的，正是文化消費日趨擴大的 7、80 年代台灣社會裏，嚴肅
文學與通俗文學之間涇渭分明的界限已經被打破，並出現了
某種合流的趨向。

第三節　蕭麗紅：古樸典雅的愛情世界

在台灣的文化市場上，蕭麗紅①的小說曾經名列暢銷書
排行榜的前茅，尤以《千江有水千江月》一書而擁有了廣泛
的讀者群。作爲一位傳統意義上的小說家，蕭麗紅是以鮮明
的文化懷舊態度來對待生活和創作的。她身居繁華的鬧市，
卻對「千江有水千江月」的故鄉情有獨鍾；她感受著現代都
市文明，卻迷戀著「中國的文化」和「中國的舊式女子」；
生活在自由戀愛的現代社會，她向往的卻是那種古樸典雅的
愛情世界。這種傳統的、女性的、鄉土的底蘊，不僅使蕭麗
紅的小說在喧囂繁鬧、西風東漸的台灣工商業社會裏，具有

---

① 蕭麗紅，女，台灣省嘉義縣人，1950 年生。省立嘉義女中畢業，專
事寫作，後移居美國。曾以《千江有水千江月》獲《聯合報》長篇小
說優等獎。其主要作品有：長篇小說《桂花巷》（1977 年）、《千江
有水千江月》（1981 年）、《白水湖春夢》（1996 年），中篇小說
集《冷金箋》（1975 年）、《桃花與正果》（1986 年）等。

了一種桃花源般的超然與虛幻，也使她成爲當時閨秀文學寫作路線中惟一融進了鄉土話語的女作家。

　　構成蕭麗紅創作的精神資源，離不開她出生和成長的嘉義縣布袋鎮的鄉土孕育，離不開中國傳統文化的精神滋養。與李昂、施叔青的故鄉鹿港鎮有某種類似之處，布袋鎮也是一個典型的中國傳統文化的標本，這裏地域偏僻，古風依舊，沒有昔日鹿港的繁華和熱鬧，卻比鹿港具有更強烈的抗拒力和封閉性。三面環海的布袋鎮，居民大多數保持著開台先人的生活形態和古樸民俗，端午節家家插香蒲，取午時水；七夕要拜油飯，搓湯圓；每逢節日必演歌仔戲。以這種環境中產生的愛與生命感悟來擁抱中國文化漫漫五千年的歲月和光彩，蕭麗紅的小說世界中始終彌漫著一種文化懷舊的氛圍。而《桂花巷》、《千江有水千江月》等作品，如作者所言，則正是「一個感受敏銳，自制力又強的人，在新潮流衝擊下，忍不住對從前舊文化種種的懷念，於是她有這麼多的話要說，那些書中人物，便在這樣的情況下，一一被接生出來，去演變人世不同遭遇裏的各自生相」①。

　　蕭麗紅小說世界中最爲凸顯的人物，是鄉土台灣傳統社會裏的舊式女子形象。在蕭麗紅看來，「事實上，漢文化漫漫五千年的歲、月、光、陰裏，不知生活過多少這類中國女子；她們或遠或近，是我們血緣上的親人，在度夜如年，度年如夜的時空裏，各自有各自的血淚、辛酸。所以桂花巷的故事，說假是眞，說眞是假。她們的好，難掩犯下的錯，而那些錯，卻也減不了她們的好，就因爲這縱橫交錯，叫人在

---

① 蕭麗紅：《剔紅是我——〈桂花巷〉後記》，《桂花巷》，台北，聯經出版事業公司，1977 年 1 月版，第 478～479 頁。

嘆息之餘，對人性、肉身，有另一種清楚、明白」①。出於
對中國傳統文化的回眸、認同和懷舊，蕭麗紅筆下的女性形
象多爲保守而傳統的性格，認命而依附的人生；源自於對女
性人生的觀察入微和藝術把握，蕭麗紅筆下的女性又是多種
性格側面融合的形象，往往彙集了《紅樓夢》大觀園裏的種
種女兒情態；有感於對鄉土台灣、對女性人生的執著，蕭麗
紅是用「那種血肉濃粘的情感」，來擁抱剔紅、貞觀這些
「最可愛的中國舊式女子」的，所以她把人物的愛恨恩怨、
悲歡離合，寫得鮮明逼眞，栩栩如生。

　　對女性人生和複雜性格的刻畫，使蕭麗紅在傳統生活的
書寫中顯現出了人性發掘的力度。《桂花巷》中的女主人公
高剔紅，是一個值得深思的人物形象。小說以十九世紀末到
二十世紀 6、70 年代的台南沿海漁村爲背景，寫活了漁家女
子高剔紅一生維繫桂花巷、苦難與幸福相隨、普通又不尋常
的命運。光緒十四年間出生於台南北門嶼桂花巷的高剔紅，
家世雖然貧窮，卻因生就的一雙柳葉眉，讓她顧盼生姿；一
雙柔軟漂亮的巧手，讓她成爲遠近聞名的繡娘；也因爲一雙
苦苦纏出的誘人小腳，成爲傳統社會裏的女子典範。但由於
她是民間忌諱的斷掌紋，不幸又陪伴了她的一生。剔紅 5 歲
那年，父親去世；5 年以後，母親撒手人寰；16 歲那年，惟
一的弟弟又出海遇難。她與漁家小夥子秦江海互生愛慕之
時，正是石林港桂花巷的大戶辛家差人說媒之際。過怕了窮
日子的剔紅，最終嫁給了富家子弟辛瑞雨。在夫妻恩愛和使
奴差婢的富貴生活中，剔紅生下了兒子惠池，卻不料丈夫突

----

① 蕭麗紅：《剔紅是我——〈桂花巷〉後記》，《桂花巷》，台北，聯
　經出版事業公司，1977 年 1 月版，第 478～479 頁。

然暴病身亡。在日後漫長的守寡生活中，物質生活的富有和感情世界的缺失，傳統倫理道德的禁錮和生命慾望潛流的湧動，家族背景的龐大和孤兒寡母的弱小，使這個曾經聰敏美麗、精明幹練的女子，面臨著如何守住家、守住自己的獨立征戰，她的性格也在周遭環境與自我人性的雙重壓抑下，產生了分裂與變異，逐漸成為一個恩威並施、冷酷專橫的狠辣角色。

　　一方面，她可以無情地辭退稍有怠慢的奴婢，嚴厲地管教偶然挑食的兒子惠池，以自己的意志決定周遭人物的命運，儼然成為辛府的主宰。再往後，她為日本留學歸來的兒子物色了新營大戶沈家之女沈碧樓，但她對兒子在精神上的強烈佔有慾，她年紀輕輕守寡而導致的人生落寞感，使她不能容忍碧樓過一種幸福美滿的生活，所以剔紅對碧樓，極盡折磨摧殘之能事，並威逼兒子休妻；那份笑裏藏刀的冷酷，百般挑剔的刻毒，把一個在傳統禁錮中發生人性畸變的老年婦女心態刻畫得入木三分，令人想起張愛玲《金鎖記》中，那個親手扼殺了兒子與女兒幸福的曹七巧。

　　另一方面，作為一個充溢著生命活力的女子，剔紅無法抵擋來自人性慾望和情感記憶的力量，辛家長輩允諾她的吸食鴉片，也不能完全麻木她的生命。所以，她與戲子海芙蓉有過曖昧關係，與酷似當年戀人秦江海的捲煙小夥子楊春樹有了一夜歡情和私生女。她幾十年來一刻也沒有停止過思念秦江海，但傳統道德規範的約束，讓她只能獨守空房徒然悲切；而這種被壓抑被扭曲的人性渴求，往往以畸變的方式投射到剔紅對他人特別是對女性的摧殘上。小說結尾，風燭殘年的高剔紅重返北門嶼桂花巷的時候，為自己的一生感慨萬千。她享盡人生富貴，也嘗夠了那種有錢無人苦心苦肝的滋

味。總之，對於高剔紅這一形象而言，「探春的敏，黛玉的情，晴雯的痴，熙鳳的毒，她都兼而有之，另外，鴛鴦的俏皮，芳官的伶俐，平兒、紫鵑和麝月的靈巧，甚至紅玉、墜兒的小好小奸小壞，都可以在剔紅身上找著」①。正由於剔紅是一個血肉豐滿的、立體的、多重性的典型，所以你愛她也不是，恨她也不是。

當然，以傳統的女性價值觀來認同傳統的女性形象，蕭麗紅不可避免地表現出她思想觀念陳舊滯後的一面。作者力求弘揚中國傳統文化中的「光明面」，歌頌「粗手厚繭的先人」和故鄉淳樸的民俗民風，以此來抗拒現代社會中不良風氣對人心的侵蝕，這樣的創作動機本來無可厚非，但因為作者把這種「懷舊情結」發揮到了極致，她自己也就留在了傳統的時代裏。在她心目中，凡是「從前」的「傳統」的，就是令人向往的美好，無法忘懷的「國粹」。所以在《桂花巷》裏，她反復讚美剔紅那對剔透玲瓏的小腳，讚美那雙柔弱無骨的玉手，而其中寄寓的正是男權社會對女性的期待價值。在《千江有水千江月》中，貫穿全書脈絡的意識和維持傳統社會的依仗，就是《勸世文》、《婦女家訓》、《三字經》、《千字文》所呈現的民間處世哲學。沿著「天不可欺」、「地不可褻」、「君不可罔」、「親不可逆」一路下來，女主角貞觀從小就受到這種封建傳統的洗禮，明白「女道不同男綱」，即使同受教育，男女也有不同的目標。諸如外公對貞觀的教育：

---

① 蕭麗紅：《剔紅是我——〈桂花巷〉後記》，《桂花巷》，台北，聯經出版事業公司，1977 年 1 月版，第 478 頁。

　　女兒不比兒子，女道不同男綱，識者都知，閨女
是世界的源頭，未來的國民之母，要她們讀書、識字，
原為的明理，本來是好的……若為了念出成績，只教
她爭頭搶前，一旦失去了做姑娘的許多本分，這就因
小失大了①。

　　而這種所謂的「本分」，就是《禮記》上對婦女的要
求，如貞定、忍讓、謙卑。蕭麗紅把女子為家庭、為丈夫的
自我犧牲賦予最美好的意義，女人的「嫁雞隨雞，嫁狗隨
狗」就有了合理的解釋。一部《千江有水千江月》，宛如一
部宣揚著「才不足憑，貌不足取；知善故賢，好女惟有德」
的女德、婦道之書。與此同時，蕭麗紅作品屢屢出現的「認
命」，無異於不幸婚姻和女性人生的麻醉劑。《冷金箋》一
再強調「宿世姻緣」，女子的婚姻是命中注定。《桂花巷》
裏的剔紅，因為相信「命生在骨，刀削也不落」，了悟到
「人是太渺小了，一切只有托付給命運」，於是，兩個素不
相識的人在新婚之夜也有了似曾相識的微妙感覺，乃至丈夫
瑞雨得病身亡，剔紅更肯定大命難以抗拒，因為她的硃砂紅
掌上有一條斷掌紋，自古說相：「男人斷掌有官做，女人斷
掌守空房」，於是她注定要守寡終生。對於傳統社會的種種
世態人情，蕭麗紅這種不加選擇、不作任何批判的歌頌態
度，勢必影響到蕭麗紅表現生活的深刻性和豐富性，也使她
的作品或多或少帶有矯情的成分。

　　蕭麗紅小說世界的藝術魅力，一是通過鄉土台灣的民俗

---

① 蕭麗紅：《千江有水千江月》，台北，聯經出版事業公司，1981 年 6
　月版，第 9 頁。

風情,來表現她所懷戀的傳統社會。《千江有水千江月》中,民間鄉村七夕搓湯圓的活動,藉著孩子們的說笑,道出一些牛郎織女的傳說,別有一番情趣。其他像端午節村民們製作香袋並分贈孩童的習俗,春節期間的祭典與娛樂,如貼春聯、擲骰子、掀簿仔以及拜天公的風氣,還有貞觀和長輩們到「虎尾」網魚的場面,都被作者表現得活靈活現,呼之欲出。出於對鄉間民俗的熟悉和偏愛,蕭麗紅仿佛要將台灣所有的風俗習慣納入小說中;而不時出現的台灣民歌童謠,又為親切淳樸的鄉村生活,平添了一種詩意之美。

二是《紅樓夢》的藝術影響,在蕭麗紅的小說中留下明顯投影。《千江有水千江月》以辛氏大家族的盛衰故事為中心,將鄉間的各路人物彙聚於此,再對他們進行分別描寫。蕭麗紅的所有作品中,性格複雜的女性形象永遠是最活躍的。其小說語言,既有鄉土色彩又不乏詩意,引發讀者對於過去歲月悠遠而美麗的懷想。諸如《千江有水千江月》,講述如江水那樣緩慢流動的中國舊式女子的命運流程,作品採用的語調,也是一種沈穩的、抒情的、節奏舒緩的宣敘調。也可以說,這種出色的語言表達、古樸的民俗探擷、生動的細節描寫,以其鄉土風情的魅力,在某種程度上掩飾了蕭麗紅小說世界內涵的古舊性。

第二章　新女性主義文學的
異軍突起

第一節　蔚為風潮的新女性主義文學

　　進入二十世紀 80 年代，台灣島內經歷了前所未有的激烈震蕩，出現了多元化的社會趨向。在政治形態上，國民黨於戰後台灣建立起來的政治體制，到了 70 年代末遭遇新興勢力的強烈挑戰。隨著島內民主化呼聲的日益高漲，台灣當局於 1987 年 7 月 15 日宣布解除了實行長達 40 年之久的戒嚴令。和平與發展的世界性潮流，兩岸關係的現實命題與呼籲祖國統一的時代趨勢，使台灣當局被迫放鬆其政治控制，開始了與大陸之間的來往，海峽兩岸四十年的嚴密禁錮與隔絕終於被打破。在經濟形態上，台灣都市化的程度更爲提高，產業結構日益複雜化，正經歷著從工業文明向後工業文明的過渡。在文化形態上，大衆消費文化的膨脹，使傳統價值觀念受到巨大衝擊，後現代文化開始迅速崛起。社會環境與文化形態的多元化，使台灣文壇也出現了多元化的寫作路線，過去那種現代派文學或鄉土文學一枝獨秀的局面已經成爲歷史。在多元化的文學趨向中，「80 年代台灣文壇最引人矚目的兩個現象是：政治、社會小說的盛行，和女作家的崛起」①。台灣新女性主義文學創作，正是在這種新的文化

境遇中，顯示了女性的群體力量。

　　新女性主義文學，是二十世紀 50 年代初發軔的台灣女性文學在 80 年代的新發展，她以鮮明的女性主體意識和豐富的社會生活內涵，激揚起女性前衛的時代旗幟。作爲一種獨特的文學創作現象，新女性主義文學在作家群體、創作數量、文學品位、社會影響等方面，大有壟斷台灣文藝界暢銷書籍排行榜之陣勢。衆多的女作家異軍突起，形成一股蔚爲壯觀的女性文學潮流。在這陣容龐大的作家群中，小說家有李昂、廖輝英、朱秀娟、袁瓊瓊、肖颯、蘇偉貞、蔣曉雲、楊小雲、李元貞、許台英、曾心儀、周梅春、陳燁、平路、陳艷秋、王玉佩等人，詩人有羅英、馮青、斯人、沈花末、夏宇、利玉芳、萬志爲、葉翠蘋、曾淑美、陳斐雯、羅任玲等；致力於散文、評論的有龍應台、鍾玲、鄭明娳、洪素麗、方娥眞、陳幸蕙、簡媜等。她們以現代社會知識女性群體覺醒的姿態，再創了台灣女性文學歷史的輝煌。她們的作品，讀者甚衆，影響廣泛，許多小說的題目，如《自己的天空》、《不歸路》、《陪他一段》等等，甚至以社會大衆流行語的形式頗具傳播效應。

　　新女性主義文學於 80 年代的台灣出現，有其具體的原因。第一，在台灣社會工商業化的過程中，隨著女性大衆的文化教育水準與就業率的不斷提高，帶來了知識女性群體與職業女性群體的擴大，這就爲文學反觀女性自身命運提供了歷史的契機。1953 年，台灣女性十歲至二十四歲人口平均

---

① 呂正惠：《80 年代台灣小說的主流》，孟樊，林耀德選編：《世紀末偏航——80 年代台灣文學論》，台北，時報文化出版公司，1990 年 12 月版，第 271 頁。

只受到不足四年的教育，僅爲男性受教育年數的 57 ％。而到了 1983 年，台灣女性十二歲至二十四歲人口已經平均受到十年教育，與男性相差無幾。台灣自 1968 年實施「九年國民義務教育」以來，小學生入學率大爲提高。高等教育也從 1950 年以前的三所大學，發展到 1980 年的一○四所大專院校；受過高等教育的人數比例，1982年達到8％，比十年前高出 3.6 ％的百分點。女性因之而贏得的讀書機會，爲她們接受現代文明，從事文學寫作提供了最基本的條件。

　　第二，女權主義運動的思想影響，爲新女性主義文學的勃興提供了強大的思想背景。六七十年代歐美女權主義運動的高漲，世界性婦女運動的蓬勃發展，改變了台灣婦女生存的大環境。台灣的婦女運動，在一批女性主義者的努力下，不斷掀起風潮。淡江大學教授李元貞於 1982 年 2 月創辦《婦女新知》，在當時台灣這個女性主義的惟一陣地整整堅守了八年。隨著晚晴協會和婦女教授會等新興婦女團體的相繼成立，分擔並且支援了《婦女新知》的工作和理念，女性主義也開始從社會禁忌變成了文化市場中的新興力量。台灣新女性主義運動的內涵，已經不再僅僅是解決女性的人生痛苦、婚姻悲劇和經濟獨立問題，它昇華到以對男權統治的批判和女性自身的完善來建立兩性和諧的社會，以女性的社會參與、人性自由和精神建樹來實現女性解放的更高層次。80年代脫穎而出的台灣女作家，不同程度地接受了這種新女性主義潮流的洗禮，李昂曾經直言：「我不否認我受到女權運動者的影響。」①回眸文學生涯，廖輝英這樣定位自己：

---

① 李昂：《我不是大女人主義者》，《女人的意見》，台北，時報文化
　　出版公司，1984 年 5 月版，第 70 頁。

「我是個女性主義者。」而對於李元貞來說，則是直接從新女性主義運動走向新女性主義文學創作的。事實上，「女性主義批評在文化話語中的滲透改變了而且正在改變人們從前習以爲常的思維方式，使傳統的性別角色定型觀念受到前所未有的衝擊」①。正是由於新女性主義的思想啓蒙，新女性主義文學呈現出不同於以往女性書寫的創作新質和作品風貌。

第三，隨著婦女社會參與機會的增加，台灣更多的婦女從家庭環境走向職業崗位，從愛情婚姻的私人空間走向社會活動的公共領域，從賢妻良母形象走向多元化的社會角色。這種人生背景與女性角色的轉換，使婦女面臨新天新地的同時，也不可避免地遭遇工商業社會與男權傳統的多重困擾。從職業女性的角色緊張，單身女性的擇偶難題或獨身現實，以及外遇、未婚媽媽、家庭與婚姻的解決無力等問題；到社會禁忌的阻撓，男權話語的重壓，環境污染的惡果，人際關係的疏離，社會暴力的存在，色情行業的泛濫等癥結，台灣社會已經積累了諸多問題。儘管社會發生了很大變化，但基於男尊女卑封建傳統的性別歧視依然存在。1985 年 2 月，台灣政治大學教授柴松林在以「婦女最關心的問題是什麼」爲題的問卷調查中，「婦女在法律上不平等」、「男女不能同工同酬」的問題仍居答案首位。80 年代新女性主義文學創作，正是從女性的自身境遇和社會境遇出發，來對女性地位的歷史眞相和生存現實勇敢發言。

如果說，女性主義批評者的各種主張，無非都是以

---

① 張京媛編：《當代女性主義文學批評》，北京，北京大學出版社，1992 年 1 月版，第 1 頁。

「『性別歧視』（sexism）為基本著眼點，來掃蕩文學作品、文學史、文學理論與批評裏女性問題與女性經驗受壓制的現象，同時重新審定父系社會體制下男性主導所建立的文學成規，並進一步來解放被壓制的女作家的視野與創作力，以產生更豐富的文學作品」①，那麼，台灣新女性主義文學所要構建的，正是女性自己的敍述主體。

　　首先，以強烈的叛逆精神為先導，這是台灣新女性主義文學所呈現出來的突出特徵。對傳統文化積澱的揭露和對男權中心秩序的顛覆，使文學達到對女性邊緣生存模式的反思和抗議。這種清晰明確的創作指向，帶來了新女性主義文學對過去那種囿於一時一事、單純控訴揭露的女性書寫的整體超越。

　　被譽為「純粹的女性問題作家」的廖輝英，於 1982 年創作的短篇小說《油麻菜籽》，以「一筆寫盡台灣婦女 30 年悲苦生活」的力度，深刻地揭示了婦女在人生命運、社會地位、婚姻境遇以及自身解放等方面遭遇的多重問題。這部作品的突破，一是向中國幾千年來男尊女卑的封建傳統觀念挑戰，讓女性看清自身邊緣生存的歷史真相；二是通過阿惠的母親對「油麻菜籽」命運觀的自覺認同，深刻剖析了中國傳統文化給女性造成的集體無意識。

　　以《殺夫》而驚世駭俗的李昂，其作品從性文化角度切入，批判鋒芒直指男性沙文主義，作品對父權中心秩序顛覆的力度，令看慣了閨怨文學的男性社會震驚和憤怒。主人公

---

① 李元貞：《女性主義文學批評下的台灣文壇——立基於 1986 年的省察》，《解放愛與美》，台北，婦女新知基金會出版部，1990 年 1 月版，第 192 頁。

林市在父權統治下經濟不能自立的生存淒涼和自我被物化的悲哀，寫盡了舊時代裏「生爲女人不是人」的女性悲劇。

其次，面對台灣經濟轉型時代的婦女問題，新女性主義文學是以直面人生的現實精神，從女性感同身受的婚姻結構、家庭模式、愛情觀念、事業前程、角色衝突等問題切入，寫出了台灣婦女從傳統女性到現代女性之間的角色轉換。

這種描寫往往從傳統女性和職業女性的層面上展開，在傳統女性那裡，婚變、外遇帶來的情感危機和人生擱淺，是她們遭遇的致命傷。在這種境遇中的掙扎、沈淪或突圍，構成她們主要的人生內容。蕭颯《唯良的愛》中的唯良，袁瓊瓊《自己的天空》中的靜敏，廖輝英《愛與寂寞散步》中的李海萍，《不歸路》中的李芸兒，就是這種掙扎於婚變和外遇中的傳統女性。對於職業女性而言，困擾她們的，主要是女性角色多元化而引發的人生衝突，諸如在事業與家庭、愛情與婚姻、個人與社會之中選擇的兩難境地。廖輝英的《紅塵劫》、《今夜微雨》等作品，集中反映了這種事業領先、學有所成的現代女性的情感困境。

再者，新女性主義文學是以構建和重塑的積極導向，塑造了充滿現代精神的女強人形象，意在倡導女性的自我覺悟與自我完善，建立起女性的獨立人格。朱秀娟的《女強人》中的林欣華，廖輝英《盲點》中的丁素素等人物，都以富有時代氣息的形象塑造，顯示了台灣新女性的成長過程。與從前作品中的女性形象相比，她們已從原來的從屬地位逐漸向主體地位移動，在求生存、求平等、求發展的奮鬥中，顯示出「思想、信仰與力量」的鋒芒。

新女性主義文學的批判鋒芒、現實指向和重建精神，體現了女性意識的自覺和文學的進步，也爲台灣社會的價值觀

念變革和兩性關係改善帶來了新曙光。同時，我們也必須看到，傳統與現實的衝突，新舊價值觀念的矛盾，男性規範與女性革命的抵牾，又常常纏繞著現實人生，影響著文學創作。新女性主義文學創作的不足之處在於，一方面，從掙脫傳統權力關係出發的某些現代女性，雖然經歷了兩性關係的調整與經濟自立的奮鬥，她們仍然掙扎於傳統與現代角力的泥潭，以至於重新迷失自己。袁瓊瓊和蘇偉貞筆下的一些女性人物即是如此。另一方面，新女性主義文學中的某些女強人形象塑造，還存在著理想色彩較重，浪漫虛幻有餘，本真深刻不足的缺失，這在不同程度上影響到人物塑造的真實性和豐滿性。

第二節　李昂：性文學領域的大膽叛逆

有著台灣文壇「怪傑」之喻的李昂①，在如雨後春筍般

---

① 李昂，女，本名施淑端，台灣省彰化縣人，1952 年畢業於中國文化大學哲學系，美國俄勒岡州立大學戲劇碩士，任教於中國文化大學。高中時代開始創作，出版有小說集《混聲合唱》（1975 年）、《人間世》（1977 年）、《愛情試驗》（1982 年）、《殺夫》（1983 年）、《她們的眼淚》（1984 年）、《暗夜》（1985 年）、《花季》（1985 年）、《一封未寄的情書》（1986 年）、《甜美生活》（1991 年）、《北港香爐人人插》（1997 年）等；長篇小說有《迷園》（1991 年）、《自傳の小說》（2000 年）、《飄流之旅》（2000 年）等；散文集有《群像──中國當代藝家訪問》（1976 年）、《女性的意見》（1984 年）、《外遇》（1985 年）、《走出暗夜》（1986 年）、《貓咪與情人》（1987 年）、《施明德前傳》（1993 年）、《李昂說情》（1994 年）、《看得見的鬼》（2004 年）等，以及合集《年華》（1988 年）。

涌現的台灣女作家中，數得上是現代意識最濃、批判性最強的一位女作家。特別是在二十世紀 80 年代以來的文壇上，她以令那些看慣了閨怨文學的男人們震撼乃至憤怒的性文學系列小說，向封建傳統觀念以及不合理的社會現實發起了強有力的挑戰，從而走在了新女性主義文學創作的前列。

李昂的身世背景與成長過程，對其文學創作產生了重要影響。李昂的故鄉鹿港是一個歷史悠久、民風淳樸的小鎮，從前是大陸商船抵台的第一站，曾經有過商賈雲集、文風鼎盛的歷史輝煌。特別是從康熙二十三年至道光二十二年這一五八年的歷史中，被稱爲台灣文化的「鹿港期」，堪稱中國古文化的標本。當時的鹿港文風頗盛，曾有「三步一秀才，五步一舉人」之稱。李昂的父親是一個白手起家、事業成功的商人，經營之餘，也十分愛好中國古典詩詞。在父親的早吟晚誦中，李昂從小受到中國傳統文化的薰陶，小學時代即能背誦整首的《長恨歌》和大量唐詩。與此同時，鹿港作爲一個累積無數神鬼傳說的老鎮，這種成長環境還醞釀了李昂對於鬼魅、超自然情境、秘教儀式行爲以及衝破封閉空間的書寫情致，映現了在 60 年代以後急速變化的台灣社會中，鹿港古鎮如何從曾經的繁華走向封閉衰頹的過程。

在論及李昂創作背景的時候，人們都不會忘記施家三姐妹的互爲影響。作爲台灣文壇的「文學三姐妹」，大姐施淑是著名的文學評論家，二姐施叔青是定居香港的頗有影響力的小說家。1964 年，十三歲的李昂進入彰化女中初中部的時候，十六歲的二姐已開始發表作品，大姐也留給家中大量的文學作品，李昂遂開始廣泛閱讀世界文學名著及武俠小說。成長於姐妹們比賽著要當作家的文學氛圍中，寫作的夢想一直是李昂躍躍欲試的精神動力，並得到姐姐們的鼓勵和

幫助。十四歲那年，她開始嘗試寫長篇小說《安可的第一封情書》；十六歲的時候，其短篇小說《花季》發表於台灣《征信新聞報》，並被選入《五十七年短篇小說選》，李昂由此躋身文壇。對於李昂來說，「早年開始寫作，只是由於內在衝動，覺得用文字可以作最好的表現，於是選擇了寫作。現在，真正是爲了創作的魅力。只有創作是個永遠無法征服的愛人，你以爲把握了它這個面，一轉眼，它又以另一個面貌出現。所有的愛情都會褪色，所有的情人都會令你疲倦，只有創作，是個永恆的情人」①。「爲了愛，爲了愛創作」，基於這樣一種文學信念和創作動機，李昂走過了幾十年漫長的文學生涯。從 1968 年開始發表作品，迄今結集出版的小說和散文已達到十九部。

　　李昂在創作不斷帶來反響的同時，也被稱爲「最引起爭議的作家」。李昂既受到她所生存時代的社會與文學的影響，也與她創作歷程中的文學生態環境有著微妙的錯位。這使她在引人矚目的作家地位背後，實際上又有著不在文壇潮流之中的「邊緣」寫作境遇。一方面，我們看到的是這樣一張文學成績單：1968 年，李昂的處女作《花季》一發表，就被選入台灣《五十七年短篇小說選》；1980 年，其作品《別可憐我，請教育我》獲時報文學獎報導文學首獎；其小說《誤解》獲小說甄選獎佳作；1983 年，李昂以中篇小說《殺夫》獲《聯合報》中篇小說獎首獎，之後作品被譯爲美、德、法、日等國文字，《殺夫》和另一部作品《暗夜》

----

① 施淑端：《新納蕤思解說——李昂的自剖與自省／施淑端親訪李昂》，《暗夜》，台北，時報文化出版公司，1985 年 9 月版，第 166 頁。

還被改編成電影，搬上銀幕，李昂這個名字也在台灣不脛而走。另一方面，我們看到的是李昂不斷成為箭靶的情形。圍繞著作品中的性及與之相關的道德評價問題，李昂一直是個備受爭議的作家。二十世紀 70 年代初期，李昂以大學校園的性問題所寫的《人間世》，招來了所有難聽的罪名辱罵；1984 年，她因中篇小說《殺夫》，再度被套上種種不道德的罪名；1997 年，李昂因為短篇小說《北港香爐人人插》又起風波，文壇政界熱鬧非凡，一時眾說紛紜。「李昂是個問題意識強烈的作家」[1]，其小說不以文採取勝，而以問題的發掘見長。性既成為問題，多半與畸情的、扭曲的男女關係有關。李昂的小說世界裏，經常涉及此類問題，這本身就容易成為人們道德評價的箭靶，更何況在台灣工商業社會的文化操作面前，在充滿政治亂象的時代背景下，此類問題的爭議更帶著紛繁、迷亂、喧囂的色彩。這種沒完沒了的「罪名」，常常讓李昂感到被誤解的寂寞。不僅如此，李昂還清醒地意識到，她總是與文壇潮流不甚合拍的步伐，使她不時地面臨一些錯位的尷尬，也更多地承受著來自四面八方的爭議。這情形，如同作者自述：

> 我有時真覺得我是我的土地的異鄉人。我從來是個跟不上潮流的人。當早年我以存在主義、心理分析作背景，大寫現代小說時，現代主義已是個末流。然後，我開始用鹿港作背景寫小說，鄉土文學的潮流又尚未興起，等我自己以為寫了十分鄉土的小說《殺夫》

---

① 施淑：《迷園內外——評李昂的小說》，《兩岸文學論集》，台北，新地文學出版社，1997 年 6 月版，第 335 頁。

時，鄉土文學潮流已經過去，不再是一種時尚。當然我這樣說並非表示我惋惜自己跟不上潮流，而只是有些無奈，因為種種因緣際會，我好像真是那種跟不上潮流的人①。

綜觀李昂創作歷程，從二十世紀 60 年代到 90 年代，它不斷呈現出階段性的鮮明變化。60 年代末期，這是李昂的文學起步階段，以小說集《混聲合唱》為代表，高中時代的創作充滿了少女成長過程中初次萌發的對於性的恐懼和探索。學者施淑從李昂長姊的角度，指出彼時作家困於大學聯考，社會環境的壓力，以及青春期躁動不安的心理，於是渴望從文字想像中尋找對人生處境的詮釋②。同時，受到現代主義文學浪潮中心理分析和存在主義的影響，李昂小說中有關人的存在的荒謬性、叛逆性意識等等，都可以從中找到觀念上的依據，「而性成為她認識成長、探觸成人世界的重要符號」③，也就不足為奇。在李昂筆下，《花季》中逃課的女高中生，由一個年老而猥瑣的陌生花匠騎車載往花圃去買聖誕樹。在什麼故事都沒有發生的過程中，少女既恐慌害怕又禁不住渴望自己所擔憂的某種事情發生的潛意識，以一種內在的緊張度，演出了一場自擬的然而暴露了生命真相的青春劇。乃至《有曲線的娃娃》，已婚的女主角以一種奇特

---

① 施淑端：《新納蕤思解說——李昂的自剖與自省／施淑端親訪李昂》，《暗夜》，台北，時報文化出版公司，1985 年 9 月版，第 176 頁。
② 參見施淑《文字迷宮——評李昂〈花季〉》，《李昂集》，台北，前衛出版社，1992 年 4 月版，第 265～266 頁。
③ 王德威：《性，醜聞，與美學政治——李昂的情欲小說》，《北港香爐人人插》，台北，麥田出版社，1997 年 9 月版，第 11 頁。

的執著，追求並迷戀著一個起先模糊而後日漸清晰的慾望：以不同形貌替換著的娃娃，她們皆有母親般柔軟舒適而豐腴高聳的乳房。這種女性情慾，無論是以同性戀的方式迷戀一個「娃娃」，或是以自戀方式迷戀鏡子中的自己，最終都以一個女性的軀體為目標。所以，透過書寫，李昂是探索「性」，也是探索「自身」，並開拓出一片女性主體性自足存在的天地。二十多年後，李昂在回顧其愛情題材的作品時，還認為《有曲線的娃娃》這篇小說，「或許才深入到一個女性自我的深處探索」①。

　　70 年代以來，李昂在大學時代的閱讀視野和她後來在參加某些婦女社會工作的歷練，也促使她逐漸拋開昔日沈重、迷惘的自我，踏上「返鄉」之旅，創作出《人間世》和《鹿城故事》兩個短篇系列，以及小說集《愛情試驗》，並「試圖回到人間管管是非」。這時期，李昂開始「刻意」意識到自己是女性，並以「纖細的筆調」，「濃郁的感情」，去寫一些感情為主的小說。有關性、情愛和女性的問題，仍舊是其創作的重要主題，同時她希望將這類小說推展到社會背景下去考察其中問題。在李昂看來，我們身為男性或女性，性別應具有何等意義和特性，必有一般混淆的時期，歷經成長的轉變，性是為一種自我存在的肯定，那也是何以性在我的追尋中占有這般重大的意義。②曾獲《中國時報》短篇小說獎的《人間世》，其性反抗的對象，矛頭直指

---

① 李昂：《甜美生活・寫在書前》，《甜美生活》，台北，洪範書店，1991 年 2 月版，第 1 頁。
② 參閱林依潔：《叛逆與救贖：李昂歸來的訊息》，見李昂：《她們的眼淚》，台北，洪範書店，1984 年 1 月版。

殘餘的封建觀念和滯後的台灣教育體系。小說中，對性一無所知的女大學生與男友初嘗禁果後，因爲恐慌而將其告訴室友，幾經輾轉，傳到了訓導處。因爲嚴重違反校規，這對大學生戀人被處分退學。女學生由此受到巨大刺激，發生了「我不知能去相信誰」的哀嘆。這篇小說背後傳達的，是作者面向社會的反抗，它所觸及的台灣教育界癥結，諸如學校在「性教育」問題教育上的失職，學校以懲罰爲目標的「教育」手段，學校訓導處變成專門揭露學生內心秘密機構的事實眞相等等，都起到了「以性言他」的作用。在《莫春》、《轉折》、《愛情試驗》等作品中，李昂站在女性本位的立場上來探討台灣女性在現階段社會中，在情與性成長過程中所經受的挫折與傷害，這其中有一部分是來自於我們的社會對女性荒謬的限制與壓迫。

進入 80 年代，面對台灣新女性主義文學的潮流涌動，李昂勇敢地走在了時代的前列。《殺夫》作爲李昂最重要的代表作，批判矛頭直指男性沙文主義爲中心而形成的社會規範。李昂自道：

　　　　直到寫《殺夫》，我才開始認清，不管怎樣刻意模仿男作家，我無法也無需作男作家。由於其時我正開始寫一個以女性爲主的專欄《女性的意見》，由閱讀中我發現婦女在人類歷史上的從屬地位，以及，婦女一直缺乏自信，沒有勇氣眞正去開發屬於女人自身的氣質。以致人類歷史上被公認爲「女性特質」的，永遠只限於溫柔、敏感、體貼這些所謂「女性美德」。事實上女性絕不止如此：只要我們有自信，我相信應該有一條創作路線，既可以是偉大的，也是女性的，

而女性文學也不再只被認為是小品、閨秀①。

《殺夫》原名為《婦人殺夫》，這是作者十分喜歡的命名。這個結構意義完整的陳述句，不但陳述了一個兩性尖銳對峙的極限狀態，而且還陳述了一個反傳統秩序的顛覆狀態。將《春申舊聞》一書中「詹周氏殺夫」的社會新聞，移植到日據時期的台灣鹿港，李昂認為「這樣才能顯現出我企圖對台灣社會中兩性問題所作的探討，更為了要傳達出傳統社會中婦女扮演的角色與地位」②。所以，這篇小說所要表明的是，「殺夫」並非僅僅是發生在主人公林市一個人身上的悲劇，而是生活在男權主義統治下的中國女性悲劇命運的一個縮影。

《殺夫》對封建勢力摧殘女性的罪惡給予了無情的揭露和痛擊。《殺夫》是從兩條線索和兩代女人的命運展開故事的，其中又以年輕的女主人公林市的命運遭際為主線。從林市母親的命運來看，因為丈夫去世，她成了被封建家族勢力掃地出門的寡婦，只好帶著年幼的女兒，住在破廟裏乞討度日。在許多天無食可進餓得奄奄一息的時候，一個軍人以兩個飯團為誘餌，強奸了林市的母親。此事被林市的叔叔發現後，便動用封建族權的力量，將林市的母親毒打後墜石投河。另一條線索沿林市的命運而展開，從叔叔的家庭奴隸，到丈夫陳江水的性奴隸；從孤苦無依中對鬼魂的敬畏，到忍無可忍的殺夫而導致的極刑，林市的一生成為父權制巨型語

① 施淑端：《新納蕤思解說——李昂的自剖與自省/施淑端親訪李昂》，《暗夜》，台北，時報文化出版公司，1985 年 9 月版，第 165 頁。
② 李昂：《寫在書前》，《殺夫·鹿城故事》，西安，華岳文藝出版社，1988 年 2 月版，第 4 頁。

碼下一代又一代婦女非人境遇的悲劇性寫照。

　　《殺夫》的世界裏，一方面是林市的叔叔爲代表的凶惡、無恥、虛僞的封建家族勢力，另一方面是野屠戶陳江水爲標志的獸性與血腥的夫權統治，弱女子林市爲了生存的輾轉掙扎，無論是在暴力、侮辱下的馴服、哀求、拜禱，還是嘗試經濟自救、企圖逃離家庭的「突圍」，都無法改變她受人宰割的絕境。林市被逐步非人化、被迫走上精神崩潰的過程，赤裸裸地見證了傳統架構下男性權力的猙獰面目。在這個男性權力統治的世界裏，叔叔爲了換取長期吃肉不要錢的「肉票」，可以把孤女林市賣給野屠戶陳江水爲妻；陳江水因爲掌握家庭經濟權力和男性役使權力，可以任意對林市進行原始獸性的性虐待和性掠奪，並屢屢以食物作爲充滿病態快感的獎懲工具。而林市，爲求免於饑餓，惟有默默地忍受男性施加給自己的性暴力。情慾、暴力和食欲這些人類原始本能在男權社會中的交織，把女性變成了可以任意買賣的物品，供人洩慾的工具，服侍男性的奴隸。林市在父權統治桎梏下經濟不能自立的生存凄涼和自我被放逐的物化悲哀，寫盡了舊時代裏「生爲女人不是人」的女性悲劇。林市後來在忍無可忍的精神恍惚中，將陳江水斬成肉塊，這種以弱殺強的原始性突圍，蘊含著一種對男權秩序的顛覆精神。「在象徵意義上，可說是代表了對於女性遭受物化的反抗與控訴，將女性分崩離析、飽受切割的自我主體，投射到男性的肉體上。」①從《殺夫》可知，李昂作爲 80 年代台灣文壇上最見批判力度的女作家，她在性文學領域的大膽挑戰，她在女

① 張惠娟：《直道相思了無益》，鄭明娳主編：《當代台灣女性文學》，台北，時報文化出版公司，1993 年 5 月版，第 55 頁。

性本體意識上對台灣男女不平等關係所作的深刻思考，使她
當之無愧地成爲新女性主義文學創作的先行者。

對資本主義社會中的虛僞、荒淫和貪婪現象的揭露，是
80 年代李昂創作的又一側重點。這在《暗夜》等小說中得
到充分體現。李昂曾把《殺夫》比作「吃不飽」的文學，把
《暗夜》稱爲「吃得飽」的文學。《殺夫》寫的是日據時代
的農業社會生活，「吃不飽」的女性被人殘害欺凌，處於非
人的無助地位。《暗夜》寫的是進入資本主義工商業社會
後，中上層階級的生活。「吃得飽」後，一些人腐化墮落自
我潰爛，人與人之間充滿互相欺詐，小說正是以此表示對資
本主義的批判。李昂仍然是以性爲武器，來對台灣社會進行
解剖的。

比起《殺夫》，《暗夜》在思想主題的表達上，有了
更新的高度。在《暗夜》中，掌握著經濟情報資源的報社記
者葉原一邊與女大學生丁欣欣尋歡作樂，一邊又勾引朋友之
妻李琳「紅杏出牆」，在金錢與性的角逐中，揮霍著自己的
生命。實業家黃承德外有情婦，對妻子李琳非常冷淡，致使
妻子在寂寞孤獨中感情出軌。黃承德明知眞相卻不揭穿，只
是爲了能從葉原那裏源源不斷地獲取股票情報，所以他不惜
拿妻子作變相交易。另一個任職於「道德裁決研究會」的年
輕人陳天瑞，冒雨跑到黃承德家中進行一番挑唆，其眞實意
圖是想通過黃承德借刀殺人，報復占有了自己情人丁欣欣的
記者葉原。所以，作品在葉原與丁欣欣、李琳之間，黃承德
與情婦和妻子之間，丁欣欣與陳天瑞、葉原以及留美博士孫
新亞之間，實際上繪製了一個以金錢和性爲網絡，內裏暗藏
醜惡、奸詐、虛僞、荒淫的台灣資產階級社會關係圖，這裏
有血的吸吮，有性的交易，有爭奪的瘋狂，有報復的惡毒，

有嫉妒的烈火，有貪婪的窺視，有功利的圖謀，一句話，它充滿了慾望和罪惡。

事實上，在燈紅酒綠、光怪陸離的資本主義工商業社會生活的場景中，《暗夜》對種種畸形、變態、荒唐的男女關係之揭示，正觸動了當下台灣的社會痼疾。作者就是要借這些性的敗德事件，來透視台灣資產階級的敗德與墮落現象，並對台灣社會道德失律、慾望橫流、享樂主義和功利主義價值觀大行其道的當下世風，提出了不無憂慮的警示和抨擊。

隨著 1987 年台灣「戒嚴令」的解除，小說創作在題材選擇和表現手法上驟然百無禁忌，特別是 90 年代以來的台灣文壇上，政治論述與情慾書寫大行其道。李昂此時又以長篇小說《迷園》、《自傳の小說》，短篇小說集《北港香爐人人插》等作品，融進這種創作潮流。作者將她一向勇敢觸及的情慾書寫與政治認同互相滲透，在寫實的基礎上納入象徵、魔幻、後設、意識流、時空交錯等多種手段，企圖達到一種龐大而複雜的政治寓言效果。

再度引發文壇風波與社會歧意的《北港香爐人人插》，「可以視爲九〇年代以來李昂以女性身份，參與反對黨運動的印象與反思」①。其作品中涉足政治的台灣女性，或爲戒嚴時代代夫出征的悲情活寡婦（《戴貞操帶的魔鬼》），或爲夫死妻繼的烈士未亡人（《空白的靈堂》），或爲解嚴後迅速走紅、才色雙全的女民議代表（《北港香爐人人插》），或爲命運坎坷的反對運動之母（《彩妝血祭》）。諸多令人怵目驚心的畫面，揭示了女性在特定的政治架構

---

① 王德威：《性，醜聞，與美學政治——李昂的情欲小說》，《北港香爐人人插》，台北，麥田出版社，1997 年 9 月版，第 33 頁。

中，亢奮的政治激情並不能改變女性的弱勢地位，以身體顛覆權力的奉獻，只能落得從悲情到色情的尷尬。性與權力的惡性交纏，讓人們看到了女性人生的悖論和怪圈：當女性以性和身體的溫柔炮彈轟毀了男性權力和政治權力架構、追求性別認同的同時，又痛苦和無奈地消隱、扼殺了女性自我及人格尊嚴；同時，它也讓人們看到了所謂政治訴求的外表下，怨憤與縱情的台灣世紀末風景。

有關政治議題的開發與傳達，在李昂看來：「政治是一種最絕對的權力關係，我想表達一個女性和這種權力之間互相的關係，我覺得對我來說，那比真實的去寫二二八事件或高雄美麗島事件更有意義。」「我對於寫政治事件沒興趣」，「我會以政治當背景，但不做為主體，因為當這些事件過去後，所寫的東西也就跟著過去了。我想表達的是女性在政治事件中做了什麼樣的人性表現」①。

以其長篇小說《迷園》來論，作者在女主角朱影紅身上寄寓了極大的創作企圖，它要通過鹿港大戶朱家的後人，將朱家花園菡園的修建，與透過歷史記憶重整族譜的工程結合起來；以朱影紅與房地產開發商、暴發戶林西庚的情愛關係建構，來爭取和確立朱影紅在這場感情角逐中的主體位置。這樣，在朱影紅那裡，個人的情慾史、菡園的家族史，與作者企圖構建的台灣史，就有了一種交纏和互動，一種政治寓言和意識形態的話語象徵，即兒女私情與政治論述交錯進行。在小說中，沈悶而辛酸的朱父故事，以及菡園的頹敗

---

① 李昂：《我的小說寫給兩千萬同胞看的——專訪李昂》，李瑞騰編著：《累積人生經驗‧開創人文空間——文學尖端對話》（二）台北，九歌出版社，1998 年 6 月版，第 701 頁。

史，訴說的是甲午戰爭之後台灣淪入異族統治的殖民地創傷，這是揮之不去的沈重歷史記憶。但是把光復以後國民黨政府對台灣的強權控制，與日據時代異族統治完全等同起來，一概歸之於「後殖民統治」，並以種種刻意經營的政治意象詮釋之，又可見出「泛政治化」的台灣當下社會裏，意識形態話語對於文學創作偏執而強力的侵滲。至於朱影紅的情感世界和女性命運史，因為負載了政治寓言的潛在背景，也就不再成為單純的個人歷史，她與周遭環境的關係相處於是有了影射和鑒照的意義。因為擺脫歷史記憶的滯重，修葺菡園工程的艱難，身為台灣女人的朱影紅才會「不管以任何方式、付出任何代價」，決定獲取財大氣粗、充滿男性精神、具有拯救力量的林西庚來重振自己的家族，也構建自身的主體。朱影紅如是說：

> 在 70 年代暴發的台灣經濟中，我看著這個偉岸、美麗、相當目空一切的中年男人，充滿自信、堅確、努力、橫衝直撞的勇往直前——他如此處理他的事業，對他的戀愛亦然。在 70 年代一切具有無盡可能的台灣社會中，他充滿奇想，有著氣盛的衝勁，而在他手中，好似所到之處，真可點石成金。

在這裏，林西庚無疑成了 70 年代闖蕩天下、活躍於世界經貿舞台、創造了「台灣經濟奇跡」的中產階級代表。朱影紅對林西庚清醒的認同，包括林西庚最終出資贖回荒廢的菡園，重新修葺，並由朱影紅捐出花園，貢獻給台島；所有這些涉及社會、歷史、家族的大敍述，又都是通過朱影紅和林西庚的兩性交往來體現的。而作為男人和女人，兩性之戰的焦灼和緊張，勢必引發出諸多複雜而微妙的性別議題。

　　初識林西庚，身爲大家閨秀的朱影紅意亂神迷，常常感到被臣服的強烈快樂。當她決意要終身依賴、崇拜對方的時候，林西庚卻提出了分手，並讓她感受到痛徹心胸的絕望與恐懼。林西庚作爲消費社會和酒家文化培育出來的暴發戶，在事業輝煌、經濟背景強大的開拓者形象之外，又有著敗德的一面，家中有妻的他經常出入於風月場所，擁有兩個固定的情婦，同時與其他女人有染。林西庚的專斷自信並不給朱影紅任何質疑的機會，而他的男性炫耀與強盛氣勢，竟讓朱影紅甚至陷入「陽具崇拜」和被虐式的迷戀。在林西庚男性雄風猶在的強勢階段，朱影紅清醒地意識到，她不能以普通女人的方式去獲得他，她與林西庚之間將是一場持久的爭戰。於是，她在情場老手 Teddy 張那裏不斷獲得身體滿足，讓自己焦灼、騷動、紛亂的慾望和心境平靜下來，開始從容地等待與守候，尋找著與林西庚的重新相遇以及自己出擊的機會。這一天終於到來之際，朱影紅以所謂「黃先生」這個愛情假想敵的設計，讓充滿嫉妒心與征服慾望的林西庚再度回到自己身邊。然而在這個海島上，事業成功的男人，慣例是維持一次婚姻，足以給外人交代；至於婚姻之外再有多少女人，只會贏得羨慕與恭維。即便朱影紅後來懷了林西庚的孩子，她也無法以不可或缺的存在，讓林西庚肯離婚來娶她。

　　對於朱影紅而言，這是一場不平等的戰爭──她要的是婚姻，而不是被林西庚豢養的情婦；而林西庚以他商業巨子的男性強勢地位，則永遠立於不敗之地，他不過是多一個女人或少一個女人罷了。像對待那些有所欲求的女人一樣，他覺得他可以用金錢、房子、情慾輕易地打發朱影紅。所以，當朱影紅一字一句地對林西庚說：「你放心，我沒有要纏

你，我只是要告訴你，我剛拿掉我們的孩子。」對於女子那無所欲求的沈靜，林西庚反倒不知如何回應。小說的最後，他與朱影紅一起回到了菡園，兩性之間的關係卻發生了微妙的變化。朱影紅明顯地不再以林西庚為中心，也不介意他的好惡，她甚至一捨平日他喜愛的衣物，回復到她原來習慣的黑白兩色；她身為大家閨秀的自我意識和「尊貴自覺」，在菡園一一復活。而林西庚卻發現，菡園有如迷宮，他在那裏一再迷路。更讓他震驚的是，朱影紅如同讓他迷失的菡園一般，完全超越他的掌控和理解。就在此刻，一向占據主導地位的林西庚終於向朱影紅求婚，但她卻「好似從來不曾愛過他」。

面對這場曠日持久的兩性之戰，處於弱勢地位的朱影紅是以身體與心靈相分離的雙重自我，在大家閨秀的尊貴和風塵女子的縱情之間穿行，於現代女性的智慧和世間情婦的心機之中徘徊。她不停地等待與守候，痛苦地潛藏與出擊，最終贏得了處於強勢地位的林西庚。兩性關係、男女地位的糾葛與互動，充滿了吊詭的意味：當林西庚向朱影紅求婚，決定修復菡園、讓自己的孩子在那裏出生和成長的時候，這個代表了台灣人「男性尊嚴」的男人卻以性無能而陷入慌亂。「就此角度而言，《迷園》可說是赤裸裸地暴露了在兩性互動、社會規範之下，所謂男性特質（masculinity）與女性特質（femininity）的流動詭譎。」①這種充滿焦慮、痛楚和情慾的兩性之戰，或許在客觀上寫照了經濟起飛與財富暴發的二十世紀 70 年代台灣社會景觀，諸如那種愛情、慾望和

---

① 彭小妍：《女作家的情慾書寫與政治論述——解讀〈迷園〉》，《北港香爐人人插》，台北，麥田出版社，1997 年 9 月版，第 286 頁。

權力的糾結衝撞，弱勢、強勢地位的變動轉換，以及由此帶來的喧囂而慘澹的愛情風景和充滿變數的人生命運；或許暗示了兩性關係的相處，如同那個迷宮般的菡園，永遠充滿山重水複、柳暗花明的誘惑和謎題。但透過朱影紅形象與菡園夢想的互為見證，透過朱影紅毅然捐出菡園的人生舉措，以及她與林西庚相處模式的明顯變化，我們仍然能夠從女主人公自我意識與形象的迷失——分裂——尋覓——重建過程中，感受到李昂一再關注的女性觀點和性別議題。

對於李昂來說，她創作中最出色的部分，還是對於女性問題的觀照和審視，她比別人更真誠坦率地寫出了女性作為一個社會的又是自然的人，其本能欲求和社會需求的雙重糾葛，以及在男權中心話語的長期籠罩下，女性的心理與情感境遇，女性的覺醒與人生奮鬥。但是，解嚴以來「泛政治化」的台灣氛圍的影響，讓作家難以拉開距離審視生活，政治文化的思維定勢，妨礙了作家對人生與歷史進行客觀描述。李昂近作對於「政治」主題的熱衷，也使得文學的表現負載了過多的意識形態話語寓意，「女性」主題的表現反倒有所損傷，這種創作盲點有待作者深自警戒。

作為文壇上的「叛逆女性」，李昂在性文學領域的大膽開拓，把性作為解剖社會的一個切入點，這是服從其「到人間管管是非」的創作意圖的。性在她的作品中，只是達到批判與揭露、同情與護衛的一種手段。她的性描寫，或寫出冷峻而悲苦的事實，如林市母親被軍服男子強暴的場面；或寫出殘酷而凶暴的狀況，如陳江水對林市長期野蠻的性掠奪；或寫出恐懼不安的壓抑氛圍，如李琳與葉原通姦時的複雜心理，這些都是為塑造人物或是深化主題意義而設置的。李昂寫的雖然是人們很敏感的性領域，但她的創作態度是非常嚴

肅的，描寫的方法也是恰當的。

　　總的來看，李昂的這類創作，第一，它往往以豐富的心理學和社會學以及精神醫學上的知識，使其作品的「性描寫」具有相當的心理基礎。正因如此，她讓我們看到，「李昂小說中每一次的做愛都不是在極快樂或極浪漫的情況下進行的，而是在極矛盾、極苦悶或極虛無的狀況下發生的，因此接下去縱然李昂對性動作描寫極為細膩，卻也極少帶給人異色遐想；甚至嚴格地說，她的性場面的描寫卻常常帶給人一種極苦悶的感覺，也就是說李昂小說中的性描寫，有一大部分好似只是為了在發抒主人公苦悶的心靈而已」①。

　　第二，李昂作品的「性描寫」，基於她對現階段台灣女性的情與慾所面臨的難題有著深刻認知。對李昂而言，「性」是女人構建自我的一個重要過程。在價值觀念急劇變化、兩性相處更加複雜的台灣當下社會裏，女性面臨人格壓抑與情慾衝突的時候，應該如何自處？女性在父系傳統與性別之戰的紛爭中，又將怎樣抵擋男性沙文主義，有效地避免成長過程中所經歷的挫折與傷害呢？「性」在女性的成長過程中，對於喚醒女性的自我主體和性別意識，扮演著怎樣的角色？這正是過去世代的女作家所不曾直面的女性命題。李昂的特異之處，就在於她以女性本位的立場，在女性情慾的書寫中，正視了女性被遮蔽的生命本相。

　　第三，李昂作品中的「性描寫」，不是「以性言性」，而是「以性言他」。李昂也強調，「性」在她的小說中所扮演的角色，不僅是幫助女人開發內心深處的自我，

①　吳錦發：《略論李昂小說中的性反抗——〈愛情試驗〉的探討》，《李昂集》，台北，前衛出版社，1992 年 4 月版，第 285 頁。

「性」在李昂的小說中往往有其社會歷史的脈絡。李昂這樣歸納她小說裏的「性」：「我走的不是一個單一的情慾問題，『性』基本上還是會跟社會的脈動有關。」①李昂的「性描寫」往往融入社會生活的描寫，她筆下的「性反抗」也自然成為一種社會反抗的象徵，這點恐怕是李昂小說的「性」題材與其他當代流行的「情慾書寫」最大的分野。

李昂在創作方法上體現了兼收並蓄的創新精神，她熔傳統、現代、西方、中國的藝術技巧於一爐，既採用古典文學中的工筆、白描等手法，又吸收了西方現代派文學的象徵、意識流、夢境、感覺、魔幻等表現方式，給人帶來比較開闊的藝術視野。

與李昂在性文學領域的大膽反叛相一致，其作品文風潑辣、強悍，善於強化感情氛圍，引發人心的強烈震撼。特別是她對以往「閨秀文學」軟性格調的突破，帶來了台灣新女性主義文學堅實、新異的藝術品質。

第三節　廖輝英：女性問題的文學詮釋

80 年代崛起於台灣文壇的女作家群體，顯示了新女性主義文學創作的前衛姿態。廖輝英②作為其中的佼佼者，堪

---

① 李昂語，轉引自邱貴芬：《（不）同國女人聒噪》，台北，元尊文化企業股份有限公司，1998 年 3 月版，第 93 頁。

② 廖輝英，女，台灣省台中縣人，1948 年生。台灣大學中文系畢業，曾任廣告公司企劃部主任、業務經理，建設公司企劃部經理，《婦女世界》月刊總編輯，《高雄一周》發行人兼總編輯，後專事寫作。1982 年躋身文壇，以長篇創作為主。中短篇小說集有：《油麻菜籽》

稱純粹的「女性問題作家」。她的作品，往往在題材的日常性中現出豐富的社會內涵，並透過婚姻、愛情的演變過程，來觀照女性命運與提升女性意識。對於那些在傳統與現實的擠壓中摸索前行的台灣婦女而言，廖輝英關於婦女的歷史命運、生存景觀以及情感遭遇的深刻檢討，無疑成為台灣女性社會境遇和成長過程的一面鏡子。

　　廖輝英的小說創作，有著現代職業女性的工作背景和獨特經驗，也銘記著一個女性主義者的精神意向。這位 1948年出生於台灣省台中縣一個知識分子家庭的女作家，1970年畢業於台灣大學中文系。廖輝英人生的起步沒有跨入令她

（1983 年）、《不歸路》（1983 年）、《焚燒的蝶》（1988 年）、《芳心之罪》（1990 年）等；長篇小說有：《盲點》（1986 年）、《今夜微雨》（1986 年）、《絕唱》（1987 年）、《落塵》（1987年）、《藍色第五季》（1988 年）、《窗口的女人》（1988 年）、《朝顏》（1989 年）、《歲月的眼睛》（1990 年）、《在秋天道別》（1990 年）、《都市候鳥》（1990 年）、《木棉花與滿山紅》（1991年）、《愛與寂寞散步》（1992 年）、《你是我的回憶》（1992年）、《你是我今生的守候》（1993 年）、《輾轉紅蓮》（1993年）、《負君千行淚》（1994 年）、《相逢一笑宮前町》（1994年）、《逐浪青春》（1995年）、《愛殺十九歲》（1995年）、《浮塵桃花》（1995 年）、《月影》（1996 年）、《紅塵再續》（1997年）、《何地再逢君》（1997 年）、《外遇的理由》（1998 年）、《愛情良民》（1999 年）、《迷走》（2001 年）等，散文集有《談情》（1985 年）、《說愛》（1985 年）、《自己的舞台》（1986年）、《心靈曠野》（1986 年）、《擦肩而過》（1987 年）、《咫尺到天涯》（1988 年）、《淡品人生》（1988 年）、《兩性拔河》（1989年）、《兩性迷失》（1989年）、《女性出頭一片天》（1990年）、《情意人生》（1990 年）、《愛是一生的驚嘆號》（1991年）、《與溫柔相約》（1991年）、《照亮自己》（1992年）、《製作多情》（1996年）、《賭一場愛的輪盤》（1999年）等 19 種。

夢牽魂縈的文學界，而是馳騁於社會疆場。在廣告圈和企業界拼搏沈浮了十四年的人生歷練，造就了廖輝英精明幹練的「女強人」現象。雖然一時與文學無緣，廣告界的工作卻爲她廣泛接觸社會層面打開了一扇窗口，爲她日後躋身文壇提供了豐富的生活素材和情感經驗。在這個生存競爭十分激烈的行業裏，廖輝英以自身的能力和毅力，從最基本的撰稿人員做到高級主管，雖然贏得「文案全才」，「快手輝英」的美譽，卻也嘗盡了職業女性馳騁社會疆場的酸甜苦辣，同時目睹了太多的生存打拼、紅塵男女和悲歡離合。她接觸到不同的行業、不同的經營者、不同的背景、不同的人格性向，從中感受到一個社會的大脈動，整個人生的眞實縮影。特別是對職業女性人生奮鬥的感同身受，對社會轉型過程中台灣女性命運遭際的關愛和重視，使她在 1982 年初登文壇之際便加盟新女性主義文學創作。是年，廖輝英以處女作《油麻菜籽》，一舉奪得《中國時報》第五屆文學獎短篇小說首獎；1983 年，又以中篇小說《不歸路》，獲《聯合報》第八屆特別小說獎，並有了「最善於掌握現代男女兩性情境的作家」的雅號。從此，她把目光投向女性，逐漸成爲一個最懂得詮釋女性感情滄桑的作家。

　　有太多的歷史與現實深深地觸動了廖輝英。一是女人如同薪柴，爲家焚燒了一生，卻沒有留下一片自己的天空，沒有屬於自我的回憶；二是女人要出人頭地、成就事業，必須具備最少高出同職位男性兩倍以上的能力，克服同等級男性兩倍以上的困難，忍受來自四面八方的挑戰和壓力，才可能奠定職業女性的人格尊嚴與事業地位；三是身處台灣向工商社會轉型的時代，飽受傳統重負和現實壓力的男女兩性，不僅自身處境艱難，相處也或明或暗，危機四起；四是在女性

與男性一爭長短的年代，女性的智慧、學識、能力或耐性並不比男人弱，可是成就甚難突破某一界限，往往因為「情關難度」，一個失敗的婚姻就斷送了女人的一生。基於種種事實，廖輝英在對男女兩性的不平等、女性自我意識的不覺悟、男女兩性情境的不和諧等問題進行了深入思考後，明確提出了自己的女性主義主張。她強調，先做一個「人」，再做「女人」，不要因為「性別」而對人生目標打折或讓步；她渴望做第一等女人，不做第二等男人，做自己而不要去仿效他人；她主張女性在為家庭貢獻心血精力之後，總要給自己留一片天空；她反對「男主外，女主內」的傳統主張，也不喜歡標榜所謂的「單身貴族」，希望男女兩性能合理、合禮，而且合情地彼此相待。「我是個女性主義者」，回首來時路，廖輝英這樣定位自己。

基於這樣一種女性理想，廖輝英動筆寫作並且始終面向女性寫作，其創作宗旨也鮮明呈現。第一，希望喚起女性徹底的自覺與自立，塑造出理想的女性形象。第二，希望在傳統與現代互為影響的轉型期社會裏，提高兩性自處與相處的調適能力，創造「合理化兩性關係」，建立起一種新型情感倫理與家庭倫理。為實現上述創作意向，廖輝英不斷擴大關懷層面，不斷延伸觀照社會人生的視線，嘗試著去做不同年齡、不同階層、不同角色的各色人等的代言人，用形形色色的女性人生故事，連綴起從昨天到今天的一部女性命運史。廖輝英曾給自己擬定了一個長期的寫作計劃，準備以十年為分水嶺，前十年寫當代社會的都市男女生活，諸如《不歸路》、《今夜微雨》、《盲點》、《窗口的女人》、《歲月的眼睛》、《朝顏》、《都市候鳥》、《你是我今生的守候》、《藍色第五季》、《木棉花與滿山紅》、《愛與

寂寞散步》等等。接下來通過回眸歷史，側重觀照日據時期前後的台灣婦女命運，用心去傾聽那個時代的女性聲音，去發掘被男權話語遮蔽了的女性歷史。於是，她的筆下出現了《輾轉紅蓮》、《負君千行淚》、《相逢一笑宮前町》等一系列小說。總之，跋涉在長篇小說領域的廖輝英，以她慘澹經營的幾十部小說，跨越了長長的歷史時空，蘊含了豐富的社會生活內涵。她的作品始終貫穿著一個信念：從女性主義的角度，寫女性問題，找出女性及女性文學的方向。

廖輝英的創作，從成名作《油麻菜籽》，到第 50 部作品《迷走》，筆鋒始終沒有偏離對愛情、婚姻、家庭的描寫，女性的人生命運以及她們的悲歡離合、奮鬥掙扎，一直是她關注的焦點。她筆下的人物，或述一段失敗的婚姻，或述外遇，或述婆媳關係，或述兩性糾葛，或述事業女性的人生挫傷，在主題上十分切合現代女性所關心的問題，在題材選擇、敘述觀點、道德架構或意識形態上，都更直接面對傳統小說一向規避的問題，而將都會男女的感情提升為一個社會問題。她「開始檢視女性在男女感情中浮沈苦澀甚至反抗的面貌，探觸到女人做為一個人，亦跟男人一樣，會體驗到人性感情的甜蜜與痛苦的複雜性」①。不僅如此，她還為創建「合理化兩性關係」而竭盡努力。

作為一種直接訴說女性經驗、傳達女性聲音、對男權中心話語顯示抗議姿態的創作，廖輝英的小說既以冷峻的歷史回溯眼光，揭示出中國幾千年來傳統重負與文化積澱中男權話語的強大，呈現出女性始終處於社會邊緣生存位置的可悲

---

① 李元貞：《解放愛與美》，台北，婦女新知基金會出版部，1990 年 1 月版，第 97 頁。

事實；又以熱切峻急的關懷之情，揭示了女性當下生存境遇的艱難與尷尬：女性自處與兩性相處過程中的現實癥結與人性誤區。其中有對社會環境的嚴格剖析，也不乏對女性自身的深刻反思。在看似獨立的現代女性勇敢突圍的形象背後，雖然時有舊夢的纏繞、自我的迷失，但女性人生的時代走向，是覺醒與反叛，調適與自救，重建與再塑。廖輝英通過筆下形形色色的女性形象所要表達的，是一種經過不斷反思的、純屬於女性深刻經驗的、對整個父權社會進行批判的聲音。

舊式婦女的形象塑造，是廖輝英回眸歷史的聚焦點，她揭開了歷史歲月中最沈重的一頁，寫盡了在封建傳統重壓下世代重演的女性悲劇。人類幾千年的歷史，是一部失卻了女性話語的男性歷史。政權、族權、神權、夫權的封建壓迫，使婦女以非人狀態萎縮於社會最底層；父權制的巨型話語，又把女性的生存模式、行為準則、道德規範都納入了男性中心的社會秩序，婦女以無我狀態被放逐於歷史文化的邊緣位置，成為一種缺席和緘默的「存在」。深感女性歷史道路的沈重，廖輝英透過黑貓仔、許蓮花、陳明珠、江惜這些有著「油麻菜籽」命運的婦人生涯，剖析了過去年代裏傳統女性的生存模式，並以此向千百年來盤根錯節的父權制度社會發動猛烈抨擊，以廓清一代又一代婦女的歷史生存真相。

舊時代的那些女人故事，走不出父權制社會的巨大陷阱。女人從來不能主宰自己的命運，社會從來都是男性的保護神。無論是遊手好閒、拈花惹草的紈絝子弟劉茂生（《輾轉紅蓮》），還是開設診所行醫、振興家業有方的甘天龍（《負君千行淚》），或是創辦中藥行為生，游走四方招攬生意的孫武元（《相逢一笑宮前町》），儘管他們的家世、

身份、性格各不相同，但在兩性相處的觀念上，卻是如出一
轍。一曰「男天女地，這是不變的乾坤」；二曰「大丈夫三
妻四妾本來就是尋常」，尋花問柳自是理所當然；三曰「男
人自己可以對妻子的事情做任何變動處理」。於是，自幼做
童養媳挨打受氣，婚後飽受欺凌的許蓮花，因為丈夫劉茂生
姘上的暗娼阿婉欲當正室，自己便被丈夫以菜刀威嚇離婚。
美麗溫順的江惜嫁給甘天龍的時候，「萬萬想不到這生個子
嗣的夢魘，會成為她終生的負擔」。由於不能為甘家多生兒
子，江惜眼睜睜地看著丈夫三妻四妾娶進家門，自己卻從此
沈入無邊苦海。雖然一心一意恪守婦道，辛勤勞作，身為丈
夫的孫武元最終還是拋家棄子，與煙花女子另築香巢。面對
如此慘重的傷害和欺凌，舊時代的女性們卻只有流淚痛苦，
認命安分；她們自生到死，抱著一種宿命的態度，全心全意
地完成男人給她們規定的角色職能──不管完成這一切是多
麼的殘酷和不公平。特別是及至垂垂暮年，她們竟還能以
「人生海海，無怨無恨」的淡泊平和來回眸往事，面對薄情
之人。這些卑微而苦命的女性，她們的一生都籠罩在封建禮
教與父權統治的巨大陰影下，在家從父，出嫁從夫，從姓氏
身份到整個身心都維繫於男人，卻只具有男性庇護下的一系
列名分──為人女為人妻為人母，而沒有其他身份，更無
「自我」可言。女人的主體性在封建文化結構中的缺失，使
女性始終處於一種「失語」狀態，自身的歷史也成為一部被
男權話語所主宰所遮蔽的歷史。廖輝英筆觸所指向的，正是
這種歷史與文化中女性生存的盲點和真相。

　　《油麻菜籽》作為台灣女性成長的珍貴記錄，它以一種
傳統女性的婚姻命運，「一筆寫盡台灣婦女 30 年悲苦生
活」，從而確立了廖輝英「女性問題作家」的地位。這部成

名作對於父權中心話語下的女性生存模式與價值觀念的解剖，可謂剗肉析骨，下筆如刀。小說中阿惠的母親，外號叫做「黑貓仔」，她出身於醫生名門，還到日本念過新娘學校，人生美滿得令人羨慕，卻不幸誤嫁了一個浪蕩公子。她既憎恨丈夫的自私、懶惰、不負責任，又無可奈何地替他收拾爛攤子，千方百計地苦撐著這個家，一生的「日子在半是認命，半是不甘的吵嚷中過去」。女人的含辛茹苦與丈夫的逍遙浪蕩形成鮮明對照，男尊女卑的傳統再度見證了男權社會兩性不平等的地位。小說的成功之處，在於其中大量借由世代口耳相傳的方式，對傳統文化營造男性中心神話、刻板認知角色的歷史與現實給予了深刻的揭示，並以近似符咒的懾人力量，凸顯出父權話語的強大與頑固，女性人生的無奈與茫然。

　　故事開始不久，那位連娶六妾而苦無一子的阿惠的外祖父，曾用「查某囡仔（女人）是油麻菜籽命」來勸慰婚姻不幸的女兒，要她安分認命，逆來順受；而多年以後，面對學習上能與阿兄一較長短，生活上卻受到重男輕女差別待遇的女兒阿惠，母親「黑貓仔」竟振振有辭地說：「你計較什麼？查某囡仔是油麻菜籽命，落到哪裡就長到哪裡。沒嫁的查某囡仔，命好不算好。……你阿兄將來要傳李家的香火，你和他計較什麼？將來你還不知姓什麼呢？」得知阿惠考入了眾人稱羨的名牌大學，母親「竟沖著成績單撇撇嘴：『豬不肥，肥到狗身上去。』」男孩子是傳續煙火的香鼎，女孩子是祭供用的豬頭，母親對女兒的這種日常教導，反映了一種根深蒂固的男權情結。阿惠的母親作為父權統治下的受害者，一生扮演婚姻不幸的悲劇角色，已經是兩性不平等的一種悲哀；更令人可悲的是，「男性為自己創造了女性形象，

而女性則模仿這個形象創造了自己」（尼采語）。阿惠的母親不僅把自己的地位低下看做天意命定，還忠實地傳播著這種鞏固父權統治的命運觀，這不能不說是女性自身的深層悲哀。如果說，以前表現女性遭遇的控訴性文學總把婚姻不幸的責任推卸給男性，歸之於遇人不淑和封建婚姻制度的束縛，那麼，《油麻菜籽》的突破，一是在「男尊女卑」的社會現象背後，發掘出男權中心的巨型文化語碼和因襲生存秩序，以喚起女性對自身生存真相的警醒和對男權中心社會的質疑與反叛；二是通過阿惠母親對「油麻菜籽」命運觀的自覺認同，深刻地剖析了中國傳統文化造成的集體無意識對女性精神人格的荼毒，從女性自身發掘了悲劇命運的另一成因。

現代女性的人生鋪陳，是廖輝英直面現實的切入點。在價值觀念不斷變遷、道德規範青黃不接的社會轉型背景下，廖輝英將女性感同身受的婚姻結構、家庭模式、愛情觀念、事業前程、角色衝突等一系列問題作為觀照對象，寫出了台灣婦女從傳統女性到現代女性之間角色轉換的難題。

廖輝英在《今夜又微雨》一文中指出：身處轉型期社會之中的現代男女，「不僅自處艱困，相處也有或明或暗、如此那般的危機。對紅塵兒女而言，一切皆在不安定的轉換與錯亂之中紛擾，於是，個別行為，通常也有意料之外的非常情表現。所以，現代男女，其實必須飽受傳統例行與現代專有的雙重磨難之煎熬，無疑苦過從前那些世代的男男女女」①。活動在這個社會變遷時代舞台上的台灣女性，面對

---

① 廖輝英：《今夜又微雨》，《今夜微雨》，台北，皇冠文學出版社有限公司，1994 年 9 月版，第 10 頁。

時時可能發生的人生變數和紅塵劫難，不管是與男性一爭高低的事業女性，還是依傍男性、走上情感「不歸路」的「窗口女性」，或是歷經千難百折、掙扎出婚姻誤區的自救型女人，她們都在個人與社會、女性與男性、事業與家庭、動蕩與守成的兩難選擇境地中，演示了自己人生與情感的滄桑。

在離婚率直線上升的台灣當今社會裏，婚變、外遇帶來的情感危機與生存擱淺，造成了足以顛覆女性人生的致命創傷。變遷中的台灣社會，帶來女性角色的多元化，男性更有機會將他們接觸到的社會女子與留守家中、依附丈夫的家庭主婦相比較，婚姻的冒險與慾望的誘惑機會自然增多，加之「離婚丈夫無庸擔負贍養費，孩子又多半歸屬丈夫，這使男子更加有恃無恐，也間接助長了婚外情第三者爭奪的雄心」①。在這種情感變異的過程中，女子或為婚變的受害者，或為外遇的介入者，角色雖然不同，卻都難以逃脫男權傳統束縛下的犧牲者的命運。對於李海萍（《愛與寂寞散步》）這種經濟依附型的家庭主婦而言，小時候生活在父親的家，長大了擁有丈夫的家，自己全部的生活就是丈夫、孩子、家，從來沒有想到為自己留下一片天空。一味籠罩於男性主體的話語之下，李海萍將終生幸福維繫於丈夫，卻不料丈夫感情出軌，並決意鑿沈家庭之舟來成就婚外戀。婚變中的李海萍不僅在財產分配、孩子監護等方面得不到公平待遇，還被人們指責為「連一個丈夫、一樁婚姻都保不住」。更可悲的是，大禍臨頭，李海萍才發現自己紅顏已老，身無所長，淪陷於情感與生存的雙重困境。經歷了萬念俱灰、痛

---

① 廖輝英：《窗口的女人・序》，《窗口的女人》，北京，中國文聯出版公司，1996 年 4 月版，第 3 頁。

不欲生的生命低谷，李海萍終於在人生的挫敗中慢慢抬起頭來，由渴望他人救助走向自我救助，在復出社會工作的過程中爭取到生存的權利、自立的信心。從一個擺地攤賣衣服，屢屢虧空的小販，到「亦然」飲食店任勞任怨的服務員，再到「人傑 VIP 俱樂部」盡職盡責的職員，最後成爲「T 報」婦女版精明幹練的主編，李海萍以一個能做自己的主人、能心智成熟地承受生活寂寞、能把小愛轉化爲人間大愛的形象，走上了婚變女性衝出重圍、自我拯救的人生之路，也詮釋了情感滄桑中女性從經濟獨立走向人格獨立的某種心路歷程。

我們必須看到的是，比起現代子君的愛情悲劇，當代「娜拉」們從家庭中的再度出走或愛情重建，肯定是以經濟獨立的追求作爲前提的；然而，經濟上的獨立並不意味著婦女解放的全部，沒有了人格精神的自立自強，即便能獨立生存的女性也仍然走不出渴望依附男性的人生誤區。《不歸路》中的李芸兒、《窗口的女人》中的朱庭月，就是這種經濟地位與人格精神發生錯位的女性。台灣當今婚變現象中一個不爭的事實是，「晨妻、午妻、周末妻、出差妻，形式愈多的婚外情，造成愈多怨偶，也造成更多等待的女人」①。那些在自己的窗口等待別人丈夫的女人，其人生尷尬與自我迷失，其心理變異與人性沈落，不僅破壞了別人家庭的幸福，也往往釀就自身的情感苦酒。在《不歸路》這部頗爲轟動的小說中，二十四歲還未嘗過戀愛滋味的李芸兒，出於無法排遣的寂寞，她結識了已有家室的中年男子方武男，不久

---

① 廖輝英：《窗口的女人·序》，《窗口的女人》，北京，中國文聯出版公司，1996 年 4 月版，第 2 頁。

便落入圈套成爲他的情婦。面對自私卑劣、把女性視爲逢場作戲的玩物的方武男，出於向男人托付終身的傳統願望，李芸兒爲乞討一個「黑市夫人」的地位而苦苦掙扎，她始終執迷不悟，乃至葬送了十年青春。《窗口的女人》中的朱庭月，因爲愛情失意，婚姻無望，便不擇手段地勾引有婦之夫何翰平，並欲通過懷孕生子來爲這沒有保障的婚外情注入再生新血，以下一代來和髮妻分庭抗禮，結果導致了家庭舊婦與情人或死或傷的生命悲劇。無論是柔弱不幸的李芸兒，還是飽嘗失婚痛苦，又去破壞別人家庭的朱庭月，男性中心情結的苦苦纏繞，使她們的經濟獨立價值大大打了折扣，職業女性應有的生存基礎並未帶來人格精神的獨立。在窗口等待別人的丈夫、靠依附男人來渡自我情感之舟的生活方式，本身就顛覆了職業女性的自立形象。總之，自我人格精神的迷失，使她們擺脫不了女性依附男性的因襲的精神怪圈，而只能走上失卻自我、情感畸變的「不歸路」。廖輝英以這些「窗口女人」的形象提醒人們，生活於今日社會的女性，如果不練就獨立的人格，樹立自尊、自愛、自強、自立的女性意識，就不可能爭取徹底的女性解放，獲得眞正的愛情和幸福。

女強人形象的塑造，則觸及了當今台灣社會的另一種現實：生存競爭激烈，兩性相處艱難，女性人生角色緊張，事業與愛情的選擇陷入了兩難境地。《紅塵劫》、《今夜微雨》、《盲點》、《木棉花與滿山紅》等作品，集中反映了那些學有所長、事業領先的現代知識女性的情感困境。女強人這個稱謂，對於當事人而言，或許是飽含隱痛、無限辛酸的負面稱呼；女強人在被肯定了某種事業成就之後，則有著表皮之內的切膚之痛。競爭激烈的工商社會裏，現代女性

往往以一種男人式的強悍，將女人的天性、情感和世俗生活慾望壓抑到最低點，全力以赴成就事業。但事業成功的同時，又往往伴隨著感情的寂寞和失落，不是佳期已誤，就是知音難覓，特別是在大男人主義的封建傳統思想依然深重的現實環境中，事業女性常常遭到男權社會的排斥和冷落，他們習慣於接受「成功男人背後的賢淑女人」，而不願意接受「耀眼女人背後的不發光男人」，他們狹小的人生之船載不動雄心萬里的豪客。因而，那些才貌出眾、事業有成、經濟獨立、敢與男性一爭長短的女強人，在愛情婚姻的道路上往往屢遭挫折。

《紅塵劫》中的廣告界女強人黎欣欣，身為出類拔萃、獨當一面的女處長，其雄心、智慧與才能決不比男子遜色，工作業績雖讓人無可挑剔，卻一再跌入男人的感情圈套。她注定不該動情，每一動情，必有損傷，心中滿是不堪回首的記憶。一個能夠在廣告界馳騁事業疆場的女強人，卻越不過現實生活中的一道道情關。黎欣欣最終在弱肉強食的人生逐鹿中敗下陣來，對充滿劫難的紅塵世界深感絕望。《今夜微雨》中的杜佳洛，容貌美麗，精明幹練，事業一帆風順，婚姻卻一再觸礁。因為男人無法容忍女人的太能幹，她總也難以實現「過一家一業，正正常常的夫妻生活」這個最普通的人生願望。事業女性的愛情之路是如此坎坷，即便結婚成家，她們也仍然承受著陳舊的思想文化意識的巨大壓力。

長篇小說《盲點》中那個受過新式教育，代表著現代文明和女性人格追求的丁素素，面對苛刻嚴厲、頑固守舊的婆母，以及逆來順受、屈從於封建倫理道德的丈夫齊子湘，她的人生飽受傳統例行和現代專有的雙重磨難，是一種夾縫中的生存狀態。丁素素最終衝出家庭，創辦「婦女美容韻律中

心」。這條事業之路雖然艱難，但它無疑是女性自強自立、尋求自身存在價值的希望所在。從陷入傳統色彩濃重的家庭圍城，到當代「娜拉」的出走，再至現代女性的價值重建，丁素素的人生三部曲，在台灣社會轉型的歷史進程中具有典型意義。一方面，當今台灣的現代女性，身處中國傳統社會家庭結構的轉型和蛻變之中，面臨新舊觀念的強烈碰撞與衝突，形成自處艱困和相處危機，獨立投向社會更是險象環生。另一方面，丁素素在擺脫封建羈絆、追求女性人格獨立過程中所付出的巨大代價，她在創造新的生存價值和理想生活方面所進行的全部探索，「也為夾縫壓力下的夫妻情緣、婆媳關係、女性地位、男性角色，鋪排一種新的、可嘗試的組合與排列」[1]。

廖輝英的「小說本身與其說是演繹了作者的悲憫或關懷，不如說是白紙黑字化了人生的曲折、寂寞、蒼涼、牽掛和割捨」[2]。形形色色的女性人生，歷史的舊日影像和現實的最新動畫，盡在其中，作家由此形成的創作風格，也鮮明可見。

其一，真實、樸素的寫實風格，貫穿廖輝英作品的始終。作者自道：「由於曾長期工作於接觸頻繁的人群之中，所以，我的小說，先天上『閨閣氣』稍淡，而社會性與時代感較強。」[3]作為當代台灣文壇上社會寫實感最強的作家之

① 廖輝英：《我為什麼寫〈盲點〉》，《盲點》，福州，鷺江出版社，1988 年 1 月版，第 389 頁。
② 廖輝英：《今夜又微雨》，《今夜微雨》，台北，皇冠文學出版社有限公司，1994 年 9 月版，第 12 頁。
③ 廖輝英：《今夜又微雨》，《今夜微雨》，台北，皇冠文學出版有限公司，1994 年 9 月版，第 9 頁。

一，廖輝英在內容與形式的統一中，凸顯了作品的寫實精神和生活的本眞力量。她的筆端所及，常常是現代人心意與情結的重現，形形色色的人和事，仿佛發生在我們周圍，或是隔壁鄰巷，作者與其說是在寫小說，倒不如說是在演繹生活，詮釋人生。與這種題材選擇的生活化、內容表達的眞實感相適應，廖輝英的文字不事雕琢，質樸、洗練，敍事流暢，不枝不蔓。雖然還欠缺一份更精心的營造，卻在明暢平實之中別有一番親切。當然，在保持豐富的生活質感的同時，廖輝英也面臨著對這種以感性直覺的方式把握現實人生的創作方法的超越和升華。

其二，明快的話語方式與委婉的情感抒寫相結合，體現了廖輝英「心系女性筆如刀」的寫作方式，也帶來其作品「俠骨柔腸」的風格指向。懷有悲憫關愛之心的廖輝英，在表現女性愛情命運與人生世界之際，沒有囿於女性身邊瑣事、家庭杯水風波的傳統生活格局，沒有迷失於輕歌曼舞、浪漫夢幻的愛情天地，也沒有纏繞於婉轉悲啼的閨怨文學，她以世事練達的澄明和多年闖蕩社會的激越，下筆如刀，潑墨鋪陳，作品呈現出強烈的社會性和時代感。多年的專業筆耕之後，如今年齒激增，作者的「心境與生活，俱由激越動蕩漸趨沈穩寧靜。當人部分情緒歸諸於沈潛，人在反觀自省之餘，會以更多心意，去觀照他人心境與情境的隱微曲折」。近期的廖輝英作品，在保持以往風格的同時，雖然對男權中心話語的批判鋒芒並未減弱，但卻明顯地擴大了關懷的層面，對世事人情、兩性姻緣等一系列問題的理解，更多了一種歷經滄桑之後的寬容、敦厚，多了一份瞭解的知心和轉化的理性。所以，「俠骨柔腸」在廖輝英，是她人格精神與情感境界的生命體現，也是她小說風格的鮮明寫照。

第四節　蕭颯：兩性糾葛中的女性人生

　　台灣的女作家群體中，蕭颯①素以題材廣闊、筆觸冷峻而著稱。在她的筆下，現代都市裡錯綜複雜的男女關係，激發家庭矛盾的外遇婚變題材，女性情感的創傷性境遇，莫不原形畢露地呈現出它既荒涼而又無奈的詭局。

　　蕭颯，1972 年就讀女師專四年級時，就出版了第一本短篇小說集《長堤》，其中收錄她十七歲至十八歲寫的十三篇小說。作爲一個早慧的多產女作家，她曾得到台灣評論家和出版家隱地先生這樣的評價：「蕭颯雖然年紀輕輕，可是一派大家風範，她曾以《我兒漢生》超越年齡的限制，又以《小葉》超越性別的限制，在小說的世界裏，她已能控制全局，加上文字的駕馭能力也在水平上，只要她此生寫小說的心態不改，蕭颯實在是我國文壇上十分重要的一位作家。」②

---

① 蕭颯，女，本名蕭慶餘，原籍江蘇省，南京市人，1953 年出生於台北。台北市女師專畢業，淡江文理學院夜間部中文肄業，曾任教於淡水文化國小等。獲過《聯合報》短篇小說獎。出版有中短篇小說集《長堤》（1972 年）、《日光夜景》（1976 年）、《二度蜜月》（1978 年）、《我兒漢生》（1981 年）、《霞飛之家》（1987 年）、《死了一個國中女生之後》（1984 年）、《唯良的愛》（1986 年）等，長篇小說則有《如夢令》（1971 年）、《愛情的季節》（1984 年）、《少年阿辛》（1984 年）、《小鎮醫生的愛情》（1984 年）、《返鄉劄記》（1987 年）、《走過從前》（1988 年）、《如何擺脫丈夫的方法》（1989 年）、《單身薏惠》（1993 年）、《皆大歡喜》（1995 年）。

② 隱地：《我看〈小葉〉》，轉引自古繼堂：《台灣小說發展史》，瀋陽，春風文藝出版社，1989 年 11 月版，第 282 頁。

　　構成蕭颯創作的精神資源和文學影響，是多方面的。蕭颯自幼喜愛文學，童年時代常常從廣播裏收聽連播的愛情、歷史和推理小說。小學時愛看言情小說，中學時痴迷於《紅樓夢》與翻譯名著。在台北女師專讀書時，她對《現代文學》、《文季》、《筆彙》這些文學月刊愛不釋手，從中受到豐富的文學滋養，並擴大了人生的關懷面。另一方面，蕭颯幾乎尋遍了台北全部書店裏的日本翻譯小說，如饑似渴地閱讀了芥川龍之介、川端康成、三島由紀夫、夏目漱石、橫光利一等人的作品。蕭颯說：「比較起來，我看日本翻譯小說，確實要多過西洋翻譯小說，因爲我一直覺得，那種東方式的感情和民族性，我比較懂得。」①深受日本文學影響的結果，使蕭颯小說常常表現出那種敍述簡練、格調清新淡雅的氣氛。但蕭颯又是一個追求獨立風格的作家，她談道：「我想，我之所以成爲我，是受著各式各樣的影響。很幸運的是，至今沒有人斷言的說，我的文學脫胎於某人或風格脫胎於某家。」②

　　與同時代女作家相比，蕭颯的創作具有廣泛的關懷視野。她將筆觸伸向社會各階層之中形形色色的人物，都市中的紅塵男女，各式各樣的上班族，從小商人到企業家，從中小學師生到文化事業從業者，從家庭婦女到職業女性，從問題少年到風塵女郎，不論是高階層的「白領」還是低階層的

---

① 蕭颯語，轉引自季季：《站在冷靜的高處——與蕭颯談生活與寫作》，原載《台灣時報》「人間」副刊，1987 年 8 月 14 日。蕭颯：《走過從前》，台北，九歌出版社，1988 年 2 月版，第 379 頁。
② 蕭颯語，轉引自季季：《站在冷靜的高處——與蕭颯談生活與寫作》，原載《台灣時報》「人間」副刊，1987 年 8 月 14 日。蕭颯：《走過從前》，台北，九歌出版社，1988 年 2 月版，第 379 頁。

「藍領」，抑或掙扎於社會底層的被侮辱者和被損害者，都是她熱衷描寫的對象。透過這些人物形象，蕭颯或描述男女愛情，或表現家庭兩代間的故事，或寫外遇婚變，或反映青少年的社會問題，由此，她不僅鋪展開一幅台灣現代社會真實鮮明的生活畫卷，同時也映現了人們的價值觀與道德觀在社會轉型過程中的嬗變。

蕭颯最擅長描述描寫的，是台灣大都市裏錯綜複雜的男女關係，外遇婚變的問題又成爲她關注的焦點。從處理婚姻困境入手，來發掘其中豐富而深邃的社會生活內涵，成爲蕭颯解讀現實生活和女性問題的切入口。長篇小說《愛情的季節》、《如夢令》、《小鎮醫生的愛情》、《唯良的愛》、《走過從前》、《返鄉箚記》、《給前夫的一封信》、《如何擺脫丈夫的方法》，以及中短篇小說《明天，又是一個星期天》、《葉落》、《小葉》、《盛夏之末》等作品，都反映了這類生活內容。

這種婚變題材的高密度複現，與社會生活本身的原因是分不開的。在台灣由農業社會向資本主義工商業社會的轉型中，台灣社會的家庭變遷和女性角色變遷，是最引人矚目的問題之一。在第一波的家庭解組中，因爲經濟形態的轉變，農村社會的大家庭，隨著人口的都市遷移，一方面迅速走向都市的「核心家庭」，另一方面則成爲留在農村的「殘餘家庭」。而在第二波的家庭解組中，隨著西方文化思潮的侵襲和傳統價值觀的急劇裂變，也隨著女性角色的多元化，都市「核心家庭」中原來的「男性中心」逐漸變更爲「兩性分權」；加之資本主義工商業社會的人欲橫流與功利主義傾向，愛情、婚姻、家庭受到了前所未有的誘惑與衝擊，社會離婚率直線上升，其中一部分婚變男女選擇了再婚，社會遂

產生了新的「合成家庭」。在台灣家庭變遷的過程中,由於男權中心傳統的依然存在,由於男女在法律上的不平等,婦女兒童往往是外遇婚變的最大受害者。當今台灣,「外遇」已成為日益嚴重的社會問題,蕭颯的創作正是對這種社會現實的思考和回應。這其中,由於蕭颯本人也是外遇的受害者,對婚姻困境中的女性生存感同身受,因而她決定要從多方面揭示外遇的醜惡和危害,以喚醒那些迷途的靈魂,並盡可能為痛苦中的人們尋求出路。當然,我們更應該看到,蕭颯的難能可貴之處,就在於「在現實生活裏,蕭颯和你我一樣,有生存的得失與情感的困擾。在寫作生活裏,蕭颯卻一直站在冷靜的高點,如蒼鷹一般俯視眾生,敏銳的為我們捕捉許多瞬息萬變的剎那鏡頭,再以簡潔的文字作『慢動作』的呈現」①。

　　蕭颯對婚姻困境題材的處理,特別喜歡以台北人作為小說描摹的對象,常常刻畫出大都市「日光夜景」下的畸形社會景觀。台北作為全世界人口密度最高的城市,在功利主義價值觀的作用下,「人與人之間的疏離日益嚴重,傳統的價值觀念面臨解組崩潰,生活的節奏急促緊張,都市面貌瞬息萬變,處身其間,稍不留神就有被淘汰出局的危險」②。蕭颯筆下的都市男女就生活在這樣的環境中,或以功利或以慾望而相聚,或在商場上角逐,或在酒場上打轉,或在人生困

① 季季:《站在冷靜的高處——與蕭颯談生活與寫作》,原載《台灣時報》「人間」副刊,1987 年 8 月 14 日。蕭颯:《走過從前》,台北,九歌出版社,1988 年 2 月版,第 374 頁。
② 吳達芸:《造端乎夫婦的省思——談蕭颯小說中的婚姻主題》,子宛玉編:《風起雲湧的女性主義批評》,台北,穀風出版社,1988 年 11 月,第 363 頁。

境中掙扎，愛情婚姻的傳統價值與現實處境都已遭遇強烈的挑戰和懷疑，面臨諸多的誘惑與陷阱。那種以「經濟」爲導向的功利型兩性關係，使得都市男女時髦浪漫的愛情遊戲大行其道，男人外遇，司空見慣；女人充當「第三者」，並不鮮見；而工作的夥伴成了「午妻」的現象，也不斷出現。這使得蕭颯筆下的許多女性，雖然具有獨立生活的能力，但在處理轉型期社會中的男女關係的問題時，仍然充滿掙扎與無助，無法眞正擺脫對男性的依附與對人性慾望的處理。《小鎮醫生的愛情》中，60 歲的醫生王利一與 18 歲的護士劉光美發生婚外情，其年邁遲暮的結婚 30 年的妻子月琴，是在措手不及的情況下，被丈夫的這場外遇所打敗；《明天，又是一個星期天》中的小學教師謝淑清，同樣遭遇了第三者插足後的家庭婚變；《霞飛之家》中那個頗有生活強者風範的桂美，面對婚姻關係的癥結，也曾顯得相當無奈。諸多在愛情、婚姻的格局中受制於傳統倫理道德的女性們，仍然無法走出一條平穩的大道。

　　《唯良的愛》以極端的方式，典型地反映了台灣女性的這種情感困境。依然年輕美麗的女主人唯良，是那樣賢慧地關愛著丈夫兒女，並不時注意改善生活品質，但她的婚姻仍舊觸礁。當她發現自己的丈夫與舞蹈教師范安玲發生外遇時，便去激憤地指責「第三者」破壞他人的家庭。可范安玲居然回答得振振有詞：「我不覺得愛人有罪，婚姻只是制度，不一定合理。」悲憤之中的唯良曾一度離家出走，但丈夫不僅沒有回心轉意，還要執意離婚。絕望中的唯良由恨轉哀，最終打開煤氣，全家同歸於盡。《唯良的愛》深刻揭示了外遇給婦女兒童和家庭乃至社會帶來的極大危害。蕭颯對主人公的遭遇給予深深同情，但也反思了她的軟弱和自毀行

為。唯良也曾像娜拉一樣離家出走，但她很快發現，她的生活裏除了丈夫、孩子和家，再沒有其他內容；而一無所能的她，只有再度返回家中。作者以深刻的警示，告誡天下的婦女，如果沒有一片屬於自己的天地，如果沒有自我生存的本領，就很難在世事變遷中立於不敗之地。

看過了太多的愛情婚姻悲劇，蕭颯開始在痛苦的思索中奮起，塑造出另一類靠自尊自強自立的精神引導，走出家庭婚姻困境的新女性。《走過從前》、《給前夫的一封信》、《如何擺脫丈夫的方法》等作品，都寄托了作者認可的對待婚變的正確態度，並保持了蕭颯對新女性主義議題的濃厚興趣。《走過從前》這部長篇，寫出了丈夫有外遇的女子由哀怨到自立再到寬容的心路歷程。女主角何立平在丈夫魏學勤發生外遇後，一方面走出家庭，自求生計；另一方面，也在與年輕時傾慕的男友陳凱文的情愛交往中，對人性與愛情、自我與社會有了更深刻的理解，於是她主動與丈夫離婚，並認真地對他說：「我認為對於我，這次的婚變全是得，如果沒有這樣的經歷，就沒有今天的我……如果我還是從前的魏太太，那麼也永遠只是男人的附屬品，看不見外面的世界，也沒有開闊的心胸……」女主角在如何走出創傷性情感境遇，獲得自我的再生契機方面，為所有受到丈夫婚外情傷害的姐妹們指引了一條奮起、自強的新生之路。

蕭颯另外的關懷層面，還有一般性的社會問題，特別是《小葉》、《少年阿辛》、《我兒漢生》、《死了一個國中女生之後》等作品，都涉及為人關注的青少年題材。蕭颯認為：「只有青少年才是最有變化，最有真性情的，所以我喜歡以他們作為寫作對象。相對的，也是因為我對青少年的問題一直覺得惶恐，一個一直在變動的生命，自然充斥了各

種危險，而令人擔心著。我無能爲力解決這些問題，但是我希望反映這些問題。」①《我兒漢生》以一個母親的口吻敍述孩子曲折又充滿困惑的成長歷程，說明愛護和理解對於靑少年成長的重要性。《死了一個國中女生之後》側重於表現靑少年由於缺乏家庭溫暖，從而走上歧途的生命不幸。《少年阿辛》則主要揭示了造成靑少年墮落和犯罪的社會原因。這些作品以當下關懷的精神，對台灣社會現實起到警示和反思作用。

　　蕭颯的小說成就，還得益於她在藝術方面的執著探索。其一，遵循一種淸晰、嚴謹的寫實精神和寫實結構，蕭颯的小說常在不動聲色的冷靜敍述中，讓生活中自然發生的各種各樣的人和事走進小說，以呈現日常生活的眞實性和生命狀態的原生相。

　　其二，靈活多變的敍事觀點，使蕭颯的創作擁有一種游刃有餘的藝術天地。在《唯良的愛》、《我兒漢生》中，作者採用第一人稱的敍事口吻娓娓道來，使人感到親切自然，又眞實可信。在《小鎭醫生的愛情》中，作者又以第三人稱的全知觀點，通過完全透明的敍述方式，形成作品情感淡雅、節奏舒緩的特點。而在《少年阿辛》中，則假於訊問人員與阿辛的問答形式，由當事人親口將犯罪經過以及所思所想完全供認出來，由此達到令人信服的藝術效果。

　　其三，蕭颯的文學創作具有樸實簡潔、犀利敏銳的表現力度，同時又不乏淡雅淸新的韻味，這使她的作品在與同齡

---

① 蕭颯語，轉引自季季：《站在冷靜的高處——與蕭颯談生活與創作》，原載《台灣時報》「人間」副刊，1987 年 8 月 14 日。蕭颯：《走過從前》，台北，九歌出版社，1988 年 2 月版，第 381 頁。

部分女作家的華麗語言營造中，更顯示了「清水出芙蓉」的自然本色。

第五節　朱秀娟：女性人格的現代構建

以長篇小說《女強人》而馳名台灣文壇的朱秀娟①自己就是一個精明幹練、樂觀自信的女強人。她以文商並進的傳奇經歷成為文壇的一個「異數」；又以作品中的女性人格的現代構建，帶來二十世紀 80 年代新女性文學的時代亮點和希望所在。

朱秀娟走上文壇之前，一直沿著投身商界的方向，做著

---

① 朱秀娟，女，江蘇省鹽城縣人，1936 年出生，1946 年隨家人到台灣。私立銘傳商業女子專科學校畢業。在香港、美國服務多年，後投身於台灣商界，長篇小說《女強人》獲「中山文藝小說創作獎」。60 年代開始小說創作，多取材於現代商業社會中女性的掙扎與奮鬥。主要長篇小說有：《雨荷》（1969 年）、《再春》（1971 年）、《破落戶的春天》（1972 年）、《歸雁》（1972 年）、《梧桐月》（1976 年）、《花越的故事》（1979年）、《萬里心航》（1983 年）、《晚霜》（1984 年）、《雙心芯》（1984 年）、《女強人》（1984 年）、《花落春不在》（1984 年）、《燕單飛》（1985 年）、《沒有明天的女人》（1985 年）、《木麻黃的眩惑》（1985 年）、《把她交給你》（1986 年）、《內在美》（1986 年）、《別有情懷》（1987 年）、《丹霞飄》（1987 年）、《那串響亮的日子》（1987 年）、《握不住的情》（1988 年）、《大時代》（1 卷）（1994 年）、《第三者的空間》（2001 年）等；短篇小說集有：《那段時候曾經有你》（1990 年）、《十點半的情緣》（1990 年）、《朱秀娟自選集》（1982 年）等；散文集有：《紐約見聞》（1972年）、《走上艷紅的地毯》（1991 年）等；評論集有《紅樓再飄香》（2000 年）。

各種知識儲備和人生努力。台北強恕高中畢業後，她本人因高考失利而就讀於銘傳商業女子專科學校會計統計系，男友王其涵則順利讀完政大赴美留學，朱秀娟繼之赴美結婚。留居三年，1963 年返台投入商界。曾服務於台灣復興紡織公司、台灣產物保險公司，後爲多家貿易公司負責人。在商界沈浮多年，和一些商界女性頗多接觸，朱秀娟深感她們有膽有識，可歌可泣，爲現代女性樹立了人生楷模。同時，朱秀娟少年時代形成的「叛逆而倔強，好勝而自尊」的性格，她作家中長姊敢做敢當的氣度，在學校裏一直擔任班長的強者角色，加之後來的職業鍛煉，這一切不僅成就了她的女強人氣質，也給她帶來獨特的生活素材和寫作經驗。

　　朱秀娟走上文學道路，不是偶然的。朱秀娟的父親愛看武俠書，母親喜歡看言情小說，家裏書架上擺了許多中外文學名著。朱秀娟耳濡目染，也成了地道的「小說迷」。先是王度盧的武俠小說，繼而是曹雪芹的《紅樓夢》，尤其令她愛不釋手，對她產生重大影響。她堅持寫日記，喜愛作文，初中時代在同學中就有「小文豪」之稱。當年她的國文老師曾預言，朱秀娟日後能成爲作家，而眞正實現這個文學夢，是在多年之後。高中時代的朱秀娟也曾嘗試寫小說，但寫好後不敢拿出去，而是悄悄藏起來。後來邂逅一位著名的女作家，受其鼓勵遂嘗試投稿。朱秀娟 60 年代開始小說創作，雖然出道較晚，卻是一個長篇小說的高產作家，如今已出版三十餘本小說。自躋身文壇以來，朱秀娟的作品獲得多種文學獎，如「中山學術文學獎」、「年度中國文藝獎」、「金鐘獎」、北美文藝協會「學作有恒」獎、「『海峽情』小說一等獎」等。但眞正奠定朱秀娟文壇地位的，當數獲得 1984 年「中山文藝小說創作獎」的《女強人》。就是

這部小說，讓朱秀娟成為台灣家喻戶曉的人物。

　　朱秀娟談到她由商從文的動機時說：「我的創作生涯開始得很晚，學校畢業後，就在社會上做事，深感世事無常，自己所擁有的實在是太少太少，再加上我酷愛閱讀，頓然希望如能把自己的思想用文學留下來的話，當可足慰平生了。」①朱秀娟的創作目的，就是要用文字留下自己思想的足跡；但其作品的社會作用和在讀者中產生的反響，已把她推上了時代見證人和婦女代言人的地位。朱秀娟的長篇小說往往以自我生命體驗的融入，在曲折但不離奇的故事中去展現女主角的生活和命運。長篇處女作《雨荷》，通過描寫她自身的婚姻故事，來懺悔對一段純真感情的漠視，那種幼稚與驕傲，使自己的婚姻拖延到三十出頭才開始。《破落戶的春天》裏的那一對分離很久的留學生情侶，歷經情感的磨難，終於在破落戶小城尋求到愛情的春天。這種婚姻故事，也或多或少地帶有作者的自傳色彩。朱秀娟說道：「我的婚姻就是在美國那破落戶似的小城中完成的。那裏的人與事至今仍鮮明地活在我心底。」《歸雁》和《萬里心航》也是描寫留學生生活的；《晚霜》則是探討家庭的不快和婚姻中的外遇，表現了女主人公不平衡的物質生活和精神生活。

　　朱秀娟筆下最突出的人物塑造，是事業女性的形象。《女強人》、《萬里心航》、《丹霞飄》等作品，都為女性獨立人格的構建發出了時代的最強音。當今時代的新女性，更多地馳騁在事業的疆場，敢與男性一較短長，也不畏懼風雨人生的獨立出征。置身於競爭激烈的現代社會生活之

---

① 朱秀娟：《我的創作生涯》，轉引自王震亞：《台灣小說二十家》，北京，北京出版社，1993 年 12 月版，第 292 頁。

中，接受著現代文明意識的薰陶，她們比之過去的女性，有了更爲廣闊的社會天地和人生胸懷；隨著社會的進步和女性地位的提高，她們的聰明智慧、能力才幹也開始擁有用武之地。特別是她們對於女性主體性和現代人格的構建，更代表了新女性成長的方向。當今社會的現實是，「人際之間生存競爭的激烈，從求學時期就已開始，到了社會更顯得多種多樣，特別是女性的普遍參與競爭，使這個社會益見多彩多姿。朱秀娟所著的《女強人》，詮釋了這個時代，也提出了一些發人深省的問題」①。

　　《女強人》創作完成後，首先在台灣《中央日報》副刊推出，連載時間將近五個月。自 1984 年 3 月在台灣出版以來，迄今再版已有七十次之多。島內還掀起了一股「女強人」熱，不少報刊、電視台開闢專欄，就「女強人」這一話題展開討論，許多部門與社會團體，紛紛邀請朱秀娟前去演講。朱秀娟也因《女強人》而連續三年榮登台灣十大暢銷作家排行榜。這部作品被改編成廣播劇和電視劇搬上屏幕後，讀者和觀眾引發了「女強人就是朱秀娟」的反響。作者自謙道：「哦！不，『女強人』是我的一部長篇小說的名字，那當中當然有我對現實的、也傾注了我個人的信念及精神，但是人物情節都是設計出來的。」朱秀娟曾在台灣的演講中，對她心目中的「女強人」作了如下詮釋。她認爲「女強人」不應是咄咄逼人的女人，她應該具備現代女性的四種素質：一是聰明而智慧；二是頭腦清醒，不情緒化；三是具有包容性；四是樂觀進取。正是得力於朱秀娟深厚豐富的生活

---

① 濟賢：《現代社會的心路標志──〈女強人〉讀後印象》，朱秀娟：《女強人》，台北，中央日報出版部，1984 年 3 月版，第 7 頁。

基礎，得力於她將體驗、信念和精神的全身心融入，這種自我形象在作品中的體現，才使小說具有眞切、感人的效果。

《女強人》是朱秀娟創作的里程碑，也是台灣 80 年代文壇的重要收穫，它被譽爲一部格調高昂的「融民族傳統於現代生活」的文學作品。小說中的主人公林欣華，是一個高考落榜生，她不怕諷刺打擊，不氣餒自卑，不怕艱難風險，以堅強的毅力和果敢的精神去闖自己的人生之路，從做臨時工打字員開始，到掌握一家名列前茅的外貿公司。她能夠擺脫明福暗禍的陷阱，全力以赴地進取，終於叱咤商場，揚名國際，成長爲一個精明強幹，名符其實的女強人。小說通過林欣華的形象，唱出了一曲現代婦女獨立奮鬥的進取之歌，它使人物形象具有了鮮明的時代性和豐富的社會內涵。

林欣華是一個在奮鬥中走向成熟的女性。對人生道路，她以好學不倦、自我成長爲基礎；對社會關係，她以艱苦創業、經濟獨立爲基礎；對親情倫理，她以婚姻自主、人格獨立爲基礎；對外商關係，她以人格尊嚴、平等互利爲基礎。林欣華的性格核心，有三種意識。第一是自我意識，這使她在商場角逐、人生舞台、生活逆境的幾度空間中，能夠立於不敗之地；逆境中不被毀滅，順境中不被同化，在事業和愛情上經受著嚴峻考驗。當林欣華功成名就、事業發達之際，震洋貿易公司的老闆吳東培卻另找了一個總經理，明升暗降地把林欣華升爲副董事長，企圖將她擺在一個可有可無、名存實亡的位置上，以此限制林欣華的事業發展天地。林欣華斷然拒絕，並立即宣佈辭職，但由於震洋公司的人事和經營方式都是她創造的，因此即便辭職，她也仍是震洋公司的靈魂。董事長吳東培迫於形勢不得不向林欣華屢屢道歉。正是林欣華的自我意識的支撐，使她立於一種獨立不敗的地位。

在愛情生活上，林欣華經受了兩次愛情生活的考驗。一次是她見到了美國留學生、相貌出眾的香港百萬富翁子弟雷蒙，兩人一見鍾情，心意相投，林欣華也為此獻身，並專程赴香港結婚。而當他們即將步入婚姻的紅地毯的時候，欣華發現雷蒙要她放棄自己的事業，去做隨雷蒙出入於各種場合的雷家少奶奶。林欣華斷然抽身回台，宣佈和雷蒙決裂，拒絕了被人羨慕的榮華富貴。第二次遇到相貌、家世出眾的餘世光後，林欣華面對餘世光頻頻發起的愛情攻勢動了真情。當她後來明白了餘世光需要的只是一個相夫教子溫柔敦厚的妻子時，她無法因為感情而放棄自己的人生原則。後來她還是和一個雖然家境不富，但卻保證讓林欣華獨立自主幹事業的青年葉濟欽訂了婚。在林欣華的世界裏，她把自我意識看得比生命還可貴，不許別人有絲毫侵犯。她說，我可以為雷蒙而死，但不能為雷蒙而生。第二是進取意識，這種意識是自我意識的保證，有了進取意識，自我意識才得以實現和保證。林欣華在困難面前從不服輸，她有句很有名的口頭禪——「我可以學」，她嘴裏從不會吐出「我不會」幾個字。於是她自學了英文，迅速掌握了打字機，而且精通了會計學，掌握了做生意的本領。在這句口頭禪指導下，她由一個不起眼的小姑娘，變成了人們欽佩的女強人。第三種意識是果斷的否定意識。一個優柔寡斷、拖拖拉拉的人，是很難成為成功者的。不管在與雷蒙還是餘世光的關係上，她都沒有一念之差，或稍微猶豫而斷送事業。如果戀著榮華富貴，捨不得兒女情長，那她就會從一個女強人變為一個闊少的太太，由一個獨立的人變為一個花瓶和擺設。每一次果斷的決策，都帶來她事業的發展、人生的進步。

　　如果說，《女強人》是從正面表現一路拼搏而取得成功

的女性奮鬥經歷，那麼《萬里心航》中張芬芝的成功，卻是
在異國他鄉的多次磨難中成就的。作爲台灣早期留學生的陪
讀妻子，張芬芝攜兒帶女遠涉重洋來到美國，爲生存而挑起
了生活的重擔。但她沒有想到，經歷了二十年的風雨人生，
好不容易築起的家庭小巢竟被一連串的不幸所擊毀：丈夫提
出離婚，小女兒得了不治之症，大女兒的家庭、兒子的婚姻
都屢屢觸礁。對此，張芬芝並沒有退縮，而是將悲憤與堅忍
默默地埋入心底，仍然鍥而不捨地追求事業的成功。以林欣
華鋒芒畢露、立志進取的氣質與張芬芝的不堪重負、默默求
成的內涵相對照，不難讀懂作者獨具匠心的創作意圖。與這
兩位艱難地掙脫羈絆，在事業上勇於拼搏的開放型女性相
比，《丹霞飄》中的女主人公尹桂珊，更凸顯了一種東方式
女強人的氣質，她對感情的執著和潔身自愛的品格，具有中
國女性堅忍不拔的稟賦和外柔內剛的素質。小說沒有把事業
與愛情放在對立的位置上，尹桂珊所渴望的是擁有一個完整
的人生，擁有一個完美的女性生命。她始終視事業與愛情並
重，二者相伴而行。女主人公開拓的創業道路並沒有遇到多
少來自舊思想文化方面的阻力。她在服裝設計上的成功，與
其說是自身力量的展示，毋寧說在很大程度上得益於她的繪
畫老師、後來成爲她丈夫的劉炳弘的支持與推動，以及她外
公、媽媽的鼓勵。尹桂珊有呵護、支持、幫助自己的家人，
有順利難逢的機遇，有一帆風順的婚姻和如日中天的事業，
可謂在愛情和事業的道路灑滿了陽光和鮮花。儘管生活道路
和奮鬥方式不同，但在朱秀娟筆下的這類女強人都有一個共
同的特點，即柔中帶剛，剛中有柔。既自強自立，勇於競
爭，有超越男子的才幹，又溫良賢淑、忍辱負重，並非不食
人間煙火的鐵娘子。這就是朱秀娟對新時代女性形象生動的

文學詮釋。

　　朱秀娟始終堅持文學的定見，不因爲追求暢銷而跟隨潮流。她說：「寫作有反應時代之必要，有不屈市場之必要。」①在台灣的文學市場流行「輕、薄、短、小」作品的時候，朱秀娟偏偏要寫一本一二○萬字的系列小說《大時代》，來「扭轉乾坤」。這部描寫台灣十大建設的帶有紀實色彩的小說，故事發展貫穿二十多年，涉及人物二一三個，成爲當代台灣經濟發展與社會脈動的時代見證。以公務員的故事來描寫歷史，當年台灣經濟建設的核心人物都是小說中活生生的重要角色，而非背景性的襯托。這是朱秀娟寫作生涯中最艱巨的挑戰，除了大量的人物採訪、搜集資料，四年半的創作期中，她每天只睡四個小時，夜以繼日地伏案寫作。朱秀娟寫起來雖然很累，但很有成就感。迄今爲止，她創作了三十三本書，她的最愛便是《大時代》。這部見證了大時代的小說，在台灣《中央日報》副刊上連載了三年多，引起廣泛的社會反響。

　　在藝術表現形式上，朱秀娟的探索獨具特色。第一，朱秀娟具有很強的敘事能力，往往把一個普通的故事講述得有聲有色，並以平實單一的情節發展體現波瀾起伏的故事內涵，其長篇小說多採用單線推進的結構方式，無論故事情節如何變幻多端，曲折蜿蜒，始終線索清晰，令人讀來曉暢明白。從《女強人》中林欣華的奮鬥歷程來看，落榜、就業、創業、成功的線索雖然單一，然而情節曲折、完整，盡顯故事內涵。及至《萬里心航》，雖然採用了以時間爲序的傳統

---

① 朱秀娟語，轉引自宋雅姿：《大時代中的女強人——訪問朱秀娟女士》，台北，《文訊》第 225 期，2004 年 7 月版，第 134 頁。

描述方法，但作品巧妙地把現在和過去的事件同時交叉進行，並在結尾時交會，這種結構方式，既有引人入勝的魅力，又讓人讀來有條不紊，不疾不徐。

第二，在特定的生活情境中，塑造鮮明生動的人物形象。朱秀娟善於根據不同的人物設置，從不同的角度選擇特定的生活場景，在形形色色的矛盾衝突中盡顯人物形象，如潑辣幹練且又不失溫柔的林欣華，經歷了從打字員到總經理的奮鬥過程；忍辱負重卻堅忍剛強的張芬芝，靠自己的力量支撐著即將破碎的家庭；聰慧敏銳的尹桂珊，不負眾望，在異國商場的競爭中嶄露頭角。朱秀娟往往利用作品情節的發展和人物性格的變化，給作品帶來一種強烈的動勢。

第三，乾淨利落的語言表達，帶來了節奏明快、頗帶動感的小說風格。女作家筆下特有的心理刻畫，細緻入微，真切生動，有力地揭示了人物複雜的思想情愫。《萬里心航》中的心理描繪尤爲出色，它或回憶往事，或觸景生情，無一不用心理描寫的方法來表現，人物內在世界的揭示，自然盡在其中。

第伍編

90 年代——世紀之交背景下的女性走向

第一章　解嚴時代的政治言說

第一節　眷村小說：弱勢族群的心聲傳達

　　二十世紀 80 年代後期，在台灣社會經濟結構發生重大變化和島內求新求變呼聲日益高漲的情勢下，在海峽兩岸迅速發展的形勢推動下，台灣當局以 1986 年 3 月的國民黨十二屆二中全會爲起點，逐步開始了政治革新工作。1987 年 7 月 15 日，國民黨當局正式宣告解除實行三十八年之久的台灣地區「戒嚴令」，以「國家安全法」取而代之。隨之而來的，是取消戒嚴狀態下的部分軍法措施，縮小爲實施戒嚴而成立的警備總部的職權，有限制地恢復了民衆集會、遊行、罷工等權利；開放了黨禁，有條件地允許成立包括政黨在內的政治性團體；適當地開放了報禁、書禁。解嚴這一舉措對於台灣政治體制的變動、台灣思想文化的發展乃至普通民衆的日常生活，都發生了巨大而長久的影響。隨著台灣「強人政治」時代的結束，政治體制開始由國民黨的「一黨專制」向「一黨優勢」（國民黨）、「兩黨抗衡」（國民黨、民進黨）、「多黨競爭」的政黨政治轉型①。

---

① 參見姜南揚：《台灣政治轉型之謎》，北京，文津出版社，1993 年 7 月版。

解嚴帶來的言論尺度鬆動，加之 1988 年蔣經國去世，蔣家王朝迅速落幕，李登輝意外接掌政權引發了權力機構大洗牌，這使得四十年來潛在的族群權力關係問題浮出水面，族群意識遂成爲解嚴之後台灣政治、文化界的一個重要議題。在近年來日益高漲的族群論述中，有人提出當前台灣社會存在著福佬人、客家人、原住民以及 1949 年遷居台灣的「外省人」四大族群。這其中，相對於福佬族群，那些長期遭受壓迫與摧殘而面臨種族生存危機的原住民，那些在輾轉遷徙中客居窮鄉僻壤劣勢生存環境的客家人，也包括 40 年代末隨國民黨遷台的、隨時間流逝已經由強勢變爲弱勢的所謂「外省人」，都被視爲處於台灣族群圖譜邊緣的弱勢族群。這種情形所提示的，正是台灣社會族群關係問題的複雜性。由於當權者政策失當而造成的族群不平等關係，使得族群問題的討論往往纏繞著複雜的政治認同話題；而從社會正義、文化重建以及人道主義立場出發的族群關注，又使得族群問題帶有一種人文關懷的理想。近年來，由高山族新世代知識分子創作的原住民文學，由客籍作家創作的表現客家族群生存面貌與文化意識的客家文學，以及屬於「外省人」的第二代，多出生於台灣的戰後新世代作家們所描寫的眷村小說，皆屬於傳達了弱勢族群呼聲的文學創作。

台灣文壇對於「外省人」生存處境和人生命運的關注，有其自身的發展演變過程。從作家角度看，大陸赴台的第一代作家，他們在 50 年代台灣文壇上的創作，多以回眸的視角書寫他們從前的大陸經驗，而對「外省人」在台灣的當下生存境遇還無更多顧及。大陸赴台人員的「第二代」作家，如生在大陸、成長於台灣的白先勇，雖然較早地關注到「外省人」到台灣以後的命運，但他多反映上流社會中豪門貴

族、名媛巨賈的生活變遷，作品充滿了歷史興衰和人生無常的滄桑感。眞正致力於「外省人」居台經驗訴說的，是大陸赴台人員「第二代」的另一部分作家，他們多是出生於戰後台灣的新世代作家，由於大陸生存經驗的缺席，創作更多地轉向對赴台「外省人」的現實命運觀照。這其中，朱天心、袁瓊瓊、蘇偉貞等一批女作家的加盟，以她們自幼在眷村長大的生命體驗和反觀眷村人生的文學視角，共同觸及了族群問題的政治背景。同時，她們的創作也從一個方面見證了90 年代以來女作家的重要轉向之一，即寬泛的「政治化」創作。

就創作本身而言，赴台「外省人」中的老兵問題，首先進入戰後新世代作家們的視野。老兵們早年跟隨或被國民黨政權裹挾到台灣，離開軍隊後，謀生沒有一技之長，投親舉目茫然，又得不到當政者的妥善安排，只得輾轉淪落於社會底層，不僅婚姻問題和老年生活狀況陷入困境，行爲也常常在壓抑扭曲中產生變異。在張大春、苦苓、履疆、王幼華、吳錦發、黃驗、李赫、洪醒夫、曾心儀、朱天心、蘇偉貞、雪眸等作家筆下，都出現了這種「老兵小說」。

之後出現的眷村小說，標志著「外省人」居台經驗的拓展與深化，也是老兵題材到其眷屬題材的擴大。所謂「眷村」，是指國民黨當局爲遷移台灣的帶有家眷的中下層官兵提供的住所，從幾十家到成百上千家，大小規模不等，聚落爲村而得名。眷村作爲一個非血緣、非宗族關係建立的聚落，經濟來源主要靠當局的薪俸，是國民黨政權遷台之後產生的一種特殊社會結構。以眷村生活爲觀照對象的眷村小說，主要表達了外省赴台人員的後代對於早已淪爲弱勢族群的「外省人」生存處境和人生命運的關注。早期的眷村小說

多由年輕的閨秀作家所創作，清純的風格，自傳的色彩，頗具感性的文體，構成這類作品的特點，如朱天心的《未了》、蘇偉貞的《有緣千里》等。後來的眷村小說，如袁瓊瓊的《今生緣》、蘇偉貞的《離開同方》、朱天心的《想我眷村的兄弟們》等幾部小說，或展現父輩由大陸集體遷台的歷史，或反省眷村人獨特的生活態度，由此探尋「台灣的外省人」之歷史與現實形成的根源，對台灣本省人與外省人之間幾十年的恩怨糾葛進行了個人化的思考。在解嚴之後有關族群問題的討論中，因為眷村的「外省人」身份，他們曾被人貼上「既得利益者」的標籤。面對這種責難，幾位在眷村長大的女作家，是以溫暖感傷的眷村生活記憶，為自己所屬的社會群落作溫和的辯護，同時也表達出家國神話破碎後的流落感與認同危機，並引發出對眷村與政治權力關係的深度反思。

朱天心①的作品，連綴的正是眷村小說前後期不同的創作面貌。朱天心於 1958 年出生在高雄鳳山黃埔軍校門前的小村裏，是個典型的眷村子弟。她居住過不止一處眷村，從這一眷村遷徙到那一眷村，不同的眷村洋漾著相同的氣味，像朱天心這樣的眷村人，甚至能夠在眾生中嗅聞到眷村的氣味。「怎樣想到寫眷村？朱天心說：她認為眷村是弱勢團體中的一支，與其他弱勢團體相仿佛，在社會之中乍看都沒有

---

① 朱天心，女，山東省臨朐縣人，1958 年生，台灣大學歷史系畢業，高中時代開始文學創作。著有散文集《擊壤歌──北一女三年記》（1977 年）、《三姐妹》（1984 年）等 5 種，小說集《方舟上的日子》（1977 年）、《昨日當我年輕時》（1980 年）、《未了》（1982 年）、《台大學生關琳的日記》（1984 年）、《我記得……》（1989 年）、《想我眷村的兄弟們》（1992 年）、《古都》（1997 年）等。

什麼問題，但在朱天心眼裏，這些弱勢團體中的人都是邊緣人，他們的生活方式比較主觀，或許發現客觀不能認同這個社會的價值觀？」①

《未了》這部小說表現的是眷村子弟的成長歷史，它充滿了濃郁的人情味，是朱天心用心來寫成的作品，字裏行間流淌著一種溫暖眷戀的情感。小說從夏家遷入眷區一直到遷出眷區，人物的故事貫穿了整個眷村的歷史。夏家的三個女兒，青雲、縉雲和白雲，她們在眷村度過的童年時光，她們在眷村萌發的青春意識與初戀情感，以及她們走出眷村之外的求學歲月，概括的正是眷村中一代年輕人的成長經歷。眷村人所倚重的生存背景，特別是那種「濃濃的眷村味兒」，則彌漫著中原傳統文化的氣息，而這又成爲眷村子民共同的道德規範和行爲方式。在這種眷村文化氛圍中生活的孩子們，他們的成長也就更多地帶有了眷村人生的色彩，蘊含了台灣社會變遷的幕幕影像。小說頗帶女性情感特質的描寫，深得台灣作家司馬中原的好評。在他看來，《未了》「是感覺小說，像一串碎碎的琉璃就撒在你的面前，在紛亂之中呈現出一片金銀來，是一種幽微的心靈世界的刻繪，它寫家宅、寫眷區、寫童年，非常的細膩而且深刻，讀來有三分甜蜜的意味和七分的蒼涼感」②。

無獨有偶，另一位出身眷村、後入軍校的女作家蘇偉

① 愛亞：《朱天心與〈想我眷村的兄弟們〉》，《八十年短篇小說選》，台北，爾雅出版社，1992 年 4 月版，第 171 頁。
② 司馬中原語，見《〈聯合報〉七十年度中、長篇小說獎總評會議紀實》，朱天心：《未了》，台北，聯合報社，1982 年 4 月版，第 30 頁。

貞①，也以長篇小說《有緣千里》凸顯出眷村子弟在「眷村
文化」背景中的成長。作品以 1949 年東港空軍眷村裏的生
活爲發端，綿綿延續，擴大爲對整個現代台灣人物百態的刻
畫，見證了眷村子弟成長向上的意志力。初到台灣，眷村人
起初大都將台島視爲人生的暫時避難地，眷村「只是一個過
程，並不是目的」②。但他們很快發現，身在異鄉他土，既
返鄉無望，又無法眞正融入腳下的土地；於是乎，離亂的記
憶，鄉愁的纏繞，現實的憂慮，曾使眷村沈浸在一片低迷的
生活氛圍中。隨著台灣當局「反攻復國」政治神話的一再破
滅，老一輩將士征衫早卸，新一代眷村兒女則長大成人，給
眷村帶來低迷中的希望。眷村人感到「雖然不是生在這兒，
卻長在這兒」③，他們逐漸對眷村有了認同感，把它當做第
二故鄉。《有緣千里》開篇寫千里緣會，借一群孩童的成長
過程，記錄下了眷村子弟交纏於歲月和土地之間的記憶與情
感，縱使有人意外死亡，有人緣盡散去，但終究「村子不

---

① 蘇偉貞，女，廣東省番禺縣人，1954 年生於台南。政戰學校影劇系
　畢業，曾任職軍界新聞部門，後任《聯合報》副刊編輯。出版有小說
　集《紅顏已老》（1981 年）、《陪他一段》（1983 年）、《人間有
　夢》（1983 年）、《世間女子》（1983 年）、《舊愛》（1985
　年）、《離家出走》（1987 年）、《流離》（1989 年）、《我們之
　間》（1990 年）《熱的絕滅》（1992 年）、《封閉的島嶼》（1996
　年）等，長篇小說《有緣千里》（1984 年）、《陌路》（1986 年）、
　《離開同方》（1990 年）、《過站不停》（1991 年）、《沉默之島》
　（1994 年）、《夢書》（1995 年）等，以及散文集《歲月的聲音》
　（1984 年）、《問你》（1987 年）、《來不及長大》（1989 年）、
　《私閱讀》（2003 年）等。
② 蘇偉貞：《有緣千里》，台北，洪範書店，1984 年 11 月版，第 184 頁。
③ 蘇偉貞：《有緣千里》，台北，洪範書店，1984 年 11 月版，第 166 頁。

遠，他們又在一起了，什麼都變了，什麼都沒變」①。蘇偉貞不僅刻畫了這群孩子對眷村的深厚情感，還特別描寫了那種「濃濃的眷村味兒」。眷村裏敬老愛幼的風習，鄰里之間和睦相處的傳統美德，普通人在逆境中相濡以沫的美好情感，以及眷村子弟熱愛生活、努力上進、樂於助人的成長力量，所有這一切，都以一個特殊「族群」的相互聯繫和凝聚力，構成一種獨特的「眷村文化」。

90 年代以來的眷村小說，因為當前族群問題的凸顯而格外引人注目。作為外省人的「第二代」，朱天心、蘇偉貞、袁瓊瓊這些女作家在「復國」的政治神話宣傳和父輩對國民黨當局雖然失望但始終不棄不離的情感中長大，其政治認同不斷遭遇社會巨大變動中的自我質疑，特別是在「家國神話」破滅後，她們的眷村小說流露出強烈的族群焦慮感。一方面，她們揭示了眷村人所遭受的人生困頓、封鎖壓抑，「外省人」在台灣社會中由強勢淪為弱勢的「族群」變動軌跡，力圖見證族群矛盾由來、族群現實癥結的複雜性。另一方面，她們更著意於反省眷村種種不盡如人意的缺失，寫他們的漂泊「失根」狀態，並大膽地揭示了眷村人與國民黨之間「仿佛一對早該離婚的怨偶」②的微妙關係。

蘇偉貞的長篇小說《離開同方》，不再像《有緣千里》那樣，以幾位賢良而又熱情的太太、母親作為主角，而是圍繞著幾個精神失常人物展開人生的一幕幕悲劇。段叔叔是一

---

① 蘇偉貞：《有緣千里》，台北，洪範書店，1984 年 11 月版，第 252～253 頁。
② 朱天心：《想我眷村的兄弟們》，台北，麥田出版社，1997 年 2 月版，第 93 頁。

位有潔癖的孤獨男子，又是一挨近老婆就渾身發抖的性障礙
患者；袁伯伯是一個酗酒尋歡、放蕩不羈的男人，終日沈迷
於混亂的男女關係；李媽媽作為無法說出其子女的父親是誰
的精神病人，隨戲班走後又得了失憶症；方媽媽則因獨生女
兒失踪導致精神和身體的雙重崩潰，終日躺在床上怪獸般嘶
喊。被父輩這種病態生活氛圍所感染的眷村子弟，也陷入了
一種生命與人性的迷亂狀態。如袁寶因高燒而導致痴呆；狗
蛋從小沈默寡言，神秘兮兮；平時修養甚好的趙慶，最後竟
成了告密者和殺害其繼父的凶手；三歲的小白妹也由於病態
的敏感和嗜睡而顯得怪裏怪氣。小說中的恩怨故事最終在
「大家都瘋了，場面完全失去控制」的互相廝殺的描寫中落
下帷幕，印證了作者幾次通過人物之口發出的「我們村子全
瘋了」、「這裏的人沒有幾個是正常的」等論斷的真實
性。

　　作者在上述瘋癲的人物描寫背後，傳達的是對眷村乃至
某種時代社會問題的深刻觀察。怪癖的段叔叔最後發現的是
自我人生角色的倒錯：「我原來是個種田的，怎麼會當上軍
人？而且還當那麼久！」李伯伯的怪異性格，與其被戰爭摧
毀了生殖能力，又因時代離亂而造成了不幸的婚姻有關係。
顯然，「時代的殘缺使一些人瘋了、健忘了、無品了，或無
奈地不完整地煎熬著」①。有感於眷村這種腐敗、沒落的氣
息，小說的重心在於「離開同方」，而開頭和結尾卻在寫
「回到同方」，這裏流露的正是作者對於眷村及其子民在排
拒與接受的兩難選擇中，既恨且愛的複雜情感。

①陳義芝：《悲憫撼人，為一個時代作結》，蘇偉貞：《離開同方》，
　台北，聯經出版公司，1990 年 11 月版，第 6 頁。

　　袁瓊瓊①的《今生緣》，用作者自己的話說，「是我想獻給我母親和她那一代人的一本書」②。作品從「外省人」漂流渡海來到台灣寫起，詳細敍述了這群人背井離鄉，到一個舉目無親的陌生海島存活的惶恐與掙扎；最終寫到男主角陸志蘭經不起生活重擔的折磨，撒手而去，徒留妻子慧先拖著幾個嗷嗷待哺的幼兒，繼續支撐風雨坎坷的人生。與其說這部小說寫的是眷村男女錯綜複雜的情愛關係，不如說它鋪陳了這個特定族群在亂世裏掙扎求和的心酸血淚，凸顯了眷村的集體意識及社區意識。台灣文學批評家陳義芝認為此書是「為台灣眷村生活立碑，總結了蘇偉貞對離亂世代、四十年來社會生活之觀察與關注」③，作家張大春也評價此書「宏觀地將視線投射到眷村兩代人物的轇輵底層，於是，幾椿跨階級、跨世代的戀情便聚合成抗拒族群文化的象徵」④。

---

① 袁瓊瓊，女，筆名朱陵，四川省眉山縣人，1950 年生。台南商職畢業，曾任《創作》月刊編輯，1982 年赴美參加愛荷華大學「國際作家工作坊」，後專事寫作。出版有小說集《春水船》（1979 年）、《自己的天空》（1981 年）、《兩個人的事》（1983 年）、《滄桑》（1985 年）、《又涼又暖的季節》（1986 年）、《袁瓊瓊極短篇》（1988 年）、《情愛風塵》（1990 年）等，長篇小說《今生緣》（1988 年）、《蘋果會微笑》（1989 年）、《萬人情婦》（1997 年）等，以及散文集《紅塵心事》（1981 年）、《隨意》（1983 年）、《青春的天空》（1986 年），讀書札記《食字癖者的札記》（2003 年）等。

② 袁瓊瓊：《緣會（代序）》，《今生緣》，台北，聯合文學出版社，1997 年 8 月版，第 3 頁。

③ 轉引自邱貴芬：《仲介台灣・女人》，台北，元尊文化企業股份有限公司，1997 年 1 月版，第 53 頁。

④ 轉引自邱貴芬：《仲介台灣・女人》，台北，元尊文化企業股份有限公司，1997 年 1 月版，第 53～54 頁。

朱天心的《想我眷村的兄弟們》，對眷村生活也採取了審視與省思的態度。作品在那種「濃濃的眷村味」中寫空軍村、海軍村、陸軍村、憲兵村、情報村裏各具特色的眷屬生活，寫眷村子弟在這種環境中的青春喚醒與人生成長，也對眷村人未能扎根土地的現象給予了深刻的反思。在作者筆下，小說主人公所熟悉的眷村子弟在那些年間，並沒有真正把台灣當做此生扎根之地。「眷村是無根的，唯一的親人是父親。」①朱天心一再呈現的這種心理情結，其中的答案再簡單不過，「原因無他，清明節的時候，他們並無墳可上」，「原來，沒有親人死去的土地，是無法叫做家鄉的」②，「原來，那時讓她大為不解的空氣中無時不在浮動的焦躁、不安，並非出於青春期無法壓抑的騷動的泛濫，而僅僅是連他們自己都不能解釋的無法落地生根的危機迫促之感吧」③。這種失根和無根的狀態，曾讓眷村陷入精神的低迷無望與鬱悶窒息之中。另一方面，小說特別揭示了眷村與國民黨的微妙關係，傳達了眷村後代複雜難言的政治情感：

> 正如你無法接受被稱做是既得利益階級一樣，你也無法接受只因為你父親是外省人，你就等同於國民黨這樣的血統論，與其說你們是喝國民黨稀薄奶水長大的（如你丈夫常用來嘲笑你的話），你更覺得其實

---

① 朱天心語，見李瑞騰：《始終維護文學的尊嚴——與朱天心對話》，李瑞騰編著：《累積人生經驗‧開創人文空間：文學尖端對話》（一），台北，九歌出版社，1994 年 7 月版，第 174 頁。
② 朱天心：《想我眷村的兄弟們》，台北，麥田出版社，1992 年 5 月版，第 78～79 頁。
③ 朱天心：《想我眷村的兄弟們》，台北，麥田出版社，1992 年 5 月版，第 79 頁。

你和這個黨的關係仿佛一對早該離婚的怨偶，你往往恨起它來遠勝過你丈夫對它的，因為其中還多了被辜負、被背棄之感，儘管終其一生你並未入黨，但你一聽到別人毫無負擔、淋漓痛快地抨擊它時，你總克制不了的認真挑出對方言詞間的一些破綻為它辯護，而同時打心底羨慕他們可以如此沒有包袱地罵個過癮①。

應當看到的是，當人們無知地把眷村視為「外省第二代」，視為「壓迫本省人的政權的同路人」的時候，朱天心已經敏銳地察覺到 90 年代伊始台灣社會為「眷村」這個詞所強加的種種生硬粗暴的政治標籤，於是她寧可自行解剖「從未把這視為久居之地」的眷村領域，是如何在國民黨機器的擺佈、操弄之下失去對土地的承諾，也失去「『篤定怡然』的生命情調」②。事實上，朱天心、蘇偉貞、袁瓊瓊這些女作家的眷村書寫，是一種生命的紀念，更是一種情感的告別；它意味著封閉式、失根態的眷村已經失去它的生命活力，只有與這塊土地的所有族群相融合，重新確定自己的位置，才有新的前途。「老兵小說」到眷村文學，這種創作所代表的，正是一部分台灣人民的要求與願望。

---

① 朱天心：《想我眷村的兄弟們》，台北，麥田出版社，1997 年 2 月版，第 93 頁。
② 張大春：《一則老靈魂：朱天心小說裏的時間角力》，朱天心：《想我眷村的兄弟們》，台北，麥田出版社，1997 年 2 月版，第 15 頁。

第二節 書寫歷史：女性命運的重新闡釋

1987 年台灣解嚴之後，隨著政治話語與族群議題的活躍、喧囂，引發了文壇對於台灣歷史的重新回眸與再度觀照，有關歷史記憶的書寫，遂成爲 90 年代以來備受關注的創作現象。1995 年的《中國時報》文學獎短篇小說獎就由幾篇「從記憶角落出現」的作品囊括前幾名，從而令評委們頗有「歷史幽靈徘徊不去」之慨嘆。在女作家的陣營裏，陳燁、平路、李昂、施叔青、蕭麗紅、蔡秀女等人，則以女性寫作立場介入歷史，重新闡釋了台灣歷史場景中的女性命運。

這一波歷史書寫的潮流，與台灣解嚴之後政治化背景的凸顯直接相關。歷史記憶中呈現的，往往是政治認同的底色。近年來，不管是「統派」、「獨派」或第三者立場，其政治文學的創作往往從歷史入手，這種現象的出現有其深刻的歷史和現實原因。二十世紀以來台灣文學史上，長達半個世紀之久的日本殖民統治，給台灣留下深重的殖民地創傷，歷史的記憶裏充滿了被異族統治的屈辱和反抗壓迫的經驗。1949 年國民黨政權遷台之後，台灣在社會發展的現實進程中，也曾因爲官方專制統治，造成「二二八事件」、「清肅運動」等慘痛的歷史記憶。長期以來，有關台灣歷史和政治的撰述研究與檢討，往往成爲政治的一大禁忌。隨著解嚴而來的體制鬆動，官方營造的政治神話和歷史記憶逐漸崩解，以往被禁錮、湮沒、刻意遺忘的歷史資料，重新被發掘出來，被遮蔽的歷史真相一一浮現，並對現實政治產生特殊的影響。正是在這種背景下，歷史記憶的恢復與重建、歷

史真相的探尋與澄清，遂成為一種文學言說。誠如有論者所言：「在台灣，當統治者逐漸以獲得的權利而不斷修飾自己過往的歷史時，小說家卻以在謊言中拼湊真實的獨特眼力，痛戳統治者所施放出來的欺瞞，小說家嘿嘿的冷笑，無疑是對國王所穿的新衣予以最嚴酷的考驗。」①這種通過歷史記述達到政治言說的創作，實際上也是台灣解嚴以來在泛政治化的氛圍中所出現的一種廣義的政治小說、不同政治立場的文學言說，加之台灣當下政治亂象的影響，使這類創作變得色彩斑駁，面貌複雜。在某些反映「二二八事件」的創作中，就曾出現過刻意渲染族群矛盾的傾向。值得關注的是，近年來，《人間》雜誌的同仁們，繼續挖掘和書寫著 50 年代台灣「清肅運動」所造成的白色恐怖史。藍博洲以紀實風格而創作的《幌馬車之歌》，記載了鍾浩東、王添燈、邱連球、林如堉、郭琇琮、簡國賢這些「二二八事件」之後犧牲者的生命歷程。鍾喬的《壁中壁》，也被陳映真稱為「台灣當代第一部以激動的台灣 40 年代末、50 年代初戲劇運動和地下黨運動的交錯為背景的小說」②。在有意渲染族群矛盾的「二二八小說」勢頭減弱之後，上述創作跳出了特定歷史階段的悲情訴說，開始向著更廣闊的時空領域拓展。

　　台灣女作家筆下的歷史書寫，可以看出作家主體性建構在解嚴之後泛政治化社會環境中的變動軌跡，即從對愛情婚姻等女性問題的關注，轉向了對政治問題的焦慮；從以往女性話語在政治領域的缺席，到 90 年代以來通過女性議題介

---

① 徐淑卿：《小說家看見了國王的新衣》，台北，《中國時報》1996 年 3 月 15 日，第 38 版。
② 陳映真：《禁錮與重構》，台北，《聯合文學》1995 年 12 月。

入政治言說。誠如台灣學者範銘如所指出的那樣：

> 當女性問題經過80年代解構、再建構之後，在90
> 年代展現了新風貌。女作家從正視自身情愛開始，放
> 眼至更廣泛纏織的權力網絡。80年代蔚為熱門話題的
> 貞操觀、適婚年齡、外遇等，逐漸從90年代文本中退
> 隱。愛情，由80年代主要議題貶至90年代的配角地
> 位，由純粹的兩性關係，變成複雜的互文性指涉。女
> 作家雖然還寫愛情故事，卻已是意在言外，暗指90年
> 代公共領域裏更棘手的議題①。

當然，也應該看到，在女性創作的這種轉變過程中，相
對而言，有的作家是一種比較清醒自覺的政治書寫轉向；有
的作家創作伊始，也許並非出於明晰的政治指向，且創作早
在這一波歷史/政治書寫潮流之前進行，但其作品後來的出
版發表正與時下的政治化書寫流向得以吻合。但從總體上來
說，由歷史書寫進入廣泛的政治關懷，成為90年代台灣女
作家的一種創作途徑。如此看來，台灣女作家重書歷史的努
力，不僅意味著女性話語在歷史領域的建構，也表明她們在
公共領域爭取政治言說的一種性別姿態。以女性的視角走進
台灣歷史，從前的女性議題在新的政治語境中得到了重新闡
釋和多向延伸；而重書台灣歷史的努力，實際上也包含了建
構女性歷史，成為「女史遷」的野心。

90年代台灣女作家重書台灣女性歷史的創作，首先通

---

① 範銘如：《由愛出走——八九十年代的女性小說》，《眾裡尋她》，
台北，麥田出版社，2002年3月版，第167頁《世紀末享樂主義》
（1992年）、長篇小說《火焰天使》（1995年）。

過描寫「二二八事件」的創傷性歷史記憶，來發掘被遮蔽的歷史眞相。蔡秀女①以《稻穗落土》側寫「二二八事件」的白色恐怖；以《消失的罪行》，探討在傳媒推波助瀾下，一波波有關「二二八事件」的影像報道、紀念活動並非有助於重構歷史眞相，因爲「在台灣這個意識形態挂帥的社會，媒體爲黨派、商業集團所控制，媒體作爲扒糞，揭示隱私、攻擊異己及商業目的等種種的手段，反而大大超過它的道德使命」②。李昂的《彩妝血祭》，以一場紀念「二二八事件」50 周年的集會爲背景，透過參加集會的女作家視角，委婉地講述了一個在血案中失去丈夫、帶著遺腹子艱難求生的「王媽媽」的故事，意在通過敍述女性來敍述歷史。蕭麗紅的長篇小說《白水湖春夢》，見證了「二二八事件」那年，白水湖一帶受人尊敬的邱老師，還有雙潤醫院的黃院長，突然「沒有任何理由與線索的消失不見，探尋的焦慮混雜著破滅的希望，從此成爲生者最沈重與孤獨的承擔」。況且，這種政治迫害，「往往是家庭的連坐、世代的牽累，是由『生』到『死』黝黯無盡的時間長巷」③。小說透過歷史上的政治劫難，將受難人的家族命運和後代成長與持續不斷的歷史流變結合起來，在白水湖的滄桑變化中彰顯天理。

----

① 蔡秀女，女，台灣省雲林縣人，1956 年生，台灣師範大學國文系畢業，中國文化大學藝術研究所碩士，曾任教師、編輯。出版有小說集《乾燥的七月》（1987 年）、《暗夜笛聲》（1989 年）、《世紀末享樂主義》（1992 年），長篇小說《火焰天使》（1995 年）。
② 蔡秀女：《關於〈消失的罪行〉》，陳義芝編：《八十二年短篇小說選》，台北，爾雅出版社，1984 年 3 月版，第 145 頁。
③ 鄭毓瑜：《春夢・浮生——蕭麗紅的小說世界》，蕭麗紅：《白水湖春夢》，台北，聯經出版事業公司，1996 年 12 月版，第 318 頁。

　　在此類題材的創作中，陳燁①的長篇小說《泥河》（1989 年），更是第一部台灣女作家「重量級」鋪陳「二二八事件」歷史記憶的作品。陳燁，是 80 年代崛起的一位草根性強烈的新世代女作家。陳燁 1959 年出生於台南府城世家，1979 年以短篇小說《終站之前》躋身文壇，其小說曾獲「時報文學獎」，「聯合文學小說推薦獎」，「吳濁流文學獎」等等。其作品，或忠實記錄土地上的人們奮鬥抗爭的生命歷程，或捕捉和鋪陳形形色色的校園問題，鞭辟教育弊病的怪相，或反思台灣文化悖亂現象的藝術新形式主張；其中最重要的創作，是探索土地世家變遷，省思歷史與政治運作課題，《泥河》集中代表了這種創作指向。在台灣學者邱貴芬看來：

　　　　《泥河》為陳燁至今最重要的一部作品，也是談台灣女性文學形塑過程不可忽略的一部作品，就台灣文學傳統而言，《泥河》有多層的意義：一方面，書寫族群記憶、二二八傷痕的台灣文學創作領域，一向以具有「本土」意識的男性作者居多，女性的聲音十分薄弱。《泥河》的出版，帶進了女性的文學聲音。另一方面，台灣女性書寫鮮少有明顯的政治關懷，《泥河》鋪陳福佬族的二二八傷痛，與同時期袁瓊瓊在《今

① 陳燁，女，本名陳春秀，台灣省台南市人，1959 年生，台灣師範大學國文系畢業，1979 年躋身文壇，其作品獲多種文學獎。出版有小說集《藍色多瑙河》（1988 年）、《飛天》（1990 年）、《孤獨和年輕總是睡在一張床上》（1990 年）、《燃燒的天》（1991 年），長篇小說《泥河》（1989 年）、《牡丹鳥》（1989 年），還有 1993 年開始創作的預計 200 萬字的長篇歷史小說《赤嵌編年》等。

生緣》和蘇偉貞在《離開同方》的寫法相比，有更犀利的意識形態批判成分在內①。

陳燁的創作，與其台南望族的特殊而複雜的家世背景有著密切關係。陳燁的父親從小過繼給陳姓大房，父親的生父（陳姓三房）卻續弦了母親的再嫁生母。對於陳燁來說，這兩位親生的祖父和外婆，後來又撮合了浪蕩半生的父親，和自小過繼他人、爲籌措養母喪葬費結婚複離婚的母親走到一起，這樣，在陳燁剛剛出生時，母親帶來了五位失父的異姓兄長，且他們都有著或身陷囹圄，或爲社會浪子，或在生存邊緣苦悶掙扎的命運軌跡。而母系親戚在台灣的「經濟奇跡」中蛻變成暴發戶後，便一再挑起母親二嫁的羞恥②。在這樣複雜混亂的家族關係中，陳燁身上有太多的傳說，仿佛她的出生就有很多亡靈附身，其家族也堅持認爲陳燁有亡靈附身而導致他們家道沒落。正因如此，陳燁說：「我的寫作絕非振興家族，相反的，我是要終結封建的、罪惡的、傳統的大地主家族。我的寫作目的只有一個：我要用文字來復仇。」③「對我來說，那不叫使命感，我是被迫復仇，因爲我從小受盡各種各樣精神上的屈辱，所以我花了將近二十年的時間，在做一件非常辛苦的工作──安頓我痛苦的靈

① 邱貴芬：《陳燁──訪談內容》，邱貴芬：《（不）同國女人聒噪──訪談當代台灣女作家》，台北，元尊文化企業股份有限公司，1998年3月版，第157頁。

② 參見朱雙一：《近二十年台灣文學流脈──「戰後新世代」文學論》，廈門，廈門大學出版社，1999年8月版，第81頁。

③ 陳燁語，見邱貴芬：《陳燁──訪談內容》，《（不）同國女人聒噪──訪談當代台灣女作家》，台北，元尊文化企業股份有限公司，1998年3月版，第161頁。

魂。」①

　　陳燁過於錯綜複雜的家族譜系裏，融入了太多的歷史記憶，要釐清這種龐大的家族關係，作者必須走進歷史。事實上，作者懷著苦悶之心於 1984 年創作《泥河》的時候，當時並不是要刻意地探索政治議題，而是要探索她母親的記憶深處，那種很典型的「二二八症候群」。陳燁談道：「我如果涉入政治，是因為我的家族裏，有國民黨的官員，有二二八事件的受害者，有一九五○年代白色恐怖的受難者，有民進黨的大樁主，還有新黨的支持者。我只是忠於書寫我的家族，政治在我成長經驗裡很稀鬆平常。」②《泥河》開始寫作的年代，這樣的作品根本無望發表，而 1987 年的台灣解嚴，不僅使作品在 1989 年的出版成為現實，也讓《泥河》恰好碰撞了重書歷史與解讀台灣新一波女作家創作的議題。

　　《泥河》堪稱台灣當代文壇上第一部表現「二二八事件」歷史記憶的長篇小說。作者以「霧濃河岸」、「泥河」、「明日在大河彼岸」三部曲來結構小說，它分別從同一個家族中的不同人物的敘述觀點書寫過去，探索記憶的深層底蘊。故事開始是 80 年代，故事進行中，各個角色都在追尋過去的「真相」。這三段敘述又集中於一個共有的交會點，那就是讓母親城真華念念不忘的、在「二二八事件」中失踪（遠走高飛或被捕槍斃）的初戀男人炳國。這個男人

① 陳燁語，見邱貴芬：《陳燁──訪談內容》，《（不）同國女人聒噪──訪談當代台灣女作家》，台北，元尊文化企業股份有限公司，1998 年 3 月版，第 163 頁。
② 陳燁語，見邱貴芬：《陳燁──訪談內容》，《（不）同國女人聒噪──訪談當代台灣女作家》，台北，元尊文化企業股份有限公司，1998 年 3 月版，第 175 頁。

同時也是叔叔年輕時嚮往的理想的化身，子女兒時夢魘、父母情感不和睦的根源。小說敍述了母親城眞華對於炳國的痴情如何影響到她與丈夫的關係，曾經揮霍過一段浮浪歲月的丈夫在絕望之餘，自甘墮落，散盡家財，而在這種家庭氛圍中長大的子女更成爲上一代恩怨糾葛的替罪羊。值得注意的是，「二二八事件」的陰影和創傷雖然在小說中一再出現，那位緊繫全書衆多角色情感癥結的炳國雖然也是在「二二八事件」之後下落不明，但是導致城眞華與炳國有情人不能終成眷屬的眞正原因，並非「二二八事件」的發生，而是因爲舊社會媒妁之言的封建枷鎖。事實上，如同有評論者從這部小說裏所看到的那樣，在福佬族心頭的「二二八事件」陰影，舊式婚姻帶來的家庭問題，以及作者借小說書寫來切入當代政治記憶的企圖之間，作品並未達到完全成功的整合，它或許與人們期待的「二二八小說」還有某種距離。但不應該忘記的是，陳燁於 1984 年開始創作《泥河》的時候，她更多地是從家族小說的框架起筆，在家族歷史脈絡的梳理中連綴了當年的「二二八事件」的歷史背景。作爲一種歷史轉折的標誌性事件，「二二八事件」不僅造成了當年火光血色的慘案，而且給台灣人民心頭留下了永遠的痛。作者在揭示上述歷史背景所引發的某大家族的破敗和瓦解的同時，更注重發掘台灣人民在「二二八事件」之後的心態，寫出其陰影如夢魘般幾十年仍未消散地籠罩著所有人的生活，「這樣，小說既是對歷史的反思，又是對現實的鑒照，正是在歷史和現實的連接點上，凸顯了強烈的政治批判意義」①。

---

① 朱雙一：《近二十年台灣文學流脈——「戰後新世代」文學論》，廈門，廈門大學出版社，1999 年 8 月版，第 83 頁。

其次，台灣女作家的這種重書歷史，是以女性爲鋪陳其歷史敍述的載體，透過女性視角與個人化立場，通過敍述女性來敍述歷史。平路的《行道天涯》、《百齡箋》，李昂的《自傳の小說》、《漂流之旅》等作品標示的，正是這樣一種創作路向。

平路①的文學歷程與許多台灣女作家背道而馳。80 年代，當女作家們多沈浸於愛情婚姻的女性議題的時候，平路是以男性化或中性化的冷峻寫實筆觸，通過《玉米田之死》這類創作介入政治議題的討論；90 年代，當女作家們更多地走向「男性」敍述和實驗性文本創作的時候，平路卻逐漸走向女性本位的立場。《行道天涯》的副標題是「孫中山、宋慶齡的革命和愛情故事」，作者選取的雖是二十世紀初中國近代史上的資產階級民主革命題材，但作品大量的筆墨是描寫兩個偉人特別是宋慶齡作爲一個「人」的情愛生活和人性表現。作品寫出了孫中山的胸襟抱負和歷史貢獻，也涉及了人物的歷史局限性——「缺少一支堅強的革命武裝」，因此成了無餉無兵、無械無地的「空頭大元帥」，這些都顯得難能可貴。但作品把臨終前的孫中山描寫成一個懺悔的革命家，人物的內心獨白實際成了作家的主觀詮釋，這並不符合

---

① 平路，本名路平，山東省諸城縣人，1953 年生，台灣大學心理系畢業，愛荷華大學統計碩士，後爲《中國時報周刊》主筆。主要小說集有《玉米田之死》（1985 年）、《椿哥》（1986 年）、《五印封緘》（1988 年）、《紅塵五注》（1989 年）、《捕諜人》（1992 年）、《行道天涯》（1995 年）、《禁書啟示錄》（1997 年）、《百齡箋》（1998 年）等，散文集有《到底是誰聒噪》（1988 年）、《在世界裏遊戲》（1989 年）、《愛情女人》（1998 年）、《女人權力》（1998 年）、《巫婆の七味湯》（1998 年）等。

彌留之際還在呼喊「和平」、「奮鬥」、「救中國」的偉人的眞實心境。而對宋慶齡的描寫，則使貫穿這位二十世紀最偉大女性心路歷程的，仿佛是一種難以壓抑的性慾。《百齡箋》通過刻畫宋美齡以她百歲生日前幾日仍忙於寫信的故事，重建拆解了戒嚴時期的歷史記憶。作品以嘲諷和同情的口吻，「描寫宋美齡借書寫戰勝時間，贏得了她與蔣介石以及與蔣介石的眾多女人之間的角力，最終卻發現她仍依附丈夫，且未必戰勝時間」①。

　　在李昂那裏，作者以台灣女共產黨員謝雪紅爲主人公的《自傳の小說》，歷時近十年創作而成，是作者的一部嘔心瀝血之作。作者在兩三年間，「走遍了謝雪紅當年到抵的所在；神戶、東京、香港、上海、北京，甚且遠至俄國，找尋她當年留學的遺跡」②。這期間所寫的一系列遊記，定名爲《漂流之旅》，它與《自傳の小說》互爲印證，以李昂帶著政治意識的個人化立場來詮釋謝雪紅的形象。作者不僅描寫了謝雪紅在社會運動中的傳奇人生，更凸顯了她作爲一個女人的內心慾念。

　　平路與李昂的上述文本，作爲傳記類創作，作品大抵因爲有太多的虛構和主觀色彩而難爲一般讀者接受，但她們自己的獨特視角，她們顯示出來的與以往諸多歷史大敍述的不同之處，還是值得人們關注的。這其中，一是以女性立場和女性經驗的融入，來描寫女性在歷史中的命運。平路談道，

---

① 邱貴芬：《〈百齡箋〉導讀》，《日據以來台灣女作家小說導讀》
　（下），台北，女書文化事業有限公司，2001 年 7 月版，第 307 頁。
② 李昂：《誰的自傳・誰的小說》，《自傳の小說》，台北，皇冠文化
　出版有限公司，2000 年 3 月版，第 8 頁。

「在《行道天涯》裏，我聽到較多自己女性、自由的聲音」①；李昂也把《自傳の小說》定位於：「謝雪紅。我要尋找的，又豈只是妳的一生。謝雪紅，妳的一生、我的一生……我們女人的一生。」②二是以人學的觀點，將偉人或傳奇人物還原爲普通人，去寫他們愛恨情慾的生命狀態，打破對他們的偶像崇拜。平路談道：「在我心裏認爲，如同孫中山是個凡人一樣，蔣介石和蔣經國也是平凡人，基本上，我們必須接受他們和我們一樣是凡人，如此，我們才能在基礎上去瞭解和評估他們。……雖然因爲寫了孫中山的小說而爲自己惹了一些麻煩，可是我卻覺得自己很冤枉，因爲我比很多人更喜歡他，我寫他完全沒有不敬的意思。」③三是以強烈的主觀色彩和個人化的歷史意識，在歷史書寫中表現出歷史解讀的歧義性。平路認爲，歷史的真實「主要還在於詮釋的過程，如何詮釋其實就繫乎我們的主觀」④。《行道天涯》以孫中山最後的失敗旅程切入，以各類倒敍、插敍、旁白式議論，拼貼出一個具有較多歷史意識觀照後的孫中山面貌，同時，「一種新的歷史意識就以臆想的面貌，被賦予了孫中山和他所屬的那個歷史。失敗不再是失敗，而只不過是

---

① 平路語，見李瑞騰：《在時代的脈動裏開創人文的空間——專訪平路》，李瑞騰編著：《累積人生經驗，開創人文空間：文學尖端對話》（二），台北，九歌出版社，1998 年 6 月版，第 35 頁。
② 李昂：《自傳の小說》，台北，皇冠出版社，2000 年版，第 347 頁。
③ 平路語，見李瑞騰：《在時代的脈動裏開創人文的空間——專訪平路》，李瑞騰編著：《累積人生經驗，開創人文空間：文學尖端對話》（二），台北，九歌出版社，1998 年 6 月版，第 32 頁。
④ 平路語，見李瑞騰：《在時代的脈動裏開創人文的空間——專訪平路》，李瑞騰編著：《累積人生經驗，開創人文空間：文學尖端對話》（二），台北，九歌出版社，1998 年 6 月版，第 32 頁。

第三世界宿命的局限……單單『同情的理解』，已可算是『歷史意識』重建的預備」①。南方朔對《行道天涯》的這種「後殖民論述」的解讀，也不失爲一種角度。

---

① 南方朔：《重塑革命者的血肉和心情》，台北，《聯合文學》，1995年第 4 期，第 156 頁。

第二章 後現代語境與女性情慾書寫

第一節 解構中心：後現代文化潮流的湧動

　　台灣的後現代主義文化思潮，開始興起於 80 年代中期。最初是在文學層面上躍動，它主要以「現代化」為名，反對鄉土文學所堅持的現實主義和文學的使命感。隨著 1987 年的解嚴，政治、文化禁忌很快被打破，台灣的文化形態顯示出它眾聲喧嘩、多元發展的格局。到了 90 年代，後現代思潮的影響已經相當強大，並成為台灣社會文化的主導形態。在新的文化環境中，後現代文化思潮和與其不斷碰撞融合的台灣女性主義思潮，就成為 90 年代台灣女性文學創作的重要精神資源。

　　一般說來，後現代文化思潮是隨後工業社會的發展而出現的，它實際上屬於都市文化的一個特殊組成部分。台灣為了趕上世界範圍內興起的新技術革命浪潮，從 80 年代起便開始大力發展高科技產業，以實現從勞動密集型產業到技術資本密集型產業的轉化，並以經濟的自由化、國際化、制度化與之配套。當台灣越來越變成一個都市島的時候，資訊事業的高度發展和大眾消費的極度膨脹，使它具有了西方國家所定義的那種「後工業文明社會」的某些特徵。與此同時，

台灣工商資本經濟的發展給都市帶來的一系列問題，諸如人口膨脹、住房緊張、交通事故、環境污染、失業人口、色情泛濫、親情疏離、人性變異等，使社會趨於紛亂、雜沓和無序。社會大眾的消費導向，也使商業邏輯輕易地入侵了文化領域，將文化變成了消費品。如果說，文學對於工業文明社會的反映，往往是現實主義或現代主義的，那麼對於後工業文明狀態的文學表現則常是「後現代」的。當「後工業文明」社會的種種問題逐漸出現並成為社會普遍關注的問題，對這種社會狀態的「後現代」反映，也就成為一種勢在必然的趨勢。

後現代思潮在台灣的興盛，與知識文化界的推動不無關係。1987 年，台灣大學外文系邀請美國當代後現代主義學者哈贊赴台做了有關後現代主義的系列演講，隨即通過台灣學術界和公眾媒體的力量，在島內掀起後現代思潮的熱浪。後現代主義作為西方社會發展的階段性產物，是對西方成熟狀態的文明的一種反思和再認識。它以對一切宏大敘述的懷疑為特徵，以對中心、權威、主流、崇高的解構為己任，並呈現出遊戲、反權威、反神聖的後現代風格。而台灣解嚴之後的政治鬆動和言說自由，使人們長期壓抑的精神狀態，在後現代文化思潮的那種解構與顛覆、戲謔與反諷之中，找到了釋放的途徑。90 年代台灣的政治論述、情慾書寫、邊緣創作等現象，都與這種文化背景中的精神呼應相關連。

如果說，80 年代的台灣女性文學，或以「女性啟蒙」的主導意識，訴說著現實社會中的各色女性問題；或以遠離政治的姿態，營造著閨秀文學的愛情景象；或以女性的鄉土懷想，發掘著民族文化傳統的資源；但不管怎樣，這些創作大多走在秩序和軌道之內，它們在質疑現實的時候也正視現

實。而到了 90 年代，台灣女性主義潮流在多元文化格局中有了新的變化。一方面，隨著台灣婦女運動的高漲，女性爭取自我權益、參政議政的鬥爭更趨激烈，諸如 1994 年台灣女界要求修改《民法·親屬編》中關於女性無財產權法規的運動的勝利。一些直接參與社會運動的激進女性主義者，更激發了政治書寫的熱情。另一方面，90 年代學院派女性主義學者的湧現，諸如張小虹、劉毓秀、顧燕翎、李元貞、邱貴芬、範銘如、梅家玲、石之渝、劉亮雅、何春蕤等人的著書立說，加之女書文化出版公司的大力推動，使得 80 年代中期以來「後現代主義」與「女權主義」相互滲透融合的西方最新理論動態得以傳播，促進了台灣的女性主義思潮與後現代思潮的攜手，在女性主體構建、「反邏各斯中心」、「解構男性神話」、「性別換位」、「身體政治」、「邊緣反抗」等問題上，台灣女性主義學者的學理研討和對女性創作的批評實踐，逐步探索著後現代主義與女性主義的結合與現實操作的可能性。正是在這種後現代主義的文化思潮的影響下，90 年代台灣女性文學中的政治論述與情慾書寫大行其道，並凸顯出其顛覆與另類的創作面貌。

第二節　慾望革命：性別議題的再度開發

　　性在台灣文壇長期被視爲禁忌，女性尤其被排斥在這種生命體驗之外。幾千年的封建禁錮和男權壓迫，早已把女性的身體變成男性慾望的符號與工具。女性主體構建的缺席，使得女性情慾作爲女性特殊的經驗區域，反而變成了未被開發的女性文化的「荒野地帶」。長久以來，只有男作家敢於

在作品中描寫女性情慾，女作家稍一越軌，便被打壓，60
年代初期查禁郭良蕙《心鎖》的那椿文壇公案即是明證。隨
著 90 年代女性主義思潮的激進，台灣女性文學開始大量涉
足女性情慾，在性別議題的再度開發中，彰顯了女性的生命
主體和慾望世界。

　　台灣社會的性解放呼聲得力於婦女運動甚多，要求男女
平權的婦女運動，到了 90 年代，強調以性別議題作為突破
點。女性主義者認為，性與人的社會行為有著直接關係，最
能夠反映女性被男性變相壓抑的指標。現如今，「在法律、
經濟、社會面上，女性的地位或許比從前高，但是在情色的
水準上，男女間的物理關係基本上沒有任何改變」①。鑒於
此，90 年代的台灣婦女運動中，激進的女性主義者以叛逆
的姿態，打出了「情慾解放」的旗幟。1994 年，女性主義
學者何春蕤出版了《呼喚台灣新女性〈豪爽女人〉——誰不
爽》一書，並以《女性主義的性解放》為序，傳達了激進的
女性主張。這本書從現實社會中「性壓抑的身體情慾邏輯、
貧瘠的情慾文化」入手，指出女性長期為文化機制與社會傳
統的性壓抑處境，呼喚「情慾自主」的「豪爽女人」，鼓勵
現代女性爭取被剝奪的性自主權。「情慾解放」很快成了新
一輪婦女運動的旗幟和行動策略，不少高校建立了性研究
室、性工作坊等，把女性的性愛與情慾滿足當做一門學問來
研究。更有甚者，先是在一次街頭婦女遊行中，有人喊出了
「要性高潮，不要性騷擾」的口號，由此引發了台灣文化界
一場曠日持久的大討論。「接著台大女生公開提出集體觀看

---

① 洪金珠：《問情色為何物？》，台北，《中國時報・人間副刊》，
　1994 年 11 月 11 日，第 39 頁。

色情片的要求，甚至集體搶攻男廁所（抗議廁所不夠用）。
而沸沸揚揚的色情小說則是最突出的一環。」①台灣女性文
學的寫作迎浪潮而動，一時間「情慾文本」如雨後春筍般湧
現，李元貞的《愛情私語》（1992 年），蘇偉貞的《沈默
之島》（1994 年），朱天文的《荒人手記》（1994 年），
杜修蘭的《逆女》（1996 年），邱妙津的《鱷魚手記》
（1994 年）、《蒙馬特遺書》（1999 年），還有陳雪、洪
凌等人的情慾書寫，都大膽表露了女性隱秘的情慾世界，甚
至提出種種不爲傳統所容的「性少數」問題。這裏，不僅有
作爲性/政治的泛情慾文本，有純粹的女性情慾探討寫作，
也有另類的同性戀小說。

　　李元貞②作爲一位大力推動婦運的學者，其文學創作與
婦運實踐緊密結合。她的長篇小說《愛情私語》公然亮出
「良家婦女的黃色小說」招牌，以激進的女性主義立場，對
自己身體自主的理念做出文學闡釋。小說的女主角何未名，
是一個赴美留學的 26 歲女子，因爲被男友拋棄，利用暑假
在洛城打工。艱辛的生活中，不時遇到各式男人的性騷擾，
加之沈睡的性意識，讓她備感女性生命的無價值。她曾被尼

---

① 陳若曦：《談談台灣情色小說》，青島，《東方論壇》，2001 年第 1
　期，第 28 頁。
② 李元貞，女，湖北省荊門縣人，1946 年生於雲南省昆明市。台灣大
　學中文研究所畢業，曾赴美學戲劇，後任職淡江大學中文系。1965 年
　開始發表文學作品及評論，1982 年與友人創辦《婦女新知》，推動台
　灣婦女運動。出版有小說集《還鄉與舊夢》（1977 年）、《青澀私
　語》（1993 年），長篇小說《愛情私語》（1992 年）、《婚姻私語》
　（1994 年）等；散文、政論有《女人的明天》（1991 年）、《新女
　性開步走》（1988 年）、《解放愛與美》（1990 年）等，以及學術
　論著若干。

爾森引誘失身，經歷了墮胎的創傷性經驗；後來在與鄰居小張兩性接觸中，她瞭解到愛情／婚姻／性愛這自古以來三位一體的生命構建，並不是不可分割的，於是她坦然地去追求並充分享受性愛之美，從容地面對學習和生活，最終結婚生子，一生安寧。

　　從何未名婚前的情慾經歷中，可以看到主人公在兩性觀念變化中的「成長」。她與男友韓次生的交往，因為對自己身體的無知和疏離，讓她品嘗了性禁忌的苦果。與尼爾森的性接觸，覺醒的身體有了一種渴望，可對方的性怪癖又嚇得她忙不迭地逃離。再與小張相處，拋棄了原先禁慾的、理想的、倫理的原則，她開始專心致志地享受性愛之美。正因為看到現實生活中，「女人性滿足常於淫婦身上，造成良家婦女排斥性之社會現象」，所以，李元貞旨在「嘗試以良家婦女的角色來面對性、處理性、在性經驗中成長」①，她要「把性光明正大地還給女人」，「鬆解社會片面加諸女性的桎梏，讓女性從性的盲目與曖昧步出而邁向性的啓蒙與大明大白」②。

　　蘇偉貞的《沈默之島》，被台灣學者施淑稱爲「以愛情故事的形式所作的關於人的慾望的實驗報告」，曾榮獲第一屆時報文學百萬小說獎推薦獎。小說的女主角晨勉身世畸零，秉性特異。其父是個一路嫖妓的貨車司機，母親忍無可忍，殺了丈夫，被判無期徒刑。長大後的晨勉對自己的身體

---

① 李元貞：《不是黃色小說——談《愛情私語》的寫作動機》，《愛情私語》，台北，自立晚報社文化出版部，1992 年 7 月版，第 167 頁。
② 王瑞香：《把性光明正大地還給女人》，《愛情私語》，台北，自立晚報社文化出版部，1992 年 7 月版，第 2 頁。

和傳統倫理道德發生質疑，她既為商業利益幾近賣身，不斷地與工商巨頭糾纏，又被傳統文化制約而感到精神負罪。內心的矛盾和焦慮無法平息，晨勉足跡遍及香港、印尼、新加坡和歐美等地，一路和不同男人做愛，卻只有情慾的過程，而無戀愛的內容，內心痛苦而絕望。因為「沒有一個可以交談的朋友，與那些和她做過愛、談過愛、同學、同事、異性戀者、雙性戀者，毫不相干」，她只是「一座孤島」。

小說雖然涉及一些社會文化論題，如婚姻、家庭、生育觀等，但它主要描寫的是一個女人在情愛生活中獨特的身心感受。作品別出心裁地設計了兩套略見對稱的人物和故事情節，兩個女主角都叫晨勉，都有個情人叫丹尼，但她們的身世背景不同，性格反向發展。這也許是女主角出於身世畸零的心理補償和自我窺探，而幻化出來的另一個自我，她讓兩個晨勉的故事，互為見證了女性人生流浪中的內在期望。這樣，對情慾生活的審視，也就成了女性瞭解自我、發現自我的一種過程。

朱天文①的《荒人手記》也是時報百萬小說獎首獎的獲得者，她以喃喃自語的手記體，講述了一個男同性戀的故事。荒人名叫小韶，他與三個同性間的情色戀愛故事，始終

---

① 朱天文，女，山東省臨朐縣人，1956 年生，淡江大學英文系畢業，從事小說、散文、戲劇創作，作品獲多項文學獎。出版有短篇小說集《喬太守新記》（1977 年）、《傳說》（1981 年）、《小畢的故事》（1982 年）、《最想念的季節》（1984 年）、《炎夏之都》（1987 年）、《世紀末的華麗》（1990 年）、《朱天文電影小說集》（1991 年）、《花憶前身》（1996 年），長篇小說《荒人手記》（1994 年），以及散文集《淡江記》（1979 年）、《三姐妹》（1985 年）等 4 種，電影劇本《戀戀風塵》（1987 年）、《悲情城市》（1989 年）等。

纏繞在一種矛盾的情結之中。他既無法肯定同性戀作爲一種生活方式的正面意義，又不得不接受了自己的情慾現實；他在厭惡地把男同性戀比作蒼蠅人、畸零分子、娼妓、吸血鬼的同時，還從心底渴望異性戀的「救贖」。荒人的這種悲愴與矛盾，源於政治環境劇變而造成的「外省族群」的失勢。朱天文借用同性戀反國族反父權的激進立場轉喻以她爲代表的眷村子弟的憤懣：「同性戀者無祖國」，「豈止無祖國，違規者，游移性，非社會化，叛教徒，我們恐怕也是無父祖」。這種情慾書寫中，也滲透著某種政治認同。

　　總之，台灣女性文學的情慾描寫是大膽而前衛的。當然，她們在性別議題中夾雜的政治論述，她們在情慾問題上的自我分裂與自我矛盾，也錯綜複雜地彰顯出解嚴以後資訊爆炸、消費意識膨脹和兩性相處所面臨的價值觀衝突。

第三節　酷兒世界：邊緣地帶的激進姿態

　　90 年代的台灣文壇上，酷兒的出匭與喧囂，營造出一個奔湧著狂野頹敗慾流的同性戀世界。女作家筆下對女同性戀的書寫，不僅體現著一種窮盡女性情慾世界的努力，更以邊緣文化想像的強力挑戰，實踐著後現代主義對於中心和秩序的顛覆。洪凌、陳雪、邱妙津、曾晴陽等所謂「新感官小說」創作，凸顯的就是這樣一種邊緣反抗的激進姿態。

　　新銳小說家紀大偉、洪凌等將英文的「queer」譯爲「酷兒」，並以此自詡。「queer」的本義是「怪胎」，原來是西方主流文化對同性戀者的貶義稱呼，有「怪異」之意，後來被性的激進派借用來概括他們的理論，其中不無反

諷之意。「酷兒理論是一種自外於主流文化的立場：這些人和他們的理論在主流與文化中找不到自己的位置，也不願意在主流文化中為自己找位置。『酷兒』這一概念作為對一個社會群體的指稱，包括了所有在性傾向方面與主流文化和占統治地位的社會性別規範或性規範不符的人。」①在 90 年代西方興起的性理論思潮中，酷兒理論是對社會性別身份與性慾之間關係的嚴重挑戰。它預示著一種全新的性文化，它不僅要顛覆異性戀的霸權，而且要顛覆以往同性戀的正統觀念。

酷兒寫作所涉及的同性戀問題，也是激進女性主義者所關注的問題。在她們的宣言中，「豪爽女人」不僅要打破傳統性道德對女性的壓抑和束縛，還要打破社會對「性少數」的歧視。同性戀便是一個突出的「性少數」問題。事實上，同性戀作為一種亞文化現象，很早就進入了台灣的創作領域。早在 70 年代，白先勇以長篇小說《孽子》首開其端，女作家郭良蕙也有《第三性》等作品出現於文壇。80 年代末，曹麗娟的《童女之舞》、凌煙的《失聲畫眉》、朱天心的《春風蝴蝶之事》等作品，層出不窮。90 年代，從楊麗玲的《愛染》，邱妙津的《鱷魚手記》、《蒙馬特遺書》，陳雪的《惡女書》、《夢游 1994》、《惡魔的女兒》，到杜修蘭的《逆女》，曾晴陽的《裸體上班族》，特別是洪凌的《異端吸血鬼列傳》、《肢解異獸》、《末日玫瑰雨》、《在玻璃懸崖上走索》等作品，更是將同性戀的寫作推上喧囂的頂峰。同性戀文學的蓬勃發展也可從近

---

① 李銀河：《關於酷兒理論》，《酷兒理論》，北京，時事出版社，2002 年 2 月版，第 1 頁。

年來文學獎的評選略見端倪。從 1990 年奪得自立報系百萬小說大獎的《失聲畫眉》，1991 年奪得聯合報年度首獎的《童女之舞》，到 1994 年朱天文《荒人手記》、邱妙津《鱷魚手記》、蘇偉貞《沈默之島》同時獲得時報文學大獎或推薦獎，再至 1996 年獲皇冠首屆百萬小說獎的《逆女》，同性戀議題儼然成為小說創作的熱門題材。

　　80 年代女作家的同性戀小說多以「同志文學」、「同志小說」來稱呼，她們更多地描寫一種精神上的「姐妹情誼」，而非肉體上的慾望迷亂。在她們看來，男女之間骯髒不可理喻，女性之間才可以有純潔而永恒的情感，因而這時期作品中的女同性戀者，大多對「性」採取一種規避和否定的態度，從而使自己成為無性的「童女」，無慾的「春風」。

　　到了 90 年代，在女性情慾書寫的膨脹和解構主流秩序的後現代語境中，新銳小說家紀大偉、洪凌等認為「同志」一詞，顯然挪用了「政黨活動的同仇敵愾意涵」，有著「一心一德、貫徹始終」的迷思，不乏「黨同伐異」之嫌；而台灣的同性戀者早已並非「同志」，而是處於一種眾聲喧嘩、分崩離析的狀態之中。故凡是關切、認同同性戀議題，投入「邊緣戰鬥」的作品，都可視為「酷兒寫作」。由此，紀大偉、洪凌等人不認同「同志」，而推崇「酷兒」，他們認為「酷」有頡頏色彩，是抵禦主流意識形態的態度，「兒」則期許和暗示情慾如同兒童一般有著持續成長變動的潛力。至於「出匭」一詞的採用，則因不滿於「出櫃」（同性戀者公開其性向身份）的消極性而鼓勵更主動的「出軌」，遂以新造詞語「出匭」涵蓋二者。酷兒們強烈的顛覆性格從中可見一斑。

　　與從前世代同性戀小說最明顯的不同，90 年代的酷兒寫作，大膽凸顯了同性戀的情慾隱秘和邊緣生存，重新闡釋了「情」與「色」的關係，無止境地追求肢體感官的滿足，慾望場面的鋪陳，將女同性戀者從精神到肉體的世界暴露無遺。有的女作家甚至以「女同志」個人的切膚之感進入文本，意欲用文字爲女性同性戀者爭取空間。陳雪①的《惡女書》出版時曾「驚世駭俗」，以其赤裸裸細部刻畫同志情愛的風格而引起一陣騷動。小說中的「我」（草草）十二歲時父親亡於車禍，母親爲供養女兒而當應召女，「我」爲母親感到羞恥逃離家庭，十七歲時以性的亂交報復母親，後來又陷入與女子阿蘇的同性戀感情。這部充斥著赤裸裸的感官展覽和狂亂的慾望場面的小說，出版社曾主動以「兒童不宜」的方式限制發行。誠如張芬齡所言：「陳雪在這本小說集裏，以近乎傾瀉的筆調書寫女同性戀人的沈淪與掙扎，失落與追求，狂亂與狂喜。在處理性愛場景時，她更是以強光聚照式的字眼，攤開人物的肢體，直接訴諸讀者最原始的感官。」②乃至《夢遊1994》，題材上較《惡女書》更加多元——雙性戀、戀物癖、同志戀人在現實世界的困境等等，都一一呈現在陳雪的筆下，成爲其性別越界，顛覆傳統性別定位的慾望演出。與其他作家將同性戀當做一種病態或社會問

---

① 陳雪，女，1970 年出生於台中神崗鄉。就讀於中央大學中文系，大三開始寫小說，大學畢業後回台中，從事多種服務行業工作。出版有小說集《惡女書》（1995 年）、《夢遊1994》（1996 年）、《愛上爵士樂的女孩》、《惡魔的女兒》（1999 年）、《橋上的孩子》（2004 年）等。

② 張芬齡：《勇敢的同性愛宣言》，台灣，《中時晚報》，1995 年 10 月 22 日。

題的觀照視角不同，陳雪為她筆下的同性戀者賦予了冰清玉潔的氣質，追求自我的人格力量和頗有前景的未來。紀大偉認為「其實陳雪寫『惡』就是在挑釁法統，她在擴大女同性戀的面目（而不是在逃避女同性戀身份），她在異性戀主流社會的夾縫中經營女性的、同性戀的次文化（而不是在逃避社會）」①。這就將陳雪等酷兒們的邊緣反抗立場，充分彰顯出來。

　　邱妙津②的《鱷魚手記》，特別是她表現殉情主題的絕筆之作《蒙馬特遺書》，都採用書信告白體的形式，以極其熾熱的「同志」情感，反復述說著一個年輕女子植根於深層的慾求：「我是天生熱愛女人的。」小說把這種女同性戀的愛慾煎熬、懺情、傷逝、自毀又自戀，表現得飽滿充沛，淋漓盡致，極言生命慾望的痛苦。作者最後以她的巴黎自戕，為「同志」之愛寫下了最慘痛酷烈的註腳，《蒙馬特遺書》遂成生命絕唱。洪凌③的《異端吸血鬼列傳》等作品中，到處充斥著所謂酷兒愛慾活動的先驅象徵的「吸血鬼」意象，

---

① 紀大偉：《序》，陳雪：《夢游 1994》，台北，遠流出版公司，1996年版，第 8 頁。

② 邱妙津，女，台灣省彰化縣人，1969 年生。台灣大學心理系畢業，大一開始文學創作，曾獲多項文學獎項。後留學巴黎第八大學心理學系臨床組，1994 年轉入女性主義研究所，1995 年 6 月 30 日於巴黎自戕。出版有小說集《鬼的狂歡》（1991 年）、《寂寞的群眾》、《鱷魚手記》（1994 年）、《蒙馬特遺書》（1996 年）等。

③ 洪凌，女，本名洪雅惠，台灣省台中市人，1971 年生。台灣大學外文系畢業，英國 Sussex 大學英國文學碩士。曾任《島嶼邊緣》編輯委員。出版有小說集《肢解異獸》（1995 年）、《異端吸血鬼列傳》（1995 年）、《宇宙奧狄賽》（1995 年）、《末日玫瑰雨》（1996年）、《在玻璃懸崖上走索》（1997 年）等。

她將科幻、後設、魔幻、色情、暴力融爲一體，去描寫同性情慾的多種變形和異化，呈現給讀者一片腥香血色慾望狂亂的「酷相」。正是以這種典型的性政治文本，洪凌顛覆了傳統的秩序，也在無形中顯現了二十世紀末台灣社會那種狂野迷亂的敗德氛圍。

　　從文學角度講，「酷兒」對邊緣議題的開掘，對中心話語的解構，使它明顯地帶有「後現代」文本的色彩。種種偏執而異端的同性戀描寫，表明的正是他們集合邊緣力量反擊中心的某種寫作策略。有論者所稱，「沒有這些妖言雜音，便不可能改變、顛覆、摧毀、重組父權異性戀社會的『陽具中心』色情深層結構」，所以，他們期望的是「女人出匭的情慾能量足以崩蝕父權性戀體制的根本」①。

　　然而，人們應該正視的是，在「情慾自主」的口號下，傳統的異性戀機制被打破了，如今台灣是多元化或者另類化的市場，連讀者群也多樣化。書市裏，女同性戀、男同性戀，不僅有其代表作，也擁有各自的小衆讀者群。許多新名詞天天在向台灣讀者「洗腦」，諸如「同志」、「酷兒」、「對胎」、「出匭」等。文學商品化的推動，讓這類作品以文學的操作、另類的形象、商業的包裝、獵奇的效應，直接競逐暢銷書排行榜，也讓一些粗鄙的色情寫作製造出低下的「器官文學」。還有台灣政治世象的紛雜，讓這種只描寫「性」的作品，在以「邊緣」顛覆「中心」的本質呈現中，實際上已經涉入了廣義的「政治」。「性」與「政治」的某種互喻性和同構性，使這些同性戀小說成爲性／政

---

① 米非：《本土女性聲音之必要》，台北，《島嶼邊緣》，第 10 期，1994 年 1 月。

治文本，成爲酷兒的科幻小說和魔戒小說。再加之台灣宗教風氣的影響，各路「亂力怪神」也帶著「魔幻情節」走進酷兒的文學世界。這諸多因素的影響，讓酷兒小說的形象愈發顯得怪異而迷亂、駁雜而喧囂。在文學商品化的時代，情色文學如何更上層樓，提升品格，這對於有志此道的作家們，也必須面對後現代語境中的創作考驗。

第三章　女性寫作的多音交響

第一節　鄉土想像：凌煙、蔡素芬的小說文本

　　在台灣從農業社會向工商社會轉變的過程中，有關鄉土歷史、農村經濟、民間文化、鄉土人生乃至鄉村價值觀的變遷，始終是深爲台灣鄉土作家所關注和表現的問題。特別是 70 年代的鄉土文學創作，曾經引領了一個時代的文學潮流。進入 8、90 年代以來，隨著台灣社會的高度都市化和文學版圖的多元化，鄉土文學雖然風光不再，但仍有餘脈延綿。凌煙、蔡素芬等女作家在鄉土文學已趨式微之時的加盟，以女性鄉土想像的書寫，觸及鄉土文學的複雜層面，並拓展了鄉土文學的表現空間，由此成爲這類創作的年輕傳人。

　　凌煙①，1990 年以長篇小說《失聲畫眉》而震動文壇，

---

① 凌煙，女，本名莊淑貞，台灣省台南縣人，1965 年出生於嘉義。高雄高工畢業，曾離家出走，進入歌仔戲班半年，後因野台戲變質而離開。出版有小說集《憤怒的杜鵑》（1986 年）、《泡沫情人》（1988 年）、《蓮花化身》（1989 年）、《養蘭女子》（1991 年），長篇小說《失聲畫眉》（1990 年）、《愛情夏威夷》（1991 年）、《寄生奇緣》（1992 年）、《柴頭新娘》（1994 年）等。

承續了鄉土文學的傳統寫實路線。這部小說，是《自立晚報》舉辦百萬小說徵選八年來，第一部獲得一百萬元獎金的作品。從小立志當歌仔戲演員的凌煙，不顧父母家人的強烈反對，在高雄高工畢業後，毅然離家出走，進入歌仔戲班明光歌劇團，像一個吉普賽女郎一樣跟著大篷車式的戲班到處流浪。在巡迴演出的過程中，凌煙耳聞目睹，感同身受，痛切地體會到她童年時代嚮往的歌仔戲早已面目全非，因為歌仔戲班已經逐漸淪為變相的色情表演團體。凌煙說：「跟著戲班東奔西走，嘗盡雨露風霜半年多，我從一個剛踏出校門，對人生充滿憧憬與幻想的青春少女，蛻變成一個心境滄桑的女子。」①半年之後，凌煙終因理想破滅而歸家。《失聲畫眉》所描述的，就是作者親歷的這段戲班漂泊生涯。

《失聲畫眉》主要講述一個叫做「光明少女歌劇團」的歌仔戲班，在台灣各地走鄉串鎮唱野台戲的故事。小說藉由高職畢業後逃家加入歌仔戲班的少女慕雲的眼睛，一幕幕呈現出歌仔戲班這個小世界，面對台灣的文化形態與價值觀念的急劇變遷的時候，為了生存而出現的競爭、掙扎乃至變質與淪落。慕雲既是歌仔戲班的見事眼睛，也是書中生活場景的親歷者；全篇雖然用的是全知觀點，但作者的角色仍隱然可見，正如凌煙所說：「在《失聲畫眉》這部小說裏，那個為學歌仔戲而不惜離家出走的慕雲，正是我的化身，所有的心路歷程，歌仔戲班的喜怒哀樂，點點滴滴彙集成這部小說。」創作這部小說，「真正想傳達給大家的訊息，是隱藏在字裏行間，那含帶些許絕望的無聲吶喊：不要再讓歌仔戲

①　凌煙：《自序》，《失聲畫眉》，台北，自立晚報社文化出版部，1990 年 12 月版，第 1 頁。

的世界變得這般面目全非！誰來拯救野台戲班的命運」①？

歌仔戲是台灣民間的一種戲曲藝術，它起源於大陸閩南一帶的「錦歌」。錦歌原是一男一女對唱的民間說唱、清唱的曲藝小調，因南宋末年流傳於閩南錦江兩岸而得名。明末清初傳入台灣後，吸收了台灣北部的歌曲、民謠，以「宜蘭歌仔」形式在漁民和農民中流行；到了清朝末年，「宜蘭歌仔」又同採茶調、平鼓等曲調相融合，由原來的一男一女對唱發展爲「生、旦、醜、科、曲、白」俱全的新劇種，從過去的街頭演唱改變爲舞台演出，成爲頗具民間藝術魅力的台灣戲劇。二十世紀 50 年代至 60 年代中期，可謂台灣歌仔戲的黃金時代，據台灣省教育廳調查，歌仔戲劇團在 1958 年已達到二百三十五個，占當時台灣劇團總數的47.1%。60 年代後期，隨著農業社會向工商社會的轉型，社會價值觀念急劇變化，流行於民間的傳統藝術形式受到猛烈衝擊。進入 70 年代後，由於西方新型娛樂形式的出現，特別是電視歌仔的流行，台灣歌仔戲面對劇場蕭條的頹勢，只好重新複歸野台戲的演出方式。80 年代以來，在工商社會風氣與物慾化潮流的影響下，歌仔戲班的藝術品質受到很大損傷，或成爲迎神賽會、替人哭墓的角色，或以色情成分的摻入來迎合觀衆，出現了諸多不良現象。歌仔戲的命運沈浮，深爲台灣作家所關注，洪醒夫的《散戲》、陳若曦的《最後夜戲》，就曾涉足這類題材，但第一次以蘊含了深廣社會生活的長篇小說爲形式，直接融入了作家對歌仔戲親歷體驗的創作，當屬凌煙的《失聲畫眉》。作者對台灣歌仔戲的鍾情與熱愛，

---

① 凌煙：《自序》，《失聲畫眉》，台北，自立晚報社文化出版部，1990 年 12 月版，第 3～4 頁。

希望與救贖，峻急之情流貫於字裏行間。

《失聲畫眉》可以說是歌仔戲班人生的真實呈現，它把這個底層民間世界的生活內幕，歌仔戲女演員的人物群像，刻畫得栩栩如生。光明少女歌劇團裏的這群女演員，命運坎坷而漂泊。她們多是因爲家境貧窮，小小年紀就被父母送進戲班學戲，用她們十年八年的自由給家中換取一筆菲薄的生活費，而自己從此開始了孤苦無靠的流浪人生。她們沒有文化，也看不到未來，更難言正常的婚姻戀愛生活。女演員們每天跟隨班主在各地巡迴演出，夜晚就宿在古廟中或顛簸的卡車上，風餐露宿，四處爲家，「像浮萍，沒有根，隨著風吹水流，每個停駐都是短暫的，必須等到老死才能結束這種流浪」①。

作品中性格各異的歌仔戲女演員，從阿金、豆油哥、肉感姨、阿琴、阿玲、小春、家鳳、愛卿、金蓮、鳳凰……到逃家投奔歌仔戲班的少女慕雲，她們的人生始終與歌仔戲班的命運沈浮和身爲女性的社會地位聯繫在一起。

阿金的婚姻境遇，道出了男權傳統壓迫下女性不能自主的悲哀。身爲光明少女歌劇團隨班二老闆娘的阿金，年輕時曾是別的劇團的當家苦旦，隨戲班走掉了大半青春，到頭來卻只能認命，做了班主添福的「細姨」，懷孕六個月還照樣帶團奔走四方演戲。然而，當喜新厭舊的添福又要迎娶新人的時候，阿金卻連講話的資格都沒有，只能「無聲地流著眼淚」。

豆油哥的性格變異，寫照了被異化的女性人生。本名桂

---

① 凌煙：《失聲畫眉》，台北，自立晚報社文化出版部，1990 年 12 月版，第 91 頁。

美的豆油哥，戲班學校歌仔戲科班出身，兼任戲班的主事兼教習師傅。多年飾演三花行當，一身命運飄零，使她的外表、服飾、性格、心態都已男性化。她失去了在人群中重現女兒身、過正常女人生活的勇氣，而把一生交付給隨歌仔戲班唱野台戲的天涯流浪。

肉感姨的今昔對比，見證的正是歌仔戲的命運沈浮。年輕時的肉感姨，生逢歌仔戲的黃金時代，她容貌姣好，戲名遠揚，十分風光；而如今遭遇歌仔戲的沒落時期，已經 45 歲的肉感姨，為了討生活，也不得不一路淪落，跳起了牽亡歌。「肉感姨的一生可以說是一部歌仔戲的變遷史，從黃金時代到繁華落盡，從輝煌的戲院到簡陋的路邊野台，她們沒有深刻的悲哀，有的只是生活的無奈。」①

慕雲的希望幻滅，標誌了歌仔戲不可挽回的墮落。慕雲，這個從童年時代就痴情地愛上了歌仔戲的少女，高職畢業後不顧家人的反對，悄悄離家出走，投奔光明少女歌劇團去學歌仔戲。然而，入班後她才發現，歌仔戲已經「無戲可學」。野台戲的演出中，演員自唱自演的「肉聲班」，因為教育程度低，對白大都流於粗俗；而放錄音帶對口型的「錄音班」，演員又成了被聲音操縱的傀儡，同時還要以色情舞蹈招徠觀眾。在這個物慾橫流、世人已經迷失本性的時代，慕雲漸漸發覺自己的理想追求，無疑已經是在痴人說夢話。她雖不肯跳脫衣舞，演出時卻也不得不穿著暴露的衣衫唱歌。在破碎的理想面前，慕雲最後選擇了離去。一個曾經不顧一切奔歌仔戲而來的少女的離去，它所凸顯的正是歌仔戲

---

① 凌煙：《失聲畫眉》，台北，自立晚報社文化出版部，1990 年 12 月版，第 19 頁。

無可奈何花落去的頹勢。

《失聲畫眉》的特異之處，還在於它揭示了鮮爲人知的歌仔戲班的同性戀現象。歌仔戲班作爲一個封閉而畸形的小社會，有其特定的生活環境。漂萍般的流浪人生，讓女演員們朝夕相處，同寢共眠；青春期的成長謎題，讓這群遠離父母的孩子對自己的身體和情感有了一種隱秘的探尋；社會世俗偏見對歌仔戲女演員的鄙薄，使她們的婚姻戀愛常常遭遇不幸，也導致了她們對男性世界的排拒；透過同性的關愛和慰藉，她們漸漸深迷於一個沒有男性的世界裏。於是，白天在台上演著小生苦旦的愛情戲，晚上合睡一個鋪位的家鳳與愛卿，有了一份生死相許的同性戀情；已經三十八歲性格男性化的豆油哥，無法在現實世界裏表現女兒形象，只有沈迷於戲班的同性情感人生。作者沒有孤立地描寫同性戀現象，而是把它與社會文化現實的揭示結合起來，讓人們看到它賴以產生的特異性社會根源，由此呈現出歌仔戲女演員的悲劇性感情境遇。

在更深廣的意義上，《失聲畫眉》作爲「歌仔戲團最後的記錄」①，它所呈現的是台灣大社會的文化形態、價值觀念、世態人心的流變。小說在 1986 年「大家樂」賭風猛烈席捲台灣中下層社會的背景下，來看光明少女歌劇團在當今野台戲世界裏的掙扎求生，妥協淪落。賭風盛行台島之時，社會的道德淪喪、物慾橫流和人性迷失也日趨嚴重。人們來看歌仔戲，並非要欣賞藝術，而是在豪賭之後，尋求熱鬧和

---

① 施淑語，見《一個小社會的完整呈現——第四次百萬小說徵文決審過程記錄》，《失聲畫眉》，台北，自立晚報社文化出版部，1990 年 12 月版，第 260 頁。

刺激。現在觀眾要看的是「黑盤子戲」，財大氣粗的男人以三千元一個的標價，要女演員跳脫衣舞，甚至更下流的表演；因爲「莊頭最興的是這個」，連歐梓桑（老頭子）也露出猥褻、曖昧的眼神。與此同時，新型文化表演方式的興起，激烈的行業競爭，也使歌仔戲班的演出面臨重重危機。在小說中我們看到，僅在同一夜晚的廟埕上演出的，就有三團歌仔戲，一團布袋戲，一個康樂晚會，兩台電子花車，在偏遠角落裏還有電影在放映。爲了互相爭奪觀眾的「拼台」，光明少女歌劇團以色情舞蹈迎合世風，吸引觀眾，歌仔戲女演員的身體便成了賺錢的工具。歌仔戲作爲一種與民間聯繫最爲密切的藝術，它的變化也就成爲世風流變的眞實縮影。正如姚一葦先生所指出的那樣：

> 作者將範圍控制在這樣的一個小世界中，實際上卻反映了整個大社會的變化和畸形。我們的社會在經濟發展下，帶來了無可救藥的墮落和頹廢，而舊文化遭到完全的破壞，新文化卻無法建立起來。人除了追求金錢之外，可以說是一無所有。我覺得「由小見大」便是本文作者最可貴的地方①。

凌煙在《失聲畫眉》中，承襲了台灣鄉土文學的傳統。它透過主人公慕雲對傳統歌仔戲的執著，寫出一種流貫在血液中的鄉土情感；所有有關歌仔戲的美好記憶，傳達的是作者對於民間台灣的一種「鄉土想像」；而歌仔戲的傳統斷裂

---

① 姚一葦語，見《一個小社會的完整呈現——第四次百萬小說徵文決審過程記錄》，《失聲畫眉》，台北，自立晚報社文化出版部，1990年12月版，第262頁。

以及變質、淪落的現狀，又不無感傷地點出了「原鄉不在」的主題。

當然，凌煙如果能進一步克服某些平面化寫作的不足，透過繁複的生活現象去透視深廣的社會變遷背景、文化衝突內涵、歌仔戲所承載的民間精神與靈魂，那麼，「失聲的畫眉」所象徵和傳達的藝術力量，將更具穿透性和震撼力。

另一位女作家蔡素芬①，自 1986 年以短篇小說《一夕琴》登上台灣文壇後，一直關心著多種社會題材，其中所凸顯的是鄉土寫實的路線。1993 年，她以「文字間流動著炎熱的南台灣海邊鹽田的風貌」②的《鹽田兒女》，一舉奪得「《聯合報》長篇小說獎」，從而引起文壇的普遍關注。蔡素芬對於鄉土書寫傳統的繼承和發展，她獨特的創作脈絡，為她這一代作家的經歷做了一個歷史注腳：「這是一個經歷了台灣從農／漁村社會轉變為工商都會的世代，也是讀軍中作家作品長大的世代，既懷有不曾質疑的『中國想像』，卻

---

① 蔡素芬，女，台灣省台南縣人，1963 年生。私立淡江大學中文系畢業，就讀於美國德州大學雙語文化研究所碩士班，1992 年 11 月回台灣定居。大學時代開始文學創作，曾任《國文天地》月刊主編，多次獲校園文學獎。1986 年以《一夕琴》獲得「《中央日報》百萬徵文」短篇小說第一名。後任《自由時報》影視中心撰述委員兼副刊主編。出版有短篇小說集《六分之一劇》（1989 年）、《告別孤寂》（1992 年）、《台北車站》（2000 年），長篇小說《鹽田兒女》（1994 年）、《姊妹書》（1996 年）、《橄欖樹》（1998 年），並發表有關「龐大姐」的系列中篇《白氏春秋》、《水源村的新年》、《返鄉》等。

② 李喬：《〈聯合報〉小說獎決審委員評語》，《鹽田兒女》，台北，聯經出版事業公司，1994 年 5 月版，第 1 頁。

也不經意地流露出台灣特殊的土地經驗。」①

　　蔡素芬的童年是和鄉野人物在一起的，她對台南故鄉人情風俗的眷戀，對鹽田兒女悲歡歲月的憶念，使她擁有一種濃得化不開的鄉土情結；而台灣社會結構急劇轉型帶來的鄉村人生變遷與命運漂泊，又讓她在有關故鄉的回眸與反思中，滋生出複雜難言的現實感觸。正是從對土地的情感出發，蔡素芬創作了《鹽田兒女》及其第二部《橄欖樹》。《鹽田兒女》在二十世紀 60 年代至 80 年代台灣社會轉型的歷史背景下，來透視鄉村女子明月的成長歲月，這種創作「算是回顧生長環境與土地感情的作品」②，「故事以感情為訴求，紀念風土人情的意義勝於其他企圖」③。及至《橄欖樹》，作者是在 80 年代中期的大學校園背景下，以明月的女兒祥浩為主軸，一方面對比了母女兩代女性面對感情與命運處境的態度，延續《鹽田兒女》未竟的人生情懷，但又有新的人生超越；另一方面，則有感於校園失去了時代理想，借祥浩對《橄欖樹》為象徵的民歌精神的追求，重新思考了人與故鄉、生命與流浪、夢想與追尋等多重人生命題。

　　蔡素芬在《鹽田兒女》中所表現出來的「鄉土想像」訴求，強烈而執著。小說以女主人公明月的婚姻愛情命運和坎

---

① 邱貴芬：《蔡素芬——訪談內容》，《（不）同國女人聒噪——訪談當代台灣女作家》，台北，元尊文化企業股份有限公司，1998 年 3 月版，第 191 頁。

② 蔡素芬語，見邱貴芬：《蔡素芬——訪談內容》，《（不）同國女人聒噪——訪談當代台灣女作家》，台北，元尊文化企業股份有限公司，1998 年 3 月版，第 194 頁。

③ 蔡素芬：《鹽田風日（序）——人情的故鄉》，《鹽田兒女》，台北，聯經出版事業公司，1994 年 5 月版，第 2 頁。

坷人生道路爲主線，在二十世紀 60 年代到 80 年代台灣的歷
史跨度上，表現鹽田兒女的生命韌性和感情追求，展示鹽田
村落的歷史變遷和現實風貌，由此凸顯出作者對於鄉土的記
憶與認知。

　　這種創作路線，一方面，它承襲了台灣鄉土文學的傳
統，提供了鄉土寫作的諸多品質。在人物設置上，《鹽田兒
女》繼續了鄉土文學對底層小人物的一貫關注，體現了作家
人道主義的悲憫情懷。作品中，明月、大方以及諸多辛勤勞
作的鹽田兒女形象，他們在鹽田度過的悲歡歲月，爲勞動
者、小人物的鄉土人生，籠罩上一層溫馨而苦澀、樸素而憂
傷的情感色彩。就小說的架構而言，《鹽田兒女》採用了鄉
土文學中常常涉及的城鄉對比視角。從台南鄉下的淳樸人
情，到港都高雄的世態炎涼；從守著鹽田討生活的鄉村生活
方式，到奔波港口出賣勞動力的流民生存境遇，作品透過鄉
村經濟形態、鹽民生活方式以及價值觀念的變化，一筆寫盡
了台灣三十年來的社會變遷。從前的台南鄉下，有著一望無
邊的鹽田，美麗的白鷺鷥，以及美好而淳樸的民間風俗。鹽
民的生活雖然艱苦，但他們對養育了自己的一方水土充滿內
心的認同：「我們生來鹽家人，做鹽田就像日常三餐，非做
不可，因爲我們在這塊土地上，鹽田是命脈，沒有理由懈
怠。」①每到冬季，村子裏的青壯年男子便結伴出海捕魚，
12 條漁船破浪前行，頗有陣勢；年關返鄉時又滿載而歸，
給鹽家人帶來生活的憧憬和歡樂。而多年之後，青壯年勞力
不是離開故鄉到城市謀生，就是到附近新建工廠做工，鹽田

---

① 蔡素芬：《鹽田兒女》，台北，聯經出版事業公司，1994 年 5 月版，
　　第 35 頁。

村落裏剩下的只有兩艘早出晚歸、在近處捕蝦的小船和一些老人囝仔；空曠的鹽田上，沒有人曬鹽，也看不見白鷺鷥，工會要把鹽田收去，以後雇人曬鹽付月給。所有與鹽田歲月相連的漁船迎返儀式，元宵慶祝活動，以及燈謎、賽歌、民謠，也隨時代變動而流逝。在上述描寫中，鹽田無異於一個童年的夢，一個精神的家園，諸多美好的鄉土記憶和成長的歲月見證，令作者鍾情不已，無法忘懷；而現代化過程中的鄉村失落與破敗，也就更讓作者心痛與感傷。社會的不斷變動，驅使鹽田兒女在鄉村與城市之間不停地奔走，對這種現實的正視，也讓蔡素芬一直都將地域性和生命情境中的漂泊性格進行著反覆訴說。

另一方面，《鹽田兒女》又越出了鄉土文學的傳統框架，注意發掘其複雜而矛盾的內涵，並特別融入了一種審視意識和現代眼光。在台灣由農業社會向工商業社會轉型的過程中，變動的社會環境帶來了變動的人生經驗，鹽田兒女也面臨著適者生存、與時俱進的新課題。透過明月及其子女祥春、祥浩的城市打拼，作者對鹽田兒女堅忍的生命力給予了熱情讚美。與此同時，在現代化過程中回眸鹽田，審視鹽田、鄉土、傳統、民間、習俗中所擁有的，就不再僅僅是美好的記憶，它同時也存在著負面的形象、封建的殘餘和因襲的重負。正是因為媒妁之言、父母之命的封建傳統和習俗，明月不能與青梅竹馬的戀人大方終成眷屬，只能遵母命去走招贅婚姻的道路，由此開始了悲劇性的婚姻生活。對於男主角大方而言，鹽田又是貧窮落後的化身。「在那塊貧瘠到只有鹽會生長的土地，一個年輕人是沒有希望的，日出日落的擔鹽捕魚，他將像父親及先人般衰老在這塊土地上，一成不變地靠陰晴不定的天氣過日子，一成不變的懷著貧窮的卑

微，祈望老天送來好年冬。若他一直在村子待下去，那些遊走小路上和蹲在廟門曬太陽的老人就是他未來的影子，生命似有若無的在風吹日曬裏默默的完結了。」①而城市，它對大方所意味的，是未來和希望。「現在都市裡興起許多建設，需要大量的人力，只要來到這個有希望有前途的所在，未來的日子會閃亮著無數意想不到的驚奇。」②所以，大方毅然選擇了離鄉，並通過艱苦異常的打拼，在城市的土地上成就了他的事業，實現了鹽田兒女新的人生價值。這裏，城與鄉的形象不再是一種對峙狀態，它們之間的意義有了新的轉換。正像台灣學者邱貴芬指出的那樣：「如果在某一個層面，都市代表現實生活的枷鎖，『鄉土』暗示救贖和自由，在另一層面，『鄉土』卻也可能是重重加身的鎖鏈。」③

　　《鹽田兒女》的「鄉土想像」訴求，還帶有一種鮮明的女性色彩。從女性的觀點出發來看鹽田兒女的悲歡歲月，蔡素芬對於鄉土女性的人生底蘊，對於愛情與婚姻的多重涵義，都有一種特別的理解。作品對於女主角明月形象的塑造，集中體現了作者的創作宗旨。身為鹽田兒女的明月，美麗、勤勞、善良、堅忍，是鹽田村落裏最出色的女孩子。她與村子裏精明能幹、多才多藝的小夥子大方青梅竹馬，心心相印，在艱苦的鹽田勞作中編織著青春的夢想。然而，生活

---

① 蔡素芬：《鹽田兒女》，台北，聯經出版事業公司，1994 年 5 月版，第 60 頁。
② 蔡素芬：《鹽田兒女》，台北，聯經出版事業公司，1994 年 5 月版，第 61 頁。
③ 邱貴芬：《女性的鄉土想像——台灣當代鄉土女性小說初探》，梅家玲編：《性別論述與台灣小說》，台北，麥田出版社，2000 年 10 月版，第 129 頁。

並未按照人們預期的軌道運行，明月的坎坷命運見證了多種
社會力量對於女性人生的形塑。明月一生所承受的，不僅有
著來自男權傳統的欺壓，有著來自封建習俗、民間偏見的束
縛，還有著經濟與生存背景的巨大制約。因爲家境貧窮，因
爲是女孩子，明月小小年紀就開始曬鹽、採蚵仔、養雞群、
理家務、照料弟妹，爲長年在外謀生的父親和久病臥床的母
親挑起家庭重擔。然而，到了談婚論嫁的年齡，明月卻無法
左右自己的命運。父母爲了留明月繼續養家，決定讓她走招
贅婚姻的道路。愛情破碎的明月掙扎無望，最後只好聽任父
母之命，與一個嗜賭浪蕩、作風粗暴的男子慶生結了婚，從
此走上一條坎坷多難的人生道路。身懷六甲還在擔鹽的負重
身影，高雄港口出賣苦力的匆匆腳步，像男人一樣清理輪船
油艙的辛苦危險，養育四個兒女的無私奉獻，同時還要面對
丈夫的嗜賭敗家、拳打腳踢，明月所經歷的那些悲苦、委
曲、無奈、辛酸的生活場景，讀來令人爲之唏噓。難能可貴
的是，在生活與感情的雙重逆境面前，鄉村女子沒有一味地
哀嘆命運，放任生活，而是憑藉頑強的生命力和寬廣、善良
的包容心，通過艱苦的打拼，支撐起自己的人生，也庇護了
這個多災多難的家。與此同時，那份深藏心底的青春戀情，
又維繫了明月對於鹽田故鄉、成長歲月、生命意義的所有憶
念，成爲明月賴以支撐現實人生的一種精神動源。小說中，
明月那種堅忍不拔、自立自強的性格，豁達大度、世事澄明
的心境，包容現實、創造生活的力量，一生一世、無怨無悔
的愛情守護，以及確信「一枝草一點露」的生命信念，把一
個歷經人生滄桑而不改鹽田兒女本色的女性形象，一個照人
心明、照人前路的明月般的女性形象，刻畫得感人至深。作
者在這個人物身上，寄寓了一份深深的女性認同與讚美，並

由此發掘了關於土地、愛情、生命與女性之間的本源性鄉土想像。

《鹽田兒女》的「鄉土想像」訴求，也通過淳樸的風土人情，諺語民謠，傳達出一種眞摯的原鄉情懷。一片片閃著銀光的鹽田，一群群飛行於鹽田的白鷺鷥，一座座掛滿蚵殼的棚架，一條經過村莊的河流，12 艘隨時駛向海洋的漁船，還有那座供奉著先民渡海延請的原鄉神祇、象徵著移民對原鄉思念的廟宇，共同構成了鹽田村落的生活背景，也讓苦澀的鹽田人生多了幾分鄉土詩意。每逢盛夏，年輕人在河中呼群引伴，泅水比賽；冬至來臨，家家戶戶忙著搓湯圓，添年歲；元宵將至，整個村子都在掛彩燈、猜燈謎，唱歌擂台，民間做拜拜，把鹽田村落的年節氣氛推向高潮。更有那漁船返鄉的熱鬧場面，被鑼鼓爆竹的喧鬧聲、船上撒下的銀角子和糖果，以及不斷搬下的腌魚、罐頭、年貨，烘托得喜氣洋洋，「鹽田歲月裏沒有什麼事比看船出海、入海、撿銀角仔、搶糖果更令人神往」①。而不時穿插出現的民歌、民謠，透過大方吹奏的葉笛和口琴，又將鹽田、清風、明月、白鷺鷥以及男女心事所織就的鄉思，表現得情深意長：

> 白鷺鷥在田邊
> 秋風冬霜　白白的身影飛來去
> 白鷺鷥在田邊
> 等阮的腳步來伴伊
> 伴伊過了風過了雨　過了炎熱和寒露

---

① 蔡素芬：《鹽田兒女》，台北，聯經出版事業公司，1994 年 5 月版，第 116 頁。

　　　　伊說阮呀　搖搖的腳步

　　　　親像一隻　風中吟唱找食的慈鳥

　　　　白鷺鷥在田邊

　　　　秋風冬霜　白白的身影飛來去

　　　　白鷺鷥在田邊

　　　　等無阮搖搖的腳步

　　　　等過了風等過了雨　過了炎熱和寒露

　　　　伊說阮呀　忘了鹽田地

　　　　不知去到　天邊那個遙遙好所在①

　　在這樣一片鹽田上生活過的蔡素芬，她心中深藏一個童年的故鄉，人情的故鄉，風土的故鄉；每每返鄉的時刻，「土地的美與純淨一下勾起了人事的感念，一群鹽田兒女的歡喜悲愁全來到心間」②。而當她將這一切訴諸筆端的時候，《鹽田兒女》又何嘗不是以精神還鄉的方式，喚起了我們對於故鄉風貌、生命本源和成長歲月的全部憶念。

第二節　人生拆解：新世代女作家的寫作態勢

　　文壇新世代的不斷湧現，往往以蓬勃的生命力和前衛的藝術個性，激活當下的文學創作，有時甚至會開啓一個文學時代。90 年代崛起於台灣文壇的新世代女作家，是以鮮明

① 蔡素芬：《鹽田兒女》，台北，聯經出版事業公司，1994 年 5 月版，
　　第 124 頁。
② 蔡素芬：《鹽田風日（序）——人情的故鄉》，《鹽田兒女》，台
　　北，聯經出版事業公司，1994 年 5 月版，第 2 頁。

的代際特徵，傳達出不同於以往世代作家的更年輕的聲音。

　　從台灣新世代女作家的成長背景來看，她們多出生於1965 年以後，70 年代之間。其主要作家及出生年代可以列出的有：宇文正（1964 年）、張瀟太（1965 年）、鍾文音（1965 年）、林麗芬（1966 年）、杜修蘭（1966 年）、朱國珍（1967）、陳淑瑤（1967 年）、成英姝（1968 年）、郝譽翔（1969 年）、賴香吟（1969 年）、凌明玉（1969 年）、劉叔慧（1969 年）、張惠菁（1969 年）、邱妙津（1969 年）、陳雪（1970 年）、洪凌（1971 年）等。對於新世代女作家而言，成長的歲月所面對的，有台灣社會轉型以後的都市化生活場景，有 8、90 年代以來由大眾文化、後現代主義思潮以及多種意識形態話語相交織的文化生態環境，當然也有日趨多元化、個性化的文學版圖。這種紛繁而喧嘩的生存背景，一開始就爲她們人生設計與文學路向的多樣化選擇提供了可能性。在台灣教育普及的背景下，這群新世代女作家大都經歷了大學校園的成長，甚至擁有碩士乃至博士的高階學位。生活在大眾傳媒與全民教育的時代，她們的職業又多與報紙雜誌、電台、影視業、出版社、高等院校相關，且其中不少人有出洋留學的經歷，所以人生閱歷雖然有限，文化視野卻不狹窄，更多地擁有資訊時代的社會生活信息。這使她們的創作一出道，就顯示出開放的、多元化的姿態與藝術流向。

　　就新世代女作家躍出文壇的方式而言，她們多憑藉報刊媒體創設文學獎的管道嶄露頭角，引人矚目。上述作家一般在大學時代開始寫作，躋身文壇之前也曾有過艱苦的創作過程和無人問津的冷遇，後來在名目繁多的文學評獎中一鳴驚人，迎合了當前台灣文學新人崛起文壇的標準模式。90 年

代文壇新人的得獎，主要是以兩報（《聯合報》、《中國時報》）三刊（《聯合文學》、《幼獅文藝》、《台灣新文學》）爲陣地，另外也有台北文學獎、洪醒夫小說獎以及各類校園文學獎，等等。與此同時，爾雅出版社每年一度的短篇小說選，也爲新世代女作家的登壇提供了平台。郝譽翔的《二　三○○，洪荒》、《餓》，賴香吟的《清晨茉莉》、《熱蘭遮》，張瀛太的《飛來一朵蜻蜓花》、《夜夜盜取你的美麗》，朱國珍的《尋找楊淑芬》，凌明玉的《圖書館之戀》，劉叔慧的《素面》，陳淑瑤的《女兒井》，張惠菁的《小雪》，成英姝的《三個女人對強暴犯的私刑》、《生命中不能承受之失憶/失業》，林麗芬的《女子學校男老師》等等，都是 90 年代以來年度小說選榜上有名的作品。新世代作家得獎之後，又多在聯合文學、皇冠、九歌、遠流、探索五家出版社出版作品集。這樣，來自文學獎、年度作品選與出版社幾方面的合力，爲 90 年代新世代女作家的創作提供了競技場。

　　新世代女作家的小說創作，是在解嚴之後「百無禁忌」的年代裏開始起步的，其最大的特色就是「輕」。與 80 年代的小說言說相比，90 年代的新世代女作家似乎更意識到寫作的不可承受之輕。有感於逼近世紀末的台灣社會現實，劉叔慧①以她年輕的心靈所體味到的，是「在這個沒有眞理

---

① 劉叔慧，女，1969 年生，台灣省彰化人。輔仁大學中文系畢業，淡江大學文學碩士。曾任《漢聲》雜誌、《歷史》月刊編輯，後任職於台北市政府新聞處。以《素面》入選 1996 年短篇小說選。曾獲《聯合報》文學獎、「教育部文學獎」、《聯合文學》小說新人獎，著有小說集《夜間飛行》（1996 年），散文《病情書》（1998 年）、《單向的愛》（1998 年）。

沒有權威甚至沒有理想的時代，因為失去對遠方的凝視，所有當下的感受似乎都不能凝結為一個完整飽滿的心靈。空洞的姿態，蒼白的唱嘆，一切事物都因為朝著消散的宿命而有一種異樣的死亡氣息。許多後現代的作品都泛著腐敗前的華麗之香，我在暴烈的文字裏看見人們心裡的末日」①。新世代女作家文本內容的「輕」，與台灣當下紛亂的政治文化思潮、浮動的社會情緒和人心世態有關係。當後現代文化思潮以消解的姿態面對以往文學的宏大敘述和歷史建構的時候，傳統的台灣文學議題遭到顛覆，主流的話語秩序被邊緣敘事所挑戰，舊觀念的崩解和新觀念的尚未建立，使價值觀出現了尚未確立的虛空狀態，人生也出現了飄浮感。相對於李昂、朱天心這些走過戒嚴時代的女作家而言，新世代女作家不再透過創作與台灣的歷史、土地、認同去對話，也不再關心前行代作家小說中那種沈重的歷史記憶和政治議題；「二二八事件」、「中壢事件」、「美麗島事件」、「五二〇事件」……這些名詞，已經在她們筆下消失。新世代女作家更感興趣的，是後現代消費情境與都市人生，是台灣在世紀末「情色熱沸」風潮中的慾望表演，是對女性議題、成長議題乃至當下人生的個人化敘述。她們「以新的時代感性面對著多變的人間世情」②，創作上則多以戲謔化的姿態，反諷、調侃的口吻，看似青澀，實則老辣的表現力，凸顯了「輕盈」的風格。

---

① 劉叔慧：《劉叔慧創作觀》，保真編：《八十五年短篇小說選》，台北，爾雅出版社有限公司，1997 年 2 月版，第 165 頁。
② 李瑞騰：《90 年代崛起的新生代小說家》，陳義芝編：《台灣現代小說史綜論》，台北，聯經出版事業公司，1998 年 12 月版，第 524 頁。

　　當然，我們也應看到，在上述主要創作流向之外，新世代女作家還有一些抒寫鄉土生活或城鄉對照的文本，陳淑瑤①的《女兒井》寫海邊漁村的田園情景與生活驚擾，張瀛太②的《飛來一朵蜻蜓花》表現鄉村少年的流浪人生和美好情愫，賴香吟③的《熱蘭遮》在尋找生命歸屬中的傷逝歸鄉，都以她們的個性化描述，帶來了另一種解讀人生的方式。

　　90 年代新世代女作家的創作面貌，可以從三個方面觀察：

　　首先，以總體的創作流向來論，對政治議題的疏離和反諷，成為新世代女作家文本的普遍傾向。在朱國珍④的《夜

① 陳淑瑤，女，1967 年生，台灣省澎湖人。輔仁大學歷史系畢業，曾獲《中國時報》文學獎、洪醒夫小說獎，並以《女兒井》入選 1997年短篇小說選，出版小說集《地老》（2004 年）。
② 張瀛太，女，1965 年，台灣省台南縣人。台灣大學文學博士，任教於暨南大學、輔仁大學中文系。以《飛來一朵蜻蜓花》、《夜夜盜取你的美麗》，兩度入選1999年、2000年短篇小說選。曾獲《聯合報》文學獎小說第一名、《中國時報》文學獎散文首獎、《中央日報》小說獎第一名等 20 項文學獎。著有小說集《巢渡》（1996 年），電影劇本《盟》（1998 年）。
③ 賴香吟，女，1969 年生，台灣省台南人。台灣大學經濟系畢業，日本東京大學地域文化研究碩士。曾獲台灣省巡迴文藝營創作小說獎、聯合文學新人獎、吳濁流文學獎、台灣文學獎。著有小說集《散步到他方》（1997 年）、《霧中風景》（1998 年）、《島》（2000 年）等。以《清晨茉莉》、《熱蘭遮》，兩度入選 1990 年、2000 年短篇小說選。
④ 朱國珍，女，河南省禹縣人，1967 年生於台北。清華大學中文系畢業，英國李斯特大學大眾傳播研究中心碩士。曾任華航空服員、華人衛星新聞台新聞主播、採訪記者，後任職於華視新聞部。曾以《尋找楊淑芬》入選1994年短篇小說選，獲聯合文學小說新人獎。著有《夜夜要喝長島冰茶的女人》（1996 年）等。

夜要喝長島冰茶的女人》中，這種疏離感表現得尤爲突出。
作品用輕描淡寫的口吻講述年輕的女主人公亞維儂的故事，
白描手法的背後呈現的是這個社會已經無法言喻的亂象。亞
維儂喜歡到一個名叫「諾亞方舟」的酒吧喝酒、跳舞，她身
份曖昧，有錢有閒，擁有浮光掠影般的生活。與一見面就上
床的原住民男子伊將交往，當對方向她滔滔不絕地講述政治
理念和族群命運的時候，亞維儂的反應十分冷淡，她說：
「因爲我從來不談政治。我喜歡談藝術品。」「對她而言，
所有跟政治有關的現象都是不眞實的，像夢一樣，睡醒就忘
記了。」①而從前與企業家之子談戀愛的時候，「亞維儂從
來不談政治；企業家第二代也不喜歡談政治。那個時候，他
們共同的語言是飆車，夜遊，可口可樂」②。事實上，「當
政治環境已經不能給予這一代青年有關國家認同，族群融
合，以及『我』到底是誰的安全感時，末世紀情結的失落，
徬徨，隨波逐流以及拜金享受已然成爲麻痺身心的靈藥」③。
小說還通過兩個令人驚愕的情節設置，不動聲色地諷刺了當
下台灣社會的政治亂象。立志要做野生動物保育專家的莉
撒，因爲對母親的愛，她聽命了被賣到華西街從妓 20 年的
屈辱生涯；因爲對一個準備競選下屆立委的在野黨人士的
愛，莉撒到處爲其助選，成爲一個狂熱的反對黨信徒。與新
科立委結婚多年後，連丈夫都唾棄政治，改行當了傳教士，

① 朱國珍：《夜夜要喝長島冰茶的女人》，台北，聯合文學出版社，
　1997 年 5 月版，第 22～23 頁。
② 朱國珍：《夜夜要喝長島冰茶的女人》，台北，聯合文學出版社，
　1997 年 5 月版，第 29 頁。
③ 朱國珍：《並非只是「新人類小說」》，《夜夜要喝長島冰茶的女
　人》，1997 年 5 月版，第 182 頁。

莉撒卻仍舊獨自奮鬥，最終當上了立法院長，繼續她的野生動物拯救事業。作品的這種故意安排，是足以讓那些傳統衛道士們和男權主義者跌破眼鏡的。作者說：「然而當我們認真的觀察當今社會，那些明明做錯事還要欲蓋彌彰的大官，以及在議會裏動輒拳打腳踢血口噴人的民意代表，他們難道就比一個妓女純潔嗎？這些顛倒黑白是非不明的政客，難道就比一個從良之後還願意拯救野生動物的妓女高貴嗎？」①小說還寫到一場突來的洪水，讓正在街頭搞政治運動的藍綠陣營落荒而逃，貼上標籤的政治旗幟也變成一張張漂流在渾水上的垃圾。這些情節在解構當下政治現象的同時，也戲謔地鋪陳出一個後現代台北都會的情境。

郝譽翔②《兩地》中的男主人公，一個正在戀愛狀態中的年輕人，看到街上緩緩走過的遊行示威隊伍，「他忽然想到自己念書時對政治參與的血脈僨張，解嚴那些年還參加過幾次靜坐抗議，流著淚和一群陌生人齊聲吶喊，全身如發燒般地滾燙，死亦不足惜，真難想像現在的他對這個遊行隊伍的主題是什麼都還搞不清楚。大家的意見實在太多了，他模糊地想，有時真該好好控制一下才對」③。透過主人公對待

---

① 朱國珍：《並非只是「新人類小說」》，《夜夜要喝長島冰茶的女人》，1997 年 5 月版，第 181～182 頁。

② 郝譽翔，女，1969 年生，山東省平度人。台灣大學文學博士，任教於台大中文系。所著《二三○○，洪荒》和《餓》，分別入選 1997 年、1999 年台灣短篇小說選。曾獲「《聯合文學》小說新人獎」、「《中央日報》文學獎」、「《中國時報》文學獎」、「台北文學獎」、「台大文學獎」等獎項，出版有小說集《洗》（1998 年）、《逆旅》（2000 年），散文集《衣櫃裏的秘密旅行》（2000 年）等。

③ 郝譽翔：《兩地》，《洗》，台北，聯合文學出版社有限公司，1998 年 4 月版，第 102 頁。

政治運動態度的前後變化，也可窺見，在泛政治泛道德泛教條的東西的不斷積累和壓抑下，這一代年輕人早已對政治採取了疏離與厭倦的選擇。

其次，在處理兩性關係、慾望世界、女性議題的時候，新世代女作家的文本敍述中，不僅暗藏了一種洞穿世事的鋒芒，一種人性發掘的深度，也流露出屬於這一代年輕人的性別觀點。

兩性關係的相處模式，在愛情婚姻的世界裏表現得最爲充分；而對愛情烏托邦的拆解，又往往來自於對男權社會的經驗與解讀。宇文正①的小說，常常以女性觀點來鋪排愛情故事，但她筆下的女性所面對的幾乎都是分手的挫敗，在這種愛情歷練中日漸成長的女子，對愛情的幻象和男權面孔的僞善，有了一種痛苦的生命經驗的洞穿。《世紀末愛情》中，一個貌似浪漫、實則以不斷掠奪女性愛情來供養自己所謂「詩心」的成年男子，輕易地俘獲了第一人稱的「我」的心靈。「我想他是汪洋情海中的大力水手，在情愛的世界裏活得游刃有餘。」②「我」自然而然地把一切給了他，但沒過幾個月，他已經移情別戀，把當初的結婚約定拋到九霄雲外。「之後我經歷著戀愛、分手，解讀複雜的男人，亦摸索著自己內在的幽暗與光亮。而他的詩陸陸續續在副刊上發表。閱讀、思考他的詩，企圖找詩裏自己的影子，然後我發

---

① 宇文正，女，1964 年生，本名鄭瑜雯。東海大學中文系畢業，南加大東亞所碩士。曾擔任記者、編輯，後專事寫作，並兼任電台「民族樂風」節目主持人。著有小說集《貓的時代》（1995 年）、《台北下雪了》（1997 年）。

② 宇文正：《台北下雪了》，台北，遠流出版事業股份有限公司，1997 年 3 月版，第 40 頁。

現這樣多的女人與愛情供養了他的詩心，愛情在他靈魂的深度就是詩的深度。男人玩著這樣的把戲已經好多個世紀了。」①宇文正還喜歡在多年之後，再回過頭來看分手的故事，更深刻地觸及兩性關係的本質。《世紀末愛情》中的男主人公在移情別戀之後，居然又來騷擾被他拋棄的「我」，不斷重複上演他對女人的那套把戲；《台北下雪了》虛擬了一個渴望舊愛的雪景，早已結婚的男主人公對分手多年的女友的再度誘惑，終究還是「走調」、「斷弦」了；而時間對於分手故事的延續，不過是再次驗證了女性對男性世界的一種解讀。

　　凌明玉②的小說題材，常常觸及婚姻與愛情重疊的神秘地帶，女性人生的幽微心境，它赤裸辛辣地挑釁著理想的愛情原型，不斷消解著愛情的幻想與神話，並傳達著新世代的性別觀：「這個時代的男與女早已跳脫了制式的組合。」③《愛情烏托邦》這篇作品採用意識流的手法，在輕盈自如的敘述風格中，舉重若輕地透視了兩代女性的情感困境。對於母親和如姨這一代女性而言，她們不僅要經歷兩個女人角逐同一個男人的同性之戰，更要面對感情不專的父親強加給她們的男權面孔。遭遇遺棄命運的母親，和忍受婚後寂寞的如

---

① 宇文正：《台北下雪了》，台北，遠流出版事業股份有限公司，1997年3月版，第43頁。
② 凌明玉，女，1969年生，台灣省台南人。空中大學人文系畢業。後任出版社編輯，兒童創意作文班老師。曾獲《中央日報》小說首獎、《聯合文學》巡迴文藝營小說類首獎，世界華文成長小說獎，「台灣省教育廳兒童文學獎」等。以《圖書館之戀》入選1996年短篇小說選。出版有《愛情烏托邦》（1999年）。
③ 凌明玉：《愛情烏托邦》，台北，九歌出版社有限公司，1999年1月版，第175頁。

姨，她們解脫婚姻困境的傳統途徑，一是通過生育子女，關注自身延續的「複模」，來掩藏逐日遞減的愛情；二是遵從《聖經》教導，以女人對丈夫無條件的戀慕、忍耐、包容、相信等所謂美德，去建造愛情烏托邦。到了女兒這裏，每當愛情來臨，她總忍不住去懷疑的不信任感，既讓她陷入了始終無法致專於愛情的困境，也讓她大膽碰撞和解構著傳統的女性觀念：女人要不要依賴另一個性別？如果要，是否必須相信所謂的愛情烏托邦才能生存？如果不要，可不可以藉著關注自身以及自身延續的「複模」，走進女性的世界？女兒對愛情烏托邦的顛覆表明了新世代洞穿世事的犀利，而無法解決「無性繁殖的自然結晶」的難題，又隨時提醒她們這種兩難的選擇。在《幸福的青鳥》中，凌明玉還以電影蒙太奇的剪接手段，將男女相處過程的畫面一幅幅呈現出來，由此拆解了人們對於婚姻幸福的期待。從婚後幸福的墜跌，作品悟出了「兩個人的幸福，始於愛意之初，一個人的幸福，卻始於婚姻生活獨處的空檔」①。在經歷了無趣的十年結婚生活之後，女主角突然發現，「自己一直置身於幸福的夾縫中，而不自知，那幸福就像某詩人的名句，被壓得扁扁的，無法承載那麼多的期待，幸福在黝暗的夾層裏變得薄脆乾枯，終於就要揮發成一縷煙霧了」②。男女相遇，從幸福的開始──幸福的頂端──幸福的墜跌，這一人生曲線中早就潛伏了「幸福的裂痕」，只是處在「幸福的夾縫」中的人們

---

① 凌明玉：《愛情烏托邦》，台北，九歌出版社有限公司，1999 年 1 月版，第 91 頁。
② 凌明玉：《愛情烏托邦》，台北，九歌出版社有限公司，1999 年 1 月版，第 94～95 頁。

不自知而已。凌明玉在一種情理兼蓄的冷調書寫中,不動聲色地呈現出有關愛情、婚姻、幸福、男人、女人這些字眼背後的真實面目。

同樣涉及對愛情烏托邦的拆穿,朱國珍的戲謔化描寫走得更遠。《悲劇喜帖》以貌似荒誕的情節設置,講述一對戀人因看透了婚姻的悲劇實質,在結婚時發放「悲劇喜帖」而殘酷應驗的故事。這對戀人「一致認為婚姻是一場悲劇,是普天下人類將共同經歷的悲劇,而我們只是比別人勇敢地認清了這個觀念的內涵,不再如懷春男女般寄予『婚姻』這個制度任何烏托邦式的幻想,以為從此以後他們可以幸福快樂地過一輩子」①。由於清醒的婚姻意識,這對「悲劇夫妻」居然和平共處,締造出「喜劇結局」來。不料結婚一年半後,男主角突然遭遇車禍身亡,婚姻和死亡哪一個才是真正的悲劇呢?女主角陷入深深的迷惘和痛苦之中。更令她精神轟毀的是,丈夫生前居然有感情外遇,並為私生子投了巨額保單。她「以為自己已經善盡經營之責,將愛情,事業,甚至人性都面面顧到,設想分明,卻不料被一個拆穿的秘密攪得風雲變色」②。謊言、背叛,成為製造最大悲劇的基因。文本中的女主人公,原以為自己拆穿愛情、婚姻真相的世事澄明,能夠讓她從容冷靜地應對生活,沒想到,生活本身對她的人生預設的拆穿,卻讓她再也無法從容起來。

慾望世界的觀察和處理,是當下台灣社會慾望泛濫現實的寫照,也是文學走進「百無禁忌」年代的一種禁區突圍。

---

① 朱國珍:《夜夜要喝長島冰茶的女人》,台北,聯合文學出版社有限公司,1997 年 5 月版,第 39 頁。
② 朱國珍:《夜夜要喝長島冰茶的女人》,台北,聯合文學出版社有限公司,1997 年 5 月版,第 52 頁。

它所帶來的人性探究，更切近生命本體；由此造成的慾望喧嘩，也映射出物質消費時代的理想失重和人生浮華。新世代女作家對慾望世界的處理，在陳雪、邱妙津、杜修蘭、洪凌這類作家筆下，是以裸露狂放的情色題材和書寫方式，去描摹同性戀世界的「酷兒之戀」，以激進而異端的邊緣存在挑戰主流社會秩序。而到了郝譽翔、凌明玉、成英姝等人筆下，則是深入女性的隱私生活，重新發現、清理、表現女性的慾望和人性真實。郝譽翔的代表作《洗》，窺見了常態生活中的變態。女主角嫁為人婦，百無聊賴。儘管臥房之內毫無魚水之歡可言，進了廚房的她卻要天天烹殺活魚伺候公婆。唯有在浴室中清洗自己的時候，所有與異性邂逅的心境，與同性相處的情愫，都在女主角對自己身體的撫摸凝視中一一復活。而這凝視最終卻變成窺探：女主角對自己身體、慾望的「自看」，有人從對面樓頂對她的「他看」，以及她也在偷看看她的人。《萎縮的夜》以第一人稱的口吻，寫一個照顧久病以至去世的父親的女兒，對親人之間愛恨恩怨糾葛的回憶。生活在專制父親的陰影下，母親的一生都在不幸中度過；而父親之命造就的招贅婚姻，又讓女兒在丈夫的遺棄中獨守空門。特別是作品大膽深入了鮮被作家涉獵的自慰禁區，將母、女、孫三代慾望的輪迴、亂倫的暗示，處理得令人讀來顫慄。郝譽翔對記憶和慾望有一種特別強烈的清洗意識，她談道：「這些文字便成了多年來我學習如何清洗自己的成果。」①正如王德威指出的那樣：「郝譽翔銘刻我們看及看待身體的經驗及慾念，而且多半是非禮

---

① 郝譽翔：《關於記憶與慾望的幾種洗法》，《洗》，台北，聯合文學出版社有限公司，1998 年 4 月版，第 13 頁。

的。她開了扇文字的窗子，看到種種情慾的異象及臆想」，
「藉一切倫理、政治、時空、性／別關係錯位後的可能，拼
湊出我們不願正視的生命變體與異形」①。

　　女性議題對於接受了現代教育、有著知識女性背景的新
世代女作家來說，始終流貫在她們的創作中，成為她們觀察
社會、解讀人生的一扇窗口。與前輩作家相比，她們不僅爭
取擁有一間屬於「自己的屋子」，還需要開一扇自己的天
窗，以便冷眼看世界，熱筆寫人生。新世代女作家雖然並未
標榜自己是女性主義者，但她們對女性議題的碰撞，卻在不
動聲色之中顯露鋒芒；拆解和顛覆，成了她們強有力的言說
方式。

　　成英姝②的短篇小說集《好女孩不做》，在對不同類型
的女性群像的呈現中，採用了「他看」、「自看」、「互
看」的多種觀察角度，碰撞了男人看女人、女人看自我、女
人看女人的多重價值標準，由此打破了好女孩與壞女孩角色
的刻板規定，探索了愛情與慾望的陷阱，也翻轉了人們的既
有認知。

　　在《天使之眼》這篇小說中，成英姝以反諷筆法，一步
步拆解了男權暴力的猙獰面目，讀來令人不寒而慄。小說的
主人公是一個優雅如詩的中年男子，他有著建築師的職業，

① 王德威：《一扇屬於自己的窗子——讀郝譽翔的〈洗〉》，《洗》，
　台北，聯合文學出版社有限公司，1998 年 4 月版，第 7～8 頁。
② 成英姝，女，1968 年生，江蘇省興化人。清華大學化工系畢業，曾
　任環境工程師、傳播公司電視節目製作助理，同時從事編劇工作。所
　作《生命不能承受之失憶／失業》，入選 1994 年短篇小說獎。出版
　有小說集《公主徹夜未眠》（1994 年）、《好女孩不做》（1998 年），
　長篇小說《人類不宜飛行》（1997 年）、散文集《私人放映室》
　（1997 年）等。

藝術家的風度，愛上一個有著天使般眼睛的女孩子並與之結婚。女孩子的絕美純真引發了男人的愛憐，但這種愛是充滿自私專斷的佔有慾望，男人把女孩子當做「他的瓷娃娃」，而唯有捏碎了她方能顯現她「叫人心碎的美」。婚後的生活中，女子雖然生兒育女，雖然也有過企圖逃離的舉動，但表面上仍然像過去那樣安靜、柔弱、羞澀，只是天使般的眼睛失去了光輝，像蠟燭熄滅那樣，冷卻了。而這女子，已經在男人「他看」的目光中被凝固為戀物，成為滿足男性慾望的化身。丈夫不能容忍她的每一點細小變化，「當他望著她的眼睛時，他有一股念頭想把她的眼睛挖出來。那空洞透明的一雙眼睛」①。於是，男人以愛的名義進行虐殺，女子天使般的眼睛被殘忍挖掉，懷有身孕的軀體被鮮血浸染，一對天使般的兒女也慘遭毒手。謀殺案發生後，男人也曾重返謀殺現場。端詳著妻子的慘死景象，他哭泣許久，但這眼淚不是為妻子所流，而是哀傷音樂中所唱的：「告訴我我的天使的眼睛為何不見了？」整篇小說，一面是男人優雅如詩的敘述，一面是夢魘般的殘酷暴力；表面上是男人藝術家般的優美，背後卻隱藏著病態的佔有慾望和人性瘋狂；父權傳統中的專制、虛偽、殘暴，被成英姝一層層地剝離、拆解，暴露出它的本相。

及至朱國珍的小說，她對父權遺痕社會中的傳統偏見，通過揶揄、調侃的口吻，進行了大膽的翻轉。《夜夜要喝長島冰茶的女人》，設置了令男性世界瞠目結舌的場景：原住民妓女當上立法院長，這使得妓女職業成為原住民女子夢想

---

① 成英姝：《天使之眼》，邱貴芬主編：《日據以來台灣女作家小說選讀》（下），台北，女書文化事業有限公司，2001年7月版，第321頁。

中跳躍龍門的踏腳石；女主角亞維儂歷經荒誕且漫無目的的
生涯，最後成為掌控全球經濟的資本家。在她看來，要滅亡
一個國家，不再需要戰爭，只要抽走當地的所有資金即可達
到毀滅的目的。作品還特別透過亞維儂和原住民男子伊將做
愛的場景，以「輕盈無比」的態度，嘲弄般消解了性愛、道
德、婚姻的原來意義。對於亞維儂來說，「性」不再背負沈
重的意義建構負擔；「結婚」這兩個字成為她用來甩掉男人
的尚方寶劍；一向被男人珍惜的精子，卻被她塗在臉上，當
做比任何名牌化妝品更有效的純天然保養品。作者說：「有
關於描寫精液處理段落，則是為了顛覆傳統父權結構下不平
等的兩性關係，其用意是凸顯一個酖溺在自己性能力幻想中
的庸俗男子，如何被一個更高明的對手（女性）戲弄，最後
只有眼睜睜地看著自己傳宗接代的精液成為別人把玩的工
具，在性的權力遊戲中鬥爭失敗，落荒而逃。」①正是在上
述意義上，《夜夜要喝長島冰茶的女人》，成為一篇不折
不扣的女性寓言小說。

　　另外，新世代女作家的文本書寫，往往以扮演、失憶的
小說元，在一種虛擬的人生場景中，藉以展開人物的身份思
索和境遇追尋。朱國珍的《尋找楊淑芬》、《再見八點十
五分》、《今夜，請把台北當巴黎》等作品，成英姝的
《公主徹夜未眠》、《聖誕夜的三根火柴》、《我的幸福
生活就要開始》，凌明玉的《裝扮》等作品，都觸及了上述
情景的寫作。

　　朱國珍小說最常玩的遊戲，就是「扮演」的遊戲。「她

①朱國珍：《並非只是「新人類小說」》，《夜夜要喝長島冰茶的女
　人》，台北，聯合文學出版社有限公司，1997 年 5 月版，第 182 頁。

的小說，不管長短，有一個基本的情境設計：突然發生的變化，使得一個人有機會去扮演另外一個人，於是而產生種種錯綜複雜的關係。」①在《尋找楊淑芬》這篇作品中，一個到婦產科求診的冒名楊淑芬的未婚女子，實際上是公關企業副總裁；她又假冒美商公司台灣地區總代理的行銷企劃組經理，前往探訪眞正的楊淑芬；而負責診治的醫生循著病歷表上的住址，也去尋找楊淑芬。這裏，假楊淑芬的尋找，診治醫生的尋找，都觸及了追尋失落的自我這種重要主題，但追尋的過程又是通過身份的扮演、人生情境看似荒誕的虛擬來實現的。所以，「《尋找楊淑芬》是一個現代人的寓言，一個隱喩，以現代人的失落和追尋的渴望爲本體，藉由一個通俗的故事架構，營造出值得玩味的意義網絡」②。

成英姝的《我的幸福生活就要開始》，寫到女主角因意外事故失憶後，不用再負擔妻子與母親的責任，不用再回到那種無可掙脫的沈重現實之中，人生一下子顯得輕鬆起來。小說讓她的女主角這樣表現：

> 接著她又學了一首平安夜，她想到有一天她也能彈蕭邦的離別曲的時候，也許可以重新嫁一個格調比較高的丈夫，到那個時候記憶恢不恢復都已經不是問題了。想到這裏她開始有一點幸福的感覺③。

① 楊照：《青澀與老辣——序朱國珍小說集〈夜夜要喝長島冰茶的女人〉》，《夜夜要喝長島冰茶的女人》，台北，聯合文學出版社有限公司，1997 年 5 月版，第 7 頁。
② 張芬齡：《編選緒言和導讀》，《八十三年短篇小說選》，台北，爾雅出版社，1995 年 3 月版，第 15 頁。
③ 成英姝：《公主徹夜未眠》，台北，聯合文學出版社有限公司，1994 年 10 月版，第 25 頁。

　　小說結尾，恢復了記憶的女人，心中竟有了這樣一種秘密渴望：「要是能再失去一次記憶就好了，她想。這一次一定會好好把握，狠狠地把丈夫和女兒都甩掉，眞正地開始幸福的生活。」①作品對女性人生戲擬的背後，流露的卻是讓人發不出笑聲的嘆息。

　　總的看來，新世代女作家是以她們對現實人生的四面出擊和獨特發現，以她們寫實言情、科幻後設的多角經營，以她們或佻儇狡黠，或鋪張世故，或冷淡疏離，或戲謔擬仿，或荒誕怪異的多重風格，成爲 90 年代以來台灣文壇上一道新生的風景線。

---

① 成英姝：《公主徹夜未眠》，台北，聯合文學出版社有限公司，1994年 10 月版，第 27 頁。

主要參考書目

一、台灣文學與文論資料

《光復後台灣地區文壇大事紀要》（增訂本），台北，文訊雜誌社，1995 年 6 月。

《中華民國作家作品目錄新編》（1～4），台北，「行政院文化建設委員會」，1995 年 3 月。

《台灣文壇大事紀要》，台北，「行政院文化建設委員會」，1999 年 9 月。

梁明雄：《日據時期台灣新文學運動研究》，台北，文史哲出版社，1996 年 2 月。

葉石濤：《台灣文學史綱》，高雄，文學界雜誌社，1991 年 1 月。

彭瑞金：《台灣新文學運動四十年》，台北，自立晚報社文化出版社，1995 年 2 月。

許俊雅：《日據時期台灣小說研究》，台北，文史哲出版社，1995 年 2 月。

何寄澎主編：《文化、認同、社會變遷：戰後五十年台灣文學國際學術研討會論文集》，台北，「行政院文化建設委員會」，2000 年 6 月。

〈論〉：《台灣文學發展現象——五十年來台灣□學研□論文集（二）》，台北，「行政院文化建設委員□」，1996年6月。

□芝主編：《台灣文學經典研討會論文集》，台北，聯經出版事業公司，1999年6月。

□婉主編：《當代台灣都市文學論》，台北，時報文化出版企業有限公司，1995年11月。

陳義芝主編：《台灣現代小說史綜論》，台北，聯經出版事業公司，1998年12月。

孟樊，林燿德編：《世紀末偏航——80年代台灣文學論》，台北，時報文化出版企業有限公司，1995年6月。

李瑞騰主編：《台灣文學二十年集 1978—1998・評論・作家》，台北，九歌出版社，1998年3月。

邵玉銘等編：《40年來中國文學》，台北，成文出版社有限公司，1995年6月。

尉天驄主編：《鄉土文學討論集》，台北，遠景出版社，1978年4月。

呂正惠：《小說與社會》，台北，聯經出版事業公司，1988年5月。

呂正惠：《戰後台灣文學經驗》，台北，新地文學出版社，1988年5月。

白先勇：《第六隻手指》，香港，華漢文化事業公司，1988年12月。

隱地：《隱地看小說》，台北，爾雅出版社，1981年6月。

司徒衛：《五十年代文學論評》，台北，成文出版社有限公司，1979年7月。

葉石濤：《台灣鄉土作家論集》，台北，遠景出版公司，

1999 年 3 月。

楊照：《文學、社會與歷史想像——戰後文學史散論》，台北，聯合文學出版社，1984 年 10 月。

許俊雅：《台灣文學論——從現代到當代》，台北，國立編譯館，1997 年 10 月。

李瑞騰編著：《累積人生經驗・開創人文空間——文學尖端對話》（一），台北，九歌出版社，1994 年 7 月。

李瑞騰編著：《累積人生經驗・開創人文空間——文學尖端對話》（二），台北，九歌出版社，1998 年 6 月。

王德威：《小說中國：晚清到當代的中文小說》，台北，麥田出版社，1993 年 6 月。

林瑞明：《台灣文學的本土觀察》，台北，允晨文化實業股份有限公司，1996 年 7 月。

林瑞明：《台灣文學的歷史考察》，台北，允晨文化實業股份有限公司，1996 年 7 月。

李漢偉：《台灣文學的三種悲情》，板橋，駱駝出版社，1997 年 10 月。

王晉民：《台灣文學家辭典》，南寧，廣西教育出版社，1991 年 7 月。

徐迺翔主編：《台灣新文學辭典》，成都，四川人民出版社，1989 年 10 月。

劉登翰等主編：《台灣文學史》（上卷），福州，海峽文藝出版社，1991 年 6 月。

劉登翰等主編：《台灣文學史》（下卷），福州，海峽文藝出版社，1993 年 1 月。

白少帆等主編：《現代台灣文學史》，瀋陽，遼寧大學出版社，1987 年 12 月。

黃重添主編：《台灣新文學概觀》，廈門，鷺江出版社，
　　1991 年 6 月。

陳賢茂主編：《海外華文文學史》（1～4），廈門，鷺江
　　出版社，1998 年 8 月。

王晉民主編：《台灣當代文學》，南寧，廣西人民出版
　　社，1986 年。

古繼堂：《台灣小說發展史》，瀋陽，春風文藝出版社，
　　1989 年 11 月。

趙遐秋、呂正惠主編：《台灣新文學思潮史綱》，北京，
　　昆侖出版社，2002 年 1 月。

古遠清：《台灣當代文學理論批評史》，武漢，武漢出版
　　社，1994 年 8 月。

公仲、汪義生：《台灣新文學史初編》，南昌，江西人民
　　出版社，1989 年 8 月。

潘亞暾主編：《台港文學導論》，北京，高等教育出版
　　社，1990 年 9 月。

曹惠民主編：《台港澳文學教程》，上海，漢語大詞典出
　　版社，2000 年 10 月。

陳飛寶：《台灣電影史話》，北京，中國電影出版社，
　　1988 年 12 月。

莊明萱主編：《台灣作家談創作》，福州，海峽文藝出版
　　社，1985 年 5 月。

汪景壽：《台灣小說家論》，北京，北京大學出版社，
　　1984 年 3 月。

封祖盛：《台灣主要小說流派初探》，福州，福建人民出
　　版社，1983 年 10 月。

劉登翰：《文學薪火的傳承與變異》，福州，海峽文藝出

版社，1999 年 8 月。

楊匡漢主編：《揚子江與阿里山的對話》，上海，上海文
　　藝出版社，1995 年 12 月。

楊匡漢主編：《中國文化中的台灣文學》，武漢，長江文
　　藝出版社，2002 年 10 月。

朱雙一：《近 20 年台灣文學流脈——「新世代作家」文學
　　論》，廈門，廈門大學出版社，1999 年 8 月。

黎湘萍：《文學台灣——台灣知識者的文學敍事與理論想
　　象》，北京，人民文學出版社，2003 年 3 月。

王淑秧:《海峽兩岸小說論評》，北京，中國人民大學出版
　　社，1992 年 4 月。

黃重添：《台灣百部小說大展》，福州，海峽文藝出版
　　社，1990 年 7 月。

二、台灣女性文學與女性主義理論

鄭明娳主編：《當代台灣女性文學論》，台北，時報文化
　　出版企業有限公司，1993 年 5 月。

梅家玲主編：《性別論述與台灣小說》，台北，麥田出版
　　社，2000 年 10 月。

範銘如：《眾裏尋她——台灣女性小說縱論》，台北，麥
　　田出版社，2002 年 3 月。

楊翠：《日據時期台灣婦女解放運動——以〈台灣民報〉為
　　分析場域》（1920—1923），台北，時報文化出版企
　　業有限公司，1993 年 5 月。

邱貴芬：《（不）同國女人聒噪》，台北，元尊文化企業

股份有限公司，1998 年 3 月版。

邱貴芬：《仲介台灣・女人》，台北，元尊文化企業股份有限公司，1997 年 9 月。

施淑：《兩岸文學論集》，台北，新地出版社，1997 年 6 月。

齊邦媛：《千年之淚》，台北，爾雅出版社，1999 年 7 月。

子宛玉主編：《風起雲湧的女性主義批評》，台北，穀風出版社，1988 年。

鍾慧玲編：《女性主義與中國文學》，台北，裏仁出版社，1997 年。

封德屏編：《聯珠綴玉：十一位女作家的筆墨生涯》，台北，文訊雜誌社,1988 年 7 月。

陳義芝：《從半裸到全開：台灣戰後世代女詩人的性別意識》，台北，學生書局，1999 年 9 月。

林芳玫：《解讀瓊瑤愛情王國》，台北，時報文化出版企業有限公司，1994 年 8 月。

彭小妍：《歷史有很多漏洞——從張我軍到李昂》，台北，中研院文哲所，2000 年 12 月。

邱貴芬：《日據以來台灣女作家小說選讀》（上、下），台北，女書文化事業有限公司，2001 年 7 月。

吳裕民：《女作家自傳》，台北，中美文化出版社，1972 年 5 月。

鍾麗慧：《織錦的手——女作家素描》，台北，九歌出版社，1987 年 1 月。

夏祖麗：《她們的世界：中國當代女作家及作品》，台北，純文學出版社，1973 年 1 月。

夏祖麗：《從城南走來——林海音傳》，北京，三聯書店，2003 年 1 月。

吳月蕙：《筆耕心耘見良田》，台北，中國生產力中心出
　　　版社，1995 年 6 月。

鍾玲：《現代中國繆司——台灣女詩人作品析論》，台
　　　北，聯經出版事業公司，1989 年 6 月。

李仕芬：《台灣當代女作家小說研究》，台北，文史哲出
　　　版社，1996 年 5 月。

李仕芬：《女性觀照下的男性》，台北，聯合文學出版社
　　　有限公司，2000 年 5 月。

張小虹：《性別越界》，台北，聯合文學出版社有限公司,
　　　1995 年 3 月。

張小虹：《慾望新地圖：性別‧同志學》，台北，聯合文
　　　學出版社，1996 年 10 月。

劉亮雅：《慾望更衣室：情色小說的政治與美學》，台
　　　北，元尊文化企業股份有限公司，1998 年 3 月。

何春蕤編：《呼喚台灣新女性——〈豪爽女人〉誰不爽？》，
　　　台北，元尊文化企業股份有限公司，1997 年 9 月。

林水福、林耀德主編：《蕾絲與鞭子的交歡：當代台灣情色
　　　文學論》，台北，時報文化出版企業有限公司，1997
　　　年 3 月。

鄭振偉編：《女性與文學——女性主義文學國際研討會論文
　　　集》，香港，嶺南大學現代中文文學研究中心，1996
　　　年 11 月。

顧燕翎：《女性主義理論與流派》，台北，女書文化事業
　　　有限公司，1996 年 9 月。

西蒙‧波娃（法）：《第二性——女人》，長沙，湖南文
　　　藝出版社，1986 年。

貝蒂‧弗裏丹（英）：《女性的奧秘》，成都，四川人民

出版社，1988 年。

伍爾芙（英）：《一間自己的屋子》，北京，三聯書店，
　　1989 年。

瑪麗・伊格爾頓（英）：《女權主義文學理論》，長沙，
　　湖南文藝出版社，1989 年。

凱特・米利特（美）：《性的政治》，北京，社會科學文
　　獻出版社,1999 年 1 月。

盛英主編：《二十世紀中國女性文學史》（上、下），天
　　津，天津人民出版社，1995 年 6 月。

陳公仲主編：《世界著名華文女作家傳》（1～4 卷），南
　　昌，百花洲文藝出版社，1999 年 9 月。

閻純德主編：《二十世紀中國著名女作家傳》，北京，中
　　國文聯出版公司，1995 年 9 月。

林海音：《剪影話文壇》，北京，中國友誼出版公司，
　　1987 年 6 月。

夢花：《海外文壇星辰》，南京，南京大學出版社，1993
　　年 12 月。

潘亞暾：《世界華文女作家素描》，廣州，暨南大學出版
　　社，1993 年 3 月。

李銀河主編：《婦女：最漫長的革命》，北京，三聯書
　　店，1997 年 5 月。

王政、杜芳琴主編：《社會性別研究選擇》，北京，三聯
　　書店，1998 年 8 月。

張京媛：《當代女性主義文學批評》，北京，北京大學出
　　版社，1992 年 1 月。

鮑曉蘭：《西方女權主義研究評介》，北京，三聯書店，
　　1995 年 4 月。

張岩冰：《女權主義文論》，濟南，山東教育出版社，
　　1998 年 12 月。

李小江主編：《婦女研究叢書》，鄭州，河南人民出版
　　社，1988 年。

劉慧英：《走出男權傳統的樊籬──文學中男權意識的批
　　判》，北京，三聯書店，1995 年 4 月。

喬以鋼：《中國女性的文學世界》，武漢，湖北教育出版
　　社，1993 年 10 月。

喬以鋼：《多彩的旋律──中國女性文學主題研究》，天
　　津，南開大學出版社，2003 年 1 月。

李銀河編：《酷兒理論》，北京，時事出版社，2002 年 2 月。

林丹婭：《當代中國女性文學史論》，廈門，廈門大學出
　　版社，1995 年 8 月。

陳順馨：《中國當代文學的敘事與性別》，北京，北京大
　　學出版社，1995 年。

汪丹編：《女性潮汐：民國名報擷珍》，天津，天津人民
　　出版社，1998 年 2 月。

譚正璧：《中國女性文學史話》，天津，百花文藝出版
　　社，1984 年。

陳東原：《中國婦女生活史》，上海，上海書店，1984年3月。

梁漱溟：《中國文化要義》，上海，學林出版社，1987年6月。

陳顧遠：《中國婚姻史》，上海，上海書店，1987 年。

孫曉：《中國婚姻小史》，北京，光明日報出版社，1998
　　年 8 月。

李軍：《「家」的寓言──當代文藝的性別與身份》，北
　　京，作家出版社，1996 年 9 月。

羅蘇文：《女性與近代中國社會》，上海，上海人民出版

　　社，1996 年 12 月。

全國婦聯：《五四時期問題文選》，北京，三聯書店，
　　1981 年。

後　記

　　對我而言，《當代台灣女性小說史論》從申報國家社科基金項目，到一路辛苦完成書稿，無異於一次風光在前卻又寂寞獨行的漫漫長旅。是那種燃燒在心的學術熱情，是海峽兩岸許多學者、朋友的真誠幫助，支持我無怨無悔地走過這段路程。那些日子裏，在繁忙的執教生涯中爭取時間和精力，在紛紜的世事俗務中尋求超脫與自處，在講求效益和包裝的年代裏寂寞筆耕，這其中投入的歲月、生命與心血，可以說每一頁上都留下了情感的印記。多少次奔波於不同城市圖書館的辛勞，多少個孤燈長明的深夜疾書，所有的付出，通過那閱讀的感動、發現的欣喜、思想的追尋以及書寫的快樂，都得到了生命的呼應和精神的報償。因而，這趟台灣女性文學之旅，自然也蘊含了自我發現與學術生命的歷程。

　　本書付梓之際，我內心湧動的，是對所有幫助和鼓勵過我的前輩、專家學者、同行朋友的深深敬意與感激之情。我由衷地感謝台灣學者施淑教授、沈謙教授、呂正惠教授、齊益壽教授、陳信元教授、李瑞騰教授、許俊雅教授、李元貞教授以及封德屏總編輯、陳義芝先生，感謝羅蘭女士、廖輝英女士、朱秀娟女士、季季女士以及素未謀面卻給予我真誠幫助的諸多女作家，是這些來自海峽對岸的學者、作家、朋友們的慷慨贈書和熱情援手，支持了我對台灣女性文學的探尋。同時，對範銘如教授、梅家玲教授、邱貴芬教授等台灣

女性學者著述給予我的啓迪，在這裏也一併表示深深的謝意。

能與台灣文學研究結緣並完成這本書的著述，我特別要感謝大陸學界的湯淑敏研究員、張炯研究員、盧菁光教授、金堅范先生、趙遐秋教授、古繼堂研究員、陳遼研究員、劉登翰研究員、楊匡漢研究員、古遠清教授、汪景壽教授、向前女士、林承璜編審、朱雙一研究員、黎湘萍研究員，還有許多未能一一提及的專家學者，他們從不同角度對我的鼓勵、支持和幫助，我都將永遠銘記在心。

我無法忘記周圍的學者、朋友們給予我的眞誠幫助。文學評論家孫廣擧研究員、王廣西研究員、袁凱聲研究員、韓宇宏研究員、賈玉民教授、張冠華教授，都爲本書的修改和出版提供了富有建設性的意見。在此，一併表示我誠摯的謝意。

感謝隨中國作協代表團兩次赴台參加學術活動的日子，它使我與台灣的文藝界、學術界有了直接溝通，並使我得以多方搜尋資料，滿載而歸。感謝國家圖書館的台港閱覽室和特藏閱覽室，他們給予本書的資料支持，讓我一直感念在心。感謝河南省社科院圖書館、鄭州大學圖書館以及文學院資料室，這些年來我從中得到的熱情幫助，都化作了撰寫本書的一種動力。

鄭州大學科研處對《當代台灣女性小說史論》的項目申報與學術出版，進行了多方指導與扶植，我會以新的學術出發來表達自己對生活的感念之情。河南人民出版社的陳智英編審，多年來對於女性研究著作的出版策劃與獨特貢獻，深得學界欽佩。她的眞誠幫助和辛勤勞動，使這本書的出版得以實現。

期待這本書的問世，得到方家學者的批評指正。

樊洛平

2004 年 10 月於鄭州大學

台灣紀

當代台灣女性小說史論

作者◆樊洛平

發行人◆王學哲

總編輯◆施嘉明

叢書策劃◆方鵬程

主編◆葉幗英

校對◆吳曜臣 徐意涵

出版發行：臺灣商務印書館股份有限公司

台北市重慶南路一段三十七號

電話：(02)2371-3712

讀者服務專線：0800056196

郵撥：0000165-1

網路書店：www.cptw.com.tw

E-mail：cptw@cptw.com.tw

網址：www.cptw.com.tw

局版北市業字第 993 號

初版一刷：2006 年 4 月

定價：新台幣 490 元

本書經河南人民出版社授權出版發行

ISBN 957-05-2038-8

當代台灣女性小說史論 ／ 樊洛平著. -- 初版.
-- 臺北市 ： 臺灣商務， 2006[民 95]
　　面 ； 公分.
參考書目：面
ISBN 957-05-2038-8(平裝)

1. 中國小說 - 歷史 - 現代（1900-　　　）
2. 中國小說 - 評論

820.9708　　　　　　　　　　95003175

讀者回函卡

感謝您對本館的支持，為加強對您的服務，請填妥此卡，免付郵資寄回，可隨時收到本館最新出版訊息，及享受各種優惠。

姓名：_____ 性別：□男 □女

出生日期：_____年_____月_____日

職業：□學生 □公務（含軍警）□家管 □服務 □金融 □製造
　　　□資訊 □大眾傳播 □自由業 □農漁牧 □退休 □其他

學歷：□高中以下（含高中） □大專 □研究所（含以上）

地址：□□□_____

_____

電話：（H）_____ （O）_____

E-mail:_____

購買書名：_____

您從何處得知本書？

□書店 □報紙廣告 □報紙專欄 □雜誌廣告 □DM廣告

□傳單 □親友介紹 □電視廣播 □其他

您對本書的意見？ （A／滿意 B／尚可 C／需改進）

內容_____ 編輯_____ 校對_____ 翻譯_____

封面設計_____ 價格_____ 其他_____

您的建議：_____

_____

_____

臺灣商務印書館

台北市重慶南路一段三十七號 電話：（02）23713712轉分機50～57
讀者服務專線：0800056196 傳真：（02）23710274．23701091
郵撥：0000165-1號 E-mail：cptw@cptw.com.tw
網址：www.cptw.com.tw

100臺北市重慶南路一段37號

臺灣商務印書館　收

對摺寄回，謝謝！

傳統現代　並翼而翔

Flying with the wings of tradition and modernity.